グロリアーナの祝祭
エリザベス一世の文学的表象

竹村はるみ
Takemura Harumi

研究社

目次——グロリアーナの祝祭

目　次

凡例

一、英文学の作者名、作品名、文学用語（例　パジェント）の日本語表記は、原則として『研究社シェイクスピア辞典』に拠る。

一、英文学以外のヨーロッパ文学の作者名、作品名の日本語表記は、原則として『集英社世界文学事典』に拠る。

一、行政関連用語の日本語表記は、原則として『英米史辞典』（研究社）に拠る。

一、旧暦のユリウス暦が用いられた一六世紀イングランドでは三月二五日から年号が切り替わる一方で、一月一日が元日として認識された。ただし、便宜上、本書では新暦で年号を記載する。

一、出版、あるいは手稿による回覧の如何にかかわらず、一般に作品として認知される場合は、題名を『　』で記す。視覚芸術作品の題名は「　」で記す。

一、引用文や引用句は「　」で、筆者による補足は［　］で、筆者による強調は〈　〉で示す。

一、エリザベス朝の祝祭からの引用は、特に記載がない限り、Goldring et al., eds, *John Nichols's The Progresses and Public Processions of Queen Elizabeth I* (Oxford: Oxford University Press, 2014) に拠る。巻・頁数を本文中に示す。（書誌の詳細は本書巻末の「文献目録」を参照）

序章　「エリザベス崇拝」という神話

西の国の処女王

ウィリアム・シェイクスピアの喜劇『真夏の夜の夢』に、時の女王エリザベス一世に言及した有名な一節がある。妖精の王オーベロンが、手下の妖精パックに惚れ薬の在り処を示す際に語る台詞である。

あの時、(お前は気づかなかったが)
矢をつがえたキューピッドが
冷たい月と地上の間を飛ぶのが見えたのだ。
キューピッドが狙うは、西に君臨する美しき乙女、
まるで十万の心臓をも射抜かんとばかりに、
勢いよく恋の矢が弦から放たれた。
だが、若いキューピッドの炎と燃える鏃《やじり》は、
潤んだ月の清らかな光にかき消されてしまった。
そして、処女王はそのまま通りすぎていった。
恋とは無縁の乙女の瞑想にふけりながら。

(二幕一場一五五—六四行)[*1]

キューピッドの矢が落ちた先には「あだな恋」（二幕一場一六八行）と呼ばれる花が咲き、この花の汁は恋の媚薬として、劇中ひと騒動をもたらすこととなる。恋の苦悩を知らぬ「西に君臨する美しき乙女」は、舞台には登場しないものの、当時の観客の脳裏に鮮烈な印象を残したに違いない。ここにはまぎれもなく、生涯独身を貫き、〈処女王（Virgin Queen）〉としてカリスマ的な人気を博したエリザベス一世の姿が投影されているからである。

エリザベス朝と言えば、ヨーロッパの北の小国に過ぎないイングランドが、海洋大国スペインが差し向ける無敵艦隊《アルマダ》を打ち破り、後の大英帝国の繁栄への礎を築いた時期として、あるいはシェイクスピアをはじめとする数多くの文人が輩出したルネサンス期の最盛期として、ある種のオーラを纏って想起されることが多い。そして、そのオーラは多分に、この激動期のイングランドを統治した女性君主エリザベス一世とその華麗な宮廷文化に負うところが大きい。「私はイングランドと結婚した」と述べた議会演説は、指輪をはめた手を差し出す芝居がかった身ぶりと共に、エリザベス一世の名言として現代人にもよく知られている。女王とレスター伯やエセックス伯ら寵臣とのロマンスめいた関係は、サー・ウォルター・スコットやリットン・ストレイチーら後代の小説家や伝記作家の関心を集め、広く世に喧伝された。そして今なお、エリザベス一世はイギリスの歴代君主の中で圧倒的な知名度と人気を誇り、その生涯は映画化されるたびにヒット作となっている。エリザベス一世は、なぜこれほど想像力を刺激するのだろうか。

おそらく、その理由の一つがエリザベスの処女性が纏うに至った様々な文化的意義に求められることに異論はあるまい。そもそも、処女であることがこれほどかまびすしく取り沙汰された人物は——聖母マリアを除けば——エリザベス一世をおいて他にない。処女王という、考えてみれば実に奇異な名称こそ、半世紀近くに亘ってイングランドを統治したエリザベス・テューダーに捧げられた称号だった。女王を月の女神ダイアナをはじめとする処女神になぞらえた絵画や文学作品は枚挙に暇がなく、ダンテのベアトリーチェやペトラルカのラウラをも凌駕するイングランド産の処女伝説が量産された。詩人でもあったサー・ウォルター・ローリーは、探検航海によって発見した北米の地をエリザベスに進呈する際、乙女を意味する「ヴァージニア」と命名している。同時代の人物へのあからさまな言及は避ける傾向があったシェイクスピアが珍しく作品に滑り込ませたこの一節もまた、エリザベスを神話化する点において、こうした俗に「エリザベス崇拝」と呼ばれる文化現象を体現するものと言えよう。

ただし、オーベロンの口を通して語られる女王礼賛は、たしかに典型的な処女王崇拝のレトリックを駆使してはいるものの、この作品全体を通して描かれるエリザベスの表象はもう少し複雑である。『真夏の夜の夢』には、やはりエリザベスを想定した人物として解釈することのできるもう一人の女王が登場するからである。夫オーベロンが仕掛ける惚れ薬の罠にまんまとはまり、「あだな恋」に狂う妖精の女王ティターニアである。「私は並の妖精ではないのですよ」（三幕一場一四五行）と、パックの悪戯でろばに変身した職人ボトムに迫るティターニアもまた、エリザベス一世の滑稽な戯画として解釈されることが多い。エドマンド・スペンサーがエリザベスを妖精の女王グロリアーナになぞらえた叙事詩『妖精の女王』を女王に献呈したのは、『真夏の夜の夢』が執筆された時期のわずか数年前のことであり、シェイクスピアがスペンサーの女王表象を意識していた可能性は高い。エリザベス朝宮廷文学の金字塔として名高いスペンサーの叙事詩と、商業劇場の寵児シェイクスピアが放つ笑劇風の喜劇は本来あまり接点があるとは思えない二作品ではあるが、こと女王の表象という補助線を引いてみれば、実に興味深い共通項を有している。

色恋沙汰とは無縁の〈西の国の処女王〉とは異なり、妖精の女王ティターニアは、劇中一貫して欲望の主体として行動する点に特徴がある。

さあ、この人のお世話をして、私の褥に連れて行っておくれ。
月がその潤んだ瞳で見おろしているようだわ。

月が泣く時は、小花という小花も涙を流す。
誰かの操が汚されるのを嘆きながら。

（三幕一場一八七―九〇行）

森で偶然出会った妖精の女王に突如言い寄られ、わけのわからぬ展開に戸惑うボトムを閨《ねや》へと急きたてながらティターニアが語る台詞もまた、オーベロンの台詞と同様に、処女性の守護神としての月に言及している。ただし、その効果は全く異なる。ここでは、神々の暴力的な欲望に晒された挙句に凌辱される乙女というオウィディウス風のコンヴェンションは、喜劇的に反転されているからだ。今まさに貞操の危機を迎えているのは、月の女神ダイアナに仕える乙女ではなく、ろばの耳をはやしたボトムである。そして、キューピッドの恋の鏃の炎をもかき消した「潤んだ月の清らかな光」は、妖精の女王の滑稽かつグロテスクな情事を包み隠す妖しくも官能的な夜を演出するのである。

超然とした帝国の処女か、はたまた自由奔放な妖精の女王か――シェイクスピアが『真夏の夜の夢』で提示する二つの女王像は、さながらポジとネガのように対照的である。それは、とりもなおさず、エリザベス表象そのものの多面性と流動性を印象づける。「エリザベス崇拝」は決して単純な女王賛美に終始したわけではなく、そこから立ち現れるエリザベス一世像は多くの矛盾を孕んでいる。

権力の力学と批評の力学――エリザベス表象研究の概観

エリザベス一世の表象をめぐる研究は、フランセス・A・イエイツの『アストライア――一六世紀における帝国の主題』とロイ・ストロングの『エリザベス崇拝――エリザベス朝の肖像画とパジェント』をもって嚆矢とする。[*2] エリザベス朝の宮廷祝祭や細密肖像画を同時代の文学作品と併せて取り上げた二人の研究は、それまでは歴史家や伝記作家の手に委ねられていたエリザベス一世を芸術のプリズムでもって見直す点で画期的であった。イエイツとストロングが焦点を当てるのは、絶対王政とプロテスタント国家形成の基盤を築くために利用された帝国のシンボリズムとも言うべき文化の形態である。両者の研究の特色は、「エリザベス崇拝」を宮廷主導で周到に準備された一種の文化装置として捉えた点にある。内にあっては相次ぐ宗教抗争に疲弊し、外にあってはたえずカトリック列強の脅威にさらされる一小国にとって、二五歳の若さで王位に就いた聡明な女王は、黄金時代をもたらす女神として称揚するのにうってつけの人物だったと言える。

例えば、イエイツとストロングが共に取り上げた宮廷祝祭に、エリザベスの宮廷において特に流行した馬上槍試合がある。とりわけ女王の即位記念日である一一月一七日に盛大に催された馬上槍試合は、さながら中世の騎士道ロマンスの再現とも言える煌びやかさを誇った。侍女を従えて観戦する女王の御前で、美々しく着飾った宮廷人達が女王への忠誠を誓う騎士として一騎打ちを繰り広げる。めいめいの騎士の入場には様々な演劇的趣向が凝らされ、騎士につき従う従者は紋章が記された主君の盾を女王に向かって高々と差し上げ、女王への詩的な賛辞を読みあげる。当時ですら時代錯誤も甚だしいこの祝祭は、エリザベス朝の中世騎士道ロマンス趣味にぴたりとはまり、独自の処女王ロマンスを構築していく。君主に対する家臣の忠誠は、思慕する高貴な婦人への純愛にすり替えられ、エリザベスの処女性はいやがおうにも政治化されることとなる。

イエイツやストロングが、「エリザベス崇拝」の陰に見え隠れするナショナリズムの気運を強調することによって、ともすれば君主を頂点とする一枚岩的なエリザベス朝宮廷の世界を印象づけたことは否めない。これに対して、「エリザベス崇拝」なる現象そのものに対して懐疑の目を向けたのが、一九八〇年代に入って盛んになる新歴史主義批評である。イエイツとストロングの研究が豪華絢爛たるイメージの襞の重なりを示したとすれば、その綻びをつまみあげてみせたのが新歴史主義批評だった。スティーヴン・グリーンブラット、ルイス・モントローズ、レナード・テネンハウス、フィリッパ・ベリーらによる研究はいずれも権力と文学の関わりを論じ、一九七〇年代におけるミシェル・フーコーの研究の影響を強く受けている。[*3] 近代初期を〈スペクタクルの時代〉として位置づけたフーコーは、王室儀礼であれ、公開処刑であれ、身体を通して可視化される権力の力学を明らかにした。モントローズの言葉を借りれば「テクストの歴史性と歴史のテクスト性」を標榜する新歴史主義批評にとって、「エリザベス崇拝」に象徴される虚構と現実の交錯は格好の題材を提供したと言える。[*4] 支配され、抑圧される側の、いわゆる周縁化された声を拾い上げることを本領とする新歴史主義批評が炙り出すのは、女性君主に群がる騎士達の野望と打算、不安と精神的葛藤である。

例えば、エリザベス朝宮廷文学における権力の複雑な拮抗を論じた一連の研究で知られるモントローズは、女王と宮廷詩人達の緊張した関係を指摘する。両者の関係は、決して階級によって規定される上下関係に終始するものではない。モントローズは、イメージを構築する上でのエリザベスの自律性がこれまで過大評価されてきたことを指摘し、女王もまた主題の一つに過ぎなかった点に注意を促す。一見すると、パトロンとしてこれら文人を意のままに操るかのように見えるエリザベスとて、作者という主体性の前では実権を失う。その一方で、国家最大の権力を手中にする女性に対する男性作者の屈折した心理が強調される。モントローズにかかれば、『妖精の女王』はもはや純粋な意味での女王賛歌ではありえず、そこから浮かび上がるのは女性君主をめぐる詩人の暗い欲望と恐怖である。かくして、王権が仕掛ける華麗なスペクタクルとしての「エリザベス崇拝」は、暗欝きわまりないフィルム・ノワールの相を呈することになる。

一九九〇年代以降は、新歴史主義への反動と相俟って、エリザベス表象の研究においてもより実証的な時代考証へと軸足をずらした歴史主義への揺り戻しが生じる。ジョン・N・キングやヘレン・ハケットによる研究は、その一例である。[*5] 特に、ハケットによる『聖母と処女王――エリザベス一世と聖母マリア崇拝』は、従来の研究ではなおざりにされていた処女王のイメージ形成の歴史的変遷に光を当てることで、重要な軌道修正を行った。通史的考察の甘さは、今なおエリザベス表象の研究に往々にして見られる欠点の一つである。イエイツは、名君としての評価が既に定まったエリザベスの晩年から死後にかけての資料を多用する傾向があり、新歴史主義批評に至ってはパッチワークのように異なる時代の文献を渉猟するきらいがある。

ハケットが注意喚起を行ったもう一つの点は、宗教と君主制の相関をめぐるイングランド独自の文脈である。「崇拝(カルト)」という宗教的な語が示唆するように、イエイツとストロングは、宗教改革後のイングランドにおいて、処女王崇拝が失われた聖母マリア崇拝の代替物として機能した可能性を指摘した。ハケットは、この短絡的な構図に疑義を呈し、宗教的イメージを安易に君主礼賛に転用することに対するプロテスタント的な忌避感を照射する。そこから浮かび上がるのは、宗教改革の傷のいまだ癒えぬ英国プロテスタンティズムの特殊な土壌における処女王崇拝の両面価値的な側面である。

歴史主義的な研究は二〇世紀末から今世紀にかけても続き、王室儀礼や地方の祝祭に関する資料の掘り起こしや再分析が進む。古くは、ジョン・ニコルズの『エリザベス一世の巡幸と行進』(一七八八—一八二一年初版、大幅な改訂を経て一八二三年に再版)に始まり、イエイツ、ストロングによって一躍脚光を浴びた祝祭研究は、その後も途切れることなく批評的関心を集め、歴史学研究の分野ではメアリー・ヒル・コール、ケヴィン・シャープ、文学批評の分野ではゲイブリエル・ヒートン、エリザベス・ゴールドリング、ジェイン・エリザベス・アーチャー、セーラ・ナイトによって脈々と継承されている。[*6] 二〇一四年には、ゴールドリングやアーチャーらを編集主幹として、ニコルズの先駆的研究が詳細な注釈を施されて五巻からなる大部の新版として登場した。また、歴史学における修正主義の影響を受けて盛んになった地方史研究の知見を導入し、地方都市における祝祭が批評的関心を集めているのも新たな傾向として位置づけることができる。

本書の概要——王権・祝祭・文学

本書は、以上略述した従来の研究による知見を踏まえた上で、文学批評と歴史学研究のより有機的な融合を目指すことにより、エリザベス一世の表象の変遷を文学的・文化史的に跡づけることを試みる。

新歴史主義批評が文学批評界を席巻したのとちょうど同時期、歴史学研究では修正主義と呼ばれる方向性が主流を成していた。文学批評との関連に限って言えば、修正主義の重要な特徴は、文学と歴史の厳然たる峻別にある。デイヴィッド・ノーブルックが二〇〇二年に再版した自著『イギリス・ルネサンス期における詩と政治学』に寄せた跋の中で指摘しているように、修正主義の立場を取る歴史学研究者は、一九六〇年代のクリストファー・ヒルやローレンス・ストーンらの研究手法への反動から、文学作品を歴史研究の一次資料として用いることを批判し、裁判記録に代表される公文書を重視する傾向を強めた。[*7] つまり、新歴史主義批評が歴史と文学の境界を無化しようとしていた時に、歴史学では全く別の動きが生じる皮肉な現象が生じていたことになる。

これに対して本書が重視するのは、文学がより積極的に政治に介入し、社会のあり方を構築する上での知的・精神的原動力として機能していたエリザベス朝特有のダイナミズムである。「……文学にとって政治や社会がただの背景だったことなど歴史上一度もない。文学は常に歴史を動かす能動的な力であり、社会の潮流や関係性を具現し、ものの見方を醸成し、固定的概念を形成してきたのである。詩人を「この世の非公式の立法者」と形容したシェリーの言葉は、あながち誇張ではない」。[*8] イギリス近世史の泰斗キース・トマスの言葉を今一度反芻する時、エリザベス一世の表象ほど、文学と歴史のわかちがたい関係性をつきつける問題はないように思われる。

エリザベス一世の文学的表象を論じる際に、とりわけ本書が注目する領域が二つある。一つは、中世より伝承された騎士道ロマンスの文学伝統がエリザベス朝において辿る発展と変容のプロセスである。エリザベス一世が君臨した一六世紀後半は、ヨーロッパ大陸では既に凋落の一途を辿っていた騎士道文学が活気を取り戻す稀有な一時期を形成している。イングランドに特有の騎士道文学のリバイバルが、不世出の女性君主の誕生と密接に連動していたことは言うまでもない。処女王崇拝に沸く宮廷文化をバックボーンとしてサー・フィリップ・シドニーの『アーケイディア』やスペンサーの『妖精の女王』といった大作が立て続けに出版される一方、大衆娯楽に徹した散文ロマンスや騎士道ロマンス劇がロンドン市民の喝采を受ける。そこには、貴族的エリート主義と世俗的大衆性という、騎士道文学そのものに内在する二極性が窺えると同時に、宮廷社会と市民社会が物理的にも精神的にも緊密な形で共存していたロンドン特有の都市文化の特性を見出すことができる。

そして、宮廷文化と市民文化の結節点として本書がさらに注目したいのは、エリザベス朝イングランドで花開いた豊かな祝祭文化である。宗教改革後の近代初期イングランドでは、聖人崇拝を典型とする従来の宗教典礼や儀式に代わる新たな祝祭文化が興隆した。なかでも、大きく発展したのが、戴冠式の行進、ガーター騎士団の叙勲式典、即位記念日の馬上槍試合といった宮廷祝祭である。先述の馬上槍試合は宮殿の中だけで行われていたわけではなく、入場料を取る形で一般公開されており、時には数千人の男女が詰めかけるほどの人気行事となった。[*9] 無礼講と虚構が支配する非日常の祝祭空間の中で群衆が君主を見物する現象は、何もロンドンに限ったことではない。地方に巡幸する女王を歓迎するためにイングランド各地で催された歓迎式典や余興の数々もまた、君主のイメージ形成に大きく貢献すると共に、市民祝祭と宮廷祝祭、君主への陳情と君主崇拝が奇妙な形で連鎖する独特の仮想空間を提供した。

『真夏の夜の夢』に今一度目を向けると、祝祭を介して宮廷と市民社会が繋がるのは、この劇の基本構造を成していることに気づく。アテネの公爵シーシアスとアマゾンの女王ヒッポリタの婚礼を祝う余興が公募され、ボトムら職人達は、「一日あたり六ペンス」（四幕二場一九—二〇行）のご祝儀につられて森の中でせっせと稽古に励む。第五幕では、ティターニアから解放されて人間の姿に戻ったボトムが仲間とともに、「世にも痛ましい喜劇、ピラマスとシスビーの世にも残酷な死」（一幕二場一一—一二行）を宮廷人達の前で披露する劇中劇がもうけられている。

第六章で詳述するが、『真夏の夜の夢』自体が宮廷余興として執筆され、後に商業劇場で上演された可能性が高いことを想起すれば、最終幕の劇中劇は幾重にも入り組んだ重層構造を規定する。プロットも台詞の意味もろくに理解しないままに宮廷好みのギリシャ・ローマ神話の題材に挑戦し、ピラマスとシスビーの「世にも痛ましい喜劇」を熱演する職人達と、その珍妙な舞台に大笑いするアテネの宮廷人達の外には、これら人間達の愚かな騒動をあたたかく見守る妖精の王と女王の視線があり、さらにその外側にはエリザベス朝の宮廷人がおり、ロンドンの芝居小屋の観客がいる。『真夏の夜の夢』は、宮廷文化を市民に開放する、あるいはその逆を可能とする多元的な場として機能したエリザベス朝祝祭文化の縮図とも言える作品である。

エリザベス一世が統治した一六世紀後半のイングランドは、近代のはじまりにさしかかったばかりの時代であり、それは過渡期特有の混沌とした様相を呈している。中世伝来の価値観や様式が根強く残る一方で、近代の胎動がそこかしこで認められる。手稿を介して文学作品が回覧され、一部の王侯貴族が文芸を庇護する旧来の制度や慣習が存続する一方、印刷出版と商業劇場という二つの新手メディアの誕生により、文学市場は大きな流通革命の時期を迎えていた。エリザベス治世下において絶対君主制が頂点を極めたイングランドは、わずか半世紀後には、他のヨーロッパ諸国に先駆けて市民革命の洗礼を受けることとなる。つまり、エリザベス一世が絶対王政を安泰ならしめたかに見えた時期、既にその裾野には豊かな市民文化が広がっていたのである。

本書は、エリザベス一世に関連した近代初期英文学作品と、ロンドン及び地方で展開した豊かな祝祭文化を年代順に取り上げながら、エリザベス表象の変遷を追う。具体的には、女王の戴冠を祝してロンドンの街路で催された余興の数々（第一章）、女王の結婚問題やイングランドの外交問題をめぐって議論が紛糾した一五六〇年代から一五七〇年代半ばにかけての祝祭余興や宮廷文学（第二章、第三章）、エリザベスの結婚の可能性が事実上消滅し、処女性の定義が大きく変化した一五七九年の文学作品（第四章）、一五八〇年代以降開花したエリザベス朝騎士道文学（第五章）、同じく一五八〇年代以降本格化したロンドンの劇場文化におけるエリザベス表象（第六章）、女王の政治的求心力が翳りを見せる一方で、処女王の神話化が加速した一五九〇年代の風刺詩・風刺喜劇（第七章）を多角的に検証する。

エリザベス表象の多義性と拡散性は、王権・祝祭・文学を基軸として構築されたエリザベス朝特有の文化システムと密接に連動しており、その仕組みを明らかにするのが本書の最終的な目論見である。つまり、本書が一貫して追うのはエリザベス一世の実像ではなく、その虚像が構築され伝播されるメカニズムである。一見すると君主崇拝に根ざした王権のプロパガンダと思しき作品には、政治的陳情をしたたかに行う宮廷貴族の思惑や、宮廷の腐敗を冷ややかに見つめる市民的倫理観の発露が窺える。エリザベスをめぐる言説の流布は、文学が宮廷社会と市民社会を繋ぐ一大メディアとして確立されたエリザベス朝ならではの現象であり、その道筋を辿ることによって、エリザベス朝の文学的風土に関する新たな視座を提供したい。それは、ジェンダー、セクシュアリティ、権力、作者性、国家意識、文化的記憶といった旧くて新しい文学批評の命題を今一度問い直し、現代社会ではもはや失われて久しい文学の力の可能性と展望を見据える試みとなろう。

第一章

女王であることの困難

女王見習い

ルネサンス期のヨーロッパは、〈女王の時代〉と言っても過言ではない。コロンブスの新大陸発見への資金援助で知られるカスティリャ女王イサベル一世、夫亡き後摂政として政治上の実権を握ったフランスのカトリーヌ・ド・メディシス、スコットランドのメアリー・オブ・ギーズ、スコットランド女王メアリー、そしてイングランドのメアリー一世、エリザベス一世と、女性の為政者が目立つ。ヨーロッパの主要国で立て続けに女性が政治を司る事態が出来したのは、単なる偶然ではあるまい。中世には見られなかったこの現象をルネサンス期ならではの革新性として捉えることは妥当だが、さしあたってここで確認しておきたいのは、男子後継者の獲得に対する父王ヘンリー八世の悲壮なまでの執着とは裏腹に、エリザベスは女王の先例に関しては事欠かなかったという点である。[*1]

ヘンリー八世の研究で有名な歴史家デイヴィッド・スターキーが書いたエリザベスの興味深い伝記がある。『エリザベスの修業時代』と題されたその著は、女王になる以前のエリザベスに焦点を当てた、スターキーらしい人間味溢れる歴史的想像力が冴える伝記の佳品である。スターキーが炙り出すエリザベスは、映画等でおなじみの、極度にロマンス化され、数奇な運命に翻弄されるヒロインなどではなく、冷徹な視線で周囲の人間をつぶさに観察し、虎視眈々と好機到来に備えるしたたかなマキャヴェリアンである。

スターキーが心惹かれ、自著の表紙にも採用している一枚の肖像画に我々も目を留めてみよう（図1）。現在は

図１　「王女時代のエリザベス」（1546–47 年頃）

ウィンザー城に所蔵されているこの肖像画は、おそらく一五四六年から一五四七年、すなわち一〇代半ばの少女時代のエリザベスを描いている。[*2] 青白い肌、鎖骨の浮き出た痩せた肢体、固く結んだ唇、おおよそあどけなさとは無縁の神経質で憂いに満ちた眼差し、今まさに読書の途中であるかのように指を頁の間に挟んで本を持つ姿勢などが印象に残る。父ヘンリーの死期が近づいていた頃に描かれたこの肖像画からは、おそらく物心ついた頃からずっとエリザベスが強いられたであろう緊張が痛々しいほど伝わってくる。理知的で険しいその視線が捉えていたものは、不義密通の嫌疑をかけられて処刑された母アン・ブリンに始まり、王権と関与することで女性が強いられる苦難の道だったのではないだろうか。

『エリザベスの修行時代』でスターキーが特に注目するのは、エリザベスの反面教師としての異母姉メアリーの存在である。人は成功よりも失敗から、教師よりも反面教師からより多くのことを学ぶのは世の常だが、エリザベスも例外ではない。苛酷な宗教弾圧、不人気だった外国の王族との結婚、対外戦争の敗北といったメアリー失政の要因は、後に女王となったエリザベスによってことごとく周到に回避されている。なかでも、若いエリザベスが学んだ最大の教訓は、女王の結婚の難しさだったに違いない。

イングランド史上初の女王として即位したメアリーが直面した苦難は推して余りある。苦労の末に獲得した王権を維持するためにも、女王は結婚によって夫のサポートを得ることが不可欠であるというのは衆目の一致した意見であったが、それは言い換えれば、女性一人で王権を担うことは所詮不可能であるとの考えに由来する。

そして、他ならぬメアリー本人がそう考えていたことは、皮肉にも戴冠式の祝祭に窺うことができる。戴冠式の行進を翌日に控えた一五五三年九月二九日、メアリーは、異母弟エドワードの代にはプロテスタントの信条から廃止されていたバース勲位の授与式を執り行った。[*3] バース勲位とは、一三九九年にヘンリー四世の戴冠を祝して創設された称号で、ガーター勲位に次ぐ伝統と格式を誇る。今回新たに任命された一五名のバース勲爵士には、メアリーの結婚相手の候補者の一人として浮上するデヴォン伯エドワード・コートニーも含まれていた。ところが、メアリーは、王権の聖性と呪術性を誇示するこの古式ゆかしい式典を復活しておきながら、本来は君主が行うはずの爵位を授与する肝心の役回りをアランデル伯に委ねている。代理人を立てたのは、叙勲される若い騎士達と寝ずの晩を共にする慣習が女性には憚られたためと推測されている。[*4] メアリーが女性君主としての限界を実感していたことを示す興味深い事例である。

もちろん、これは些細な儀礼上の問題にとどまらない。中世ヨーロッパにおける騎士団の創設は十字軍遠征の副産物であり、勲位の授与は、軍隊を率いる君主の軍事的役割を象徴する儀式として機能していた。君主の務めは戦場で指揮をとる軍務であり、だからこそ女性君主は論外であるとするのがヘンリーが男子後継者にこだわった最大の理由だったことを想起すれば、即位に際しての騎士叙勲にメアリーが見せた躊躇は大きな意味を有している。男性君主と家臣の間で取り交わされるホモソーシャルな騎士道的連帯は、そもそも女性君主を想定していない。不安定な体制を盤石のものとするためにも、まずは夫をそして男子の世継ぎを獲得することは、即位と共にメアリーが自らに課した責務となり、わずか数ヵ月の間にフランスやスペインの大使達を通して結婚交渉が進められることとなる。メアリーの側近貴族は結婚が成立するまで交渉について一切相談を受けていなかったことからも、これはほぼメアリー単独の強い意志による行為だったと推測できる。[*5]

即位に際して夫の支援を不可欠の条件と考えたメアリーの脳裏にあったのは、夫フェルナンド二世との共同統治によってスペイン王国の礎を築いた祖母イサベル一世の面影だったかもしれない。あるいは、メアリーの結婚観に最も大きな影響を与えたのは、少女時代に受けたいわゆる良妻賢母の教育だったかもしれない。母キャサリン・オブ・アラゴンの肝炒りで最先端の人文主義教育を施されたメアリーを指導したのは、スペイン出身のファン・ルイス・ヴィーヴェスである。キャサリンに献呈されたヴィーヴェスの『キリスト教徒の女子教育』は、男女の精神的・知的平等を掲げるリベラルな態度を標榜する一方で、貴族の子女を対象としているだけあって、嫁して婚家の繁栄に尽くすことを前提にした婦徳の修養に重点を置いている。[*6] 結婚を中心にした女性教育のあり方を模索したヴィーヴェスの基本姿勢は、この書を構成する三つの書が結婚前、結婚後、寡婦、と〈女の一生〉の三部構成になっていることからもわかる。母の悲惨な結婚生活を目の当たりにしても、結婚しない選択肢はメアリーにはなく、そのプレッシャーは即位後一層強まることとなる。現代ですら出産が難しくなる年齢に達していたからである。

夫の存在を拠り所とするメアリーのこうした結婚観や女性観は、フェリペとの結婚後、君主としてのメアリーの政治的判断を鈍らせることとなる。最も顕著な例が、一五五七年のフランスとの開戦である。これは、前年にスペイン国王フェリペ二世となった夫の軍事構想にメアリーが引きずりこまれたためになされたとする見方がもっぱら一般的である。メアリーとフェリペの婚姻協定では、結婚前と同様にメアリーがただ一人の君主として君臨し、共同統治ではないことが明記されている。[*7] にもかかわらず、夫婦の団結を理想化するメアリーは、結局はフェリペの粘り強い説得に応じる形で、フランスへの宣戦布告を行う。フランスとの早まった戦争に惨敗したイングランドは、この時点で唯一ヨーロッパ大陸に有していた領土であるカレーを失い、メアリーにとって痛恨の事態を招くことになる。敗戦は、父が遺した領土を娘が失うという点で象徴的な意味を帯び、外国人との結婚に対するかねてからの嫌悪と相俟って、メアリーの失政を決定づけたからである。

そして、エリザベスにとっては、メアリーと並ぶ反面教師となったもう一人の〈女王〉がいる。俗に「九日間の女王」と呼ばれるジェイン・グレイである。ヘンリー八世の妹の孫にあたるジェインの運命は、エリザベスとメアリーの異母弟であり、ヘンリー八世の跡を継いだエドワード六世が不治の病に倒れ、王位継承問題が再び持ち上がった時に急転する。カトリックの異母姉メアリーにどうしても王座を渡したくないエドワードの意向のもとに王位後継者として急浮上したジェインは、エドワードの側近である野心家のノーサンバランド公爵によって公爵の息子ギルフォード・ダドリーと半ば強引に結婚させられる。王位継承をめぐる争いは混乱の裡に激化し、一五五三年夏にエドワードが崩御すると、ジェインとメアリーがそれぞれ一日違いで女王即位宣言を出す異例の事態が生じる。民衆にいまだ根強い人気を誇るヘンリー八世の娘として支持を集めたメアリーが勝利を収めた結果、ジェインは義父ノーサンバランド公と共に投獄される。その翌年、今度はワイアットの反乱に連座した罪で夫とともに処刑された時、ジェインはまだ一七歳の若さだった。ロンドン塔で行われたジェインの斬首がエリザベスに与えた衝撃は計り知れない。明日は我が身――同じくワイアットの反乱への関与を疑われて逮捕・護送されるエリザベスがたった三歳しか違わないジェインに自らを重ねたのは当然である。王位継承者として突然指名されてから処刑までわずか一年、急転直下のジェインの悲劇は、婚家ダドリー家の政治的野心に振りまわされた結果と言える。ダドリー家は後にエリザベスの人生にも大きく関わることになるが、それについては後の章に譲ることとしたい。

メアリーとジェイン――エリザベスの前に存在した二人のイングランド女王にとって結婚は大きな躓きの石となり、それは同時に、女王の見習い期間のエリザベスに最大の処世術を与えたはずである。結婚ほど、女王という存在の矛盾をつきつける厄介なものはない。君主として権力の頂点に君臨しながらも、妻として夫や婚家への服従や妥協を強いられる。エリザベスが果たしていつごろ独身主義の決意を固めたのかをめぐっては、今なお歴史家の間でも意見が分かれている。[*8] 本当のところは、無論本人以外にはわからない。ただ少なくとも、姉とは異なり、若いエリザベスが結婚に対する期待や憧れといったものをほとんど持ち合わせていなかったことだけはたしかである。

「おぞましき女性統治」の恥辱

国王の離婚問題に端を発したイングランドの宗教改革が顕著に示す通り、王権と宗教は分かちがたく結びついていた。メアリー一世の治世に対する最も激烈かつ理論的な批判も、当然のことながら宗教界から発せられることになるが、それは、メアリー個人ではなく女性君主全般に対する攻撃の形をとった。

対仏戦争の失敗によりメアリーの治世に暗雲が立ち込めていた一五五八年初頭、ジュネーヴで『おぞましき女性統治に対する第一のラッパの警笛』(以下、『おぞましき女性統治』と略記)と題したパンフレットが匿名で出版される。著者は、スコットランド出身の牧師ジョン・ノックスである。筋金入りのプロテスタントのノックスは、スコットランドやイングランドで宗教改革運動に奔走した後、一五五三年のメアリー一世即位後はジュネーヴでの亡命生活を余儀なくされていた。ノックスの直接の執筆動機は、メアリー一世やスコットランド女王メアリー、その母親のメアリー・オブ・ギーズらカトリック女王への憎悪だったが、中でもノックスが最も危険な女王として敵視していたのはメアリー一世だった。このパンフレットの主要読者として想定していたのも、スコットランドではなく、イングランドの国民である。[*9]

ノックスは、エドワード六世の夭折によりイングランドの宗教改革が頓挫したことを嘆きながらも、その論点を、本来争点となるはずのプロテスタントとカトリックの宗教的対立からジェンダーの問題へとずらしている。ちなみに、匿名出版としたのは、処罰への恐怖からではない。よほど言いたいことが溜まっていたと見えるノックスは、パンフレットに付された序文で、「私の目的は、もし神がお許し下さるならば、同じ主題について三度ラッパを吹きならすことである。そのうち二度は名を伏せて行うが、最後に吹く時には他人に害が及ぶことのないよう、責めを一身に負う所存である」と、今後の執筆活動への並々ならぬ意欲と覚悟を語っている。[*10] 予定していた第二部はわずか二頁程度、第三のラッパはついぞ吹かれることはなかったものの、匿名出版は、出版活動を継続的に行うための便宜的な方策だったようである。

ノックスの議論の主眼は、本来王座に就くべきではない王位簒奪者として女性君主を位置づける点にある。その根拠は、有名な冒頭の一節で言い尽くされている。

女性を引き上げて、王国、国家、都市における統治権、至高の権力、主権、ないしは支配力を行使させることは、自然に逆らった、神への冒瀆であり、神が明らかにされたご意思とお認めになったご計画へのゆゆしき反逆である。そして最後に、これは公平と正義という良き秩序の破壊である。[*11]

自然が人間社会とは対置された山川草木を指す現代とは異なり、ルネサンス期における自然とは、神の被造物としての人間も含めたより広義の自然の理を指す。ノックスに言わせれば、もともと「弱く、脆く、忍耐力がなく、低能で愚かに」生まれついている女性が国家を統べることは、神が定めた自然の秩序に反する所業である。[*12]男性に対する女性の服従は神がイヴに与えた罰である以上、女性が男性を支配することも、女性による支配を男性が受け入れることも、神の法をいちじるしく侵しており、腐敗した共同体全体に対する神の怒りを招きかねない。ノックスは、聖書はもちろん、アウグスティヌス、アンブロシウス、テルトゥッリアヌスといった初期のキリスト教神学者、そしてアリストテレスの『政治学』といった様々な文献に依拠する一方、「女性が移り気で気まぐれで、残酷で、分別や統治といった精神を欠くことは経験からも明らかであり」、「為政者には断じてあってはならないこの種の悪弊が潜んでいる」と、あからさまな女性嫌悪の言説を展開する。[*13]その論調は次第に預言者のような熱狂を帯び、パンフレットの末尾では、「愚かな民衆、そして無知で非道な君主の悪しき法」がのさばらせている「不法にして、不条理な女の帝国」はおのずと崩壊することが高らかに宣言されている。[*14]

ノックスのパンフレットは、その扇情的な題名からキワ物的な扱いを受ける傾向があるが、そこで展開される女性論は決してノックスだけの先走った意見ではなかった。『おぞましき女性統治』の出版とちょうど同時期、ジュネーヴではもう一つの反女性君主論がイングランド人牧師によって出版される。ノックスの亡命仲間でもあるクリストファー・グッドマンが著したパンフレットの題名の全訳は、以下の通りである。

臣民はいかに至高の権力に服従すべきか。並びに、いかに、神の言葉に従って、至高の権力に背き抵抗することが合法的に可能か。イングランドにおける現在の苦難の原因と唯一の解決策を述べる。[*15]

第一文だけが書名として用いられることが多いが、グッドマンの主眼はむしろ第二文以降にあり、祖国イングランドを治めるメアリー一世への批判は、同志ノックスの論調と軌を一にしている。

ここで確認しておきたいのは、ノックスやグッドマンのパンフレットは女性論ではなく、政治論として執筆されている点である。[*16] 現代の読者が眉をひそめるのはノックスのあからさまな女性蔑視だが、四〇〇年前の社会において、これは何ら珍しい考えではなく、センセーショナルな要素は皆無だった。むしろ、当時の読者に大きな衝撃を与え、そして、カルヴァンを含むノックスの友人達すらをも困惑させたのは、君主制をめぐるノックスのあまりにも急進的な立場だった。ノックスが女性君主を否定する時、それは畢竟、誰が君主にふさわしいか、誰を君主にすべきか、といった問題を扱うこととなり、その選択や判断があたかも臣民に委ねられているかのような印象を与える。さすがにノックスは、暴君に対して臣民はどう振る舞うべきかというデリケートな問題に踏み込むことは控えている。反王権と見られることは、この時期のカルヴァン派にとって決して好ましいことではなかったからだ。しかしながら、ノックスが同じ年に出版した『スコットランド貴族への訴状』と併せて読むと、『おぞましき女性統治』が孕む政治的急進性は一層明らかになる。『スコットランド貴族への訴状』において、ノックスは貴族階級が君主を牽制し、監視する責務を歴史的に有してきたことを縷々説き、神の法を守るという宗教的な理由は政治的抵抗の立派な大義名分となりうることを主張する。[*17] 現君主の正当性への疑義を呈することは、君主制の基盤そのものをゆるがしかねない危険思想だった。

いくらカトリックの女王に対する攻撃とはいえ、こうした反女性君主論が同年に病死した姉の後を継ぐ形で即位したエリザベスにとって面白いはずがない。たとえ、ノックスが殉教者として偲ぶプロテスタントのジェイン・グレイが即位していたとしても、女性君主である以上は、メアリーと同様にノックスの非難を受けたはずである。

即位の翌年一五五九年、エリザベスは、自著を献呈してきたカルヴァンの使者を追い返す形で、ジュネーヴで立て続けに出版されたカルヴァン主義者による反女性君主論への遺憾の意を表明している。ところが、カルヴァンはこの仕打ちを無礼きわまりないと思ったらしく、女王の側近ウィリアム・セシルに対して、女王への不快感をあらわにした書簡を書き送っている。その中でカルヴァンは、ノックスの出版計画に気づいた時は既に時機を逸しており、「事を荒立てるよりは、忘却に葬る方がよい」と考えた経緯を弁明しつつも、ノックスの基本姿勢の擁護ともとれる考えを表明している。

二年前に、ジョン・ノックスは私との私的な会話で、女性の統治についてどう考えるかを尋ねてきたことがありました。私は率直に、女性による統治は自然本来の正当な秩序からの逸脱である以上、隷属と同じく、人間の堕落の結果生じた刑罰の一つとして位置づけられると答えました。ただし、時に天賦の才に恵まれ、類まれなよい資質に輝く女性が存在し、そういう女性が神意によってその地位に引き上げられたことが明らかに認められる場合があるとも述べました。[*18]

女性統治は、疫病や飢饉と同様、神が人間に与える試練であるとするカルヴァンの女性観は、ノックスのそれとさほど隔たりがあるわけではない。[*19]カルヴァンがノックスと異なるのは、女性による統治を自然の理からの逸脱としつつも、神の奇蹟による例外としてこれを是認している点である。このダブルスタンダードは、当時多くの進歩的な知識人の間で共有されていた考えであり、次節で述べるように、女性君主擁護論の通奏低音となっていく。

一五五八年一一月一七日にエリザベスが即位した時の、女性君主をめぐる状況はこのような有様だった。弟の夭折、姉の急逝という思いがけない出来事によって王座が転がり込んではきたものの、エリザベスの即位は順風満帆どころではなく、むしろ逆風の中での船出だったと言えよう。一人目の女王の道は険しいが、一人目が失敗すれば、二人目の女王の道はさらに険しい。アーサー・ブライアントの言葉を借りれば、エリザベスが就いたのはまさに「茨の玉座（A Throne of Thorns）」だったのだ。[*20]

エリザベス一世の初舞台——戴冠式の行進

メアリー一世、そしてエリザベス一世と、相次ぐ女性君主の出現に辟易する向きもある中、女性による統治を正当化するための理論武装が急務となった。厳格な社会階層制度と家父長制度が有機的に結合していた近代初期社会において、国家権力の頂点に立つ女性為政者は大きな矛盾を孕んだ存在であり、一つ間違えば、激動のテューダー王朝の新たな火種になりかねない危険性を有していた。それだけに、女性君主バッシングを封じ込めることは、女王と側近貴族の双方にとって最優先の政治的課題となった。

ここで、女王の側近貴族、すなわち枢密院の制度について説明しておこう。枢密院とは、国王の諮問機関に相当し、特にテューダー朝においては国政に関わる全てのことを審議する重要な役割を担っていた。枢密院は、国務卿、大蔵卿、大法官を中心に一〇名から二〇名の貴族によって構成されたが、即位に先立って、エリザベスがまず行ったことはこの枢密院の組閣だった。メアリー崩御の三日前の一一月一四日、イングランドの王権譲渡の行方を偵察すべくスペインのフェリペ二世によって全権大使として送り込まれたフェリア伯は、「マダム・エリザベス」のもとに枢密院の新しい構成メンバーの選定が水面下で進んでいることを報告している。[*21]

大方の予想通り、国務卿にはエリザベスが絶大な信頼を置くセシルが任命された。セシルは、平民出身でありながらも、早くから有能な政治家として頭角を現し、既にエドワード六世の代で国務卿を務めた経験を有する実務家である。その実直な人柄、冷静沈着な判断力、政府の隅々にまで目を行き届かせる情報収集力と洞察力に加えて、三八歳のセシルは、ほぼ一回り年下のエリザベスにとっては、公務を遂行する上で誰よりも信頼できる相談相手だったに違いない。メアリーが没し、エリザベスが議会によって女王と宣言された日の三日後に、エリザベスはハットフィールドで第一回目の枢密院会議を召集する。その席で公式にセシルを国務卿として任命した際に女王がかけた言葉は、以後四〇年間続くことになる二人の固い結束を保証するエリザベスの名演説の一つとして知られている。

私は、あなたが枢密院の一員となり、私と私の王国のために尽力することを命じます。あなたは決して賄賂で買収されるようなことはなく、国家に対して忠義を尽くす人間だと心得ています。そして、私の個人的な意向がどうであれ、自分が最善と考える忠告を私に与えてくれることもわかっています。もし今後私に極秘で報告することが生じた時には、私だけにお話しなさい。それを他言するようなことは絶対にしないゆえ、このことを肝に銘じるように。[*22]

枢密院（Privy Council）の“Privy”とはもともと「室内用便器（Privy Stool）」を指す。ヘンリー八世の時代には、「宮内次官補（Groom of the Stool）」なる役職の貴族が国王の側近として権勢を誇ったが、これは国王の傍近くに仕えて、文字通り国王の下の世話まで請け負った。[*23]最も私的な秘め事とも言える排泄を介した君主との身体的距離の近さが、そのまま君主と家臣の精神的な結びつきを生みだし、宮廷政治の運営に繋がったことになる。男性君主特有のこのホモソーシャルな官職はさすがにエリザベスの時代には事実上廃止されるが、その代わりに一層存在感を強めたのが枢密院だった。エリザベスの政治的手腕の片鱗は、枢密院結成にも窺える。枢密院の陣容はわずか二日間で決定されたものの、それはその後四五年間の治世に亘ってほとんど変化することはなかった。[*24]メアリーの時代には三〇名ほどに膨れ上がっていた枢密院の人数を約半分に減らし、内部の結束を強化する策が功を奏した結果である。

枢密院における審議事項の準備は、国務卿の重要な任務の一つである。女王の即位宣言とその発布、新政権の態勢、いまだ戦争状態にあるフランスやスコットランドに対する国防の強化、ローマ教皇庁を含むヨーロッパ諸国への大使の派遣、莫大な借金の処理、そして何より国の宗教をどうするのか——いずれも国政の行方を大きく左右する問題が山積する中で、戴冠式の祝祭の準備もまた重要な先決事項として粛々と進められた。王室と祝祭が切っても切れない関係にあることは、昔も今も変わりない。民衆に対して君主の威光を知らしめると共に、君主と国民の絆の強さを海外に向けて発信する点で、祝祭という公共メディアが有する政治的効力は絶大である。それをエリザベス率いる新体制が強く意識していたことは、戴冠式の祝祭に際して払われた細心の注意と周到な準備から窺うことができる。

戴冠式の前にロンドン塔で一夜を過ごし、そこから戴冠式が行われるウェストミンスター寺院まで行進するのが、歴代のイングランド君主の慣習だった。[*25] 体力的にも時間的にも、行進と戴冠式を同日に実施することは困難であり、物理的理由から二つの行事は二日に分けて行われたが、あくまでもメインは戴冠式であり、行進はその導入と位置づけられていた。ところが、エリザベスの戴冠に際しては、これが完全に逆転する。教会で執り行われる聖なる秘儀としての戴冠式よりも、ロンドンの街路で繰り広げられる世俗的な祝祭である行進を大々的に行う方針がとられたのである。それは、人民の共感や情動に訴えることを優先するという、以後エリザベス朝の祝祭文化の傾向を規定する画期的な方向転換だった。

戴冠式に先立つ行進に対するエリザベスの並々ならぬ意欲は、祝祭の模様が出版を通して世に伝えられたことに窺える。戴冠式の行進のわずか九日後には、『戴冠式の前日におけるロンドン市からウェストミンスターへと至る女王陛下の行進』（以下、『女王陛下の戴冠式の行進』と略記）と題された小さなパンフレットが出版される。どうやらこれは爆発的に売れたらしく、書籍商のリチャード・トッテルは大急ぎで早くも第二版を同年に出版している。[*26] メアリーの戴冠式の行進もまた、パジェントと総称される野外劇や豪奢な衣装を伴い大々的に実施されたが、その記録はほとんど残っていない。[*27] 公式の報告もなければ、パジェントの韻文も残っていないところを見ると、戴冠式の行進は、その場限りの行事として位置づけられていたようである。これに対して、エリザベスの戴冠式の行進は、記録係が女王の傍に配され、女王がアドリブで語る言葉も含めて、その一挙一動を行進の模様と共に逐一書き留めるといった念の入り様である。祝祭の印刷出版は、ヘンリー八世やエドワード六世の時代にも見られなかった初の試みであり、一六世紀後半になってイングランドの出版市場がようやく成熟の兆しを見せ始めたことを示している。新聞や雑誌といった定期刊行物がなかった時代にあって、この小さなパンフレットは、大衆ジャーナリズムの萌芽を示す画期的な出版物として捉えることができる。それが王権主導のもとに行われていることに、自己演出に長けるエリザベス一世のずばぬけた才覚が窺えるのだ。

後日の支払い記録によると、記録係を務めた人物、すなわちこのパンフレットの作者はリチャード・マルカスターなる新進気鋭の人文主義学者だった。マルカスターは、戴冠式の翌年一五六〇年に新設されたマーチャント・テイラーズ校の初代校長に就任し、後に聖ポール校の校長を務め、エリザベス朝の初等・中等教育の教育論を著した人物である。本職は教育者のマルカスターが、女王の戴冠式の祝祭の記録係という一見すると畑違いの大役を任されたのは、その学識もさることながら、文学、ことに演劇への造詣の深さを見込まれてのことだったと推測される。

祝祭の中心となるのは、ロンドン市内の各所で催されるパジェントであるが、これは極めて寓意性に富んだ出し物だった。中世の聖史劇や黙劇に始まるパジェントの系譜が示すように、イングランドのパジェントの特徴は、修辞を凝らした語りよりも視覚的な情報によって主題を強調する寓意的な手法にある。[*28] したがって、祝祭の様子をリポートするパンフレットは、各パジェントの意味を解説する役割も担うことになる。演劇の伝統に精通したマルカスターの文学的感性は、例えば以下の一節によく表れている。

行進の道中、陛下は民衆に対していとも深い愛情をお示しになっただけではなく、身分の低い者が花やらそういった物を好意の印として陛下に差し出したり、あるいは何かを訴えようとすると、実に優しく輿を止め、彼らの言葉に耳を傾けたので、居並ぶ観衆は皆大喜びで、心慰められたのである。この時のロンドンを形容するとすれば、素晴らしい見世物がかかっている舞台という言葉ほどぴったりの表現はない。そこには、愛情溢れる臣民に向き合う高貴な君主、立派な君主を目の当たりにして至福の境地に達する民衆の姿があった……。

（一巻一一八頁）

街全体がさながら巨大な劇場と化したロンドンの様子を彷彿とさせるような巧みな描写である。パジェントを観劇する女王もまた役者の一人となり、ロンドンの街路のそこここで繰り返される君主と民衆の交歓は、「素晴らしい見世物《スペクタクル》」として、読者の前に俯瞰した形で再提示される。君主の演技性、そして君主と臣民の親密な関係の虚構性をも示唆するマルカスターの比喩は、もはや単なる祝祭の記録を超えており、独自の鋭い分析力と創造的解釈を示している。

エリザベスの行進に伴う祝祭の企画は、ロンドン市当局が任命した四四名に委ねられ、約五週間を費やして準備が進められた。ちょうどクリスマスから新年にかけての祝祭期間に、市内の五ヵ所にパジェントのための櫓が建設された。

ここで、エリザベス朝の都市行政についても簡単に説明しておこう。当時のロンドン市の行政は寡頭政治であり、ロンドン市長と二六名の長老参事会員で構成される長老参事会によって運営されていた。[*29] 市長に次ぐ位である長老参事会員は、世襲制度を原則としつつ、経済的に繁栄しているジェントリー階級から選出されたエリート市民達だった。市長も長老参事会員も、中世のギルドを前身とする一二のロンドン同業組合の一員である必要があり、当時のイングランドの主要産業だった毛織物業をはじめとする繊維業やその交易に携わる商人が多くを占めた。こうしたロンドンの富裕市民層は、代々王室とも密接な関係を誇っており、ロンドン入りする君主は彼らに最大限の敬意を払う必要があった。

実は、エリザベスが女王としてロンドン市民の前に姿を見せたのは、戴冠式前日の行進が初めてではない。行進の前日、ロンドン塔に向けて王宮ホワイトホールを発った女王は、テムズ川を下り、船に乗ったロンドン市長と長老参事会員の歓迎を受けている。この模様を記録した仕立て職人ヘンリー・メイチンの日記やラファエル・ホリンシェッドの『年代記』によると、出迎えの市当局者達が乗る船は、それぞれが所属する組合の紋章を掲げた旗やリボンで美々しく飾られ、祝砲が放たれ、楽団が賑やかな音楽を演奏したというから、これ自体がもう一つの祝祭の様相を呈していたと言えよう。[*30]

とはいえ、戴冠式の行進の準備は、ロンドン市に全権が委任されたわけではなく、先述の通り、女王、枢密院、ロンドン市の共同作業によって遂行されたと考えるのが妥当である。[*31] 特に、エリザベス本人の意向が大きく作用していた可能性を示す根拠として、一五五九年一月三日付で女王が宮廷祝典局長サー・トマス・カワーデンに宛てた書簡が挙げられる。それによると、パジェントのための衣装は宮廷より貸し出されており、財政的な配慮もさることながら、女王側が内容についても事前にある程度把握していた可能性が窺える。[*32] 無論、パジェントの構想や執筆を請け負ったのは、年代記作家リチャード・グラフトンをはじめとする市当局から任命された市民達だが、その全体的な主題に対してパトロンとして女王が及ぼした影響力の大きさは無視できない。宮廷祝祭と都市祝祭の混淆という、エリザベス朝特有の祝祭の在り様は、既に戴冠式の行進に窺うことができるのだ。

理想の女王の演出

さて、図2のルートが示す通り、いよいよ一五五九年一月一四日土曜日の午後二時、輿に乗ったエリザベス女王（図3、31頁）とその一行は、テムズ川北岸に建つロンドン塔を出発し、ウェストミンスターに向かった。道中に

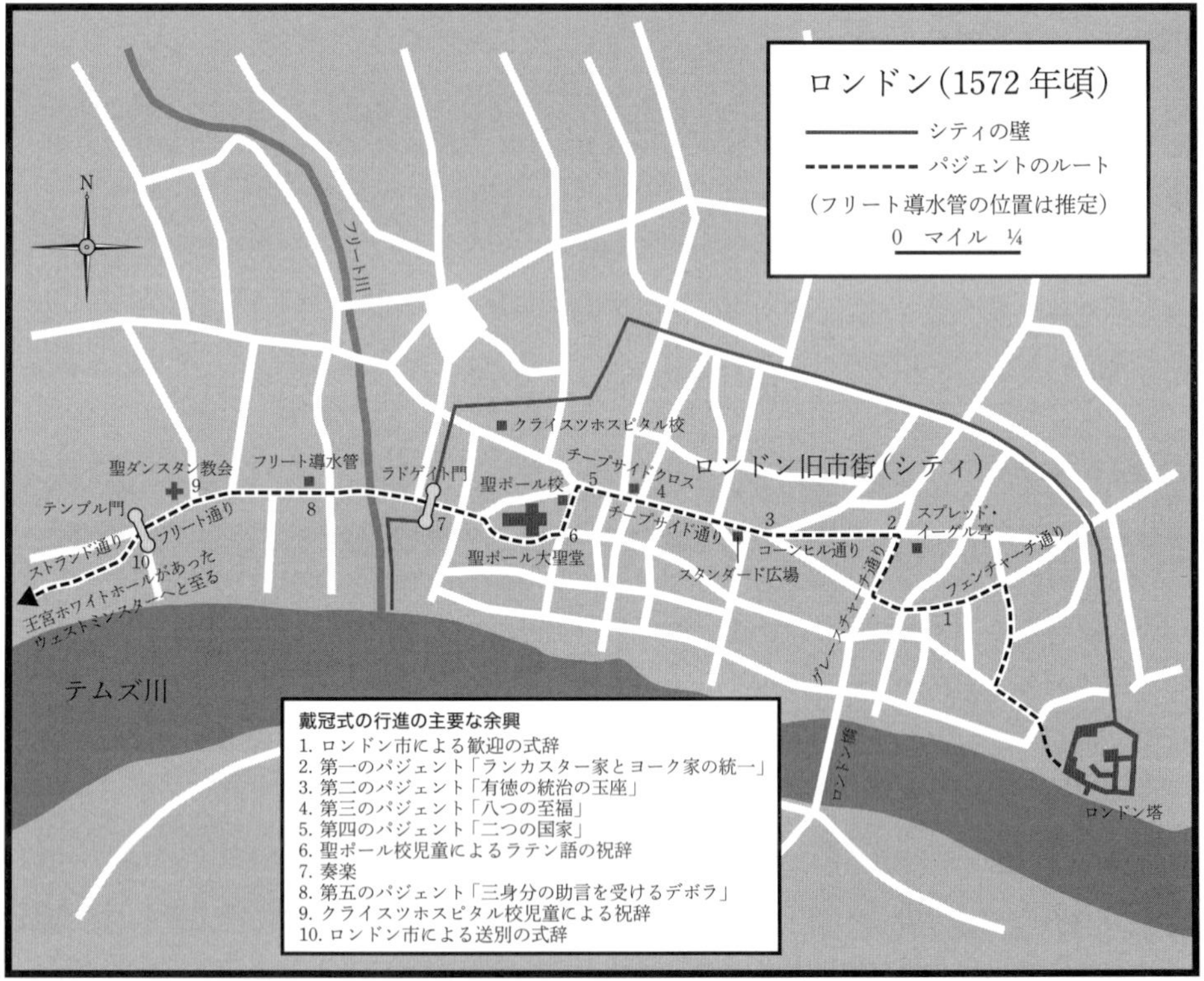

図2　戴冠式の行進のルート

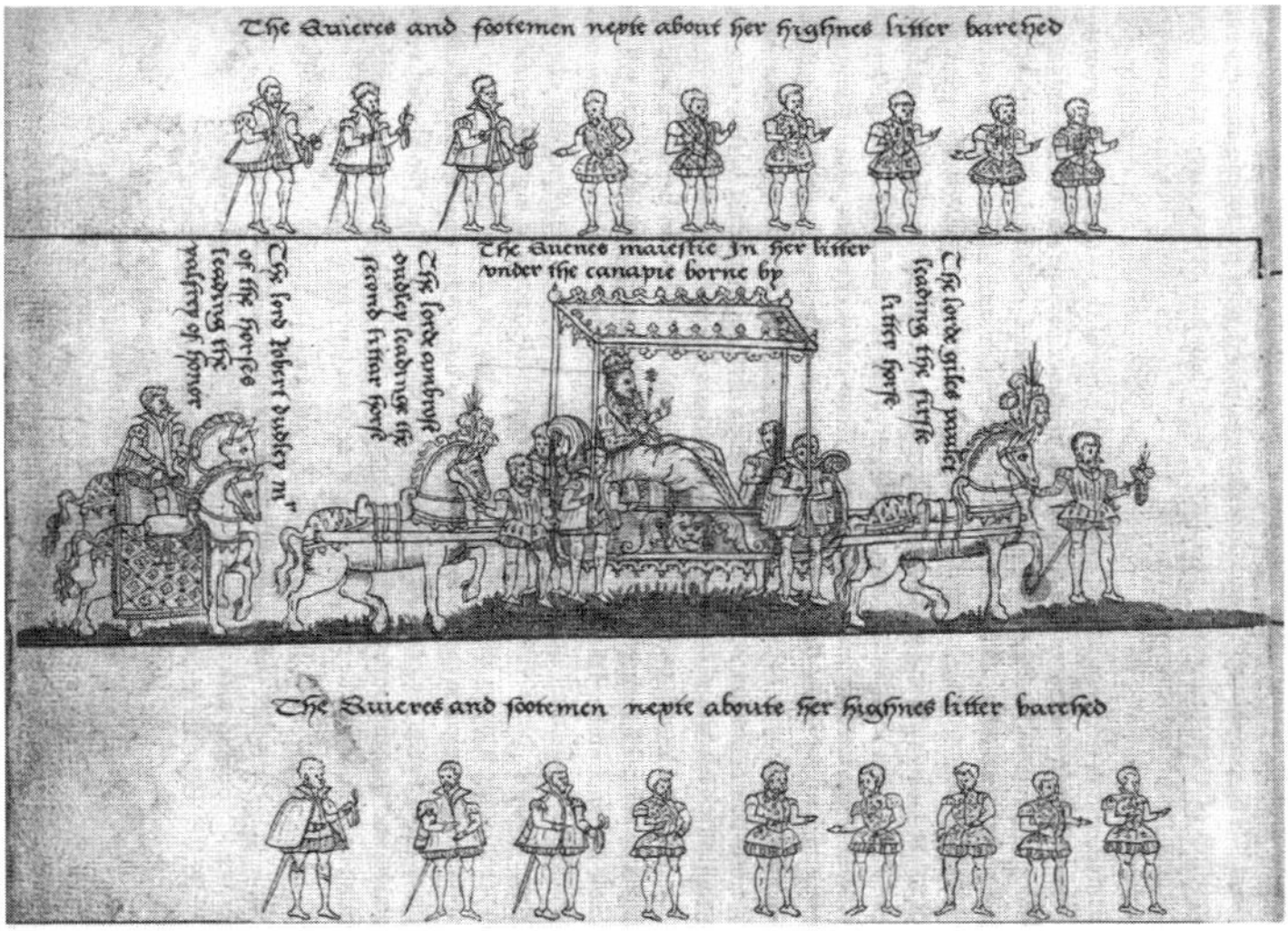

図3　戴冠式の行進のエリザベス

はほぼ等間隔に五つのパジェントが配され、合間には女王を称える演説や奏楽が挿入された。

この場合のパジェントとは、日本の祭で見られる山車を想像するのが最も近い。それは、言わば仮設の舞台として機能し、様々な寓意的意匠が凝らされた。例えば、「ランカスター家とヨーク家の統一」と題された第一のパジェントは、グレースチャーチ通りの突き当たりに設営された「豪華で壮麗なアーチ」で行われた（一巻一二〇頁）。通りの両端から聳えるアーチは三段式で、テューダー朝の始祖であるヘンリー七世とその妻エリザベス、そしてエリザベス一世の父母ヘンリー八世とアン・ブリンに扮した地元の子供達が一段目と二段目に乗っており、最上段にはエリザベス女王役の子供が鎮座している。三世代を表す三層は、ランカスター家とヨーク家を象徴する赤薔薇と白薔薇の枝で繋がれており、全体の構図はヘンリー七世からエリザベス一世へと至る家系図を示している。このパジェントの意図は、極めて明快である。ヘンリー七世とヨーク家のエリザベスの婚姻に重ねる形で、エリザベスの父母の婚姻が称えられ、その結果誕生したエリザベスによる王位継承の正当性を謳いあげる。一時は非嫡子の烙印を押されたエリザベスだけに、戴冠に際してまずは押さえておかねばならない重要項目である。

ただし、エリザベスの血筋の証明は、このパジェントの表面的なメッセージに過ぎない。近代初期文学の重要な様式である寓意の醍醐味は、それが複数層の意味レベルで作用する点にある。王位継承を寿ぐ第一義的な意味の奥には、もっと切実な意味が隠されているのである。

パジェントの執筆者の一人と推測されるグラフトンは、後に出版した自著『簡約版イングランド年代記』に自らが手がけた戴冠式の祝祭に関して記述している。グラフトンによると、第一のパジェントは「全ての臣民の平和な政府のために、我らの女王が福音書と神の聖なる御言葉の真理と結びつき、一つとなること」を示したものだという。[*33] 系統樹の形式で表された家系図は、旧約聖書の「イザヤ書」、「エッサイの株からひとつの芽が萌えいで／その根からひとつの若枝が育ち／その上に主の霊がとどまる」(一一章一―二節)に基づく「エッサイの木」のイコンに由来する。[*34] 第一のパジェントは、多分にカトリック色の強いこのイコンを世俗的な君主崇拝に転用することによって偶像崇拝を回避しており、宗教改革に慮った配慮を示している。

キリスト教的な救済は遠景に留めた上で、グラフトンの注釈は、このパジェントの題名に掲げられている「統一」という語に歴史的な意味づけを付与する。かつてヘンリー七世とエリザベスの婚姻によるランカスター家とヨーク家の統一が薔薇戦争を終結させてイングランドに平和をもたらしたように、エリザベスと神の言葉の統一が宗教抗争に疲弊している民を平和へと導く。メアリー治世下における流血の宗教弾圧と屈辱の対仏戦争への呪詛は、パジェントの解説役を務めた子供が女王の御前で読みあげた詩文にも滲みでている。

　だから、両家が一つに統一された時に
内乱と流血が終わったように、

諍いをやめ、平安をいや増すためには、
ああ気高き女王よ、汝だけが頼り。

（一巻一二一頁）

この時点で、世智にたけたエリザベスはまだ自身の宗教的信条を明確にしておらず、国の宗教の行方は依然として不透明なままであった。エリザベスとその新政が、カトリック貴族や主教が大勢を占める貴族院の猛烈な反発と抵抗に遭いながらも、メアリーの時代に廃止された国王至上権を復活させ、イングランドをカトリック信仰からプロテスタント信仰へと名実共に戻すことに成功するのは、まだ三ヵ月も先の話である。メアリーからエリザベスに王位が引き継がれたばかりのこの時点では宗教は極めてデリケートな問題であり、グラフトンとしても、エリザベスをあからさまにプロテスタント君主として祭り上げることは控えねばならなかったはずである。ただ、少なくとも平和の君主としてエリザベスを称揚することで、メアリーとの差異化を図ろうとしたことは間違いない。

　マルカスターによるパンフレットは、平和の君主としてエリザベスを位置づけたこのパジェントについて報告する際に、さらにもう一歩踏み込んだ独自の解釈を付加している。

女王陛下の名前はエリザベスであり、ランカスター家とヨーク家の統一によって誕生したヘンリー八世の唯一人のお世継ぎである。だから、［ヨーク家の］エリザベスが平和の最初の源となったのと同じように、もう一人のエリザベスも臣民の平和を維持するようにとの意図が込められているのだ。したがって、統一がこの余興全体の目的であり、女王陛下のお名前がそもそもの根拠となっている。

（一巻一二一頁）

マルカスターの解説は、テューダー朝を拓いたヘンリー七世ではなくヨーク家のエリザベスを平和の立役者として前景化している点で興味深い。「エリザベス」という名前は、さながら平和の記号として用いられている。ここでマルカスターが、ヘンリー七世やヘンリー八世ら男性君主よりも、ヨーク家のエリザベスとの間にエリザベスが有している類縁性に読者の注意を喚起しているのはなぜか。戦争ではなく婚姻と出産を通して民に平和をもたらす女性の力を想起させることで女性君主への批判をかわそうと腐心する意図をそこに読み取るのは、あながち穿った見方ではあるまい。

同様の試みは、パジェントの正面に飾られた台に記されたラテン語の詩文にも見受けられる。

戦をする国王は臣民にとっては災い。
平和のために生まれた君主は戦に向かうことはない。
平和の娘は豊穣、平安は平和の孫娘。[*35]

平和を母なる女性に、平和から豊穣を経て平安へと至る過程を女系継承に喩えた比喩もまた、女性君主を意識したものと言える。このように、第一のパジェントが払拭しようとしたのは、ヘンリー八世の庶子という烙印だけではない。「おぞましき女性統治」の烙印こそが、エリザベスが戴冠式の行進という初舞台で一掃しなければならない最大の負の遺産だったのだ。

こうした構想にはエリザベス自身の意向も反映された可能性がある。興味深いことに、戴冠式から約一〇年後、エリザベスは、まさしく同じ構図の肖像画を発注しているのだ（図4）。[*36]「テューダー朝の王位継承の寓意」は、中央にヘンリー八世を配し、その傍らに跪くエドワード六世、向かって左側に夫フェリペを連れたメアリー一世、そして右側には前景として大きくエリザベス一世を描いている。メアリーとフェリペ夫妻の左には軍神マルスが描かれているのに対して、エリザベスが手を引いているのは平和の女神であり、その背後にはコルヌコピア（花と

図4　ルーカス・デ・ヘーレ（推定）「テューダー朝の王位継承の寓意」（1572年頃）

果実の入った豊穣の角）を抱いた豊穣の女神が控えている。コルヌコピアには、ヘンリー八世が手にした剣との対比を読み取ることもできる。平和の君主というスローガンは、エリザベスの治世を通して女王の自己成型の柱となっていくが、戴冠式の行進においてそれは既に明確に打ち出されている。

　反女性君主論を意識した女王擁護が最も顕著な形で表現されているのは、フリート通りにおける第五のパジェントである。舞台の最上段には、王笏を手にして議会服を身にまとった女王に扮した子供がなつめやしの木を背景にした玉座に座っている。その頭上には、「士師記にして、イスラエルの教会の救済者であるデボラ。「士師記」四章」（一巻一三三頁）と記した板が掲げられている。エリザベスを旧約聖書に登場する預言者デボラに喩えるのは、女性君主擁護論の常套手段だった。ノックスですら、パンフレットに対するエリザベスの怒りを鎮めるべく書き送った書簡の中で、エリザベスをデボラの再来に見立てている。

　　弱き器である汝のもとにあるイングランドの虐げら

れし神の子羊に休息が与えられるようにと私は祈っているのだが、もし汝が神の御前で身を慎むのであれば、私は言葉とペンでもって汝の権威と統治を正当化することにやぶさかではない。ちょうど聖霊が、イスラエルの祝福された母なるデボラに対してしたように。[*37]

エリザベスの神経を逆なでしそうな文面である。ノックスの書簡がはからずも示すように、デボラを女性為政者の鑑として扱うことは、必ずしも男女平等の精神に基づいて女性君主を肯定しているわけではない。賞賛の対象となっているのがデボラ自身の資質ではなく、神の加護であることは、パジェントの解説役の子供が読み上げた韻文でも強調されている。

カナンの王ヤビンは長い間武力によって
イスラエルの民を虐げていた。
しかし、神はついに彼らを災いから救うため
士師として貴いデボラをおつかわしになった。

戦時には、デボラは神の助けによって、敵を敗走せしめ、
剣の一撃で、束縛の鎖を断ち切った。
平和時には、デボラは神の助けによって、常に義を守り、
四〇年の間、イスラエルの民を裁いた。

貴い女王、汝には貴い導き手がいる。

貴い女士師、支えとして送られた女性。
我らのデボラである汝が、
愛ある民に真の心と言葉で祈らせ給わんことを。
（一巻一三三頁）

グラフトンは、後に「このパジェントは、女であっても恐れることはないと女王を勇気づけるためだった」と述懐し、「デボラのように、全能の神の霊と力によって、立派にかつ賢明に、そして長期に亘って統治した女性がかつていたこと」を示す目的を有していたことを認めている。[*38] ただし、神の助けがあれば、女性にも君主は務まるという議論は、あくまでも条件付きの女性君主擁護である点に留意する必要がある。

そして、このパジェントに託された寓意はもう一つある。一見すると、戦場のデボラに言及した戦闘的な比喩は平和の君主としてエリザベスを称えた第一のパジェントの意図と矛盾するように思えるが、デボラの戦いは象徴的な意味で用いられている。熱烈なプロテスタントのグラフトンが仕掛けるパジェントは、デボラが異教徒の支配からイスラエルを救ったように、エリザベスもまたメアリーやフェリペによるカトリシズムの支配からイングランドを解放するよう暗に促している。国王至上権を復活させ、再びプロテスタント国家となるか否か――その判断がいまだ明確に表明されていない段階であったことを考慮すれば、これはなかなか大胆なメッセージと言える。第一のパジェントと同様に、第五のパジェントもまた、女王賛美というよりも、今後取るべき道を若い女王に対して示す提言として機能しているのである。

それは、このパジェントの中段で一層明確に表現されている。そこには、貴族、聖職者、平民を表す人物が二名ずつ計六名居並び、「三身分を伴うデボラは、イスラエルの良き政府の助言を受ける」（一巻一三三頁）と記された板が掲げられている。典拠である旧約聖書では、デボラはヤビンの将軍シセラを倒す際に、直接戦場で指揮をとることはせず、バラクにイスラエル軍を委ねる。パジェントでは、バラクが貴族院と庶民院で構成される議会にすり替えられた格好になっている。おそらく、この背後には、メアリー一世によるカトリシズムの復活を許した議会への深い反省があったに違いない。プロテスタンティズムの継承と普及を君主ではなく議会の務めと捉える意識改革はエドワード六世の時に確立されたが、それが今再びエリザベスが遵守すべき教訓として提示されているのである。つまり、エリザベスが見習うべき模範として提示されているのは、旧約聖書のデボラというよりも、むしろそれをテューダー朝向けにアレンジした近代政治型のデボラであると言えよう。

このように、神の言葉を授かる一方、議会の言葉にも従うことを要請されるデボラには、もはや本人の意思という余地は残されていない。キングが指摘するように、デボラとしてのエリザベス表象には、実は君主の絶対的権力を否定する根本的な矛盾が内在しているのだ。[*39] イスラエルの王は神であり、デボラはその命を受けた士師に過ぎない。神の摂理によって選ばれた君主という絶対君主制の基本的概念は、女性君主の場合は、諸刃の剣となり得る。神の代理人として君主の主権を擁護する一方で、神の意志をことさらに強調することによって、君主の自律性は著しく無化されるという両義性が生じるからである。

このような、玉虫色の女性君主擁護は、戴冠式の直後に出版されたジョン・エイルマーの『忠良なる臣民のためのやすらぎの港』（以下、『やすらぎの港』と略記）にも窺える。後にロンドン主教となるエイルマーは、王女時代のエリザベスの家庭教師を務めたロジャー・アスカムとも親しい、王室との所縁が深いプロテスタント牧師である。エリザベスの即位と共に亡命先から帰国することとなったエイルマーの初仕事が、新しい女王を擁護したパンフレットの出版だった。女王の愛顧を獲得するために執筆されたと見る向きもある。[*40]

パンフレットは、一五五九年四月二六日、亡命先のストラスブールで匿名出版され、同じ日付を付してロンドンでも出版された。「わりと最近のことだが、たまたま外国人によって書かれた風変わりな本を読む機会があった。その本は、女性による統治は規則に反しており、王国にとって容認できないと述べている……」という書き出しで始まるこのパンフレットが、ノックスの反女性君主論を念頭に置いていることは一目瞭然である。[*41] しかしながら、「その議論が虚偽であること、論拠が弱いこと、全体的に馬鹿馬鹿しいことを衆目に明らかにする必要があると考えた」エイルマーの反論は、フェミニストならずとも拍子抜けするような論法である。

神は女性を、気質は弱く、身体は脆弱、勇気は薄弱にして、実行力に乏しく、敵にとっては恐れるに足らず、友にとっては何の防御にもならない者としてお定めになり、こう言われた。「私の力は、弱さのうちに完全にあらわれる」と。すなわち、汝が最も弱い時に、私の力は最も完璧になると。神が御力を加えて下されば、女性はもはや弱き者ではない。傍らには神がいらっしゃるというのに、一体誰が彼女に対抗することなどできようか。[*42]

ノックスに対する真っ向からの反論を期待する読者にとっては、思わず首をかしげたくなる論調である。女性の資質は生来劣っており、本来統治には向かないと論じたノックスの議論は、何ら否定されていないからである。ここでは、ハムレットの有名な台詞「弱き者、汝の名は女」（一幕二場一四六行）に代表される女性観が、逆説として用いられている。[*43]男性に比した女性の弱さは認めた上で、その弱さを補って余りある神の力と栄光が称えられる。

弱さを逆手にとったこのレトリックを、女王自らも、戴冠式の行進のクライマックスと言える場面で用いている。ただし、それはいささか趣を異にする。マルカスターのパンフレットは、まさにロンドン塔を出発する時の女王のあるエピソードで締めくくられている。行進を時系列に報告するとすれば、一番最初に来るはずの出来事を、パンフレットの一番最後に据えた理由は、それが五つのパジェントをも凌ぐ最も感動的な場面を読者に提供するに違いないと判断したためであろう。

まず最初にロンドン塔で輿に乗り込む前に、女王陛下は天を見上げて、こう仰った。ああ主よ、全能にして永遠なる神よ、寛大にも私にこの喜ばしい日を見させて下さったことに、心から感謝を捧げます。主は、真実にして忠実な僕、主の予言者ダニエルに対するのと同じように、私に奇蹟と慈悲をお示し下さいました。主は、ダニエルを貪欲で猛り狂うライオンの残虐な洞窟からお救いになりました。私も同じような苦しみに遭いましたが、ただあなたさまによって救われたのです。（一巻一三九頁）

エリザベスの祈りは、第五のパジェントやエイルマーのパンフレットと同様の論理に拠っている。すなわち、ワイアットの反乱への連座のかどでロンドン塔に囚人として繋がれたことにわざわざ言及することで、自分の弱さを民衆に対して曝す一方、その弱い自分を救い出した神の力と奇蹟を称える。逆境からの脱出の奇蹟が劇的であればあるほど、それは神の加護の証となり、選ばれし者としての保証となる。ただし、そこには、エリザベスならではの実に巧妙な捻りが凝らされている。エリザベスが神の加護なしでは生きられない弱き者として想定する人間に、男女の区別はない。ダニエルと自らを同化するレトリックは、ジェンダーを一瞬にして無化する効果を発揮する。

当時、ロンドン塔には海外の君主から贈呈された珍獣を収容した動物園があり、ライオンの唸り声も聞こえたというだけに、エリザベスはロンドン塔で明日をも知れぬ我が身の行く末を憂いた時に、実際にダニエルの苦境に自らを重ねて、神の助けへの希望を繋いだのかもしれない。[*44] 行進に先立ってロンドン塔で捧げた祈りはあくまでもエリザベスの実体験に基づく感慨であり、特に深い意味はなかった可能性はある。それでも、自身を神が愛した預言者ダニエルに喩えたエリザベスの祈りは、パンフレットの中で祝祭の余興と並べてテクスト化される時、五つのパジェントに勝るとも劣らぬ巧みな寓意性を帯びる。囚われのエリザベスをダニエルになぞらえることにより、エリザベスの収容を命じたメアリーは、ダニエルを監禁した異教徒バビロンの王に喩えられる。エリザベスの救出は、真のキリスト教の君主として神から是認されたことを意味する。さらに、女性君主擁護の観点においても、エリザベスの比喩は、エリザベスとデボラを同化した第五のパジェントにはない新たな要素を付加する。それは、女性にして男性でもある両性具有の身体の構築である。[*45] ジェンダーを超越する君主の身体を前景化するこの新たな論法については次章でさらに詳しく見ていくこととしたい。

第二章

求愛の政治学

女王の身体をめぐるレトリック

女性預言者デボラの再来としてエリザベスを称揚した戴冠式の行進のパジェントとは異なり、自身をあえて男性預言者ダニエルに喩えたエリザベスのロンドン塔での祈りは、女性性と男性性を帯びた君主の特異な身体を演出する。

そもそも君主の体は普通の体ではない、という議論は、中世の政治哲学に由来する。俗に「国王の二つの身体」と呼ばれるこの概念は、キリストの聖体をめぐる教義を政治的に援用した思想である。[*1] それによると、君主は「自然的身体」と「政治的身体」の二つの属性を有する。「自然的身体」は、道徳的な過ち、あるいは病や老齢による死といった、人間の「死すべき身体」につきものの諸々の弱さから免れることはないが、神によって特別な恩寵を与えられた「政治的身体」は不滅である。

君主に対する責めをその「自然的身体」のみに負わせ、「政治的身体」をそこから切り離すことを可能にすることの概念は、女性君主の場合、反女性君主論に反駁する格好のレトリックとなりうる。実際、エリザベスは、戴冠式に先立って召集された第一回目の枢密院会議で以下のような演説を諸侯の前で行っている。

私は一つの自然的身体に過ぎないが、神の許しによって統治する政治的身体でもある。よって、貴公達は皆(貴族階級を主とし、銘々の位と権力に従って)、私の助けとなるように。そして、私は統治することによって、貴公達は奉仕することによって、全能なる神に対する良き務めを果たし、我らが子孫に平安を残すことができるように。[*2]

「自然的身体」を卑下する一方で、「政治的身体」を高く掲げる論法は、伝統的な「国王の二つの身体」のトポスに依拠しているが、女性君主の場合、しかも即位宣言直後の不安定な政局の中で発せられた言葉ともなれば、それは新たな意味づけを施される。未熟で弱い「自然的身体」には女性の身体が重ねられ、限りなく抽象化されたジェンダー・フリーの「政治的身体」と対比される。

「国王の二つの身体」がエリザベスの女性性を後景化するレトリックを提供する一方で、エリザベスの女性としての身体をむしろ前面に押し出した言説も展開された。前章で紹介したエイルマーの女性君主擁護論『やすらぎの港』における以下の一節は、エリザベスを聖母マリアになぞらえるレトリックの最初期の例として知られる。

先に引用したわれわれの歴史では、女性によって繁栄した、あるいは少なくともよく維持された王国はたくさんあるが、衰退したり、完全に滅亡した国は数少ない。あなたがたはトロイの滅亡のことばかり言うが、あれはヘレネによる統治というよりもパリスの愚行によるものである。われわれが負った喪失について言えば、かつて教父達が述べてきたように、ある女性によって死がもたらされたことはたしかである。と同時に、別のある女性によって生ももたらされることとなった。それと全く同じように、(怠慢のためか、不運のためかはわからぬが)ある女性によってわれわれはこの傷を負ったが、別のある女性の努力と幸運により、その傷は癒えるのである。[*3]

エイルマーは、二人のイングランド女王を、聖書の中の対照的な女性二人になぞらえる。すなわち、メアリーは原罪によって人類に「死」をもたらしたイヴに、エリザベスはキリストによる救いによって「生」をもたらした聖母マリアに喩えられることで、メアリー統治下に極度の政治的混乱に陥ったイングランドがエリザベスのもとで再生へと導かれる図式が強調される。

もっとも、ギリシャ神話に言及する際にはパリスやヘレネといった具体的な名前を挙げているのに対して、「ある女性」を繰り返した後半の議論はどうにも歯切れが悪い。もちろん、前君主のメアリーをことさらに貶めるような表現は慎まねばならなかっただろうが、理由はそれだけではない。宗教改革者のエイルマーにとって最大のタブーは偶像崇拝や聖人崇拝であり、カトリック色の強い聖母マリア崇拝はその最たるものである。ハケットが指摘するように、エイルマーの論調には、聖人崇拝に対する強い忌避感が窺える。[*4] 宗教改革が未だ道半ばの状態にあるイングランドにおいて、民衆文化に深く浸透している聖母マリア崇拝の記憶を安易に刺激することは決して好ましいことではなく、細心の注意を要した。

さらにここで留意したいのは、女王の処女性を賛美するのは決してエリザベスの専売特許ではなかったという点である。スコットランドの地図製作者ジョン・エルダーは、メアリーとフェリペの婚姻を祝福して出版した書簡集の中で、メアリーを「幼少のみぎりより処女にして、異端の罪の汚れ一つないお方」と称えている。[*5] エルダーが賛美するメアリーの処女性は、結婚を控えた乙女のそれであると共に、真の信仰者の象徴である。と同時に、エルダーの称賛からは、女性君主を処女王として礼賛する言説に内在する聖母マリアとの近似性を読み取ることができる。鍵となるのは、処女にして、慈愛に満ちた母でもある聖母マリアが有する二重性である。

処女性と母性という、この一見矛盾する資質が両立するのは、処女懐胎によってイエスの母となり、ヨセフとの結婚で聖家族を形成した聖母マリアをおいて他にない。相反する属性の共存を可能とする聖母マリアの図像は、女性君主の奇跡の身体を構築する上で捨て難い効力を有していたことは注目に値する。実際、一方でエリザベスを聖母マリアに見立てたエイルマーが、他方で女王の来るべき結婚とそれに続く出産を当然視していたことは、同じパンフレットの中で「夫を選ぶ際に、女王陛下の御心を神がお導き下さり、陛下を多産にして、多くの子供の母とならしめて下さいますように」とわざわざ祈りを捧げていることからも明らかである。[*6] 乙女の身体と母なる身体――「国王の二つの身体」ならぬ「女王の二つの身体」のトポスは、いわゆるエリザベスの結婚適齢期に相当する一五六〇年代における女王表象の重要な要素となっていく。

ここで考えてみたいのが、即位した時点で女王当人は自身の結婚をどう考えていたのかという問題である。果たしてエリザベスは最初から、生涯独身を貫く決意を固めていたのだろうか。無論推測の域を出ないものの、近年の歴史学研究では、この問いに対する答えは否である。以下に引用する、かつて多くの伝記で引証された有名な議会演説の信憑性が著しく疑問視されるようになったためである。

王国の統治に関して民の懸念が寄せられているようだが、私を結婚させようとするのは、愚の骨頂である。さあ、安心するがよい。私はすでにイングランド王国という夫と結婚で結ばれている。ご覧なさい（と仰ったのです。まさか皆さん、お忘れではないと思いますが）、我が王国との婚姻の証を。（こう仰ると、陛下は、指を伸ばし、金の指輪をお示しになりました。それは、陛下が戴冠に際して厳かに王国との結婚に御身を委ねられた時に、誓いの言葉と共にはめられた指輪だったのです）。[*7]

この記述は歴史家ウィリアム・カムデンによって女王の死後に執筆されていること、カムデンが依拠したと思われるセシルによる手稿には一切見当たらない情報であること、といった理由から、これはのちの時代になって人口に膾炙した作り話に過ぎないと考える見方が優勢である。[*8]

たしかに、カムデンが記述するエリザベスの言動はいかにも芝居がかっており、エリザベスとその治世を神話化しようとするジェイムズ朝特有の懐古趣味的な意図が見え透いている。しかしながら、即位したばかりのエリザベスが結婚の可能性を完全に否定することはしないまでも、結婚に対して極めて消極的であり、独身主義と思われるような態度を見せていたこともまた事実であることを忘れてはならない。例えば、複数の手稿の形で現存している即位直後に行われた下院への演説の中で、エリザベスは、結婚を勧める議会に対して不快感もあらわに返答している。

> あなた方の請願の仕方については好意的に受け止めている。というのも、それは簡素で、人物や場所に関する条件を一切付していないからだ。もしそうでなければ、私はかなり気分を害し、厚かましいにもほどがある、貴殿達がこういう要求をするのは不適切きわまりないと思ったかもしれない……[*9]

ほとんど叱責とも言える高圧的な態度は、平民で構成される下院が相手だからであろう。とはいうものの、誰からであれ結婚に対して口出しされることを極度に嫌ったエリザベスらしい反応である。

その一方で、エリザベスは「この件に関しては、私は王国にとって損害を与えるような決断は断じてしない」と続け、「誰に白羽の矢が立つこととなろうが、その人物は王国と貴殿達のことを大事にするものと信じている」とさえ述べ、結婚の可能性を匂わせる。しかし、この問題に対する一連の答弁は以下のような言葉で決然と締めくくられている。

> 結局のところ、とある女王がこれこれの期間統治し、生き、乙女として死にました、と大理石に書かれるならば、私には十分なのです。この話はここでやめましょう。私に対する皆さんの好意を受け入れ、請願の内容に対してというよりも、その熱意と真意に対して心からの謝意を表します。[*10]

無機質な議会文書ではあるものの、どう見ても結婚に対して前向きとは言えない女王の様子がひしひしと伝わってくる。カムデンの記述を後世が生み出した処女王伝説として片付けることは容易だが、そうした伝説を生み出す気配が即位時のエリザベスの公的な場での発言に漂っていたことは否定できない。

興味深いことに、カムデンが紹介しているエピソードは、実際にはエリザベスではなく姉メアリーの言動だった可能性がある。「私は既にこの王国と王国の忠実なる民と結婚しており、その結婚指輪をはめている。これまでも、そしてこれからもこの指輪を外すことは断じてない」——これは、一五五四年二月、ワイアットの反乱が起こった際に、メアリーが動揺するロンドン市民を前にギルドホールで語った演説として同時代の記録に残っている。[*11]

メアリーは当時フェリペと結婚したばかりであり、ワイアットの反乱はそもそもこの結婚に対する反発から始まったことを考えれば、あまりにもタイミングを外した言葉と言わざるをえない。おそらくメアリーが意図したところでは、王国との結婚の比喩はあくまでも国王の「政治的身体」に言及したものであり、「自然的身体」が結婚しているかどうかは問題ではない。「自然的身体」が誰と結婚しようが、「政治的身体」は未来永劫王国と固く結ばれていることになる。しかし、それは理論上の話であり、民衆の心情では、この二つの身体はそう明確に区別されるわけではない。メアリーの演説がさほどの効果を発揮しないまま、エリザベスの名演説にすり替わったのは、独身を貫いたエリザベスの方がこの論理がより有効に機能したからであろう。とすれば、君主と国家の結婚の比喩は、独身の女王が発しなければ意味がないということになる。

ちなみに、ジェイムズ一世も同様の比喩を愛用し、何度か演説で用いている。「神が結び給いしものを、人は分かつなかれ。私は夫であり、ブリテン島は私の正当なる妻である。私は頭であり、ブリテンは私の身体である。私は羊飼いであり、ブリテンは私の羊である」。[*12] エリザベス一世の逝去に伴いイングランド国王となったジェイムズが一六〇四年に議会で行った演説は、絶大な大衆的人気を誇ったエリザベスにまつわる逸話に倣ったものではないだろうか。先に引用したカムデンの記述を踏まえれば、一七世紀前半には既に、君主とイングランドの関係を婚姻関係に比するレトリックはエリザベスの名演説として定着していた可能性が高いからである。スコットランドとイングランドの王となったジェイムズは、イングランドをブリテン島に入れ替えるだけで、同じ比喩を用いた格好になる。

ところが、男性君主が用いると、同じ比喩でも与える印象は全く異なる。国王を夫に、国家を妻に喩えた瞬間、君主と国家の結婚の比喩は、たちまち家父長主義的な婚姻観の連想を惹起し、専制君主としての側面を強調する結果となる。国王を頭に、国民を身体に喩える、これまたジェイムズのお気に入りの比喩が、一層その効果を強めている。カムデンが喧伝したエリザベスの（実際にはなかったという点では、虚構に近い）演説とジェイムズの演説が似て非なるものであるのは、二人の君主の資質の差というよりも、ジェンダーの差異によるところが大きい。君主と国家の結婚は、あくまでも「イングランドの貞淑な花嫁」という構図においてのみ、唯一にして最強のプロパガンダ性を発揮するのである。

〈イングランドの花嫁〉が即位したばかりの女王のキャッチコピーとして大衆的な人気を博した様子は、エリザベスが即位した頃に流行したバラッドに窺える。バラッドとは、文字の読み書きができない民衆の間で歌い継がれてきた俗謡を指すが、歌物語の形式を取り、恋人との出会いや別れを平易で覚えやすい韻律と言葉で淡々と謳う作品が多い。印刷技術が普及した一六世紀になると、こうした作者不詳の伝承バラッドとは別に、新しい形態のバラッドが誕生する。ブロードサイド・バラッドと総称されるバラッドは、ブロードサイドまたはブロードシートと呼ばれる片面刷りの紙に歌が書かれ、一般によく知られたメロディに乗せて、歌いながら販売された。[*13] 街の通りで売られることからストリート・バラッドとも呼ばれるブロードサイド・バラッドは、日本で言うところのかわら版と同様、有名人のゴシップから巷で起こった事件まで、民衆の興味を引きそうな事象を面白おかしく報道する情報紙の役目を果たした。

もちろん、若き女王の即位は格好のネタとなる。ウィリアム・バーチによるバラッド「女王陛下とイングランドの歌」は、一五六四年版が現存しているが、おそらく初版は女王の即位直後、一五五八年から翌年にかけての時期に出版されたものと推定されている。バラッドは、エリザベスことベッシー（B）と、その恋人の男性として擬人化されたイングランド（E）の間でかわされる掛け合いの形式になっている。

E　私はお前の素敵な恋人。
　お前を私の跡取りに選んだ。
　私の名前は愉しいイングランド。
　さあ、出ておいで、
　これ以上待たせずに。
　可愛いベスよ！　手を出しておくれ。

B　さあ、私の手を取って。
　愛しい恋人のイングランド、
　心も魂もあなたのもの。
　未来永劫
　誓います。
　死が二人を分かつまで。[*14]

素朴で単純な言葉に反して、このバラッドにおけるエリザベスの表象は極めて重層的である。ベッシーは、イングランドの花嫁であると同時にその世継ぎとしても位置づけられており、イングランドには花婿としての属性に加えて父性も付与されている。「死が二人を分かつまで」と誓う結婚式のモティーフや「さあ、出ておいで」というリフレインは、このバラッドが旧約聖書の「雅歌」を下敷きにしていることを示唆している。[*15]「雅歌」に登場する花嫁は、中世においては聖母マリアの予表として解釈されたが、宗教改革以降はキリストと合一した真の教会の象徴として理解されるようになった。[*16] 熱烈なプロテスタントであるバーチのバラッドは、女王を〈イングランドの花嫁〉として描く表層的な意味の下に、父なる神の祝福を受けたプロテスタント教会の樹立というもう一つのメッセージを潜ませているのである。

ロンドンの街路を賑わせたバーチのバラッドがエリザベスの耳に届いたかどうかは定かではないが、個人的な見解がどうであれ、女王の結婚はもはや国家問題であり、エリザベス自身が何度も明言しているように、女王の一存で決められるわけではない。ましてや、周囲の期待は高まる一方である。「この話はここでやめましょう」と女王に釘をさされた下院にしても、一五六三年、一五六六年と数年おきに議論を蒸し返し、結婚して世継ぎを残すよう女王に再三迫っている。また、二〇代の時の結婚観がそのまま維持されるわけでもなく、むしろ、年齢やキャリアに応じて結婚や出産に対する考えが微妙に変わる可能性も考慮する必要があろう。ともかく、いわゆる処女王神話の構築はまだ遠い先のことであり、少なくとも即位から一五六〇年代における世の関心事は、果たして女王は結婚するのか否かではなく、女王はいつ、そして誰と結婚するのかという点に絞られていた。

ダドリー登場

メアリー一世やその母親のキャサリン・オブ・アラゴンの例が示すように、王女の結婚相手と言えば、それは通常他国の王室に求められた。戦国時代における日本の武将と同様、ヨーロッパ王族の結婚は二国間の同盟関係を強化する軍事・外交上の切り札だったし、王族を他国に分散させておくことは、王家の血筋を絶やさないためにも賢明な方策だった。ヘンリー八世の姉や妹も、それぞれスコットランドとフランスの王家に嫁いでいる。特

図５　レスター伯ロバート・ダドリー

に、この時のスコットランドとの縁組は、後にエリザベス一世が世継ぎを残さずに没し、その跡目をスコットランド王ジェイムズ六世が継承する際に、効力を発揮することになる。

　貴族の子女の結婚は早く、一〇代半ばで嫁ぐのが一般的だったにもかかわらず、姉メアリーと同様、エリザベスもまた未婚のままで即位を迎えることとなったのは、ひとえに母の失墜に始まる不安定な政治的立場による。しかし、即位と共にその状況は一変し、王位を手にしたエリザベスは、今やヨーロッパ王室の結婚市場において引く手あまたの存在となる。姉メアリーの寡夫であるスペイン国王フェリペ二世、スウェーデン国王エリク一四世、オーストリア大公カールをはじめとして、錚々たる王侯貴族がエリザベスへの求婚者として名乗りを挙げる。[*17]

　エリザベスの求婚者リストの中でひときわ異彩を放っているのが、エリザベスの伝記映画では必ずエリザベスの秘めたロマンスの相手として登場するロバート・ダドリーである（図5）。同国人でありながら、つまり女王の家臣でありながら、ダドリーが他国の王族出身の求婚者を凌ぐほどの注目を集めたのはなぜか。

　ダドリーは、ジェイン・グレイ処刑の元凶となったノーサンバランド公爵の五男として一五三二年頃に生まれる。翌年に誕生したエリザベスとは同世代である。父ノーサンバランド公はジェイン擁立が失敗した際に、兄ギルフォードはワイアットの反乱の際に妻ジェインと共に処刑される。祖父サー・エドマンド・ダドリーもヘンリー八世の時代に反逆罪で処刑されており、ダドリー家は三世代に亘って謀反人の血塗られた過去を背負っている。

ロバートも他の兄弟と共に、父の反逆に連座したかどでロンドン塔に投獄されるものの、母ノーサンバランド公爵夫人によるフェリペ二世とスペイン宮廷への懸命の工作が功を奏し、メアリーの恩赦によって釈放される。

ダドリーとエリザベスの出会いについては、たしかなところは不明である。二人が幼なじみだったとか、あるいは二人が幽閉されたロンドン塔で知り合ったという逸話は、映画では格好のエピソードとして取り上げられるものの、信憑性は甚だ疑わしい。ただし、エリザベスの即位の際に、ダドリーが既にその信頼を得ていたことはたしかである。枢密院編成の動きについて報告したスペイン大使フェリア伯の文書では、セシルと共にダドリーの名前もエリザベスの腹心の家臣として挙がっているからである。[*18] おそらく、メアリーの治世下で失墜したダドリー家の人間を重用することは、メアリー色の一掃を図りたいエリザベスの目的にも適っていたのだろう。いまだ爵位は与えられず、枢密院入りすら果たしていないものの、エリザベスの即位に伴い、ロバートの兄アンブローズは軍需品部長官、ロバートは主馬頭《しゅめのかみ》と、それぞれ要職を与えられ、ロバートは一五五九年四月二三日にガーター勲位を授かっている。[*19]

主馬頭は、ダドリーの父もエドワード六世のもとで一時期務めたことがあるものの、その重要性が強まったのはエリザベスの代になってからのことである。女王の私室で傍近くに仕えるのは当然女官達に限定されるため、男性宮廷人は女王へのアクセスが困難となる。その点、女王の移動全般に責任を持つ主馬頭は、狩猟や視察等で外出する女王に常に付き従うことを任務とするだけあって、畢竟女王との接触が容易になり、他の宮廷人よりも有利な立場を得る。前章で紹介した戴冠式の行進の図版（図3、三二頁）では、輿に乗った女王のすぐ後ろに控えるアンブローズとロバート兄弟の名前が見える。君主との身体的距離の近さが政治的影響力に直結しやすいことは、ヘンリー八世の時代の宮内次官補の暗躍について述べた通りである。ダドリー以降、主馬頭は寵臣への出世コースとなり、エセックス伯、バッキンガム公が後に続くことになる。[*20]

一五五八年の即位から半年ほどの間に、女王とダドリーの仲が急速に親密度を増し、宮廷の内外で噂にのぼったことは様々な資料からも明らかである。[*21] フェリア伯は、「ここ数日間でロバートはすっかり陛下のお気に入りとなり、何でも彼の思い通りです。陛下は朝に夕に彼の部屋を訪れているとも言われております」と、一五五九年四月一八日付のフェリペ二世宛ての書簡で報告している。[*22] 女王はダドリーの子供を身ごもっていると吹聴したエセックス州の主婦が逮捕される騒ぎも生じているから、噂は地方の民衆にも達していたらしい。[*23] 活発なエリザベスはダドリーを従えて狩猟や乗馬に夢中になり、女王の身を案じる国務卿セシルがダドリーへの不平を洩らすこともあったという。[*24]

一五六〇年秋、二人の関係がセシルをはじめとする女王の側近を憂慮させるほどになっていた矢先、衝撃的な知らせが宮廷に届く。事実上はほぼ別居に近かったダドリーの妻エイミー・ダドリーの急死である。階段から落ちて首の骨を折ったというのが直接の死因だが、あらかじめ屋敷から人払いがされていたこと、事故現場である階段はたった八段の段差しかなかった上に衣服の乱れもなかったことから、不審死の疑いが俄然強まる。野心家のダドリーが女王との結婚の障害である妻を毒殺したのではないか、との噂が広まり、早急に現場検証が実施された。当時の検査報告も、また後代の歴史家による見解も、ダドリーの関与を否定し、エイミーの精神的・身体的衰弱によって誘発された(自死を含む)事故として扱うのが概ね一致した見解となっている。スーザン・ドランは、「強いて言うならば、自殺が最も可能性の高い説明になるだろう。エイミーには命を断つ動機があり、家には他にだれもおらず、そして精神的不調の兆候もあった」と推測している。[*25]

ドランは、「エリザベスが本気で結婚しかけたことが二度あったことはたしかである」と前置きした上で、ダドリーの妻が死亡したこの時期を、フランス皇太子アンジュー公との結婚交渉が本格化した一五七九年夏と並んで、エリザベスの結婚がにわかに現実味を帯びた時期として位置づけている。[*26] ウォレス・マカフリーもまた、「女王の側がダドリーをけしかけていたことはほとんど疑いようがない」と断じている。[*27] しかしながら、従来より結婚に対しては人一倍消極的なエリザベスが、この時点ではまだ爵位すら与えておらず、枢密院顧問官ですらないダドリーを本気で結婚相手の一人と見なしていたとはどうも考えにくい。ましてや、無罪は立証されたものの、妻の死に関するダドリーの黒い噂が消えたわけではなく、女王をも巻き込んだゴシップはフランス宮廷をはじめとして海外にも拡散している。イングランドの駐仏大使サー・ニコラス・スロックモートンは、フランス国王フランソワ二世の王妃であるスコットランド女王メアリーが「イングランド女王は、女王のために席を空けさせようと妻を殺害した馬丁と結婚するそうな」と侮辱したことを苦々しく報告している。[*28] フランスやスペインなど周辺のヨーロッパ諸国との間できな臭い雰囲気が漂っている最中に、他国の王族達を差し置いて貴族ですらない家臣と結婚することは、慎重なエリザベスにとってはありそうもない選択肢のように思えてならない。同様に、いかに野心家とはいえ、老獪なダドリーが女王との結婚という大それた計画を本気で遂行しようとしていたとは考えにくい。

そもそもダドリーによる女王への求婚説は、セシルであれ、フェリア伯の後任としてスペイン大使に就任したアクイラ主教ドン・アルヴァロ・デ・クァドラであれ、ダドリーを敵視するとまではいかないにせよ、ダドリーを警戒する人物が情報源となっていることに留意する必要がある。[*29] ダドリーが真剣に女王に求婚していたとすれば、一方でオーストリア大公カールとの縁談を女王に薦めていたこととの説明もつかない。

むしろ興味深いのは、ダドリーとの関係をめぐる周囲の喧騒や不安をよそに、平然とあいまいな態度を取り続けるエリザベスのふてぶてしさである。「女王のことはよくわからないのです。私には彼女が理解できない」と途方に暮れるデ・クァドラの戸惑いは、エリザベスに翻弄される宮廷人達の――そして、後世の研究者達の――偽らざる心境を代弁しているのではないだろうか。[*30]「女王は、言い寄られたり口説かれたり、求愛されることがまんざらではなく、むしろ好きだった」。[*31] これは、フランシス・ベイコンが女王の死後にその治世を振り返って記した評価である。結局のところ、こうしたエリザベスの気質をいち早く見抜いた上で、その恋愛遊戯に加担することで着々と政治的基盤を固めていったのがダドリーだったと考えるのが、最も妥当な線のように思われる。

ともあれ、エリザベスがダドリーの魅力に惹かれていたことはたしかであり、スキャンダルをものともせずにダドリーが依然として女王の一番の寵臣であり続けたことも事実である。そして、女王との結婚などよりもはるかに現実的なダドリーの悲願である家名の再興は、早くも一五六一年一二月、兄アンブローズがかつて亡父が保有した爵位であるウォリック伯に叙せられた時に成就する。妻の事件さえなければ、ダドリーも同時に伯爵に列せられていたはずだが、それも時間の問題であることは誰の目にも明らかだった。女王は、主馬頭としての年収四〇〇ポンドに加えて、ヨークシャーの所領やロンドン郊外のキュー荘園、そして毛織物を関税なしで輸出する認可をダドリーに与えるなど、財政的な支援を行っている。[*32] ダドリーのエリザベスに対する政治的な求愛は決して無駄ではなかったことになる。

ダドリーが女王に及ぼす影響力の大きさを早くから察知していたのが、『やすらぎの港』を執筆したエイルマーである。エリザベス朝は印刷出版が普及した時代とはいえ、まだまだ手稿文化の慣習も根強く残っており、出版物の冒頭に据えられる献辞もその一つである。作者は自作品を貴族や有力者に献呈することにより、その庇護と愛顧、時には金銭的報酬や雇用といったより具体的な見返りを得た。宗教書や政治関連書物等、重厚な作品であればあるほど、タイトルページの後に献辞を据えることが一般的だった。[*33] エイルマーが女王擁護論を出版するに際して、パトロンとして白羽の矢を立てたのは、メアリーの代に政治的不遇を被ったベッドフォード伯爵とダドリーだった。[*34]

作者がパトロンに対して自作品の意義を説明する献辞は、序文としての役割も担っていた。二人に宛てた献辞の一節からは、エイルマーがパンフレットに託した真の目的は、女性君主の擁護とは別のところにあった可能性が窺える。

私の労作の最初の果実を進呈する相手として、貴殿達ほどふさわしく、有徳の方はおられません。御二方は共に、ご自身の命や身を守ることよりも、国家の安寧、陛下の安全、そして王国の幸いに心を砕かれているばかりか、神の思し召しによって、キリストの十字架に関する真の教義を広めるという奇特な志と熱意を授かっておいでです。真の教義は、最近、反キリスト者やサタンの軍勢の一味である闇の権力者達によって覆い隠されたばかりか、すっかり破壊されてしまいました。もし神がイングランドのヘレナや彼女の周辺にいる人々の心を鼓舞し、神の御子の十字架を悪魔の教義のはきだめから掘り起こし、全てのキリスト教者を癒し、敵を混乱させるべく、再び臣民の眼前に掲げて下さらなければ、また同じことになってしまいます。[*35]

カルヴァン派のエイルマーは、カトリック女王メアリーを「反キリスト者やサタンの軍勢の一味」として批判し、プロテスタンティズムの復活に期待をかける。その一方で、トロイ滅亡のきっかけとなった傾国の美女ヘレナにエリザベスをなぞらえた比喩は、新しい女性君主に対するエイルマーの不信感をはからずも露呈している。エリザベスがメアリーの二の舞となることを恐れるエイルマーは、女王を真のプロテスタント君主へと導く指導者的役割を側近ダドリーに期待する。急進派プロテスタンティズムの闘士としてのダドリーの自己成型が顕著となるのは、フランスやネーデルラントでカトリック支配に対する反乱が激化する一五七〇年代以降のことであるが、エイルマーは早くもそれを見越していたふしがある。

ダドリーにとっても、エイルマーを庇護することは大きな意味を持つ。エリザベスを激怒させたノックスの反女性君主論を迎え撃つパンフレットのパトロンとして名を冠されることは、女王の護衛を任務とする主馬頭にふさわしい名誉である。と同時に、エイルマーのパンフレットは、パトロン活動という名のメディア戦略の旨味をダドリーに認識させる効果も発揮したのではないだろうか。詩人や知識人を庇護し、その出版活動を支援することで、不特定多数の読者を対象とする出版物を通して巧みな情報操作を行うことは、以後ダドリーの政治活動の要となっていく。一五六〇年代以降ダドリーに献呈された書物の数は年間あたり四〜六件と、その数は女王への献呈数にもひけをとらない。[*36] そして、抜け目ないダドリーがメセナとして君臨したのは、出版市場だけではなかった。次節では、英文学史の片隅に名を残す、同時期のダドリーが若者達と共に興じた一夜の華麗なる祝祭を見てみよう。

法学院エリートによる憂国の余興

一五六一年一二月二七日、ダドリーの兄アンブローズがウォリック伯に叙せられた日のちょうど翌日、ロンドン商人メイチンは、街路を意気揚々と行進する風変わりな一行の目撃談を日記に記している。

……美しい装飾を施した真新しい甲冑を身にまとった無礼講の王が、壮麗に飾り立てた馬に跨り、金鎖をつけた一〇〇名のジェントルマンと共にロンドン市中を行進し、テンプル法学院へと入っていった。テンプル法学院はクリスマスの期間中大いに活気に満ちており、法学院生のためにかつてない規模の祝宴が連日行われ、枢密院顧問官の多くが列席していた。[*37]

エドワード六世、メアリー一世、そしてエリザベス一世と、イングランドの君主がめまぐるしく入れ替わった一五五〇年から一五六三年における日常の細々とした事象を克明に綴ったメイチンの日記は、テューダー王朝史、宗教改革史、そしてロンドン史の貴重な一次資料となっている。ただし、日記の性格上、取り上げられている事柄の選択には当然書き手の趣味や嗜好がまともに反映される。メイチンがとりわけ関心を示したのは、宮廷やロンドン市の様々な祝祭行事だった。これは、葬儀屋というメイチンの職業と大いに関係がある。[*38] 葬儀と祝祭――一見すると正反対のように見える二つの行事は、儀式という共通項で結ばれている。葬儀屋は、紋章の入った布地や垂れ幕の仕立てにも従事していたため、祝祭に用いられている装飾品の意匠を読み解くことはメイチンの得意とするところであり、その職能はこの記述でも大いに発揮されている。

ここで言及されている法学院とは、現代のロースクールに相当する法律の専門家の養成機関である。今もロンドンに残る四つの法学院――グレイ法学院、リンカーン法学院、インナーテンプル法学院、ミドルテンプル法学院――は、オックスフォード大学とケンブリッジ大学に並ぶ「第三の大学」として近代初期イングランドの高等教育界の一翼を担った。法学院の創設はコモンローが形成されつつあった中世に遡り、その発展の歴史はイングランドが近代的な法治国家へと移行する過程と重なっている。一六世紀後半における法学院の発展はことに目覚ましく、入学者数が急増する。現在は残っていないが、一五世紀には四つの法学院に付属する形で一〇の法学予備院も置かれ、それぞれが提携する法学院への進学予備校として機能していた。[*39]

法律に関する専門知識は、法曹界のみならず議会や宮廷に進出する上で強力なツールであり、トマス・モアやセシルの例が示すように、貴族ではないジェントリー階級出身でありながら政治家として大成した者には法学院出身者が多い。法学院生の半数近くはオックスフォード大学やケンブリッジ大学の出身者だったから、法学院はエリート中のエリートが集まる文字通りの最高学府だったと言えよう。[*40] その一方で、職業訓練など必要としない、いわゆるジェントルマン教育の一環として箔付けのために縁故で入学する貴族階級の子弟も多く、法学院の構成員は必ずしも均質ではなかったことにも留意する必要がある。

もともとは法曹界関係者のギルドとして発足した法学院は、かつての徒弟制度の名残を留め、実際に法廷で活躍するプロの法律家が学生の指導にあたった。[*41] 法学院の構成員は、運営や管理を担う幹部に相当する評議員、法廷弁護士、学生の三つに分かれ、大学の学寮（カレッジ）と同じく、その教育は共同生活を基盤とした。評議員と法廷弁護士が居住スペースや食事に関して数々の特権を与えられる一方、学生はその支払い能力に応じて部屋割りがなされ、中にはまともに部屋すらもらえない者も存在したようである。[*42]

入学者の平均年齢は一七歳頃で、構成員の約七〇パーセントは三〇歳以下の若者によって占められた。[*43] 厳しい勉学に励む一方で、その憂さを晴らすべく娯楽を求めるのは学生の常であり、法学院生とて例外ではない。飲酒、賭博、買春、浪費、喧嘩など、鬱積するエネルギーのはけ口を求めて若者が向かう先は数々あれど、エリザベス朝の法学院生がひときわその情熱を注いだのがクリスマス期間中に学内で盛大に催された祝祭だった。

法学院の祝祭がいつから始まったのかは、法学院の創設時期と同様定かではないが、最初の記録は一五世紀前半に見られる。[*44] この頃既に幹部が「侍従武官長（marshal）」と呼ばれる祝祭全体の進行係を務め、その下に「祝典局長（Master of Revels）」や「家令《かれい》（butler）」といった役職が置かれ、祝祭の世話人として企画及び運営に当たる制度が確立していた。これらの役職名は、法学院祝祭が宮廷祝祭を強く意識し、いわばその予行演習としての特性を有していたことを示唆している。ちなみに、祝祭への参加は構成員全員に義務づけられていた。つまり、少なくとも当初においては、法学院のクリスマス祝祭は、学生達の私的な娯楽ではなく、さりとて現代の日本の大学における学園祭のような学生主導による自治的な行事でもなく、学校全体をあげての公式行事としての性格を帯びていたことになる。もともとは夏至祭、万聖節（一一月一日）も含めてほぼ年間を通して様々な祝祭期間が設けられていたが、宗教改革による祝日の統制を経て、クリスマス祝祭に特化されていくと共に、祝祭の規模は一層大がかりになっていった。クリスマス祝祭といっても、その期間は長く、降臨節に始まり、顕現節（一月六日）、聖燭節（二月二日）、懺悔節（大斎始日直前の三日間）まで、時にはほぼ二ヵ月近くが祝祭期間に充てられることもあった。

もともと法学院では、社交術や弁論術の鍛錬のために演劇活動が大いに奨励されたが、祝祭は日頃の成果を発揮する場を提供した。祝祭期間中は、宮廷から要人を招いて晩餐会や舞踏会が行われると共に、法学院生による自作自演の演劇や余興が披露された。メインの会場には法学院のホール、すなわち食堂が供され、演劇を上演する際には仮設の舞台が設けられた。ジェイムズ・バーベッジがシアター座を建設し、ロンドンに商業劇場が産声をあげるのは一五七六年、まだまだ先のことである。だが、一六世紀前半の時点で早くも、ロンドンの法学院には知的洗練度において圧倒的な存在感を誇ったアマチュアの演劇集団が存在したことになる。一五二六年には、グレイ法学院で上演された芝居が時の権力者ウルジー卿を揶揄したかどで、執筆者である上級法廷弁護士が投獄される筆禍事件まで生じている。[*45] クリストファー・マーロウ、トマス・ロッジ、ロバート・グリーン、ジョン・リリーら、オックスフォード大やケンブリッジ大卒の劇作家達は、「大学才人」と総称され、シェイクスピアのライバルとして知られるが、錚々たる劇作家を輩出したことでは法学院もひけをとらない。ジョン・マーストン、ジョン・フォード、フランシス・ボーモントと、シェイクスピアの次世代の劇作家に法学院出身者が目立つのは、根っからのお祭り好きの法学院の文化的土壌の産物と言えよう。

さて、いささか前置きの概説が長くなったが、メイチンが日記に記す一五六一年から翌年にかけてのクリスマス祝祭に話を戻そう。この記述に見える「テンプル法学院」とは、インナーテンプル法学院を指している。「無礼講の王（Lord of Misrule）」は「クリスマスの王（Christmas Prince）」とも呼ばれ、宮廷のクリスマス祝祭に由来する慣例で、祝祭の進行役をその任務とする。ヘンリー七世やヘンリー八世の宮廷では、「無礼講の王」に選ばれた者が、本物の王になりかわって、祝祭という非日常の空間を司る役目を果たした。[*46]

この年、インナーテンプル法学院は祝祭の事実上の主役である「無礼講の王」に外部の人間を選出するという異例の措置をとるが、これには政治的な思惑があった。[*47] インナーテンプル法学院は三つの法学予備院を有していたが、そのうちの一校ライオンズ・インの管轄権をめぐってミドルテンプル法学院と係争中だった。ミドルテンプル法学院の卒業生である首席裁判官達を敵に回し、裁判は難航したものの、祝祭の前年一五六〇年に、ダドリーによる女王への口利きにより、インナーテンプル法学院に有利な形で決着する。[*48] 大いに喜んだインナーテンプル法学院の幹部達は、「本学の構成員はなんびとたりとも、ロバート閣下、ならびにその後継者に敵対する訴訟に関与しないこと、及びダドリー家の紋章を永遠の記念碑としてホールに掲げること」を誓うと共に、翌年に行われた祝祭の主役としてダドリーを招待したのである。

裁判の口利きの謝礼に余興の出演者として招待するのはどうにも奇妙な話だが、ダドリーは、自らの劇団を有するほど、芝居好きで知られていた。一五五九年六月の日付で、ダドリーが女王より拝領したヨークシャーの所領における上演許可を申請する書簡が残っている。この書簡によると、既にロンドンでも上演を行っていた形跡があり、一五五八年から一五六〇年にかけて、「ロバート閣下のお抱え役者達」は、ノリッジ、オックスフォード、プリマス、ブリストルと、イングランド各地で巡業を行っている。[*49] おそらく、インナーテンプル法学院の関係者は、演芸をこよなく愛する陽気なパトロンを喜ばせる術をよく心得ていたのであろう。

インナーテンプル法学院のこのクリスマス祝祭を今に伝える資料は二つ現存する。一つは、トマス・サックヴィルとトマス・ノートンの共作による悲劇『ゴーボダック』で、まずは一五六五年に出版されるが、これが作者の了承を得ない海賊版であると告発した新たな版が一五七〇年に別の書籍商によって出版される。もう一つは、ジェラルド・リーの『紋章の基礎』と題されたパンフレットで、『女王陛下の戴冠式の行進』を出版した書籍商トッテルにより、祝祭後一年足らずで刊行されている。[*50]

リーがインナーテンプル法学院のメンバーだったことはたしかだが、それ以外の詳細は不明である。[*51] 法学院への献辞を付して刊行されたリーのパンフレットは、「紋章官ジェラルド」と「騎士リー」の対話形式で紋章の原理と歴史を概説した紋章学の入門書となっており、末尾の部分で祝祭で行われた余興のあらましが報告されている。ちなみに、余興の執筆者としては詩人アーサー・ブルックが有力視されているが、これまたたしかなところは不明である。[*52] メイチンの日記によると、一五六二年一月一八日に、宮廷において「テンプル法学院のジェントルマン達」による「劇」と「豪華な仮面劇」が女王の御前で上演されている。[*53]「劇」が『ゴーボダック』を指すことは明白だが、「豪華な仮面劇」の同定については手がかりが乏しい。

ダドリーとの関連で本書が特に注目したいのは、ダドリーが「無礼講の王」として参加した余興の方だが、同じ祝祭を構成する演目として劇と余興は主題の点で密接に関連している可能性があるため、『ゴーボダック』にも少し目を向けておきたい。

ゆくゆくは政治家にとの野望を秘めた若者が集う法学院だけあって、『ゴーボダック』の内容は極めて政治的で、君主論、及び国家展望論になっている。この劇は、シェイクスピアの『リア王』の材源の一つに挙げられる作品として知られ、ブリテン王ゴーボダックが親としての情を優先して二人の息子フェレックスとポレックスに領土を分割したために王国が滅亡の危機に瀕する顚末を描いている。

王位継承が速やかにかつ適切に行われなければ、国は内乱状態に陥り、たちまち周辺国による侵略の餌食となる。ワイアットの反乱の記憶もまだ新しく、イングランド人の危機感は切実だっただろう。それは、エリザベスが即位したとて、同じことである。エドワード六世、メアリー一世と、ヘンリー八世が残した王位継承者達が相次いで若年で病死する事態が続いているだけに、エリザベスが半世紀近くも統治することになるとこの時点で予測した人間は皆無だったはずである。おそらくはエリザベスの治世もまた短命に終わるにちがいないと踏んだためであろうか、戴冠式の祝祭で用いられた物品を「別の機会に使用できるように」保存するよう命じた指令が発せられているほどである。[*54] 実際、エリザベスは一五六二年一〇月に、当時は死の病として恐れられていた天然痘に罹り、生死の境をさまよっている。もしエリザベスが急死した場合、次の君主は誰なのか。王位継承の行方は、女王が晩年に達した一五九〇年代のみならず、即位直後の一五六〇年代においても深刻な問題となっていた。ゴーボダックと二人の王子の死によって王位継承者が不在という異常事態に陥ったブリテンに、エリザベス亡き後の王位継承者が不明だったイングランドの現状が重ねられているのは明白である。

最終場面で、顧問官アロスタスは、後継者選びに関して以下のような心得を説く。


諸侯の皆様、どうかこのような方を王に選ばれよ。

皆様と同じ土地に生を享けた方を選ばれよ。

そのようなお方こそ望ましい。ゆめゆめ
異国による支配という重い軛を許してはなりませぬ。
（五幕二場一六九—七二行）[*55]

王位継承者は、単に合法的に継承権を有するだけではなく、臣民の同意が得られるような人物でなければならない。そのためには、後継者を同国人から選ぶのが一番である。至極まっとうと思われる『ゴーボダック』の提言は、従来の解釈では、ジェイン・グレイの妹であり、エリザベスにとっては従妹であるキャサリン・グレイを想定したものと理解されてきた。[*56] 折しも祝祭と同年の夏、キャサリンは、ハートフォード伯爵エドワード・シーモアとの秘密結婚及び妊娠が発覚し、ロンドン塔に投獄されている。ジェイン・グレイの例が示すように、キャサリンもその子供も王位継承者の候補となる資格を有しているだけに、エリザベスはその結婚には過敏にならざるを得ない。そして、キャサリンは投獄される直前に、女王へのとりなしをダドリーに依頼している。メアリー一世の治世下で転落の運命を共有したダドリー家とグレイ家の結びつきは強く、エリザベスの寵臣として上げ潮にのる縁者に自身の弁護を託すのは、十分理解できる行為である。キャサリン擁護に関してダドリーがどれだけ前向きに対応したかは大いに疑問だが、エリザベスのもう一人の従妹であるスコットランド女王メアリーに対して、イングランド人のキャサリンをよりふさわしい王位後継者候補として提示する政治的寓意を作品に読み込む解釈には、一定の妥当性があるように思われる。

ところが、近年の批評では、キャサリン・グレイの王位継承権の擁護ではなく、女王に求婚するダドリーの宣伝工作として『ゴーボダック』を再読する傾向が強い。すなわち、女王に求婚中だったスウェーデン王エリク一四世と暗に比較する形で、同国人のダドリーがよりふさわしい結婚相手として推されているとする解釈である。[*57] 宮廷での御前上演に陪席した下級官吏が「女王はスウェーデン国王よりもR［ロバート］閣下と結婚する方がよいということが意図されていた」と書き記した日誌が一九九〇年代に入ってから発見されたことにより、この解釈はもはや不動の定説となった感がある。[*58]

しかし、果たして本当にそうだろうか。『ゴーボダック』が提示する条件は、あくまでも王位継承者の国籍に関することである上に、そもそも『ゴーボダック』のプロットは君主の結婚問題には一切触れていない。とりわけ、先に引用した箇所を「ダドリーの支援者が女王と外国人の縁談に反対する際にしばしば使用したように、女王にはイングランド人の夫の方が望ましいとする議論として解釈することもできる」としたドランの指摘は、どうにも無理がある。[*59] 出版された『ゴーボダック』のテクストは上演された台本とは異なっており、ダドリーと女王の結婚を示唆したより直截的で過激な部分は削除されたとする説もあるが、これも確たる証拠はない。[*60]

こうした解釈はいずれも、当時ダドリーは女王に執拗に求婚しており、ダドリーの関心はその一点に集中していたことを既成事実とした上で状況証拠によって引き出されたものに過ぎない。しかし、前節で述べた通り、ダドリーの女王への求婚というシナリオは、どちらかと言えばダドリーの支援者よりもダドリーの敵対者によって喧伝されていた点に注意を払う必要がある。しかも、この解釈の決定打となった日誌の著者は、ダドリーに反目する側の人間だった可能性が高いのだ。[*61] ただでさえ寓意の解釈には誤読がつきものであり、幾通りもの解釈が可能なことも多い。とりわけ、黙劇による図像学的情報と台詞による言語情報が複雑に絡み合う『ゴーボダック』の場合、意味分析の作業は困難を極める。[*62] たとえ同時代人であろうが、一人の人間の解釈を鵜呑みにするわけにはいかず、ましてや複雑な利害関係が背後にある場合、それを額面通りに受け取るのはなおさら危険である。

特に考慮しなければいけないのは、女王は自身の結婚問題に言及されることを極度に嫌っていたことである。前章でも紹介した、結婚を迫る議会に女王が示した明らかな不快感は、議員としてその場に居合わせたサックヴィルを通して法学院ではよく知られていたに違いない。御前上演も控えている以上、王位継承問題よりも一層デリケートな領域である女王の結婚問題に踏み込むことは、いくら祝祭の場とはいえ、政界や宮廷での栄達を目指す法学院生にとっては躊躇される行為だったはずである。

『ゴーボダック』をダドリーのエリザベスに対する求婚劇として捉える解釈は、劇と共に披露された余興の影響を受け過ぎるきらいがあるような気がしてならない。[*63] たしかに、余興は「無礼講の王」ことダドリーが扮するパラフィロスの王を主人公とする騎士道風の趣向に基づいており、その中にはダドリーと女王の関係をロマンス化したとおぼしき物語も含まれているからである。

もっとも、ここで厄介なのは、余興に関する唯一の情報源である『紋章の基礎』は、タイトルが示すように、祝祭の記録を目的として執筆されたものではないという点である。しかも、リーの不明瞭な文体や支離滅裂な構成のせいもあり、どんなジャンルの余興がどんな順番で行われたのかといった肝心のことが不明である。例えば、研究者の間では便宜上『美と欲望の仮面劇』なる題名で呼ばれている作品にしても、あくまでもリーのテクストをもとにメアリー・アクストンやD・S・ブランドが再構築したものに過ぎず、正確な題名はもちろんのこと、そもそも仮面劇として上演されたかどうかすら憶測の域を出ないことは付言しておきたい。[*64] 以下の頁では、アクストンらによる先行研究ではなく、今一度原典であるリーのテクストに立ち戻り、この余興の文化的意義の再検証を試みる。

先述の通り、『紋章の基礎』は対話形式を採るが、主要な部分はもっぱら対話者の一人である紋章官ジェラルドによって語られる。インナーテンプル法学院のクリスマス祝祭に関する記述は、一二月某日、「紋章の奥義を得るべく未知なる東方世界を遍歴した」(一巻二一六頁)ジェラルドが祖国イングランドに帰還するところから始まる。ジェラルドがテムズ川に沿ってシティの方へ歩いていると、天を劈《つんざ》く大砲の音が聞こえてくる。通りがかったとある市民は、度肝を抜かれているジェラルドに対して、それが「インナーテンプルの侍従武官長に夕食を知らせるための礼砲」であると教えた上で、ジェラルドに問われるがままに、インナーテンプルについて説明する。

この国は、決して大きくはないものの、長い歴史と格式を持っています。島全体の統治者である世にも高邁な女王によって庇護されたこの国には大勢のジェントルマン達が集い、支配に関する術、法の遵守の仕方、君主と王国に奉仕する術を学ぶと共に、自然の理にかなった方法で心身を活用する技、すなわち、話し方、顔つき、身ぶり、衣装によって、ジェントルマンの華となる技を磨くべく精進を重ねています。友愛を育み、秩序を守り、日々話し合い、共に成長する若いジェントルマン達は、心の点でも、行動の点でも、決して解けることのない絆で固く結ばれておりますが、王国にとってこれほど有益なことはございません。

（一巻二一六―一七頁）

リーのテクストの最大の特徴――そして、それはわかりにくさの原因でもあるのだが――は、虚実ないまぜの叙述スタイルにある。インナーテンプル法学院は、教育機関として紹介されると共に、一つの独立した政治的共同体に見立てられている。どうやら、その国は、「島全体」すなわちイングランドの属州でありながらも、一定の自治権を与えられた都市国家のようである。

法学院を理想の都市国家として捉え、法学院生達が架空の王国の王と枢密院顧問官を演じる余興は、法学院の祝祭行事の中心的な概念を形成していた。一六世紀後半の法学院祝祭では、「クリスマスの王」を法学院生の中から選出し、その王のもとに架空の枢密院や騎士団を結成する趣向が定番化する。しかも、グレイ法学院はパープール王、ミドルテンプル法学院は愛の王、インナーテンプル法学院はエンペラー、リンカーン法学院はグランジュ王といった具合に、「クリスマスの王」には各法学院ごとに特定の名前が付されていた。ダドリーを擁したインナーテンプル法学院のクリスマス祝祭はまだそこまで様式化されてはいないものの、それぞれの法学院がいわば〈影の王国〉を創出する祝祭伝統の原型を見出すことができる。そして、一六世紀末に一層顕在化することになるもう一つの特徴として注目したいのは、インナーテンプル法学院のクリスマス祝祭に通底するあからさまな騎士道趣味である。

リーのテクストをさらに読み進めてみよう。翌日インナーテンプルを訪れたジェラルドは、この国を統べるパラフィロス王に客人として迎えられ、その案内により敷地内を見学する。おそらくはダドリーが扮したとおぼしきパラフィロス王は、「女神パラスの兵士」にして「インナーテンプルの侍従武官長」(一巻二一五頁)とも紹介されている。

パラフィロス王は、ジェラルドを宮殿へと誘う道すがら、一つの寓話を語ってきかせる。パラフィロス王と紋章官ジェラルドの邂逅という虚構の中にパラフィロス王が披露する寓話が挿入される入れ子構造はいかにもややこしいが、従来の研究では、この寓話はエリザベス一世の表象を考察する上で最も重要な意味を持つ余興として位置づけられている。

寓話の前半は、ジェントルマン「欲望」と貴婦人「美」の恋を描いており、『薔薇物語』にも似た中世ロマンス風の物語になっている。「慰めの塔」に住む「美」に恋をした「欲望」は、「危険」や「運命」に行く手を阻まれるものの、「忠言」の助けを借りながら、「名誉」が王として君臨する「騎士道の館」へと辿り着く。そこで「欲望」は、「知恵」と「雅量」と「剛毅」により適性を審査された後に、「名誉」によって騎士に叙される。騎士となった「欲望」は、与えられた武具を身に纏うと、「偽り」「遅延」「恥」「中傷」「不安」「不和」「嫉妬」「誹謗」「二心」と騎士道に反する九つの悪徳が記された七つの頭を持つ蛇を倒す。「欲望」の願いは女神パラスによって聞き届けられ、パラスの神殿において「欲望」はついに「美」を娶る(以上、一巻二一八—二二一頁)。

アクストンは、「この物語は部分的に上演されたと考えられる」と推測した上で、「美」と「欲望」の寓話を女王に対するダドリーの求婚を意図した仮面劇として解釈している。[*65] アクストンの解釈によれば、「欲望」はダドリーを、「美」はエリザベスをそれぞれ表していることになる。先述の通り、この解釈は以後もドランをはじめとする歴史家・文学批評家によって踏襲されていくのだが、いくつか疑問点が残る。この物語が仮面劇として上演されたことを示す具体的な根拠がリーのテクストには示されていないこともその一つだが、最大の問題は、パラフィロス王が語る寓話にはまだ続きがあるということだ。

めでたく「美」と結婚した「欲望」は、幸福な生涯を送った後に、背中の曲がった「老齢」に捕らわれる。「欲望」はやがて、「死」が定めた日に「至福の間」に出廷し、その治世をめぐる告発に対する答弁を行うよう命じられる。「欲望」の答弁は、「記憶」を伴った「名声」によって注記を施した書物に仕立てられ、解放された「欲望」の名誉を称える墓碑銘も書かれる。ところが、そこに「老いさらばえた時」が異様な風体で登場し、「名声」との間で諍いが始まる。称賛は不滅であると主張する「名声」に対して、自分には「名声」はおろか地上の万物を滅ぼすことができる力があると「時」が豪語していると、王冠を頂く「永遠」が表れて評決を下す。至高の神の住処である天国には「時」の居場所はなく、神を愛する者の美徳は永遠に生き続けると説く「永遠」の判決で、寓話は締めくくられている(以上、一巻二二一―二二頁)。このように、「美」と「欲望」の結婚は物語の中間点に過ぎず、寓話全体の結末は「名誉」や「名声」の不滅性に置かれている。

「美」と「欲望」の結婚をことさらに前景化させた上で、ダドリーの求婚の寓意をそこに読み取ったアクストンの解釈は、パラフィロス王とローマ神話の勇士ペルセウスの同化に基づく。そもそも、祝祭に関するジェラルドの記述はパラフィロス王を長とする「ペガサスの騎士団」の紋章の説明で始まっており、ペガサスに関連して、パラスとペルセウスとメデューサの神話が挿入されている。知恵と戦の女神パラスにより与えられた魔法の盾のおかげでペルセウスが怪物メデューサを倒し、その首を切り落とした際に流れた血から空飛ぶ馬ペガサスが誕生したという逸話の後に、パラフィロス王がペルセウスと同じく「パラスの兵士」として紹介される構成になっているのである。

ペルセウスに関する伝説と言えば、美女アンドロメダの救出が、メデューサ退治やペガサスと並んで名高い。天馬ペガサスに跨ったペルセウスが海獣の生贄として捧げられたアンドロメダを救出する場面は、多くの絵画にも描かれている。アクストンは、ペルセウスによるアンドロメダの救出を「欲望」による「美」の獲得と重ねているわけだが、リー自身はアンドロメダに言及していない以上、かなりの論理の飛躍があることは否めない。[*66]

ここで、議論をもう一度整理してみよう。パラフィロス王に扮したダドリーがペルセウスに重ねられていることは間違いない。パラフィロス王が語る寓話に登場する「欲望」もまた、ダドリーを体現している可能性はある。だが、「欲望」の恋人「美」をアンドロメダに重ねた上で、さらにそこにエリザベスの表象を読み込むことは、いささか穿ち過ぎた解釈と言わざるを得ない。[*67]

リーがパンフレットの冒頭で概説するペガサスの神話にエリザベスが寓意化されているとすれば、それはアンドロメダではなく、アクストンも認めるように、パラフィロス王が仕える女神パラスと取るのが自然であろう。ただし、パラスが象徴するのは女王だけではない。学芸の女神パラスは、法と叡智の殿堂である法学院をも表している。であれば、ギリシャ語で「パラスを愛する者」を意味する名を持つパラフィロス王には、ダドリーの女王への献身のみならず、インナーテンプル法学院の守護者としてのダドリーへの期待感もこめられていることになる。

ペガサスの盾の紋章に関する説明から稿を起こし、パラフィロス王の登場、王が語る「欲望」をめぐる寓話へと続けるリーの叙述の一連の流れに共通しているのは、騎士道精神の称揚であり、それはリーとダドリー双方の理に適っている。先述の通りリーのパンフレットは紋章学の見地から執筆されているが、紋章が騎士道文化に起源をもつことは、改めて指摘するまでもない。[*68]もともと紋章とは、甲冑で全身を覆われた騎士達が戦場で互いを認識するための目印として、まずは盾に、次いで鎖帷子や馬具に、やがては墓石にも施されるようになったのがはじまりである。

当初は個人の指標であった紋章が特定の家柄を表す家紋となったのは、一二世紀以降のことである。実用性から象徴性へと移行する紋章の発展は、そのまま、中世末期からテューダー朝にかけて騎士道文化が辿ったプロセスを映し出している。一三世紀頃になると、紋章の保有は貴族の特権となり、高貴な血統の証として、一族の栄光の歴史を視覚的に物語る凝った意匠が考案される。やがて、紋章の体系的な使用が進むにつれて、複雑化する紋章を一定の規則に基づいて分類する紋章学が確立され、一四八三年には、紋章の登録や家系図の保管を司る紋章院が創設されるに至る。

そして、絶対君主制の確立と共に、この「叙勲制度の国営化」には一層拍車がかかる。[*69] 中世騎士道の世界では、王権への忠誠は必ずしも名誉の絶対条件ではなかった。極言すれば、名誉のためとあらば、主君に反することも義となりえた。しかし、王権が強化され、中央集権化が進んだテューダー王朝の体制では、名誉を、そして名誉文化の象徴とも言える紋章を国家として管理・統制することが急務となった。かくして、かつては世間の評価によって決定された名誉は、今や国家が承認し、王によって付与されるものとなり、その新たなシステムを制度化したのが紋章院だったと言える。

折しも、インナーテンプル法学院のクリスマス祝祭が行われた当時、紋章院総裁のノーフォーク公トマス・ハワードは、勲爵位の授受を極力制限し、紋章の正統性に関するチェック体制を強化することによって、由緒正しい大貴族の権威を守ることに躍起となっていた。紋章院の立場からすれば、リーのパンフレットのように紋章学の秘儀を出版によって一般読者に明かすことは甚だ好ましからざることだった。おまけに、やれペガサスの騎士団だのパラフィロス王だのといった架空の紋章を現出させたインナーテンプル法学院の祝祭は、保守傾向を強める紋章院に対する挑発的な意味合いも有していたとするリチャード・マッコイの指摘は的を射ている。[*70] そして、ダドリーこそ、ハワードがまさにその台頭を懸念する成り上がり貴族の筆頭だった。一方、対するダドリーは、ハワードが牛耳る紋章院に自分の配下ロバート・クックを送りこみ、切り崩しにかかる。クックは、ハワードとダドリーの二主に仕えることの困難を嘆きつつも、着々と出世街道を突き進み、上級紋章官の地位にまで上りつめる。厳然とした階級社会はあくまでも表層に過ぎず、水面下では実力主義による流動化の波が激しく動いていたのがエリザベス朝の特色である。

このように、実現の可能性の点から言っても、女王との結婚ではなく紋章の獲得こそが、この時期のダドリーの関心を大きく占めていた一大事だった。祝祭が開催された一二月に兄アンブローズ・ダドリーがウォリック伯に叙せられたことは先に述べたが、その直後にダドリー兄弟が真っ先に行ったことは亡父が取得した紋章を復活させることだった。[*71] 熊と杭の図柄で構成されるその紋章は、もともとは薔薇戦争で活躍したウォリック伯によって考案されたものである。これがダドリー家の紋章として採用されたのは、中世騎士道ロマンスの英雄である「ウォリックのガイ」の末裔としてウォリック伯が纏う騎士道的ヒロイズムにあやかりたいとの思いがあったからに違いない。[*72] 父の反逆及び処刑によって一度は剝奪されたこの紋章を使用する許可を再び得られたのは、もちろんクックの働きによるものと推測される。クックは、ヴェラム紙にして五七頁を費やし、ダドリー家の祖先を「ウォリックのガイ」にまで辿る家系図を主人のために作成している。[*73]

そして、インナーテンプル法学院の祝祭は、クックの労作の家系図よりもさらに大風呂敷を広げ、ダドリーの祖をはるかペルセウスにまで遡り、壮大な騎士道の継承を言祝ぐ。イングランド土着の英雄譚ではなくギリシャ・ローマ神話に向かうのは人文主義教育が盛んだった法学院ならではの趣向だが、全体的な構成は騎士道文化の枠組みの中で展開しているのが実に興味深い。リーの記述は、晩餐会に続いてホールで行われた「ペガサスの騎士団」の叙勲式でクライマックスを迎える。

つまり、割かれている頁数から言っても、全体の構成から言っても、余興のメインとなった出し物は、決して（あったかどうかも定かではない）「美」と「欲望」の結婚を描いた仮面劇ではなく、パラフィロス王に扮したダドリーが、「白い長衣を纏い、パラスの色［銀色・金色・紫色］のスカーフを巻いた」（一巻二二五頁）法学院生達の名前を一人ずつ読み上げ、肩先に剣で触れてペガサスの騎士に叙するこの擬似式典だったはずである。それぞれの騎士には、各人の（おそらく架空の）紋章を捧げ持つ七名の騎士が付き従ったというから、騎士の総数はメイチンの記述にあるように一〇〇名をゆうに超えたに違いない。栄えある「ペガサスの騎士団」に加えられた二四名の中には、後にエリザベスの寵臣として大法官となるサー・クリストファー・ハットンも含まれていたのだから、その影響力たるや、単なる一夜の余興として切り捨てるわけにはいかない。

さらに、パラフィロス王は、居並ぶペガサスの騎士達を前にして、「パラスの騎士」たるものの心得を説く。王を演じるダドリーにとっては、ここ一番の見せ場になったと思われる祝辞である。

分断されればそれぞれの力しか持たぬが、一つにまとまれば、その力は二倍になる。栄えある友愛によって結ばれた不滅の絆は、この国が運命の打撃と闘う際のたしかな盾となるのだ。しっかりと根を張ったこの絆は、父祖からの家督と共に、諸君一人一人に息づき、後世へと受け継がれる。同様に、この国と名誉に対する諸君の忠節は不滅だ。

（一巻二二六頁）

国家の安寧を保つ上で不可欠である団結の重要性を強調するパラフィロス王の演説は、分断による国家の破滅を描いた『ゴーボダック』と見事に対を成している。そして、その絆は、パラフィロス王とペガサスの騎士達の間で取り交わされる騎士道的友愛として儀式化される。

アーサー王と円卓の騎士団の関係が示唆するように、本来騎士団とは、封建的な主従関係を騎士同士の階級を超えた兄弟愛として美化する目的を有しており、その意味では極めて排他的な男性主義社会である。したがって、女性君主の場合は、肝心の主君がそこから排除されかねない皮肉な事態が生じるわけだが、エリザベス朝騎士道文化が直面したこの矛盾をインナーテンプル法学院の祝祭にもある程度窺うことができる。エリザベスの「政治的身体」は女神パラスとして神話化されているとはいえ、その「自然的身体」の存在感の薄さは否めない。男性ばかりが集う法学院のホモソーシャルな祝祭空間の中で喝采を浴びたのは、不在の女王ではなく、「父祖からの家督」を誇示するパラフィロス王ことダドリーであり、その男性的な騎士道精神だったことは想像に難くない。

そもそも、ダドリーが四つの法学院の中からとくにインナーテンプル法学院に目をかけたのは、この法学院が有する騎士道的ルーツに魅力を感じたためかもしれない。インナーテンプル法学院とミドルテンプル法学院は、その名が示すように、十字軍遠征の要となったテンプル騎士団の本部の跡地に建設された。[*74] インナー（内側）やミドル（中央）は、同じ敷地内でそれぞれに割り当てられた場所を示しており、当初はアウターテンプルなる建物ないしエリアも存在していた。[*75]

そして、ダドリー同様、インナーテンプル法学院もまた、祝祭が行われた当時、新しい紋章の獲得を画策していたようである。インナーテンプル法学院のペガサスの紋章がいつから使用されたかという問題をめぐっては諸説ある。リーがこのパンフレットを著した時には既に使われていたと推測する説もあるが、リーがこの祝祭の折に法学院に進言して後に正式に採用されたとする見方が近年では有力となっている。[*76] ともあれ、インナーテンプル法学院がペガサスの図柄を採用したのは、ライバル校ミドルテンプル法学院がテンプル騎士団の紋章である聖ジョージの旗を背負った神の子羊の意匠をそのまま引き継いだのとは対照的だった。インナーテンプル法学院がキリスト教的な図像を捨てて、あえて異教のペガサスの図像を採用したのはなぜか。無論、中世カトリシズムを連想させる図像への忌避感はあっただろう。[*77] ただ、ダドリーの庇護下にあったインナーテンプル法学院もまた、パトロンに倣って騎士道的な象徴体系を領有することで、〈法の番人〉としての自己成型を図ったと考えることも妥当であると思われる。

ペガサスの騎士団の叙勲式は、騎士達による以下の宣誓で幕を閉じる。

武力の導き手である叡智よ、
汝の騎士の名を高く掲げよ。
武勇の会堂を通って、

名声の高き塔へと上れ。
勲《いさお》をたてて、名誉を高め、
永遠に生きよ。
パラス様の騎士として、パラス様の庇護を受け、
パラス様にお仕えせよ。

（一巻二三三頁）

「ペガサスの騎士団」の余興に続いて「馬上槍試合などの騎士道的な娯楽」が行われた後に、宮廷からの賓客とおぼしき「美の貴婦人達」も参加した仮面舞踏会が催されて、この騎士道色満載の饗宴は晴れてお開きとなる（二三三頁）。

ダドリーを擁したインナーテンプル法学院のクリスマス祝祭に関して言えるたしかなことは、この祝祭がエリザベス一世の表象においても、またエリザベス朝の祝祭文化においても、一つの方向性を決定づける上で画期的な役割を果たしたということである。それは、中世から伝承された文学様式である騎士道ロマンスの政治的再利用と祝祭化である。ダドリー扮するパラフィロス王が率いる「ペガサスの騎士団」を最後の最後で「女神パラス様の騎士」として再提示することにより、騎士道文化に内在する男性中心主義はかろうじて抑制される。政治的野心は名誉への飽くなき探求心として美化され、女王に対する忠誠心は、高貴な女性への思慕を原動力として名誉を探求した騎士の宮廷風恋愛として限りなくロマンス化される。一五八〇年代以降のエリザベス朝の文学や祝祭における定番の趣向となる騎士道ロマンス趣味については第五章で論じるが、それが早くも一五六〇年代のはじめに法学院の閉ざされた空間で先取りされて発信されたことは心に留めておきたい。次章では、ロンドンから地方都市へと視点を移し、そこで繰り広げられた祝祭に登場するエリザベス一世の姿を追うこととしよう。

第三章

女王陛下のやんごとなき娯楽

宮廷の地方巡業

毎夏約一ヵ月、長い時には二ヵ月以上もの期間を費やして行われた巡幸は、エリザベス一世が心血を注いだ一大宮廷行事だった。女王は、半世紀近くにわたる治世の間、五〇ヵ所以上に及ぶ地方都市を視察し、ゆうに四〇〇を超える貴族や地元名士の私邸に逗留している。[*1] 訪問するエリアは、ある程度限定された。北はリンカーンシャーやスタッフォードシャー、西はブリストル、東はノーフォーク、南はケントまで、比較的人口が多く、女王の身の安全が保証される治安の良い地域が選ばれた。おそらく暗殺や陰謀を恐れてのことであろう、カトリック勢力が根強く残る北イングランドを訪れることは一度もなかった。[*2] とはいえ、テューダー朝の歴代君主と比べても、巡幸にかけるエリザベスの情熱は群を抜いている。病弱だったり、治世が短命に終わったこともあり、エドワード六世やメアリー一世はほとんど巡幸には出かけなかった。エリザベスの父ヘンリー八世はしばしば夏の巡幸を好んだものの、その規模はエリザベスよりもはるかに小さく、せいぜい趣味の狩猟を楽しむためのお忍び旅行といった体のものがほとんどだった。[*3]

王族が様々な国や地域を訪問するのは現代では見慣れた光景だが、四〇〇年以上前ともなれば、それが要する労力たるや尋常ではない。慣れない土地で女王ができるだけ平素と変わらぬ暮らしを送ることができるようにと、宮内大臣による総指揮のもと、多い時には三〇〇名を超える数の使用人が二〇に及ぶ部門に分かれて、食事の支度や洗濯など日常生活全般の世話を請け負った。[*4] 女王直属の衛兵や女官はもちろん、牧師や楽隊も随行し、夥しい数の衣装は言うに及ばず、寝具や食器まで運搬された。しかも、巡幸は単なる物見遊山ではない。上は枢密院顧問官や各国の大使から下は下級官吏や書記に至るまで女王と共に旅して政務を執り行うため、厖大な量の書類の運搬も必要となる。

そして、交通手段は最も頭の痛い問題の一つだった。馬車は一六世紀半ばに使用され始めたばかりで、あまり快適ではない。輿も同様で、使える道はかなり限定される。物品は荷馬車で輸送されたものの、おそらく女王もお付きの一行も、大半の距離は馬に乗って移動したと思われる。エリザベスが親書に用いた国璽の裏面（図6）には騎乗の女王の図柄が刻印されているが、おそらくこれが女王の巡幸スタイルだったのだろう。途中何度も馬を替える必要もあったから、一日に進む距離はせいぜい一〇マイルから一二マイルがやっとである。その後を二〇〇から三〇〇の荷馬車が続いていく。想像するだけで気が遠くなるような旅路である。「貴族から洗濯女に至るまで、楽しんでいたのは女王ただ一人である」と推測する向きもあるが、なかなかどうして女王にも相当の忍耐を強いる苛酷な旅だったことは容易に想像できる。[*5]

図6　騎乗姿のエリザベス

出かける方も大変だが、迎える方はまた別の苦労を強いられる。たしかに、女王のホスト役を務めることは大きな社会的名誉を意味したし、そこにはより具体的な利点もあっただろう。数日間女王をプライベートな空間で独占できるのだから、堅苦しいロンドンの宮廷では到底望めないようなリラックスした雰囲気で、公私を問わず何かしらの頼みごとをするチャンスもめぐってこよう。とはいえ、そうした利益も、受け入れ準備に要する経済的・物理的・心理的な負担に見合っていたかと言えば、答えはおそらく否である。栄えある巡幸先に選ばれたものの、満足なもてなしができるかどうかを案じる余り、戸惑いながら不承不承に受け入れる人々も少なからずいたようである。[*6]

巡幸のスケジュールが発表されるや否や、滞在先のリストにあがった町や村々は大急ぎで準備にとりかかる。道を整備し、門扉や市庁舎に掲げられた王室の紋章を塗り直し、建物の外壁を清掃すると共に、ほぼ一つの村が移動してくると言っても過言ではないほどの多人数の客人のために食糧と燃料の確保を急ぐ。当然、歓待の儀式や祝祭の計画も立てねばならない。

女王とその一行の宿泊に関してホスト側が用意するものは、その財力に応じて異なった。貴族ではないジェントルマンであれば、自邸を明け渡し、食糧と燃料を提供する。宮廷からの支度金はあったものの、その執行手続きにはかなり時間がかかったし、女王を歓迎する意を表するために、借金してでも自腹で賄おうとするホストも出てくる。ましてや貴族ともなれば、持ち出しの規模はけた外れになる。レスター伯ロバート・ダドリー(以後はレスター伯と記載)、バーリー卿ウィリアム・セシル(以後はバーリー卿と記載)、ハットンら野心家の貴族はこぞって、ここぞとばかりに、女王を迎えるために邸をわざわざ拡張したり、新たに建設するほどの力の入れようである。[*7]もてなしの一環として女王とその一行に金品などの贈答品を献上する習慣もあったから、かかる費用は相当な額に達する。

えてして〈おもてなし文化〉は、見えの張り合いもあってとかくエスカレートしやすい。どうやら、巡幸に際してホストが負担する金額は、年々増加する傾向があったようだ。一五六一年にインゲートストーンでサー・ウィリアム・ピーターが女王を四日間もてなした際に費やした金額は一三六ポンドだったが、最後の巡幸となった一六〇二年のヘアフィールドでは、サー・トマス・エジャトンは同じく四日間の滞在に際して二〇〇〇ポンド近くを支払っている。[*8]しかも、これだけの労力と金を費やして準備したところで、女王が本当に訪れる保証はない。政務の都合や天候不順やペストの発生による急な旅程の変更やキャンセルは、巡幸にはつきものだったからだ。

では、宮廷側にもホスト側にも相当の経費と労力を強いた巡幸がイングランド王室史上後にも先にも類を見ない規模と頻度で実施されたのはなぜだろうか。地方の視察という表向きの理由に加えて、女王は元来旅好きだったとか、衛生環境が悪化してペストが猖獗する夏のロンドンを離れるためだったとか、諸々の経費を貴族や市民と折半する実に手の込んだ財政政策だったといった様々な動機は考えられるものの、いずれも「スフィンクスの謎」とまで評されるエリザベスの巡幸熱を説明する決定的な根拠とはならない。[*9] ただ一つ確かなことは、巡幸は女王自らの強い意志に基づいて敢行されたという点だけである。

結局のところ、倹約家で知られるエリザベスとバーリー卿がこと巡幸に関しては出費を惜しまなかったのは、その政治的訴求力を熟知していたからに他ならない。数百名に上る随行者を従えた女王の煌びやかな一行は、君主の威光を知らしめ、都市と地方、宮廷と民衆の物理的・精神的連帯を強化する上で計り知れない効力を発揮した。[*10] フランスやスペインなど他のヨーロッパ諸国のケースと比較した場合にエリザベス一世の巡幸が異例だったのは、民衆に対する開放性だった。ヨーロッパ大陸でも巡幸自体はイングランドと同様に頻繁に行われたものの、君主がここまで積極的に民衆の前に姿を晒して、民衆が披露する演説や催しに嬉々として興じる様子はあまり例がない。とりわけ洗練された祝祭文化を有していたフランス王室では、宮廷余興は貴族の城や邸など閉ざされた空間で行われ、イングランドでは通常公開された馬上槍試合でさえも民衆は見ることができなかった。[*11] これに対して、エリザベス朝の宮廷祝祭は、ヘレン・クーパーがいみじくも評したように「野外エンターテインメントの黄金時代」だった。[*12] それが特に顕著だったのが夏の巡幸である。草原や湖や川といったイングランドの緑なす田園風景はそのまま絶好の舞台装置として活用され、村人扮する妖精やら野人やらが、楽屋代わりの森の草むらから飛び出しては、通過する女王を素人余興で歓待した。

当時の史料によると、女王はどこでも熱狂的に歓迎され、普段は静かな町や村々に女王の到着を告げる鐘が鳴り響くと、人々が沿道につめかける光景が繰り返された。一五六八年の巡幸に同行したスペインの駐英大使ディエゴ・グズマンは、女王の周りに群がる群衆とそれに喜んで応じる女王の様子に心底仰天している。沿道の観衆の歓呼に応えるために馬車の窓という窓は全て開け放たれ、女王は民衆と言葉をかわすためにしばしば馬車を止めさせることもあったという。[*13] グズマンの驚きは、それがいかに本国スペインの巡幸の様子と異なっていたかを示唆している。

第一章で紹介した『女王陛下の戴冠式の行進』では、戴冠式のためにロンドン入りする女王が市民の歓迎に温かく応える様子は「素晴らしい見世物がかかっている舞台」に喩えられていたが、ちょうどそれと同じ現象が巡幸の先々で生じていたことになる。地方への巡幸は、貴族と民衆の階級差を無化し、君主と臣民が親密に交わる虚構の空間を現出する。わざわざ外国の大使を同行させたのは、女王の絶大な人気ぶりを見せつけて各国に報告させる目的があったのかもしれない。事実、グズマンの驚嘆は本国スペインへと報告されたのだから、それはまんまと果たされている。まさに〈宮廷の地方巡業〉とも言うべき巡幸は、非日常の祝祭的昂奮を作り出し、国の内外で「エリザベス崇拝」を広域伝播させる必須の大衆メディアとして機能したのである。

軍人文士の暗躍

となれば、当然『女王陛下の戴冠式の行進』と同様、巡幸先での女王の動向や、女王を歓待すべく盛大に催されたパジェントや演説の模様がパンフレット出版を通して一般読者に伝えられたものと思いたくなるが、実は必ずしもそうではない。エリザベス朝の祝祭が流布する形態には、実際に祝祭に居合わせた人物が書簡や日誌で報告する手稿と、不特定多数の一般読者を対象として出版される印刷本の二種類があるが、実際に流通したのは圧倒的に前者の方が多い。[*14] つまり、余興の印刷テクストへの需要はさほど大きくはなかったと言える。たしかに、巡幸への関心が高まるのは巡幸直後のわずかな期間だけであり、しかも地域も限定されるため、印刷・流通を請け負う書籍商にとっては巡幸録出版は決して魅力的な仕事ではなかったのだろう。実際、巡幸の際に上演された余興の台本が出版された事例は意外にも少なく、数えるほどしかない。例えば、戴冠式に伴う女王のロンドン入りを祝した『女王陛下の戴冠式の行進』を最初の巡幸録として位置づけるとすれば、その後ほぼ一五年近く巡幸の模様は出版されていない。フランスやイタリアなど、王室関係の演劇行事が早い段階から出版物として恒常的に流布していた近隣のヨーロッパ諸国と比べて、イングランドにおける巡幸録出版は明らかに遅れを取っている。[*15]

それだけに一層興味深く思われるのは、この種の出版物が一五七〇年代後半のある時期にやたらと集中して出版されているという事実である。それは、概ね二人の詩人によって牽引された。そのうちの一人であるトマス・チャーチヤードは、一五七四年のブリストルへの巡幸、そして一五七八年のノリッジへの巡幸において、祝祭の企画と執筆に関する中心的な役割を担った上で、一五七五年にはブリストル巡幸の模様を掲載した『チャーチヤードの雑録の第一部』（以下、『チャーチヤードの雑録』と略記）を、一五七八年には『サフォークとノーフォークにおける女王陛下のための余興』をという具合に、立て続けに巡幸録出版を手がけている。一方、ジョージ・ギャスコインは、一五七五年の夏にレスター伯が自邸に女王を迎える際に催したケニルワースの祝祭の様子を『ケニルワースの宮廷におけるやんごとなき娯楽』（以下『やんごとなき娯楽』と略記）と題したパンフレットとして翌年一五七六年に出版している。

このように、一五七五年から一五七八年のごく短い期間に突如巡幸録が出版市場を賑わせたことは、一体何を意味するのだろうか。宮廷における人文主義的風潮の高まりによる影響を示唆する批評家もいるが、一五七〇年代後半の一時期に限って巡幸録出版が急増したことの説明としては不十分である。それに、巡幸録出版の立役者となったチャーチヤードとギャスコインら詩人に共通しているのは、必ずしも人文主義的バックボーンではない。ケンブリッジ大学と法学院を卒業したギャスコインはともかくとして、チャーチヤードは幾多の戦場を渡り歩いてきた熟練の職業軍人であり、大学出のインテリとは全く異なる経歴の持ち主である。[*16]

むしろ注目すべきは、この二人がいずれも軍人稼業の傍らせわしなく文筆活動を行う軍人文士だったこと、そして共に祝祭の直前にネーデルラントでの戦争に従軍していたことである。どうやら、一五七〇年代半ばに突如として巡幸録が出版市場に出回った背景にはなにやらきな臭い事情が隠されているようだ。

ここで、一五六〇年代後半から一五七〇年代にかけてのイングランドを取り巻く軍事情勢に目を向けてみよう。当時エリザベスを、そしてイングランド政府を最も悩ませていたのが、スペインに対して反旗を翻したネーデルラント自治領の反乱に援助の手を差し伸べるか否かという問題だった。[*17] スペインの統治下にあったネーデルラントでは、一五六八年以降オラニエ公ウィレムの指揮のもと、カルヴァン主義への締めつけを強化するカトリックの圧政に対する反乱が生じ、誰しもの予想を裏切って、泥沼の長期戦争に突入していた。長期化すればするほど、この戦いはプロテスタント対カトリックの宗教戦争というイデオロギー抗争の様相を強めることになったが、これはヨーロッパがかつて経験したことのない全く新しいタイプの戦争だった。絶対的正義と絶対的悪の戦いという構図の元に行われるのが戦争の常とは言え、「宗教的イデオロギーという名の魔物」によってヨーロッパ本土が戦場と化したのはこれが初めてのことだった。[*18]

ヨーロッパの周縁という地理的条件が幸いし、従来は大陸における抗争からは一定の距離を置いてきたイングランドにとっても、このネーデルラント戦争は決して対岸の火事ではなかった。ネーデルラントの蜂起が鎮圧されれば、そこを足場として、反宗教改革を掲げてヨーロッパの中央集権化を推し進めるスペインがイングランドを次なる標的に据える可能性は充分にあったからだ。一五七〇年にエリザベス一世の破門を宣告したローマ教皇ピウス五世の公開勅書だけでも、スペインにとってはイングランド攻撃の口実は揃っていた。

さらに悩ましいのが、スコットランド女王メアリーの存在だった。祖国スコットランドを追われて、一五六八年から亡命先のイングランドで軟禁状態にあるメアリーが国の内外のカトリック勢力を決起させる危険性があり、事実一五六九年には、メアリーを担ぎあげようと画策する北イングランドのカトリック貴族による北部反乱が生じている。このような不穏な状況の中で、百戦錬磨の猛将として勇名を轟かせるアルバ公率いる七万人のスペイン軍が、ドーヴァー海峡を越えたすぐ先に駐留している事態は、イングランドを不安に陥れるに十分だった。実際、未然に発覚したものの、一五七一年に起こったリドルフィ陰謀事件では、国内のカトリック教徒が蜂起し、ネーデルラントからアルバ公率いるスペイン軍が侵攻し、エリザベス一世を廃位させてスコットランド女王メアリーを王位につける筋書が仕組まれていた。

とは言うものの、この時点では、あからさまなネーデルラント支援に乗り出し、反乱軍と手を組む決断を下すだけの判断材料をイングランド政府が持ち合わせていなかったことも事実だった。フェリペ二世は本当にブルゴーニュ地方における領土の平定だけに飽き足らず、海を越えてイングランドに侵略を仕掛けて来るのか――それはまだはっきりとは断定できない上に、大国スペインの脅威はあまりに大きすぎた。

状況が許す限りは常に中道を行け、というのがこういう時のエリザベスの、そしてその参謀バーリー卿のお決まりの手法であり、それは当初ネーデルラント問題にも適用された。エリザベスは、ネーデルラントからの度重なる要請に対して、直接イングランドの軍隊を派遣することは拒否し、金銭的援助にとどめる消極案を選択する。これに対して真っ向から反対したのが、今や枢密院内でバーリー卿と並ぶ権力を手にしたレスター伯である。レスター伯は、兄のウォリック伯アンブローズ・ダドリー、姉の夫である義兄のサー・ヘンリー・シドニー、ハンティングドン伯、そして盟友サー・フランシス・ウォルシンガムら宗教改革後台頭した新興勢力を率いて、プロテスタンティズムの大義のためにネーデルラントへの軍事支援を主張し、強硬な反カトリック・反スペイン路線を打ち出していた。ヨーロッパのプロテスタント国が一致団結してスペインに抗することを目論む汎ヨーロッパ的プロテスタント・リーグ構想とも呼べる概念がレスター伯を中心とする急進派プロテスタント貴族によって形成されつつあり、それは枢密院を二分しかねない様相を呈していた。

このように、チャーチヤードやギャスコインが巡幸録を手がけた一五七〇年代後半は、スペインに対するネーデルラントの反乱を契機として、それまで何とか危うい均衡状態を保ってきたヨーロッパの権力バランスが揺れ動き、イングランドが外交政策上大きな軌道修正を迫られた時期に符合している。この剣呑とした状況の最中に敢行された巡幸は、それ自体が大きな政治的意味を有すると共に、エリザベス一世の表象においても一つの分水嶺を成している。一五七五年から一五七八年にかけて巡幸録出版が流行した謎を解く手がかりは、緊迫するネーデルラント情勢を睨んで暗躍する軍人文士のネットワークに隠されているように思われる。戦場から祝祭へと活動の場を移し、銃剣の代わりにペンを取った軍人詩人は、一体誰のために、どんなパジェントを制作したのか。そして、それはいかなる目的で出版に供されたのだろうか。

平和の君主を包囲せよ――ブリストルの祝祭

「エリザベス崇拝」に多大な貢献を果たした詩人と言えば、輝ける「栄光の女王《グロリアーナ》」が治める妖精の国としてイングランドの栄華を描いたスペンサーの名前が真っ先に挙がる。これが女王自身も認めるところであったことは、『妖精の女王』が出版された翌年、スペンサーが「女王陛下の格別のご厚意」として五〇ポンドの終身年金を支給されたことに窺える。[19]〈グロリアーナの詩人〉の登場を象徴する出来事として夙に有名なエピソードである。しかし、決して気前の良いパトロンではなかったエリザベス一世から年金を獲得する快挙を成し遂げた詩人がもう一人いたという事実は、あまり知られていない。まだ桂冠詩人の制度も確立されていなかったエリザベス朝時代に、王室から年金を授与された詩人はたった二人しかいない。錚々たる大学出の詩人達をさしおいて、スペンサーと肩を並べる栄誉に浴したのは、戦役の合間を縫って雑多なパンフレットを書き散らした軍人詩人チャーチヤードだった。[20]

「そして、邪心とは無縁の老いたパレモンがいる。……あんまり長く歌ったので、すっかり声が嗄れてしまったよ」（三九六―九九行）[21]。『コリン・クラウト故郷に帰る』の一節が示唆するように、チャーチヤードに対するスペンサーの評価は手厳しい。チャーチヤードがモデルとされるしわがれ声の老羊飼いパレモンへの憐憫には、時代遅れの老詩人に対する新詩人の侮蔑が入り混じっている。
とはいえ、〈グロリアーナの詩人〉としての先駆けの功名は、チャーチヤードにこそ与えられねばならない。『為政者の鑑』に収録された「ショアの女房」の作者として辛うじて英文学史にその名をとどめるチャーチヤードだが、エリザベス一世との関係で特に注目したいのは、地方巡幸に赴いた女王のために執筆した二つの祝祭、すなわち一五七四年のブリストル巡幸パジェントと一五七八年のノリッジ巡幸パジェントである。この二つの祝祭は、チャーチヤードが「エリザベス崇拝」の文学伝統に真っ先に名乗りを挙げた作品として位置づけることができる。

一五七四年の夏、エリザベス一世はイングランド西部へと巡幸に出立し、八月一四日から二一日までの一週間に亘って、ブリストルに滞在した。女王のブリストル訪問は、この港湾都市でスペインとのある政治的取引に応じるという外交目的を有していた。当時、イングランド船員がスペインの商船を襲い、その積荷を奪う私掠行為が頻発し、イングランド・スペイン両国間の紛争の大きな火種になっていた。ネーデルラント問題をめぐり、ただでさえ一触即発の緊迫した事態が続いている時である。武力対決は回避する一方で、掠奪行為は黙認する女王の政策により、両国は非公式の戦争中といっても過言ではない状態にあった。[*22] この煽りをまともに受けたのが、ロンドン、ノリッジに次ぐ三番目の商都ブリストルである。中世以来、イングランドの海外貿易の玄関口として栄えてきたブリストルは、一五六〇年代以降、輸出入激減のための深刻な不況に喘いでおり、その命運はひとえに、休戦によってもたらされる安全な海上航行の保障とヨーロッパ諸国との交易の復活にかかっていた。一五七四年のブリストル条約は、一五六八年にイングランド船員が拿捕し、以後女王が所有してきたアルバ公の宝物をめぐるスペインの損害賠償請求にイングランドが応じることで、両国の関係の修復を図ったものである。[*23]

チャーチヤードが執筆したパジェントは、こうした政治事情に真っ向から切りこんだ内容になっている。ブリストルに到着した女王は、市長と市議会一行に案内されて、地元の聖バーソロミュー校から選ばれた三人の児童が扮した「敬礼」「祝賀」「忠順なる親善」により、これから観劇するパジェントの説明を受ける。以下は、物見やぐらで見物する女王の御前に進み出た「敬礼」が語る前口上である。

偉大なる女王陛下よ、
お慰みにとここにご覧いれますのは、
平和と戦争の論争であり、
それゆえ砦をしつらえてございます。
不和は尊大かつ高慢な
争いを引き起こしますが、
法と秩序の上にそびえる砦は、
常に平和を維持します。
戦争は邪悪な世界、
これからとくとその顛末をご覧にいれましょう。
平和を表す砦は、
陛下のお味方です。

（二巻二〇六頁）

この口上によれば、これから始まるパジェントの寓意は、戦争の災禍を弾劾し、エリザベスを平和の君主として礼賛することにある。「我らの交易は、／市民的な暮らしの上に成り立ち、／そこに我らの繁栄は宿る／国家滅亡の戦い／全てを破壊する動乱／自由の果実を享受する者への／重い足枷の上にあらず」（二一六—一七頁）——パジェントの最終場面に登場する擬人化された「ブリストル」が語る言葉もまた、経済的安定を最優先する女王とブリストル商人の宥和政策を代弁している。[*24]

ところが一方で、チャーチヤードのパジェントは、およそ平和主義とはかけ離れた好戦的なメッセージを放っている。「平和と戦争の論争」の寓意劇は、「不和」に煽られた「戦争」が「平和」の砦に猛攻撃を仕掛け、これに「平和」が応戦する模擬戦として演じられた。チャーチヤードが動員した三〇〇名の砲兵と一〇〇名の槍兵が三日間に亘って海に陸にと繰り広げた戦闘は、パジェントというよりもさながら大規模な軍事演習の様相を呈している。そのため、最終的には「善良なる民の勇気と偉大なる国王の力」(二巻二一九頁)によって「平和」が勝利を収めるものの、それはあくまでも戦争を経た上での平和であることが暗に示唆される結果になっている。

平和主義とミリタリズムのこの奇妙な混在は、一体何を意味するのだろうか。もちろん、軍事パジェント自体は珍しいことではない。武具を纏った聖ジョージの竜退治に始まり、武装した市民が結集するパジェントは中世から存在し、市民軍の組織化が進むにつれて、さらに軍事色を強めたパジェントが一六世紀後半に登場し始める。[*25]そして、エリザベス女王もまた、即位以来、馬上槍試合に代表される好戦的なパジェントや軍事演習を視察することで、戦闘的な君主のイメージを国の内外で戦略的に構築してきた。[*26]それは、必ずしも、第一章で取り上げた戴冠式の行進で強調された平和主義的なエリザベス像と矛盾するわけではない。シドニーの散文ロマンス『アーケイディア』には、エリザベスを体現すると思われるコリント女王ヘレンが登場するが、馬上槍試合を推奨する女王が「流血のない武芸の訓練によって、人々を流血の技に熟達させた」こと、すなわち「平和によって民を好戦的にしたこと」への称賛が綴られている。[*27]

ブリストルの祝祭もまた、エリザベスのこうした自己成型にブリストル側が迎合したものとして解釈される傾向が強い。[*28]この場合、チャーチヤードのパジェントは、スペインと和解しながらも臨戦態勢を解除しない女王の絶妙なバランス感覚を反映していることになる。

しかし、こうした解釈は、このパジェントにおける平和へのあからさまな揶揄を過小評価する恐れがある上に、ブリストル市の意向を徒に後景化する懸念がある。既に指摘されているように、女王の巡幸先で催されたパジェントは、単に君主や国家への忠誠の表明として機能しただけではなく、女王をもてなす貴族や地方都市が様々な陳情や要求を行う場としても利用された。[*29] 近年新たに提唱された解釈は、むしろ女王や中央政府を牽制しようとするブリストル側の意図を強調している点で興味深い。[*30]

この解釈によると、一三七三年にロンドン以外で初めて市長、市議会、警察組織、地方裁判所を有する地方都市と定められて以来自治の歴史を誇ってきたブリストルは、一六世紀後半になると、その自治を脅かす様々な問題を抱えるようになっていた。きっかけとなったのが、一五六九年にブリストルから一〇〇マイルほど離れたところで勃発した北部反乱である。反乱自体はすぐに鎮圧されたものの、この事件はイングランドの地方軍備の脆さを露呈した。旧式の装備に加えて、兵士はまともな訓練すら受けておらず、しかも徴兵に時間がかかりすぎるといった具合である。北部反乱の教訓を踏まえて地方の軍備強化を図る政府は、軍備の中央集権化を推し進め、徴兵から軍事教練までを担う地方都市への圧力を強めた。その窓口となったのが、もともと紛争や反乱が生じやすい辺境地域を監視するために創設された二つの行政裁判所、北部監察院とウェールズ辺境領府である。そして、ラドロウを本拠地とする後者は、ウェールズ全域のみならず、シュロップシャー、ヘレフォードシャー、ウスターシャー、グロスターシャーといったイングランドの近隣地域にも監督権を有していた。かくして、グロスターシャーに隣接するブリストルは、ウェールズ辺境領府やグロスターシャー州政府の介入を受けることとなり、それはしばしば衝突や軋轢を生じた。一五七四年のブリストル巡幸の背景には、イングランドとスペインの協定という国際的なプロジェクトだけではなく、地方行政の自治権をなんとしてでも死守したいブリストルのよりローカルな事情があったことになる。

その場合、軍事色満載のパジェントは、ブリストルが自前の民兵組織の威力を女王や枢密院や近隣諸州に誇示するために仕組まれた可能性が浮上する。なるほど、たしかにこの解釈には一定の説得力がある。市当局が祝祭のために二トンの弾薬を購入し、一三〇もの大砲をかき集め、揃いの市の軍服を纏った四〇〇名の兵士を動員したのは、ブリストルの実戦力を見せつけるためだったのかもしれない。[*31] ただし、この解釈にも一つ大きな問題点がある。それは、作者であるチャーチヤードの意図がほとんど考慮されていないという点だ。そもそも、この祝祭の記録が『チャーチヤードの雑録』に収録される形で出版されたことからもわかるように、チャーチヤードは自己主張の極めて強い作家である。その自己顕示欲の強さは、ブリストルの祝祭が作者名を掲げた最初の巡幸パジェントであることからも察しがつく。[*32]

『チャーチヤードの雑録』は、著者が書きためた一二の雑多なパンフレットから成る。中心を占めるのは韻文で書かれた従軍記であり、そこからおのずとチャーチヤードが想定した読者層が推測される。手練れの軍人の文学的な戦争ルポルタージュの掉尾を飾るのが、チャーチヤードにとっては一世一代の晴れ舞台とも言えるブリストルの祝祭だった。つまり、ブリストルでチャーチヤードが披露した軍事パジェントは、女王が鑑賞する戦記物語の様相を呈することとなる。もはやそれは、ブリストルによる雇われ仕事の域をはるかに超えている。

チャーチヤードのパジェントの最大の特徴は、イングランド政府の軍事政策に対する批判とも受け取れる風刺性にある。それがとりわけ顕著に窺えるのは、三人の少年達の前口上に続く「平和」の砦の描写である。

> 湾の向こうの平地には今回のために砦が築かれた。この砦には支えとして、(「弱腰政策」と呼ばれる)貧弱な砦が連結している。この砦は丘の上に建てられているが、土台がしっかりしていないために脆弱な造りになっている……　(二巻二〇八頁)

「弱腰政策」の砦にこめたチャーチヤードの風刺的意図は明らかであり、スペインとの一時的な休戦にこぎ着けたブリストル条約を想起せずにはいられない。そして一日目には、この「弱腰政策」の砦があっけなく陥落し、「平和」が最大の危機を迎えるクライマックスが用意されているのである。

平和の欺瞞性は、兵士達を叱咤激励する「不和」によってさらに糾弾される。「同胞よ聞け、／私がもたらす知らせによく耳を傾けよ。／我こそは、／汝らが耳に鳴り響く警鐘なり」（二巻二一一頁）という兵士への呼びかけで始まる「不和」の台詞は、拝金主義とご都合主義が蔓延る世の中への不満を述べ立てる。

富は戦争を望まず、平和は奢り高ぶり、
人々は堕落を恐れない。
やつらは金さえあれば
何でも思い通りになるとうそぶく。
国という国は金で買われ、
さながら獲物に掴みかかろうと舞い降りる鷹の如し。

……

お前たちがどうあがこうが、
賭け金を巻き上げるのは平和だ。
平和は全てに君臨する君主であり、
戦争を愚弄する。
その通り、平和はお前達を留置所にぶち込み、
鉄格子の中に立たせる。
平和は、お前達をむこうみずで
虚勢を張るごろつき呼ばわりする。

（二巻二一二頁）

兵士達を軽んじ、その労苦を搾取する君主として擬人化された「平和」の描写には、イングランド兵士の間で鬱積していた女王の軍事政策への不信感が投影されている。ブリストル巡幸という慶事を利用して、チャーチャードは自分を含めた軍人の苦境を女王と側近貴族に対して切々と訴えていることになる。

十分な報償を与えられない軍人の処遇に対する不満は、ブリストル巡幸と同じ年にチャーチャードの戦友バーナビー・リッチが出版したパンフレットにも通底している。リッチも、チャーチャードと同様に、戦役の合間を縫って旺盛な執筆稼業に精を出し、様々な貴人に自作を献呈した軍人文士の一人である。一五七四年に出版されたリッチのデビュー作『マーキュリーとイングランド兵士の素晴らしく愉快な対話』（以下、『愉快な対話』と略記）は、散文物語と軍事論を融合させたような何とも奇妙な書である。

物語は、森の中でまどろんでいた語り手の兵士が、戦場の太鼓や喇叭の響きと共に突如現れた多数の兵士達に取り囲まれる場面で始まる。以下、兵士が皆の代表として「イングランドの不運な兵士達が最近陥った困難の極み」を訴えるべく、オリュンポスの伝令神マーキュリーを案内人として軍神マルスの宮廷に赴く顛末が夢幻物語として語られる。[*33] 二人は、数々の戦功を遂げた軍人で溢れるマルスの宮廷に到着するが、肝心のマルスはそこにはおらず、恋人のヴィーナスの宮廷に入り浸っていることを知る。休む間もなくヴィーナスの宮廷へと向かう道すがら、軍務を続けることの恐怖や徒労感を覚え始める語り手を叱咤激励するように、マーキュリーは戦争の必要性を説き、兵士の育成方法、軍の規律、武器について概説する。

このように、パンフレットの前半は途中から軍事論となるが、後半部分では、平和呆けしたヴィーナスの宮廷への呪詛が連綿と綴られている。ヴィーナスの膝の上にだらしなく横たわっていたマルスは、イングランド兵士達の苦境を訴える嘆願状に目を通すと、大いに心を動かされる。

では、この平和なご時世では、兵士はそんなにも軽んじられ、蔑まれているというのか。戦時には国を守る

ために殺戮の場へと身を挺しているというのに、なんと恩知らずの国、忘恩の民であろう……[*34]

ところが、すっかり兵士の境遇に同情したマルスが先を続けようとしたところで、恋の楽しみを邪魔されたことに激怒したヴィーナスは兵士を激しく叱責する。ヴィーナスは、「お前達兵士は、自分と異なる職業の人間の幸運を妬んでいる」と兵士を責め立てた上で、ヘラクレス、トロイラス、アレクサンダー大王、シーザーと、勇者は常に恋に溺れると豪語する。[*35]勢いづいたヴィーナスが「絨毯騎士」、すなわち実戦に出たことのない軟弱な宮廷人すらをも擁護し始めると、さすがにたまりかねたマルスは以下のように恋人を教え諭す。

> よく考えてみればわかることだが、そういう女のような優男や色恋好きの伊達男が平和に快楽を享受できるのは、彼らを支える気高い兵士がいるからなのだ。兵士こそが彼らを守る防壁であり砦だ。だから、女神よ、こんな風に兵士達に抗議する道理はないのだよ。貴女の民や、貴女の愛の法を唱道する者達の安寧はひとえに彼らの武勇にかかっており、そうでなければたちまち皆の餌食になってしまうところだ。[*36]

ヴィーナスの宮廷にエリザベスの宮廷が重ねられていることは言うまでもない。[*37]「絨毯騎士」への揶揄に至っては、騎士とは名ばかりで何ら実戦経験を持たない勲爵士への痛烈な批判とも読み取れる。

リッチのパンフレットとチャーチヤードのブリストル巡幸パジェントに共通しているのは、兵士の処遇改善を求める嘆願だけではなく、軽佻浮薄な宮廷の風潮に対する憤りである。そして、それは、女性が支配する世界への不満にすり替えられ、「女のような優男」、すなわち女性化した男性達が幅を利かせる宮廷は悪弊が蔓延る腐敗した世界として提示される。リッチは一五七八年に出版された『イングランドへの警鐘』で再び軍人の窮状を世に訴えるが、このパンフレットにチャーチヤードが寄せた推奨詩は、「猛き者には戦争を、ヴィーナスの情夫には平和を」と、再び女王の平和政策をあてこすっている。[*38]

このように、チャーチヤードが執筆したブリストル巡幸パジェントは、女王とブリストル市の平和主義を寿ぐどころか、むしろそれに対する痛烈な風刺によって貫かれた作品と言える。これがわざわざ出版に供された理由は、その政治的メッセージを広く周知するために他ならない。興味深いことに、チャーチヤードのパンフレットは、女王が観劇したパジェントをありのままに再現したわけではない。先に引用した「不和」の台詞は、「陛下に聞こえるところでは語られなかったが、読者の皆様が理解できるように書物にて示したもの」（二巻二〇八頁）だからである。印刷出版という大衆メディアを介することで、女王のための余興は一般読者のための余興にすり替わり、全く新しい理念が大胆不敵に吹き込まれていく。

ここで考えてみたいのは、そもそもなぜブリストルの出身者ではない、外部の人間であるチャーチヤードが余興の制作を依頼されたのかという問題である。こうした地方都市の巡幸の場合、祝祭のパジェントの執筆は地元の学校の教員に委任されるのが慣例だった。にもかかわらず、市は、ブリストルには縁もゆかりもないチャーチヤードにパジェント執筆を依頼し、高額の給金を支払っている。[*39]この異例の処置を他ならぬ聖バーソロミュー校の教師が遺憾に思っていたことは、チャーチヤードが『チャーチヤードの雑録』の末尾に挿入した告発から察しがつく。「これらの台詞のいくつかは学校の先生のせいで語られなかった。彼はよそ者がこの余興を手がけることに我慢ならなかったのだ」（二巻二一〇頁）。地元の人間に制作を依頼する方がはるかに安上がりであるにもかかわらず、市がチャーチヤードに依頼したのは、都会からやって来る、余興に対する目の肥えた宮廷の客人をもてなすためには、地元の人間よりもこうした宮廷文化に明るい人材の方がふさわしいと考えたからであろう。とすれば、パジェントの執筆者の人選に関して、ブリストルの市当局者達が宮廷に助言を仰いだ可能性は十分にある。

事実、チャーチヤードがブリストル巡幸パジェント執筆の大仕事を獲得したのは、ブリストルに縁故があったからではなく、宮廷に人脈を有していたからに他ならない。当時チャーチヤードが何かと庇護を受けていた宮廷の有力者は二人いる。一人はバーリー卿であり、チャーチヤードは、バーリー卿によって一五六〇年代後半からネーデルラントに送りこまれ、情報収集という名の諜報活動に従事している。[*40] もう一人は、前章で取り上げたインナーテンプル法学院のクリスマス祝祭の後に宮廷入りを果たし、またたく間に女王の愛顧を獲得して着々と出世街道を進んでいたハットンである。ハットンは一五七七年に巡幸の準備を取り仕切る官職である宮内次官に昇進しているところを見ると、おそらくブリストル巡幸に関してもかなりの影響力を発揮したと見られ、チャーチヤードを推挙した可能性は高い。[*41] チャーチヤードは、『チャーチヤードの雑録』をハットンに献呈しており、冒頭に付した献辞の中で「ハットン氏が私にお示し下さった友情と多年に亘るご厚意のおかげで、私はだいぶ前にお約束した私の韻文を集めた本をものすることができました」と謝意を表している。[*42]

C・E・マクギーは、脚本の執筆を外部の人間に委託するアウトソーシング化が一五七〇年代の巡幸パジェントに共通して見られる現象であることを指摘した上で、地方の祝祭文化に生じていた重大な変化を指摘している。[*43] マクギーによれば、宗教改革による聖史劇の衰退によって地元の演劇的リソースを活用する道が閉ざされる中、地方都市は女王をもてなすにあたって、例えば馬上槍試合やギリシャ・ローマ神話を模した仮面劇等の宮廷風の祝祭文化を積極的に取り入れるようになる。その結果、地方の関心事よりも君主の意向が優先され、地方の都市祝祭はプロテスタント国家の形成を企図する中央政府の筋書きに回収されていく。巡幸は、王権のプロパガンダとして機能しただけではなく、結果として宮廷の演劇文化の様式を国中に伝播させる役目も果たしたことになる。

マクギーの考察は示唆に富むものの、若干の修正を要する。聖史劇の衰退と王権のスペクタクル化を対置する分析は、聖母マリア崇拝と「エリザベス崇拝」を対置したイエイツやストロングの研究と軌を一にしているだけに、宮廷文化を一枚岩に捉える点において同じ轍を踏む恐れがあるからだ。[*44] チャーチヤードの選出に宮廷の意向が関与したことは間違いないが、それが必ずしも女王の見解を代弁するものではない可能性も考慮する必要がある。特に、〈平和の君主〉に対するチャーチヤードの揶揄が女王の外交政策に同調したものでないことは明らかだ。

バーリー卿がパジェントの構想に関してチャーチヤードに指示を与えたと推測する批評家もいるが、女王の代理としてブリストル条約に調印したバーリー卿が、こんな好戦的なパジェントをこのタイミングでわざわざ画策したとは思えない。[*45] ましてや、まるでリッチのパンフレットと口裏を合わせたかのように兵士の不遇をかこつ件になると、ブリストルや宮廷の利害関係を代弁したものとは到底考えにくい。兵士としてのルサンチマンに満ちたそのメッセージは、作者であるチャーチヤード個人の宮廷への決死の請願であるように思われる。

パジェントに漂うイングランドの軍事政策への不満を考察する上で参考になると思われるのが、ブリストル巡幸前のチャーチヤードの足取りである。一五六〇年代後半から一五七〇年代前半にかけて、チャーチヤードは少なくとも三度ネーデルラントで戦火をくぐっている。[*46] まずは一五六七年初頭、おそらくはバーリー卿によって、一触即発の危機を迎えたアントワープに派遣されたチャーチヤードは、民衆の蜂起に立ち会い、反乱に加担したかどで国外退去を命じられている。いったんイングランドに戻ったチャーチヤードは、一五六八年夏、再びバーリー卿によって、反乱軍鎮圧の梃入れとしてネーデルラント摂政に着任したアルバ公の動向を探るためにネーデルラント入りする。今回は必要に応じて反乱軍を支援する任務を帯びていたチャーチヤードは、私財を投じて三万人の兵士をかき集めたオラニエ公率いる軍隊に合流し、後に私掠船団「海の乞食団」の首領となるラ・マルク伯爵配下の部隊の少尉を務めている。しかし、奮闘むなしく、スペイン軍の圧倒的な戦力の前に敗れたオラニエ公はストラスブールに退却し、チャーチヤードは再び命からがら帰国することになる。

と、ここまではバーリー卿の影が背後にあるのだが、三度目となる一五七二年のネーデルラント従軍は少し勝手が違っている。いずれもバーリー卿の密命を帯びていた先の二度の渡航とは異なり、今回は「戦場の太鼓の響きにうずうずする」根っからの軍人チャーチヤードが自らの意思により再び激戦の最中のネーデルラントに舞い戻ったものと思われる。[*47] この年、まずはトマス・モーガンを司令官とする小さな部隊が、次いでサー・ハンフリー・ギルバート率いる第二部隊がネーデルラント西部のフラッシングに送られた。ただし、スペインと表立って事を構えたくない女王は、ギルバートに女王の同意を得ていないかのように行動するよう言い含め、あくまでも非公式に派遣された民間の義勇兵という体裁を取らせた。[*48] 女王にとってはいかにも都合がよいこの密約は、当然のことながらギルバートの部下にも知らされていなかったものと見える。チャーチヤードは、一五七八年に出版された『フランダースの悲惨な戦争に関する痛ましくも哀れな報告』で、この義勇軍が「女王や枢密院の知らないところで私的に集まった者達がこっそりとイングランドを脱出してフラッシングに赴いたので、帰国の際には嫌悪の的となり、宮廷に伺候することも叶わなかった」と憤懣やるかたない思いを吐露している。[*49] ギルバートはアイルランド遠征の経験もあるベテランの軍人だったが、記録的な惨敗を喫し、早くも秋にはモーガン率いる第一部隊ともども本国への撤退を余儀なくされる。スペイン軍相手に戦うことの無謀を思い知ったバーリー卿は、ネーデルラント問題に軍事的に介入することを断念する。

興味深いのは、このギルバートの義勇軍には、ギルバートを筆頭に、チャーチヤード、リッチ、ギャスコイン、サー・ロジャー・ウィリアムズ、クリストファー・カーライルらテューダー朝の軍人文士達が結集していたことである。[*50] 彼らが戦火燻ぶるフラッシングで何を語りあったのかは想像の域を出ないものの、義勇軍に対する宮廷の冷たい仕打ちを暴露したチャーチヤードの述懐や、リッチが『愉快な対話』で縷々述べた恨み節からは、ネーデルラント問題に対するイングランドの中途半端な介入や軍人への恩賞をめぐる不満が話題に上ったことは容易に想像がつく。チャーチヤード、リッチ、ギャスコインの三人はいずれも帰国後は執筆・出版活動に精を出しており、それぞれのキャリア形成において一五七二年のギルバートの義勇軍での体験が重要な転機となったことは間違いない。しかも、ギルバートが中国への北西航路について記した『カタイへの新航路発見に関する論考』の序文をギャスコインが執筆し、『ジョージ・ギャスコイン詩集』にはチャーチヤードが推奨詩を寄せるなど、戦場で形成された軍人文士のネットワークが出版市場で顕在化しているのである。

こうした軍人文士達の不満を掬い取り、そのネットワークにいち早く目をつけたと思われるのが、当時枢密院において主戦論を牽引していたレスター伯とその一派である。チャーチヤードは、ブリストル巡幸の翌年の一五七五年にサー・ヘンリー・シドニーの命を受けてシュリューズベリーの祝祭を執筆し、一五七六年から一五七七年にかけてはウォルシンガムの密使として再びネーデルラントに赴くなど、レスター伯周辺の貴族との関係を急速に強めている。[*51]

ギルバートの『カタイへの新航路発見に関する論考』はレスター伯に、リッチの『愉快な対話』はレスター伯の兄ウォリック伯にそれぞれ献呈されている。彼らのような職業軍人にとっては、武闘派プロテスタント貴族の愛顧を得ることこそが、本来の職場である戦場へ自分を送り込むための何よりの近道だったと言えよう。当時イングランド兵が目指した戦場にはアイルランドとネーデルラントの二つがあったが、プロテスタントの聖戦として魅力的なオーラを放っていたのは断然後者の方だった。[*52] 慎重策をとる女王とバーリー卿に対してネーデルラントへの派兵を主張するレスター伯の周辺に軍人文士のネットワークが構築されていったのは、極めて自然な成り行きだったと言える。そして、ブリストル巡幸パジェントは、チャーチヤードがそこに参入するまたとない好機となった。民兵礼賛を前面に打ち出したチャーチヤードのパジェントは、レスター伯を中心とする武闘派プロテスタントの関心を惹くことに見事に成功したに違いない。それは次なる仕事を呼び込み、チャーチヤードは一五七八年のノリッジ巡幸パジェントの執筆にも携わることとなるが、これについては本章の最終節で論じることとしたい。

消された余興――ケニルワースの祝祭

ブリストル巡幸の翌年の一五七五年七月、女王はレスター伯の居城ケニルワースに約三週間に亘って逗留した。この時にレスター伯が贅の限りを尽くして催した一連の余興は、エリザベス朝巡幸パジェントの中でも屈指の規模を誇っている。この時の余興の執筆者の一人として名を連ねたのが、ギルバートの義勇軍が引き揚げた後もオラニエ公に請われるがまま大陸にとどまり、スペイン軍の捕虜として四ヵ月間の抑留生活を送った後にやっとの思いで帰国したばかりのギャスコインだった。[*53]

女王を歓待する余興を制作するにあたって動員されたのは、『女王陛下の戴冠式の行進』を執筆したマーチャント・テイラーズ校校長のマルカスター、『為政者の鑑』の作者の一人であるジョージ・フェラーズ、チャペル・ロイアル少年劇団の座長ウィリアム・ハニス、詩人ウィリアム・パッテンといった、いずれも宮廷余興については実績を持つ者ばかりであり、ここからもこの方面に強いレスター伯の幅広い人脈、そして自邸での女王歓待にかける意気込みのほどが窺える。このベテラン作者陣にヘンリー・ゴールディンガムとギャスコインが加わり、盤石の態勢でケニルワースの祝祭は企画・上演された。ギャスコインは、女王のための余興を手がけるのは初めてではあったものの、ただの新人ではない。グレイ法学院在学中には、二つの翻訳劇をクリスマス祝祭で上演している他、ネーデルラントに出発する直前にも、貴族の結婚式の余興として仮面劇を執筆している。

ギャスコインは三つの余興の執筆を請け負ったが、ケニルワースの祝祭における最大の功績は、複数の作者の共同執筆による祝祭の全容を一つに纏めて巡幸録『やんごとなき娯楽』として出版したことである。ギャスコインもまたチャーチヤードと同様、ネーデルラントでの従軍を契機として、出版活動に力を入れており、帰国後の一五七五年の初頭から夏にかけて、『ジョージ・ギャスコイン詩集』『分別の鑑』『高貴なる狩猟の技法』と立て続けに様々なジャンルの著作を世に送り出している。一五七二年に出版された『百華詞華集』をはじめとして匿名出版が多いことから、ギャスコインの文学的野心についてはいまだに専門家の間でも意見が分かれている。詩人としての名声を真剣に渇望していたわけではないと考える批評家もいれば、匿名出版もまた思わせぶりに作者を売り込む戦略の一つであり、チョーサーに続く英詩人としての評価を獲得したいと願っていたと指摘する見方もある。[*54] いずれにせよ、詩作は貴人の手遊びであり、それを金銭や社会的栄達のために出版に供するのはあさましいと考える、いわゆる「活字の恥辱」と呼ばれる概念がまだまだ根強く残っていた時代である。[*55] 少なくとも、ギャスコインの出版活動には印刷本の効力と危険性の双方を意識した配慮が見られ、それは『やんごとなき娯楽』にも当てはまる。

『やんごとなき娯楽』は、ケニルワースの祝祭の翌年一五七六年に、作者名を伏せた形で出版された。「印刷業者より読者へ」と題された序文では、出版に至る経緯は以下のように説明されている。

昨年の巡幸で、女王陛下は（レスター閣下によって）閣下の居城ケニルワースにて荘厳かつ豪華なもてなしと歓待を受け、様々な楽しい詩的な出し物が韻文及び散文で書かれました。印刷物によってこの娯楽の恩恵に与りたいと切望する熱心で殊勝な若いジェントルマンが多数いらっしゃり、私や他の印刷業者への要望が何度も寄せられました。私といたしましては、既にご依頼くださった方々、あるいは今後そのような要望を持たれるかもしれない方々のご期待に応えるためにも、何としてでもこの催しの真正なる手稿を手に入れようと思った次第でございます。そして大変な苦労の末に、ケニルワースで上演された余興の真正にして完全な手稿を獲得するに至りました。おまけに、準備はされていたものの、実際には上演されなかった素晴らしい余興も手に入れました。そして、（こうやって収集した）これらの手稿を（読者のお役に立てればと）ここに出版致します。

（二巻二八九頁）

この序文によると、複数の執筆者からなる余興の原稿をかき集めたのは書籍商リチャード・ジョーンズということになっているが、事実はおそらくそうではない。『やんごとなき娯楽』は一五八七年に別の書籍商によって出版されたギャスコインの全集に収録されていることからもわかるように、手稿の収集・編纂はギャスコインが担ったものと推測されるからだ。それればかりか、印刷業者のふりをして「印刷業者より読者へ」をしたためたのもまたギャスコインではないかと推測する批評家もいる。[*56]

とりわけ序文で目を惹くのは、実際にはエリザベスが見ていない演目が含まれているばかりか、「素晴らしい余興」としてこれ見よがしに宣伝されている点である。興味深いことに、『やんごとなき娯楽』を紐解けば、それは他ならぬギャスコイン本人が執筆した演目であり、しかもこの演目に一番多くの頁数が割かれていることに気づく。これは、処女性の守護神ダイアナ、そして結婚・出産を司る女神ジュノーが遣わした虹の女神イリスを登場させて、二人が独身と結婚の優劣を論じるパジェントである。エリザベスはダイアナに仕えるニンフの一人ザベタとして造型されているものの、パジェント全体としては明らかに女王に結婚を勧める内容になっている。

物語は、寵愛するニンフのザベタが行方不明であることを知ったダイアナが、お付きのニンフ達を総動員してザベタの捜索に向かわせる場面で始まる。ダイアナとザベタの再会は、客席にいる女王をザベタに見立てることで実現するが、行方をくらませた肝心の原因は結局わからずじまいである。しかも、再会を果たした喜びも束の間、ダイアナは唐突に、ザベタこと客席のエリザベスに別れを告げる。

……そなたに会えたのは嬉しいが、
今後どんな生涯を送るかは、お前の選択に委ねましょう。
今はただ、こんなに煌びやかな金色で飾られた
そなたに出会えたことを喜ぶばかりです。
付き従う貴婦人達の一行は
それぞれが女神のようであり、
そなた自身はまさしく女神の御姿です。ここでお別れしましょう。
そなたの忠誠を信じるだけで十分です。
かつてそなたの面倒を見たことがあるだけで十分です。

さようなら。別れたくはないけれど、お別れせねばなりません。
さようなら、私のニンフ。さようなら私の女王。

（二巻二一九―二〇頁）

女王の豪華なドレスへの言及は、おそらく狩装束など簡素な衣装を纏っていると推測されるダイアナ達との差異を強調する。ザベタは、もはや野山で狩猟するダイアナに付き従うニンフではなく、自らのお付きを従えた女王となって、かつての主人である処女神に対峙する。他のニンフ達と共に退場するダイアナの台詞は、「二〇年以上も私に付き従い、／キューピッドの輩を軽蔑し、／未来永劫私に仕えると誓っていた」（二一一頁）ザベタとダイアナの永遠の訣別を印象づける。客席に残されたザベタ＝女王は、結婚か独身かをめぐる選択の自由を一応は与えられているものの、ダイアナに倣って純潔を通してきた従来の生き方を改めることが暗に示唆されている。

それは、続く最終場面で一層明確に提示されることとなる。退場したダイアナと入れ替わる形で、「天界の女王」（二巻二二〇頁）ジュノーが遣わした虹の女神イリスが登場する。イリスが語りかけるのは、もはや登場人物としてのザベタではなく、女王本人である。

思い出して下さい、
女王におなりになる前の生活を。
そしてそれを比べてごらんなさい、
その後の日々と。
そなたは囚われの身だったのではないですか？
牢獄に閉じ込められたのではないですか？
他の惨めな捕囚と同じ生活を

そなたも強いられたではありませんか?
その時ダイアナはどこにいたのでしょう?
なぜ助けてくれなかったのでしょう?
なぜダイアナは、そなたを守って下さらなかったのでしょう?
昔も今もそなたは女神の侍女だったのに。
茨の道から救い出したのは誰でしょう?
誰が王国の支配権を与えたでしょう?
その美しい額に
最初に王冠を置いたのは誰でしょう?
それは女神ジュノーです。

……

立派な女王にとって
結婚がいかに必要か、
学識豊かな陛下はよくご存じのはず。
国民は陛下がご同意下さることを切望し、
陛下の美徳は世に轟いています。
天界のジョーヴも、
ダイアナが御役御免となることを喜ばれるでしょう。

(二巻三二一頁)

このように、イリスは、エリザベスがメアリーの「惨めな捕囚」だった頃に言及することで女王の「自然的身体」

の脆さを想起させると共に、結婚して世継ぎを生むことで永遠性を維持する君主としての使命を説く。
実際には、当時エリザベスは四二歳、出産の可能性も低くなっている。一五七〇年代に入ると、ひょっとして女王はこのまま独身を通すのではないかという憶測がなされるようになっていたが、ギャスコインのパジェントは、エリザベスを結婚を控えた乙女ザベタとして描き出す。女王の処女性は、あくまでも結婚を前提とした未婚女性のそれであり、後の処女王崇拝で喧伝される永遠の処女としての表象とは明確に区別される必要がある。

こうしたエリザベスの表象を考える上で参考になるのが、ケニルワースの祝祭とほぼ同年に描かれたと推測される肖像画である。所有者の名前に因んで「ダーンリーの肖像画」と呼ばれるこの絵（図7）の作者と推定されるフェデリーゴ・ツッカロは、イタリアのマニエリスム派の画家であり、おそらくはレスター伯の招きを受けて、ケニルワースの祝祭の前後の半年ほどの期間、イングランドに滞在している。[*57]「ダーンリーの肖像画」の特徴は、エリザベスが女王ではなく一人の女性として描かれている点にある。絵の中の女性はティアラを被り、豪華な羽の扇を持ち、金襴の衣装や真珠を身につけてはいるものの、一目見ただけではこの人物が女王であるとはわかりにくい。しかし、陰になった背景に目を凝らすと、小卓の上に置かれた王冠と王笏らしきものが目に入る。脱ぎ捨てられたようにも見える王冠は、女王の「自然的身体」を最大限にクローズアップする効果を発揮している。赤味がかった髪の色、王女時代の肖像画とよく似た神経質そうな目元と口元、そげた頬のラインなどは、過度に美化することなく、実年齢相応のエリザベスの美しさを的確に捉えている。その姿は、結婚か独身か、いよいよ最後の決断をダイアナから迫られるザベタに通じるものがある。

しかしながら、『やんごとなき娯楽』によると、このザベタのパジェントが上演される機会はついに訪れなかった。ギャスコイン自身は、「二、三日前から（役者は全員衣装を身に纏い）準備を整えていたのに、上演されなかった。原因はひとえに良いタイミングと天気に恵まれなかったためとしか考えられない」（二巻三二一頁）と、さらりと記しているが、もちろんこれを額面通りに受け取るわけにはいかない。おそらく真の理由は、常日頃結婚問題に

図 7　フェデリーゴ・ツッカロ（推定）「ダーンリーの肖像画」（1575 年頃）

対して助言されることを極度に嫌う女王が事前検閲で却下したためというのが、批評家の間でも一致した見方である[*58]。

例えば、シェイクスピアの『真夏の夜の夢』には、アテネの公爵シーシアスが祝宴のために予定されている演目を予め検分する場面が出てくる。

ライサンダー（読み上げる）　「アテネの宦官が竪琴に合わせて歌う
ケンタウロスとの戦い」

シーシアス　それはだめだ。従兄のヘラクレスを称えるその話はもう
ヒッポリタにしてしまった。

ライサンダー（読み上げる）　「バッカス神の千鳥足の信者達が
トラキアの詩人を狂乱のうちに八つ裂きにする暴動」

シーシアス　古い芝居だ。
この前テーベから凱旋した時にも上演されている。

ライサンダー（読み上げる）　「近頃貧窮のうちに亡くなった学識ある方の死を
嘆く九人のミューズ」

シーシアス　辛辣で批判的な風刺だな。
婚礼の儀式にはふさわしくない。

（五幕一場四四―五五行）

「辛辣で批判的な風刺」であることが明らかなザベタのパジェントは、女王にとっては容認しがたい演目だったに違いない。では、女王の不興を買って実際には上演されることのなかった余興をギャスコインがあえて出版した

狙いはどこにあったのか。

従来の批評では、ザベタのパジェントもまた、レスター伯による女王への求婚の文脈で解釈される傾向があるが、この説には首肯しかねる。[*59] 前章で論じたように、そもそも女王へのレスター伯の求婚説の出所が怪しいこともあるが、それよりも、こうした解釈には女王とレスター伯の関係をより流動的なものとして捉える視点が欠落しているからである。レスター伯と女王の結婚が反レスター伯派を中心に囁かれたのは、レスター伯がまだ爵位を授かる前、ダドリー時代の一五六〇年前後のことである。ケニルワースの祝祭が催された一五七五年の時点では、誰がどう見ても、結婚はおろか、求婚の現実味すらとうになくなっていたに違いない。とすれば、女王に結婚を勧めるザベタのパジェントは、レスター伯の意向ではなく、ギャスコインの独断によるものと推測する方が妥当であろう。もっとも、「弓を射るたび的外し」と自嘲する詩を残したほど、自他共に認めるおっちょこちょいのギャスコインが先走り、雇用主であるレスター伯の思惑を見誤った可能性は否定しえない。[*60]

ともあれ、ザベタのパジェントの削除が示唆しているのは、女王とレスター伯のロマンティックな関係などではなく、むしろその逆、二人の対立関係である。女王がレスター伯によって準備されていた余興を予め検閲したとすれば、それが意味することは何か。まるでホストを監視するかのようなその行為は、レスター伯に対する女王の不信感の表れであり、ケニルワースの豪華絢爛な祝祭の陰で燻っていた両者の軋轢を浮彫りにする。

実際、既に女王が邸に到着した時から、自己顕示欲の強いレスター伯とその政治的野心を牽制しようとする女王との間では対立の火花が散っていたようである。ケニルワース入りした女王が、城の前庭に設けられた人工池の畔に到着すると、二人のニンフを伴った「湖の貴婦人」が可動式の島に乗って登場し、女王を出迎える。

(世にも比類なき女王よ) あなたがここに逗留する間、
私はあなたにお仕えし、宮廷に伺候しましょう。

そしてアーサーを寵愛したように
あなたにも真剣にして戯れの愛を与えましょう。
マダム、立ち止まらず、どうぞお進み下さい。
湖も邸もわが主君もあなたの御意のまま。

（二巻二九五頁）

「湖の貴婦人」とは、アーサー王に宝剣エクスカリバーを授ける妖精の女王を指す。レスター伯の騎士道ロマンス好きを反映した趣向と言える。フェラーズ執筆によるこの余興では、「湖の貴婦人」の主人はエリザベスなのか、それともレスター伯なのか、あえて曖昧な形で提示されている。ただし、祝祭全体を通して反復されるアーサー王の主題がレスター伯の英雄的な自己成型に用いられているのは明白である。ギャスコインのパンフレットの題名にしても、「ケニルワースの宮廷におけるやんごとなき娯楽」（傍点筆者）と、ケニルワースをレスター伯が君臨する王国に見立てている。

「ケニルワースの宮廷」なる祝祭空間の主の席をめぐるレスター伯と女王の緊迫した関係は、『やんごとなき娯楽』とは別のもう一つの巡幸録で一層強調されている。規模といい期間といい異例づくめのケニルワースの祝祭で、最も異例だったのは、複数の巡幸録が次々と出版されたことである。もう一つの巡幸録の正式な題名は『書簡――ウォリックシャーのキリングワース［ケニルワース］城における一五七五年の夏の巡幸時における女王陛下への余興の一部を記す。宮廷随行の官吏が友人のロンドン商人にしたためる』となっており、文中何度か登場する名前から一般には『レイナムの書簡』と呼ばれている。本書では、複雑を極める作者問題や出版経緯に関する詳細に立ち入ることは控えたい。留意しておきたいのは、両パンフレットには二つの大きな相違点があるという点である。まず第一に、『やんごとなき娯楽』が制作者側の視点で記された巡幸録であるのに対して、『レイナムの書簡』は観客の視点から一連の余興を記している。そして第二に、『やんごとなき娯楽』が「熱心で殊勝な若いジェントルマン」の読者を想定しているのに対し、『レイナムの書簡』は題名が示唆するようにロンドン市民を対象としている点である。余興に対する女王の反応や宮廷ゴシップ的な情報が盛り込まれているのは、えてして後者の方である。もちろん、『レイナムの書簡』には上演台本は掲載されていないので、両者はある種相互補完的な関係にあるとも言える。[*61]

『レイナムの書簡』では、先述の「湖の貴婦人」による出迎えの挨拶について、見過ごすことのできない女王の興味深い反応が記されている。「湖の貴婦人」が女王を出迎える同じ場面について報告した『レイナムの書簡』の箇所を以下に全文抜き出してみたい。

絹の衣装を纏った(アーサー王の本でおなじみの)湖の貴婦人が二人のニンフを従え、到着する陛下を出迎えた。湖の貴婦人は、湖の中央から松明の光が煌めく動く島に乗り、湖上を浮かびながら岸までやってくると、以下のような事柄を韻文で述べて女王陛下を歓迎した。すなわち、まずは城の古い歴史、今日に至るまで誰が所有してきたか、城は代々レスター伯爵の所有であったこと、アーサー王の時代以来いかに湖の貴婦人がこの湖を守ってきたか、今日は陛下がお見えになるとのことで、姿を見せて所領を紹介するのが務めであると考えたことなどである。そして、城と湖を進呈し、宮廷に伺候する約束を述べた。陛下は大層お喜びになって湖の貴婦人に礼を述べられたが、こうも言い添えられた。「私は湖は私のものだと思っていましたが、あなたは自分のものだと仰るのですね? よろしい、この件については後でもう少し話し合いましょう」

(二巻二四五頁)

いきなり気勢をそがれた格好になったレスター伯が鼻白む様子が目に浮かぶようである。そもそもレスター伯に領地を与えたのは女王であること、レスター伯の権勢は所詮君主の一存にかかっていることが念押しされているのである。こうしたエリザベスの軽口は、アーサー王の末裔として自己神話化を図るレスター伯への痛烈な揶揄と読めなくもない。[*62]

エリザベスは常々、余興をただ受動的に鑑賞する立場に甘んじず、時にアドリブを介しつつ自らもそこに積極的に参加することを好んだ。[*63]ケニルワースの祝祭もこうした女王の自律性への執着を示す好例として位置づけられるが、それは、与えられた役割に満足しないエリザベスがレスター伯側が準備した筋書きを書き換える事態も引き起こした。『やんごとなき娯楽』と『レイナムの書簡』を突き合わせると、女王側の検閲によって演出方法に大きな変更が生じた余興の詳細が明らかになる。七月一八日の夕刻に上演された「湖の貴婦人」の救出劇である。『やんごとなき娯楽』によると、当初の計画では、おそらくレスター伯扮する隊長が、数十名の砲兵と共に、乙女を幽閉する無法な騎士サー・ブルースの軍勢と夜の湖上で派手な合戦を繰り広げるはずだった。つまり、ケニルワースの祝祭においても、ちょうどブリストル巡幸と同様の大がかりな軍事演習が企画されていたことになる。これは祝祭全体のクライマックスとして予定されていたに違いなく、レスター伯は自らの出番のために、甲冑（図8）まで作らせていたという。ところが、実際の上演では、合戦場面は全て削除され、請われるがままに女王が

図8　ケニルワースの祝祭で使用される予定だったレスター伯の甲冑

図9　ギャスコインが『アントワープの略奪』に転載した書籍商トマス・バースレットの商標

橋の上に立つや否や、解放された「湖の貴婦人」が登場する結末に変更されている。

　この改変は、ザベタのパジェントと同様、この救出劇の寓意もまた女王にとっては受け入れがたい要素を含んでいたことを示している。「力によって乙女の操を汚そうと企む」（二巻二〇五頁）サー・ブルースがスペインを、囚われの乙女がスペイン軍に包囲されたネーデルラントを表していることは容易に読み取れる。「乙女の操（virgins state）」を意味する英語を「処女国家」と訳すことも可能である。侵略の危機に晒された国家をかよわき処女の身体になぞらえる比喩は常套的に用いられた。例えば、ギャスコインが一五八六年に出版した『アントワープの掠奪』の巻末には、ローマ皇帝の息子タークィンに凌辱されて自死するルークリースの図版が付されている。これは、もともとはヘンリー八世のお抱え書籍商トマス・バースレットの商標（図9）で、テューダー朝の各種印刷物に登場し、暴君に断固として抵抗する政治的自由のシンボルマークとして機能した。[*64] この意匠をあえて自著に使い回したギャスコインの意図は明白である。何としてでも、「湖の貴婦人」＝ネーデルラントはサー・ブルース＝スペインの暴虐の手から救出されねばならない。ただし問題は、誰がどのようにして救うのかという点にあった。

　莫大な戦費によって国庫が圧迫されることを恐れる女王と一五七二年からは財務卿を務めたバーリー卿は、武力対決を回避した方法でスペインに政治的圧力をかけることを画策していた。一方、レスター伯やウォルシンガムを中心とする急進派プロテスタント貴族は、ネーデルラントに援軍を派遣する主戦論を唱道する。こうした政治的見解の対立がある中で、女王にとっては、湖の貴婦人を解放するのは、レスター伯率いる血気盛んなイングランド兵の騎士道的侠気ではなく、自らの「自然的身体」を賭した奇跡の外交術でなければならなかった。実際に上演された余興では、「湖の貴婦人よりもさらに麗しい乙女」（二巻三〇四頁）である女王が橋の上から湖に身を乗り出しただけで、サー・ブルースの姿は消え、自由の身となった「湖の貴婦人」が現れる。称賛の対象となっているのは、神の加護を受けた女王の超人的な威力である。

しかし、祝祭はそこでは終わらない。ギャスコインは、いったんは反故にされた余興を頁の上でまんまと再現してみせたからである。

もしこれが最初の計画通りに上演されていれば、さぞかし素晴らしい見物になっただろうに。もともとの筋書きは以下の通りである。（湖の貴婦人が救出される二日前に）（湖の貴婦人の城を表す）芦の山の上にしつらえられたヒアロンの館から二〇人から三〇人の砲兵を従えた隊長が派遣される。陸で軍陣を張るサー・ブルースも件の隊長に奇襲を仕掛けるべく、同数、あるいはそれ以上の砲兵を送りこむ。そこで、両軍の合戦が湖上で繰り広げられ、見物は水の上で行うことになる。ついに（サー・ブルースは敗走を余儀なくされ）隊長は城の窓辺の陛下の御前に進み出て、彼が仕える貴婦人の窮状と、貴婦人が宮廷に伺候して女王陛下に付き従うという本来の務めを果たせずにいた理由を述べる。その後、隊長は、「貴婦人はさらに麗しいもう一人の乙女によってのみ救出される」というマーリンの予言を根拠に、貴婦人を救出すべく陛下をお連れする。この方が乙女の救出をもたらす趣向として一層ふさわしいだけではなく、夜の合戦はさぞかし素晴らしく、勇壮な見物となったに違いない。（二巻三〇八頁）

結末は同じでも、与える印象は全く異なる。この場合、「湖の貴婦人」救出の立役者は砲兵隊長であり、「さらに麗しいもう一人の乙女」による救出は形式的なものにならざるを得ない。女王が役不足と感じたのも無理はない。

とはいえ、当初演じる予定だった隊長の甲冑をまとったレスター伯の肖像画が邸内で鑑賞に供されたというから、レスター伯の方も負けてはいない。[*65] 先述のイタリア人画家ツッカロがイングランドに到着して間もない一五七五年三月に描いた二枚のスケッチ画（図10—1、2）は、ケニルワースへの巡幸を祝してレスター伯が発注した肖像画の下絵と推測される。[*66] 目を引くのは、レスター伯の肖像と女王の肖像をペアにした大胆な構図である。身体の前で両手を揃えたポーズの女王がおとなしそうな印象を与えるのに対して、甲冑姿のレスター伯は腰に手を当てた余裕の風体である。もともと予定されていた余興の演出は、ちょうどこのツッカロのデッサンと同じような効果を期待されていたに違いない。

フライをはじめとする批評家が指摘するように、ギャスコインの狙いは、スペインの暴政からネーデルラント

図 10–1, 図 10–2　フェデリーゴ・ツッカロ「レスター伯」「エリザベス女王」

を救出するというレスター一派が掲げるプロテスタント的大義を大衆読者に向けて発信することにあった。[*67]そして、それは畢竟、ネーデルラントの軍事支援をめぐって煮え切らない態度を取り続ける女王への手厳しい批判を含むことになる。次節では、ケニルワースの祝祭におけるレスター一派のロビー活動の援護射撃をするかのごとく、チャーチヤードが再び放った地方巡幸パジェントに目を転じてみよう。

闘う聖女とパクス・エリザベサーナ――ノリッジの祝祭

序章で略述したように、エリザベス一世のカリスマ的な人気を形容する「エリザベス崇拝」なる言葉は、一九七〇年代におけるイエイツとストロングの研究によって一世を風靡し、エリザベスの処女性が有した政治的・文化的意義を検証するその後の研究の方向性を規定した。二人の研究の特徴は、即位記念日の馬上槍試合やガーター式典の行進といった祝祭行事、細密肖像画の流行といった宮廷文化から浮かび上がる処女王崇拝に着目し、それをプロテスタント国家形成のために構築された巧妙なレトリックとして位置づけた点にある。その一方で、批評理論が隆盛を極めた一九八〇年代以降、この偉大な先達の研究には様々な批判や修正が加えられることになった。ともすれば「エリザベス崇拝」が最初から確立していたかのような印象を与えがちなイエイツやストロングに対し、処女王言説形成の過程をより歴史的に再検証しようとする試みが生じたのも、こうした反動の一つと言える。[*68]

では、果たして処女王神話は一体いつ頃確立したのか。この問題に対する批評家の見解は、概ね一致している。治世の前半は、エリザベス当人はいざ知らず、少なくとも周囲の人間は女王の結婚を当然視しており、処女性の賛美は結婚を前提とした貞潔の賛美を旨とするのが常だった。前節で見たギャスコインのザベタのパジェントもこの流れに位置づけることができる。それが永遠の処女性や純潔を神話化する言説に変化するのは、事実上エリザベスの最後の縁談となったフランス皇太子アンジュー公との結婚交渉が破談になった後のことである。

当時一大論争を巻き起こしたこの縁談は、女王の結婚問題に内在する困難を女王と国民の双方に突きつけることなった。カトリックのフランス王子との結婚という選択肢は、宗教改革の傷が癒えぬイングランドでヒステリックな拒否反応を引き起こし、一時は結婚にかなり乗り気だった女王も、最終的には臣民の同意が得られぬことを理由として断念する。これをもって、〈未婚の女王〉から〈非婚の女王〉への転換が確実となり、そこで初めて処女王礼賛の文学伝統が確立される。この転換のプロセスについては次章で考察するが、ノリッジへの巡幸はアンジュー公との結婚交渉が浮上した時期に符合しているだけに、ここで少し文脈を整理しておく必要がある。

エリザベス表象の重要な転機となるアンジュー公との結婚問題は、かねてよりエリザベスを悩ませていたネーデルラント問題の副産物として浮上した。戦火に喘ぐネーデルラントに援軍を差し向けるべきか否か――判断に苦しむエリザベスの政治的迷走ぶりは、いったん支援を約束しては、それを反故にする行為になって現れる。一五七八年一月、オラニエ公の切羽詰まった戦局に危機感を覚えたエリザベスは、主戦論者のレスター伯を総司令官とする援軍を派遣することを約束する。ところが、援軍を派遣してスペインの怒りを買うことを恐れたエリザベスは、結局これを撤回する。その後、さらに悪化したネーデルラントの窮状を憂えた女王は、同じ年の八月に再び援軍を派遣することを決意するが、またもやいざという段階になって撤回する。この二度の翻意でイングランドに絶望したネーデルラント側は、もはやイングランドから支援を受けることを断念し、かねてより「ネーデルラントの守護者」の称号と引き換えに援助を申し出ていたフランス皇太子アンジュー公の支援を受けることにする。[*69]

これは、レスター伯ら主戦論者にとっては最悪のシナリオで、ネーデルラントを見捨てるだけではなく、みすみすカトリック国フランスの手に追い込む結果になった女王の政治的判断に対する不満が噴出する。ネーデルラントとスペインの争いにフランスが参入することは、イングランドにとってはまさに青天の霹靂だった。ヨーロッパ一の技術先進国であるネーデルラントが隣国フランスの支配下に入ることは、イングランドが最も恐れていた事態だった。ネーデルラントという一番の商売相手を失うばかりか、天敵とも言えるフランスの強大化を許すことになるからだ。ネーデルラントがフランスと手を組めば、イングランドを外交上孤立させることになり、女王をさらに追い詰める結果となる。ましてや、アンジュー公と言えば、ウォルシンガムやレスター伯の甥であるサー・フィリップ・シドニーが生き証人となったパリの聖バルテルミの虐殺に裏で関与した疑いが強く、甚だ信頼がおけない人物だった。

カトリックであれユグノーであれ、自分にとって都合のよい方につく風見鶏タイプとして知られ、常に予測不可能の動きをするアンジュー公をどう抑え込むか――苦肉の策として浮上したのが、エリザベスとアンジュー公の結婚という仰天プロジェクトだった。イングランド女王との結婚でアンジュー公の野心を満たし、ネーデルラントでの軍事活動から手を引かせるのがその狙いである。ネーデルラントを軍事的に支援しないという道を選択する以上、もはやフランス王室との縁組しかイングランドの孤立を回避する手立てはない。しかも、結婚によってネーデルラントにおけるアンジュー公の行動を監視し、フランスと手を組むことでスペインの覇権に揺さぶりをかけることも可能になる。結婚を支援したのは、サセックス伯やオックスフォード伯といったカトリック・シンパの貴族であり、カトリックとの縁組に断固反対するレスター伯やウォルシンガムら急進派プロテスタント貴族と対立する。しかし、とかく実益政治を旨とする女王やバーリー卿は結婚への関心を示し、急進派の意見は再び拒絶された格好になる。立案者のサセックス伯は、女王の同意を得て極秘に動き出し、早くも五月にフランス駐英大使モーヴィシエールと会談し、アンジュー公との結婚交渉を開始している。[*70]

枢密院の困惑をよそに、話はトントン拍子に進み、一五七八年七月三〇日に、アンジュー公が求婚のために送り込んだ二人の使者がロンドンに到着する。[*71] ノーフォークへの巡幸は、まさにこの結婚交渉が動き出したばかりの一五七八年夏に実施された。女王は、八月三日、サフォークのメルフォード・ホールで使者達に謁見し、そのまま共にノリッジへと向かっている。[*72]

ネーデルラント問題、そしてそれに付随して俄かに浮上したアンジュー公問題が、八月一六日にノリッジ入りした女王と枢密院顧問官達の最大の関心事だったことは間違いない。二つの外交問題は、互いに連鎖しながら、宗教改革を成し遂げつつも未だカトリック列強の脅威に怯えるエリザベス達に踏み絵にも似た決断を迫る。ただし、どちらがより切迫した問題だったかと言えば、それは断然前者の方だった。アンジュー公との結婚は、まだ何ら実現性を帯びておらず、女王自身も態度を明確にしていない。結婚賛成派のバーリー卿と反対派のレスター伯の亀裂が表面化し、結婚か独身かの二者択一の間で国中が揺れ動くのは翌年一五七九年のことである。少なくともノリッジ巡幸が行われた一五七八年夏の時点では、女王の結婚問題はネーデルラント問題解決のための選択肢の一つに過ぎず、しかもそれはごく一部の限られた人間しか把握していない極秘情報だった点に留意する必要がある。

ノリッジの祝祭の余興は、バーナード・ガーター、チャーチヤード、そしてケニルワースの祝祭にも携わったゴールディンガムの三名によって分担執筆され、二つのパンフレットが巡幸の直後に出版された。一つはガーターによる『ノリッジへの女王陛下のご来臨を歓待して』であり、もう一つはチャーチヤードによる『サフォークとノーフォークにおける女王陛下のための余興』である。ガーターのパンフレットがノリッジ市長の演説など全ての演目を時系列に再現した巡幸録の体裁を取っているのに対して、主として自分が執筆したパジェントだけを編集したチャーチヤードのパンフレットは、作者名と序文を付して出版された最初の都市祝祭の刊行物であり、作者としての自意識がより前景化されている。[*73]

ここで考えてみたいのは、そもそもこの巡幸の仕掛け人は誰かという問題である。巡幸史を紐解けば、一五七八年のサフォーク、ノーフォークへの巡幸は異例中の異例だったことがわかる。ロンドンからこれほど遠く離れた地域に出かけることは、エリザベスの治世中後にも先にも例のないことだった。特にノーフォークは、ロンドンからの距離以外にも不安要素の多い場所だった。ノリッジを州都とするイーストアングリア地方は、イングランドに軟禁中のスコットランド女王メアリーの支援者が多い地域であり、一五六八年のメアリーの亡命以降、北部反乱をはじめとする不穏な動きが続いていた。メアリーを擁してエリザベス一世の廃位をたくらんだかどでノーフォーク公が処刑されたリドルフィ陰謀事件は、女王訪問に先立つことわずか七年前の出来事である。その一方で、ノーフォークではプロテスタント急進派も一大勢力を築き上げており、カトリックとピューリタンの軋轢が絶えない地域でもあった。[*74] エリザベス一世のノーフォークへの巡幸は、大きな緊張を伴う政治的パフォーマンスであり、フランスからの客人を伴ってのノリッジ入りは、まさにそのクライマックスを飾る出来事だった。

巡幸地の選定に当たっては、エリザベスの重臣達、すなわち枢密院顧問官達の意向が大きな影響力を発揮した。そして、ノーフォークへの巡幸をめぐっては、またしてもレスター伯が積極的に関与した可能性が高いことが近年の研究で明らかになっている。[*75] レスター伯の最初の妻エイミー・ロブサートは、ノーフォークの名家出身であり、二人は結婚後の新生活をかの地で始めている。[*76] この時レスター伯は一八歳で、まだ爵位を授かる前だったが、州の行政でめきめきと頭角を現し、早くも二年後には州の長官という要職に就き、州選出の議員も務めている。リドルフィ陰謀事件で処刑されたノーフォーク公は、レスター伯の義姉と結婚しており、ハワード家との縁故もあった。こうしたことを考慮すれば、ノーフォークへの巡幸に際して、もともとこの地に土地勘と政治基盤を持つレスター伯が市当局者との接触などに関与した可能性は極めて高いと推測される。

では、あえて女王をノーフォークへ連れ出す狙いはどこにあったのだろうか。当時レスター伯が宮廷における急進派プロテスタント勢力を牽引し、プロテスタント・リーグ構想のもとにネーデルラントへの軍事援助を強硬に主張していたことは、既に述べた通りである。レスター伯がちょうどこの時期大使としてネーデルラントに派遣されていたウォルシンガムとの間で取り交わした書簡からは、ネーデルラント問題に対する女王の消極的な態度を憂慮する急進派貴族の焦燥感が見て取れる。[*77]

折しもネーデルラントでは、新たに総司令官に任命された若きパルマ公率いるスペイン軍が破竹の勢いで勢力を盛り返しており、オラニエ公ウィレムを苦境に立たせていた。[*78] こうした状況下で、女王から軍事支援の約束を取りつけることは、レスター伯やウォルシンガムにとってはもはや一刻の猶予も許さない急務となっていた。そして、中世以来毛織物業で繁栄したノリッジこそ、このネーデルラントと最も所縁の深い地方都市だった。というのも、一六世紀に入って一時停滞した地場産業の復興に大きく貢献したのが、ネーデルラントでの迫害と戦火を逃れてやってきたプロテスタント系移民だったからだ。[*79] 有力なオランダ人コミュニティを擁するノリッジは、ネーデルラント独立戦争とイングランド経済の利害関係を女王に認識させる上で格好の場所だったと言えよう。

一五八三年における女王一座の創設に尽力したレスター伯とウォルシンガムは、政治的プロパガンダとしての演劇の有用性、とりわけ地方への訴求力を熟知していた。[*80] 二人はどうやら、ノリッジの祝祭の執筆者の人選にも一定の影響力を行使したようである。執筆者の一人であるゴールディンガムは、レスター伯の家臣であり、ケニルワース城の祝祭の執筆者兼役者の一人に名を連ねている。[*81] チャーチヤードは、ブリストルの祝祭に続いての抜擢である。ガーターに関する伝記情報は乏しいものの、一五七九年に激烈な反カトリック主義のパンフレットを出版したロンドンのピューリタン作家であり、レスター伯やウォルシンガムに極めて近い政治的信条の持ち主である。[*82] ガーターとチャーチヤードのパンフレットを突き合わせると、ノリッジの祝祭の全貌が浮かび上がり、それは全体としてかなり首尾一貫したメッセージを発信していることに気づく。ネーデルラントの窮状を訴え、同じプロテスタント国としてイングランドからの援軍派遣を要請する主戦論がいずれの演説や余興にも共通しているからである。

チャーチヤードの仮面劇『貞潔の余興』は、一見するといかにも宮廷好みの古典主義的な題材を扱ってはいるものの、随所に軍人詩人ならではのミリタリズムを覗かせる。この劇は、天界を追われたヴィーナスとキューピッドが「哲学者」によって散々に罵倒される場面で始まる。「哲学者」の攻撃からほうほうの体で逃げ出したキューピッドは、さらなる恥辱に見舞われる。お付きの侍女を従えた貞潔の女神は、キューピッドの衣を剝ぎ、弓矢を取り上げると、意気揚々と観客席の女王に対して戦利品を差し出す。

（おお、女王よ）汝は貞節の人生を選びとり、
汝の心は隷属の軛から自由なのですから、
（善良なる女王よ）私の同意を得て、
戦利品の半分として、弓か上着をお取りなさい。
（私が思うに）弓の方が
何人たりとも傷つけることができず、いかなる手段をもってしても貫くことができない
石のような心をもった人物にふさわしい。
だからさあ、弓をお取りなさい。そして、
誰であれ思うがままに射るがよい。汝の心は清らかなので、
盲目のキューピッドの矢といえどもさされることはない。

（二巻七三一頁）

従来より批評家の関心は、この台詞に見られる処女性の曖昧さに集中する傾向がある。「貞節の人生を選びとり」、あるいは「隷属の軛から自由」といった言葉は、明らかに女王の独身生活を仄めかしており、そこにはフランスの使者に対してアンジュー公と女王の結婚交渉を牽制する目的を有した政治的寓意を読みとることができる。[*83] しかしその一方で、キューピッドの弓矢で「誰であれ思うがままに射る」よう女王に勧める一節に着目すると、チャーチヤードはあえて結婚賛成派の意見も尊重し、女王がアンジュー公を「射止めて」結婚する含みを残していると解釈することも可能である。[*84] アンジュー公との結婚交渉がまだトップシークレットであったこの時期、常々女王がことさら過敏な反応を見せる結婚問題に首を突っ込むことは、決して得策ではなかった。純潔を賛美する一方で、何となく結婚の可能性も残しておく。チャーチヤードの仮面劇は、この時期特有の流動的な処女王言説を体現したものと解釈できる。

しかしながら、ノリッジの祝祭をアンジュー公との結婚問題ではなく、ネーデルラント問題と結びつけて考えると、「誰であれ思うがままに射るがよい」という言葉は、突如別の意味を帯び始める。「貞節の女神こそ、戦場で勝利を収める者なり」(二巻七三〇頁)という好戦的な一節で始まる女神の台詞は、貞潔の美徳を婦徳としてではなく、軍の指揮官、そして為政者の資質として再定義する。ここで想起したいのは、現役の軍人であるチャーチャードにとって、弓矢は単なる求愛の比喩ではなく、実際の武具として機能したであろう可能性である。女王に弓矢を渡す身ぶりは、観客席の女王を戦闘的君主に仕立て上げる演劇的効果を発揮したのではないだろうか。[*85]それは、軍人文士達や武闘派プロテスタント貴族が理想とする君主の姿であり、リッチやチャーチャードが呪詛した恋愛に現を抜かすヴィーナスの宮廷からの脱却に他ならない。

女王に臨戦態勢を要請するチャーチャードの意図は、仮面劇に先立って行われたオランダ教会による演説と見事に連動している。「信仰篤い人々の苦難、虐げられし者の涙、そうです、敬虔なキリスト教徒の涙があなた様の心を動かし、キリストの哀れなる、そして散り散りになった民が幾千もの死によって叩きのめされる前に、ありとあらゆる不正から守り、肉体のみならず霊魂の安全と保護をお与え下さいますように」(二巻八〇三頁)。オランダ教会の聖職者の言葉は、明らかにスペインによる圧政を糾弾し、「神の指」としてエリザベスに決起を促す内容になっている。ノリッジのオランダ教会は、毛織物業の不振を憂慮した市当局者がロンドンに亡命していたフランドル地方の熟達した職人達を招いて設立された経緯をもち、市のバックアップを全面的に受けていた。[*86]ロンドンをはじめとするイングランドの諸都市に設立されたオランダ教会は、武器の購入や軍隊の装備に使う費用に充てるための献金を募るなど、祖国支援に向けた積極的な活動を展開し、スペインの反応を恐れる女王の見解と齟齬を来すこともたびたびであった。[*87]「汝の王国を守るだけではなく、キリストの王国を広げるように」(八〇四頁)と女王に嘆願する演説は、王室に対する地方の従属という構図が少なくともノリッジには当てはまらないことを示している。ネーデルラント支援によるプロテスタンティズムの擁護は、女王の意向ではなく、むしろレスター伯やウォルシンガムら武闘派プロテスタント貴族、そして戦争の長期化に伴う経済不況を何よりも恐れる地方都市の危機意識を反映しているのである。

戦闘的君主としてのエリザベス像の成型、そしてそこに秘められたネーデルラント問題の寓意は、ノリッジ巡幸の初日に上演されたガーター執筆によるパジェントにも通底している。擬人化されたノリッジに続いて登場したデボラは、イスラエルの民を虐げるカナンの王ヤビンの「猛り狂う憤怒の力」（二巻七九六頁）に言及するが、ここで繰り返し用いられる「憤怒（fury）」という言葉は、一五七六年にアントワープでスペイン軍が三日に亘って暴虐の限りを尽くした大虐殺「スペインの暴虐（Spanish Fury）」を想起させる。「眠りこけて、このような暴虐を正さぬままに放置することのないあのお方が／私デボラを選ばれし民の士師に命じられた。／そして、シセラを女の手に引き渡されたのである」（七九六頁）。エリザベスを〈イングランドのデボラ〉になぞらえるのは戴冠式のパジェント以来の常套となったが、それは極度にプロテスタント的な含意を帯びていた。イングランドをイスラエルと同化することによって、デボラは、カトリックを駆逐し、神の加護を受けてプロテスタント国家を樹立する〈闘う聖女〉の象徴となった。[*88] ガーターのパジェントは、イスラエルにネーデルラントとイングランドを二重写しにすることにより、スペインの暴虐を食い止めることは神の摂理であり、君主もそれに従うべきであると暗に説いているのである。

チャーチヤードが用意したもう一つの演目『侠気と報酬の余興』は、もし予定通り上演されていれば、ノリッジ巡幸パジェントの通奏低音となっているプロテスタント的ミリタリズムを女王にアピールする最大の見世場となったはずである。「侠気」、「報酬」、「寵愛」の三人の求婚者が「美の乙女」をめぐって「幸運」と激烈な戦闘を繰り広げるという筋書きを持つパジェントは、争いの調停を女王に求める「美の乙女」の嘆願で始まる。

高邁なる陛下、どうかその淑やかな歩みを早めて下さい。

汝の臣民を救うためにもお急ぎ下さい。
私と一緒に走って、この困難な状況をおさめて下さい。
善良なる女王よ、どうか罪なき人々をお救い下さい。

（二巻七四〇頁）

女王に調停役を委ねる趣向は、同年の五月に女王がレスター伯の邸ウォンステッドを訪れた際に上演されたフィリップ・シドニーの仮面劇『五月の貴婦人』に類似している。[*89]『五月の貴婦人』では、庭を散策するエリザベスの前に現れた「五月の貴婦人」の父親が、対照的な二人の男性の求婚に悩まされる娘の窮状を訴え、その「いまわしい論争」の評決を女王に依頼する。[*90]批評家はこれまで一様に、「五月の貴婦人」と同様に「美の乙女」はエリザベスを表すと解釈し、このパジェントを女王とアンジュー公の結婚交渉の文脈で解釈しようとしてきた。[*91]しかし、以上見てきた一連の祝祭とネーデルラント問題を考慮すると、「美の乙女」はエリザベスではなく、ネーデルラントの寓意として解釈する方がより妥当であると思われる。「どうか急いで助けて下さい、もう手遅れかもしれません」（七四〇頁）と再三女王を急かす「美の乙女」の嘆願は、まだ始まったばかりの結婚交渉ではなく、いよいよ混迷の様相を呈するネーデルラント情勢を指したものと考えてよいだろう。

チャーチヤードは、ノリッジの巡幸録を出版した翌年の一五七九年、『フランドル人の苦難』と題したパンフレットをエリザベス女王に献呈している。ここでチャーチヤードは、ネーデルラントやフランス、アイルランドをはじめとするイングランドを取り巻く隣国がいずれも戦火に喘いでいるのに対して、イングランドだけが平和を享受していることを言祝ぎつつも、やがて周囲の戦火がイングランドに及ぶ危険性に女王の注意を喚起している。

この島は木の実の芯、

そして我らの周りに暮らす者は
（我らの近隣諸国は）
皮のようなものと言えましょう。
その皮は、自然の物には外皮があるように、
この甘い芯を覆っています。
だから、皮が少しばかり虫に食べられても
中の芯は安泰です。
それとちょうど同じように、この島の周りは
ご存知の通り、亀裂が入り、潰されております……。[*92]

イングランドと周辺のヨーロッパ諸国を同じ一つの木の実に喩える比喩は、スコットランド、フランス、アイルランド、ネーデルラントと国境を越えて戦場を渡り歩いてきた古参兵ならではのレトリックである。宥和政策を旨としたエリザベスは、即位時のパジェント以来平和の君主と称えられ、自らもそのことを大いに自負していたふしがある。しかしチャーチヤードは、毒虫によって外皮を蝕まれた木の実の譬えを引き合いに出し、他国の苦境を放置するイングランドの平和がいかに脆弱なものであるかを説く。仮に「美の乙女」がエリザベスを表すとしても、それはアンジュー公との結婚問題に揺れる女王ではなく、荒廃したネーデルラントに重ねられたイングランドの予兆に他ならない。

エリザベス表象をめぐるこれまでの研究では、〈闘う聖女〉としてのエリザベス像は一五八八年のアルマダの勝利を契機として始まるとされ、『妖精の女王』のベルフィービーやブリットマートに代表される一五九〇年代の好戦的な処女王言説が批評的関心を集めてきた。[*93] しかし以上見てきたように、ミリタリスティックな処女王言説は、

アルマダに先立つことちょうど一〇年、ネーデルラント情勢が緊迫した一五七八年に遡って考察されねばならない。

『妖精の女王』の第三巻で、魔術師マーリンはブリテンの王女ブリットマートを前にして、ブリットマートの子孫エリザベスがやがてもたらすこととなる「聖なる平和」を予言する。

それ以降は様々な国の間に
永遠の和合が訪れることだろう。
そして聖なる平和は愛情をこめて、
猛き武士達《もののふ》が彼女［聖なる平和］の善良なる教えを学び、
二度と武具をとることがないように諭すことだろう。
その時こそ、処女王が君臨し、
白い王笏をベルギーの海岸にまで伸ばし、
あの巨大な城をしたたかに打ちすえると、
城は震え上がり、ほどなく倒れるだろう。

（三巻三篇四九連）[*94]

チャーチヤードと同様に、スペンサーが女性として擬人化する「聖なる平和」もまた、ネーデルラント戦争への軍事介入を前提とし、「猛き武士達《もののふ》」が制する聖戦と表裏一体を成していることは注目に値する。イングランドに真の黄金時代が訪れるのは、処女王がその覇権を「ベルギーの海岸」にまで拡げ、「あの偉大な城」、すなわちスペインの手に落ちたネーデルラントの至宝アントワープを奪還した暁のことである。

「ローマ帝国の平和」を意味する〈パクス・ロマーナ〉は、覇権国家によって実現される国際秩序の安定を指す用語として、大英帝国の政治戦略へと援用された。弓矢をかざした貞潔の女王の勝利を謳ったチャーチヤードのパジェントは、汎ヨーロッパ的なプロテスタント国家としてのイングランド帝国を夢想する点において、まさに〈パクス・ブリタニカ〉ならぬ〈パクス・エリザベサーナ〉の黎明を告げているのである。

しかし、チャーチヤードの『侠気と報酬の余興』は、「湖の乙女」の救出劇と同様、女王の観覧に供されることはなかった。「本物そっくりに精巧に作られた人間の手足」（二巻七三九頁）をばらまき、銃声が轟く戦場を再現するはずだった軍事色満載の野外劇は、悪天候のために中止となったからだ。ケニルワースに続いてノリッジの巡幸でも軍事演習が取りやめとなった背景には、事故が多発しやすい催しへの危惧があったのかもしれない。[*95] しかし、ここはやはり、ギャスコインのザベタのパジェントと同様、悪天候は口実に過ぎず、実際はまたしても女王の事前検閲により削除された可能性を疑いたくなる。チャーチヤードも、「皆さんおわかりでしょう、野外でのショーは、常に急な天候の変化やご説明できない諸々の不都合の影響を受けやすいのです」（七三九頁）と、悪天候以外の事情もあったことを匂わせている。ともあれ、この不運にもめげず、「良い目的で書かれたものは、一つとして沈黙のうちに眠らせるべきではありません」（七四〇頁）と、実際には上演されなかった余興をちゃっかり出版に供したチャーチヤードの狙いが、その軍事的なメッセージを一般読者に向けて発信することにあるのは言うまでもない。かくして、女王陛下のための余興は、主要読者を構成するロンドン市民の戦意を鼓舞するための祝祭へと変容を遂げる。

祝祭は誰のものか、という問題を考える時、その答えは一つではない。それがイエイツやストロングが論じたようなエリザベスを頂点とする一枚岩の君主崇拝を体現するものでないことはたしかだが、さりとて、精力的なパトロン活動によって数々の文人を擁したレスター伯の要請だけによるものでもない。チャーチヤードのパジェントは、おそらくレスター伯の愛顧を獲得すべく執筆されたものと考えられるものの、その根底にあるのは、ネーデルラントの窮状に対する詩人自身の義憤であり、一兵卒としての職業意識である。チャーチヤードは、ハットンにレスター伯への推挙を懇願した書簡の中で、「兵士にとって最後の報酬は死です。これこそが、至らない身ではありますが、この仕事を選んだ者として私が望むものなのです」としたためている。[*96] 必ずしもガーターのような宗教的熱意を持たないチャーチヤードがひたすら求めたのは戦場での華々しい活躍であり、それは一五七〇年代から進行していた市民軍の編成に伴う愛国主義の高まりとも連動している。[*97]

こうして見ると、ノリッジ巡幸パジェントは、宮廷祝祭と都市祝祭のねじれにも似た複雑な関係性を示唆していることに気づく。ノリッジ市民が女王に捧げる「新しい種類の崇敬」（二巻七一八頁）としてチャーチヤードが理想化したのは、王権に対する地方の従属関係ではなく、市民的な道徳観や愛国心によって先導された君主崇拝の理念であったと言えよう。

リチャード・ヘルジャソンは、一五七〇年代から一五八〇年代のイングランド文壇に蔓延する鬱屈した風潮に注目し、人文主義教育を受けながらもふさわしい公務を得ることができずに悶々とする大学才人達が、その負のエネルギーを文学作品執筆の原動力へと転換させるプロセスを巧みに照射した。[*98] 果たして、この「エリザベス朝の放蕩息子達」は、大学出のエリートのみならず、兵士達の間にも出現していたようである。一五七〇年代後半における巡幸録出版の増加は、女性君主の穏健政策に焦燥感を募らせる軍人文士達と、その不満を巧みに掬い取ってネーデルラント遠征に向けた世論の醸成へと昇華させたレスター一派の企図の連鎖が生み出したものに他ならない。そして、それは見事に功を奏し、一五八五年のネーデルラント遠征、一五八八年のアルマダ戦勝と、ヨーロッパに拡がるイングランド覇権の序章となるのである。

第四章　牧歌の女王

——最後の結婚交渉とレスター・サークルの反撃

仁義なき出版戦争

一五八四年夏、エリザベス朝出版史上最も陰湿な誹謗文書と言われる政治パンフレットがパリで匿名出版される。通称『レスター王国』と呼ばれるこのパンフレットは、エリザベス一世の寵臣として権勢を誇ったレスター伯の政治的陰謀を私生活の暴露を交えて糾弾したもので、当時宮廷を揺るがす一大スキャンダルとなった。パンフレットには、俗にレスター・サークルと呼ばれるプロテスタント急進派の勢力拡大に対する不安と恐怖が照射されている。

この結果、宮廷では(他の点では女王陛下に仕える臣下としてこの上なく優れていたとしても)レスター一派かその追随者でなければ推挙されないのです。レスターに気に入られ、推薦されるのでなければ、出世は叶いません。レスターの覚えがよくなければ愛顧を受けることもありません。レスターの庇護を受け、その恩に感謝するのでなければ、安穏と暮らすことはできません。かくして、本来女王陛下が賜る、もしくは王国が授けるはずのあらゆる庇護、愛顧、爵位、昇進、富、報酬は、ただあの男が自分の友や贔屓を買うのに費やされ、あの者の集団を増長させ、徒党を強化するだけの結果になっているのです。[*1]

このように著者は、レスター伯の党派主義とその危険性に読者の注意を喚起するが、これがいかにセンセーショナルだったかは、このパンフレットが本来のタイトル「ケンブリッジ大学のとある修士生の書簡の写し」ではなく、文中ただ一度使用される「レスター王国」というフレーズで人口に膾炙したことからも窺える。[*2]

無論、引用箇所にある「一派（faction）」や「追随者（party）」といった語は、現代の派閥や政党のような明確に組織化された政治集団を指すわけではない。また、近年の修正主義的な政治史観は、エリザベス朝における枢密院内部の政治的対立を従来認識されたよりも小さいものとして捉え直す傾向がある。[*3] しかしながら、このパンフレットが主に扱っている一五七〇年代後半から一五八〇年代前半は、エリザベス女王とフランス皇太子アンジュー公の結婚交渉問題と、スペインの圧政に反旗を翻したネーデルラントへの軍事支援の是非、という二つの外交問題をめぐって枢密院内部に亀裂が生じた時期に符合しているだけに、パンフレットが強調するレスター伯の党派性は無視できない重要性を有している。レスター伯が、ウォリック伯、サー・ヘンリー・シドニー、ウォルシンガムらと共に、武闘派プロテスタンティズムの大義のもと、強硬な反カトリック路線を打ち出していたことは、前章で述べた通りである。

『レスター王国』は、こうしたレスター一派の動きに対するカトリック側の意趣返しだったわけだが、興味深いのはその手段となったのがゲリラ的な出版活動だったという点である。このパンフレットが出版されるや否や、レスター伯当人は勿論のこと、イングランド政府が総力を挙げて執筆者と流通経路の特定に躍起になったが、結局真相は掴めないまま事件は迷宮入りする。つまり、このパンフレットは、レスター伯個人のみならず、イングランド王室の検閲体制そのものに対する奇襲攻撃という性格も帯びていたことになる。そこに、マープレリット論争やカトリック宣教師による出版攻勢など、一五八〇年代以降激化の一途を辿ることになる仁義なき出版戦争の雛形を見出すことも可能だが、特に注意を喚起したいのは、この泥仕合に宮廷が関与している点である。『レスター王国』の出版については、これをロバート・パーソンズらカトリック宣教師の仕業とする従来の説が否定され、チャールズ・アランデルを中心とするカトリック系の宮廷勢力の関与が指摘されている。[*4] とすれば、海外出版という飛び道具でレスター伯を狙い撃った『レスター王国』の真の目的は、枢密院のヴェールに閉ざされた宮廷の権力闘争を明るみに出し、読者を観客とする劇場型の出版闘争へと転換させることにあったと言える。

『レスター王国』だけを一瞥すれば、レスター伯は卑劣な中傷の哀れな被害者のように見えるが、実態は無論そうではない。レスター伯自身が、出版の効力を早い段階から熟知しており、憚ることなく出版による世論操作に手を染めていたことは前章で見た通りである。[*5] 本章では、事実上は女王の最後の縁談となったアンジュー公との結婚交渉をめぐってイングランドが喧騒の渦へと巻き込まれた一五七九年に焦点を当て、レスター伯の周辺で出版物を通してエリザベスの処女性が再定義されていく過程を検証したい。

ムッシュー上陸

後になって振り返ってみれば、フランス皇太子アンジュー公との結婚交渉こそが、生涯独身を貫いたエリザベス女王をただ一度本気にさせた縁談だった。二五歳で即位して以来、結婚については一貫して消極的だったエリザベスが二〇歳以上も年の離れた若い求婚者に関心を示したのは、全く政治的な理由からだった。

ヨーロッパにおけるイングランドをめぐる状況は、一五七〇年代半ばになってにわかに緊迫した様相を呈していた。一五七四年にシャルル九世の跡を継いでフランス国王となったアンリ三世は、先王とは異なり、プロテスタントのユグノー派に対して強圧的な政策を取り、カトリックのギーズ家との同盟関係を強化する政策に転じた。[*6] 一方、フランスの隣国ネーデルラントでは、スペインのカトリック統治に対してプロテスタント貴族が蜂起、泥沼の内乱に陥っていた。もし仮に、フランスがギーズ家に牛耳られ、ネーデルラントがスペインに完全支配されることになれば、ヨーロッパ北端のプロテスタント国イングランドはまさに孤立無援の状態となる。そうなれば、ネーデルラントに続いて今度はイングランドがカトリック列強の標的となることは必定であった。それだけに、兄アンリ三世との不仲で知られ、自身はカトリック信者でありながらも兄への反発からユグノー派寄りの姿勢が強く、ネーデルラントの反乱軍を支援するアンジュー公を取り込むことは、イングランドの外交政策上大きな利点を有していたのである。

女王の意向を受けて、結婚推進派の先頭に立ったのは、即位時からエリザベスがその政治手腕に絶大な信頼を寄せていたバーリー卿だった。財務卿の地位にあったバーリー卿としては、スペインとの直接対決によって庞大な戦費を抱えることだけは何としても避けたかった。その点、女王とフランス皇太子の結婚によってフランスとの同盟を強化し、その結果スペインに圧力をかける外交政策は、ネーデルラントの反乱軍と手を組んで先の読めない戦争に身を投じるよりも、はるかに現実的かつ経済的と考えられた。野心的なアンジュー公にとっても、イングランド女王との結婚は、願ってもない社会的栄達と勢力拡大を意味した。

こうして、かねてより水面下で進行していた結婚交渉は、一五七九年の一月にアンジュー公の友人ジャン・ド・シミエが公爵の使者としてイングランドに送り込まれたのを契機として、にわかに表面化することとなる。フランス宮廷仕込みの優雅な物腰と話術に長けたシミエは、求愛の使いとしての役目を存分に果たし、女王を魅了する。一方、女王の側も、万全の体制でシミエを手厚くもてなす。週に数回、多い時には連日、女王はシミエに謁見を許可し、公爵への贈り物として高価な装身具や自身の肖像画を与えた。

一方、女王のいつになく前向きな姿勢に押される形でいやがおうにも盛り上がる結婚への気運に対して断固異を唱えたのが、プロテスタント急進派貴族のレスター伯とウォルシンガムである。異母姉メアリー一世の極端なカトリック弾圧を反面教師とするエリザベスは、中道的な宗教政策を採用したため、中途半端な教会改革への不満は既にプロテスタント内部に燻ぶっていた。カトリック教徒との縁組はまさに火に油を注ぐ行為であり、どうにか宗教改革の荒波をくぐり抜けたイングランドを二分しかねない危険性を有していた。子供のいないアンリ三世が崩御してアンジュー公がフランス王位を継承した場合を想定すると、メアリーとフェリペ二世の結婚の悪夢が蘇る。オックスフォード伯やアランデルらカトリック系貴族が、この機に乗じて信仰の自由を主張しないとも限らない。[*7] 現に近隣諸国のフランスやネーデルラントは、カトリックとプロテスタントの対立による政治的騒擾が引き金となり内乱に喘いでいる。ウォルシンガムは、駐仏大使としてパリに滞在していた一五七二年、レスター伯の甥シドニーと共に、ナヴァール王の結婚式に集まったユグノー派の貴族達が惨殺された聖バルテルミの虐殺を目のあたりにしている。イングランド貴族が同様の分裂に巻き込まれることに対する危機感、そしてフランス宮廷に対する不信感たるや、切実だったに違いない。外交の切り札としての結婚交渉のメリットは重々理解しつつも、レスター伯やウォルシンガムの煩悶は深く、結婚賛成派のバーリー卿やサセックス伯と対立した。[*8]

「エリザベス朝の外交政策には非難されるべき点がいくつもあるが、拙速と軽率とは無縁だった。選択肢を入念に比較し、長い議論を重ねた挙句に、のらりくらりとはぐらかすのが定番だった」という歴史家サイモン・アダムズの評価は、アンジュー公との結婚交渉への対応にも当てはまる。[*9] 時には朝八時に始まった会議が夕食時まで続いたというから、枢密院の議論がいかに紛糾していたかが窺える。[*10] とはいえ、もめていたのは、結婚の是非をめぐる議論ではない。結婚が実現した場合のフランス側の要求、すなわち結婚協定の条項が議論の対象となっていたのだから、女王本人の意向があったにせよ、趨勢は明らかに結婚へと傾いていたようである。[*11] 結婚した際には、アンジュー公も戴冠するのか、公爵のカトリック信仰の問題はどうなるのか、そしてアンジュー公への年金の額はいかほどか、といったかなり具体的な問題が話し合われた。「もし本人が無条件でのこのこやって来て、しかももし女王の気に入るようなことがあれば、女王は彼と結婚するかもしれない」と、さしものレスター伯も、ネーデルラントに公使として派遣されていた首席秘書官ウィリアム・デイヴィソンに宛てた書簡の中で弱気な様子を見せている。[*12] 枢密院の議論は三月末から五月までほぼ一ヵ月以上に及んだにもかかわらず、未だ何の具体的な結論にも至らないまま、アンジュー公の訪英がシミエと女王の間で決定された。

アンジュー公が到着するまでの一ヵ月、宮廷は不穏な空気に包まれていた。体調不良を表向きの理由に、しかし明らかに女王の独断への抗議の意味をこめて、レスター伯がウォンステッドの邸に引きこもった直後の七月一七日、テムズ川で女王と舟遊びに興じるシミエが女王の護衛兵に発砲される暗殺未遂事件が起きる。[*13] 事件はいち早くヨーロッパ大陸にも伝わったらしく、「女王とフランス公使のいずれを狙ったものかは、誰が発砲したのか、下手人は誰かということからおのずとわかる」との記述がドイツの富豪フッガー家の文書に残っている。[*14] 狙撃者として逮捕されたのは、ハンズドン卿ヘンリー・ケアリーの家臣トマス・アップルツリーなる若者だった。女王の従兄弟であるハンズドン卿はレスター一派ではなかったものの、シミエは事件の黒幕はレスター伯であると疑って憚らなかった。[*15] 結局女王はこれを事故として処理し、いったんは死刑を宣告された犯人は直前になって女王の特赦により放免された。[*16]

……なんと憐れみ深い女王様。
悪しき不埒な犯行がかくも卑劣になされても、
平常心を失わず、慈悲の心でお許しになった。[*17]

当時のバラッドでも称えられた寛大な処置は、近づくアンジュー公の来英を前にしてこれ以上事を荒立てまいとする女王の懸命の工作のようにも思われる。

こうした息を呑むような張りつめた雰囲気の中、八月一七日、アンジュー公はついにイングランドに上陸する。[*18] 王族の結婚交渉は肖像画の交換で成立するのが通常だった時代に、エリザベスは常々本人と直に対面することを結婚の条件としていた。かつてオーストリア大公カールとの縁組が持ち上がった際には、交渉相手がカールの兄である神聖ローマ帝国皇帝マクシミリアン二世であっても臆することなく、「大公殿下に求婚のためにイングランドまでお越し頂くのは畏れ多いと思うほど、私は自分を取るに足らぬ人間だとは思っていないことをご承知おき願いたい」と言ってのけたエリザベスである。[*19] しかし、何の確証もないままに、文字通り求婚のためだけに「無条件でのこのこやって」来るヨーロッパの王侯貴族など一人もいなかった。それだけに、持ち前の無鉄砲さも手伝って、アンジュー公が、エリザベスの縁談相手の中で初めてイングランドまで赴き、宮廷に滞在した約一〇日間は、女王の結婚の可能性が最も高まった時期であり、宮廷中の誰もがエリザベスはついに結婚するに違いないと確信したのも無理はない。[*20]

アンジュー公の来訪によって女王の結婚は一層現実味を帯びると共に、女王の厳命によってこれまでは辛うじて抑えられてきた反対派の動きも一気に活性化する。興味深いのは、反撃ののろしが宮中ではなく出版市場で上がったことである。

アンジュー公到着の翌日、激烈な論調で結婚反対を論じたジョン・スタッブズの『イングランドがフランスとの縁組によってまさに飲み込まれんとしている深き淵の発見』(以下、『深き淵の発見』と略記)がロンドンで極秘に出版された。[*21] スタッブズの直接の執筆動機がその激烈なピューリタニズムと反カトリック主義であることに疑いの余地はない。スタッブズが当時在籍していたリンカーン法学院は、四つの法学院の中でもとりわけピューリタン的傾向が強い。また、スタッブズの妹は事件の前年に長老会派の急先鋒トマス・カートライトと結婚している。[*22] スタッブズは、パンフレットの中で、イングランドを「偶像崇拝の罪を洗い清めた国、キリストへの信仰を告白し、生ける神に奉仕する光の国」として称え、「偶像崇拝の巣窟、悪魔への信仰を誓い、邪神に奉仕する暗黒の王国」であるフランスとの縁組がいかに反キリスト教的な罪悪であるかを説く。[*23]

とはいえ、スタッブズが純然たる宗教的熱情だけに突き動かされたかと言えば、そうとも言い切れない。まるでアンジュー公を迎え撃つかのような出版のタイミングだけを見ても、これが「周到に準備された政治的行為」であることは明白であり、何らかの組織的な関与があったことが推測される。[*24] パリでは、パンフレットの出版はウォルシンガムの画策によるものと断定する風評が出回った。[*25] そもそも一体なぜ、スタッブズや印刷を請け負った書籍商のヒュー・シングルトンは、機密事項であるはずのアンジュー公の来訪に関するスケジュールを知っていたのだろうか。加えて、ネーデルラント問題との関連をめぐる外交情勢や女王の高齢出産に対する懸念等、スタッブズの論調は枢密院で交わされていた議論に驚くほど酷似している。[*26]

となれば、スタッブズへの情報提供者として俄然疑われるのは、レスター伯、ウォルシンガム、ハットンといった結婚反対派の宮廷勢力である。[*27] 実際、『深き淵の発見』出版の翌月、あるいは翌々月には、まるでパンフレットの援護射撃をするかのように、シドニーが、おそらくは伯父レスター伯やウォルシンガムの要請により、やはり結婚に反対する書簡を女王に書き送っている。女王宛てのプライベートな書簡とは言え、シドニーはこの手稿を仲間内での回覧に供しているのだから、それは明らかに政治的意図を有していた。[*28] シドニーの抑制のきいた文体は、スタッブズの過激なスタイルとは全く趣を異にするものの、結婚に反対する根拠や結論は似通っている。一般には、シドニーがスタッブズの本を熟読したものと推測されているが、その逆を指摘する歴史家もいる。[*29]

レスター伯とスタッブズの直接の接点を裏付ける証拠こそないものの、ピューリタニズムという補助線を引けば、二人の距離は限りなく狭まる。レスター伯の邸がピューリタンの会合に供されたと糾弾する『レスター王国』の指摘は、根も葉もない中傷ではない。レスター伯は、演劇を愛好し、絵画を収集する文芸パトロンとしての貌とは別に、一五六〇年代よりピューリタンの庇護者という一面も有していた。[*30] エドワード六世の執政として宗教改革を推し進めたサマセット公の追随者はレスター伯に引き継がれていたし、伯爵自身も急進派プロテスタンティズムの戦闘意欲を高めた終末論的思想に傾倒していた。[*31] スタッブズの義弟カートライトのパトロンでもあったレスター伯は、ケンブリッジ大学やリンカーン法学院で醸成されていたピューリタン的風潮についても当然精通していたものと思われる。さらに、スタッブズとウォルシンガム周辺の人物達の間に何らかの折衝があったことも、この時期の国務文書から判明している。[*32]「主が愛と信仰と永遠の命への希望において我らを一層強く結び合わせて下さいますように」と、スタッブズが事件の前年にレスター一派のデイヴィソンに書き送った書簡が残っている。[*33]

そして、書籍商シングルトンもまた、レスター一派との関連が取り沙汰される筋金入りのピューリタン印刷業者だった。[*34] 一五七七年の書籍商組合に借金の記録があることから、この時期シングルトンは深刻な経済的苦境にあったことが推察される。危険な政治パンフレットの出版を引き受けたのは、宗教的熱意もさることながら、汚れ仕事を請け負ってでも有力貴族の庇護にすがりたいというやむにやまれぬ事情のためだった可能性もある。[*35] スタッブズのパンフレットの出版の背後に組織的な支援があったことは、一法学院生の出版物にしては異例とも思えるほど効率的な流通網からも窺える。出版が発覚するまでのわずかの期間を狙い、パンフレットは電光石火のスピードでイングランド各地にばら撒かれた。[*36] その結果、アンジュー公と女王の密会という宮廷の〈公然の秘密〉は、もはや周知の事実として、またたく間に一般大衆読者に広く知れ渡る結果となった。

『深き淵の発見』は、イングランド出版史上最も陰惨な結末を迎えた筆禍事件として名を残すこととなる。女王の怒りは凄まじく、七月のシミエ襲撃事件で見せた鷹揚な対応とは対照的な行動をとる。九月二七日、「最近無分別に執筆され、秘密裏に印刷され、王国の隅々に悪意を持って頒布された卑劣で煽情的な書物」を回収の上焚書処分に処す布告がカンタベリー大主教からロンドン市長までを動員した厳戒態勢で発令され、著者スタッブズ、印刷業者シングルトン、原稿を印刷業者に持ち込んだフランシス・チェンバレン、パンフレットの販売・流通を請け負ったウィリアム・ペイジの四名が逮捕された。[*37]

異例なまでに物々しい態勢と厳しい措置は、かえって事件への関心を高めることとなった。スペインの駐英大使ベルナルディーノ・デ・メンドーサがフェリペ二世に宛てた書簡では、布告が「フランス人に対する民衆の怒りを和らげるどころか、むしろさらに苛立たせ、炎を煽っている」ことが報告されている。[*38]

しかし、焚書だけでは女王の怒りはおさまらなかった。速やかに裁判が開かれ、一一月三日、スタッブズとペイジに対して右腕切断の厳罰が執行される。公開処刑を見守る群衆の中にいたカムデンは、この時の模様を後に年代記に綴っている。スタッブズもペイジも、刑の執行に先立って、女王への忠誠を誓う演説をそれぞれ行っている。さらに刑の執行後、スタッブズは、傷口から血を流し、激痛でよろめきながらも左手で帽子を取ると、「神よ女王を守りたまえ」と高らかに叫んだという。「この前代未聞の異例の刑罰に対する恐怖からか、それとも誠実で何ら非難されるところのない人物という評判の男性への同情からか、はたまた宗教の転覆に繋がると大方の人間が予見していたこの結婚に対する憎悪からか、周囲に立つ群衆は皆押し黙っていた」[*39]。印刷出版という新手の活字メディアに訴えたスタッブズの宿願は、皮肉にも、刑場のパフォーマンスという旧来型の〈声のメディア〉の後押しを受ける形で見事に果たされたのである。[*40]

それにしても、女王とアンジュー公の結婚に反対した言説は、バラッド、落書、カルヴァン派の牧師による説教など他にも多数あったにもかかわらず、スタッブズのパンフレットだけが、これほど女王を苛立たせ、過剰とも思える反応を引き起こしたのはなぜだろうか。[*41] 例えば、スタッブズのパンフレットと類似した主張を行ったシドニーの書簡にしても、シドニーがこの件で特に女王の不興を被った記録は残っていない。[*42] 無論、印刷物によってフランス皇太子を誹謗中傷することは大きな外交問題に発展する危険性があり、ただでさえヨーロッパで微妙な立場にあるイングランドをさらなる窮地に追い込む可能性はあった。とはいえ、それだけでは、側近貴族さえも戸惑わせた厳罰の理由にはならない。刑の執行は女王の強い意志によるものであり、それは『深き淵の発見』における女王表象にエリザベスが容認できないものがあったからに違いない。「卑劣で煽情的」と女王を激怒させたそれは一体何か。

まず推測されるのは、『深き淵の発見』が露呈する反女性主義に根ざした反女性君主論である。女性全般に対するスタッブズの不信感は、パンフレットの冒頭から表出している。

……奴らは、蛇の姿をした悪魔ではなく、男性の姿をした蛇を送りこんできた。男は毒を口に含み、我らのイヴを懸命に誘惑し、イヴと我々がイングランドという楽園を失うよう画策しているのである。彼女は我らがアダムでもあり、この王国の至高の君主あるいは女王である以上、これは一層危険であり、あの男もなお一層忙しく立ち回るのである。[*43]

楽園追放の原因を作り、原罪の源となったイヴの末裔として女性を呪詛するのは、反女性主義文学の典型的なレトリックである。女王はイヴであると同時にアダムでもあると述べるスタッブズの論調は、エリザベス自身も随所で援用した「国王の二つの身体」の概念を巧みに操作する一方で、エリザベスの「自然的身体」の女性性を瑕疵として提示し、女性君主そのものを不適格者として非難する含みを有している。『深き淵の発見』の真の攻撃対象はアンジュー公ではなく女王であることを、他ならぬエリザベス自身が敏感に察知した可能性は高い。

スタッブズのパンフレットにエリザベスが激怒した理由としてより一層興味深いのは、歴史家のマカフリーによる指摘である。マカフリーは、エリザベスをプロテスタント信仰の守護者に祭り上げる気運が必ずしも女王本人の同意を得ないまま即位以来加熱していった経緯に着目し、スタッブズの事件をいわばこの「非公認の」女王崇拝の最たる例として位置づけている。[*44]たしかに、女王をイングランドのデボラとして称える宗教的かつ国家主義的な君主崇拝は、即位パジェントから既に始まっており（本書第一章参照）、それは時に、世俗的で合理的な気質の女王の意志を抑圧するほどの威力を有するまでになっていた。『深き淵の発見』へのヒステリックとも思える女王の反応は、自身の意志や決定に先行する形で肥大化する女王表象に対する違和感や苛立ちを示唆している、とするマカフリーの指摘は正鵠を射ている。

スタッブズ達への厳罰は、少なくとも女王にとっては完全に裏目に出る。後にアンジュー公自身が、特赦にした方がはるかに賢明だったと語ったほどである。[*45]女王の結婚に対する民衆の嫌悪感は一層強まる結果となり、これに後押しされるかのように、枢密院内部でも反対派の勢いが俄然強まる。[*46]一方、結婚推進派もなりふり構わぬ反撃に出る。レスター伯が前年にエセックス伯未亡人のレティス・ノールズと秘密裏に結婚していたとの極秘情報をアランデルから得たシミエがこれを女王に暴露し、寵臣の秘密結婚を常に毛嫌いした女王によってレスター伯は一時宮廷を追われる。[*47] ウォルシンガムもまた、女王に『深き淵の発見』への関与を疑われ、厳しい叱責を受けた上で、宮廷退去を命じられる。[*48] こうしてレスター一派の主軸が一掃される中、一一月二四日、ついに女王は、議会の承認が得られればとの条件を付し、二ヵ月間の保留期間を設けた結婚協定に署名する。[*49]

しかしながら、早くも暮れの時点で、女王はアンジュー公に宛てて、結婚に対する臣民の反対が強いことを残念そうに報告する書簡を送っている。[*50] アンジュー公との結婚交渉は以後も二転三転しながら一五八一年まで続行するものの、明らかに議論の沸点は過ぎ、終息の気配すら漂わせていた。

こうして、女王と枢密院が対立し、枢密院内部でも深刻な分裂が生じた一五七九年の危機的状況はかろうじて回避される。この一連の動きに『深き淵の発見』が与えた影響は大きい。スタッブズの事件は、印刷物によって世論を動かし、政局を決する出版ジャーナリズムの萌芽として捉えることができる。[*51] ただし、それがレスター一派の宮廷政治の動きと密接に連動していたことも忘れてはならない。不特定多数の一般読者を対象とする印刷出版と、大貴族や聖職者による庇護と恩恵に依存するパトロン制度――この新旧の形式の共存にこそ、エリザベス朝出版文化の特性は見出されるのである。

頌歌と挽歌――『羊飼いの暦』の二重唱

スタッブズの事件で実に不可解なのは、書籍商のシングルトンだけが、刑執行の直前になって処罰を免れている点である。シングルトンの逮捕、判決、投獄に関する記述が書籍商組合の記録に一切残っていないことも謎となっている。レスター伯周辺の貴族による政治的介入があったものと推測されるが、真相は定かではない。[*52] ともかく、そのシングルトンがスタッブズとペイジの衝撃的な公開処刑が行われてからわずか一ヵ月後に出版登録を申請した詩集こそ、スペンサーの『羊飼いの暦』だった。

興味深いのは、ちょうど出版当時、スペンサーがレスター伯に雇用されていた事実である。スペンサーは一五七九年初頭から伯爵の秘書を務めていたというのが通説となっているが、詳しい職務の内容は不明である。同時期にスペンサーはレスター邸でシドニーとの知遇を得たとの説もあるが、これまた推測の域を出ない。[*53] ともあれ、『羊飼いの暦』は、レスター伯やウォルシンガムが宮廷を追われ、シドニーも自主的に宮廷への伺候を辞し、レスター一派が最大の危機を迎えていた最中に、レスター伯に仕える名もなき一詩人によりシドニーへの献辞を付して世に送り出された。[*54] こうした事情から、『羊飼いの暦』もまた、スタッブズの『深き淵の発見』と同様、レスター一派の意向を反映する形で執筆されたと解釈する説が有力である。[*55]

スペンサーと言えば、叙事詩『妖精の女王』を代表作とするのが英文学史上の約束事になっているが、これは必ずしも同時代の評価と一致しているわけではない。近代初期の読者、とりわけ詩人達に鮮烈な印象を与えたのは、まだ二〇代後半のスペンサーが匿名で出版した『羊飼いの暦』だった。スペンサーの事実上のデビュー作となったこの牧歌集は、一五七九年に初版が出版されるや否や、一五八一年、一五八六年、一五九一年、一五九七年と、一〇年間で五つの版を重ねており、その反響の大きさは『妖精の女王』を上回る。実際、マイケル・ドレイトン、ウィリアム・ブラウン、ジョージ・ウィザーといった「スペンサー派詩人」という名で呼ばれる詩人達がスペンサーを師と仰いで執筆したのは、いずれも『羊飼いの暦』にインスピレーションを得た牧歌であり、それはジョン・ミルトンの『リシダス』へと続くスペンサー流牧歌の伝統を作り上げていく。[*56]「当代における詩人の王」というスペンサーの墓碑に刻まれた有名な銘文は、〈詩人に愛された詩人〉スペンサーの玄人好みのする詩風をいみじくも言い当てているが、その栄誉は『羊飼いの暦』によって勝ち取られたと言っても過言ではない。

『羊飼いの暦』は、一風変わった外観を伴っている（図11）。表紙に作者名はなく、作品の献呈先であるシドニーの名前が中央部分に掲げられ、あとは書籍商シングルトンの名前がページの下部に記されているだけである。作者名を伏せた詩集の出版はもちろん何ら珍しいことではなかったが、縁取り装飾も施されていないこの表紙は、当時の水準からしてもかなり簡素な部類に入る。匿名出版は詩人の自己防衛の表れであり、閉鎖的で親密なコミュニティで回覧される手稿とは異なり、不特定多数の読者を相手にしなければならない印刷出版の危険性への懸念が窺える。[*57] とりわけ、『深き淵の発見』によって有罪判決を受けた印刷業者によって出版される以上、作者としても最大限の注意を払う必要があったことは想像に難くない。

ところが、ひとたびページをめくれば、素っ気ない表紙とは対照的に、詩集の中身は極めて凝ったつくりになっている(図12)。『羊飼いの暦』は、一月から一二月までを冠した一二の牧歌で構成され、それぞれの牧歌には木版画が添えられ、さらにE・Kと名乗る詩人の友人が散文で執筆した各巻の要旨と厖大な注解が付されている。さながら一種の学術書のような体裁を取ったこの詩集は、最初から印刷出版を念頭に置き、書斎で机の上に広げて真剣に読む詩集として出版された作品ということになる。

当時の読者にとっては、これはかなり意表を衝く奇抜な形態だった。というのも、『トッテルの詞華集』に始ま

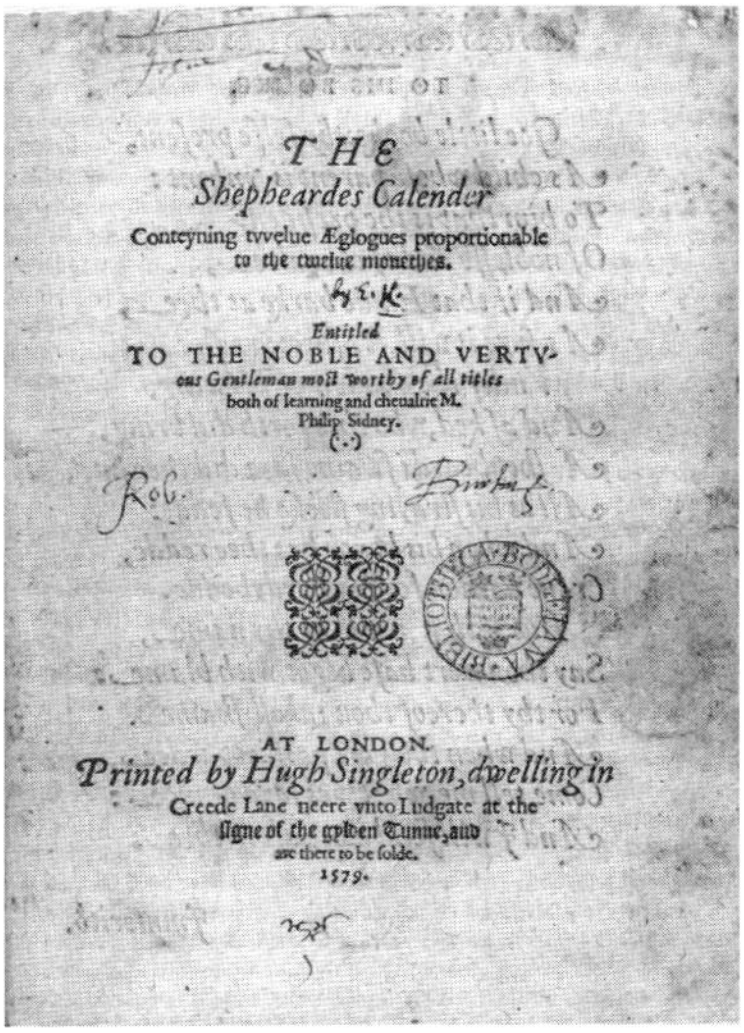
THE
Shepheardes Calender
Conteyning tvvelue Æglogues proportionable to the twelue monethes.
Entitled
TO THE NOBLE AND VERTVous Gentleman most worthy of all titles both of learning and cheualrie M. Philip Sidney.
AT LONDON.
Printed by Hugh Singleton, dwelling in Creede Lane neere vnto Ludgate at the signe of the gylden Tunne, and are there to be solde.
1579.

図 11　『羊飼いの暦』初版本（1579 年）のタイトルページ

Aprill.

Ægloga Quarta.
ARGVMENT.
THis Æglogue is purposely intended to the honor and prayse of our most gracious souereigne, Queene Elizabeth. The speakers herein be Hobbinoll and Thenott, two shepheardes: the which Hobbinoll being before mentioned, greatly to haue loued Colin, is here set forth more largely, complayning him of that boyes great misaduenture in Loue, whereby his mynd was alienate and with drawen not onely from him, who moste loued him, but also from all former delightes and studies, aswell in pleasaunt pyping, as conning ryming and singing, and other his laudable exercises. Whereby he taketh occasion, for proofe of his more excellencie and skill in poetrie, to recorde a songe, which the sayd Colin sometime made in honor of her Maiestie, whom abruptely he termeth Elysa.

Thenot.　　Hobbinoll.
TEll me good Hobbinoll, what garres thee greete?
What? hath some Wolfe thy tender Lambes ytorne?
Or is thy Bagpype broke, that soundes so sweete?
Or art thou of thy loued lasse forlorne?

Or bene thine eyes attempred to the yeare,
Quenching the gasping furrowes thirst with rayne?
Like

図 12　『羊飼いの暦』初版本の「四月」

りシェイクスピアの『ソネット集』へと至る同時代の詩集は、もともとは手稿の形で回覧された詩を編集したもの、あるいは少なくともそのような体裁を取るのが普通であり、最初から出版を念頭において緻密に編纂された詩集ではないからだ。しかも、解説や注釈を付した詩集ともなれば、それはもっぱら、ウェルギリウスやオウィディウスら古代ローマ詩人によるラテン語詩集か、ダンテやペトラルカといったイタリア語の詩集に限られており、英詩では類がない。[*58] 注釈者のE・Kの素性をめぐっては様々な説が提唱されてきたが、近年はE・Kをスペンサー本人と捉える見方が定着しつつある。[*59] 図版に挙げた初版本の作品名の下には「E・Kによる (by E. K.)」と書き込みがあるところを見ると、どうやらこの版本を所有した読者もまた、注釈を施したE・Kが作者本人であると考えていたようである。

このように、『羊飼いの暦』は匿名出版であるにもかかわらず、やたらと自己演出の跡が目立つ。作品の冒頭に据えられた、編者E・Kがスペンサーの友人であるゲイブリエル・ハーヴェイに宛てた献辞の中では、英語文学の発展に寄与したいと願う詩人の使命感が切々と述べられているが、これが作者本人の手になるとすれば、その自負心には並々ならぬものがある。名乗るほどの者にあらずと自らを卑下する一方で、文学的名声への飽くなき野望を随所に覗かせる『羊飼いの暦』の作為的な体裁からは、一五七九年の緊迫した政治状況を息をひそめて窺いつつ、効果的な文壇デビューの戦略を練るしたたかな詩人の様子が浮かび上がる。

牧歌とは、古代ギリシャ詩人テオクリトスに始まる由緒正しい文学ジャンルで、羊飼いを語り手とし、都会と対比された田園の暮らしを理想化する詩を指す。『羊飼いの暦』には、スペンサー自身を表すと見られるコリン・クラウトを中心とする様々な羊飼いが登場し、銘々自慢の歌を披露する。それはさながら歌競べの様相を呈しており、披露される韻律や詩形も多岐に亘っている。イングランド土着の素朴なバラッドから洗練されたイタリア風のセスティーナに至るまで、実に一七にも及ぶヴァリエーションが展開されており、新進気鋭の詩人の詩芸を存分に見せつける構成になっている。

中でも「四月」は、エリザベスを「羊飼いの女王イライザ」（三四行）として称え、以後エリザベス朝に流行する牧歌風女王賛歌の伝統を確立したことで知られる。冒頭に据えられた要旨には「この牧歌は、いとも恵み深い君主エリザベス女王に敬意を表して称える目的で書かれた」（七〇頁）とあり、女王崇拝の意図が明示されている。[*60]

牧歌と女王賛歌を組み合わせる趣向は、スペンサーが初めてではない。「四月」の構想に関してスペンサーがおそらく念頭に置いたのは、前章で言及したシドニーの『五月の貴婦人』であろう。この牧歌風仮面劇がレスター伯の私邸を訪れた女王の御前で披露されたのは、『羊飼いの暦』の出版のちょうど前年のことである。『五月の貴婦人』は、羊飼いエスピラスと狩人セリオンから求婚される「五月の貴婦人」を主人公とし、観客の女王が婿選びについて進言するというプロットを持つ。ローマ時代の春の祭りに起源を持ち、美しい村娘に花冠を被らせて「五月の女王」として崇める祝祭は、ヨーロッパ中の村々で行われたが、『五月の貴婦人』はこの素朴な五月祭を英詩で取り入れた最初の牧歌である。[*61] シドニーへの敬意を表するスペンサーの「四月」もまた、本物の女王を春の祝祭の女王に模する逆転の構図により、イングランドを平和な牧歌世界として理想化する。

「四月」は、二人の羊飼い、ホビノルとシノットの掛け合いによって進行し、ホビノルは親友のコリンが女王を称えて作った詩を不在の友人に代わって披露する。

お前の銀の歌が謳うのは、美しいイライザ、
あの祝福されし者。
乙女の華であるあの方が
王者として永く栄えんことを。
かの君は汚れなきシリンクスの娘、
羊飼いの神パンとの間に生まれた。

それゆえ、あのお方は
天上のお生まれにして、
この世の汚れに染まることはない。

見るがよい、かの君が緑の草の上に座る様を。
(ああなんと麗しい光景)
処女王のように、緋色と
白貂の衣を纏っている。
頭上に頂く深紅の王冠には
ダマスク薔薇や水仙があしらわれている。
間に挟まれた月桂樹の葉と
緑の桜草が
かぐわしい菫を美しく引き立てている。

(四六―六三行)

この場面に関しては、女王の処女性を礼賛しつつも、アンジュー公との縁談への配慮から結婚や出産の可能性も残しておくスペンサーの絶妙なバランス感覚を指摘する批評家が多い。[*62] たしかに、無垢を象徴する白に限定しない多彩な色使いや、女王を飾り立てる植物の生命力は、処女性に往々にしてつきまとう不毛・不妊とは対極の豊穣のイメージを鮮烈に打ち出している。ただし、だからといって、それを世俗的な結婚や出産へと結びつけるのは短絡的である。むしろ、処女と出産、純潔と豊穣という本来は矛盾するはずのイメージが共存するのは聖母マリアの表象の特性であることを考慮すれば、この一節はやはりエリザベスの聖なる処女性を前景化した箇所として読むのが妥当と思われる。エリザベスは、聖書の中の牧歌とも言うべき「雅歌」の花嫁を想起させるイライザとして描かれることで、失われた楽園をイングランドに回復する真のプロテスタント君主として称えられている。[*63]

ハケットが詳述するように、最後の結婚交渉と言われたアンジュー公との縁組が破談となることによって処女性の再定義が行われ、一五八〇年代以降のエリザベス像は、それまでの結婚を前提とした〈未婚の乙女〉ではなく、生涯独身を貫く〈非婚の乙女〉へと変換されていく。[*64]とすれば、一五七九年に発表された「四月」は、永遠の処女としてエリザベスを称える処女王崇拝のまさに元始を画する作品として位置づけられる。スペンサーは、カトリック的図像の典型である聖母崇拝を君主崇拝に転用することにより、プロテスタント的王権表象の先導役を果たしているのである。

ただし、スペンサーの詩人としての技量はそれだけにとどまらない。『羊飼いの暦』が種々の様式や韻律で書かれた小詩を集めたショーケースのような構成になっていることを先に述べたが、この特性はエリザベスの表象に関しても興味深い効果をもたらしている。エリザベスを表すと思われる人物は「四月」のイライザ以外に複数存在するからだ。

エリザベス女王に捧げる牧歌風頌歌である「四月」は、「ホビノルよ、言ってくれ、君はなぜ嘆いているのか」（二行）というシノットの哀調を帯びた問いかけで始まる。ホビノルは、シノットへの返答として、本来ここにいるはずのコリンがいない理由を寂しげに物語る。

君もコリンを知っているだろう。南の羊飼いの少年だ。
愛神が彼を恐ろしい矢で傷つけたのだ。
以前は、あの少年こそ、僕のあらゆる悩みと喜びのもと
贈り物でなんとかその気まぐれな心を得ようとしたものさ。

ところが今では、少年ののぼせあがった心は僕から離れ、
谷に住む未亡人の娘に言い寄っている。
美しいロザリンドが彼の苦しみのもと
友達だった僕は、すっかり他人扱いされているのさ。

（二一一二八行）

ホビノルは、歌の名手だったコリンが恋患いに苦しんで笛を折り、歌作りをすっかりやめてしまったことを嘆く。コリンの不在、そしてその原因となっている辛い片恋は、「四月」に漲る頌歌特有の多幸感に暗く陰鬱な影を落とす。

「南の羊飼いの少年」コリンが、レスター伯に仕える前はイングランド南部のケント州でロチェスター主教ジョン・ヤングの秘書を務めたスペンサーを表すとすれば、そのコリンの恋の相手であるロザリンドとは、果たして一体誰なのか。ロザリンドは、『羊飼いの暦』に一度も登場しないものの、六つの牧歌で言及され、コリンの運命を左右する重要な人物として読者に強い印象を残す。コリンがスペンサーのペルソナであることから、ロザリンドはスペンサーの最初の妻を表しているのではないかと推測する伝記的解釈がかつて浮上したが、近年最も有力となっているのは、ロザリンドもまたエリザベス一世の表象として解釈する見方である。[*65]「ロザリンド（Rosalind）」は「エリザ陛下（Elisa, R）」と「イングランド（England）」のアナグラムであるとするポール・マクレーンの解釈は少々苦しいにしても、たしかに、ロザリンドにはエリザベスとの興味深い共通点を見出すことができる。[*66]「四月」に付されたE・Kの注釈では、ロザリンドは以下のように説明されている。

彼はロザリンドを谷間、すなわち田舎の村に住む未亡人の娘と呼んでいるが、私が思うに、これはあからさまに公表するよりも偽名を与えて隠蔽するためにこう語っている。というのも、コリンやホビノルの話とは

裏腹に、彼女は卑しからぬ家柄の貴婦人であり、気質の点でも礼儀作法の点でも卑俗で庶民的なところは少しもないからだ。それどころか、彼女のことを自分の詩で公表するのをコリンが恥ずかしがったり、そのことをホビノルが嘆く道理はなく、むしろ、その類まれな数々の美徳によって永遠に称えられてしかるべき人物なのだ。それこそ、優れた詩人テオクリトスの恋人ミルトや、崇高なペトラルカの女神ラウレッタ、あるいは名高き詩人ステシコロスが崇めたヒメラにも匹敵する。（七七―七八頁）

このように、E・Kの注釈は、コリンが恋する田舎娘のロザリンドが実は高貴な女性の寓意であることを仄めかす。同様の記述は、「一月」に付された注釈にも見られる。

ロザリンド　仮の名前であり、文字を正しく並べると、作者の恋人の名前を表すが、作者はその人をロザリンドという名で潤色している。オウィディウスがコリンナという名前で恋人を示したように。コリンナとは実はアウグストゥス帝の娘であり、アグリッパの妻であるジュリアであると考える人もいるようだ。同様にアランティアス・ステラはいつもアステリスとイアンシスという名で恋人を呼んだが、本当の名前はヴィオランティラであることはよく知られており、スタティウスが祝婚歌の中で証言している通りである。同様にイタリアの有名な麗人マドンナ・シーリアは手紙の中で自分のことをジーマと称したし、ペトローナはベローキアという名を用いた。このように秘かに人物の名を偽るのはよくある習慣なのだ。（三四―三五頁）

同定されない人物も多く、そもそも実在が疑わしい人物も混じっている。ただ、徒らに衒学的なE・Kのこの二つの注釈に共通しているのは、詩人を鼓舞するミューズとしてロザリンドを位置づけている点である。ことに目を引くのは、恋愛詩人の教祖としてスペンサーをはじめとするルネサンス詩人の崇敬を集めたオウィディウスとペトラルカへのオマージュが捧げられている点である。それは、麦笛を手にした牧歌詩人をより洗練された宮廷詩人へと変貌させる効果を発揮する。

そして、羊飼いの詩人が高貴な女性に寄せる恋慕と言えば、再びシドニーの仮面劇『五月の貴婦人』が想起される。「五月の貴婦人」の婿選びに関して最終的な決断を任されたエリザベスは、羊飼いのエスピラスを選ぶ。従来の解釈では、狩人セリオンよりも羊飼いエスピラスを好む女王の選択は、穏健派の外交政策を優先し、レスター伯率いる武闘派プロテスタンティズムを牽制する女王の政治的決断を表したものとして捉えられる傾向がある。[*67]しかし、これはやや深読みの感があり、この作品に過度に政治性を読み込みすぎるきらいがある。『五月の貴婦人』をよく読めば、「時々怒りっぽくなり、私［「五月の貴婦人」］を殴ったり、罵ったり」するセリオンが選ばれるはずはなく、心優しく穏やかな気性のエスピラスを選ぶことが想定されているからだ。[*68]たしかに、レスター伯と政治的信条を共有していたシドニーではあるが、この余興ばかりは、詩人としてのシドニーの心情や感性の発露ととる方が自然であるように思われる。[*69]「私の声の音色を上げておくれ。もっと高い音が出るように／高邁な詩想にふさわしい高い調べが必要なのだ／星々よりも高く、石の草原よりも堅固であれ／生きようが死のうが、それが私の思い」と歌うエスピラスは、〈行動の生〉ではなく〈瞑想の生〉に生きる理想主義的な牧歌詩人の典型でもある。[*70]エスピラスを婿に選ぶ女王の選択が作者のシドニーによる誘導であるとするならば、『五月の貴婦人』は、詩人達を庇護する人文主義的な君主への賛歌として読み直すことができる。

ところが、同じ羊飼いであっても、コリンはエスピラスとは異なり、辛い片恋を強いられる。ロザリンドは、いっこうにコリンになびこうとしないからだ。ロザリンドには、エリザベスの処女王神話を語る上で欠かすことのできないペトラルカ風の「つれなき乙女」としての表象を読み取ることができる。牧歌における恋の病のトポスに着目したスティーヴン・ウォーカーは、ペトラルカの恋愛詩の洗礼を受けたルネサンス期の牧歌はそもそも恋患いからの治癒を求めないことを指摘し、そこにテオクリトスの牧歌との決定的な違いを見出している。[*71]たしかに、羊飼いコリンがロザリンドに寄せる思慕も、「一月」から「一二月」の暦と同様に永遠に繰り返される求愛を前提としており、恋する羊飼いは甘美なる恋の苦悩にひたすら耽溺する。

永遠の乙女ラウラへの報われぬ恋を連綿と綴ったペトラルカのソネット連詩が、最初にそれがイタリアより移入されたヘンリー八世の宮廷よりも、数十年経ってからのエリザベス一世の宮廷で流行したのは、その求愛のレトリックが処女王を戴く宮廷文化において政治的に援用されたからに他ならない。[*72] 女王に捧げる忠誠は極度にロマンス化され、臣下と女王の関係は一種の擬似恋愛としてパフォーマンス化された。[*73] 女王の愛顧を得たい貴族や詩人は、エリザベスを手の届かない理想の女性として崇めるポーズを取り、女王も進んでこの演技を受け入れた。『羊飼いの暦』には、一五八〇年代以降の宮廷文化で顕在化することになるこうした〈政治的ペトラルカ主義〉が既に窺える。先に引用した「四月」の一節に見える白貂への言及は、ペトラルカの『凱旋』へのアリュージョンである。「貞節の凱旋」では、純潔の象徴である白貂を掲げた貞節の乙女の勝利が描かれる。白貂を腕に這わせるエリザベスを描いた「白貂の肖像画」が描かれるのは一五八五年のことだが、『羊飼いの暦』にはこうしたペトラルカ的な女王表象が先取りされているのである。[*74]

このように、「四月」は、処女王の純潔を高らかに言祝ぐ一方で、羊飼いコリンの献身的な純愛を残酷なまでに拒む「つれなき乙女」の横暴を嘆く。この両義性は、複数の羊飼いの歌によって構成される牧歌がもともと有している多音声《ポリフォニック》な特性を生かした趣向と言えよう。そして、その特性がさらに斬新な形で発揮されているのが、「一一月」の牧歌である。「一一月」には、コリンを悲嘆に暮れさせるもう一人の乙女が登場する。

『羊飼いの暦』の中で冬の詩群に属する「一一月」は、春の詩群に属する「四月」とはうってかわった哀切な調べに満ち、以下のようなE・Kの要旨で始まる。

この一一番目の牧歌では、彼がダイドーと呼ぶ、ある貴い血筋の乙女の死を悼んでいる。私は何度も彼に尋ねたが、この人物の素性は隠されており、私にも全くわからない。この牧歌は、マロがフランスの女王ロイスの死について詠んだ歌を模倣して作られた。だが、マロの作品よりも、そして私の意見では、本書のどの牧歌よりもはるかに優れている。

（一八七頁）

シノットとホビノルを語り手とし、高貴な女性を主題とする「一一月」は、「四月」と構造上対になっている。「四月」が色とりどりの花々の中で羊飼いの女王イライザを称える陽気な春の祝祭を描くのに対して、「一一月」は、溺死した「偉大な羊飼いの光り輝く娘」（三八行）ダイドーが横たわる棺を囲んでしめやかに行われる葬礼を描いている。

E・Kの要旨で言及される「ある貴い血筋の乙女」がエリザベスを示唆していることは明白である。[*75] フランス詩にペトラルカ主義を持ち込んだ宮廷詩人クレマン・マロは、牧歌の名手でもあり、「コリン」という名は、マロが牧歌で自らを称した名前にスペンサーが倣ったものである。そして、マロが一五三一年に発表した「ルイーズ・ド・サヴォワの死を悼む牧歌」で哀悼を捧げた王妃ルイーズ・ド・サヴォワは、アンジュー公にとっては曽祖母にあたり、息子であるフランソワ一世がパヴィアの戦いで神聖ローマ帝国皇帝カール五世に敗れて虜囚となった時、不在の国王に代わってフランスを治めた女傑である。となれば、「イングランドのマロ」を自認するのみならず、さらにその上を目指すスペンサーが哀歌を捧げるのは、イングランド女王をおいて他にない。ウェルギリウスの『アエネイス』で文学上名高いカルタゴの女王ダイドーの別名が「エリッサ」であったことも、ダイドーにエリザベスを読み込む解釈の妥当性を一層強める。

では、存命中の女王を死せる女王として悼む意図は何か。優勢を占めるのは、女王とアンジュー公との結婚によるイングランドのプロテスタンティズムの終焉、そしてレスター一派の失墜への慨嘆を読み取る解釈である。[*76] 例えば、マクレーンによると、他国の王子アエネアスへの恋のために命を落としたダイドーにエリザベスを喩えることで示唆されているのは、アンジュー公との結婚を「イングランド、エリザベス、そしてイングランドの忠誠な守護者達への死刑宣告」と見なしたレスター一派の境地ということになる。[*77] この解釈の論拠としてとりわけ有力なのが、レスター伯ことロバート・ダドリーと同じ愛称を持つ羊飼いに言及した以下の一節である。

　嗚呼、偉大な羊飼いロビンよ、汝の嘆きはいかばかりか。
　あの人がお前のために編んだ花束はどこにある。
　花びらをあしらった色鮮やかな花冠、
　結んだイグサの指輪、金色の斑が入ったローズマリーはどこにある。
　あの人はお前のためなら何も惜しまなかった。（一一三―一七行）

E・Kの注釈では、羊飼いロビンは「ダイドーの恋人であり親友であった羊飼い」（一九七頁）として紹介されている。なるほど、ダイドーの死を嘆く羊飼いロビンの悲しみは、女王の寵愛を失ったレスター伯の悲嘆に重なる。[*78] ロビンと共に嘆き悲しむ「ケントの丘で羊を守る羊飼い達」（六三行）とはケント州はペンズハーストに邸を有していたシドニー家を指すとの指摘までなされている。[*79]

ダイドーの死は、単なる比喩ではなかった可能性もある。エリザベスが高齢出産で命を落とすことへの懸念は、枢密院の会議で、そしてスタッブズのパンフレットやシドニーの書簡でも表明されている。女王の結婚が突如実現性を帯びる中で政治的不安が極度に高まった一五七九年当時、女王の死と後継者問題は差し迫った問題として憂慮されていたからである。あまりに杓子定規に政治情勢をはめ込んだ解釈は作品の興をそぐおそれがあるが、女王とアンジュー公の結婚をめぐって宮廷が、そしてロンドンがただならぬ雰囲気に包まれた一五七九年の不穏で重苦しい空気は、たしかに「一一月」に漂っている。

ただし、忘れてはならないのは、スタッブズの『深き淵の発見』とは異なり、『羊飼いの暦』は一切お咎めを受けていないという点である。出版の翌年の一五八〇年にスペンサーがグレイ卿の私設秘書としてアイルランドに赴任することになったのは『羊飼いの暦』や後述する『ハバードばあさんの物語』の出版が物議を醸したことによる左遷であると考えられた時期もあるが、近年はこの見方は否定され、総督の秘書としてのアイルランド行きはむしろ栄転と見なされている。[*80] つまり、同時期に出版され、共に極めて似通ったピューリタン的政治思想をバックグラウンドに有し、レスター一派との関係が囁かれるにもかかわらず、『羊飼いの暦』の作者と『深き淵の発見』の作者は、それぞれ実に対照的な道を辿ったことになる。かたやスペンサーはエリザベス女王の栄華を謳う詩人としての名声をほしいままにし、かたやスタッブズは作家生命の断絶を象徴づける右腕切断の厳罰を被り、少なくとも文壇の表舞台からは完全に姿を消す。

『深き淵の発見』と比した場合の『羊飼いの暦』の成功は、文学の力を存分に見せつける。それは、牧歌が有する風刺文学としての特性のなせる技とも言える。一見すると、牧歌に登場する羊飼いは、あくせく労働することもなく、日がな一日陽気に笛を吹き、悩みと言えばせいぜい片恋や失恋の苦しみといった具合で、いかにも暢気な暮らしぶりのように思われる。しかし、牧歌は決して逃避的な文学ではない。ことに、寓意形式を好むキリスト教の影響を受けた牧歌は、中世からルネサンス期のヨーロッパにおいて、風刺の隠れ蓑として新たな活路を見出していく。[*81] 笛を吹いて歌い踊る純朴な羊飼いには、宗教界から宮廷まで、権力者の不正や腐敗を糾弾する過激な一面があるのである。

そして、風刺文学としての牧歌が有する力は、寓意の力でもある。寓意には真実を暴くと同時に、真実を無知蒙昧な輩から隠す目的もあり、作者や作品に対する諸々の障害や脅威を取り除く実用性も有していた。[*82] エリザベス朝は、スタッブズの事例が如実に示すように、検閲制度が厳然と存在し、作者の投獄や焚書処分は日常茶飯事という時代である。しかし、例えば「一一月」でスペンサーに有罪判決を下すことは到底不可能だっただろう。

価値観や危機意識を共有する者だけが秘められた真実を読み取る――党派主義的で閉鎖的な読みの上に成り立つ寓意こそが、『羊飼いの暦』の本領であり、スペンサーが最も得意とする詩芸である。それは、印刷出版の危険な開放性から作者と読者の双方を守る精緻な文学的仕掛けとして機能しつつ、大胆かつ実に巧妙に近代市民型の公共圏を構築することを可能とする。

以上見てきたように、レスター伯の祝祭を盛り上げたギャスコインやチャーチヤードといった軍人詩人に代わって一五七〇年代末に台頭するのは、シドニーやスペンサーに代表される牧歌詩人である。そして、以後牧歌は、レスター一派が標榜する急進派プロテスタンティズム／ピューリタニズムの旗印となっていく。*83 その先陣を切った『羊飼いの暦』は、牧歌の多様性を生かし、頌歌《オード》と哀歌《エレジー》を巧みに組み合わせることで、多角的なエリザベス像を提示する。「四月」では、平和の君主としてエリザベスが君臨するイングランドの栄光が称えられ、「一一月」では、その栄華も死や破滅と隣り合わせであることが示唆される。

『羊飼いの暦』のハイブリッド性はそれだけではない。ダイドーという、牧歌の登場人物としては明らかに異質な名前の混入は、スペンサーが牧歌の向こうに見据えていた英雄詩への展望をも示唆している。次節では、『羊飼いの暦』の出版と同時期にスペンサーが執筆に着手していた叙事詩『妖精の女王』に目を向け、スペンサーの政治的寓意におけるエリザベス表象をさらに掘り下げることとしたい。

牧歌から叙事詩へ――ベルフィービーの「名誉の館」

スペンサーがアンジュー公との結婚交渉に揺れる宮廷を寓意化したと思われる場面は、『妖精の女王』にも存在する。エリザベスを体現する登場人物であるベルフィービーが森の中でえせ騎士ブラガドッチオーとその従者トロンパートに出会い、ブラガドッチオーの求愛に肘鉄を食らわせる笑劇風のエピソードである。

一五九〇年に出版された『妖精の女王』の執筆が一五七〇年代後半に始まっていたことはスペンサーの書簡か

ら明らかだが、それぞれの巻や詩篇がどのような順番で書き進められたかは定かではない。[*84] ただし、このベルフィービーとブラガドッチオーのエピソードについては、極めて早い段階、おそらくは一五七八年から一五七九年頃、すなわち『羊飼いの暦』が出版された頃と同時期に執筆されたのではないかとする説が従来より繰り返し提唱されてきた。[*85] ベルフィィービーが不遜なブラガドッチオーを拒絶する一連のエピソードは、アンジュー公問題の政治的寓意として解釈することができるからである。

ブラガドッチオーとトロンパートの二人連れは、やはり同時期にスペンサーがアンジュー公問題に材を取って執筆したと推測される風刺詩『プロソポポイア、またはハバードばあさんの物語』(以下、『ハバードばあさんの物語』と略記)を連想させる。スペンサーは、この動物寓話詩で、ずる賢い狐と猿が紳士とその従者になりすまして宮廷に赴く様子を滑稽に描いている。この作品は、一五九一年に出版された『嘆きの詩』に収録されているが、作品に付された献辞では「私の若書きの未熟な頭の産物」と言及されていることから、創作時期はかなり前、アイルランドに渡る前の一五七九年から一五八〇年頃と推定される。[*86] 女王とアンジュー公の結婚交渉への抗議として執筆され、スタッブズのパンフレットの「ある意味姉妹版」とも評される風刺詩である。[*87] 特に、猿は女王がシミエに与えた愛称と同じという理由もあり、もっぱらシミエの寓意として理解される。[*88] 一方狐は、結婚推進派のバーリー卿として解釈される傾向があるが、狐と猿が「似た者同士連れ立って、/遠く異国に運試し」(四七―四八行)に出かける点に注目すると、シミエと同郷のアンジュー公を指すと考える方が妥当であるように思われる。

ただし、ブラガドッチオーとトロンパートのエピソードには、こうした時事問題を下敷きにした歴史的寓意のみならず、理想の宮廷人とは何かを問う、より大きな道徳的寓意も込められている点に目を向ける必要があろう。その名(「自慢する人」の意)が示す通り、ほら吹き騎士ブラガドッチオーは虚栄心の寓意として造型されており、腐敗した宮廷人のパロディーになっている。と同時に、ブラガドッチオーを叱責するベルフィィービーには、あるべき女王の理想像が投影されている。

スペンサーの『妖精の女王』を「エリザベス崇拝」の代表的文学として位置づける際、ベルフィービーは最も重要で、しかしいささか厄介な登場人物となる。『妖精の女王』には、エリザベスの寵臣であり、スペンサーとも親交のあった詩人ローリーにスペンサーが宛てた書簡が付されている。多分に序文としての性格を有するこの書簡「サー・ウォルター・ローリーへの書簡」（以下「ローリーへの書簡」と略記）では、女王を体現する人物として、作品の題名にもなっている妖精の女王グロリアーナとは別にもう一人のヒロインが作り出された理由が説明されている。

> 私の全体的意図では、妖精の女王は栄光を意味しておりますが、特殊な意図としましては、いとも優れ、栄光に輝き給う、われらが女王陛下の御姿を表し、また、妖精の国とは、陛下の王国を表します。ただし、女王陛下を別の御姿で示している箇所もございます。と申しますのも、女王陛下は二つの御人格、すなわち一つには至高の女王・帝王としての御人格と、もう一つにはいとも徳高くお美しい女性としての御人格との二つをお持ちであることに鑑み、後者をベルフィービーとして表す場合もあるからでございます。ちなみに、この名前は、シンシアという閣下の見事な着想に倣って作ったものでございます（フィービーもシンシアも共にダイアナの別名でございますゆえ[*89]）。

このように、森に住む乙女ベルフィービーは「いとも徳高くお美しい女性」としてのエリザベスを表すとされ、「至高の女王」を示す妖精の女王グロリアーナとは区別されている。詩人自身のあまりにも有名なこの解説により、ベルフィービーはエリザベスの私徳を、対する妖精の女王は公徳を表すととるのが一般的な解釈となっている[*90]。つまり、ベルフィービーは、一人の女性としてのエリザベスの私徳、当時最も重要な婦徳とされた貞節の美徳の寓意となる。君主は「政治的身体」と「自然的身体」の二つの身体を有するという、いわゆる「国王の二つの身体」論（本書第二章参照）をそのまま援用した人物造形と言える。しかしながら、この中世の政治哲学理論がことほどさように単純明快ではないのと同様に、エリザベスの「二つの身体」の線引きもまた決して容易ではない。処女としての「自然的身体」を政治の表舞台で最大限に活用したエリザベス女王だけに、貞節の美徳も貞節の乙女ベルフィービーも畢竟政治的な意味を帯びるからである。

純潔の守護神である月の女神ダイアナをモデルとするベルフィービーは、男性の恋心を掻き立てる一方で、その求愛を頑なに拒むペトラルカ風の「つれなき乙女」の典型として登場する。エリザベスをギリシャ・ローマ神話の女神になぞらえる趣向は即位当時からあったものの、処女神ダイアナ／シンシアとエリザベスのあからさまな同化が行われるのは、エリザベスの結婚・出産の可能性がなくなった一五八〇年代以降の現象である。[*91]ここでスペンサーが敬意を表するように、その伝統を作ったのは、エリザベスを月の女神に、自らをその月を仰ぎ見る海に喩え、『大洋からシンシアへ』と題した恋愛詩を捧げたローリーである。しかし、ローリーに倣ってスペンサーが編み出したベルフィービーは、『大洋からシンシアへ』のペトラルカ主義をより政治的に先鋭化した人物造型を施されている。

ベルフィービーが作品中初めて登場する二巻三篇の前半部では、ならず者のブラガドッチオーが騎士としての外見を取りつくろう過程が面白おかしく描かれている。森の中で騎士ガイオンの馬と槍を盗んだブラガドッチオーは、たちまち気が大きくなり、宮廷に繰り出すことを決意する。

だが、ブラガドッチオーは、派手な物腰や
粋な格好は宮廷で非常に人気があると考えたので、
直ちに宮廷に向けて第一歩を踏み出した。（二巻三篇五連）[*92]

次いで、ブラガドッチオーは、偶然出会ったトロンパートを手に入れたばかりの槍で脅して無理矢理従者にする。宮廷を目指して森の中を進むブラガドッチオーとトロンパートの二人連れは、獲物を追って突如茂みから飛び出した乙女に出くわす。エリザベスを表す「狩衣をまとった美しいご婦人」（二一連）との遭遇は、宮廷を目指す二人に与えられた女王との予期せぬ対面の機会と言える。そしてそれは、真の宮廷人の資質を問う試金石の役目を果たすのである。

この後に続く一一連にも及ぶベルフィービーの描写は、「際立っていびつ」と評されるほど、多層的なイメージを特徴とする。[*93] ベルフィービーは、「天上の生まれ」（二巻三篇二一連）かと思われるほど超然とした様子で登場し、その香気は「病める者を癒し、死者を蘇らせることができる」効力を有する（二二連）。しかし一方で、この箇所は極めて官能的な描写にもなっている。薄衣しか身に纏っていない美女を物陰からこっそり凝視するブラガドッチオーとトロンパートの窃視的な視線をなぞるかのように、「白百合の園に混じる薔薇のような」頬、「二つの生ける灯火」のような目、「真珠とルビーを思わせる」歯と唇、「五月の若い木の実のようにふくらみかけた」乳房、という具合に、ベルフィービーの美しさが身体各部ごとに詳細に書き連ねられていく（二二―二九連）。女性の身体美を断片化して称賛するその技法は、マロをはじめとするフランスのペトラルカ風恋愛詩で一世を風靡したブレイズンと呼ばれる叙述スタイルに倣ったものである。結果として、ベルフィービーは、天女ともソネットの貴婦人ともつかぬ曖昧な姿で提示されることになる。

ベルフィービーのこうした二面性は、まさにスペンサーが「ローリーへの書簡」で言及したエリザベスの「二つの御人格」に呼応している。書簡におけるスペンサーの言葉を額面通りに信用するならば、ベルフィービーはエリザベスの女王ではない私人としての側面のみを表しているはずである。しかし、実際に詩の中に登場するベルフィービーは、明らかに単なる貞淑な乙女以上の存在として描かれているのである。それを如実に示すのが、純白の衣装の下から覗くベルフィービーの両足の描写である。

乙女の脚は、二本の美しい大理石の柱のように見えた。
神々の神殿を支える柱のように。
祝祭の折に、人々がこぞって緑の葉の冠で飾り立て、
崇めたてまつる神殿の柱のように。

（二巻三篇二八連）

これまでブラガドッチオー達の眼差しを共有してきた読者に不意に肩すかしを食らわせるかのように、ここでは一切の官能性が排除されている。ベルフィービーの魅惑の脚は、「欲望ではなく、人々の崇敬の対象」として描き出される。[*94] 人体を建造物に喩えるのは西洋文学の伝統的なレトリックだが、とりわけ第二巻にはそれが随所に見受けられる。ベルフィービーの身体を神殿に喩えたこの比喩は、敬虔なキリスト教徒の身体を「神の神殿」と呼んだパウロの言葉に依拠している。[*95] それは、エリザベス朝においてはひときわ政治的な意味も帯びていた。プロテスタントとカトリックの間で繰り広げられた相次ぐ宗教抗争に終止符を打つことは、エリザベスの治世の最大の課題であり、女王を教会の最高権力者として誇示する際にしばしば用いられたのが、ソロモン王と神殿建築の主題だった。[*96] エリザベスは、宗教心に篤いこの賢君の再来と謳われ、ソロモンの神殿は英国における真の教会の樹立の象徴とされた。スペンサーは、ベルフィービーの身体を月桂樹の冠で飾られた神殿そのものに喩えることにより、君主制を基盤とする英国国教会の不滅の繁栄を言祝ぐ図像を掲げているのである。

トロンパートは、神女のような厳かな雰囲気を漂わせる森の乙女に「恐れと希望を共に」（二巻三篇二一連）抱き、声をかけるべきか、はたまた逃げるべきか迷う。同様の戸惑いは、ベルフィービーにエリザベスの「二つの御人格」を見て取る読者にも共有される。一見すると、ペトラルカ的な文学伝統に倣った描写は、女王を生身の人間として描き出す効果を発揮する。そこには、多分に理想化されているとは言え、性愛の対象になりうる一人の女性としてのエリザベスが浮かび上がる。ベルフィービーが、妖精の女王よりもはるかに多くの登場場面を与

えられているのは、女帝よりもペトラルカ風の貴婦人の方が、詩人にとって扱いやすかったからではないかという見方さえあるほどである。[*97] しかし、ペトラルカ風の貴婦人としての姿は、あくまでもベルフィービーの表層に過ぎない。その威風堂々たる姿を前に立ちすくむトロンパートのように、読者は背後にちらつく「至高の女王」としてのエリザベスを絶えず意識させられることになる。

ブラガドッチオーは、ベルフィービーの角笛の音に恐れをなしていったん茂みに隠れる。しかし、獲物と間違えられて矢を射られそうになると、えせ騎士は慌てて茂みから這い出して、乙女に話しかける。

だが、ご婦人よ、あなたは一体どなたです。
何の楽しみもないこんな深い森を歩き回り、
あなたと同じ身分の貴族の方々と過ごす、
楽しい宮廷の暮らしと取り替えようとなさらないなんて。
宮廷には、ここよりもずっと多くの幸せと楽しみごとがあるというのに。
そこでは、あなたは誰かを愛することも、愛されることもでき、
ここでは得られない快楽に耽ることもできるでしょう。
宮廷では、あなたは最上のお方となり、最上のお方に会うこともできましょう。
森は獣にふさわしく、宮廷こそあなたにふさわしい。

（二巻三篇三九連）

ブラガドッチオーの道化ぶりは、ベルフィービーをエリザベス女王の寓意として捉えることによって初めて理解される。読者はこの「ご婦人」が「どなた」であるかを知っているからこそ、野暮なブラガドッチオーを笑うことができるのである。無論、ベルフィービーが森に住む理由もまた、読者には明らかである。女王の処女性を示

すヒロインが処女神ダイアナを思わせる狩人姿で登場するのは至極自然な趣向である。愚鈍な登場人物と、寓意の意図を予め知らされている読者との間に生じる意識のずれが、この場面に喜劇的効果をもたらしている。

しかし、ベルフィービーに対するブラガドッチオーの問いかけは、あながち滑稽とも言えない問題を孕んでいる。ブラガドッチオーは快楽に溺れきった宮廷の様子を描き出すが、ここには宮廷に対するスペンサーの風刺的意図を窺うことができる。腐敗した宮廷の暮らしをベルフィービーに差し出すブラガドッチオーの言葉は、ベルフィービーとエリザベスを同一視する読者にとっては、宮廷社会に暮らす女王へのあてこすりとも受け取れるからである。女王賛歌という詩人の目的を考えれば、これは一見奇異なことのように思われる。宮廷を揶揄すれば、その頂点に君臨する女王をも批判に晒すことになりかねない。時の権力を糾弾する宮廷風刺と宮廷におもねる君主賛辞は本来相容れないはずだが、スペンサーはこの二つの主題をなぜあえて同時に取り上げるのだろうか。

この矛盾は、ブラガドッチオーの問いかけに対するベルフィービーの答えによって簡単に解決される。そしてそれは、一瞬にして、実に鮮やかに宮廷風刺を君主賛辞へとすり替えるのである。

（ベルフィービーはこう語った）奢り高ぶった暮らしの虚栄に溺れ、
　宮廷の楽しみに浸る者は、
朦朧とした暗闇の中で日々を無駄にし、
忘却の彼方に永久に葬り去られるのです。
楽が過ぎるところでは、道を誤るのは簡単です。
でも、身体を労働で、そして心を気苦労で鍛錬する者は、
そう簡単に過ちを犯すことはありません。
外にあっては武器を手に、内にあってはまじめに苦労して求める者が

一番早く名誉を手にするのです。

名誉とは、森や海や戦場に住むのが常で、
危険や苦しみと共に見出されます。
怠惰な部屋で腐っていく者は誰一人として、
幸せな名誉の館にたどりつくことはできません。
神は、その館の門の前に「汗」を配し、
不寝の番をおかれたのです。
でも、逸楽の宮殿に至る道は簡単で平坦です。
それはすぐに見つかりますし、宮殿の扉は昼も夜も
誰に対しても広く開け放たれているのです。

（二巻三篇四〇―四一連）

ベルフィービーは、宮廷の怠惰な暮らしを軽蔑し、森での生活を弁護する。つまり、スペンサーは、女王の分身とも言えるベルフィービーに『ハバードばあさんの物語』に似た宮廷批判を展開させているのである。これが可能であるのは、ベルフィービーが、宮廷風のヒロインではなく、森に住むつつましい乙女として造型されているからに他ならない。森の乙女という隠れ蓑のお蔭で、エリザベス自身は、宮廷の享楽主義的な風潮とはあたかも無縁であるかのように示されるのである。

宮廷を忌み嫌う森の乙女としてエリザベスを描いたこの場面は、牧歌における女王賛辞の手法に倣っている。スペンサーは、『羊飼いの暦』を皮切りにしばしばこの手法を用いているが、エリザベスを鄙びた牧歌風世界の住人として描くことは、君主と臣下の階級差を消し去る虚構を構築する役目を果たした。ナンシー・ジョー・ホフ

マンの言葉を借りれば、「牧歌の民主化傾向」のトリックによって、女王は読者にとって身近な存在として演出されることになる。[*98]

さらに、宮廷と田園の対置という牧歌の伝統的なモティーフは、宮廷批判の矛先を女王からそらす上でも効果を発揮する。エリザベスは、宮廷の悪弊に染まらない、いわゆる〈緑の世界〉に配されることによって、平和と無垢の象徴として提示される。[*99] 前節でも見た通り、スペンサーはとりわけ、女王賛歌と宮廷風刺を併存させた牧歌を好んだようである。宮仕えの苦悩を嘆いた『コリン・クラウト故郷に帰る』も、エリザベスを「偉大なる女羊飼い」（二三四行）に喩えることで、辛うじてではあるが、堕落した宮廷と女王を切り離している。もっとも、晩年における詩人の宮廷に対する失望感を色濃く反映したこの詩では、詩人の主眼が風刺と賛美のいずれにあるのかにわかには判断しかねる。それに対して、ベルフィービーに託した詩人の意図は比較的明快である。宮廷人気取りのブラガドッチオーを叱責するベルフィービーは、宮廷風刺を巧みに利用した女王賛歌と言えよう。

だが、ブラガドッチオーがにせの騎士に過ぎないように、女王を表すベルフィービーもまた、ただの純朴な森の娘ではない。既に指摘されているように、この場面におけるベルフィービーとブラガドッチオー達の邂逅は、ウェルギリウスの叙事詩『アエネイス』におけるヴィーナスとアエネアスの邂逅のパロディーになっている。[*100] ベルフィービーの姿を見てトロンパートが発する「ああ、女神様」（二巻三篇三三連）という呼びかけは、狩に興じるニンフに姿をやつして現れた母ヴィーナスに対するアエネアスの呼びかけをそのまま模倣している。ここで、祖国再建を目指す英雄アエネアスを鼓舞するヴィーナスにベルフィービーを重ね合わせることにより、宮廷と田園の対置という牧歌風の趣向は、叙事詩ならではのひねりを加えられることになる。

牧歌の文学伝統においては、宮廷を〈労苦（negotium）〉に、田園を〈安逸（otium）〉に結びつけるのが約束事となっている。すなわち、権謀術数に明け暮れる宮廷での荒んだ生活は、笛を吹いて暢気に日々を過ごす牧人の安楽な暮らしと対比されるのが常である。[*101] ところが、このおきまりのパターンがベルフィービーとブラガドッチオーの会話では反転し、安楽は宮廷に、そして労苦と苦痛は森に見出される。艱難辛苦の末に武芸によって勝ち取る栄誉を重んじるベルフィービーが示しているのは、牧歌ではなく、叙事詩や騎士道ロマンスの理念である。優雅な狩衣を纏ったベルフィービーは、森の中で探求の旅を続ける遍歴の騎士の姿に重なり、臆病で怠惰なブラガドッチオーとの対比を際立たせる。乙女が戯れに獣を狩る弓矢は、騎士が戦場で振るう武器に変じ、乙女が吹き鳴らす狩猟の角笛は、戦いの喇叭となるのである。

牧歌と英雄叙事詩の融合は、『妖精の女王』全体を通じて顕著に見受けられる。*102 そもそも、「妖精の女王」という題名からして、〈緑の世界〉と騎士道ロマンスの混在を仄めかす。なかでも、楽園のような森に住みながら好戦的なまでに雄々しいベルフィービーは、まさに「牧歌的環境が生み出した英雄的人物」の典型と言えよう。*103 ただし、この場面で確認しておきたいのは、それが女王賛歌の言説に収斂していくプロセスである。ベルフィービーが置かれている牧歌風の設定は、エリザベスを虚飾と腐敗に満ちた宮廷から隔離し、素朴で平和な理想郷に住まわせる。一方、ブラガドッチオーを相手に騎士道精神を説くベルフィービーにより、エリザベスは、安逸を貪る堕落した宮廷人とは対照的な真の貴人として描かれる。スペンサーは、労働なくして産物に恵まれる黄金時代という牧歌風主題と、名誉を得るための労苦を謳いあげる騎士道ロマンスの概念の融合を図りつつ、それらを共に女王への称賛の言葉として供しているのである。

ベルフィービーがブラガドッチオーに語る多分に軍事色の強い名誉論は、騎士道ロマンスの伝統的な理念を体現している。名誉への飽くなき欲望は騎士を探求へと駆り立てる原動力となるが、その名誉の獲得は武勲によって達成されねばならない。ベルフィービーとブラガドッチオーのエピソードでとりわけ注目に値するのは、こうしたミリタリスティックな理念を体現する騎士が堕落した宮廷人と対比されている点である。ブラガドッチオーが夢想する快楽主義的な廷臣像は、ベルフィービーが理想化する騎士道とは明らかにかけ離れており、新たな宮廷批判の様相を呈している。

ここで改めてベルフィービーの名誉論を分析してみよう。先に引用した箇所（一六三頁）で、「名誉」が女性形の代名詞（she）に置き換えられていることに注目したい。「森や海や戦場に住む」のが常である女性として擬人化された名誉とは、話の展開から言ってもおそらく、森に住むベルフィービー自身を指していると考えられる。そして、その名誉が住む「幸せな館」にたどり着けない怠け者とは、ベルフィービーに触れようとするも失敗するブラガドッチオーに他ならない。ここには再び、建造物に見立てた人体のモティーフが見受けられる。スペンサーは、先に神殿になぞらえたベルフィービーの身体を、今度は「幸せな名誉の館」として呈示しているのである。

乙女の身体を「名誉の館」になぞらえる比喩としては、『祝婚歌』でスペンサーが花嫁を誉め称えた次の一節がある。

彼女の白いうなじは、大理石の塔のよう、
そして、全身は美しい宮殿のよう、
幾つもの立派な階段を上ると、
名誉の座に、貞節の甘き小部屋にたどりつく。
（一七七―八〇行）

ここで詩人は、花嫁の身体をやはり「名誉」が住む宮殿に喩えている。しかし、二つの比喩を比較すると、大きな違いがあることに気づく。花嫁を称えるブレイズンでは、「名誉」はいわゆる当時の家父長主義的価値観を反映した女性の名誉、すなわちすぐその後で述べられる「貞節」の美徳に限定されている。これに対して、ベルフィービーが体現するのは、婦徳ではなく、騎士が戦いによって獲得する社会的名誉を指している。その身体は、花嫁の身体を表す甘美な魅惑の宮殿とは対照的に、「不寝の番」が警備を固める難攻不落の要塞の趣を呈し、美しさではなく労働の汗と不断の警戒心を読者に印象づける。

実際、エリザベスの身体を騎士達が目指す名誉の殿堂に見立てた余興が、一五八一年五月の聖霊降臨日に、ホワイトホールに隣接した馬上槍試合場において御前上演されている。シドニーが一部執筆したとされる『欲望の四人の養い子』である。フランスからの賓客を歓待して催されたこの余興は、既に終息の気配を見せていたとは言え、未だ継続していたアンジュー公の女王に対する求婚を牽制する目的を有していた。女王が鎮座する野外観覧席はそのまま「完全な美の砦」(三巻七五頁)を表し、この要塞を包囲する四人の騎士とこれに応戦する騎士達の間で二日間にわたる熱戦が繰り広げられた。シドニーと友人フルク・グレヴィルらは、養母「欲望」に唆されて、「完全な美の砦」を我がものにせんと急襲する騎士に扮し、最終的には敗北を喫する。四人の欲望の騎士達は、オリーブの木を携えた使者を女王の元へと差し向けて恭順の意を示す。「この王国がかくも警護され美々しく飾られている限り、欲望は汝の最大の敵となる」(三巻九三頁)という箴言で締めくくられる使者の演説は、列席するフランスの駐英大使に突きつける最後通牒として解釈することができる。すなわち、「完全な美」を包囲しようと目論む「欲望の養い子」とはアンジュー公に他ならず、その敗北が何を意味するかはもはや明らかだった。[*104]実際には、この時期には既に反対派の意見が優勢を占めており、なおも時折アンジュー公に対して示される女王の媚態とは裏腹に、結婚の実現性は限りなく遠のいていた。この余興はイングランド宮廷の総意として女王自身が命じたものと推測する見解すらある。[*105]

こうした結婚反対派の政治的立場はベルフィービーとブラガドッチオーのエピソードでも共有されているが、興味深いのは、その提言がアンジュー公に対してというよりも、むしろ女王に向けてなされている点である。ベルフィービーの言葉によれば、「幸せな名誉の館」に入ることを許されるのは、「森や海や戦場で」名誉を勝ち得た者だけである。この騎士道ロマンスならではのミリタリズムに基づく名誉論は、スペンサーのパトロンであるレスター伯やシドニーら急進派プロテスタント貴族の主戦論を代弁している。それは同時に、武力衝突を極力回避し、外交的な宥和政策を優先させるエリザベスの軍事政策に対して痛烈な皮肉を浴びせかける。

テューダー朝における名誉をめぐる概念の変化を指摘した歴史家のマーヴィン・ジェイムズは、この時期に血筋よりも個人の資質や能力を評価する新しい名誉の概念が出現したことに着目し、それがレスター伯、シドニー、エセックス伯ら軍人貴族を中心に騎士道的な名誉崇拝の文化を構築した経緯を詳述している。[*106] そしてそれは、ともすれば軍人軽視の風潮を生みだしがちなエリザベスの軍事政策に対する不満へと結びついた。

スペンサーが仕えた貴族やパトロンとして援助を仰いだ貴族は、いずれも武闘派貴族であり、たびたび女王の不興を買っている。レスター伯やシドニーについては先述の通りだが、一五八〇年以降スペンサーが秘書として仕えたアイルランド総督のグレイ卿もまた、その強硬的な植民地政策を咎められて更迭されている。海の男ローリーは、スペインから制海権を奪うべく、再三探検航海の勅許を願い出たが、渋る女王を説得するのが毎度の課題だった。「外では武器を手に」苦労する騎士を高く評価するベルフィィービーは、これら軍人貴族が理想とする虚構の君主であり、決して現実のエリザベスではない。むしろ、こうした武人を擁護する名誉論をベルフィィービーに語らせることで、スペンサーは、〈義のための戦争〉を辞さない騎士道的君主という枠にエリザベスを嵌め込み、独自の処女王神話を構築しているのである。

ベルフィィービーは、呆気にとられたブラガドッチオーを後にすると、「荒涼とした未知なる森」（二巻三篇四三連）の深みへと立ち去る。それは、花々で飾られた髪をなびかせた乙女が軽やかに登場した「緑の森」（二〇連）の裏側を垣間見せ、牧歌から叙事詩への転換を決定づける。スペンサーがベルフィィービーを通して神話化したのは、イングランドに牧歌的黄金時代をもたらす女性君主の超越的存在ではなく、騎士道的君主のヒロイズムであり、その苦難と孤独だった。それは、一五八〇年代以降一層顕著となる処女王神話の重要な方向性を規定している。『妖精の女王』に代表される騎士道文学がエリザベス表象に果たした役割については、次章でさらに詳しく見ていくこととしたい。

第五章　ロマンシング・イングランド

――エリザベス朝の騎士道ロマンスブーム

ロマンスの女王

エリザベス一世没後の一六〇八年、ベイコンは女王を追悼する回顧録の中で、「エリザベス崇拝」のからくりについて、以下のように述懐している。

女王は、言い寄られたり口説かれたり、求愛されることがまんざらではなく、むしろ好きだった。こうした虚栄心の適齢期を過ぎた後もずっとそうだった。よく考えてみると、ここにはどう見ても感心すべき点がある。贔屓目に見れば、まるでロマンスに出てくる、恋の賛辞は受け入れても欲望は禁じる幸せな島の女王とその宮廷の話のようである。しかし、深く考えてみると、別の種類の感慨を禁じえない。なぜなら、こんな風に戯れたところで、女王の名声に傷がつくことはほとんどなく、その威厳が損なわれることは全くなく、権力が弱まることも、公務に差し支えが生じることもなかったからである。[*1]

ベイコンが感嘆するのは生涯ペトラルカ風の「つれなき乙女」を演じ続けたエリザベスの演戯性であり、そのシニカルな賛辞は、君主崇拝の虚構性をそれとなく指摘する。女王に取り入る宮廷人は、エリザベスを理想の女性として崇めるポーズを取り、女王もすすんでこの演技を受け入れる。特に目を引くのは、遊戯的な求愛に興じるエリザベスがロマンスに登場する女王に喩えられている点である。ここで言及されるロマンスとは、中世より継承された一大文芸ジャンルである騎士道ロマンスを指す。

イエイツやストロングの研究が詳らかにした通り、エリザベス朝の宮廷祝祭では騎士道文化のリバイバルが生じ、中世の騎士に扮した宮廷人達が参加する馬上槍試合が盛んに行われた。無論、騎士道趣味や中世主義はエリザベス朝の宮廷に限った現象ではない。馬術や武芸は貴族のスポーツとして常に嗜まれたし、馬上槍試合はルネサンス期のヨーロッパの宮廷祝祭ではおなじみの行事だった。例えば、若い頃は偉丈夫なスポーツマンだったヘンリー八世は、自ら馬上槍試合に参加し、派手な立ち回りで観衆を大いに沸かせたという。[*2] しかし、テューダー朝のイメージ形成において騎士道文化がその真価を発揮したのは、まぎれもなくエリザベス一世の宮廷においてであった。エリザベスには父王のように自ら武具を揮う選択肢はなかったものの、処女王に奉仕する騎士という構図は、女性君主のハンディを補って余りある演劇的効果をもたらした。それは、父祖の代には欠落していたロマンス色を新たに付与することによって、騎士道精神が潜在的に有しているサディスティックな暴力性を隠蔽し、より洗練された祝祭性の高いスペクタクルへの変容を促すことに成功したからである。[*3]

一二世紀の南フランスのトゥルバドールが「雅びな愛（fin'amor）」と呼んだ恋愛様式は、キリスト教的な禁欲主義や恋を情欲と同義と捉えるオウィディウス流の官能的な恋愛観から脱却し、恋の精神性を重視し、恋する女性への思慕をほとんど宗教的な境地にまで高めることによって、ヨーロッパの恋愛文学に革命的な変化をもたらした。[*4] その特徴の一つは、一般に女性の方が男性よりも身分が高い徹底的な格差恋愛にあった。いわゆる「宮廷風恋愛」と呼ばれるこの概念は、騎士道ロマンスを格好の受け皿として、さらに進化を遂げつつ浸透していく。例えば、クレティアン・ド・トロワの『ランスロ』以降アーサー王ロマンス文学の中枢を形成することになる、騎士ラーンスロットがアーサー王の妃グウィネヴィアに捧げる純愛と奉仕は、その典型と言えよう。

騎士道ロマンスでは、騎士達が想い人への恋慕を原動力として困難な探求に挑み、名誉を獲得する様子が描かれる。恋人を救うため、あるいは恋人からの評価やあわよくば愛を獲得するために、必死で努力して、超人的な成功を収めるのが騎士道ロマンスの英雄達である。つまり、トマス・マロリーの『アーサー王の死』の以下の有名な一節が示すように、現代とは異なり、恋愛は明らかに男性——特に高貴な男性——の文化だった。

だから、五月があらゆる者の庭で花を咲き誇らせるように、高貴な人はこの世で心を花と咲かせようではないか。まず最初に神に対して。そして次に真心を捧げる人の喜びのために。なぜなら、高貴な男女であれば、恋をしない人間などいないからだ。そして、武芸のほまれもおろそかにされてはならない。ただし、まずは神をあがめること、次いで愛する女性に大義を捧げること。こういう恋を私は気高い恋と呼ぶ。[*5]

引用部分にある「気高い（vertuouse）」という語は、ラテン語の「ヴィルトゥス（virtus）」に由来し、本来は男性的な勇気や侠気を意味した。

恋することによって、封建社会に生きる騎士が拠り所とする忠誠心、礼節、勇気、剛毅、克己心、慈愛など様々な美徳が生み出される。粗野で野蛮な男性を有徳の騎士へと変えるのは恋の力であり、女性の力に他ならない。このように〈恋の功徳〉を説いた宮廷風恋愛は、それまでとかく反社会的で不道徳な属性のみを与えられてきた恋愛を肯定的なエネルギーへと転換する新たな文化装置として機能した。騎士道ロマンスにおいて、恋愛という私的な欲望は、最終的には社会の安寧に貢献する公徳へと昇華される。まさに、恋は世のため、人のため——恋愛至上主義と女性崇拝を掲げる宮廷風恋愛は、騎士道ロマンスへの流入を経ることによって、〈男の恋〉の社会的活用という画期的な方向性を有することとなった。[*6]

そして、宮廷風恋愛の概念を包摂した騎士道ロマンスは、処女王を戴くエリザベス朝の宮廷において女性君主と男性宮廷人の双方に対して格好の政治的レトリックを提供する。女王と家臣の関係は擬似恋愛のそれに置き換えられ、求愛の演戯は、宮廷人がその政治的野心を実現する上で必須の処世術となった。ただし、アーサー・B・

ファーガソンが指摘するように、騎士道ロマンス熱はエリザベスの即位と共に高まったわけではなく、治世の初期の頃はそれほど目立った騎士道の奨励は見られない。[*7] ストロングも、エリザベス朝において馬上槍試合が公式の宮廷行事として定着するのは一五八一年の『欲望の四人の養い子』（本書第四章参照）以降であるとしている。[*8] つまり、エリザベス朝における騎士道文化の流行は、アンジュー公との縁組の破談により、女王の結婚・出産の可能性が消滅し、処女王神話がいよいよ確立した一五八〇年代以降の現象である点に改めて注意を払う必要がある。ベイコンが皮肉交じりに指摘するように、現実の恋愛の可能性が消え、「こうした虚栄心の適齢期を過ぎた後」にこそ、ロマンスの女王としてのエリザベス表象が始まるのである。

その際に、女王への求愛のレトリックを最大限に活用することによって、エリザベス一世の宮廷で空前絶後の盛り上がりを見せた騎士道的祝祭が二つある。一つは、女王の即位記念日である一一月一七日に催された馬上槍試合であり、もう一つは四月二三日の聖ジョージの祝日に行われたガーター騎士団の叙任式典である。

エリザベス一世の即位記念日を祝う慣例は、宗教改革と君主制の確立が同時進行したイングランド特有の事情を反映している。宗教改革によって、神と人との仲介者はイエス・キリストのみと定められた結果、聖人によるとりなしという考えが否定されると、従来の聖人崇拝は壊滅的な打撃を受ける。それまで教会を飾ってきた夥しい数の聖人像や聖遺物や聖廟が消滅したばかりではなく、聖人崇拝に基づく祝日が教会暦から一掃された。[*9] これを受けて、従来は様々な地方都市で行われていた祝祭も大きな修正を迫られ、聖史劇や聖人を祀る行進といった余興は廃止に追い込まれた。これに代わる形で新たに浮上したのが、「女王の日」という名で呼ばれたエリザベスの即位記念日を祝う祝祭である。

「今日という日から世界が終わる日まで／クリスピンとクリスピアンと言えば／必ずわれらのことが思い出されるだろう」（四幕三場五七―五九行）――シェイクスピアの『ヘンリー五世』において王が兵士を鼓舞して語る台詞は、聖クリスピアンの祝日をアジンコートの戦勝記念日に巧みにすり替えて観客の脳裏に刻み込む。[*10] ちょうどそれと同様に、一一月一七日のエリザベスの即位記念日もまた、聖ヒューの祝日と入れ替わる格好で一五七六年に導入され、以後その関連式典は国家行事としての様相を呈していく。[*11] 一五七七年に「一一月一七日に歌うこと」と但書きを付されて出版されたバラッドは、表向きは神に捧げる感謝の祈りという体裁をとりつつも、君主礼賛の意図で貫かれている。

我らは汝を讃える。
我らがこの世にある限り汝を讃える。
汝は我らにかくなる贈り物を与え給い、
大いなる慈悲をお示し下さった。
そは我らが気高き女王エリザベス、
今日という日に
王国を統べるべく王位に就かれた。
主よ、陛下を祝福し、守りたまえ。[*12]

このバラッドを出版した書籍商クリストファー・バーカーは、ちょうど同時期に王室が発行する布告を独占的に出版する特許を有する王室印刷業者に就任している。[*13] それだけに、即位記念日のストリート・バラッドは、最新の大衆メディアを利用した王室による情報戦略の可能性を疑いたくなるが、どうやらそれは速やかに効力を発揮したようである。一五八四年から翌年にかけてイングランドとスコットランドを旅したドイツ人貴族ルポルド・フォン・ヴェデルは、「女王の日」を「聖エリザベスの日」と呼んでおり、宗教的祝祭が君主崇拝の世俗的祝祭へと粛々と転用された形跡を認めることができる。[*14]

そして、即位記念日の最大の余興となったのが、王宮ホワイトホールの競技場にて盛大に催された馬上槍試合（図13）だった。一五八〇年代前半に執筆されたと推測されるシドニーの散文ロマンス『アーケイディア』には、イベリアの女王の結婚記念日に「いかに女王が人々に愛されているかを世に知らしめる公式行事」の一つとして七日七晩を徹して馬上槍試合が盛大に催される場面がある。[*15] シドニー自身が馬上槍試合の名手だったことを踏まえれば、ここにはまぎれもなくエリザベス女王の即位記念日の祝祭の様子が投影されていると考えてよいだろう。

図13　馬上槍試合の様子

企画・運営において中心的な役割を担ったのは、一五九〇年に引退するまで「女王の騎士」なる役職を務めたサー・ヘンリー・リーである。リーの墓碑には「即位記念日の馬上槍試合という後代のオリンピア祭典を盛り上げることで女王陛下への敬意を表した」功績を称える銘文が刻まれている。[*16]

　馬上槍試合は、まさに中世の騎士道ロマンスの再現といった趣を呈した。試合では、対戦する騎士が馬に乗って疾走しながら、刃留めを施した槍で相手の兜あるいは胸甲を突き、折れた槍の数が得点となる。[*17] 馬上槍試合が現代のスポーツ観戦さながらの娯楽を提供したことは間違いないが、ことエリザベス朝の馬上槍試合となると、騎士が競うのは馬術や武芸の腕前だけではなかった。競技場に入場する宮廷人達はそれぞれ意匠を凝らした騎士の扮装をして試合に臨み、同じく扮装した従者が主君の盾を掲げ、女王に対する主君の愛と忠誠を誓う韻文あるいは散文の演説を観覧席の女王の御前で朗々と読み上げた。[*18] 演説はやがて芝居仕立ての余興となり、そのためにプロの役者や楽隊が呼ばれることもあった。[19] いわば体育会系の祝祭がにわかに文化系の祝祭へと変容したのが、エリザベス朝の馬上槍試合である。

こうした変化は、インプレーザと呼ばれる盾の紋章の重要性が増したことにも窺える。初期の頃は、インプレーザも他のヨーロッパ宮廷の受け売りだったらしく、レスター伯がイタリアで出版されたインプレーザのデザイン集をわざわざ買い求めて、その中に掲載されていた図案を使用した事例が残っている。しかし、一五七〇年代後半以降になるとオリジナルのインプレーザが求められるようになり、文学的な創意工夫を凝らしたデザインが考案されるようになった。[20] そして、一五八〇年代初頭には、試合後にインプレーザを集めて、ホワイトホールの特設ギャラリーに陳列することが慣習化する。[21] 出場者へのプレッシャーたるや相当だったに違いない。シェイクスピアも、ラットランド伯のインプレーザの図案を考案するために駆り出され、四四シリングもの高額の報酬を得ている。[22] もはや求められているのは武芸ではなく、シドニーや後述するエセックス伯のように、自らを物語化する詩才こそが、花形騎士の条件となっていく。

即位記念日の馬上槍試合について注目したいのは、戴冠式のパジェントと同様、これがロンドン市民に対して開放されており、多分に劇場型の特性を有していた点である。馬上槍試合は、既にヘンリー七世の時代から入場料を取る形で一般市民に公開されており、先述のドイツ人旅行者のフォン・ヴェデルの観戦記によると、「数千人の男女や子供の観客」が詰めかけている。[23] 一般観衆は、現代で言えばサッカー場ぐらいの大きさの長方形の競技場を取り囲む形で二列に設置された観覧席で朝から夕刻まで試合を見物した。[24] 豪華なタペストリーで装飾された貴賓席に現れる女王や貴族や外国からの賓客を見物するのも、娯楽の一つだったに違いない。一シリング（一二ペンス）という入場料は、当時の職人の日当の半分あるいは四分の三に相当する。グローブ座をはじめとする公衆劇場の桟敷席が二〜三ペンスだったことを考えれば、決して安い金額ではない。[25] それでも、馬上槍試合は興行としても立派に成立するだけの人気を誇っていたらしい。ホワイトホールには常設の観覧席が設けられたし、安普請で作られた木造の仮設の観覧席が崩落する大惨事も生じている。ともあれ、エリザベス朝における騎士道文化は決して王侯貴族の専有物ではなく、広く一般大衆に浸透していたことは注目に値する。これについては、本章の最終節で改めて詳しく論じることとしたい。

エリザベスの宮廷における騎士道ブームの多分に政治的な要素は、ガーター騎士団の発展と変容にも窺うことができる。現在もイギリスの勲爵位の最高位として知られるガーター勲位は、一三四八年にエドワード三世がアーサー王の円卓の騎士団に倣って創設したものである。[*26] 一二世紀末の十字軍遠征の際にイングランド兵達の間で熱烈な崇敬を受けた聖ジョージが騎士団の守護聖人に定められ、ウィンザー城に建設された聖ジョージ礼拝堂がその本拠地となった。この中世色の濃い騎士団はエリザベス朝において再び脚光を浴びることになるが、即位記念日の制定と同様、ここにもまた、宗教改革後のイングランドならではの修正が窺える。まず一つは、ガーター騎士団の根幹にあった中世カトリック的な聖人崇拝の性質を排除し、それを君主崇拝へと転用したことである。[*27] そしてもう一つは、中世の騎士団が掲げていたイスラム教徒に対するキリスト教徒の聖戦という旗印を、カトリックに対するプロテスタントの聖戦へと転換したことである。

この転換は、本来騎士道ロマンスに内在する特性とも連動している。そもそも、騎士道とは、君主に対する貴族の忠誠を賛美し、両者の同志的連帯感を強化する。それは、名誉に対する騎士個人の飽くなき探求心を美化することによって、軍人貴族の士気を鼓舞する効果を発揮する。かくして、騎士道文化の理念がエリザベス朝の宮廷政治において活用される時、それはもはや処女王賛歌のレトリックに供されるだけではなく、反カトリックの外交政策を主張するレスター伯やシドニーら武闘派プロテスタント貴族達に対して格好の象徴体系を提供することとなった。

実際、エリザベス朝の宮廷における騎士道文化の流行は、一五八〇年代以降のイングランドの軍事政策の行方と密接に関連している。アンジュー公との結婚交渉の決裂は、女王の非婚を決定づけただけではなく、イングランドがカトリック国との関係を断ち切り、ヨーロッパのプロテスタント諸国の守護者として存在感を強める軍事政策へと転じることをも意味していた。[*28] 騎士道文化がこうしたイングランドの路線変更を反映する形で昂揚したことにも、留意する必要がある。

折しも、一五八四年の夏、ネーデルラントをめぐる情勢は急転直下の展開を見せる。[*29] まず、この年の六月、ネーデルラントにとってはフランスからの支援の命綱であったアンジュー公が亡くなる。そして、その衝撃が覚めやらぬ七月に、オラニエ公がデルフトの自邸で暗殺されるというショッキングな事件が起こる。こうした事態を憂慮したバーリー卿とエリザベス女王は、ついに本格的な軍事介入を決定し、翌年の八月に締結されたナンサッチ条約で女王はネーデルラントに六〇〇〇人の兵を派遣することを宣言する。その総司令官に任命されたのはレスター伯だったが、これは一〇年以上に亘ってネーデルラントへの軍事支援を主張し続けてきたレスター陣営の悲願達成を意味していた。レスター伯を誹謗中傷した『レスター王国』が一五八四年にパリで出版されたのは、今まさに絶頂期を迎えようとしているレスター伯と勢いづく急進派プロテスタントの勢力をそぐための決死の反撃に他ならなかった。

しかし、カトリック系貴族によるレスター・バッシングが効を奏することはなく、一五八五年一二月、レスター伯は粛々と、イングランド兵とオランダ兵の連合軍を率いるべくネーデルラント入りを果たす。レスター伯一行は、援軍を待ちかねたオランダ人による熱烈な歓迎を受け、ハーグへと進軍する一行のために壮麗な祝祭が催される。[*30] それが単なる一総司令官に対する儀礼をはるかに超えていたことは、誰の目にも明らかだった。志半ばで非業の死を遂げたオラニエ公の後継者として登場したレスター伯の前に、エリザベス女王の威光が遠くかすんでいたことは想像に難くない。

それは例えば、レスター伯のハーグ入りを記念した祝祭の模様を描いた銅版画集からも窺える。アーサー王に比されたレスター伯の像をやぐらの上に祭り上げた様子を再現した銅版画に添えられた韻文は、「栄光の女王《グロリアーナ》」ではなく「栄光の君主」を称えている。

ブリテンを統治した力強きアーサーは、消えることのない不滅の栄誉でもって、人民を虐げる輩を一掃し、その御世の正統なる信仰を守護し、栄光の君主として記憶に留められる。貴殿が第二のアーサーとならんことを望む。[*31]

『レスター王国』をレスター伯のいわゆる〈黒い履歴書〉とするならば、二年後にハーグで出版されたこの銅版画集はそれと好対照を成す作品と言える。

しかし、ここで留意したいのは、この銅版画集は、反レスター派が侮蔑と揶揄をこめて呪詛した「レスター王国」をまさに視覚的に具現化した作品だという点である。『レスター王国』は、女王の特権を搾取する王位簒奪者としてレスター伯を糾弾したが、銅版画集は全く同じ論理を導きかねない危険性を秘めている。出版が実現したのは女王の目に触れる心配のない海外だからだったと考えることも可能で、事実ネーデルラントにおけるレスター伯の権力の強大化は、レスター伯と枢密院によって女王からはひた隠しにされていたのである。[*32]

そもそも、封建社会の崩壊、そして戦争形態の近代化に伴い、騎士道が実質的な存在意義を失ったにもかかわらず生き延びたのは、その軍事的理想主義が貴族階級の存在理由として受容されたからに過ぎないという見方が強い。[*33] エリザベス朝の宮廷政治において特に重要なのは、騎士道ロマンスのレトリックを政治的野心の実現に利用したレスター伯、シドニー、そしてエセックス伯である。これら三人の宮廷貴族が共有した騎士道的エートスに着目したリチャード・マッコイの研究は、イエイツやストロングが説いた帝国主義のシンボリズムではなく、貴族が君主に挑む権力闘争としてエリザベス朝騎士道文学の特異性を解明している。君主制の礼賛ではなく、貴族階級、特に軍人貴族の精神的支柱としての騎士道文化は中世研究においても既に指摘されているが、エリザベス朝における騎士道ロマンスブームを、君主制への懐疑と、レスター伯のネーデルラント遠征に象徴される急進派プロテスタント貴族のミリタリズムの高まりに結びつける視点は重要である。スペンサーの『妖精の女王』とシドニーの『アーケイディア』、エリザベス朝騎士道ロマンス文学の双壁を成す二作品がレスター伯を中心とする武闘派貴族の精神文化の中で胚胎されたことは、決して単なる偶然ではなかったのだ。

宮廷祝祭の寵児

ただし、ガーター騎士団の場合には、こうした騎士道文化に内在する男性中心主義を抑制する特性が備わっていたことも事実である。そもそもこの騎士団の創設をめぐっては、ある艶笑譚が存在する。それは、舞踏会で貴婦人が落としたガーター（靴下止め）を拾いあげたエドワード三世が、居並ぶ宮廷貴族のよからぬ妄想を制すべく、「悪しき思いを抱くものに禍あれ」と言い放ち、女性の名誉への崇敬を命じて騎士団を創設したという逸話である。ガーターの持ち主については、王妃とする説と、王の恋人であるソールズベリー伯夫人とする説の二つが存在した。[*34] テューダー朝の古事研究家によって発掘されたこの俗説は人口に膾炙し、本来はフランスとの戦争に向けて戦意高揚を図るために創設されたガーター騎士団に、宮廷風恋愛を包摂した騎士道ロマンス文学の伝統に根ざした女性崇拝の理念を付与する。このロマンス的な騎士団が処女王崇拝に沸くエリザベスの宮廷でかつてない盛り上がりを見せたのは、当然と言えば当然の帰結であった。

エリザベス朝におけるガーター騎士団の最たる特徴は、この宮廷秘儀を民衆に対して徹底的に可視化した点にあった。即位記念日の馬上槍試合と同様に、ガーター式典もまた、次第に国家行事としての性格を強め、宮廷貴族のみならず市民の目をも楽しませる娯楽としての要素を帯びるようになる。式典に参列するために街路を行く騎士は華麗な衣装に身を包み、時には数百名から成る供を従え、さながら凱旋行進の趣を呈した。[*35] ウィンザー城を開催地とするのが代々の習わしだったガーター式典がエリザベス朝になるとホワイトホールで催されるようになったのも、式典を観覧するロンドン市民にとっての利便性を考慮した女王の意図があったと推測されている。[*36] ガーター式典が民衆にとっても一種の余興と化していた様子は、ヴュルテンベルク公爵より派遣されて一五九五年の式典に参列したドイツ人使者の報告から窺うことができる。

多くの民衆が詰めかけたので、聖堂は大変な混雑ぶりだった。礼拝が執り行われ、祈りが捧げられると、騎士達が先述の順番で城の中庭へと歩き、女王陛下がその後に続く。陛下の頭上には、赤い縁取りを施した金布の天蓋が四人の人間によって掲げられている。陛下の供は貴族の男性が務め、その後に宮廷女性達が続く。この順番で一行は中庭の周囲を、全員がよく見えるようにとの配慮から三度練り歩いた。女王陛下は皆に対して、跪いている卑賤な者に対してすらもお言葉をかけられた。[*37]

そして、ガーター式典のショー化とも呼べるこうした現象が特に顕著になったのが、エリザベス一世の最晩年に相当する一五九〇年代だった。ロイ・ストロングによると、式典に出席するガーター騎士の行進がパジェント化するのは一五九〇年以降の現象である。一五九七年には、過熱する傾向に歯止めをかけるために、新たに選出されたガーター騎士については随行する従者の数を五〇名以下に制限する命令が出されたほどだった。[*38] ジョージ・ピールの『ガーターの名誉』、スペンサーの『妖精の女王』、シェイクスピアの『ウィンザーの陽気な女房達』等、ガーター式典に材を取った詩作品や戯曲が一五九〇年代に集中しているのは、市民文化への宮廷祝祭の浸透という傾向と連動している。

では、なぜ、この時期の宮廷祝祭がこれほど大衆的な人気を博し、活況を呈したのか。祝祭を興行的に成功させるには、傑出したスターの存在が不可欠である。一五九〇年代の宮廷祝祭に多くの一般観衆を動員する立役者となったのは、老齢化した女王ではなく、一五八〇年代後半に彗星の如く登場した第二代エセックス伯ロバート・

デヴルーだった。

ここで、ヴィクトリア・アンド・アルバート博物館が所蔵する一枚のミニチュア絵画に目を留めてみよう（図14）。エリザベス朝随一の宮廷画家ニコラス・ヒリアードの手になるわずか縦一二センチ、横七センチほどの細密画は、美貌の貴公子が何やら思い悩む風情で胸に手を当ててうっとりと遠くを見つめる様子を描いている。まるでその吐息が聞こえてきそうなこの絵のモデルは長らく不詳とされてきたが、ストロングによってエセックス伯と同定された。[*39] おそらくエセックス伯がこれを描かせたのは一五八七年から翌年にかけての時期、エリザベス一世の寵愛をめぐってローリーをはじめとする他の廷臣たちと熾烈な争いを繰り広げていた頃である。この時まだ二〇代前半のエセックス伯は、宮廷に伺候するようになったばかりの新入りだったにもかかわらず、母親との再婚によって義父となったレスター伯の後ろ盾もあって女王の覚え目出度く、早くも一五八七年の一二月二八日には義父の跡目を継いで主馬頭に任じられ、翌一五八八年の四月二三日には栄えあるガーター騎士団入りを許可される。

ヒリアードの絵は、そんな順風満帆の現実とは裏腹に、エセックス伯を憂いに沈む若者として演出している。

図14　ニコラス・ヒリアード「薔薇の茂みの若者」（1587–88年頃）

若者の頭上に記されたラテン語の銘文「我が栄えある忠心こそ我が苦しみのもと」は、五五歳の女王の愛顧を得ようと腐心する青年貴族の政治的求愛を、手の届かぬ高貴な女性への報われぬ恋に苦しむ宮廷風恋愛に置き換えて呈示する。青年がまとう衣装の白と黒は、エリザベスがとりわけ好んだ色の組み合わせとして知られる。咲き乱れる薔薇はテューダー家の象徴であり、特に純潔を表す白薔薇は処女王エリザベスその人を表す。「イングランドの最も偉大な時代の栄華、ロマンス、抒情性、そしてせつない哀しみの全てが凝縮されている」とストロングを感嘆させたこの絵は、たしかにエリザベス朝宮廷文化のロマンス趣味を見事に具現している。[*40]

野心溢れる若い貴族にとって、騎士道的なオーラを纏った宮廷祝祭行事は、自身の英雄的資質《ヴィルトゥス》を女王のみならず市民に対しても誇示する絶好の機会を提供した。こうした宮廷祝祭が市民に対して発揮する訴求力を熟知すると共に、それを最大限に活用したのが、エセックス伯だった。レスター伯もまた、パジェント好きで知られたが、エセックス伯には、自ら詩想溢れる文学的な趣向を凝らす詩人としての才があり、そしてそれを見事に演じきる天性の役者とも言うべき資質も備わっていた。

即位記念日の馬上槍試合にエセックス伯が初めて登場したのは一五八六年だが、これはシドニーの戦死という悲劇的な結末を迎えたネーデルラントの戦地から帰国した直後のことだった。[*41] 一五八〇年代の馬上槍試合で圧倒的な存在感を誇ったシドニーの人気を継承する形で登場したエセックス伯は、またたく間にそのスター性を発揮する。一五八八年にガーター勲位を授与されたエセックス伯は、端麗な容姿と華麗ないでたちで女王とロンドン市民を魅了する。高貴な美徳は公に示されて初めて価値を有すると考えるエセックス伯は、公式行事にかける金に糸目をつけなかった。同年のアルマダ戦勝を記念するパレードでは、二〇〇名の騎馬隊と一〇〇名を超す銃兵隊にデヴルー家の色であるオレンジと白の豪華なお仕着せを着せて登場させた。[*42] 一五九〇年には、シドニーの未亡人との秘密結婚が発覚して女王の不興を買うも、この失点を挽回すべく、エセックス伯は前代未聞の驚くべき大胆な行動に出る。その年の即位記念日の馬上槍試合に、喪服に身を包んだ姿で霊柩車に乗って登場し、女王の寵愛を失った我が身の〈死〉を悼んでみせたのである。[*43]

騎士道ロマンスを地で行くエセックス伯の大芝居がロンドン市民を熱狂させたことは、想像に難くない。一五九〇年代における宮廷祝祭の大衆的人気の背景にはエセックス伯の存在があったこと、そして、エセックス伯の関心の対象が次第に女王から市民へと移行したことは、エリザベス朝末期における宮廷祝祭と市民祝祭の相関関係を考える上で興味深い問題を提起する。エセックス伯の私設秘書ヘンリー・ウォットンは、エセックス伯が女王を楽しませることよりも、自分を見るために押し寄せる何千人もの群衆を喜ばせることに夢中になった「危険な傾向」を後に指摘している。[*44]

それを端的に表しているのが、一五九五年の即位記念日の馬上槍試合でエセックス伯が披露した余興である。『愛と自己愛について』と通常呼ばれるこの余興は、槍試合の前に行われた仮面劇と、夕食後に披露された演説の二部から構成されている。エセックス伯が扮する「愛の騎士」ことエロフィラスは、自己愛の寓意である女神フィローティアによって、女王への愛を捨てるように勧められる。フィローティアが差し向ける学者、軍人、政治家は、それぞれ自分達の職業の素晴らしさを滔々と語り、エロフィラスの説得にかかる。しかし、志操堅固なエロフィラスはフィローティアの誘いを拒み、従者の口を通して女王への愛と忠誠が高らかに宣言される結末で劇は終わる。

この祝祭の寓意を素直に解釈すれば、エセックス伯が自己の出世や願望充足ではなく女王への愛を優先することを表明していることになる。むやみに功を焦るのではなく、まずは女王の愛顧を得ることに専念せよ、というのは、余興の執筆者と推測されるベイコンが当時パトロンであるエセックス伯に再三試みた忠言だった。しかし、実際にこれを見物した観衆が果たしてそのようにこの仮面劇の寓意を受け止めたかと言えば、それは甚だ疑問である。というのも、学才、武勇、政治力と言えば、それはまさに自他ともに認めるエセックス伯の美点であり、余興はむしろエセックス伯の強い自負心を滲ませる内容になっているからだ。[*45]

実際、ピールがこの余興を韻文でリポートした『イングランドの祝祭』によると、ピールは女王よりもエセックス伯への称賛として仮面劇の寓意を理解していたようである。

純白と美しい淡紅色の
目にも鮮やかな襟をまとって最初に登場したのは、
若年ながらその学識と
武芸の誉れで世に聞こえる
気高きエセックス伯。
その静かな入場、そして黙劇役者の所作によると、
伯爵は諸方面から請われている模様。
まず一つには武人の道を歩むようにとの誘い。
なるほどそれはよい。
奇策、軍略の技を存分に揮うことだろう。
もう一つの道は、
政務を統べ、国家が進む道を示し、
深遠なる助言でもって
国家の重い屋台骨を支えること。
なるほどそれもよかろう。
どちらも高邁な伯爵にふさわしい。
一方の職の重厚さは

他方の職の尊さをいや増し、
大臣の式服は武装に箔をつけ、
騎士道は伯爵の評判をさらに高めることだろう。

（一九〇―二〇九行）[*46]

ベイコンと同様にピールもまた当時エセックス伯の庇護を求めていただけあって、伯爵への追従は明白である。しかし、『愛と自己愛について』を観た観客の大半もまた、おそらく同様の見方をしたのではないだろうか。歓声渦巻く競技場では自己愛と愛の論争といった道徳的かつ哲学的な命題は吹き飛び、観客の視線はもっぱら美々しく着飾ったエセックス伯に注がれる。この仮面劇を、女王賛歌ではなく、エセックス伯が仕組んだ自己宣伝の一環として解釈することは十分可能である。[*47]

ここで、「薔薇の茂みの若者」を、やはりヒリアードがエセックス伯を描いたもう一枚の細密画と並置してみよう。一五九五年頃に描かれたこの肖像画（図15）は、『愛と自己愛について』が上演された即位記念日の馬上槍試合におけるエセックス伯の雄姿を描いたものと推定される。豪華な甲冑に身を固めた長身痩躯のエセックス伯の右腕には、女王の寵愛の印としてその手袋が結わえられている。しかし、この絵が誇示するのは、エセックス伯が受ける女王の愛顧だけではない。美々しく飾り立てた馬を引く従者の背後には、天幕を張り巡らせた現実の戦場が描き込まれている。この後景は、前景に描かれた馬上槍試合の祝祭性を、エセックス伯が義父レスター伯や

図 15　ニコラス・ヒリアード「第二代エセックス伯ロバート・デヴルー」（1595 年頃）

畏友シドニーより継承した武闘派プロテスタンティズムのシュプレヒコールにすり替えて呈示する効果を有している。実際、この絵が描かれた一五九五年、エセックス伯は、内乱に喘ぐフランスへの軍事支援を主張し、これを渋る女王やバーリー卿と対立しながら宮廷における主戦論を牽引していた。

一五九〇年代に入ると、一五八八年の華々しいアルマダ戦勝は早くも過去の栄光となり、スペインが差し向ける「第二のアルマダ」の脅威が現実のものとなりつつあった。その発端は、フランスの王位継承をめぐって急変したヨーロッパ情勢にある。[*48] アルマダの翌年の一五八九年、フランス国王アンリ三世がギーズ派に暗殺された後を受け、イングランド国民にも親しまれてきたナヴァール王がアンリ四世としてフランスの王位に就く。しかし、新たなプロテスタント君主の登場に危機感を強めたフェリペ二世は、翌一五九〇年にフランスのブルターニュ地方に侵攻する。ただでさえ国内の宗教抗争に手を焼くアンリは、この火急の事態に、かねてより良好な関係を保ってきたイングランドに援軍を求める。かくして、かつてネーデルラントへの軍事支援の是非をめぐって対スペイン政策の大きな軌道修正を迫られたイングランド政府は、今度はフランスへの軍事支援という難題を突きつけられることとなる。汎ヨーロッパ的なプロテスタント同盟の盟主として軍事支援を行うべきか、それともスペインとの直接対決は極力回避する慎重策を取るべきか――一五七〇年代末から八〇年代前半にかけて枢密院を二分した議論が再浮上し、海外派兵には常に消極的だった女王の迷いが混乱に拍車をかけるという同じ構図が繰り返された。

この悪夢の再来とも言える状況をさらに悪化させたのは、一五八〇年代にあっては主戦論者のレスター伯と慎重派のバーリー卿の間で辛うじて保たれていた権力バランスと協働態勢が、一五九〇年代のエセックス伯とセシル父子（バーリー卿ウィリアム・セシルとその息子ロバート・セシル）の間では次第に綻びを見せ始め、派閥抗争の兆しが生じつつあったことだ。近年の修正主義的な歴史学研究においては、一五九〇年代の派閥主義に関しても従来よりも慎重に捉える傾向がある。エセックス伯とセシル父子にしても、かつてはその対立関係のみがクローズアップされがちだったが、バーリー卿はもともと早くに父親をなくしたエセックス伯の後見人であり、エセックス伯の母と再婚したレスター伯と共に代理父的な役割を果たしている。[*49] 例えば、一五九一年にはエセックス伯が熱望したフランスのルーアンへの出兵を認めるようにバーリー卿が女王に進言するなど、少なくとも一五九〇年代初頭は両者は良好な関係を保っていた。[*50]

こうした関係に亀裂と言わないまでも微妙な変化が生じたのが、エセックス伯が枢密院入りを果たした一五九三年だった。この年、エセックス伯は友人のベイコンを法務総裁の位に就けようと奔走し、別の候補者を推薦していたバーリー卿と対立する格好になる。[*51] エセックス伯は、この時期それまでの軍人としてのキャリアを軌道修正し、ヨーロッパ外交を専門とする政治家への転身を模索していた。つまり、軍人エセックス伯と官僚セシル父子の住み分けが解消され、内政という同じ土俵で両者が競合し始めたのが一五九三年であり、ベイコンの官職斡旋をめぐる二人の軋轢はそれを端的に示す事例となった。そして、自身の外交手腕を女王に認めさせたいエセックス伯が切り札としたのが、二人の義父ことレスター伯（母の再婚相手）とウォルシンガム（妻の父）から継承した武闘派プロテスタンティズムの政治信条だった。

薔薇の茂みに佇む恋患いの貴公子と戦場を背景に屹立する騎士――エセックス伯を描いた二枚の対照的な肖像画は、さながら一枚のコインの表と裏のように、エセックス伯という稀代のエリザベス朝宮廷人の生きざまを浮かび上がらせる。エセックス伯は、当初は女王の寵愛を一身に受けるものの、持ち前の政治的野心と高慢な気性から次第に女王やセシル父子との対立を深め、自身の理念に賛同する貴族達の精神的・政治的指導者としての役割を自ら任ずるようになる。

いわゆるエセックス・サークルの勢力拡大を実感させるのが、『愛と自己愛について』と同年、一五九五年の懺悔節にグレイ法学院によって宮廷で御前上演された『プロテウスの仮面劇』である。作者のフランシス・デイヴィソンは、ベイコンと同じくエセックス伯の庇護を受けており、エセックス伯の武闘派プロテスタント政策とも因縁浅からぬ関係がある。[*52] デイヴィソンの父ウィリアム・デイヴィソンは、ウォルシンガムと共に首席秘書官を務めた人物だったが、スコットランド女王メアリーの処刑を命じる令状を発行した際に、王族の処刑には最後まで難色を示したエリザベスの怒りを一身に浴び、ロンドン塔に投獄される憂き目に遭っている。メアリーは、祖国スコットランドを追われた後はイングランドで軟禁生活にあったが、カトリック系貴族やスペインが画策するエリザベスに対する陰謀事件に幾度も関わった。メアリーの処刑は、ネーデルラント出兵と並び、レスター伯やウォルシンガムら反カトリック主義を主張する貴族達の宿願だったものの、デイヴィソンの父はその一番の貧乏籤をひかされたと言える。デイヴィソンが『プロテウスの仮面劇』を執筆したのは、自分のキャリアはおろか、父親の名誉回復の兆しすら未だ見えぬ時だった。

『プロテウスの仮面劇』のプロットは、グレイ法学院のクリスマス祝祭のクリスマス王ことパープール王の従者とプロテウスの対話で説明される。パープール王は、ロシア遠征からの帰還の途上、海神プロテウスを捕縛する。得意の変身術をもってしても逃れられないと悟ったプロテウスは、「海の帝国」（八二頁）の支配権の象徴である伝説の鉱石アダマントを進呈することを申し出ると共に、交換条件を提示する。[*53] アダマントの力をも凌駕する王者のもとに自分を連れていくように、というものである。勝算のあるパープール王は、これに応じるばかりか、自信満々に、七名の騎士と共に自らがプロテウスの捕囚となってアダマントの岩に幽閉される条件をさらに付け加える。奇跡は、客席にいる「臣民の真のアダマント、いとも高貴な女王」（八三頁）であるエリザベスによって造作なくもたらされる。プロテウスは、「この世の王者と海の覇者達がこぞって崇める」（八五頁）至高の君主エリザベスへの拝謁がかなったことへの感謝の印として、アダマントの岩を打ち砕き、王達を中から解放する。

一見すると、『プロテウスの仮面劇』は、いかにも宮廷好みのあからさまな君主崇拝に徹しているかのように思われる。しかし、マッコイが指摘するように、この仮面劇の真の結末は別に用意されており、この劇が単なる女王賛歌ではないことを示唆している。[*54] 仮面劇と言えば、通常は客席の男女も参加するダンスで締めくくられるが、

『プロテウスの仮面劇』の場合は、矢来をめぐらせた屋外競技場に祝祭の場を移し、エセックス伯とカンバランド伯の馬上槍試合が行われたのである。女王礼賛よりも男性主義的な軍事的名誉への称賛を読み取り、『プロテウスの仮面劇』をエセックス伯が牽引する武闘派プロテスタンティズムのプロパガンダとして読み解くマッコイの解釈は、なるほど示唆に富む。かつてレスター伯がインナーテンプル法学院のクリスマス祝祭にパラフィロス王として臨席し、ペガサスの騎士団の余興に興じたように、エセックス伯もまたグレイ法学院の祝祭余興を通して、若い学生達と騎士道的な契りを結ぶ。

法学院生をも惹きつけたエセックス伯の騎士道的理念についてさらに注目したいのは、それが友愛の精神と分かちがたく結びついていた点である。友人を大事にするエセックス伯の一面を語る際に必ず取り上げられるエピソードが、『プロテウスの仮面劇』の上演とちょうど同時期に生じていた、例のベイコンの官職斡旋をめぐるエセックス伯の献身的な努力である。法務総裁は、まだ何ら目立った実績を持たないベイコンにとっては身の程知らずも甚だしい要職だったが、エセックス伯は友人の出世のために奔走する。

この誰が見ても無謀と思われる推薦にエセックス伯が自信を持ったのは、もちろん自分に対する女王の愛顧を過信したせいもあったが、ベイコンがバーリー卿の甥であり、当然その推薦も得られるはずと考えたふしがある。しかし、バーリー卿は、ベイコン本人からも度重なる嘆願を受けたにもかかわらず、候補者の実績や年齢等を考慮して、一五九四年の復活祭の頃には対立候補のエドワード・クックを推薦することを決める。ベイコンの兄アンソニー・ベイコンが母親に宛てた書簡では、セシル父子のもとに乗りこんで直談判したエセックス伯の様子が臨場感たっぷりに報告されている。

サー・ロバート［・セシル］は、よく考えるようにエセックス伯に懇願した。「これが平の法務官だったら、女王陛下も飲みやすいのだが」。（伯爵はこう言った）「だからと言って、飲めない話を私に飲ませようとするな。法務総裁はどうあっても私がフランシス・ベイコンのために得てやらなければならない。そして、そのために私は最大限の信用と友情と権威を費やすつもりだ。……いいか、はっきりと言わせてもらおう。これほど近い親戚筋の人間の代わりに赤の他人を昇進させようと考える君の父上も君も、私にはどうにも理解できかねる。[*55]

この書簡からは、セシル父子とエセックス伯の政治手法の決定的な違いが浮かび上がる。それは、平民から自らの才覚だけで身を起こしたバーリー卿と、由緒ある貴族のエセックス伯という、二人の出自の違いに起因している。「身内の人間、友人、食客の言うことには耳を貸すな。あれこれせがむだけで、何の役にも立たない」という助言を息子に残したバーリー卿に対して、エセックス伯の政治信条はいかにも貴族的な縁故主義に貫かれている。[*56]

「エセックス伯の行動を考える場合、自己愛と利他主義のいずれが動機になっているかを考えてもほとんど無意味である」と述べたポール・E・J・ハマーの言葉は、エセックス伯の友愛精神を考える上で示唆に富む。[*57] 自己愛と利他主義の線引きが特に難しくなるのは、友情においてだからだ。もとより、自己愛と友愛の区別は必ずしも明確ではない。己を愛するように友を愛せ、と自己愛の延長線上に友愛を位置づけるのは、アリストテレスに始まる古典的な友情論の基本である。[*58]

そして、エセックス伯にとって、それは騎士道的な名誉の概念と結びつき、軍閥貴族の行動原理を成していた。ルーアン遠征の折には二四名もの兵士を勝手に騎士にし、女王を激怒させるが、これもまたエセックス伯の騎士道的友愛の理念を示すエピソードと言える。[*59] エセックス伯は、女王の叱責やバーリー卿の忠告をものともせずに、一五九六年のカディス遠征の折には六八名の騎士を、特に苛酷を極めたアイルランド遠征の際にはおよそ八〇名もの騎士を任命した。[*60]

出自を度外視して量産された騎士は、しばしば「エセックス伯の騎士」として揶揄の対象となったが、騎士の称号が出世の糸口がつかめず悶々とした日々を送る若者に与えた魅力は計り知れない。[*61] もともと騎士の叙任は、戦争という有事を前にして平民を貴族化することによって士気を高める社会的秘蹟としての特性を有していた。騎士道が、庶子や十分な土地を相続できない二男以下の男子など、いわゆる貴族社会の周縁に位置する者の間で特にもてはやされたのはこの所以である。[*62] マーヴィン・ジェイムズも指摘するように、領土の授受を媒介とするのではなく、名誉と友愛の名のもとに主君と臣下の精神的結束が固められた点に、エセックス伯の仮想の騎士団形成の新しい方向性が認められる。[*63]

友愛の美徳をめぐるバーリー卿とエセックス伯の価値観の違いは、同時代人の目にも顕著に映っていたようである。一五九六年に出版されたスペンサーの『妖精の女王』の第四巻、「友情の物語」と題された巻は、バーリー卿への批判で始まることで知られる。

重々しい深慮でもって、王国の大義と、
国家の諸問題を統べる、眉間にしわをよせたお方が
私が最近ものした軽薄な詩を、
愛を賛美し、恋人達の苦悩を称えたかどで、手厳しくお咎めになった。

……

愛することができず、心が凍りついて
自然な情愛の炎を感じることができない者は、愛について誤解する。

(四巻序歌一—二連)

バーリー卿は、第四巻が掲げる友愛の美徳を理解しない薄情者として真っ先に糾弾されている。

その一方でスペンサーは、同年に出版した『プロサレイミオン』で、スペインの軍艦を急襲したカディス遠征

で華々しい勝利を挙げたエセックス伯への惜しみない称賛を捧げている。『プロサレイミオン』は、エセックス伯邸で行われたウスター伯の二人の令嬢の婚約披露を祝した小詩であり、花嫁を表す二羽の白鳥がリー川からテムズ川へと下り、エセックス伯邸を目指して静々と進む様子を描く。いよいよロンドンへと入った白鳥は、法学院の建物とエセックス伯邸が立ち並ぶ一帯にさしかかる。

白鳥は、あの煉瓦の建物がそびえる場所へとやって来た。
今では勤勉な法学院生達が居を構えるその場所には、
かつてはテンプル騎士団が住んでいたが、
彼らは高慢のために没落したのだった。
その隣には、あの壮大な邸が立っている。
その昔、そこに住んでおられたあの偉大な閣下から、
私はどれほどの贈物と恩恵を受けたことか。
かの君亡き今、友の不在が身に沁みる。
……
だが、今はそこにあの気高い貴人がおられる。
偉大なイングランドの栄光であり、世界の大いなる驚異。
その勇名は、つい先ごろもスペイン中に轟き、
ヘラクレスの柱こと、ジブラルタルに聳え立つ二つの断崖をも
震わせ揺るがせたのだった。
麗しい名誉の枝、騎士道の花、

イングランドを凱旋の栄誉で満たすお方。
その尊い勝利の喜びと
幸せが約束された御名の通り、
未来永劫続く栄誉の幸福を享受されんことを。

（一四五―一五四行）

詩人は、たゆたうテムズの流れに合わせて、中世におけるテンプル騎士団の栄華と凋落、騎士団の跡地に集う法学院生達、「あの偉大な閣下」レスター伯の死、そしてエセックス伯のこのたびの凱旋へと思いを馳せる。その時空を超えた瞑想は、騎士道の死と再生の幻視《ヴィジョン》でもある。一度は廃れた騎士の都ロンドンが、今まさにエセックス伯によって再建されようとしている。

レスター伯からエセックス伯へ――引き継がれるのは、邸だけではない。スペンサーは、パトロンだったレスター伯を友愛の士として偲んだ上で、その騎士道的友愛の継承者であるエセックス伯の登場を言祝ぐ。続く最終連では、到着した花嫁を迎えるべく、エセックス伯が二人の花婿や多くの友人達を伴って登場する様が一幅のタブローのように描かれている。

その高い塔から、この気高い閣下は、
金髪を大洋の波間に浸す
宵の明星のように姿を現すと、
川面を見渡す所に降りて来られた。
多くの供をつき従えて。
その中には、見るも麗しい様子の

美々しい顔立ちの二人の騎士がいた。（一六三―六九行）

『プロサレイミオン』は、祝婚歌であると同時に、友人の娘の婚約披露宴を自邸で盛大に催したエセックス伯の友情への頌歌でもある。この年、カディス遠征によるエセックス伯不在の隙を狙うかのように、伯爵が長年嘱望していた国務長官の位にロバート・セシルが任命される。エセックス伯とセシル父子の対立関係がいよいよ顕在化したまさにその年にスペンサーが友愛の文学的トポスにおいて両者を対置したことは、注目に値する。

エセックス・サークルの危険な活動は、やがて一六〇一年の武装蜂起となって表出するが、計画は未然に発覚し、エセックス伯は数名の仲間と共に処刑される。エセックス伯達を容赦なく訴追したのは、かつてベイコンと法務総裁の地位を争ったセシル派のクックだった。女王への忠心と自身の政治的野心の間で引き裂かれたエセックス伯が直面したジレンマは、女性崇拝を掲げる一方で、名誉への飽くなき探求心を理想化した騎士道ロマンスが内包するジレンマでもあった。それは、女王表象にも光と影を落とす。エリザベス朝の宮廷文化が育んだ騎士道精神、及びその処女王崇拝が本質的に孕んでいた両義性を照射するために、次節ではスペンサーの『妖精の女王』に再び目を向けることとしたい。

不在のグロリアーナと欲望のパラドックス

スペンサーの畢生の大作『妖精の女王』は、「いともかしこく、偉大にして、至高なる女王陛下」への献辞を付して、まず最初の三巻が一五九〇年に、続編の三巻を付した六巻が一五九六年に出版された。『妖精の女王』は、アリオストやタッソーらによるイタリアの騎士道ロマンス文学の影響を色濃く漂わせる一方で、神聖、節制、貞節、友愛、正義、礼節という六つの美徳をそれぞれ体現する騎士を各巻の主人公に据える寓意形式を採用することで、より道徳性の強い作品に仕上がっている。

『妖精の女王』と言えば、「エリザベス崇拝」の代表作として知られているが、スペンサーの詩作の意図はもう少し複雑である。たしかにエリザベス女王は妖精の女王グロリアーナこと〈栄光の女王〉に喩えられているものの、その出番はほとんどない。物語の主眼になっているのは、妖精の女王に命じられて様々な探求に赴く騎士達の苦難である。読者に向けた解説書の役割を担う「ローリーへの書簡」の中で、詩人は作品の目的について以下のように説明している。

全巻を通しての主要な目的は、紳士貴顕に立派な道徳的訓育を施すことにあります。そのためには、教訓よりも起伏に富んだ筋書で多くの読者を魅了する歴史物語で色づけを施し、理にかなった、それでいて楽しい読み物にすべきと考え、アーサー王の物語を選んだのでございます……[*64]

表向きは女王賛歌という体裁を取る『妖精の女王』の真の狙いは、女王も含めた「紳士貴顕」の教化にあるというのだから、意気軒昂にして大胆不敵な野心と言えよう。

さらに注目すべきは、その手法である。「アーサー王の物語」に代表される「起伏に富んだ筋書で多くの読者を魅了する歴史物語」とは、すなわち騎士道ロマンスを指す。スペンサーがここであえてその娯楽性よりも教訓性を主張しているのは、ロマンスへの風当たりを意識した上でのことであろう。ヨーロッパの貴族階級や知識階層の間で騎士道文学が衰退の一途を辿っていたことは既に触れたが、その発端の一つとなったのがルネサンス期の人文主義者によるロマンス批判だった。[*65] 荒唐無稽なプロット、宮廷風恋愛を隠れ蓑にして不義密通を肯定する倫理観の欠如、類型化された人物像など、騎士道ロマンス特有の性質は、教育による社会改革を掲げるルネサンス期の人文主義者による嘲弄と非難の対象となった。

しかも、プロテスタント国イングランドの場合は、中世の騎士道文学が必然的に内包するカトリック的要素に対する反発も加わる。王女時代のエリザベスの家庭教師も務めたロジャー・アスカムによる有名な呪詛は、宗教改革後のイングランドにおけるロマンス受難の時代の到来を端的に示している。

ローマ・カトリック教がイングランド中に蔓延っていた父祖の代には、楽しみのために自国語で読まれる本と言えば騎士道ものだけであり、それらは怠惰な僧侶や淫らな修道士によって修道院で書かれたものだったという。例えば『アーサー王の死』がそうであるように、こうした本の楽しみは、公然と行われる殺戮と厚顔無恥な姦淫の二点に尽き、高貴な騎士であるはずの人間が理由もなく多くの人間を殺し、策を弄して忌まわしき邪淫に耽るのである。主君であるアーサー王の妃に対するサー・ラーンスロット然り。伯父であるマーク王の妃に対するサー・トリストラム然り。実の伯母であるロット王妃に対するサー・ラモラック然り。賢者は一笑に付し、まともな人間は娯楽にとどめる代物である。ところが、聖書が宮廷から遠ざけられると、『アーサー王の死』は君主の私室に迎え入れられる。こんな本を日々読み耽ることで、怠惰に日々を過ごす裕福な若い男女がいかなる妄想を抱くことか、賢者は察し、識者は嘆くのである。[*66]

アスカムの批判は、それがいかに極端な誤解と過誤に基づくものとはいえ、当時のイングランドの知識人が騎士道文学に嗅ぎ取ったローマ・カトリック臭とその脅威に対する恐怖の念を露わにしている点において興味深い。ロマンスへの嫌悪感は、聖書の英訳が禁じられ、「自国語で読まれる本と言えば騎士道ものだけ」だったローマ・カトリック時代そのものに対する呪詛と表裏一体を成している。アスカムにとっては、聖書が読めない時代ならいざ知らず、あろうことか改革後も聖書を凌ぐ勢いで読み継がれる騎士道ロマンスは、イングランドに際限なく燻るローマ・カトリックの陰謀とも映ったのであろう。

スペンサーは、こうした人文主義的・反カトリック主義的な懐疑を念頭に置いた上で、騎士道ロマンスをプロテスタンティズムに基づく道徳的寓意に改変することにより、野蛮な殺戮と姦通を描いた不道徳な娯楽作品というレッテルを剝ぎ取ることを目論む。つまり、スペンサーが謳い文句として掲げるロマンスで行う廷臣教育とは、落ち目の文学ジャンルに施す蘇生術に他ならない。折しも世は、美徳は国家のために役立ててこそ最もその力を発揮すると考えたルネサンス人文主義の時代である。スペンサーが企図するジェントルマン教育もまた、政治的なものとなり、その構想と理念は従来の騎士道ロマンスに新たな息吹を吹き込む。

新しい騎士道ロマンス文学の在り方を模索して『妖精の女王』に託したスペンサーの試みは他にもある。『妖精の女王』はエリザベス一世に献呈された叙事詩であり、大衆文化とは無縁のように思われる。しかし、妖精のモティーフ自体は、むしろイングランド土着の民衆文化になじみ深く、宮廷好みの洗練された趣向とは異質の要素を有している。地方への巡幸の余興ならいざ知らず、最も格式の高い詩ジャンルである叙事詩の題材として妖精を取り上げることは、かなり大胆な構想だった。執筆開始直後と思われる一五八〇年に交わされたスペンサーとその友人ハーヴェイの往復書簡の中で、作品の構想に対して意見を求めてきたスペンサーに対して、ハーヴェイは率直に苦言を呈している。

> では、君はどうしても妖精の女王についての私の判断を聞きたいというのですね。率直に言って、判断しかねるのです。……妖精の女王が九人のミューズよりもはるかに美しく、ホブゴブリンがアポロンから詩冠を奪うと言うのなら、この問題で君とまじめに論争するつもりはありません。[*67]

ギリシャ・ローマ神話の詩芸の神と対比されているのは、民間伝承によく登場するいたずら好きの妖精ホブゴブリンである。スペンサーと言えば、ラテン語はもちろん、イタリア語にフランス語と、各種言語の素養を持ち、古典はおろかヨーロッパの文学や思想全般に通じていたエリザベス朝きっての学究肌の詩人である。そのスペンサーがなぜあえて、このような卑近で民衆的な題材を使ったのだろうか。ハーヴェイならずとも疑問を覚える選択である。

無論そこには、イタリアやフランスのロマンスに対抗して、イングランド発の作品をものしたいという愛国主義的野心はあっただろう。ただ、その構想のそもそもの出発点は、イングランドが誇る君主エリザベスをどう描くかという問題にあったはずである。スペンサーがエリザベスをロマンス化する際に、妖精の女王というキャラクターを選んだのは、おそらく妖精の女王が有する自律性が女王の表象に最も適切であると判断したためではないだろうか。妖精の女王にまつわる民話やバラッドの場合、妖精の女王は終始主体的に行動し、男性の側は一貫して女王の出現を待ち望む受動的な存在となる。特に、妖精の女王が目に適った男性をある一定の期間自分の愛人にする筋立ては、妖精を扱ったバラッドの典型的なパターンとなっている。[*68] この場合、妖精の女王の寵愛を受けた男性は、女王から富や名声、あるいは超自然的な能力を授けられる。

女神ダイアナに代表されるペトラルカ的な処女王神話があくまでも男性の欲望を主体とするものであるとすれば、妖精の女王のロマンスはむしろ女王を欲望の主体として描く点に特徴がある。妖精の女王は神出鬼没の予測不可能な存在であり、生殺与奪の大権を有する完全な支配者であることが強調される。王ではなく女王を主人公とする騎士道ロマンスを書く際に、妖精の女王ほど格好の設定はない。

スペンサーは、「ローリーへの書簡」の中で、作品全体の主旨と構成についても縷々解説している。それによると、物語は妖精の女王グロリアーナが年に一度催す一二日間の祝宴に始まり、ここで女王の命を受けた一二人の妖精の騎士達がそれぞれ探求の旅に赴くというのが作品の全体的な構想だった。この祝宴の模様は、第二巻の主人公である騎士ガイオンによって以下のように描写されている。

私は地上で最も立派な騎士達に混じって

あのお方に忠順を誓い、臣下としてお仕えしております。
女王様はかたじけなくも騎士達の中からこの私めに
今日遍く知られている、世にも誉れ高き
処女騎士の勲位をお授けになりました。
女王様は年に一度、一年の最初の日に
盛大な祝宴を催されます。
そこには、武勇の誉れある全ての騎士達が集まり、
珍しい冒険譚の数々を聞くことになっております。

（二巻二篇四二連）

ここには、エリザベス朝の宮廷騎士道文化を象徴する二大祝祭行事であるガーター騎士団の記念式典と即位記念日の馬上槍試合が融合した形で投影されている。*69 妖精の女王とその騎士団という設定は、女王崇拝とは不可分の関係にある騎士の欲望を前景化させる。それが最もよく現れているのは、この長編詩の中で妖精の女王が登場する唯一の場面、アーサーが語る夢物語の一節である。妖精の女王は、草むらで眠っているアーサーの傍にそっと身を横たえると、その媚態で騎士を恍惚の境地へと誘う。

夢によるまやかしか、本当にそうだったのか、
心がこれほど喜びに陶然としたことはありません。
その夜彼女が私に語ったような睦言を聞いた者は
この世にはおりますまい。

そして彼女は別れ際に、妖精の女王と名乗ったのです。
目覚めた時には、彼女の姿はなく、
ただ彼女が横たわっていた場所の草に跡が残っていました。
先程の歓喜のきわみの後だけに、悲しみもひとしお、
私は彼女がいた場所を一面の涙で濡らしました。
（一巻九篇一四―一五連）

アーサーの夢には文学史的先例がある。チョーサーの『カンタベリー物語』で語られる田舎騎士サー・トーパスの物語である。サー・トーパスは、「夜じゅうずっと／妖精の女王がおらの恋人になり、／おらの衣の下で寝る夢を見た」と語り、妖精の女王探求の旅に出発する。[*70] サー・トーパスの物語が騎士道ロマンスのパロディーであるのに対して、アーサーの夢はサー・トーパスの夢とは似ても似つかぬロマンティックな情景を描き出す。この日から妖精の女王グロリアーナ（Gloriana）を探索するアーサーの遍歴の旅が始まり、それは名誉（glory）の探求の寓意となっている。

ここで注目したいのは、身体の跡の残った草むらへの言及など、その道徳的寓意が極度に性愛化されている点である。スペンサーは、「愛は下劣な考えが／気高い胸に忍び込むことをよしとせず、／そうでなければ低きに堕落するものを／最も高潔で立派な境地へと引き上げる」（三巻五篇二連）騎士道の理念を読者に確認する一方で、その騎士道的愛を妖精の女王に対するアーサーの官能的な欲望としてロマンス化する。

ただし、その欲望は決して成就されることはない。前章で見たシドニーの宮廷余興『欲望の四人の養い子』においても、否定されているのは欲望ではなく、欲望の充足である点に留意する必要がある。

欲望は、あらゆる情念の中で、美に対する最も立派な求婚者だが、美を獲得する資格には最も欠けている。なぜなら、欲望は、聖人と崇める美を手に入れてしまえば、自らを失うことになるからだ。欲望は、己の欲するものを手にした瞬間、息絶えてしまう。そして、美はひとたび欲望にその身を委ねれば、二度と欲望の対象となることはない。したがって、ここから以下のような原理が成り立つ。欲望にとっては、いつまでも願う方が都合がよく、常に欲し続ける必要がある。

（三巻八八―八九頁）

欲望が騎士を名誉へと駆り立てる原動力ならば、その欲望の実現は永遠に遅延され、回避されねばならない。グロリアーナに対するアーサーの欲望もまた、この法則と美学に則る。スペンサーは、妖精の女王のエロティシズムを示唆する一方で、それを「燃えては氷の如く冷ゆ」るペトラルカ的な欲望のパラドックスに組み入れることで、エリザベス朝の宮廷人精神の心得を説くのである。[*71]

それだけに、欲望に溺れた騎士の末路も、『妖精の女王』の中で再三再四描かれることになる。最も顕著な例は、「節制の物語」と題された第二巻の巻末で語られるエピソードである。巻の主人公である節制の騎士ガイオンは、妖精の女王に敵対する魔女アクレイジアを捕縛するために、魔女が支配する島に潜入する。島全体は、アクレイジアが魔術によって作り上げた「至福の園」と呼ばれる庭園となっており、ここにおびき寄せられた妖精の女王の騎士達は、魔女の情欲の虜となって破滅する。ベルフィービーの「名誉の館」（本書第四章参照）と同様に、アクレイジアの「至福の園」もまた女性の身体に重ねられている点は注目に値する。「不寝の番」が警備する「名誉の館」とは対照的に、「至福の園」の門は、「こちらに来る者全てにいつも開かれており」（二巻一二篇四六連）、ベルフィービーが嫌悪する「逸楽の宮殿」を想起させる。誰に対しても開放されている門扉には、明らかに性的なニュアンスが含まれている。[*72] そこでは誰もがまどろみ、名誉の探究を放棄する。

五感を刺激する心地よい風景や盛んに誘惑してくる裸身の美女達にとろけそうになる感覚を抑制しながら、甘

図16　ボッティチェッリ「ヴィーナスとマルス」（1485年頃）

美な庭の奥へ奥へと進むガイオンは、鎧を脱いだ若い騎士ヴァーダントがアクレイジアに抱かれて木陰で恍惚となっている姿を見て慄然とする。

この男は武具のことも名誉のことも、
自身の栄達のためになることを少しも気にかけず、
ただただ淫らな愛欲と無駄なぜいたくに、
日々も、財産も、肉体も、費やしていたのである。
ああ、恐ろしい魔術よ、この者をかくも盲目にしたとは。

（二巻一二篇八〇連）

ガイオンが目にするアクレイジアと騎士の姿は、ボッティチェッリの「ヴィーナスとマルス」（図16）を想起させる。戦に対する美と愛の勝利を説いた新プラトン主義的な絵画だが、男女のセクシュアリティに関する滑稽な戯画としての性質も有している。まるで情事の後を思わせる様子でだらしなく眠りこけるマルスを凝視するヴィーナスの強い視線が印象的である。その傍らでキューピッドの玩具となり果てたマルスの槍は、男性性器の象徴である。本来の目的を失ったマルスの槍と同様に、ヴァーダントの打ち捨てられた武具もまた、名誉の放棄のみならず、男性性の喪失をも意味している。

興味深いのは、アクレイジアもまた一種の妖精の女王であり、その意味ではグロリアーナの分身としての役割を担っているという点である。ここで、本章の冒頭で引用したベイコンのエリザベス一世に対する評価にいまいちど目を向けてみよう。実は、エリザベスを「恋の賛辞は受け入れても欲望は禁じる幸せな島の女王」に喩えたベイコンの比喩は、騎士道ロマンスの女性像と関連づけて考えた場合、いささか厄介な問題を呈する。というのも、ベイコンがここで述べているような女性像は、必ずしも騎士道ロマンスのヒロインの典型ではないからだ。[*73] もちろん、一人の女性が数多くの男性から求愛されるパターンはロマンスの定番だが、そういう女性は父親や夫の監視下にあるのが普通である。例えばアーサー王ロマンスのグウィネヴィアのように夫以外の男性と道ならぬ恋に落ちた場合でも、恋人以外の男性の求愛は拒むのが通常の展開である。永遠に求愛に興じることが許される独立性を保ち、なおかつ美徳の鑑でもある女性など、いかに非現実を旨とするロマンス世界といえどもそう簡単には見当たらない。

ルネサンス期の騎士道ロマンスにおいて、「幸せな島」に独り身の女王として君臨し、複数の男性の心を意のままに操る女性と言えば、それはアクレイジアのような魔法の島の女王に限定される。仮にベイコンの念頭に少しでも浮かんだのがこうした女王像であるとするならば、その皮肉混じりの賛辞は一層否定的な含意を帯びる。なぜなら、魔法の島に君臨する妖精の女王は往々にして、遍歴の騎士を誘いこんでは情欲の虜とし、やがては破滅に至らしめる魔女であり、汚れなき処女王とはまさに対極に位置する女性像を付与されているからである。

遍歴の勇士を惑わせる魔女の系譜は、ホメロスの叙事詩『オデュッセイア』に登場するキルケーに始まり、ルネサンス期のイタリアの騎士道ロマンスへと続く。オデュッセウスの部下達を次々と豚に変えるキルケーの挿話には、男性性の喪失への恐怖、すなわち去勢不安を読み取ることができる。[*74] キルケーとは、人間を野獣に変える魔女というよりも、男を男でなくす魔女に他ならない。その背後にあるのは、公的な使命を忘れて私的な欲情に現を抜かす男性は獣も同然であるという考えである。それは言い換えれば、恋とは、セクシュアリティとは、そして女性とは、男性から男性性を奪うものであるとする伝統的な倫理観である。

騎士道ロマンス文学は、宮廷風恋愛とは真っ向から対立するこの恋愛観をも包摂し、恋と女性をめぐって互いに矛盾する概念をたえず男性読者に突きつける。男性を名誉へと駆り立てるのが欲望であれば、男性を不名誉へと引きずり落とすのも欲望である。この二つの欲望の線引きは決して容易ではなく、その峻別は処女王グロリアーナに仕える騎士達の前に最大の試練となって立ちはだかるのである。

妖精の女王という人物設定は、多くの男性の求愛の対象でありながら、通常の家父長的価値観の制約を受けないエリザベスの特異な立場を体現する上で、たしかに適切な趣向だった。だが、それはベイコンが暗に仄めかすように、場合によっては女王の名誉を著しく傷つける危険性を秘めていたことになる。欲望と名誉の均衡が騎士道精神の奥義であるとするならば、妖精の女王はその危うい緊張関係に大きな揺さぶりをかける存在だった。スペンサーの主眼はグロリアーナとアクレイジアの対比にあるものの、男性が女性に支配され骨抜きにされる「至福の園」を男性貴族が女性君主にかしずく宮廷のパロディーとして読み解く批評家は多い。[*75]

キルケー型の魔女として造型されているアクレイジアもまた、誘惑した騎士達を様々な動物へと変える。アクレイジアの傍らで眠るヴァーダントは、まだ獣には姿を変えてはいないものの、そこには既にある〈異変〉が認められる。

アクレイジアの傍で眠っている若者は、
由緒ある家柄の立派な男性のように見えたが、
それだけに、その高貴さがかくも不名誉な状態にあるのを見るのは
まことに嘆かわしいことだった。
美しい表情と愛らしい気品が
男らしいいかめしさと混じり合い、
眠っていてもよく整った顔に現れていた

その柔らかな唇には綿毛のような毛が
　まだ萌え出たばかりで、絹のような花をつけていた。
（二巻一二篇七九連）

「春」を意味するその名と同様、ヴァーダントの容貌の描写には、通常は女性美を表現する際に用いられる語がちりばめられている。「男らしいいかめしさ」は、「愛らしい」女性美にとって代わられつつある。武具を捨てた騎士ヴァーダントが変身するのは、獣ではなく、女性、あるいは、本書第三章で紹介したリッチの言葉を借りれば「女のような優男」である。
　同様の場面は、アリオストの『狂えるオルランド』にも見受けられる。魔女アルチーナと恋に落ちた騎士ルッジェーロは、自らの使命も婚約者ブラダマンテのことも忘れて魔法の島で自堕落な生活を送るが、その様子は極度に女性化された姿で描写される。

よく磨かれた金にはめこまれた高価な石を連ねた
豪華な首飾りをつけ、
かつては雄々しく武具を揮ったその腕には
金の腕輪が艶かしく留められており、
耳には金糸でできた耳輪がつけられ、
その両端にはまるで二つの洋梨のような
値のつけられぬほど貴重なインド産の真珠が揺れていた。
髪は香水でしっとりと濡らされ、

顔の周りで巻かれている。
淫らな女のようなその風体は、
まるで軟弱な男の多いヴァレンシア育ちであるかのよう。
すっかり変わり果てた話し方、身のこなし、容貌で、
見る影もない。それほども理性を超えて、
この多情な女の魔術に導かれ、
ルッジェーロがとどめていたのは、もはやその名のみという有様。*76

驚嘆と恐怖、憧憬と嫌悪が混在した描写である。ここでも、男性が女性化することへの恐怖は、ルッジェーロほどの剛の者を宦官へと変える女性支配への恐怖に転換されている。

女性支配に対する欲望と恐怖がないまぜになったファンタジーの典型とも言えるのが、古代より様々な形で流布していたアマゾン国をめぐる言説である。アマゾン族は、女性だけの部族としてギリシャ神話に登場し、ルネサンス期の文学でも根強い人気を誇った。おそらく、そこには、異国への関心がとりわけ強かった大航海時代特有の事情もあっただろう。それは、アマゾン国の描写が紀行文学に頻出することからも窺える。以下は、『ジョン・マンデヴィルの旅行記』からの一節である。

カルデアのそばに、アマゾン人の国、すなわち女達の国がある。この国には男は住んでおらず、住民は全員女だが、それは男が住めないからというよりも、女が男を自分達の王とすることをよしとしないためである。この国にも以前は王がおり、他の国と同様に男女は結婚していた。ところがある時、国王がスキタイ人と戦争を始め、スコロピトゥスという名のその王は殺され、貴族の血筋も全て途絶えた。女王と他の貴族の女性

達は、自分達が寡婦となり、王家の血筋が絶えたことを知ると、自ら武装し、正気を失ったのか、国中の生き残った男達を皆殺しにした。女達が全員、自分達と同じように寡婦となることを望んだためである。それ以来、女達は七日間以上男が国にとどまることを認めず、男児が生まれれば、育つやいなや父親のもとへと送った。男を欲する時には、国に隣接した土地までおびき寄せ、そこで情をかわしながら、八日または一〇日間一緒に暮らすと、男を再び自国へと立ち去らせる。そして、もし男児が生まれると、一定の期間はそばに置くものの、子供が自分で歩いたり、食べたりできるようになると、父親のもとへと送るか、あるいは殺害する。もし子供が女児ならば、焼きごてを当てて、その子の片方の乳房を切除する。身分の高い女の子供であれば、盾を持ちやすいように、左乳房を焼き捨てる。身分の低い女であれば、右乳房を切除する。彼女らは元来弓術が巧みだから、弓矢でトルコ人を射やすくするためである。この国には、領土の支配権を握る一人の女王が君臨していて、全ての女達は彼女に服従している。……なお、このアマゾン国は、二つの出入口をのぞいて、海に囲まれた島である。海の向こうには女達の情夫が住んでおり、女達はいつでも好きな時に、情欲を満たしに出かけていく。[*77]

男性を冷酷無慈悲に扱うアマゾン国の女性達への恐怖と、その性的魅力への欲望が共存している。紀行文学では、事実と虚構の境界線はかぎりなく曖昧となり、現実にはありえないような不思議な島が地上のどこかに存在するという幻想を読者に抱かせる。実際、コロンブスもまた、こうした女性だけの島や楽園のような島が本当に存在すると信じていたことが日記から明らかにされている。[*78] アマゾン族の国の発見は、とりわけ初期の航海者達の想像力と冒険熱を大いに刺激した。カリフォルニアという地名は、一五一〇年に出版されたスペインの騎士道ロマンス『エスプランディアンの武勲』に登場するアマゾンの女王が暮らす島の名前に因んだものである。その命名の背後にある心理は、ローリーが処女王エリザベスに因んで植民地にヴァージニアと名付けたことと大差はない。

アマゾンの女王であれ、処女王であれ、男性の支配を受けない女性が支配する地は、探検と征服に対する男性のロマンス的欲望のメトニミーとなった。

『妖精の女王』の第五巻に登場するアマゾンの女王をめぐるエピソードは、女性支配に対する恐怖心と嫌悪を一層強調した物語になっている。一五九〇年版と比較すると、一五九六年版の『妖精の女王』にはエリザベス一世に対する風刺性がより色濃く見られる。中でも、「正義の物語」と題された第五巻は、とりわけ政治的寓意が強い巻として知られる。この巻の主人公であるアーティガルは、暴君グラントートに虐げられているアイリーナを救出するよう、妖精の女王から任務を授かる。その探求の旅の途上で、アーティガルは、婚約者ブリットマートがいるにもかかわらず、アマゾン族の女王ラディガンドの色香に迷い、囚われの身となる。

ラディガンドとの一騎打ちに敗れたアーティガルの身にふりかかる災難は、ギリシャ・ローマ神話の英雄ヘラクレスとオンファーレの物語に依拠している。アーティガルは、女王ラディガンドが命じるままに、甲冑の代わりに女性の服を身に纏い、エプロンをつけて、同様の運命を辿った他の同輩の騎士達と共に糸巻きの仕事に従事する。「雄々しい者にとっては卑しい仕事／女の奴隷になるのはかくも辛いこと」(五巻五篇二三連)。語り手の詩人は、騎士の不名誉な姿に慨嘆しつつ、女性支配の危険性へと読者の意識をさりげなく誘導する。

男性の良き支配の命に従うよう
賢明なる自然が女性を強く縛っている
慎み深さという帯が脱ぎ捨てられると、
女性はかくも残酷になるもの。
あらゆる規則や理性に逆らい
無軌道な自由を手にする。

でも、有徳の女性にはわかっている。
天が自分達を正当なる至高の座へと上げてくれるのでない限りは、
低き謙譲の立ち場に生まれついているのだということを。
（五巻五篇二五連）

末尾の三行によって、あからさまな女性君主批判はかろうじて回避されている。女性による統治を、常態ではなく、あくまでも神が起こす奇跡として捉える見方は、エリザベスの即位当時に提唱された女性君主擁護論の論理の定石だった（本書第一章参照）。詩人の意図は、少なくとも一義的には、アマゾンの女王ラディガンドと貞淑な妖精の女王グロリアーナの対比にある。

しかし、この物語の政治的寓意を踏まえると、その解釈は変わってくる。アイリーナはアイルランドを、グラントートはアイルランドを狙うカトリック列強を、アーティガルはスペンサーが秘書として仕えたアイルランド総督グレイ卿アーサー・グレイを指すことは明白である。となると、アーティガルの行く手を阻む横暴な女帝ラディガンドとは一体誰のことなのか。ラディガンドに、か弱いアイリーナが体現する弱者としてのアイルランドとは異なる、イングランド軍を苦しめる野蛮な未開の魔境としてのアイルランドを見出す解釈は可能かもしれない。[*79] しかし、エリザベスを戦闘的な君主として描く際に、しばしばアマゾンのモティーフが用いられたことを考慮すれば、アクレイジアと同様、ラディガンドにもエリザベスの影がちらつく。[*80] とすれば、ラディガンドに屈するアーティガルには、アイルランドの植民地政策をめぐってスペンサーがおそらく女王に対して抱いていたであろう不満が投影されているのではないだろうか。

スペンサーは、グレイ卿の私設秘書としてアイルランドに赴任した一五八〇年から、死の直前、すなわち反乱軍による自邸の焼き打ちにあってイングランドに帰国を強いられる一五九九年まで、イングランド政府の官僚として激戦のアイルランドに暮らす。アイルランドが置かれていた状況を理解することは、スペンサーの詩作品、特にその大半はアイルランド生活の中で執筆されたと推測される『妖精の女王』を理解する上で不可欠である。

アイルランドとイングランドの宿縁は古い。[*81] ヨーロッパ最西端に位置するアイルランドは、ローマ帝国の支配が及ばなかったという点で〈未開の〉地であると同時に、いち早くキリスト教化したケルト人によってキリスト教とそれに付随する様々な文芸をイングランドに伝えた国でもある。イングランドによるアイルランドの植民地化は、一二世紀後半にローマ教皇ハドリアヌス二世によってヘンリー二世に総督権が与えられて以来続いていたものの、常に不完全な形で終わっていた。イングランドが征服したのは北アイルランドに限られており、シャノン川以西には全くと言ってよいほど支配は及んでいなかった。スペンサーがアイルランド入りした時点で、完全にイングランドの支配下にあると言える地域は、アイルランド全土のわずか二〇分の一に過ぎなかった。しかも、それすら極めて不安定な状況である。入植したイングランド貴族とアイルランド人の国際結婚により誕生したアングロ・アイリッシュ貴族は、生粋のアイルランド人と敵対し、これに武力征服を仕掛けるイングランド政府が絡む。アルスター、コノート、マンスター、レンスターの四地域から成るアイルランドは、世襲ではなく選挙によって選ばれた族長が率いる氏族（クラン）によって支配されていたため、イングランド政府との関係はたえず変化した。エリザベスの代になると、ヘンリー八世が辛うじて懐柔していたアイルランドの族長達による反乱が生じ、泥沼のアイルランド戦争へと突き進んだ。

火種の一つとなったのは、中世には存在しなかったカトリックとプロテスタントの対立である。プロテスタントへの改宗を促すイングランドの政策は、土着のケルト系アイルランド人はもちろん、新興のアングロ・アイリッシュの強い反発を招いた。そもそも、エリザベス朝になってアイルランドの反乱が激化したのは、一五七〇年にエリザベスがローマ教皇ピウス五世によって破門されたことと関係がある。カトリックのアイルランド人の目には、エリザベスは正当な王位継承権を持たない異端の庶子と映ったためである。一方、イングランド政府にしてみれば、アイルランドは重要な軍事拠点だった。ネーデルラントやフランスをめぐる情勢が不透明な中、アイルランドまでがカトリックのスペインの手に落ちるようなことがあれば、イングランドはたちどころに南北から挟み撃ちに遭うことになるだけに、遅々として進まぬ植民地支配を早急に完遂することは国防上の急務となった。したがって、君主の名代としてアイルランドを統治するアイルランド総督がイングランドの宮廷人にとって要職の一つであることは間違いなかった。ただし、それは、本国から遠く離れ、いよいよ混迷を極める紛争地域で孤軍奮闘を強いられる苛酷な任務としても認識されていた。そして、戦争に消極的な女王と強硬策を主張する武闘派貴族の意見対立という構図は、ネーデルラント問題や対フランス問題と同様、ここでも繰り返された。女王は虐殺を禁じ、できるだけ穏便にアイルランドの植民地支配を進めようとする。しかし、当然のことながら、現地の抵抗は根強く、スペインやスコットランドなど、同じくアイルランドに食指を伸ばす外国勢力と戦う必要もある。イングランドにはない深い森や険しい山々や沼沢もイングランド軍を悩ませる。一五八一年、エリザベスは、戦費削減のためにグレイ卿率いる軍隊の一部の大幅なリストラを断行する。三〇〇〇人の兵隊が何の恩賞もなく罷免され、その多くが、帰国する資金を捻出することも叶わないまま、現地で疾病や飢餓のために死亡する。[*82]さらに、一五八二年、降参してきたアイルランド軍を虐殺した罪を問われ、グレイ卿さえもが更迭され、本国に召還される。

　女王かグレイ卿か、スペンサーが果たしていずれの立場を支持していたかは、一五九六年に完成され、死後かなり経ってから一六三三年に出版された政治パンフレット『アイルランドの現状に関する見解』から推し量ることができる。アイルランドについては何も知らないイングランド人ユードクサスにアイルランドを熟知したアイリニーアスが説明する対話形式をとるパンフレットは、同時代のイングランド人のアイルランドに対する無知と無理解、そして現場を知らずに無理難題を突きつけるイングランド政府の軍事政策の過誤を炙り出す。スペンサーは、アイリニーアスの口を借りる形で、イングランド軍の速やかな派遣、綿密な計画に基づいた大規模な軍事計画の執行を提唱し、イングランド政府の十分な支援が得られないままに志半ばで失脚を余儀なくされたグレイ卿への同情を滲ませる。

　騎士アーティガルに剣の代わりに糸巻き棒を持たせて、屈辱の奉仕を強いるアマゾンの女王には、武闘派プロテスタント貴族には生ぬるいと映ったエリザベスの軍事政策に対するスペンサーの批判を読み取ることができる。欲望の隙を狙われる格好で、思わぬ服従を強いられることとなるアーティガルは、グレイ卿のみならず、処女王にかしずく騎士が陥る危険を警告している。

　かのカール・マルクスは『アイルランドの現状に関する見解』への嫌悪感からスペンサーを「エリザベスのおべんちゃら詩人」と呼んで軽蔑したが、『妖精の女王』は決して単なる女王賛歌ではない。[*83] グロリアーナが、妖精の騎士達が崇める至高の君主として圧倒的な存在感を誇っていることはたしかである。作品には実際には登場しないものの、むしろ不在であることによって、読者の想像力は一層掻き立てられ、妖精の女王への期待感や憧憬が増す仕組みになっている。しかしながら、その一方で、アクレイジアやラディガンドら、入れ替わり立ち替わり登場する悪しき女王には、女性君主に対する不信感や不安が表出している。女王礼賛と女王批判の混淆は風刺文学の文脈から捉え直す必要があるが、これについては第七章で改めて考察することとしたい。

異形の騎士の誕生

　さて、「エリザベス崇拝」に端を発した騎士道ロマンスの流行は、決して宮廷という狭い世界だけに囲い込まれて完結したわけではない。馬上槍試合が宮廷人のみならずロンドンの民衆にも格好の娯楽を提供したことからもわかるように、騎士道ロマンスは貴族と市民が共有する文化的資本としての側面を有していた。エリザベス朝の騎士道ロマンスブームが、他のヨーロッパ諸国の、あるいはイングランドにおける他の時代の騎士道ロマンスブームと異なっているのは、それが宮廷文化と市民文化が近接する稀有な一時期に立ち遭った点にある。

　一六世紀のロンドンは、ヨーロッパの一大都市としての性格と機能を整えていく途上にあった。一五五〇年の時点では七万人だった人口が一六〇〇年には二〇万人に達しているから、一六世紀後半にロンドンは文字通り三倍近くの大きさに膨れ上がったことになる。[*84] 商業演劇を支える大都市ロンドンの市民文化が無ければ、シェイクスピアの才能が花開くことはなかったと語った経済学者ケインズの言葉は、けだし至言である。[*85]

そして、エリザベス朝騎士道ロマンスの発展もまた、市民文化への浸透によってもたらされることとなった。もともとは王侯貴族の娯楽として読まれた騎士道ロマンスが大衆文化へと拡散したのは、何と言っても印刷技術の普及によるところが大きい。イングランドでは一五世紀後半にウィリアム・キャクストンによって活版印刷が始まると、一六世紀には書籍商組合が設立され、印刷出版が一気に普及する。市民革命を経た一七世紀後半になると、経済力と政治力を備えた市民階級が新たな文化の担い手となり、かつては主として貴族階級の読み物として発展した騎士道ロマンスは、チャップブックと呼ばれる廉価本の形でまたたくまに民衆の間で大流行する（図版17）。[*86] 騎士道ロマンスの大衆化・商品化は現代も続いており、映画やアニメやゲーム等のサブカルチャーで逞しく生き延びている。ただし、こうした大衆化路線の出発点となったのはエリザベス朝、特に一五八〇年代から一五九〇年代であることを忘れてはならない。

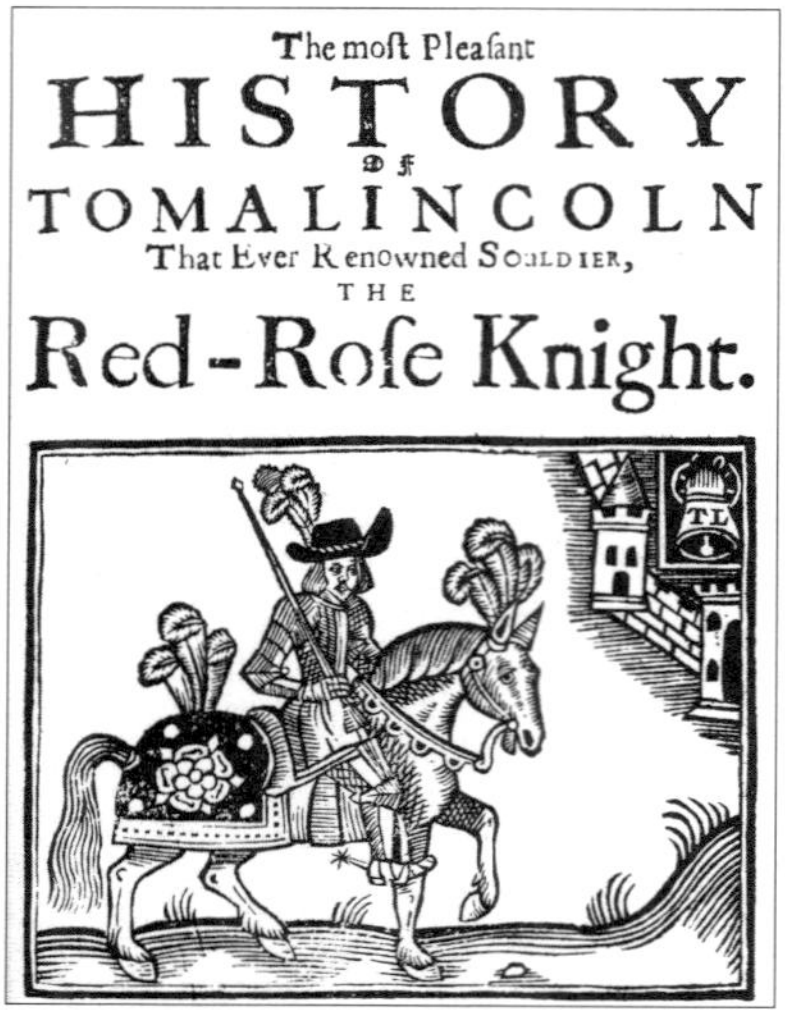
The most Pleasant
HISTORY
Of
TOM A LINCOLN
That Ever Renowned Souldier,
THE
Red-Rose Knight.
図 17 『リンカーンのトムの愉快な物語』のタイトルページ

エリザベス朝末期の出版文化における騎士道ロマンスの流行を牽引する役目を果たしたのは、商魂逞しい大衆作家アンソニー・マンデイが翻訳出版した一連のスペイン・ロマンスだった。マンデイは、一五八〇年代から一五九〇年代にかけて、ヨーロッパ各地で聖書に次ぐベストセラーと言われた『ガウラのアマディス』とやはりイベリア半島に由来するパルメリン・シリーズと呼ばれる騎士道ロマンスの翻訳を精力的に手がけている。アマディス・シリーズやパルメリン・シリーズを出版するに際してマンデイがとった独特の出版方法からは、その読者層の実態が浮かび上がる。以下は、一五八八年に出版された『オリーヴのパルメリン』の冒頭に据えられた、マンデイが「ご親切な読者の皆様」に宛てた書簡からの一節である。

他の国の言語では一冊の本なのに、それを二冊に分けることについて異議を唱える方々もいらっしゃるかもしれませんが、娯楽というものは与えすぎると飽きてしまう、というのが私の答えでございます。きっと皆さんは私の仕事に感謝して下さるものと信じておりますので、少々責められようが構いません。それに、あまりに大部の本というものは、頭にも財布にもよくありません。と申しますのも、世知辛いこのご時世、皆さん賢明になっており、法外な金を払ってまで娯楽を買おうとは思いません。でも、まず第一部、という具合にすれば、第二部も買って下さるかもしれません。たとえ、最初から一冊にまとめたものと結局は同じ値段になったとしてもです。思うに、一度に大金を払うことに比べれば、何回かに分けて少しずつ金を出す分については、人は案外文句を言わないものです。なぜなら、半分の金は何かもっと必要なことに使って、第二部を買うための金を貯めることもできますから。[*87]

現代の漫画本の販売手法にも通じる、騎士道ロマンスの分冊出版は、潜在的な読者層の懐具合を考慮したマンデイの狡猾な販売戦略だった。エリザベス朝末期は、一部の有力な貴族に作品を献呈して何某かの報酬を受けるパトロン制度が衰退の途にあり、代わって一般読者を対象とする出版によって儲けを得る商業主義に移行した時期である。[*88]大衆読者向けの出版物を扱う書籍商の下での徒弟経験を持つマンデイは、こうした業界の動向を熟知していたものと思われる。[*89]

騎士道ロマンスというジャンルそのものは、領主制度や王権のプロパガンダに利用されがちで、アマディス・シリーズやパルメリン・シリーズも他のヨーロッパ諸国では貴族階級の娯楽図書として普及した。例えば、『ガウラのアマディス』を翻訳するに際してマンデイが利用したフランス語版にしても、もともとはフランソワ一世の命により宮廷主導で翻訳が開始されたといういきさつがある。このフランス語訳は、既にイングランドの宮廷人や知識階層の間では広く読まれており、スペンサーやシドニーもこれを利用したものと推察される。フランス語訳に比べると英訳がかなり遅れをとった理由は、ヨーロッパの言語に長けたエリート読者にとってはフランス語訳で充分事足り、英訳の必要性はさほどなかったからである。[*90]

それにもかかわらず、マンデイが厖大な量の作品の英訳にあえて踏み切ったのは、より大衆的な読者層に騎士道ロマンスを提供することの商業的旨味を嗅ぎつけたからに他ならない。新たな販路を獲得するためには、新たな読者層を開拓するしかない。そのために手練れの作家マンデイがとった方法は、新規な販売戦略だけではない。先に引用した読者への献呈書簡は、以下のように続いている。

> これまで様々な国の言葉で人気を博してきたものが、イングランドで軽んじられるはずがあるまいと自信を持っております。内容はただただ面白く、気分を害するようなことは一切ございません。そもそも、高貴で立派な方々は、王侯貴族や偉大な君主達を楽しませてきた歴史物語を貶めるはずがございません。仮に下等な人間がそれを毛嫌いするとすれば、それはその者達がこのありがたみを理解する能力に欠けているからでございましょう。[*91]

マンデイがここで騎士道ロマンスの読者にふさわしい「高貴で立派な方々」として持ち上げているのは、書物を購入するにも出費の算段をせざるを得ない大衆読者のことである。そういう読者に「王侯貴族や偉大な君主達」

の娯楽を自分達も享受できる「ありがたみ」を認識するようにと迫るマンデイは、新興市民の文化的プライドに訴える実に巧みな心理作戦を展開しているのである。マンデイの騎士道ロマンス出版業の成功は、宮廷を中心とする「王侯貴族や偉大な君主達」の読み物としては下火になりつつあった騎士道ロマンス熱を、商人や職人、徒弟といったロンドン市民層の間で今一度再燃させたことにある。

果たせるかな、マンデイの目論見は当たり、アマディス・シリーズやパルメリン・シリーズの英訳本は、ロンドンの市民文化に熱狂的に受け入れられる。[*92] こうした市民階級における騎士道ロマンスの流行を揶揄した作品として知られているのが、フランシス・ボーモントによる市民喜劇『輝けるすりこぎの騎士』である。この劇は、妻と徒弟レイフを連れて観劇に訪れた市民が、舞台上の口上役の役者に対して作品に対する不満を述べ立てる場面で始まる。以下は、どういう作品が好みかと問われた市民が答えて言う箇所である。

市民　食料品店主を登場させてもらおう。そいつにあっぱれなことをさせるんだ。
口上役　どんなことをさせるのでしょう。
市民　そうだなあ。そいつには――
女房　ちょっと、あんた。
レイフ　おかみさん、静かに。
女房　お前こそお黙り、レイフ。ちゃんとわかってるよ。ちょっと、ちょっと。
市民　なんだい、お前。
女房　そいつにはすりこぎでライオンをやっつけてもらおうよ。
市民　よし。そいつにすりこぎでライオンをやっつけさせることにしよう。

（序幕三三―四四行[*93]）

獅子を倒すことで騎士が自らの真価を示すプロットはロマンスの定番の趣向であり、例えば『ガウラのアマディス』も、遍歴の騎士が突如現れた獅子を倒して周囲の喝采を浴びる場面で始まっている。ここではまず、その武器が食料品商の商売道具のすりこぎであるという落差が滑稽を生む。しかし、この場面に仕掛けられた笑いはそれだけではない。市民夫婦が、やおら騎士に探求の命を授ける国王や貴婦人よろしく尊大に振舞い始める点にこそ可笑しみが存在する。[*94] この後主人達の指令を受けたレイフが急遽騎士役で出演することになるが、例えば、市民の女房とその気まぐれに振り回される徒弟レイフの関係は、アーサー王の妃グウィネヴィアと王妃を崇拝する騎士ラーンスロットの宮廷風恋愛のバーレスクとして読むこともできる。

ここで、現代人にはあまりなじみがない徒弟についてごく簡単に触れておきたい。中世から継承された徒弟制度は、テューダー朝においてロンドン同業組合の発展と並行して整備され、職人から商人まで様々な専門職の訓練制度として発展した。徒弟修業は通常は一四歳頃から始まり、親方のもとで一定の期間（最低でも七年間）奉公する。[*95] 親方が教えるのは、職業技術だけではない。とかく無軌道な生活に陥りやすい青年達を監督し、社会人にふさわしい道徳や規律を教えるのも親方の重要な務めだった。したがって、親はいわば授業料として一定額の謝礼を親方に支払い、子供を一人前の職業人になるべく仕込んでもらう。徒弟への給金はないかわりに、食事と宿は無料で提供された。所定の期間を勤めあげたら、結婚して所帯を構えたり、各業種の組合員となって徒弟を雇うことが許可され、晴れて市民となる道が開ける。

そもそも、近代初期イングランドの都市においては、住民の誰もが自動的に市民となるわけではなかった。市民権の獲得は、経済的、政治的な諸権利の前提条件であり、例えばロンドンのような街では、市民でなければ売買することすら禁じられていた。[*96] 現代英語で「自由」を意味する“freedom”とは、もともとはこの市民権を意味する用語である。一六世紀後半のロンドン市民の内訳は、生まれながらの市民、すなわち世襲で市民になる者や、市民権を金銭で買う者はごく少数派で、実に九〇パーセント近くは徒弟制度を経て市民になっている。[*97]

近代初期のイングランド社会は、産業革命以後に顕著となる〈階級〉とは異なるものの、上は王侯貴族から下は貧しい徒弟、あるいは無給の女性までいくつかの〈階層〉に分かれていた。[*98] 経済事情はもちろんのこと、身につける衣装、受ける教育も階層によって異なる。一五七七年に出版されたウィリアム・ハリソンの『イングランド誌』では、イングランド人の社会階層は、収入や地位に応じて、第一の階層である貴族やジェントルマン、第二の階層である都市市民、第三の階層である農村のヨーマン、第四の階層である職人や日雇い労働者といった具合に、概ね四つのグループに分類されている。[*99] ハリソンは、徒弟達が属する第四の階層の人間を「国家に対して何の発言権も権威も持たず、支配されるだけで、支配することのない人々」と定義づけているが、一六世紀後半におけるロンドンの人口の急増の一因が徒弟奉公による地方からの流入だったことを考えれば、その存在の大きさは無視できない。[*100] 一六世紀末期には、毎年四〇〇〇人から五〇〇〇人が徒弟として新規に採用されており、その大半は地方からの移住者だった。[*101] ロンドンに代表される都市部では、〈徒弟文化〉と称されるサブカルチャーが形成され、それは現代で言うところの若者文化に近い。[*102] 滑稽本やバラッドであれ、芝居であれ、熊いじめであれ、はたまた喧嘩や暴動であれ、エリザベス朝ロンドンの大衆文化は、十代後半から二十代後半の若者で構成される徒弟を抜きにして語ることはできない。[*103]

『イングランドのパルメリン』を手にした徒弟レイフがその一節を舞台上で朗読する場面が設けられていることからも、ボーモントの『輝けるすりこぎの騎士』がロンドンの徒弟達を中心に生じた騎士道ロマンスブームの現象を嘲笑していることはたしかである。しかし、徒弟から騎士に変身するレイフを通してボーモントがその鋭い風刺の矛先を向けたのは、〈騎士道ロマンスを愛読する市民〉というよりもむしろ、〈騎士道ロマンスに登場する市民〉だった点を改めて認識する必要があろう。突如騎士役で舞台に登場することになったレイフは、さしずめドン・キホーテのイギリス版であり、現実と虚構の境界を見失った頓珍漢な冒険を繰り広げる。かくして、マンデイによる海外騎士道ロマンスの翻訳出版ビジネスは、ロンドン市民という新しい読者層を開拓しただけではなく、〈市民騎士〉とも言うべき異形の騎士を誕生させたのである。

しかも、こうした〈市民騎士〉は単なる絵空事として文学の中に登場するだけではなかったらしい。それを窺わせる興味深い史料が、一五八二年にアマチュアの古事収集家リチャード・ロビンソンによって翻訳出版された『アーサー王の弁護』である。『アーサー王の弁護』は、アーサー王の史実性を否定したポリドア・ヴァージルに対する反論としてジョン・リーランドによってラテン語で執筆され、ヘンリー八世への献辞を付して一五四四年に出版された。その約四〇年後に出版されたロビンソンによる英訳は、アーサー王への関心が市民レベルで高まっていたことを示すと共に、そうした市民の嗜好が出版市場に大きな影響力を発揮していたことを物語っている。

冒頭に据えられた献辞によると、この書物の献呈先の一つとなったのは「アーサー王弓術協会」なる団体であり、翻訳出版はこの団体の要請によるものだった可能性がある。[*104] ロビンソンは、序文の中でヘンリー八世が創設した由緒正しい市民騎士団としてこの協会を賛美している。

ヘンリー王は、アーサーと名づけられた長兄がいたこともあり、またご自身があらゆる英雄的な美徳を備えたキリスト教の君主であらせられたが、その栄えあるご先祖、つまり我らが古式ゆかしきアーサーとその円卓の騎士団をこよなく愛し、その栄誉をさらに奨励せんとなさった。そこで陛下は勅許によって、ロンドンというこの名誉ある都市に対し、偉大なるアーサー王と件の騎士団を記念すべく一名の首長と複数の市民を選出するようお命じになり、許可を与え、そして正式にご承認なさったのである。これにより、彼らは、弓術の保護という目的のためだけに、年に一度集い、盛大かつ友愛に満ちた祝典を催すこととなった。[*105]

なんと、レイフのような珍妙な市民騎士たちは、剣の代わりに弓矢を携え、現実にロンドンの街路を闊歩し、独自の祝祭まで催していたようである。

ロビンソンがまことしやかに語る弓術協会の誕生秘話は、史実とは大きく異なっている。たしかに、ヘンリー八世は弓術の愛好家としても知られ、一五三七年に「ロンドンのシティ内部、及び周辺の弓術家」を庇護する勅許を発令しているが、設立された組織の名称は「聖ジョージ友愛会」であり、ロビンソンがここで記しているようなアーサー王と円卓の騎士を偲ぶ目的で結成された市民の集まりが王室の勅許を受けた証拠は残っていない。したがって、ここには明らかにロビンソンの事実誤認があるわけだが、逆にそこに、こうした都市伝説を生みだす市民のメンタリティを垣間見ることができる。

ロビンソンが強調しているのは、王室と市民の緊密な関係であり、両者の連携こそがイングランドに真の騎士道を復活させるという構図である。アーサー王の名声は、リーランドら学者を擁してテューダー王朝神話の歴史的跡づけに腐心したヘンリーにより掘り起こされる。しかし、ロビンソンの序文を読む限り、そうして蘇ったアーサー王の栄光は、決して王室や宮廷の占有物として認識されていたわけではない。むしろ、ヘンリー亡き後、その遺志を守って、アーサー王のいにしえの栄光を今に伝えるのは、弓矢という甚だ騎士らしからぬ武具を持った市民達ということになる。

ただし、それは王室から市民へ、というような単純な交替劇ではない点にも留意する必要がある。ロビンソンの英訳本は、アイルランド総督グレイ卿、ウェールズ総督サー・ヘンリー・シドニー、そして、アーサー王弓術協会会長トマス・スミスの三名に献呈されている。中でも目を引くのが、錚々たる貴族の紋章や称号と並んで、献辞の頁の中央の目立つ場所に配置された「女王陛下の税関役人」スミスの名前と家紋である。スミスは、冒険商人として財を築いた後に、ロンドン港に陸揚げされる輸入品の関税を取り立てる官吏に転身すると、今度は税務関係の仕事を通して宮廷人脈を獲得したロンドンきっての政商であり、レスター伯のネーデルラント遠征に際しては財政面のサポートを行っている。ロビンソンは、作品を出版するに際して宮廷貴族と市民の双方に潜在的な市場価値を見出したわけだが、その際に格好の共通項となったのがアーサー王であり、アーサー王が象徴する騎士道精神だった。

グレイ卿とシドニーと言えば、いずれもレスター伯と所縁の深い武闘派プロテスタント貴族であり、反レスター派の陣営からは「レスター王国」の最右翼として警戒されていた。グレイ卿については前節で述べた通りだが、サー・ヘンリー・シドニーは、ウェールズ総督として、また騎士道の華として人気を誇ったフィリップ・シドニーの父親として、やはりレスターの武闘派プロテスタンティズムの一翼を担う存在だった。一方、スミス率いる弓術協会もまた、緊迫するヨーロッパの軍事情勢を睨みつつ、有事に備えてロンドン市民が結成する市民軍としての性格を有していた。*106 ロビンソンの序文は、再興されたアーサー王の栄誉の名のもとにこれら武闘派貴族と市民騎士団の「友愛」を賛美し、皆が「心を一つにして」地上のエルサレムであるイングランドに平和をもたらすことを念じて締めくくられている。エセックス伯が夢想した騎士道的友愛は、階級を超えて、まさに草の根の拡がりを見せていたのである。

もう一つ目を向けておきたいのは、市民層におけるアーサー王人気は軍事的な愛国主義とはまた異なる陶酔と結びついていた可能性がある点である。先に引用したロビンソンの序文の一節によれば、年に一度行われた協会の集まりの目的は、「弓術の保護のみ」に限定されている。つまり、それは日頃の訓練の成果を競い合う弓の競技会であり、その意味では軍事教練と位置づけられるものである。とはいえ、それがアーサー王の騎士団という虚構を纏う時、そこには富裕なエリート市民層が自分達の富と繁栄を言祝ぐ祝祭としての性格が新たに付加される。さながらアーサー王のファンクラブといった趣を呈する市民達のお祭り騒ぎを今に伝える興味深い目撃情報が残されている。


一五八八年の初め頃、ヒュー・オフリーなる、皮革商人組合の一員である裕福なロンドン市民が、自費でアーサー王と円卓の騎士団の豪華絢爛たる見世物を催した。オフリーは、三〇〇人の射手を選んだが、皆見目麗しく、黒繻子の上着と黒ビロードのズボンを身に纏い、櫟の弓と磨きこんだ一二本の矢を持っていた。いくつかの舞台や櫓、そして弓を射る的がしつらえられ、賞を獲得した者への褒美と豪勢な宴会が準備された。彼らは皆、三人一列になり、前後に弓一本分の間隔を取り、仕立て職人組合の集会場からマイルエンド広場まで、威風堂々、整然と行進した。そこにたまたまエリザベス女王陛下が通りかかり、この見世物を見物するため、馬車を止めるようお命じになった。そして、付き従っていた貴族に対し、「今までこんな見事な射手の集団は見たことがない」と仰った。一同は、陛下の傍に近づくと膝をついて臣従の礼を拝し、陛下の末長い繁栄と長寿を神に祈った。すると陛下は慇懃に会釈をなさり、心からの謝意を述べ、「ロンドン市民を慈しみ、保護し、守り立てよう」と仰ると、臣民への恵みを神に祈られた。

（三巻三九四頁）

馬上槍試合が宮廷主催の軍事的祝祭とすれば、これはまさしくその市民版である。ただし、喝采を受けるのは、必ずしも市民達の武芸だけではない。むしろここで強調されているのは、女王をも感服させる豪華絢爛たる行進の様子であり、全てを「自費で」賄ったとわざわざ強調されているオフリーの財力や気っ風の良さである。王侯貴族をも驚嘆せしめる経済的繁栄を謳歌する商人達が、女王に付き従う廷臣達にとって代わる頼もしい騎士団として呈示されているのである。

この文書は、ジェイムズ一世の時代に書かれており、ジェイムズ朝特有のエリザベス朝に対する懐古趣味に満ちている。アーサー王の騎士に扮した市民達とエリザベス女王の芝居がかった邂逅を描いたこの記述が果たして事実だったか否かは定かではない。むしろ、これもまた、ヘンリー八世を持ち出すことで弓術協会の血統を正当化したロビンソンの序文と同様、市民の夢と願望を投影した都市伝説だった可能性は高い。ただし、その背後には、王室と民衆の親密な関係を理想化すると共に、富裕な市民層を神話化する新たな騎士道文化が息づいていたことは注目に値する。

一五八〇年代のロンドンには、同様の弓術協会が他にも存在しており、いずれもこうした騎士道風の脚色を施した祝祭を催していたようだが、それは一五九〇年代以降急増する散文物語の出版に少なからぬ影響を与えたものと推測される。一六世紀末のロンドンでは、マンデイが翻訳出版した騎士道ロマンス作品群に触発される形で、エマニュエル・フォード、ヘンリー・ロバーツ、リチャード・ジョンソンといったやはり市民階級出身の作家によって大衆向けの騎士道ロマンスが次々と出版されるようになる。[*107] とりわけ人気作家として目覚ましい成功を遂げたのがジョンソンである。ジョンソンの経歴については生没年も含めて何ら確かなことは明らかではないが、徒弟出身で、聖ジョージ伝説に材を取った『キリスト教国の七人の勇士』の出版を契機として本格的な文筆業に入ったとされている。[*108]

ジョンソンは、一五九六年に出版された『キリスト教国の七人の勇士』に続いて、一五九九年には、アーサー王ロマンスを大胆に改変した散文物語『リンカーンのトムのいとも愉快な物語』（以下『リンカーンのトム』と略記）を出版する。この作品にはアーサー王とその王妃（ただしグウィネヴィアという名前は言及されない）、ラーンスロット、トリストラムといったアーサー王ロマンスでおなじみの人物は登場するものの脇役に過ぎず、物語は表題にあるように甚だ騎士道ロマンスらしからぬ平凡な名前を持つトムを中心に展開する。お忍びでロンドンを訪れたイングランド王アーサーがロンドン伯爵アンドロギウスの娘アンジェリカとの間に儲けた庶子として生まれたトムは、王の息子であることを知らされないまま地方都市リンカーンで羊飼いアントーニオに育てられるが、後に「赤薔薇の騎士（Red-rose Knight）」としてアーサー王の円卓の騎士に列なる。

「赤薔薇の騎士」という名前、そして第一部において語られる冒険譚の中心を占めるのがトムと妖精の女王の恋愛と竜退治の探求であることから、この作品が「赤十字の騎士（Redcrosse Knight）」の冒険を描いたスペンサーの『妖精の女王』第一巻から着想を得たことはほぼ間違いない。[*109] 冒険の途上で赤薔薇の騎士が漂着する「西方のとある島」（二二二頁）は、女性ばかりが暮らす「処女の国」（二二五頁）であり、島を統治する妖精の女王シーリアは「処女王」(二二頁)として登場する等、エリザベス表象のコードも散りばめられている。[110]

もっとも、ジョンソンの騎士道ロマンスは、「紳士貴顕に立派な道徳的訓育を施す」ことを謳ったスペンサーの叙事詩とはかけ離れた奇想天外な独自の路線を打ち出している。スペンサーの「ローリーへの書簡」によれば、赤十字の騎士は「背の高い田舎風の若者」と形容され、第一巻第一〇篇では、サクソン王族の出身でありながら農夫として育った出生の秘密が明らかにされる。[111] トムもまた、素姓を知らずに牧歌的世界で庶民として生活するという点では、ロマンスの英雄の型に一応ははまっているかのように思われる。[112] しかし、仲間を集めて追いはぎ稼業に精を出しては養い親である老羊飼いを嘆かせるなど、明らかに騎士道ロマンスの主人公としては異色の青年期も描かれる。赤薔薇の騎士という名前にしても、アーサー王の宮廷で与えられる名前ではなく、不良時代のトムが自ら手下に呼ばせた呼称である。

型破りなのは、それだけではない。先述の通り、スペンサーは、赤十字の騎士を主人公とする第一巻で、アーサーと妖精の女王グロリアーナの同衾を夢物語として幻想的に描いている。同様の場面が『リンカーンのトム』にあるが、それは全く異なる展開になっている。妖精の女王シーリアは、赤薔薇の騎士トムに言い寄るものの、一度は拒絶される。以下は、欲情を抑えきれないシーリアがトムに夜這いを仕掛ける場面である。

> 気高い騎士は美しいシーリアの声を聞き、彼女が全裸で傍らにいるのを感じると、どぎまぎしてしまって、どうすればよいのか皆目わからなかった。でも、ついに男としての性《さが》と勇気に従うと、シーリアの方を向き、愛の睦言を囁いた。二人はこんな風に抱擁し、口づけをかわしたので、シーリアは子供を身ごもり、玉のような男の子を宿した腹はどんどん膨れ、ほどなく無事に男児が誕生した。
>
> (二七頁)

詩的情緒などかけらもないスピーディな展開といい、妖精の女王の妊娠というやけに下世話な結末といい、『妖精の女王』の悪趣味なバーレスクとしか思えない場面である。だが、このエピソードの結末は、あながちそれだけではない切迫感を有している。主君である赤薔薇の騎士に倣い、イングランドの騎士達はこぞって妖精の国の女性達に子種を残し、アマゾン族を思わせるこの国を滅亡から救う。独身の女王が老齢化する中で、王位継承者の不在が深刻な関心事となっていた時代背景を考慮すれば、そこには市民の焦燥感や期待感を読み取ることができるのである。

『リンカーンのトム』では、通常の騎士道ロマンスに見られる約束事はことごとく無視されている。例えば、スペンサーがエリザベス一世の寓意として描いた貞節の乙女は、ジョンソンのロマンスには一人として見当たらない。アーサー王は自らの不義密通を懺悔し、思いもよらぬ告白に逆上する王妃に罵倒されながら、恥辱のうちに息絶える。嫉妬に狂った王妃は、リンカーンで尼僧として暮らすトムの母親アンジェリカを殺害した後に自害し、騎士ラーンスロットに至っては、「あまりにも年老いて足腰が立たず、騎士時代の打ち傷がもとで武具をとる武士《もののふ》というよりは不具者のように見えた」（九三頁）と老残の姿を晒す始末である。婚姻の埒外にある恋愛を極度に理想化し、中世騎士道ロマンス世界の金科玉条となった宮廷風恋愛は、市民的な倫理観に照らされると、家庭を破壊し社会を混乱に陥れる忌まわしき姦通罪として糾弾される。[*113]

では、ジョンソンの騎士道ロマンスにあってスペンサーの騎士道ロマンスに無いものは何か。最も顕著なのは、ロンドンとリンカーンという実在の都市への度重なる言及である。『妖精の女王』において、妖精の国は当時のイングランド社会の寓意であるにもかかわらず、ロンドンはトロイノヴァントといういかにも騎士道ロマンス好みの架空の名前を与えられている。一方、ジョンソンの騎士道ロマンスの特徴は、妖精の国への旅や竜退治といった騎士道ロマンスならではの非現実的な物語にこれら二都市がさして違和感を与えることなく嵌め込まれている点にある。例えば、トムは養父アントーニオの死をきっかけにアーサー王の宮廷に出立するが、その際にトムの命を受けてアントーニオの遺体をリンカーンまで輸送するのは、たまたま当地を訪れていた「裕福なロンドン商人」（一四頁）である。また、養父の恩に報いるためにトムがリンカーンに建立する鐘は、「今日に至るまで同じ都市に残っている」（一四頁）と紹介され、虚構と現実の連続性が強調されている。リンカーンがトムの生誕の地としてクローズアップされる一方、ロンドンは騎士としての活動の基点としての役割を果たす。アーサー王が宮廷を開くのはペンドラゴン城とされているが、最初の手柄となったポルトガルの遠征から帰国したトムはデヴォンシャーの西岸からロンドンに凱旋し、市民の熱烈な歓迎を受ける。遍歴の騎士が探求の末に帰還するのは、ファンタスティックな王宮ではなく、読者の見知った都市の街路なのである。

都市礼賛の言説は、『リンカーンのトム』の第二部の結末部分で一層明確になっている。トムの二人の息子——妖精の女王との間に生まれた妖精の騎士と正妻アングリトーラの息子である黒騎士——は、数々の冒険の後にロンドンに帰還し、ちょうどトムが養父の死を弔うべく鐘を寄進したように、亡父の故郷であるリンカーンに壮麗な教会を建立する。物語は、二人の余生に言及した以下の一節で締めくくられている。

> 二人の騎士達は、このように騎士として立派な功績を残すと、神に対する篤い信仰と奉仕に満ちた余生を送った。すなわち、貧しい民のために数多くの救貧院を建て、膨大な富と財宝を寄付したのである。そして、寿命が尽きると、二人は同じ大聖堂の一つの墓に葬られた。しかも、その墓は黄金の柱を立てた大層豪華な造りだったため、最も有名な墓となった。かくして、名高い三つの都市に関するこんな古い諺が言い伝えられるようになった。曰く、かつてはリンカーンが栄え、今はロンドン、やがてはヨーク、と。（九四頁）

黒騎士と妖精の騎士の最期は、騎士というよりも名誉市民のそれを思わせる。救貧院を設立することで富を共同体に還元する騎士達は、もはや騎士道ロマンスの英雄像からは大きく逸脱している。

この作品が執筆された一六世紀末におけるロンドンの特殊な社会状況に則して考えれば、ここにはこれまで見てきた市民派騎士道ロマンスの重要な分岐点を見出すことができる。一六世紀末と言えば、国全体がいわゆる「一五九〇年代の危機」と呼ばれる深刻な不況に喘いだ時期である。[*114] 一五九四年から一五九七年にかけて続いた穀物不作は一六、一七世紀を通じて最大のインフレを引き起こした。ペストによる死亡率の上昇や対スペイン戦争による財政負担や海外輸出の激減といった問題も重なり、一五九七年はイギリスの経済史上最悪の実質賃金を記録した年とされている。当然のことながら、不安定な経済情勢は政治情勢にも悪影響を及ぼす。レスター伯、ウォルシンガム、バーリー卿と頼りにしていた側近に先立たれ、エリザベス一世の求心力は明らかに低下していた。王位継承者が未定であることも、周囲の不安を増大させる。一五九七年、フランスの駐英大使は、「もし女王が亡くなれば、イングランド人はもう二度と女性による統治に甘んじることはないだろう」と述べ、国王を待望する気運が漂っていたことを窺わせる。[*115]

そして、その深刻な経済不況の打撃をまともに受けたのが商都ロンドンであることは言うまでもない。こうした現実の危機的状況を踏まえると、騎士の慈善行為をことさら英雄化するジョンソンの騎士道ロマンスは、単なる娯楽作品とは異なる性質を帯びてくる。

折しも、この作品が出版される前年一五九八年に制定された救貧法は、増加の一途を辿る貧民や浮浪民の救済に比較的素早く乗り出したエリザベス朝の都市行政を象徴する改革となった。[*116] しかしながら、それは同時に王権による都市自治への介入を決定づける象徴的な事例でもあった。一五三六年の法に始まる一連の救貧立法は、王権による教区支配の性格を強め、テューダー朝特有のその姿勢が一層明確になったのが一五九八年の法だったのだ。従来は各教区に委ねられていた救貧政策は、貧民監督官の任命や貧民税の徴収などにより、少なくとも制度上は完全に中央政府の統制下に置かれることになる。これに対して、故郷に救貧院を設立する騎士を称えたジョンソンの散文物語は、貧民救済を国家ではなく市民の義務と位置づけ、中世社会には一般的だった都市生活における相互扶助の精神をノスタルジックに理想化する。

主君よりも都市の繁栄に対する貢献にこそ騎士道精神の奥義を見出そうとするジョンソンのアーサー王外伝に脈打っているのは、君主崇拝ではなく、市民共同体の理念である。マンデイの商業出版という形で蘇生術を施された騎士道文学は、事実と伝奇、現在と過去、そして騎士と市民が混淆する珍奇なロマンス的都市空間を現／幻出すると同時に、市民倫理を伝達する公共メディアとしての新しい役割を付与されていく。世紀末都市を賑わせた大衆騎士道ロマンスは、出版という計り知れぬ魔力を秘めた剣を手中に収めた近代市民が拓く新たな地平をたしかに垣間見せているのである。

第六章

芝居小屋の女王様

なべてこの世はひとつの舞台——宮廷演劇と商業演劇

シェイクスピアはエリザベス一世に会ったことがあるのか。エリザベス朝の二大スーパースターの夢の対面は、常に人々の想像力を掻き立ててきた。中でもよく知られているのは、恋するフォルスタッフを見たいという女王の要求に応えて、シェイクスピアがわずか二週間で喜劇『ウィンザーの陽気な女房達』を書き上げたという逸話である。このうさんくさい情報の出所は、一七〇九年にニコラス・ロウが出版した初のシェイクスピア伝である。ロウはこの伝記の中で、「エリザベス女王はシェイクスピアの芝居をいくつか上演させ、間違いなくシェイクスピアに好意の印の数々を与えた」とも記している。[*1]

シェイクスピアが座付作家として所属した宮内大臣一座の芝居が何度か宮廷で上演されたことはたしかだが、外部劇団の招聘をはじめとして宮廷演劇のマネージメント一切を取り仕切ったのは宮廷祝典局長を頭とする宮廷祝典局である。ロウの記述では、それがあたかも女王のたっての希望でシェイクスピア達が宮廷に呼ばれたかのように脚色されている。無論、女王が手ずからシェイクスピアに贔屓の品を与えたとする後半部分に至っては、何の歴史的裏付けもない。恋するフォルスタッフをめぐる件は、一七〇二年に『ウィンザーの陽気な女房達』の改作を手がけたジョン・デニスが「この喜劇は女王の命により、そして女王の指示に基づき、執筆された。女王はぜひともこれが上演されるところを観たいと切望され、これを一四日間で完成させるようにお命じになった」と記した宣伝文句をロウが伝記に取り入れ、さらに話を膨らませたことによる。[*2] 以後、一九世紀になると、自ら舞台に立って自作を演じるシェイクスピアと、お付きの侍女や宮廷貴族を侍らせた女王がそれに熱心に見入る様子を描いた絵画が多数描かれることになる（図18）。同種の傾向は現代においても受け継がれ、シェイクスピアを贔屓にするエリザベスは、『恋に落ちたシェイクスピア』をはじめとする映画作品でももはや定番となった感がある。

図18　作者不詳「エリザベス女王の御前で演じるシェイクスピア」（1780–1850年頃）

シェイクスピアとエリザベスの対面をめぐっては、『ウィンザーの陽気な女房達』の執筆秘話ほど有名ではないものの、やはり一八世紀以降の批評界を賑わせた一つの仮説がある。それは、女王臨席のもとに行われたケニルワースの祝祭（本書第三章参照）を少年時代のシェイクスピアが見物したのではないかという推測である。『真夏の夜の夢』の中でオーベロンが「西に君臨する美しき乙女」を見かけた時のことをうっとりと回想する場面（本書序章参照）にはシェイクスピア自身が若き日に目にした華麗な宮廷祝祭の思い出が投影されているとする解釈は、エドマンド・マローンをはじめとする初期のシェイクスピア研究者を大いに魅了した。[*3]

ハケットは、こうした一連の伝説の背後に「シェイクスピアとエリザベスをなんとかして一緒にしたいという欲求」を嗅ぎ取り、シェイクスピア神話とエリザベス神話という二つの神話が連動してきたプロセスを詳らかにしている。[*4]たしかに、「この喜劇は、政治に関する叡智のみならず、洗練された学識、演劇に対する趣味の良さといった点で、かつてこの世に存在した最も偉大な女王の一人を楽しませたのである」と『ウィンザーの陽気な女房達』を持ち上げるデニスの口吻には、シェイクスピアへの愛着とエリザベス一世への敬愛がないまぜとなっている。[*5] シェイクスピアは女王も認めた国民的詩人として祭り上げられ、かたやエリザベスは大衆芝居をこよなく愛した庶民派女王として、その文化的寛容性が称揚される。「シェイクスピア崇拝」と「エリザベス崇拝」の互恵的関係を炙り出したハケットの文化論はまことに示唆に富む。ただし、見落としてはならないのは、こうしたファンタジーを生みだすきっかけとなったもう一つの互恵的関係、すなわち宮廷演劇と商業演劇が相互に依存しつつ発展したエリザベス朝特有の演劇文化である。

フォルスタッフを主人公にした恋愛喜劇を女王が所望したとする逸話や、少年シェイクスピアがケニルワースの祝祭を見たとする逸話に共通しているのは、それを立証する根拠はないものの、かといって全く根も葉もない出鱈目として切り捨てることもできないという点である。シェイクスピアが所属した宮内大臣一座が幾度も御前上演したことはたしかであり、その時に女王が座付作家に声をかけたことはあったかもしれない。同様に、ケニルワース城はシェイクスピアの生地ストラットフォード・アポン・エイヴォンからたった一二マイルしか離れていないこと、女王の来訪が行く先々で熱狂的な昂奮を巻き起こしたことを思えば、シェイクスピアが群衆に混じって地元住民が女王のために催した余興を見物した可能性もないとは言えない。

むしろこうした逸話から浮かび上がるのは、演劇がいまだ本来の祝祭性をとどめ、宮廷と市民社会が緊密な関係にあったエリザベス朝の演劇文化の特異性である。女王も民衆も同じ芝居を見物し、同じ場面に泣き、笑う。無論、御前上演の際には新たに宮廷の観客用の場面が付加されることはあるし、その逆もある。テクスト編纂ともなれば、そのあたりは重要な問題となってくるのだが、それは本書の扱う領域ではない。誤解を恐れずに有体に言えば、宮廷貴族とロンドン最下層の徒弟が時に同じ芝居を見ていたことは実に興味深い。なべてこの世はひとつの舞台――そんなおとぎ話のような劇場空間を後世の人間が夢想する素地はエリザベス朝にたしかに存在したのである。エリザベスとシェイクスピアの対面がまことしやかに喧伝された背景には、宮廷と市民社会、貴族文化と民衆文化、エリート文化と大衆文化が限りなく近接していた時代に対する懐古混じりの憧憬が作用している。

　演劇都市ロンドンの歴史は、旅役者ジェイムズ・バーベッジがイングランド初の公衆劇場であるシアター座をテムズ川の北岸に建設した一五七六年に始まる。早くも翌年一五七七年にはシアター座から通り一つを隔てたところにカーテン座が新設され、テムズ川南岸にローズ座（一五八七年）、スワン座（一五九五年）、グローブ座（一五九九年）が次々と建設されるといった具合に、一六世紀末期にかけて空前絶後の劇場建設ラッシュが生じる。シェイクスピアがロンドンにやって来たのは一五八〇年代後半と推測されるが、まさにそれは芝居の興行がロンドンの新手ビジネスの一つとなりつつある時期だった。かくして、二人の天才興行師、バーベッジとフィリップ・ヘンズロウに牽引されながら、ロンドンの劇場文化が一気に開花する。

　と書けば、ロンドンに雨後の筍の如く出現した公衆劇場は、経済的繁栄を背景に文化創出の担い手として新たに浮上したロンドン市民を中心とする民衆文化の台頭の象徴のように思えてくるが、ことはそれほど単純ではない。公衆劇場の誕生、そしてその後の目覚ましい発展に関して宮廷が大きな役割を果たしたことは、エリザベス朝劇場史を語る際の基本事項となっている。[*6] そもそも、社会的弱者の役者達に有形無形の庇護を与えたのは王侯貴族だった。本書の第二章で、後にレスター伯となるロバート・ダドリーのお抱え劇団に言及したが、バーベッジはもともとはこのレスター一座の出身である。自分の劇団を所有していたのは、レスター伯だけではない。サセックス伯、ウォリック伯、オックスフォード伯、ダービー伯ら、芝居好きの貴族達は皆お抱え劇団を所有しており、もちろん、エリザベスもまた、即位と同時に王立劇団を相続していた。[*7] これら貴族の庇護を受けていることが一流役者の証と言っても過言ではないほど、商業演劇はパトロン制度と分かちがたく結びついていた。

　ただし、庇護といっても、それは単純な雇われ仕事ではない。パトロン貴族の家臣であることを示すお仕着せが支給される他は、お召しがあった時に宮廷や貴族の私邸で芝居を上演する際にもらう報酬以外の俸給はなかった。[*8] そして、お召しといっても、そう頻繁にあるわけではなく、概ね一二月二五日のキリスト降臨日に始まり、二月二日の聖燭節に至るまでの祝祭期間に限定される。したがって、ロンドンに常設劇場ができるまでは、役者は各地を転々としながら、宿屋の中庭に設けられた仮設舞台で民衆相手に芝居を披露するのが常であり、むしろそれが彼らの主な収入源となっていた。

重要なことは、宮廷と演劇業界は商業ベースの対等な関係を築いていたという点である。[*9] そもそも文芸の庇護は王侯貴族の嗜みと言ってもよいが、演劇の場合は実益を伴っていた。宮廷貴族にとって、プロの役者が演じる芝居は格好の娯楽を提供したし、宮廷上演は女王への良い贈り物になる。自分の名を冠した劇団による地方巡業は、安上がりの広報活動のようなものである。一方、宮廷貴族は役者にとっては金払いのよい上客であることはもちろん、その後ろ盾は、売り物である芝居の品質の保証にもなる上に、何かトラブルに見舞われた際には大いに役立つ。つまり、宮廷と商業演劇は、早い段階から既に持ちつ持たれつの関係にあったことになる。

両者の関係は、一五七二年、ローマ教皇庁やカトリック大国スペインとの関係悪化に伴い、スパイの取締りを目的とする浮浪者取締り法が制定されると、一層強まることとなった。この法令は、単に「主なき者」を浮浪者と認定して罰しただけではない。役者の場合、その「主」とは「この国の男爵か、あるいはそれより高い位のやんごとなき人物」、すなわち貴族であることが義務づけられたので、いかに芝居好きであろうが、金銭的余裕があろうが、一介のジェントルマンではもはや役者を抱えることはできなくなった。[*10] 以後、自らの名を冠した劇団を擁することは大貴族のみに許された文化的特権となっていく。

一方で、浮浪者取締り法は、役者稼業にも大きな方向転換をもたらす。村々を自由に行き来する権利がこれまで以上に制限され、地方巡業が難しくなったためである。一五七六年の初の公衆劇場の創設は、ロンドンに腰を据え、常設劇場での見入りを当てこんだバーベッジのビジネス手腕の賜物だったわけだが、これまた宮廷の庇護なしでは実現しない。ロンドンには、貴族の後ろ盾なしでは役者ごときには到底太刀打ちできない強力な敵がいたからだ。ロンドンの行政を司るロンドン市当局である。

エリザベス朝の劇場マップを眺めてみれば、判で押したように、劇場という劇場はみなシティと呼ばれる区域の外側に建設されていることに気づく。これは、劇場の建設はもちろん、演劇の上演に対する市の規制がそれだけ厳しかったことを意味している。ロンドン市が役者を目の敵にするのには、理由がある。大勢の人が集まれば、何かと問題は起きやすい。特に一番安い平土間席の多くを占めていたのは年若い徒弟達だったから、騒音や暴動など、近隣住民からの苦情も絶えない。そしてもちろん、ペストが流行れば、真っ先に閉鎖されるのは、長時間に亘って一ヵ所に群衆が集う劇場である。まだ常設劇場が建設される前の一五六三年ですら、エリザベス朝の最初にして最大のペスト蔓延がロンドンを襲った時、時のロンドン主教エドマンド・グリンダルは、役者達が芝居を上演する宿屋が疫病を蔓延させる原因となることをいち早く国務卿ウィリアム・セシル（後のバーリー卿）に訴えている。[*11]しかし、貴族の後ろ盾があれば、こうした市の締め付けに抵抗することが可能となる。一五七四年にレスター一座に与えられた特許状は、宮廷祝典局の許可を受けることと、疫病流行時や祈禱の時間は上演しないこと、というたった二つの条件を課しただけで、「ロンドン市、及びその行政が及ぶ区域の内部、またイングランド中の他の市、区、町」、つまりどこでも上演する許可を与えており、まさしく「天下御免のお墨付き」だった。[*12]

ここで、本書でも既に何度か言及している宮廷祝典局について見ておこう。この部局は、一五四五年、ヘンリー八世によって、宮廷の様々な祝祭で催される余興の準備を司る部局として創設された。[*13]馬上槍試合、仮面劇、パジェント、インタールードと呼ばれる寸劇、器楽演奏、曲芸、ディベート、狩猟、熊いじめ、花火、舞踏会など、様々な宮廷余興がある中で、演劇もまたヘンリー七世の時代から余興の一部として組み込まれていた。[*14]ここで言う演劇とは、どちらかと言えば聴覚よりも視覚に訴える静止画《タブロー》的要素の強い寓意的な仮面劇やパジェントとは異なり、複雑なプロットと台詞回しを主体とする、いわゆる芝居のことを指す。素人では難しく、熟達したプロの役者による上演を不可欠とすることは言うまでもない。
　エリザベス朝において宮廷余興のジャンルの中で演劇の比重が増していったことは、女王即位から二年後の一五六〇年、宮廷祝典局の本部がブラックフライアーズから聖ヨハネ修道院跡地に移設されたことにも窺える。[*15]この地は、王宮ホワイトホールやセント・ジェイムズ宮殿に程近い一方、聖ポール大聖堂からは一マイルと離れておらず、役者達との折衝に好都合だった。スミスフィールドをはじめとして様々な市が立つことで有名なこのエリアは、後に劇場群――シアター座、カーテン座、フォーチュン座――が密集することとなる。宮廷祝典局は、まぎれもなく宮廷の一部門だったが、実際の現場で働いているのは商業劇場関係者だった。実現こそしなかったものの、劇作家ジョン・リリーやベン・ジョンソンらが宮廷祝典局長に就任する野心を抱いたのは、商業演劇界が宮廷余興の分野に深く関与していた実態を示唆している。[*16]
　宮廷と商業劇場の緊密な関係は、近年の演劇史研究でも大きな注目を集めている。中でも重要視されているのが、一五八〇年代以降に生じた新しい動きである。一五七九年に新たに宮廷祝典局長に就任したエドマンド・ティルニーは、一六一〇年までポストを維持し、歴代の宮廷祝典局長の中でも最長の在職期間を誇るばかりではなく、その激務ぶりも群を抜いており、数々の改革を行った。[*17]ティルニー祝典局長のもとで、宮廷演劇のアウトソーシング化はいよいよ加速したが、これは、財務卿バーリー卿の指揮のもとに粛々と進められる緊縮財政に対応するためのティルニーの苦肉の策だった。宮廷が自前で劇作家や役者を調達し、衣装や舞台装置を製作するよりも、ロンドンで活躍する人気役者達をそのまま宮廷に引っ張って来る方がはるかに安上がりだからだ。法学院生による仮面劇など、従来からのアマチュア上演も一部残るものの、ティルニーによる新体制のもとで、宮廷余興はますます商業演劇との関係を密にしていく。
　一方で、一五八一年の宮廷祝典局の改革により、イングランド中で上演される芝居は、宮廷祝典局長の事前チェックを受けた上で、上演許可を得ることが義務づけられた。従来の研究では、宮廷祝典局長に新たに与えられることとなったこの検閲をめぐる権限だけがクローズアップされ、ティルニーはさながら役者の天敵であるかのような歪んだ見方をされることもあった。しかし、宮廷祝典局に関する史料の掘り起こしが進んだ結果、こうした見方には修正が加えられ、宮廷祝典局と商業演劇の協働とも言うべき体制に注目する新たな知見が提示されている。[*18] この演劇史観に立てば、管理体制の強化は、協働体制の強化の裏返しであり、宮廷と商業演劇の一層の連携強化の証として見ることができる。宮廷祝典局は決して無粋な官僚集団などではなく、ティルニーはシェイクスピアの仕事相手として何ら不足はないほどロンドンの劇場文化に精通する演劇業界人だった。[*19]

商業演劇の恩恵を受ける一方で、その管理に乗り出した宮廷の動きを象徴するもう一つの事例は、一五八三年の女王一座の創設である。女王は即位時から劇団を有していたものの、先述の通り、これは即位に伴って自動的に相続したものであった。この王立劇団は、一五七〇年代はもっぱら地方巡業に精を出しており、宮廷で上演した形跡はない。少なくとも在位前半の二五年間は、エリザベスはレスター伯をはじめとする貴族達のお抱え劇団による宮廷上演を贈答品代わりに観劇することで満足し、自前の劇団の創設には関心を示さなかったと見える。女王の庇護は、主として後述する少年劇団に与えられ、成人劇団には及んでいなかったのだ。[*20] ところが、一五八三年三月、レスター一座、サセックス一座、オックスフォード一座、ダービー一座といった、要は有力貴族お抱えの劇団から一二名の人気役者を引き抜く形で女王一座が結成された。当代随一の道化役者ロバート・ウィルソンとリチャード・タールトンを筆頭とするオールスター劇団の誕生である。

ただし、女王一座の設立は、女王個人の意志と働きかけによるものではない。一体なぜ、治世も半ばを過ぎたこの時期に女王一座は結成されたのだろうか。ウォルシンガムが宮廷祝典局長に役者達の人選を依頼していることから、従来は宮内大臣のポストをめぐる宮廷政治が直接の要因とされてきたが、近年の研究では、やはり宮廷主導による商業演劇の管理強化の一環としてこれを位置づける興味深い説が提唱されている。[*21] ロンドンで鎬を削る人気劇団から均等に看板役者を引き抜けば、それは畢竟それら劇団の弱体化を意味する。三人もの役者を供出したレスター一座に至っては、独立した劇団としてはほとんど機能停止の状態に陥っている。他の劇団も多かれ少なかれ、運営難の問題を抱えることとなった。女王一座の創設は、ロンドンの選りすぐりの役者を集めて宮廷娯楽に供する目的だけではなく、急成長を遂げる演劇産業に歯止めをかけ、劇団の淘汰を促すことで演劇界全体を管理しやすい規模に縮小する枢密院の狙いがあったのではないか、という仮説は、宮廷祝典局長の権限拡大とも見事に連動しており、たしかに妥当性がある。現に一五九〇年代のロンドンの商業演劇は宮内大臣一座と海軍大臣一座の二大劇団によって、ジェイムズ一世即位後は国王一座、王妃一座、ヘンリー王子一座の三大劇団によって、寡頭体制が敷かれていくこととなるが、女王一座はそのための布石だったということになる。

以上概説してきたように、一五八〇年代以降の演劇界における商業演劇と宮廷演劇の関係は、なかなか一筋縄ではいかない複雑な様相を呈している。俗に文化は高いところから低いところに流れるとされ、前章で見た騎士道ロマンスの場合は、たしかにこれはある程度あてはまる。王侯貴族の娯楽図書として発展した騎士道ロマンス文学が出版市場の拡大を機に大衆化するプロセスには、まぎれもなく上位文化から下位文化への移行が窺えるからだ。だが、エリザベス朝演劇の場合は、この単純な図式はあてはまらず、むしろ双方向的な影響関係が認められる。商都ロンドンで隆盛を極める商業劇場の可能性にいちはやく目をつける一方で、庇護という名の管理を推し進めるエリザベス朝宮廷の文化政策は、実際にはどう機能したのであろうか。そして、エリザベスの表象はその中でいかなる変容を遂げたのだろうか。

眠れる森の老騎士

庶民には縁のない宮廷余興の代表的ジャンルと言えば、想起されるのはやはり仮面劇であろう。シェイクスピアがその創作時期の初期に執筆した喜劇『恋の骨折り損』には、ナヴァール王ファーディナンドと友人の廷臣達が、外交使節として宮廷に滞在中のフランス王女と宮廷女性達への恋を成就すべく、いかに一行をもてなすかに腐心する場面がある。

ロンガヴィル　フランス娘達に求愛する決心はついたということですね？
王　そしてその心を得る決心もな。
ビローン　だから、天幕で彼女達に披露する余興を考えるとしよう。
まず、庭から天幕まで彼女達をご案内しましょう。
その時に銘々が自分の想い人の女性の手を取って、
送り届けることにするのです。午後になれば、
何か物珍しい娯楽で楽しませましょう。
短時間で準備できるものがいい。
祝宴、舞踏会、仮面劇、そして楽しい時間は
幸せな恋の先触れ、行く手に花を撒き散らしてくれるもの。

（四幕三場三六七―七六行）[*22]

王達から余興の準備を任された学校教師ホロファニーズは得意満面で、早速「九人の英雄」と題した仮面劇の上演を計画する。「九人の英雄」とは、トロイ戦争のヘクター、アレグザンダー大王、ジュリアス・シーザー、ジョシュア、ダビデ、ユダヤの王マカベウス、アーサー王、カール大帝ことシャルルマーニュ、ゴドフリー・オブ・ブイヨンら、ギリシャ・ローマ神話、聖書、そして騎士道ロマンスに登場する九人の勇士を指し、サー・トマス・マロリーの『アーサー王の死』に付されたウィリアム・キャクストンによる序文でも列挙されている。[*23] 第五幕では、ホロファニーズも含めた三名の役者が一人三役でこれら勇士に変装して順番に登場する珍妙な仮面劇が披露

され、王女達の失笑を買う場面が挿入されている。

ちなみに、やたらと衒学的なホロファニーズには『女王陛下の戴冠式の行進』の著者であり、ケニルワースの祝祭にも携わったマーチャント・テイラーズ校校長のマルカスターが投影されていると指摘する解釈もある。[*24] 一五七〇年代から一五八〇年代初頭にかけて、「マルカスターの少年達」ことマーチャント・テイラーズ校の学生達は、芝居好きの校長先生に率いられ、さかんに宮廷で演劇を披露した。ホロファニーズ先生の素人芝居にプロの演劇人としてのシェイクスピアの揶揄がこめられているとすれば、それが宮廷仮面劇に対する風刺としても機能している点に留意する必要がある。

シェイクスピア最晩年の作であるロマンス劇『あらし』にも、プロスペローが王として支配する魔法の島で、ナポリ王子ファーディナンドがプロスペローの娘ミランダと共に、プロスペローの命をうけた妖精エアリエルが上演する仮面劇を観る場面がある。妖精達が役者を務めるこちらは、結婚を司る女神ジュノー、虹の女神イリス、豊穣の女神ケレスが登場する幻想的な仮面劇であり、娘ミランダとファーディナンドの来るべき結婚を祝するプロスペローからの心づくしの余興となっている。

このように、宮廷余興の定番である仮面劇とは、豪華な衣装を身に纏い、神話や伝説上の人物に扮した役者が登場して長台詞を語る趣向が多く、歌やダンスが重要な見せ場となった。日本語の訳語や原語の‘masque’から誤解されやすいが、イタリアの仮面劇とは異なり、イギリスの宮廷仮面劇では通常は仮面をつけない。‘masque’とは、本来は「仮装する」という意味で用いられた用語であり、架空の騎士の格好で参戦した馬上槍試合も時に仮面劇と呼ばれるなど、スペクタクル性の強い出し物全般に用いられる傾向があった。[*25] ステュアート朝仮面劇ほどあからさまな君主礼賛の意図はなく、様式のみならず主題にも未分化ゆえの多様性が認められるのがテューダー朝仮面劇の特色である。

ヘンリー八世の宮廷で流行した仮面劇は、エリザベス一世の時代になると宮廷で上演される回数が次第に減る。

贅沢な生地を使った派手な衣装はもちろんのこと、趣向を凝らした舞台装置も必要になる仮面劇はコストがかかりすぎるというのがその理由である。[*26] いかにも倹約家の女王とバーリー卿らしい方針である。もちろん、緊縮財政は、軍事予算だけではなく遊興費にも及んでいたのである。女王が地方に巡幸で赴く際には仮面劇が引き続き上演されたのは、それが往々にしてホストの自腹で催される余興であり、自分の懐を痛めなくても済んだからであろう。

そして、宮廷余興において仮面劇と入れ替わる形で上演回数が増していったのが芝居である。特に、シェイクスピアやジョンソンの登場よりも一足早く、一五八〇年代の演劇界を盛り上げた劇作家がジョン・リリーだった。

とはいえ、リリーの名を最初に宮廷に知らしめたのは演劇ではなく、一五七八年と一五八〇年にそれぞれ出版された二つの散文物語、『ユーフュイーズ』とその続編『ユーフュイーズとイングランド』だった。アテネの才気煥発な若者ユーフュイーズを主人公とする物語は、起伏に富んだプロットは持たないものの、機知に富み、ひたすら修辞を凝らした巧みな話術を駆使した優雅な対話で宮廷の読者を中心に大流行する。婉曲的で気取った言い回しを意味する英語「ユーフュイズム（euphuism）」の語源となった作品である。その人気は宮廷だけにとどまらなかった。一五八一年には、『ユーフュイーズ』は早くも五つの版を、『ユーフュイーズとイングランド』は四つの版を重ねていたというから、爆発的な売れ行きのほどが窺える。[*27] グリーン、ロッジ、リッチ等、リリーのユーフュイーズ・シリーズに触発されて文筆稼業に入った作家は多く、その影響力の大きさも無視できない。

こうした人気に力を得たリリーが次に向かったのが、宮廷上演のための喜劇作品の執筆だった。聖ポール校の校長を務めたリリーの伯父ジョン・リットワイズは、ヘンリー八世の御前でたびたび学生によるインタールードを上演していたので、宮廷上演はなじみのある世界だったのかもしれない。[*28] とはいえ、リリーが劇作に転じた直接の理由は、アンドリュー・ガーが推測するように、お抱え劇団の擁立をめぐる宮廷貴族の駆け引きに巻き込まれたためである。[29] 一五八三年四月にウォルシンガムが音頭をとる形で女王一座が結成され、スター役者を引き抜かれた貴族のお抱え劇団が弱体化する憂き目に遭ったことは既に述べたが、すぐさまこれに対抗する動きを見せたのがリリーのパトロンのオックスフォード伯爵だった。オックスフォード伯は、成人劇団を目指した女王一座が手をつけなかった少年俳優達の抱え込みに乗り出し、早くも六月にはブラックフライアーズ座の借地権を取得すると、ユーフュイーズ・シリーズの成功によって一躍人気作家となったリリーを雇用したのである。[30] かくして、一五八四年の元日、チャペル・ロイアル少年劇団と聖ポール少年劇団の合同出演による『キャンパスピ』の御前上演がホワイトホールで行われ、リリーの宮廷デビューを飾った。[31]

他のヨーロッパ諸国と同様、イングランドの宮廷においても、宮廷演劇は宮廷音楽から発展し、王室礼拝堂附属の聖歌隊にルーツをもつ少年劇団によって演じられた。[32] これが、チャペル・ロイアル少年劇団である。宮廷は、ホワイトホール、グリニッジ、ハンプトン宮殿、セント・ジェイムズ宮殿といった複数の王宮を移動し、本書第三章で論じたように地方への巡幸にも頻繁に出かけたから、王室礼拝堂もまた宮廷とともに移動することになる。ウィンザー城には独立した別の聖歌隊が存在したが、やがてこれもチャペル・ロイアル少年劇団に統合される。一方、もう一つの少年劇団である聖ポール少年劇団とは、聖ポール大聖堂附属の聖歌隊を前身とし、聖歌隊指導者の方針でテューダー朝中期から芝居の上演に注力し、エリザベス朝にはチャペル・ロイアル少年劇団と並ぶ劇団として宮廷上演で人気を博した。

とは言え、いくらいたいけな聖歌隊員のふりをしたところで、エリザベス朝になると、これら少年俳優達はもはや素人ではない。指導はもちろん、作曲から脚本執筆までをこなす座長のもとで厳しい訓練に励み、一五七六年からは御前上演のためのリハーサルという名目でブラックフライアーズ座で興行も行うれっきとしたセミプロ集団になっていた。[33] ちなみに、この「名目」というのは、王室に対してではなく、劇場建設を警戒するロンドンの近隣住民に対する口実である。ブラックフライアーズ座はドミニコ派修道院の跡地を借りて建設されたが、練習場と聞いて建物を貸したところがいつの間にか常設劇場になっているではないかと憤慨する家主を宥めて、あくまでも「女王陛下の王室礼拝堂附属の聖歌隊の練習」であるとレスター伯が強弁する文書が残っている。[*34] マイケル・シャピロがいみじくも評した少年劇団の「アマチュアリズムという幻想」は、宮廷演劇が市内興行を行う際の格好の方便として機能したようである。[*35]

商業的な興行によって懐が潤ったのは、何も少年劇団の座長だけではない。私設劇場の客のためにも上演すれば、少年劇団を王室の経費だけで賄う必要がなくなるので、とことん合理的なエリザベス女王にとってはむしろ好都合だった。〈宮廷演劇〉と銘打ちながらも、実際には宮廷のためだけに存在したのではなく、ちゃっかりと有料で市民にも一般公開されていたところが、フランスやイタリアとは異なるイングランド特有の演劇事情である。[*36] こうして、リリーのデビュー作の『キャンパスピ』も、宮廷上演に先立つ一二月に、ブラックフライアーズ座においてオックスフォード少年劇団によって「リハーサル」上演されている。

このように、一五八〇年代にリリーが宮廷演劇の世界に打って出た時には、宮廷演劇は宮廷の外でも、すなわち商業的にも通用しなければならないという暗黙の掟が既にできあがっていた。リリーがその条件に十分見合う実力の持ち主であることは、出版界におけるユーフュイーズ・シリーズの成功で既に証明されている。それ以前の宮廷演劇とは異なり、リリーの喜劇作品が宮廷祝祭において上演されるその場限りの余興で終わらずに、宮廷外の一般読者を対象としてさかんに出版されているのも同様の事情によるものであろう。『キャンパスピ』、『サッフォーとファオ』、『ガラテア』、『エンディミオン』といったリリーの喜劇作品は宮廷で上演されるやいなや、速やかに出版市場に供されたが、そのタイトルページには必ずと言ってよいほど、かくかくしかじかの祝祭の折に王室所属の少年劇団によって「女王陛下の御前で上演された」という文言が入っている。どうやら、宮廷上演、すなわち〈女王様もご覧になった芝居〉という謳い文句は格別の宣伝効果を発揮したようである。これはまさしく、本章の冒頭で紹介したデニスによる王政復古期のシェイクスピア劇の売り込み方と同じ手法であり、前章でている。

論じたマンデイによる騎士道ロマンスの翻訳出版に際しての宣伝文句も想起させる。現代で言えば、王室御用達店が誇らしげに掲げる王室の紋章が、庶民の好奇心や自尊心をくすぐり、その消費活動を大いに促進するのと似ている。

劇作家としてのリリーの最大の功績は何かと問われれば、それは、既に始まっていた宮廷演劇と商業演劇の融合を一層推し進めたことに尽きる。[*37] オックスフォード大学仕込みの人文主義的素養に裏付けられたいかにも宮廷好みのギリシャ・ローマ神話風の設定を採用しつつも、滑稽な笑劇風の場面も合間に挿入される。修辞的な美文で語られる長台詞を中心にする一方で、テンポの良い軽妙な掛け合いも随所に盛り込まれている。そしてもちろん、仮面劇の流れを汲む形で有機的に芝居の中に組み込まれた歌、ダンス、曲芸は、市井、宮廷の区別を問わず、万人受けしたに違いない。「リリーの芝居は、宮廷という閉ざされた世界とその外にあるより大きな世界の調和を示している」と論じたG・K・ハンターの言葉に、リリーの喜劇世界の本質が集約されている。[*38]

君主としての責務を優先するために恋を捨てるアレグザンダー大王の苦悩を描いた『キャンパスピ』、シラクーザの女王を主人公にした『サッフォーとファオ』、そして処女性の守護神である月の女神を想起させる女王シンシアが登場する『エンディミオン』、女性として生まれながらも男性に変身する奇跡を扱う『ガラテア』など、リリーの作品には明らかにエリザベスを連想させるヒロインが登場する。ただし、舞台設定をあくまでも神話世界に置くことによって、あからさまな同化は周到に回避されている。

第一章で紹介した女王の戴冠式を祝して催されたパジェントでは、エリザベス役を演じる子供が山車に鎮座するなど、祝祭という無礼講の場面では、君主の目の前でその役を演じることが全くないわけではなかった。しかし、台詞や演技を伴う芝居ともなれば、それが役者の側に大きな緊張と重圧を強いたことは想像に難くない。君主の威厳を損なうことなく、その人間性を表現するのは相当の技量を要し、少年俳優の手に余ることは目に見えている。シェイクスピアの『アントニーとクレオパトラ』には、自死を決意したクレオパトラが、「金切声の少年俳優演じるクレオパトラが／まるで娼婦のように振舞って／私の品位を台無しにするのが見えるようだ」（五幕二場二一八―二二〇行）と嘆く場面がある。[*39]王侯貴族が登場する歴史劇や悲劇をレパートリーとする成人劇団に所属する者の自負心から、シェイクスピアが少年劇団の稚拙な演技を当てこすった箇所と読めなくもない。ましてや、今上の君主を登場人物として描くことは御法度である。実際、怖いもの知らずのジョンソンは一五九九年に上演された『皆癖が治り』の最終場面でエリザベス女王役を登場させようとしたところ、検閲にあってあえなく場面変更を余儀なくされている。[*40]

リリーの作品ではエリザベスはあくまでも神話や伝説の人物として造型されるのが常であり、これは折しもアンジュー公との結婚交渉の終結による処女王神話の確立とも連動している。中でもとりわけ、エリザベス女王との関連が明確に打ち出されているのは、一五八八年の聖燭節にグリニッジの宮廷にて御前上演されたと推測される『エンディミオン』である。[*41]美しい羊飼いエンディミオンに恋した月の女神シンシアは、夜な夜なエンディミオンのもとを訪れて、眠る少年に接吻する。この幻想的な古代ギリシャ・ローマ神話に材をとったリリーの喜劇は、シンシアの接吻という見せ場は残しつつ、女神シンシアを女王として造型し、宮廷人エンディミオンが処女王に寄せる熱烈な崇敬を描いている。

題名にもなっている主人公のエンディミオンは、女神の如き女王シンシアに一途な恋を捧げるが、それがためにエンディミオンを愛する宮廷女性テラスの嫉妬と恨みを買う。テラスと結託した魔女ディスパスによって、花の盛りの若さを無駄に費やすようにと呪いをかけられたエンディミオンは、四〇年間の眠りに落ちる。寵臣エンディミオンの身にふりかかった災難が知れ渡ると、怒ったシンシアは、罰としてテラスを荒野の城に追放する。さらにシンシアは、宮廷人達を世界中へと遣わし、エンディミオンの魔法の眠りを解く方法を求めさせる。派遣された宮廷人達の一人で、エンディミオンの親友でもあるユーメニディーズは、真実の恋人だけが水底を見ることができるという魔法の泉に辿り着き、試練の末に、シンシアの口づけによってエンディミオンは目覚めるとの神託を持ち帰る。これに従ってシンシアが眠るエンディミオンに口づけを与えると、エンディミオンは長い眠りからやっと目を覚ますものの、すっかり老いさらばえた自分の身体の変化に驚く。奇跡はなおも続き、蘇ったエンディミオンの愛と忠誠に対してシンシアの祝福が与えられると、エンディミオンはたちまち若さを取り戻し、元の青年の姿に戻る。

魔法をかけられたエンディミオンの眠りと覚醒は、さながらディズニー映画にもなった民話『眠れる森の美女』を思わせる趣向だが、男女の役回りは完全に逆転している。しかも、これが実際に女王の眼前で少年俳優によって演じられたとなると、女王シンシアの口づけなど、ことと次第によっては物議を醸しそうな要素を含んでいる。キャサリン・ベイツは、この口づけはあくまでも「非性化された欲望のプラトニックな象徴」であると解釈しているが、生身の役者の身体を伴う演劇が有する具体性を忘れてはいけない。[*42]「時も運命も死もひれ伏す」(五幕一場五五―五六行)永遠の若さを保つシンシアが、死んだように眠りこける老いたエンディミオンに口づけする――それは、官能的というよりも、ネクロフィリアをも連想させるなかなかグロテスクな場面であるようにも思われる。[*43]どうやら、『妖精の女王』と同じく、『エンディミオン』もまた、単なる「エリザベス崇拝」の作品ではなさそうである。

『エンディミオン』は、寓意がとりわけ難解なことで知られる批評家泣かせの芝居である。女王シンシアがエリザベス女王の寓意であることは明白だが、それ以外の登場人物が誰を指すのか、そして明らかに何かの寓意であることを匂わせるプロットが一体何を示しているのか全く不明だからだ。かつては、歴史的寓意として作品を読み解き、例えばエンディミオンをレスター伯やオックスフォード伯など特定の人物に重ねる解釈が流行したこともあるが、近年はもっぱら女王と宮廷人のあるべき関係をより一般化して寓意化した作品として捉える解釈に落ち着いている。[*44]シンシアとテラスは、それぞれ天上の無垢な愛と地上の性的な愛を示し、その狭間で逡巡するエンディミオンの苦悩は、詩人であれ、宮廷貴族であれ、処女王を戴く宮廷で生き抜く者にとっては必須の処世術となった政治的求愛のポーズを示している。

エンディミオンの眠りは、前章で論じた『妖精の女王』におけるアーサーの眠りとは対照的である。アーサーの夢がグロリアーナに対する欲望を掻き立てるのに対して、エンディミオンの夢は欲望の浄化と昇華を表す。同様の寓意は、ユーメニディーズに与えられる泉の試練のエピソードにも窺える。「誠実な恋人の涙を流す者は何でも望みのものを手に入れる」（三幕四場二六—二七行）という泉の霊験は、ユーメニディーズが自分の片恋の成就よりもエンディミオンへの友情を優先する時に初めて成就する。欲望や自己愛の否定は、エセックス伯の仮面劇『愛と自己愛について』（第五章参照）の教訓にも類似している。眠りから覚めたエンディミオンは、新プラトン主義的なより高次元の愛に到達することによって、めでたくシンシアの寵愛を獲得する。

このように、『エンディミオン』は、全体の構想としてはエリザベスを清純無垢で慈悲深い至高の君主シンシアとして理想化しているものの、細部に目を転じれば、シンシアの裏の一面が浮かび上がる。まず、注意を要するのは、眠りがしばしば死の喩えであることを考慮した場合、エンディミオンの眠りは一種の懲罰としても機能していると解釈できる点である。

テラスの言い分によると、エンディミオンはかつてはテラスに言い寄っていたにもかかわらず、シンシアに心を移した不実者である。エンディミオン自身もまた、シンシアへの恋のカムフラージュとしてテラスを利用したことを認めている。

テラス、美しいテラスについては、私の取り乱した心を他人が見ても、それをシンシアのためではなく、私のことを愛する誰かのためだと思わせるために、私の愛情の隠れ蓑として彼女を使うことで、嘘をついてきた。シンシア様の完璧さに匹敵するものなどおらず、比較することすらできぬというのに。

（二幕一場二二—二六行）

この台詞の後に続く場面でも、エンディミオンは、シンシアへの愛を勘繰るテラスの追及をかわすために、なおもテラスへの偽りの愛を誓い続ける。多くの批評家が指摘するように、エンディミオンは決して完全無欠の宮廷人ではなく、裏表のある人物として描かれているのである。[*45] とすれば、眠りは、こうしたエンディミオンの欺瞞的な愛に下った天罰と見なすことができるのではないだろうか。

その場合俄然気になるのは、エンディミオンは果たして誰に罰されたのか、という問題である。もちろん、プロット上では、これはテラスに協力する老いた魔女ディスパスによる魔法である。しかし、寓意上は、エンディミオンの眠りをシンシアによる罰と見なすことも可能であるように思われる。眠りを覚ます、すなわちエンディミオンの罪を許すことができるのは、罰を与えた者でしかありえない。シンシアの口づけは、女王の不興が解けたことの証でもあり、エンディミオンの若返りは一度は喪失した愛顧の回復を象徴していることになる。とすれば、本来は対比されているはずの、シンシアとディスパス、あるいはシンシアとテラスは、限りなく同化してくる。ルネサンス期のギリシャ・ローマ神話をめぐる解釈学においては月の女神ダイアナ／シンシアと魔術を司るヘカテがしばしば同一視されたことへの注意を喚起するフィリッパ・ベリーの指摘は、この点において的を射ている。[*46]

三人の女性シンシア、テラス、ディスパスの完全な同化とは言えないまでも、少なくともシンシアの多面性が最も顕著に窺えるのは、眠りに落ちたエンディミオンが見る夢の場面である。ディスパスの魔術によってエンディミオンが森の中で眠りに落ちると、音楽が流れ、黙劇が始まる。舞台上で眠るエンディミオンの前に、三人の貴婦人が登場し、そのうちの一人は手にナイフと鏡を持っている。この女性は、もう一人の女性に勧められてエンディミオンを殺害しようとするが、三人目の女性が泣いてそれを押しとどめる。ナイフを持った女性は、手にした鏡を覗きこむと、ナイフを取り落とす。

後に五幕一場で、眠りから目覚めたエンディミオンは、シンシアに問われるがままに、居並ぶ皆の前でこの夢のことを語る。女性が殺害を思いとどまる場面については、エンディミオンの口を通して以下のような解説が付される。

自分との長い対話の末に、慈悲が怒りに勝りました。すると、彼女の天女のような顔にそれはそれは神々しい威厳が宿りました。そこにはえも言われぬ優しさも混じっており、私は何とも言えないその光景に恍惚となり、いつまでもその様子を眺めていたいと思ったほどです。すると、彼女は他のご婦人方といっしょに立ち去りました。一人は、情け容赦のない残酷さを、もう一人は変わらぬ慈悲をとどめたままで。

（五幕一場九六―一〇二行）

黙劇の三人の女性が具体的にどう演じられたかは不明であるが、シンシア、ディスパス、テラスを演じる三名の少年俳優達がそれぞれ一人二役で演じたのではないかと想像するのは、穿ちすぎであろうか。ともあれ、フロイト的な精神分析批評を援用するまでもなく、「死そのものですらこの夢ほど恐ろしくはない」（九二―九三行）とエンディミオンが回想するヴィジョンが、シンシアへの潜在的な恐怖を照射していることは間違いない。実際、シンシアが登場する場面を見ると、テラスを厳罰に処したり、無遠慮にずけずけと暴言を吐く別の宮廷女性セメレには一切口をきくことを禁じるなど、宮廷の風紀を厳しく取り締まる女王の抑圧的な側面が目につく。[*47]

興味深いことに、女王から下された罰として騎士が長い眠りにつき、しかも若さを奪われるというモティーフは、『エンディミオン』の宮廷上演から四年後の一五九二年、オックスフォードシャーを巡幸中の女王をディッチリーの自邸に迎えたサー・ヘンリー・リーが催したパジェントで再び用いられている。エリザベス女王は、不実な騎士やその恋人の女性達が木々に変えられた魔法の森という設定の木立に案内される。変身した騎士達の嘆きと嘆息に満ちたこの森の中で、女王は、別の女性に心を奪われた結果、妖精の女王への奉仕を怠った罰として、長い眠りの世界に幽閉された老騎士と出会う。

ホストのリー自身が老騎士役を演じたことを踏まえると、このエピソードにはリーの個人的な事情を読みこみたくなる。[*48] 当時リーは、かつて女王の侍女を務めた宮廷女性アン・ヴァヴァソーと恋愛関係にあり、一五九〇年に長年別居中だった妻を亡くした後は、ここディッチリーで余生を共に送っていた。老騎士が被った妖精の女王の呪詛は、リーの老いらくの恋を自虐的にあてこすったものと思えなくはない。しかし、リーが特に女王から叱責を受けた形跡もないことを踏まえれば、自分の秘め事をあえて余興のネタにしたとは考えにくい。ヴァヴァソーは、プレイボーイで鳴らしたオックスフォード伯との間に庶子を儲けるなど、宮廷スキャンダルの餌食となった経緯もあるだけになおさらである。

むしろ、このパジェントは、一五九〇年に「女王の騎士」の職を辞し、引退生活に入っていたリーがその長い廷臣生活を深い感慨をこめて振り返ったものと捉えるのが自然ではないだろうか。その際留意すべき点は、「公明正大で、執念深い」(三巻六八九頁)と形容されている妖精の女王が、『エンディミオン』のシンシアと同じく、極めて両義的な存在として描かれている点である。エリザベスの来訪によって老騎士は眠りから覚め、他の囚われの人々も解放される。余興は「天上の女神! 恩寵の君主!」(三九〇頁)と呼びかけられるエリザベスに対する感謝の歌で締めくくられている。しかしながら、軌道を外れた欲望の罪に与えられる容赦ない罰は残像となって観客の脳裏に残る。

一六〇一年、暴走する騎士の断罪は、まさに現実のものとなる。ロンドンで武装蜂起したエセックス伯のガーター勲位剝奪と処刑である。眉目秀麗にして、文武両道に長けたエセックス伯は、政治的野心と自己顕示欲の強さにおいても、義父レスター伯の気質を引き継いでいた。一五八〇年代後半から一五九〇年代前半にかけて、在りし日の義父と同様、エセックス伯は女王の寵愛を一身に受け、出世街道を突き進む。ただ、エセックス伯がレスター伯と異なっていたのは、名誉と理想への欲望を抑制する術を持たなかったことだ。カディス遠征の華々しい勝利によってエセックス伯の人気が頂点を極めた一五九六年、友人の荒ぶる気性を案じたベイコンは、軍功よりも女王の愛顧を求める努力をするよう諫める書簡をしたためる。[*49] しかし、ベイコンの忠告も空しく、エセックス伯は期待するほど自分を評価しない女王への不信感を募らせ、二人の溝は深まる。それは、マッコイの言葉を借りれば、「エリザベス朝の騎士道的妥協」の破綻を意味していた。[*50] 騎士道精神は、個人の名声の追求を理想化することにより武闘派貴族の自尊心を刺激する一方、その暴力的エネルギーを儀式的に放出する安全弁として作用した。しかし、レスター伯には辛うじて作動したこの安全弁も、老いた女王と若き騎士の間では効力を失う。名誉をかけた最後の騎士道戦争と言われたエセックス伯の蜂起は、欲望を眠らせることを断固拒否した騎士の哀れな末路だった。

宮廷政治のただなかに生き、ひたすら女王の寵愛を欲し、その不興を恐れる日々を送る宮廷人にとって、眠れる森の老騎士の寓意を読み取ることは、さほど難しいことではなかったのかもしれない。もちろん、おしなべて寓意というものがそうであるように、『エンディミオン』もディッチリーのパジェントも、ただ一つの解釈を前提とするものではない。ただ、そこにはおそらく宮廷人にしかわからない、女王との張りつめた関係が切実に描きこまれていることはたしかである。とすれば、それが商業劇場で上演される時、複雑な宮廷政治など知るはずもない観客達に同様の理解を求めることはそもそも不可能であり、何かまた別の仕掛けが必要となってくる。次節では、リリーの宮廷演劇が商業演劇へと接ぎ木されていく過程を辿りながら、エリザベス表象のさらなる行方を追っていきたい。

妖精の女王のお仕置き

庶民が王室や宮廷といった異世界の出来事に興味をそそられるのは、今も昔も変わりはない。そして、王室の男女のファッションが流行を生み出す現象も、必ずしも現代文化に限定されるわけではない。厳然とした階級制度が敷かれ、衣装に用いる布地の材質までが身分によって規定されていた近代初期においてすら、流行は宮廷と都市を繋ぐ文化的な磁場として機能した。

その流行とは、何も衣服に代表される物質的なことだけではなく、話し方や行動規範もまた、対象の一つとなった。[*51] リリーのユーフュイーズ・シリーズの出版市場における成功は、その宮廷風のレトリックが一般読者に対して新奇な魅力と映ったからに他ならない。シェイクスピア劇をはじめとして、近代初期演劇では宮廷社会を描いた芝居が圧倒的に多いのも、宮廷が一種のファンタジー空間として観客の想像力を掻き立てたからであろう。ただし、それは市民社会が宮廷社会をひたすら崇めて模倣するといった単純な構図ではない。以下に論じるように、喜劇特有の俯瞰した視点は、宮廷の価値観を徹底的に相対化し、異化し、最終的には笑いの対象へと変える効果を発揮するのである。リリーが華麗な神話世界の中にロマンス化したエリザベスの宮廷社会もまた、公衆劇場に響いた笑いを免れることはできない。

『エンディミオン』は、一五八〇年代にリリーが次々と発表した宮廷喜劇の中では比較的後期の作品に属する。そのため、リリーの関心がもはや女王礼賛から離れ、商業劇場での成功へと向かっていた時期の作品と見なす批評家も多い。[*52] 実際、リリーは一五八四年にはブラックフライアーズ座の建物の一部を年額八ポンドで自ら借り受け、劇場運営に乗り出している。[*53] 宮廷祝典局長になる野心が潰えた以上、宮廷での栄達からロンドンの商業演劇のビジネスへとリリーがキャリア設計をシフトさせたとしても不思議はない。[*54] もし、リリーがおとなしく宮廷演劇だけに専念していれば、ハーヴェイから「聖ポール校の悪徳元締めにして、劇場の大馬鹿元締め」と口汚く罵られることもなかっただろう。[*55]

実際『エンディミオン』には、商業劇場を意識したと思われる工夫が随所に凝らされている。その最たる例は、ほら吹き騎士サー・トーパスと無粋な隊長コルシティーズを中心に展開するサブプロットに窺える。サー・トーパスは老婆の魔女ディスパスに、コルシティーズは囚人となったテラスにそれぞれ恋をし、二人とも不可思議な眠りに落ちる。リリーの演劇の特徴は各場面が相互に呼応しあうシメトリー構造にあることを踏まえれば、サー・トーパスとコルシティーズの滑稽な恋はいずれもエンディミオンのシンシアに対する純愛のパロディーとなっている点に気づく。

二つのサブプロットに共通しているのは、妖精の女王のモティーフである。エリザベス一世の表象として代表的なキャラクターと言えば、月の女神シンシア／ダイアナと妖精の女王の二つが挙げられるが、民衆にとって断然なじみがあるのは後者の方だった。リリーの『エンディミオン』は、スペンサーの『妖精の女王』と同じく、古典主義的な月の女神とイングランド土着の妖精の女王の融合を試みつつも、妖精の女王を一貫してサブプロットに振り分けることにより、商業劇場の観客の笑いをメインプロットに向けて誘導する仕掛けを作り出している。

サー・トーパスは、『妖精の女王』第二巻に登場するブラガドッチオー（本書第四章参照）を思わせるほら吹きのえせ騎士で、大言壮語を吐いては、陰でお付きの従者達からも笑い者にされる始末である。そんな道化的な存在であるサー・トーパスは、一方で宮廷風恋愛を嘲弄する発言を繰り返す。エンディミオンの従者ダレスとユーメニディーズの従者サミアスが「ご主人様達ときたら耳のところまで恋にのぼせあがっているから、俺達としてはおつむのてっぺんまでいたずらする以外に仕様がねえってもんだなあ」（一幕三場一―二行）と話し合っているところに、サー・トーパスが従者エピトンを引き連れて登場する。

トーパス　エピ！
エピトン　はい、ご主人様。
トーパス　俺は恋というこの馬鹿げた気質は持ち合わせておらん。かつては恋愛呆けの人間は肝臓がやられると言われたようだが、俺の肝臓は恋なんぞではびくともせんわ。
エピトン　ご主人様、恋は肺に宿るものかと存じます。だからくしゃみをしたり、息使いが荒くなったりするんでございましょう。

トーパス　たわけが！　そんなことはどこぞの詩人が金欲しさに考えたことに違いない。

（一幕三場五―一三行）

サー・トーパスとエピトンの会話は、それ自体が観客や他の登場人物達の笑いの対象でありながら、メインプロットの登場人物達の恋愛騒動はもちろん、宮廷風恋愛やペトラルカ主義を基調とする宮廷詩をも笑い飛ばす。その結果、エンディミオンがシンシアに捧げる崇高な愛、すなわち女王エリザベスに対する宮廷人の擬似恋愛的な献身も揶揄の対象となる。エンディミオンもシンシアも多分に両義的な存在として提示されていることは既に指摘した通りだが、その両義性が笑いへと転換されるのはサブプロットの巧みな効用によるものである点に留意する必要がある。

サー・トーパスは、ディスパスへの突如芽生えた恋によって、すっかり宗旨替えを宣言する。それまで熱中していた武芸を捨てて、求愛のための恋愛詩を書くことに夢中になったサー・トーパスは、「こんなに詩の話しかならないのなら、あっしゃ新しいご主人様を探さないと」（三幕三場四八―四九行）とエピトンを嘆かせ、その直後に忘我の境地で眠りに落ちる。途方に暮れたエピトンが、通りがかったダレスやサミアスと一緒に「恋する騎士の目を覚ますために」（一〇六行）歌い踊っていると、サー・トーパスはやおら目を覚まし、自分の肩の上に止まったフクロウが鳴いたかと思うと、ディスパスに変身したという夢を物語る。

やや唐突にも思えるサー・トーパスの眠りは、その夢と共に、明らかにエンディミオンの眠りと対置されている。フクロウの鳴き声を「やっちまえ（to it）、やっちまえ（to it）」（三幕三場一三三行）と解釈し、「俺は恋人の上で寝ていただけだ」（一三六行）と豪語するサー・トーパスの夢は、明らかに性夢である。そのため、例えばサー・トーパスは情欲を、エンディミオンは救いを夢想すると解釈する批評もあるが、むしろ注目すべきは二人の類似性である。[*56] サー・トーパスの眠りと夢は、エンディミオンの眠りと夢にさらなる意味づけを施す。もちろん、サー・トーパスという名前、そして魔女との恋から連想されるのは、チョーサーの『カンタベリー物語』で語られる騎士サー・トーパスと妖精の女王のエピソードである。スペンサーは、これをアーサーの幻想的な夢物語としてロマンス化し、エリザベス一世ことグロリアーナに対する欲望を名声への欲求として道徳的に寓意化した。これに対して、リリーによるサー・トーパスのサブプロットは、チョーサーのエピソードが本来有している民話的要素や野卑な大衆性をとどめたまま、メインプロットにおけるエンディミオンの荘重なロマンス性を滑稽で卑俗なものへと急落させる喜劇的な仕掛けとして機能する。[*57]

月の女神シンシアに妖精の女王としての側面を付与することにより、メインプロットのロマンス性をより土着の民間伝承的な笑いへと引きずり下ろす趣向は、『エンディミオン』のもう一つのサブプロットにも共通している。テラスに恋焦がれるコルシティーズは、シンシアから与えられた職務も顧みずに、テラスに唆されるまま、眠るエンディミオンの誘拐をたくらむ。コルシティーズが、夜陰にまぎれて、月明かりに照らされた川岸で眠るエンディミオンの身体を持ちあげようと奮闘していると、妖精たちが登場し、歌い踊りながら、コルシティーズの身体をつねる。

全員　つねろう、つねろう、青黒くなるまで。
　　　無礼な人間どもは
　　　天界の女王様がなさることを見るなかれ。
　　　我らが妖精の求愛を詮索するなかれ。
妖精一　青くなるまでつねろう。
妖精二　そして黒くなるまでつねろう。

妖精三　青く赤くなるまでつねる鋭い爪を
こいつにお見舞いしてやろう。
眠りがこの愚かな頭を揺らすまで。
妖精四　こいつの罪への罰として。
体中に痣をつけよう。
エンディミオンに口づけを。彼の目に口づけを。
それから真夜中の陽気なお祭り騒ぎといこう。
（四幕三場二九―四一行）

この直後に眠りに落ちるコルシティーズにとっては、妖精達から受ける制裁が一種の悪夢として機能していることになり、エンディミオンとの類似性が示唆される。おそらく、妖精の唄と踊りに観客が沸く中では、妖精達に取り囲まれるコルシティーズとエンディミオンの差異は消失する。特に、妖精四の台詞が言及する「こいつ」とはコルシティーズを指すものの、一瞬エンディミオンのことかと思わせる効果も有している。もちろん、エンディミオンへの妖精の口づけは、後のシンシアの口づけを予兆している。コルシティーズの罪がテラスの誘惑に負けてシンシアへの忠義を怠ったことであるとするならば、それはエンディミオンの罪とも重なり、シンシアと妖精の女王を限りなく同化させる。ただし、その懲罰は、軍人のコルシティーズが妖精達の襲撃に怯えながら身をよじらせる、あくまでもドタバタ調の大衆的な笑いとして供される。

商業演劇を意識したものと推測されるこうした傾向は、リリーがより初期の頃に執筆した喜劇との明らかな違いを窺わせる。一五八四年、リリーの宮廷演劇の二作目となる『サッフォーとファオ』がブラックフライアーズ座で上演された際には、口上で以下のような弁解がなされている。

私どもの今回の目的は、外面的な面白さではなく、内面的な喜びを喚起することであり、声をあげての大笑いではなく、ひそやかなほほ笑みを生み出すことです。賢明な人間にとっては、機知に溢れた忠言を聞くことが、愚かな人間が粗野な娯楽を楽しむのと同じぐらいに大きな喜びをもたらすことを存じ上げておりますので。*58

少年劇団のライバルである成人劇団への露骨な揶揄が窺えるこの口上を読む限り、少なくとも『キャンパスピ』や『サッフォーとファオ』を引っ提げて宮廷演劇の世界に登場した時点では、リリーはブラックフライアーズ座に集う富裕なジェントルマン階級の観客を喜ばせることしか念頭になかったようである。*59 しかし、『エンディミオン』になると、その方針の変化が認められる。リリーの作劇術は、もはやジェントルマン達の「ひそやかなほほ笑み」だけでは飽き足らず、「声をあげての大笑い」に歩み寄っている様子が窺えるからである。それは、宮廷演劇から商業演劇へ、宮廷を中心とするエリート観客層からより大衆的な観客層へと照準をずらし始めたリリーの方向転換を示している。

身体中をつねられたコルシティーズは、眠るエンディミオンの隣で眠りに落ち、色とりどりの痣ができたその身体は、通りがかったシンシア一行の嘲笑の的となる。おそらくそれは、宮廷上演の際には観客席の女王の笑いも誘ったに違いない。そして、その祝祭的な昂揚感は、処女王の宮廷に渦巻く欲望の罪と罰を矮小化・戯画化することによって、商業劇場にも波及していく。

宮廷の観客と商業劇場の観客の双方を見据えるリリーの喜劇の本質を最もよく理解した上で、より一層商業演劇に寄せる形で継承したと思われる劇作家が、シェイクスピアである。シェイクスピアがリリーから受けた影響の最たるものは、恋愛に内在する喜劇性である。*60「やつらの愚かなパジェントを見物しましょう。／ああ、人間って、なんて馬鹿なんでしょう！」（三幕二場一一四―一一五行）――『真夏の夜の夢』で恋人達のてんやわんやに大喜びする妖精パックの台詞は、他人の恋（と結婚）ほど愚かで滑稽な見世物はないというシェイクスピア喜劇のテーゼを端的に表している。一見すると普遍的な真理のようにも思える、恋愛に対するその醒めた視点は、まずはリリーがエリザベスの宮廷世界から嗅ぎ取ったものであることを忘れてはならない。それは、リリーからシェイクスピアへと受け継がれ、造作なく商業演劇へと組み入れられ、いわゆるロマンス的喜劇《ロマンティック・コメディ》の王道を形成していく。『エンディミオン』の主題の一つとなっているエリザベスの性と権力が引き起こす欲望と不安は、サー・トーパスさながらに妖精の女王との一夜の同衾を果たす職人ボトムを描いた『真夏の夜の夢』に通底している。ただし、この劇で不可思議な眠りに落ち、悪しき欲望に狂う悪夢を見る羽目になるのは、妖精の女王の方である。

妖精の女王ティターニアは、可愛がっているインドの少年をめぐって、夫である妖精の王オーベロンと夫婦喧嘩の真っ最中である。どうしても自分の言うことを聞こうとしないティターニアに業を煮やしたオーベロンは、仕返しとして、目覚めて最初に見たものに恋心を抱かせる媚薬を眠っているティターニアの瞼に塗る。折しも、芝居の稽古で森に居合わせていた職人ボトムは、パックの悪戯によってロバに変身させられるが、自分ではそのことに気づいていない。ボトムの不気味な変身に仰天した仲間達によって置き去りにされたボトムが心細さを紛らわせようと歌を歌うと、その声でティターニアが眠りから目覚める。

ティターニア　お願い、素敵なお方、もう一度歌って。
私の耳はあなたの歌声にすっかり魅了されました。
この目もあなたのお姿のとりこです。
その立派なご気性が私の心を動かすのでしょうか、
お会いしたばかりなのに誓います。あなたを愛していると。

ボトム　奥さん、私が思うに、そんなことを仰るとは相当理性を欠いておいでですな。でもまあ、正直申し上げますと、理性と恋は近頃はあまり相性がよろしくないようですが。

（三幕一場一三〇―三七行）

自己愛の強いボトムの愚かな言動は、終始観客の笑いの対象となっている。しかし、そのボトムが妖精の女王をいなして吐く台詞は、恋愛の愚かさという普遍的真理を衝く箴言となって、笑いの対象を瞬時に女王にすり替える。リリーが『エンディミオン』で適用したサー・トーパスのサブプロットと同じ効果である。

『真夏の夜の夢』の中で夢を見る人間は何人いるか。この問いに対する答えはなかなか難しい問題を孕むが、ボトムは間違いなく舞台上で夢を見る登場人物の一人であり、しかも、悪夢ではない、世にも愉しい夢を見るおそらく唯一の人物である。オーベロンの思惑通りに、ティターニアの寵愛はあっけなくインドの少年からボトムへと移り、ボトムは妖精の女王に抱かれながら、お付きの妖精達にかしずかれる身分となる。ただし、第四幕の最後の場面で、眠りから目覚めたボトムはそのことを全く覚えていない。

俺はえらく不思議な夢を見たぞ。それがどんな夢だったかってのを語るのはちょっと人知を超えているという類の夢だぞ。この夢のことをあれこれ説明しようとする奴がいたら、そいつはとんまだ。……俺の夢が果たして何だったたか、人間の目は聞いたこともなく、人間の耳が見たこともなく、人間の手が味わうことはできず、その舌が考えつくことも、頭で語ることもできない。ピーター・クウィンスにこの夢についてのバラッドを書かせよう。タイトルは「ボトムの夢」にしよう。なにしろ底抜けに奥が深い夢だからな。そして、それを芝居の最後に公爵様の前で歌うことにしよう。

（四幕一場二〇一―一三行）

「ボトムの夢」、すなわちボトムが妖精の女王の恋人になって森の中で一夜を共にした顛末を知っているのは、一部始終を見ていた観客だけである。言い換えれば、ボトムが自分にしかわからないと思っている（が実際には自分もわかっていない）夢は、劇場空間の中で、観客が集団で見る夢として共有される。事実、ボトムもまた夢を自分だけのものにしておくつもりはなく、すぐさまバラッドの形式で舞台化することを企てている。

ボトムの夢を文化的に構築されたファンタジーとして読み替える解釈は、新歴史主義批評の方向性を画することとなったモントローズの記念碑的な論考により一躍有名になり、「西に君臨する美しき乙女」にエリザベス礼賛の意図を読み取ることだけに終始してきた従来の批評を完全に覆すことに成功した。[*61] あられもない格好をしたエリザベス女王と情事をかわす性夢を事細かに記した占星術師サイモン・フォーマンの日記から稿を起こしたモントローズの分析は、女性君主に対して臣民が抱く潜在的な欲望や妄想を炙り出し、そこに潜む男性主義的な支配欲とそれゆえのコンプレックスに読者の注意を喚起した。リリーが『エンディミオン』で描いたシンシアの口づけという夢想は、シェイクスピアの『真夏の夜の夢』においては、妖精の女王との夢の一夜を過ごすボトムのサブプロットへと引き継がれることにより、エリザベスの表象にさらなる破調をもたらす。

無論、ティターニアはエリザベス一世の寓意とは言えず、両者の関係はあくまでも暫定的な連想のレベルにとどまる。ただし、本書でもかなり頁を割いてきた妖精の女王としてのエリザベスの表象の系譜を踏まえると、モントローズの解釈の圧倒的な説得力は否定しがたい。ましてや、『真夏の夜の夢』は宮廷の観客を想定して執筆された可能性が高いという事情がそこに加われば、なおさらその妥当性は増す。この劇の初演について最も有力視されているのは、一五九六年二月にシェイクスピアが所属する宮内大臣一座によって劇団のパトロンである宮内大臣ことハンズドン卿ヘンリー・ケアリーの孫娘エリザベスの結婚を祝う宴で上演されたとする説である。[*62] 祝宴には女王も臨席していた可能性が指摘されている。[*63] 上演をめぐる歴史的事実の実証には困難がつきまとうが、『真夏の夜の夢』は明らかに、妖精の女王とエリザベス一世の同化を図った一連の宮廷祝祭の流れを汲んでいる。そして、それは、宮廷上演のお役目を果たした後は、シアター座の舞台にかけられ、一般大衆の娯楽へと転用されていく。[*64]

一方、欲望の罪と罰という、リリーが『エンディミオン』の寓意で示唆したもう一つの主題は、同じく妖精の女王が印象的に登場する『ウィンザーの陽気な女房達』に見出すことができる。年に一度の恒例行事、ガーター騎士団の叙任式の祝典に沸くウィンザーの町は、宮廷からやってくる様々な賓客を迎える準備の真っ最中である。そんな中、騎士フォルスタッフは、裕福なウィンザー市民の人妻を金蔓にすることを思いつき、ペイジ夫人とフォード夫人に同じ文面の恋文を届ける。二人の夫人達は、フォルスタッフのひとりよがりで無礼な求愛に憤慨し、協力して好色な騎士への復讐を計画する。二人は、フランス人医師キーズの家政婦クイックリーの助力も得ながら、フォード夫人が逢引きに応じると見せかけてフォルスタッフをおびき寄せては、洗濯かごに押し込んでテムズ川に投げ入れたり、夫に殴らせて追い出したりと、散々な目に遭わせる。

そして、ウィンザーの女房達による最後のお仕置きは、第五幕、真夜中のウィンザーの森の中で決行される。ついにフォード夫人との密会が実現すると思いこんで、いそいそと出て来たフォルスタッフは、クイックリーと地元の子供達が扮する妖精の女王と供の妖精達に遭遇する。「妖精だ。妖精と口をきくと死んでしまうぞ。／目をつぶって、横になろう。妖精の仕業を見てはいけない」(五幕五場四八―四九行)と、フォルスタッフは大慌てで寝たふりをする。[*65] すると、妖精の女王が妖精達にかける号令が響き渡る。

クイックリー　さあ、さあ、お行き、妖精達。
ウィンザー城の内と外をくまなく探せ。
全ての聖なる部屋に幸運を撒き散らせ。
最後の審判の時まで続くように、
聖なる部屋は持ち主にふさわしく、そして持ち主は聖なる部屋にふさわしく健やかなる姿であるように。
ガーター騎士の席をくまなく回れ。
香油とそれぞれ美しい花を手に持って。
騎士の椅子と勲章と兜飾りが
忠義の紋章でとこしえに祝福されるように。
そして、夜の牧場の妖精達よ、
ガーター勲章の輪のように丸くなって歌い踊れ。
その輪の跡は青々と、
他の場所よりも肥えた土になる。
そして、エメラルド色の房飾り、深紅、青、白の花々で
「悪しき思いを抱くものに禍あれ」と記しなさい。
跪く美しい騎士の膝に留められた
サファイアに真珠、豪華な刺繍のように。

（五幕五場五六—七三行）

妖精の女王がガーター騎士団の叙任式の前夜に浄めの儀式を行っているという設定である。その儀式は、「ウィンザー城の内と外」で行われ、宮廷と町の境界線は消滅する。ガーター騎士団のモットーは、城の礼拝堂のみならず、ウィンザーの牧場にも刻印される。

そして、ガーター騎士にあるまじき汚れた欲望は、宮廷はもちろんのこと、町からも駆逐されねばならない。
「神様、どうかウェールズの妖精からお守り下さい。／この身をチーズに変えたりしませんように！」（五幕五場八

二―八三行）と恐怖におののくフォルスタッフは、たちまち妖精達に発見される。妖精の女王は、妖精達にそれぞれ手にした蝋燭をフォルスタッフの身体に近づけるよう命じると、フォルスタッフの刑罰を開始する。

クイックリー　腐っている、腐っている、欲望に汚れている！
妖精達よ、この者を取り囲め。嘲りの歌を歌いながら。
そして、跳びはねながら、思う存分つねりあげよ。
妖精達　罪深い妄想め、けしからん。
情欲と好色め、けしからん。
情欲は血の炎に過ぎぬもの。
汚れた欲望で火がつくと、
心の中で大きくなり、炎をあげて燃え盛る。
思いがその火を煽るから、どんどんどんどん燃え盛る。
妖精達よ、皆でつねりあげよ。
悪さをした奴をつねりあげよ。
つねって、燃やして、こづきまわせ。
蝋燭と星明かりと月明かりが消えるまで。
（五幕五場九一―一〇三行）

眠ったふりをするフォルスタッフが妖精達につねりあげられる場面が宮廷喜劇『エンディミオン』におけるコルシティーズのサブプロットの模倣であることは、言うまでもない。地元の子供達が妖精に扮して歌や踊りを披露するのは、エリザベス女王の巡幸の際に催された余興の定番であり、宮廷仮面劇の影響も認められる。[*66] ただし、そこには、商業劇場の観客を喜ばせるためのシェイクスピアならではのさらなる工夫が凝らされている。ウィンザーの町民達が総出でフォルスタッフを懲らしめる場面は、シャリヴァリと呼ばれる民間風習に倣っている。[*67] 中世やルネサンス期のヨーロッパの町や村では、住人が互いに監視しあい、共同体の規範に外れた行為、特に性的に不適切であると見なされた行為をした者を衆人のあざけりの的にする非合法の制裁が行われた。[*68] 対象となったのは、姦通を犯した男女、夫をがみがみ叱りつける妻や女房の尻に敷かれる夫（逆は罪に問われなかった）、妻に浮気をされた夫（逆は罪に問われなかった）、何かいわくつきの結婚をしたわけありの夫婦等である。村人達は、鍋を叩き、角笛を吹き鳴らして、逸脱者と見なされた者をやじりたて、時には糞便を投げつけ、荷車に乗せて村中を引き回した。

悪者を皆で面白おかしく懲らしめる名目で行われたシャリヴァリが一種の祝祭としての側面も有していたことを考慮すると、近代初期の笑いのある重要な側面が浮かび上がる。[*69] 風刺的要素の強い冗談が特に好まれた近代初期において、笑いが社会的規範を逸脱した者に対して向けられる傾向があったことは夙に知られる。[*70] 当時の滑稽本や喜劇において「寝とられ亭主」が定番の冗談になっていたことからも窺えるように、笑いは共同体の規範から外れた行為に対する社会的制裁として用いられた。シャリヴァリや懲罰椅子の祝祭性は、共同体の秩序維持に対する笑いの関与を最も端的に示す例と言えよう。冗談は社会に鬱積する様々な不安や緊張のはけ口であり、笑いは同じ価値観を有する者をつなぎとめる、いわば接合剤の役目を果たしたのである。

では、フォルスタッフが犯した罪とは一体何か。それはなかなか重層的な構造を成している。

騎士フォルスタッフは、そもそもウィンザーという町の共同体の一員ではなく、宮廷側の人間である。クイックリー演じる妖精の女王の台詞が示唆するように、フォルスタッフの好色は、ガーター騎士団の名誉を汚す、処女王の宮廷にあるまじき罪として断罪されている。まことの恋は結婚の埒外に置かれるのが普通だった宮廷風恋愛の伝統は、もはやエリザベスの宮廷では通用しない。「われらが輝く女王様は身持ちの悪いのがお嫌いだ」（五幕五場四七行）と歌い踊る妖精達によってフォルスタッフは散々に痛めつけられる。フォルスタッフと言えば、敵前逃亡の罪でトールボット卿にガーター勲章を剝奪される『ヘンリー六世・第一部』に始まり、数々の歴史劇で騎士道の恥として反ロマンス主義を体現する人物である。そのフォルスタッフは、唯一登場する喜劇作品の中で女性誹謗という騎士道最大の罪を犯す。

ただし、興味深いのは、その罪が女王ではなくウィンザーの人々によって処罰される点である。宮廷社会と市民社会がねじれにも似た関係で共存している。その場合、フォルスタッフに対する処罰は、ガーター式典という宮廷祝祭に乗じて宮廷からウィンザーの市民社会に紛れ込んだ異分子に対する制裁としての側面も帯びる。質実剛健、健全な家族生活を旨とする市民倫理に照らせば、人妻に平気で言い寄る放蕩貴族の宮廷風恋愛など、もってのほかの論理ということになる。「フランスの宮廷にもあなたほどの貴婦人はいない。あなたの両目はまるでダイアモンド。美しい弧を描くあなたの額には、舟形の髪飾り、豪華な髪飾り、それこそヴェニス風の髪飾りも似合うだろう」（三幕三場四八―五二行）と、さかんに宮廷風のファッションや求愛のレトリックで誘惑しようとするフォルスタッフに対して、フォード夫人が「質素なスカーフで結構よ、サー・ジョン。私の額には他のものは似合いませんし、それだってそんなに似合うわけじゃありません」（同五三―五四行）と一蹴する場面もある。

こうしたことから、『ウィンザーの陽気な女房達』を貴族階級に対する市民倫理の勝利と見なす解釈がある。[*71] その一方で、市民階級の抵抗は不完全に終わり、最終的には貴族階級の価値観に包摂されると指摘する解釈もある。[*72] その場合注目されるのは、フォルスタッフとは好対照の本物のジェントルマンとして配されているフェントンが、市民階級の他の求婚者達を出し抜いて、ペイジ夫人の娘アンと結ばれる結末である。アンとフェントンの結婚は階級融和である一方、市民の資産は貴族階級に吸い上げられて、その強化に繋がる。市民階級の勝利か、はたまた貴族階級の勝利か。問題はどちらの解釈が正しいかということではなく、むしろどちらの解釈も可能である点にこそ、この劇の醍醐味があるように思われる。宮廷と市民社会は地続きであり、互いに共鳴しあいながら、フォルスタッフが体現する悪しき騎士道を共同で排除するのである。

『ウィンザーの陽気な女房達』が「恋するフォルスタッフを見たい」という女王の要望に応えるために二週間で執筆されたとする説は一八世紀に始まる俗話に過ぎないとしても、ハンズドン卿の息子で亡父の跡を継いで宮内大臣一座の新しいパトロンとなったジョージ・ケアリーのガーター勲爵士叙任を祝して執筆されたとするレズリー・ホットソンの解釈は、今尚この劇を語る上で避けては通れない。[*73]『真夏の夜の夢』と『ウィンザーの陽気な女房達』という、一五九〇年代の宮廷祝祭との関連が取り沙汰される二つのシェイクスピア喜劇が共に妖精の女王を登場させることは、決して偶然ではあるまい。少なくとも両作品は、リリーの宮廷喜劇の正統なる後継作品であり、妖精の女王のモティーフを用いて多様なエリザベス一世像を創出した宮廷祝祭の系譜に位置づけることができる。それが今度はシアター座やカーテン座など公衆劇場で上演され、大向こうの観客の哄笑をさらっていく。その野放図な拡散性と開放性にこそ、エリザベス朝の演劇空間が放った途方もない創造的エネルギーを見出すことができるのである。

第七章 疲弊する王権と不満の詩学

法学院発の反宮廷文学

歴史家ジョン・ガイがいみじくも「エリザベス一世の治世の第二期」と呼んだ一五九〇年代は、「第一期」とは明らかに異なる暗い影に覆われている。[*1] 一五八八年のアルマダ戦勝による一時的な昂奮はまたたく間に過ぎ去り、戦費による支出で国家財政は危機に瀕していた。それに追い打ちをかけるように、疫病と飢饉が襲い、「一五九〇年代の危機」と呼ばれる深刻な経済不況に見舞われたことは、既に本書第五章で述べた通りである。一方、女王にとっての頼みの綱である枢密院のベテラン顧問官達は相次いで世を去る。レスター伯(一五八八年)、ウォルシンガム(一五九〇年)、ハットン(一五九一年)に続いて、一五九八年にはついに、エリザベスとはおそらく最も安定した信頼関係で結ばれていたバーリー卿も没する。しかし、枢密院の世代交代は順調とは到底言い難く、セシル派とエセックス派の間の派閥抗争は激化の一途を辿っていた。王位継承者を女王がいっこうに明らかにする気配がないのも、宮廷内の疑心暗鬼をさらに煽る結果となっていた。一方、エリザベスはと言えば、老いてなお各地への巡幸を精力的に続けるなど、依然として壮健ぶりを見せてはいたものの、容赦なく迫り来る老齢と死の脅威は隠すべくもなかった。女王が公衆はおろか臣下の前にすらその姿を現すことは稀になり、宮廷の最も奥まったところにある私室でわずかな数の女官と共に過ごす日々が増えるようになる。[*2]

その一方で、国家権力による女王のイメージ統制が一層強化されたのもこの時期だった。一五九六年、女王の命を受けた枢密院は、「陛下を著しく侮辱するような」肖像画をことごとく捜索して破壊するように命じる法令を発布している。[*3] 一五九九年には、風刺作品や枢密院の認可を受けない歴史書の出版を禁じる禁書令が公布されている。[*4] この禁書令はカンタベリー大主教ジョン・ウィットギフトとロンドン主教リチャード・バンクロフトの連名で発布されたものの、明らかに政治的な意図に基づく検閲だった。禁書令が反映しているのは、一五八〇年代末にイングランド国教会の主教制度をめぐって激しい応酬がパンフレットや演劇を通して繰り広げられたマープレリット論争を契機として、新しい文学ジャンルとして俄かに注目を浴びつつあった風刺に目を光らせる枢密院の警戒意識である。このように枢密院主導のもとに風刺に対する包囲網が張り巡らされる中で、女王の永遠の若さと美を極端に神話化・ファンタジー化する図像や言説が流布していった。[*5]

最晩年のエリザベス一世の表象を考える上で注目したいのが、サー・ジョン・デイヴィスによる一連の詩作品である。デイヴィスは、一五九六年に二七歳の若さで出版した『オーケストラ』を皮切りに、一五九九年には『己自身を知れ』を女王への献辞を付して出版し、同年にはエリザベス女王の名を各行の頭文字に配したアクロスティックな称賛詩『アストライアへの賛歌』を出版するなど、一五九〇年代後半に新進気鋭の若手宮廷詩人として地歩を固めている。おそらくはこうした詩作品によって獲得した宮廷人脈を生かし、デイヴィスは一六〇二年の夏と冬の二度に亘って、サー・トマス・エジャトンやロバート・セシルに請われて女王を歓待するための余興の執筆にも携わっている。

もっとも、デイヴィスの詩作品への評価は昔も今も決して高くはない。ジョン・ダンは、アナグラム詩や指輪に刻印する詩句を作るぐらいの才能しかないへぼ詩人としてデイヴィスを散々にこき下ろしている。[*6] クラレンドン版の編者であるロバート・クルーガーは、「それでも、マイナー詩人とへぼ詩人の間には雲泥の差がある」とデイヴィスを精一杯かばいつつも、「デイヴィスの詩作への態度は、与えられた題目についてラテン語の韻文を書く学生の域を出なかったようだ」とこれまたダンよりも手厳しいものがある。[*7]

デイヴィスが一目置かれたのは、あくまでもエリザベス一世の御用詩人としての側面だった。イエイツとストロングは、共にエリザベス崇拝の総仕上げを施した詩人としてデイヴィスに一定の評価を与えている。イエイツは、有名な「虹の肖像画」にはデイヴィスの『アストライアへの賛歌』からの影響が窺えることを指摘し、ストロングは特に一六〇〇年前後に出版された作品を「エリザベス崇拝の最後の調べ」と評するなど破格の賛辞を送っている。[*8] E・M・W・ティリヤードは『オーケストラ』を絶賛したが、称賛の対象となったのは、デイヴィスの詩才というよりも、「実に偉大な時代だった」エリザベス朝の秩序と調和を重んじる世界観だった。[*9]

デイヴィスによる一連の女王賛歌を考察する際に忘れてはならないのは、この旺盛な執筆活動は、一五九八年にデイヴィスが起こしたある不祥事と密接に関連している点である。当時ミドルテンプル法学院に在籍していたデイヴィスは、この年に法学院で行われたクリスマス祝祭の終了直後の二月九日、祝祭の主役を務めたリチャード・マーティンがホールで食事しているところを襲撃し、棍棒で叩きのめす事件を起こす。[*10] 被害者であるマーティンは、事件から遡ることわずか二年前に、デイヴィスが『オーケストラ』を献呈した相手であり、ソネット形式で書かれた献呈詩の中で「僕の連れあい (better half) にして、最愛の友」とその過剰な愛情を吐露された親友だった。[*11] それだけに、デイヴィスの行動は一層衝撃的である。直接の原因は祝祭をめぐる何らかのトラブルと思われるものの、その背後には法学院という極めて閉鎖的でホモソーシャルな空間における屈折した人間関係の闇が広がっている。[*12]

ともあれ、マーティンを殴打したデイヴィスは、錯乱状態で剣を振り回しながら、テムズ川に止めていたボートに乗り込み、出奔する。マーティンの怪我はさほど重傷ではなかったものの、それまでは同窓生の中でも出世頭だったデイヴィスの赫々たるキャリアは破綻する。[*13] 友を失い、職を失ったデイヴィスは、田舎に引きこもって詩作に専念する。

法学院から放校処分も受けた以上、また一から新たな人脈を築く必要があったデイヴィスにとって、詩作だけがキャリア再生の命綱だったことは想像に難くない。『己自身を知れ』『アストライアへの賛歌』、そして様々な宮廷余興は、なりふりかまわない奮闘の結果生み出された作品だった。こうした努力の甲斐あって、一六〇一年夏、デイヴィスはパトロンであるセシルの口利きでマーティンと和解し、エジャトンのごり押しによってミドルテンプル法学院への復学を許される。さらに、同年の一〇月には、おそらくこれもまた誰か有力者の推挙により、ドーセット州の議員に選出される。さらに、『己自身を知れ』を気に入ったスコットランド王ジェイムズの愛顧をも獲得したデイヴィスは、ジェイムズのイングランド王即位に際してアイルランドの法務総裁に任命され、いったんはどん底まで落ちたキャリアの回復を見事に果たす。[*14]

さて、このデイヴィスの履歴書を横に並べてみると、デイヴィスの女王賛歌のいささか見え透いた意図が明白になる。デイヴィスが法学院をはじめとする公的な世界から閉め出されていた一五九八年から一六〇一年の間に執筆・発表された作品は、キャリア再生を賭けた決死の営業活動の一環として見なすことができるからだ。実際、それはデイヴィスの詩風に明らかな変化をもたらしている。事件を起こす前のデイヴィスは、スカトロジー満載のエピグラム詩や攻撃的な中傷詩など、いわゆる風刺詩で人気を博していた。『オーケストラ』と同時期に執筆・出版された『エピグラム詩集』は、トマス・ナッシュ、ハーヴェイ、マーロウらの作品と共に、一五九九年の禁書令によって、焚書処分の対象となっている。[*15]ところが、失職期間中に書かれた作品ではこうした傾向はすっかり鳴りを潜め、称賛詩や瞑想詩といった上品で端正なジャンルに転向している。[*16]

ストロングはデイヴィスに注目したものの、主要な関心が一六〇一年に生じたエセックス伯の蜂起から一六〇三年の女王崩御に至るまでの最後の二年間にあったため、その分析は一六〇〇年前後の作品、すなわち『アストライアへの賛歌』と宮廷余興に限定されている。しかし、デイヴィスのいわゆる本音のエリザベス表象を捉える上でも、また一五九〇年代という特殊な時代のエリザベス表象を考察する上でも、注目すべき作品は、暴行事件の前に執筆・出版された『オーケストラ』である。処女王が老境に入り、明らかにかつての求心力を失う中で、血気盛んを通り越して、時に無軌道な行動に突っ走る若い法学院生が描いた女王はいかなる姿で立ち現れるのだろうか。

『オーケストラ』は、ホメロスの叙事詩『オデュッセイア』に着想を得て、貞節の女王ペネロピーに言い寄る宮廷人アンティノウスが言葉巧みに女王をダンスに誘う様子を描いている。ペネロピーとアンティノウスの対話の枠組みを取りながらも、「ダンスに関する詩」という副題が示すように、大半を占めるのは女王の説得にかかるアンティノウスが雄弁に物語るダンスの擁護論である。

一人だけ頑なに踊ろうとしない女王に対して、アンティノウスは、ダンスは愛神キューピッドをその創始者とする由緒正しい芸術であること、天地創造は愛神が混沌とした世界にダンスを教えることで成就されたこと、以来天空に輝く星々をはじめ、地上を流れる川や風にそよぐ木々など万物は常に変化に富んだステップを踏みながら踊っていること、そしてその踊りは全て愛神が定めた秩序に基づいていることなどを縷々述べ、女王も一緒に踊るようにと迫る。しかし、弁舌虚しく、ペネロピーがなおも踊ることを拒否すると、アンティノウスは自分が信奉する愛神に協力を仰ぐ。アンティノウスの嘆願を聞き届けた愛神は、小姓の姿に身をやつして、ペネロピーの宮廷に降り立つと、アンティノウスに「様々な秘策を授けた」(一一九連)上で、背後から鏡を手渡す。アンティノウスはこの鏡を恭しく女王に差し出し、それを覗くように促す。「我らが栄光のイングランド宮廷の聖なる姿が鮮やかな見世物として」(一二六連)鏡に映し出される様子にペネロピーが陶然と見入るところで、『オーケストラ』は締めくくられている。

ユリシーズの貞淑な妻ペネロピーが夫の不在につけこむ求婚者達を巧みに退ける有名な『オデュッセイア』のエピソードを大胆に書き換えた『オーケストラ』は、一五九〇年代に流行した小叙事詩というジャンルに属する。小叙事詩とは、古代ギリシャ・ローマ神話、とりわけオウィディウスの『変身物語』の世界観の影響を受けつつ、エロティックな求愛を綴った物語詩で、マーロウの『ヒーローとリアンダー』、シェイクスピアの『ヴィーナスとアドーニス』、スペンサーの『ムイオポトモス』、ロッジの『スキュラの変身』などが代表作として知られている。[*17]

英雄による国家再生を描く硬派な叙事詩をウェルギリウス型とすれば、官能的で都会風の洗練された機知に富んだ小叙事詩はオウィディウス型として分類され、喜劇なのか悲劇なのか、真面目なのかふざけているのかわからないとらえどころのなさに醍醐味がある。そして、叙事詩では付随的な場面に過ぎない求愛が小叙事詩では中心的な主題となっているのも、両者の大きな違いである。

この小叙事詩のブームとも呼べる現象に一役買ったのが、一五九〇年代の法学院だった。最先端の人文主義教育を受けながらも、思うような職が得られないフラストレーションやエリート特有のライバル心や焦燥感が鬱積する中、特にエピリオンと呼ばれる官能的な小叙事詩は、風刺的なエピグラムと共に、己の教養や機知を誇示する格好のジャンルとなった。それらは、印刷出版に供される前に、まずは手稿として、仲間の法学院生の間でひとしきり回覧されるのが常であり、『オーケストラ』も例外ではない。手稿の回覧は、共同体の精神的・知的連帯感を強化する機能を有しており、ハナ・ベッツの言葉を借りれば、作品を「党派的に読む」、すなわち背後に隠された政治的な意味を共有する読書スタイルを前提とした。[*18]

法学院は、バーリー卿やウォルシンガムなど名だたる政治家の出身校として中央権力と密接な関係を有する一方で、過激で反体制的な文学伝統も有していた（本書第二章参照）。野心ゆえの自己顕示欲と、現体制に盾つく反骨精神は、いわば同じコインの表と裏であるが、それが最も顕著な形で現れたのが一六世紀末の法学院で生みだされた文学作品だった。

とりわけ、宮廷文化に対する揶揄はこの頃の法学院文学の定番とも言えるスタイルである。アーサー・マロッティは、宮廷の欺瞞や腐敗を批判的に捉えるダンの視点は法学院時代に培われたものであると指摘し、ベッツは、一五九〇年代に法学院で量産されたポルノグラフィックなエピリオンに処女王崇拝への反発を読みこんでいる。[*19]『オーケストラ』は、特に官能的な描写を含まないためか、法学院のエピリオンや小叙事詩を論じた従来の考察の対象から脱落する傾向がある。しかし、以下に述べるように、この作品もまた、まぎれもなくこうした法学院のアンチ宮廷文化によって胚胎された小叙事詩として読むことができる。

『オーケストラ』の宮廷風刺に関しては、これまで二つの解釈が提示されてきた。どちらの解釈も、『オーケストラ』を政治風刺詩として読み解き、ペネロピーに大胆不敵に言い寄るアンティノウスにエセックス伯を重ねる点では一致しているが、一方の解釈は、踊るのか踊らないのか最後まで煮え切らない態度を取るペネロピーに王位継承者の指名を拒み続ける女王への批判を読み取り、他方の解釈は、セシル派に属するデイヴィスによるエセックス伯の慢心への揶揄を指摘する。[*20] つまり、前者の解釈は女王批判として、後者の解釈はエセックス伯批判として作品を位置づける点において、実はこの二つの寓意的解釈は互いに対立していることになる。どちらがより妥当な解釈かと考えるのはもちろん早計で、どちらも不十分である可能性もある。ただ一つ言えるのは、この二つの解釈の存在が端的に示すように、『オーケストラ』の政治的寓意は極めて両義的であること、そして、少なくとも本作品は、ティリヤードに代表される批評家がかつて指摘したほどにはあからさまな女王賛歌でもなければ、エリザベス朝賛歌でもないという点である。

鏡の中のエリザベス――「真実の鏡」と「偽りの鏡」

もともとは法学院の余興のために執筆された可能性も指摘されるほど、『オーケストラ』には祝祭的な要素がふんだんに盛り込まれている。[*21] 宮廷祝祭には必須の娯楽であるダンスの主題もさることながら、特に注目したいのは、エリザベス一世を体現する貞節の女王ペネロピーに対して鏡を掲げるという仮面劇風の趣向である。

ルネサンス期の美術や文学において鏡は人気の小道具となった。例えば、キューピッドが掲げる鏡を見るヴィーナスを描く構図は当時の絵画で繰り返し用いられており（図19）、『オーケストラ』にはこのモティーフの転用が認められる。エリザベスを新プラトン主義的な天上のヴィーナスに喩え、通常は対照的な存在であるダイアナとヴィーナスを融合した形で女王表象に供するイコノグラフィーは、当時の肖像画や文学作品で多用された。[*22] エリ

図 19　ティツィアーノ「鏡を見るヴィーナス」（1555 年頃）

ザベスを貞淑なヴィーナスに見立てるこうした作品の一つとして『オーケストラ』を捉えることは可能である。

しかし、その一方で、特に一六世紀末から一七世紀初頭にかけての演劇に目を転じてみると、『リチャード二世』『ハムレット』『シンシアの饗宴』『マクベス』等、君主に対して鏡を向ける所作、あるいはその比喩を取り入れた作品が目立つことに気づく。一五九四年初頭には執筆されていたと推測される『オーケストラ』は、このちょっとした流行とも言える演劇的趣向の最初期の例として位置づけることができる。鏡の寓意性はそれだけで一冊の本になるほど壮大なテーマだが、本書では君主が覗く鏡というモティーフに絞って考察したい。

ルネサンス期の絵画や文学作品における鏡の寓意を分析したデボラ・シューガーは、当時のヨーロッパ文化において鏡、あるいは鏡を見る行為の意味は、現代文化におけるそれとは大きく違っていたことを指摘している。[*23] シューガーによると、ルネサンス期の使用例の大半を占めるのは、ありのままの自分の姿を映し出す鏡ではなく、何らかの道徳的教訓をもたらすことで、倫理的効果を発揮する鏡だった。つまり、鏡によって刺激を受けるのは、いわゆるフロイト的な自意識ではなく、良心ということになる。倫理的な鏡に関する同様の指摘は、川崎寿彦の『鏡のマニエリスム』でもなされている。川崎は、「鏡には、外界の実体をありのままに映すという、いわば客観的リアリズムの問題と並んで、人間とはかくあるべきだという倫理的当為の問題が含まれていた」と述べている。[*24] 例えば『為政者の鑑《かがみ》』の表題に顕著なように、こと君主に対して第三者が掲げる鏡には君主を倫理的に矯正する目的が付与されていたことは容易に想像がつく。

ここで、『オーケストラ』の鏡の場面に立ち戻ってみよう。ペネロピーが鏡を覗くと、そこに映し出されるのは、果たしてペネロピー本人の姿ではない。キューピッドの鏡が未来を予見する魔法の鏡であることは、鏡を差し出すアンティノウスによって語られる。

……美しい女王様
見たこともないような世にも美しい光景をご覧ください。
後世に起こる唯一の奇跡にして、
自然の宝庫の最高傑作です。
自然はそれを現在の世界の舞台にかけるをよしとせず、
この野蛮な時代にはもったいないとお考えです。

でも、ここから遠く離れた別の世界で、
北極星から三六度離れたところにある
偉大で幸福な三角形の島で、自然は
匠の技を結集した見事な作品を作り上げることになります。
世界が誕生してからずっと構想を練ってきたもので、
二六〇〇年後についにそれを披露することになりましょう。

女王ペネロピーは、
この目もくらむ見事な光景を目にした時、

その美しい様子を絶賛しようとしたが、
あまりの驚異に言葉を失った。
とはいえ、その麗しい精神は思考力までなくしてはいなかった。
心はうっとりと天上の思いへと至ったが、
何を考えていたか、人間の言葉では語ることはできない。

（一二〇―一二一連）

鏡に映っているのは、ホメロスが描いた『オデュッセイア』の世界から二六〇〇年の時空を超えて、「偉大で幸福な三角形の島」ことブリテン島のイングランドに訪れる、エリザベス朝の栄華に他ならない。その余りの美しさに言葉を失ったペネロピーは、ただ恍惚として鏡の像を貪るように見つめる。

エリザベス一世の宮廷を古代ギリシャ人も瞠目する理想の宮廷としてペネロピーの手鏡に映したこの場面は、まぎれもなくエリザベス崇拝の作品ということになろう。しかし、これを演劇的に捉えると、すなわち、鏡に映し出された像だけではなく、鏡を見つめる女王ペネロピーをおそらくは勝ち誇ったように眺めるアンティノウスとキューピッド、そして観客の視点をも考慮すると、問題はいささか厄介になる。そもそも、鏡を見るという行為は人知れず行うものであり、あまり他人には見られたくないものである。電車の車内で手鏡をかざして化粧する女性がみっともないと批判されるのは、もちろん鏡に映った姿に問題があるのではなく、鏡を見る所作そのものに虚栄心や自己欺瞞がどうしようもなく誇張された形で表れるからである。

シューガーは、ルネサンス期には自意識の鏡はないと断じて、現代社会における鏡との差異を強調したが、古来より一貫して鏡を見る行為が自己愛を象徴したことは、有名なナルキッソスの神話からも明らかである。[*25] ハンス・ホルバインがエラスムスの『痴愚神礼讃』に添えた挿絵では、鏡に映った自分の顔に見とれる道化が自己愛の典型として例示されている（次ページ、図20）。[*26] 理想化されたイングランドの宮廷に見入るペネロピーがエリザベス自身を表すとすれば、この場面は女王の愚かしい自己愛を戯画化したものとして解釈することもできる。エリザベス崇拝と見せかけて、その裏には辛辣な皮肉を忍ばせる——風刺詩人としてのデイヴィスの面目躍如たる仕掛けと言えよう。

図 20　ハンス・ホルバインによる「自己愛」の挿画

さらに、エリザベスの表象を鏡と自己愛という観点から考察する際には、もう一つ考えなければならない問題がある。それは、鏡を見る女性、特に鏡を見るもう若くはない女性という問題である。想起されるのは、老年のエリザベスと鏡をめぐるかなりの数のエピソードがエリザベスの死の前後に出回っていた事実である。中でも映画等でも使われる最も有名なものは、容色の衰えを目の当たりにするのを嫌った女王が、宮廷中の鏡という鏡を撤去させたという逸話である。[*27]

この情報の出どころの一つとして知られているのが、ジョンソンがウィリアム・ドラモンドに語った有名な戯言である。

> エリザベス女王は年を取ってからは本物の鏡を決して見ようとはしなかった。皆彼女に化粧を塗りたくり、時には鼻に真っ赤な色を塗った。[*28]

ジョンソンの言葉は、多分に女性嫌悪も入り混じった女王への揶揄として解釈されることが多い。[*29] しかし、批判の対象になっているのは必ずしも女王だけではない点に注意を払う必要がある。鏡を見ることをやめた女王は、自分の鼻に赤い頬紅が塗られても気がつかない。そこに戯画化されているのは、正しい認識力を失った君主だけではなく、隙あらば君主を愚弄する腐敗した宮廷人である。

ジョンソンの会話でもう一つ注目したいのは、「本物の鏡」という言葉である。東方貿易を通してガラス製造技術が飛躍的に進歩したルネサンス期のヨーロッパでは、気胞を含まない無色透明のクリスタル・ガラスを用いて、表面に歪みを持たない鏡が作られるようになった。[*30]「本物の鏡」とは、対象物を正確かつ鮮明に映し出すこの近代式の鏡を指すのに対して、「偽りの鏡」とは、青みを帯びた緑桂石で作られた旧式の凸面鏡を指す。[*31] そして、晩年のエリザベスが本物の鏡ではなく偽りの鏡を好んだというのも、エリザベスと鏡をめぐって流布した言説の一つだった。「女王が皺を見なくて済むようにと、女官達が偽りの姿見を手に入れたとの噂があった」ことが当時の回顧録に記されている。[*32]

つまり、家臣が君主に差し出す鏡には、少なくとも二種類存在したことになる。自己認識を促す「真実の鏡」と、自己愛におもねる「偽りの鏡」である。この二つの鏡はそのまま、君主をいさめる忠言と、堕落した宮廷で蔓延る追従の比喩となった。それは、デイヴィスの母校であるミドルテンプル法学院で流布していたエリザベスと鏡をめぐるもう一つの逸話にも窺うことができる。法学院生ジョン・マニンガムは、女王が没する直前の一六〇三年二月の日記に以下のような逸話を書き記している。

サー・クリストファー・ハットンともう一人の騎士は、どちらが女王に陛下の本当の姿を見せることができるか競争した。一方は、こびへつらうような絵を描かせた。もう一方は鏡を差し出した。女王はその鏡に自分自身の姿、可能な限り最も真実の姿を見たのである。[*33]

ハットンは、レスター伯やバッキンガム公爵と並び、君主の寵愛によって不相応な出世を遂げた宮廷人として槍玉に挙げられた寵臣の一人である。[*34]「サー・クリストファー・ハットンはガリアルダを踊りながら宮廷にやって来た」とサー・ロバート・ノーントンが回顧録で揶揄するように、民間出身でありながら大法官の地位にまで昇りつめたハットンが最初に女王の目に留まったのは、インナーテンプル法学院時代の余興の仮面劇で披露したダンスだったと言われており、ゴシップ好きの法学院生達による容赦ない嘲弄の格好の餌食になった。[*35]

そして、そのハットンが描かせた肖像画と言えば、「シエナの肖像画」あるいは「篩の肖像画」という名で呼ばれる絵が思い浮かぶ(図21)。女王は、篩に入れた水を一滴もこぼさずに運んで自身の純潔を証明したウェスタの巫女に喩えられている。この肖像画は、アンジュー公との縁談が破談に終わり、いよいよエリザベスの処女王神話が確立した一五八〇年から一五八三年の間に書かれたと推測されており、一五九〇年代以降一層顕著となるエリザベスを神話化した肖像画を先取りしたような作品である。[*36] マニンガムが記す逸話は、例えばこうした「こびへつらうような」肖像画ではなく、鏡を差し出した名もなき騎士の勝利を称えている。そこには、ミドルテンプル法学院ならではのリベラルで市民的な倫理観を見て取ることができる。[*37]

自己認識の重要性はデイヴィスが女王に献呈した『己自身を知れ』の主題となっているが、鏡の比喩はここでも繰り返し用いられている。特に興味深いのは、鏡に映った自分の姿に怯える女性心理を巧みに用いた以下の一節である。

……心は反対方向にも、すなわち
自分自身に対しても悟性の光を投げかけることができる。
でも、堕落して、汚れた心は、
己の姿に怯える。

それはまるで、情欲のために牛に変えられた

図 21　コルネリウス・ケテル（推定）「篩の肖像画」（1580–83 年頃）

あの美女の寓話のようだ。
喉が渇いたので小川に行った時、
知らないうちに変身してしまった自分の姿を見たのだ。

彼女は最初は驚き、呆然と立ち尽くした。
ついに恐怖の余り、そこから逃げ去った。
そして、水の鏡を見ることを嫌い、
常にそれを避けている。喉の渇きで死んでしまうというのに。

それと同じように、人間の魂は、神の御姿を宿し、
最初は美しく、善良で、しみひとつなく純粋だったのに、
罪で美しさが汚れてしまったため、
あらゆる光景の中でも己の姿が一番我慢ならないのだ。

(一〇九―二四行)

ジュピターの妻ジュノーの嫉妬によって雌牛に姿を変えられたイオの神話は、人間の魂の堕落を示す寓意としてキリスト教的な解釈を施されている。「イオは、川を覗いて、角の生えた頭を見るとびっくりし、／大急ぎで自分自身から逃れようとした」というオウィディウスのたった二行が敷衍され、己の姿から目を背ける人間の弱さと愚かさに焦点が当てられる。[*38] デイヴィスは、人間の自己認識力については懐疑的だったキケロの考えを否定し、罪ある自己に向き合うことを恐れる人間の自己欺瞞や自己愛を戒める。鏡は、神の恩寵による自己認識の象徴として用いられ、人間を善へと導く叡智の光として提示される。

前章で論じたリリーの『エンディミオン』における鏡のモティーフは、まさにこうした自己啓発を促す鏡の一例として分類することができる。エンディミオンの夢として演じられる黙劇の中で、ナイフを持った女性は鏡を見ることで慈悲の心に目覚め、エンディミオンの殺害を思いとどまる。この女性もまたシンシア同様にエリザベスの寓意であるとするならば、この場面は教訓的要素を帯び、客席の女王に対する箴言として機能する。たゆまぬ自己内省と自己認識が君主にこそ問われる資質であることは、『アストライアへの賛歌』においても説かれている。

公明正大な規則によって、
陛下はその心に生じる考えを一つ一つ確認する。
これこそ陛下の澄んだ真実の鏡
真実と過ちのあらゆる形態を見る
女王陛下の鏡。

王者の美徳よ、
陛下の心の玉座にとどまり、
常に我らの運命を導きたまえ。
もし、この星を見失えば、
間違いなく我らの国家は難破し、
壊れて、永遠に沈んでしまうだろう。
(二二歌六―一六行)

「真実の鏡」があえて見たくはない汚れた姿、自分の過ちをも映し出す鏡であるならば、『オーケストラ』でキューピッドが差し出す鏡は、それとは対照的な自己愛を助長する「偽りの鏡」としての様相を帯びる。ペネロピーがエリザベスの寓意である以上、鏡に映ったイングランドの宮廷にうっとりと見入る姿は、愚かしい自己愛の象徴となるからである。万物が踊る中、不動のまま鏡を凝視する女王ペネロピーの姿は、「常に変わらず（semper eadem）」というモットーのもと自己神話化に拘泥した晩年の女王に重なる。仮面劇風の小叙事詩とも言うべき『オーケストラ』は、一見いかにも華麗で遊戯的な風を装いながら宮廷社会を、そして女王を批判的に検証するその眼差しにおいて、まさに世紀末の爛熟した法学院文化の中で胚胎された文学作品として評価することができる。

鏡のドラマツルギー

次に生じる疑問は、ペネロピー／エリザベスに対して鏡を掲げるキューピッドやアンティノウスとは果たして何者かという問題である。従来の解釈でアンティノウスがエセックス伯の寓意と捉えられてきたことは、先に述べた通りである。実際、『オーケストラ』が出版される前年の一五九五年、即位記念日の馬上槍試合の余興として催された仮面劇『愛と自己愛について』で、エセックス伯は愛の騎士ことエロフィラスを名乗り、女王へのこれ見よがしな求愛を行っている（本書第五章参照）。エセックス伯にまで特定するか否かは別として、少なくとも処女王への擬似的な求愛に興じる宮廷人としてアンティノウスを理解することは十分に妥当であろう。しかし、ホメロスの『オデュッセイア』を下敷きとし、愛神キューピッドを中心に据えるオウィディウス風の世界観を標榜する『オーケストラ』の詩的構想に着目すると、キューピッドの僕《しもべ》を任ずるアンティノウスについては別の解釈が可能になる。

キューピッドは、以下に引用するアンティノウスの呼び出しに応じる形で登場する。

ああ、我が王愛神よ。私は機知の力で
できる限りのご奉仕をしてきたのですから
どうか今この瞬間お姿を現し、
あなた様の僕《しもべ》、忠実な従者を助け
この説得を終えさせて下さい。
ダンスを創造した愛神ほど、
甘美な力でダンスを奨励することができる者が他におりましょうか。

（一一八連）

ここで想起したいのは、キューピッドを主人と崇めて、その助力を嘆願するインヴォケーションは、オウィディウスに始まり、ペトラルカ主義的なソネット連詩に脈々と受け継がれていく恋愛詩人の常套とも言える文学的な身ぶりであるという点だ。[*39] とすれば、ペネロピーに求愛し、天上のダンスへと誘うアンティノウスには、宮廷人だけではなく、詩人の姿も投影されているのではないだろうか。

その場合、ペネロピーに突きつけられる鏡とは、君主を真理へと導くために詩人が提示する自作品をも指していることになる。実際、既に引用した（二七四、二七八頁）、アンティノウスがペネロピーに鏡を差し出す場面に改めて目を向けると、「鮮やかな見世物」「最高傑作」「現在の世界の舞台」「作品を作り上げる」「構想」といったメタ演劇的な用語が用いられていることに気づく。他にも、キューピッドが小姓の衣装を身に纏い、アンティノウスの背後に立つなど、やたらと上演を思わせる表現が目立つ。[*40] つまり、鏡を見るペネロピーは、キューピッドが女王の祝宴で上演する芝居を見物する観客の立場に置かれていることになる。

芸術作品を鏡に喩えるのはプラトンに始まる常套表現だが、それを最も自意識的に戦略として用いたのがルネサンスの劇作家達だった。[*41]「芝居の目的とは、昔も今も、いわば自然に向かって鏡を掲げること」（三幕二場一九—

二一行）――叔父クローディアスの罪を確かめるため、父王殺害の現場を再現する場面を追加した芝居を宮廷余興として上演する際にハムレットが語る台詞は、自己言及をしないシェイクスピアが珍しくその創作理念を述べた箇所として知られる。ここでは、劇中劇はデンマーク王クローディアスに厳しい自己内省を促す「真実の鏡」として機能する。クローディアスは無防備な観客の立場に置かれ、ハムレットの視線も、そして劇場の観客の視線も、鏡＝芝居を見る君主の姿に注がれる。ちょうどそれと同じように、女王ペネロピーもまた一人の観客となり、詩人に誘導されて自己に向き合う女王の反応を注視する読者の視線に晒される。

エリザベス一世を体現する登場人物がキューピッドが上演する芝居を観る趣向として有名なのは、スペンサーの『妖精の女王』第三巻の最終篇で語られる魔術師ビュジレインの館のエピソードである。「貞節の物語」と題された第三巻の主人公である男装の騎士ブリットマートは、囚われの美女アモレットを救出するために潜入したビュジレインの館の一室で、夜な夜なキューピッドが催す異様な仮面劇に遭遇する。仮面劇の行列の中には、変わり果てた姿のアモレットが混じっている。アモレットは、胸を切り裂かれ、矢が突き刺さった血の滴る自分の心臓を捧げ持って行進している。その後には、苦しむ乙女の様子を満足げに眺めるキューピッドが続く。

乙女の後には羽の生えた神自らが
その手綱さばきに従うよう訓練された
獰猛なライオンに乗って登場したが、
この妖精は帝王の権力で人も獣も
自分の専制国家へと服従させる。
神は、ご自慢の獲物である、
あの嘆き悲しむ美女をとくと見ようと、

しばしの間目隠しをとらせたが、
見ると、残酷な心で大いに喜んだ。

（三巻一二篇二三連）

ペトラルカの『凱旋』の「愛神の凱旋」を模倣した場面である。

ビュジレインの館は、『妖精の女王』の中で最も解釈が難しいエピソードの一つとされている。若い女性の恋愛恐怖症の寓意を読み取る解釈、あるいは女性の身体各部を断片化して描写するペトラルカ主義的なブレイズンのパロディーと捉える解釈など、様々な分析が行われてきた。[*42] エリザベス一世の表象という点で注目したいのは、フライによる解釈である。フライは、アモレットとブリットマートはどちらも、ペトラルカ風の「つれなき乙女」として君臨したエリザベスを表すと指摘した上で、このサディスティックな仮面劇の作者である魔術師ビュジレインは詩人自身を表すと解釈している。[*43] フライによると、キューピッドが専制君主としてアモレットやブリットマートに絶大な権力を揮う仮面劇には、作品の主題及び読者である女王に対して作者の権威を強調する詩人の支配欲が反映されていることになる。

フライの分析には新歴史主義批評特有の強引さも見られるものの、「エリザベス崇拝」の陰に潜む強烈なまでの詩人の自意識を前景化する点で示唆に富んでおり、それは『オーケストラ』の分析にも有効な視座を提供する。キューピッドやアンティノウスは、まずは弁論によって、ついで視覚に訴えることによって、貞節の女王の不動の心に揺さぶりをかける。アンティノウスがペネロピーに見せる鏡のスペクタクルは、ビュジレインがブリットマートに見せる不気味な仮面劇と同様、観客である女王に衝撃と動揺を与える。そこには、女王に自作品を差し出す詩人の屈折した心理を窺うことができる。その心理とは、「偽りの鏡」と「真実の鏡」の間で、すなわち、追従と忠言、称賛と批判、神話化と脱神話化の狭間でたえず揺れ動く宮廷詩人ならではの宿命と言えるかもしれない。

こうした宮廷詩人の宿命を共有したもう一人の詩人にジョンソンがいる。エリザベス女王の最晩年にジョンソンが執筆・上演した『シンシアの饗宴』は、キューピッドの仮面劇や鏡を覗く女王という趣向において、スペンサーやデイヴィスの詩作品との興味深い親和性を窺わせる。

一六〇一年に出版された四つ折本では「自己愛の泉またはシンシアの饗宴」と題されたこの劇は、ジョンソンが一五九七年に筆禍事件で投獄され、翌年の一五九八年に今度は決闘で投獄された後に執筆した作品である。まずは一六〇〇年秋に、ブラックフライアーズ座でチャペル・ロイアル少年劇団によって上演され、次いで同年のクリスマス祝祭の折に宮廷で上演されている。[*44] 不祥事によって投獄された後、宮廷向けの作品で巻き返しを図るという軌跡は、デイヴィスが辿ったそれに重なる。ただし、ジョンソンがデイヴィスと同様にこの作品でただちに宮廷での評価を揺るぎないものにしたかと言えば、答えは否である。宮廷上演はどうやらかなりの不評に終わったようである。[*45]

それも当然と思われるほど、『シンシアの饗宴』におけるエリザベス女王や宮廷の描かれ方は曖昧で、どう反応したものやら戸惑う観客の様子が目に浮かぶようだ。主要なプロットは以下の通りである。女王シンシアは、寵臣アクタイオンへの処分をめぐって宮廷内に渦巻く批判や中傷を一掃するために、祝祭を催すことを計画する。ここに、ナルキッソスの泉こと自己愛の泉の水を求める軽佻浮薄な宮廷人達のグループと、ひと騒動を起こそうとシンシアの宮廷に小姓として潜入したキューピッドとマーキュリーが絡む。宮廷風の粋な文化を理解しない堅物として自堕落な宮廷人達から馬鹿にされる学者のクリティカスは、シンシアが信頼する宮廷女性アレーテの引き立てにより、キューピッド、そしてこれら宮廷人達を出演者として総動員した仮面劇を女王の御前で披露する。仮面劇に大いに感動したシンシアは、クリティカスの労をねぎらうと共に、自己愛が蔓延する腐敗した宮廷を粛清する任務を与える。

このプロットからも明らかなように、『シンシアの饗宴』は同時代の宮廷社会への痛烈な風刺に満ちている。この劇は、『皆癖が治り』『ポエタスター』と共にジョンソンが「喜劇的風刺」と銘打ったジャンルに属するが、これら三部作はエリザベスの治世の最後の三年間に執筆され、宮廷政治を風刺の対象としている点に特徴がある。[*46] 初演となったブラックフライアーズ座は、グローブ座などの屋外劇場よりも高額の入場料をとる室内劇場であり、異なる観客層を有していた。[*47] 折しも一五九九年には、しばらくロンドンでの活動を休止していたチャペル・ロイアル少年劇団が復活し、これまた短期間の休止期間を経て一六〇〇年に再開したブラックフライアーズ座を本拠地として、ロンドン演劇界の流行の最先端として芝居通の注目を集めていた。[*48] この頃の少年劇団は、宮廷での上演後に半年間に亘り週三回のペースで上演していたから、リハーサルという〈名目〉はもはや完全に形骸化している。[*49] 一層プロ化した新生少年劇団を伴ってジョンソンが放つのは、法学院生や裕福な商人や宮廷貴族など知的エリート層で構成されるブラックフライアーズ座の目の肥えた上客の受けを狙う知的で洗練された芝居、すなわち風刺劇だった。

ことによると、『シンシアの饗宴』は、筆禍事件の原因となったトマス・ナッシュとの合作による『犬の島』の宮廷批判を性懲りもなく引き続ぐ形で執筆された可能性がある。『犬の島』のテクストは失われているものの、表題から察するところ、この劇は、ヘンリー八世の猟犬の飼育場があったことから「犬の島」と呼ばれるテムズ川北岸のとある地域を宮廷に見立て、宮廷人を女王の犬に喩えた作品と言われている。[*50] その宮廷風刺が『シンシアの饗宴』にも共鳴していることは疑いようがないが、ことエリザベスの表象となると、もう少し複雑である。エリザベスはあくまでも、堕落した宮廷からは超然とした距離を保つ処女神シンシアとして造型され、宮廷人の腐敗をたちどころに見破り、キューピッドを宮廷から追放し、不遇の才人クリティカスを引き立てる賢君として描かれているからだ。クリティカスがジョンソンのペルソナであることは言うまでもない。

女王への批判が辛うじて指摘されるのは、不遇のエセックス伯への共感を仄めかしたと思われるアクタイオンへの言及箇所のみである。[*51] そのため、三つの喜劇的風刺劇の中でも最も時事性が強いとされるこの作品のあからさまな宮廷風刺を指摘する一方で、女王だけはそこから切り離す、ある種のダブルスタンダードが窺える批評が目立ち、再考を要する。[*52]

『シンシアの饗宴』は、自己愛を表題に謳っていること、そしてフィローティアという名前の宮廷女性を登場させることから、エセックス伯の仮面劇『愛と自己愛について』に感化されたものと推測される。この仮面劇では、エセックス伯扮するエロフィラスが、自己愛の女神フィローティアによる誘惑を退けて女王への愛を貫くことを従者を通して宣言する。己の立身出世を追い求めるのではなく、あくまでも女王への献身的な奉仕を優先することが、宮廷人の正しい道として提示されている。『シンシアの饗宴』では、エロフィラスとは対照的に、自分は他人にどう見えているかということにしか興味がない自己愛に凝り固まった宮廷人達が滑稽に描かれている。一見すると、どちらの作品においても、自己愛はあくまでも宮廷人が陥りやすい悪徳として提示されているように思われる。

ところが、『愛と自己愛について』をめぐっては、作者と推測されるベイコンによる興味深い手稿が残っている。それは、自己愛の女神フィローティアがエリザベスに宛てて書いた書簡という設定になっており、おそらくは余興の一部としてベイコンが執筆したものの、エセックス伯によって却下されたと推測されている。エロフィラスの従者に反駁され、エロフィラスを自己愛へと導くことに失敗したにもかかわらず、フィローティアは敗北を認めるどころか、女王は自分の味方であると信じて憚らない。

麗しい女王陛下よ、先日の陛下との謁見について、そして扮装した従者がでっちあげた私への反論について、それから私が拝見した限りでは、陛下ご自身は従者の申し出よりも私の言い分の方をより支持して下さったご様子だったことについて、フィローティアがお世話になっている女神パラス様にご報告申し上げたところ、パラス様は私の労をお認め下さり、今のところはこれ以上何もしないように仰せになりました。[*53]

「先日の陛下との謁見」が何を指すのか、なぜ唐突にパラスが言及されるのか等、断片的な手稿ゆえに不明な点は多いものの、自信に満ちたフィローティアの言葉は、さすがのエセックス伯も躊躇したのがわかるほど刺激的である。フィローティアの手紙では、フィローティア、すなわち自己愛の誘惑に晒されているのは、家臣ではなく女王になっているからだ。

実際、ベイコンが君主の自己愛という、一歩間違えばかなり危険な問題をあえて措定していたことは、『随想録』からも窺える。以下は、「自己に関する知恵」と題した章からの一節である。

蟻はそれ自体は賢い生き物だが、果樹園や庭では有害な存在である。そして、たしかに、自分のことが大好きな人間は公共社会を荒廃させる。理性でもって、自己愛と社会を区別しなさい。そして、自分に誠実であるのは、他者に対して、とりわけ国王と国家に対して不誠実にならない程度にしなさい。……あらゆることを自分自身に関連づけるのは、君主の場合はまだ大目に見ることができる。というのも、君主とはただ自分自身であるだけではなく、その善悪は社会の福利を条件としているからだ。しかし、君主に仕える家臣や市民ともなれば、これはゆゆしき害悪となる。[*54]

ベイコンは、国家と一心同体である君主の場合は完全な自己愛はあり得ないとの理由で、君主の自己愛を許容する。とはいえ、君主の自己愛が国家という庭を荒廃させる悪となり得る可能性は完全に否定されているわけではなく、むしろ国家の命運を担う君主の場合、それは一層大きな害悪となるのではないかという疑問すら生じる。

仮面劇『愛と自己愛について』は、観劇者の証言しか残されておらず、実際にどのように上演されたのか、詳細は不明である。ただ、エリザベスはこの余興に大層不満で、「こんなに自分のことが話題にされるとわかっていたら、今夜はここにいなかったのに」と捨て台詞を残して憤然と退出したことが、ロバート・シドニーの秘書ローランド・ホワイトの報告に記されている。[*55] 自己愛を戒める教訓の対象が女王をも含んでいたとすれば、そしてそれを明敏な女王が感じ取ったとすれば、従来より謎とされてきた女王の不興の理由がわかる。

一五八〇年代後半以降即位記念日の馬上槍試合で披露される余興は年々手のこんだものになったが、おそらくその分難解さも増したのであろう、台詞や寓意的意匠を記した手稿を競技場で女王や他の貴族達に配布する習慣が生じた。[*56] 馬上槍試合の仮面劇やパジェントが、もはや単なる余興の域を超えて、ステュアート朝の宮廷仮面劇の原型とも言える様相を呈していたことの証左と言えよう。そうした手稿は全て散逸してしまったとされていたが、唯一『愛と自己愛について』に関しては、回覧されたとおぼしき手稿が残っていることが近年の研究によって明らかにされている。興味深いのは、その手稿が異例とも思えるほどの多さで存在し、女王ではなく、エセックス・サークルと呼ばれたエセックス伯の友人達の間で熱心に読まれていたと推測される点である。[*57] その中には、イングランドを訪問中のフランスからの賓客のために、エセックス伯が私設秘書エドワード・レノルズにわざわざ台詞の一部をフランス語に翻訳させた手稿も含まれている。[*58]『愛と自己愛について』は、表向きは女王礼賛の余興としての体裁をとりつつも、テクスト化され、女王の目を盗んで読まれることにより、実際には王室批判とも取れる過激なメッセージを発信していた可能性が高い。ギャスコインやチャーチヤードの巡幸録出版とは異なり、あえて手稿で回覧されている点に、『愛と自己愛について』がより一層の党派性を帯びていた様子が窺える。それは、宮廷風刺、そして女王風刺が、他ならぬ宮廷余興にも深く浸透していた一五九〇年代末期の風潮を如実に反映している。

そして、女王の自己愛への揶揄は、『シンシアの饗宴』のクライマックスにも見受けられる。クリティカスがシンシアの御前で仮面劇を上演する最終場面である。キューピッド扮するアンチエロスに先導されて始まった仮面劇の中で、美徳として仮装したフィローティアやファンタスタら浮ついた宮廷女性達が水晶の玉をシンシアに進呈する。キューピッドに促されるまま、球体を覗きこんだシンシアは、感嘆の声をあげる。

オリーブの枝を間に織り込んだ
月桂冠をかぶった乙女の衣装を身に纏い
海に囲まれた岩の上で輝いているのは、
何という姿形でしょう？　それともこの世のものならぬ存在なのでしょうか？
おお、その額！　その顔！　全く天上のものであって
この世のものではない！　アレーテよ、御覧なさい。
もう一人のシンシア、もう一人の女王を。
その栄光は、さながら永遠の満月
欠けることを知らぬよう。
天の下で、
これほど喜ばしいものはありません。

（五幕三場四―一四行）[*59]

シンシアを驚嘆させる「もう一人のシンシア、もう一人の女王」とは、水晶の鏡に映った自分自身の姿であると同時に、客席にいる女王自身を指している。

舞台と観客席の境界線が消失し、観客のエリザベスが一瞬にして鏡の中、すなわち虚構の中へと誘い込まれるこの仕掛けは、ハケットの言葉を借りれば、「鏡の効果」として、女王を歓待する仮面劇やパジェントでは定番の趣向となった。[*60]例えば、ケニルワースの祝祭の余興（本書第三章参照）、シドニーの『五月の貴婦人』（本書第四章参照）、グレイ法学院の『プロテウスの仮面劇』（本書第五章参照）などの宮廷祝祭では、見物する女王は劇中の人物から直接語りかけられることによって、突如劇世界の中に参入する。その結果、ダイアナとイリスの仮面劇の場合は、客席の女王がダイアナのニンフであるザベタとなる。ケニルワースの祝祭における「湖の貴婦人」の救出

劇、あるいは『五月の貴婦人』や『プロテウスの仮面劇』の場合は、女王はいわばデウス・エクス・マキナとして機能し、ただその存在だけで劇中の諸問題を解決する奇跡の君主として登場する。

これに対して、演劇の小道具として実際に鏡を用いることで、舞台上の女王と客席の女王の同一性をより一層明確に示したのは、おそらく『シンシアの饗宴』が初めてであろう。ただし、その演出は、従来の宮廷余興における「鏡の効果」とは正反対の効果を生む。客席にいる女王をこの世の奇跡として崇める趣向は、自分で自分のことを奇跡と呼んで欣喜雀躍する滑稽な場面に転換されるからである。女王シンシアが鏡に映った自分の姿＝客席のエリザベスを満足げに見る所作は、一瞬にして愚かしい自己愛の象徴として矮小化され、茶番と化す。それは、女王賛歌と女王風刺が、「偽りの鏡」と「真実の鏡」が一瞬にして入れ替わる瞬間であり、鏡のドラマツルギーとも呼べる精緻な演劇的仕掛けとして機能する。新たに生まれ変わった少年劇団や室内劇場を活動の場として演劇界を刷新することを目論むジョンソンにとって、女王表象すらもはや聖域ではなく、むしろ宮廷風刺の最終的な照準は女王にこそ定められているのである。

『シンシアの饗宴』は、作者の自己愛を擁護するエピローグで締めくくられている。

こんな風に突っ立って、誇らしげに
芝居をほめたりすれば、作者の自己愛への批判を招くやもしれぬ。
ここはただ、作者が言っていたことをお伝えするにとどめよう。
いやはや、いい芝居だ。皆様のお気に召せば、それが何より。
（エピローグ一七―二〇行）

自分で自分に喝采を送るのは、作者だけに許された特権であると言わんばかりの、自虐的な自己愛論が展開されている。[*61] 宮廷人や女王の自己愛を次々と揶揄したジョンソンは、作者の自己満足だけは心温かい寛容の精神で受け入れるよう観客に強要する。その微笑ましくも強気な作者意識は、エリザベス崇拝の言説がもはや完全に空洞化し、風刺詩人が宮廷で跋扈する新たな時代の到来を告げているのである。

シンシアの屈辱

さて、一見すると、スペンサーはこうした喜劇性とは無縁の詩人であるように思われる。実際、かのミルトンをして「我らが賢明にして謹厳な詩人」と言わしめたスペンサーの詩作品に、笑いを誘う箇所はほとんどない。[*62] 嫉妬深いマルベッコーと浮気な妻ヘレノアや、三年間の諸国行脚で出逢った貞淑な乙女はたった三人と溜息混じりに述懐する「貴婦人達の従者」など、『妖精の女王』にはファブリオー的な挿話もないわけではないが、その数は乏しい。叙事詩に笑いは無用とも言えるが、それにしてもシドニーやシェイクスピアやジョンソンなど同時代の詩人と比べた場合、軽妙な機知にかけてはどうもスペンサーに分は無さそうである。

そんな中で、稀少な喜劇的場面の一つとしてひときわ異彩を放っているのが、未完に終わった『妖精の女王』の幻の第七巻の断片とされ、通常「無常篇」と呼ばれる詩篇の中で語られるファウヌスとダイアナの挿話である。

スペンサーは、水浴びをするダイアナの裸体を見てしまった青年アクタイオンの哀れな末路を描いたオウィディウスの『変身物語』に材をとり、これを滑稽なパロディーに仕立てている。牧神ファウヌスは、「女神が服を着た姿は／始終見ていたが、／裸でニンフ達といるところを／こっそり見たいと愚かにも考え」(七巻六篇四二連)、ダイアナの侍女である川の精モラーナを買収し、アイルランドの高峰アーロー山の泉の蔭、「ただ一人［アクタイオン］を除いては誰も見たことのないものを、／こっそり見られる場所」(四五連) に身を潜める。

そこで、ファウヌスは、大いに目を楽しませるもの、
心を満足させるものを見たが、

覗き見した何かが大層嬉しかったので、
じっと黙っていることができず、
大声で笑い出し、愚かな考えを口に出した。
全く馬鹿なファウヌスよ。
秘かに祝福を受けただけでよしとすることができず、
心の思いを口にせずにはいられなかったとは。
口数の多い者は、これほど神々しい褒美に値しない。

（七巻六篇四六連）

ファウヌスの蛮行とモラーナの裏切りに失望したダイアナは、それまでは贔屓にしていたアーローの山を見捨てる。かくして、かの地は怒れるダイアナの呪詛を受けることとなり、詩篇は、「それ以来、森も、すべてのあの立派な狩場も、／今日に至るまで狼と盗賊であふれている／このことを住民は痛いほど思い知らされてきた」（五五連）という一節で締めくくられている。

さて、荒廃したアイルランドへの言及で終わるこの挿話が、同地におけるスペンサーの苦い体験に根ざしていることは容易に想像がつく。アイルランド総督グレイ卿に随行して一五八〇年にアイルランドに渡ったスペンサーは、一五九八年に生じたタイローンの反乱の最中にキルコマンの自邸を焼かれてイングランドに帰国し、翌年にロンドンで死亡する。「無常篇」の執筆時期は不明だが、主題と内証から、一五九〇年代後半頃と推定する向きが多く、邸の焼き討ちの直後に書かれた可能性も捨てきれない。その結果、例えば、処女神ダイアナとその不興を買う野人ファウヌスに処女王エリザベスと叛徒タイローン伯ことヒュー・オニールの歴史的寓意を読み取る解釈は、この挿話に関する通説の一つとなっている。*63

しかしながら、「我らが賢明にして謹厳な」研究者達によるこうした解釈は、どうもこの挿話の素朴な読後感と乖離しているような気がしてならない。そこに明らかに存在している笑いの要素がほぼ完全に無視されているからである。

狩の最中に偶然ダイアナの水浴を目にする不運なアクタイオンと異なり、好色なファウヌスの覗き行為はいかにも馬鹿げている。無論、この場合のファウヌスの罪は、ダイアナの裸身を覗き見ることだけではない。むしろ、「馬鹿なファウヌスよ」という詩人の嘆息が暗示するように、最大の咎は、静かに鑑賞すればよいものを、あろうことかダイアナの裸身に哄笑を浴びせる異常な言動にある。おそらく、覗き見に気づいたダイアナ以上に驚愕するのは、この場面の哀れな読者であろう。好機を窺うファウヌスの窃視的眼差しを共有してきた読者は、予想もしない展開に戸惑わずにはいられない。しかも、ファウヌスが見た肝心の光景は、もどかしいぐらい不明である。一体何がおかしくて、ファウヌスは笑い出すのだろうか。

一般に指摘されるように、「無常篇」が未完の『妖精の女王』の壮大なコーダとしての性格を有するならば、そこに混じるファウヌスのグロテスクな笑いには、最晩年のエリザベスの表象を考える上での重要な視座が隠されているように思われる。以下、若手の詩人や劇作家による風刺詩が一躍注目を浴びた一五九〇年代に、〈グロリアーナの詩人〉として不朽の文学的名声を獲得した大御所詩人が残した断章の分析を通して、世紀末的詩学に関する一考察を試みる。

「無常篇」は、とにかく謎の多い作品として知られている。唯一判明しているのは、それが「詩形においても、内容においても、『妖精の女王』の続巻、「不変の物語」の一部分と思われる」と但書きを付して、スペンサーの死後一〇年経って出版された『妖精の女王』の二つ折本に収録されたということだけである。[*64]

とはいえ、但書きに書かれていることが事実である保証はどこにもない。スペンサー連で書かれているこれらの詩篇が「詩形」の点において『妖精の女王』にふさわしいことは理解できるとしても、果たして「内容」も同じかと言えば、大いに疑問が生じる。第一巻から第六巻までは、各巻が表題に掲げる美徳を体現する騎士を主人公とし、その探求を描く騎士道ロマンスの様式をとっている。これに対して、「無常篇」には騎士は登場せず、オリュンポスの神々に対する女巨人「無常」の反抗と、アーローの山で「無常」に下される「自然」の裁きが語られる。

他の巻と「無常篇」の内容面での相違をさらに際立たせるのは、エリザベス女王の寓意的表象である。第一巻から第三巻を出版した一五九〇年版も、さらに後半の三巻を加えて出版した一五九六年版も共に、「いと高き至高の君主」への献辞を付しており、処女王礼賛を旗印に掲げている。『妖精の女王』が単純な女王礼賛に終始しているわけではないことは本書の第三章や第五章で論じた通りだが、少なくとも表面上はその体裁をとっており、女王批判の言説はあくまでも可能な寓意の一つとして背後に忍ばせているに過ぎない。しかしながら、エリザベス崇拝の観点に立てば、「無常篇」はかなり異質な作品になっている。この詩篇では、処女王エリザベスを神格化する際に欠かせない表象である処女神シンシア／ダイアナが、同じ一つの詩篇で二度に亘って手痛い屈辱を受けるからである。

ダイアナがファウヌスによって裸身を見られた挙句に笑われる挿話の前には、「無常」がシンシアの君臨する月に昇って玉座の明け渡しを要求する場面が描かれる。森羅万象常なるものは存在せず、つまりは全てが自分の支配下である、と主張する「無常」の訴えは、季節の移り変わりが示すように、変化もまた永遠の理《ことわり》の中で生じており、結局万物は不動である、と断じる「自然」の裁きの前に退けられる。この結末を重視して、「無常篇」を「常に同じ」をモットーとしたエリザベス女王への賛辞と見なすことは可能かもしれない。

しかし、それだけではどうしても釈然としないのもたしかである。シンシアに対する「無常」の反抗がその政治的能力への懐疑を表すとすれば、その後に続くファウヌスとダイアナの挿話は、同じ女神が私的に直面する脅威を描いている。スペンサーは、君主は「政治的身体」と「自然的身体」から成る二つの身体を有すると論じた当時の君主論に沿う形で、妖精の女王グロリアーナと森の乙女ベルフィービーの二人を通して、エリザベスの二つの身体を描き分けている。とすれば、シンシア／ダイアナがまずは玉座で、そして森でと、立て続けに奇襲を受け、「王の二つの身体」の脆さが露呈する「無常篇」を単なる女王賛辞として読むには、やはり無理があるのである。むしろ、そこに見出されるのは、詩人と同じく最晩年の時期を迎えていたエリザベスに対峙するスペンサー自身の醒めた視線であると言えよう。

ここで、ファウヌスとダイアナの挿話の材源であるアクタイオンの悲話はルネサンス期のイングランドにおいてどのように受け止められていたのかという問題を考えてみたい。オウィディウスの『変身物語』では、ダイアナの裸身を見たアクタイオンは、その罰として鹿に姿を変えられ、自らの猟犬によって身を引き裂かれる。この神話は、ペトラルカがラウラへの成就しない片恋を永久に猟犬に駆り立てられるアクタイオンの宿命に喩えたことに始まり、ペトラルカ主義の常套のレトリックとしてルネサンス期のイングランドで流行する。例えば、シェイクスピアの『十二夜』の冒頭には、オリヴィアへの思いに耽溺するオーシーノーが自らをアクタイオンになぞらえ、けれんみたっぷりにペトラルカ風恋人を気取ってみせる場面が用意されている。

ああ、私の目が初めてオリヴィアを見た時、
彼女はあたりの邪気を清めるかのように思えた。
その瞬間、私は鹿に姿を変えられ、
以来、己の欲望が、残酷で獰猛な猟犬となって、
ずっと私を追いかけている。

（一幕一場一九―二三行）[*65]

しかし、エリザベス表象を考察する場合により興味深いのは、ダイアナとアクタイオンの関係を君主と臣下のそれに置き換えて読む解釈である。ジョンソンの『シンシアの饗宴』の幕切れには、エセックス伯をアクタイオ

ンになぞらえたものと解釈される箇所がある。女王シンシアが寵臣だったアクタイオンへの処罰に言及しながら、自己弁護を行う場面である。

たしかに、高慢な者や不遜な者に対して
私がおそらくかなり厳しいことは否定しません。
だからこそ、あまりにも高く望みすぎたアクタイオンは、
哀しいことに致命的な運命を辿り、
慢心のニオベは、アクタイオンよりも思い上がった比較をして、
石像へと変えられたのです。
でも、だからと言って、私は厳しすぎるということになるでしょうか。
聖なるあずまやや清められた場所に
不純な眼差しで入りこみ、卑劣にも
汚そうとするのは罪ではないのでしょうか。
神に挑むのは罪ではないのでしょうか。
天を怒らせてはならぬと、
聖なる神々を批判してはならぬと、人間どもに学ばせましょう。
女神がしたことなのだから、それでよしと。
人間にとっては、この理《ことわり》こそたしか。
私は残忍でもなければ、流血を喜ぶわけでもないのです。

（五幕五場九八―一一三行）

エセックス伯がその高慢な気性で女王の機嫌を損ねたことは一度や二度ではなかったが、最大の失策は、アイルランドでの職務を放棄して無断で帰国した際に、弁明を焦るあまりに朝の一〇時に女王の私室に乱入し、起き抜けで化粧が済んでいないエリザベスの素顔を見たことだった。[*66] シンシアの台詞にある、アクタイオンの「不純な眼差し」とは、明らかにこの事件への言及である。当時ジョンソンがエセックス・サークルのメンバーと近しい関係にあったことが指摘されており、少なくともこの台詞においては、エセックス伯への同情が垣間見える。[*67] このように、アクタイオン神話は、とかく不機嫌な女王の一挙一動に戦々恐々とする一五九〇年代の宮廷において、君主の理不尽にして残忍な怒りを風刺する指標として機能したのである。[*68]

女王の怒りの矛先が向けられるのは、宮廷貴族だけではない。『変身物語』を英訳し、解説を付したジョージ・サンズは、アクタイオンの罪に関して、風刺作家ルキアノスを引証しながら、オウィディウスの原作には見当たらない衝撃の事実を紹介している。それは、ダイアナがアクタイオンを鹿に変えたのは、「慎み深さからではなくて、不恰好な姿を暴露されることを恐れたからだ」とする、ジュピターの妻ジュノーによる告発である。[*69] さらに、サンズは、「この物語は、君主の秘密を探ること、あるいは裸身の君主を偶然見てしまうことが、いかに危険な好奇心であるかを我々に示すために書かれた」と述べた上で、オウィディウスが流刑地で執筆した『悲しみの歌』からの一節を引用している。

私はなぜ、我が目を仇となすものを見たのか。
なぜ、求めてもいない秘密を知ったのか。
アクタイオンが裸身のダイアナを見たのも、
故意ではなかったのだ。[*70]

オウィディウスは、何らかの事情で皇帝アウグストゥスの不興を買って追放され、流刑地でその生涯を終える。アクタイオンに不遇な宮廷詩人の姿を重ね合わせる解釈は、やはり辺境の地アイルランドでの詩作を余儀なくされたスペンサーによるアクタイオン神話を読む上で多くの示唆を与えてくれる。詩人は、君主の秘密を知るだけでは終わらず、それを世に広める舌を有する点において、アクタイオンよりもさらに脅威的な存在となりうる。ただし、オウィディウスのアクタイオンとスペンサーのファウヌスを比較した場合顕著なのは、類似点よりもむしろ相違点である。最大の違いは、スペンサーがアクタイオンの悲劇をファウヌスの笑劇に書き換えている点にある。それが最も顕著に表れる箇所を見てみよう。

エリザベス女王を体現する人物が下劣な輩に覗き見られる設定は、実は『妖精の女王』の読者にとっては既視感を覚える場面である。想起されるのは、第四章で取り上げたえせ騎士ブラガドッチオーをめぐる挿話である。森の中で物音に怯えた臆病なブラガドッチオーが茂みに隠れて様子を窺っていると、手負いの鹿を追いかけて、狩装束を身に纏ったベルフィービーが颯爽と登場する。この場面は、女性の身体美を描写する常套レトリックだったブレイズンの典型であり、ベルフィービーの顔、目、額、唇、足、腕、乳房、髪が一〇連にも亘って丹念に描かれている。全ての動作をいったん停止させるその描写は、ベルフィービーのこの世のものとは思えぬ美を前にしたブラガドッチオーが抱く驚異の念を、読者にも喚起することに見事に成功している。

これに対して、ファウヌスが覗き見るダイアナの描写はどうだろうか。先に引用した箇所が示すように、読者がここで当然期待するブレイズンは一切省略されている。代わりにあるのは、妖精達と一緒にファウヌスを取り押さえ、その処罰を思案するダイアナを描写した以下の一節である。

それはまるで、あくせく働いて、
乳搾りの利益をあげようとしている農婦が、

ある悪い獣がいつの間にか牛小屋に入り込み、
クリームを入れた鍋をからっぽにして、
折角の苦労を台無しにしたのを見つけ、
後ろにそっと何かの罠を仕掛け、
獣をその中に取り押さえると、
さて、どんな風に罰するのが一番よかろうかと考え、
復讐心から、幾千もの処刑法を思いめぐらすのに似ている。

その時のように、ダイアナと侍女達は、
今や手中に落ちた愚かなファウヌスを扱い、
からかい、嘲り、ののしり、
鼻を引っ張る者、尾を引っ張る者、
山羊のような髭を握って引きずる者もいた。

（七巻六篇四八―四九連）

エリザベスを鄙びた牧歌世界の住人に喩えるのは、当時頻繁に用いられた女王賛歌の定番である。スペンサーも、『羊飼いの暦』の「四月」で、エリザベスを「羊飼いの女王」イライザとして称揚したことは、本書第四章で見た通りである。しかし、上記の場面がこうした牧歌風女王賛歌の文学伝統に列なるものでないことは明白である。もはや、ダイアナとお付きのニンフ達の区別すら消失している。純潔の守護神であるダイアナをどこにでもいそうな農家の主婦に比したこの箇所は、ダイアナを、そして背後に見え隠れするエリザベスを瞬時に脱神話化する効果を発揮しているのである。執念深い女王の怒りも、その罰も、完全に卑俗で滑稽なものへと変えられている。

では、ファウヌスが「覗き見した何か」とは一体何だったのだろうか。もしかするとそれは、サンズの『変身物語』が示唆する〈異形のダイアナ〉だったのだろうか。エリザベスが自分の肖像画の作成に関して神経を尖らせたことは有名だが、一五六三年の王室布告は、「女王陛下の忠良な臣民がこの件［女王の肖像］で様々な人物が犯した過誤と不愉快な歪曲に悲憤慷慨していることに鑑み、陛下はすぐさま役人や大臣達に、これを取り締まり、既になされた醜悪な描写は是正し、明らかに不恰好な肖像については、それが訂正されるまでは公開や出版を禁じる」ことを記している。[*71] それは、女王の肖像をめぐる統制が強化される以前に既に、女王を戯画化する作品が多数世間に出回っていた可能性を窺わせる。ファウヌスが目にしたものが果たして女王のそうした「不恰好な肖像」だったかどうかは定かではない。ただ、少なくともそれがベルフィービーの〈驚異の身体〉でなかったことはたしかである。一見すると、詩人は神妙に沈黙を守っているようだが、思わず笑い出すファウヌスの反応、そして農家の主婦に〈変身〉するダイアナの描写は、やはりダイアナ／エリザベスの身体を巧妙に歪形化《デフォルメ》しているのである。

最後に、この挿話の舞台となっているアーローの山は何処にあるのか、という問題を考えてみたい。無論地理上は、アーロー山とは、スペンサーが自邸を構えたアイルランドはキルコマンの近隣に位置するゴールティモア山を指し、この山が臨むアーロー峡谷に名前を借りている。しかしながら、スペンサーの詩的神話形成《ミソポエイア》の地図においては、アーロー山が別の山を指す可能性がある。

詩人は挿話の中に「アーローの山を知らぬ者があろうか」（七巻六篇三六連）という問いかけを挿入しているが、これは第六巻第一〇篇における詩句「コリン・クラウトを知らぬ者があろうか」（一六連）に呼応している。しかし、ここで一つの疑問が生じる。「コリン・クラウトを知らぬ者があろうか」という自信満々の一節は、納得がいく。『羊飼いの暦』で新詩人の登場と称賛され、満を持して出版した一五九〇年版の『妖精の女王』によって名声を揺ぎ無いものにしたスペンサーである。そのペルソナであるコリンの名は、英詩壇であまねく知られていたに違いない。だが果たして、アーローの山はどうだろう。イングランドの詩人達にとって、アイルランドの地名がそれほどなじみ深いものだったとは考えにくい。むしろ、スペンサーが謳うアーローの山は、詩人なら誰もが知っている〈あの山〉の暗号なのではないだろうか。

スペンサーは、『妖精の女王』の出版に際して、アイルランドに縁の深い二人の人物に詩を献呈している。一人はアングロ・アイリッシュ貴族の筆頭オーモンド伯であり、いま一人は、アイルランド総督グレイ卿である。興味深いことに、これら二つの献呈詩は共に、アイルランドの地を詩人の聖地パルナッソスの山にすり替えているのである。オーモンド伯への献呈詩は、「長い戦乱で荒れ果て、／残虐な蛮行が蔓延る未開の地」への言及で始まるが、詩の後半ではその光景が一変する。

かの麗しい地には、ご存知の通り、
甘美なミューズが宿る
パルナッソスはなく、ヘリコンもないが
閣下は壮麗な居を構えておいでになる。
そこには、数多の美神が住んでいる。
優美な精は、学才の歓喜
そして、比類なき御身には、
恵みと真の名誉が鎮座する。[*72]

アイルランドとパルナッソスの途方もない隔たりが強調される一方で、パトロンの館は、詩神ミューズが戯れるパルナッソスさながらの光景として描かれている。アイルランドとパルナッソスのこの奇妙な同化は、グレイ卿への献呈詩にも共通している。

素朴な詩は、パルナッソスの山から遠く離れた
未開の土地で、つましいミューズが編み、
無学な機で粗雑にこしらえたもの
閣下よ、何卒これにご好意をお与え下さい。

一七篇の献呈詩の中でパルナッソスに言及したものはこの二篇だけであることを考えれば、スペンサーが意図的にアイルランドにパルナッソスを見ていた様子が窺える。誰かアーローの山を知らぬ者があろうか――臆面もなく、パルナッソスに代えてアーロー山を言祝ぐスペンサーの一節は、オウィディウスとはまた一風異なる、スペンサーらしい実は強気な辺境の詩学を打ち出しているのである。

『妖精の女王』に付された七篇の推奨詩から推測するに、アイルランドの地にあるスペンサーの詩は手稿の形である程度回覧されていたようである。そして、おそらくは、死後出版された「無常篇」も例外ではなかっただろう。そのことを窺わせる興味深い小詩が、一六〇〇年に出版されている。ケンブリッジ大学の卒業生であり、スペンサーやその友人ハーヴェイの後輩に当たるジョン・ウィーヴァーの『ファウヌスとメリフローラ』である。『ファウヌスとメリフローラ』の後半部分は、純潔の誓いを破ってファウヌスと結婚したニンフのメリフローラの裏切りに怒ったダイアナが二人に復讐を企てる展開になっている。そしてそこに挿入されているのが、前年に没したスペンサーへのオマージュである。――「しかし、今ではスペンサーは逝ってしまった。／汝ら妖精の騎士達よ、この大きな喪失を嘆くがよい」(一〇六三―六四行)[*73]。この一節、そしてファウヌスへのダイアナの復讐というプロットから、ウィーヴァーがスペンサーのファウヌスとダイアナの挿話に着想を得てこの作品を執筆したと推

測するのは、妥当であるように思われる。

そして、この詩にもまた、アクタイオンに裸身を見られるダイアナが、あられもない姿に戯画化されて登場する。

かつてここにダイアナがいた。アクタイオンが
水浴びをする彼女を見た時に。
(嗚呼、彼は知らなかったのだ)
(金細工商の女房も、裸になって真珠を外せば、田舎娘と区別はつかぬ)

(二七五―七八行)

『ファウヌスとメリフローラ』は、一五九〇年代に一世を風靡したジャンルとして既に紹介した小叙事詩、中でもオウィディウス風の官能的小叙事詩を総称するエピリオンに属する。これらの詩に共通しているのは、神々に対する突き放したような、ほとんど不遜と言ってもよい詩人の眼差しである。ダイアナをロンドン商人の女房に比すウィーヴァーの奇想《コンシート》は、シンシアを農婦になぞらえたスペンサーのそれに類似しており、ウィーヴァーへのスペンサーの影響が窺える。従来より、スペンサーのオウィディウス風詩は、調和を旨とする詩風において、エピリオンの文学伝統とは対極に位置するものとして解釈されてきた。*74 筆者も概ねそれに同意はするものの、「無常篇」におけるファウヌスとダイアナの挿話のような例外もあることを付言しておきたい。

非業の最期を遂げるアクタイオンとは異なり、スペンサーの挿話ではファウヌスは死を免れる。ダイアナ達は、一度はファウヌスを去勢することを考えるが、それすら「永遠に生きねばならぬ森の神の一族が絶えてしまう」(七巻六篇五〇連)との危惧から思いとどまる。ファウヌスは、散々なぶりものにされはするものの、結局は生き延

び、モラーナの川を恋人ファンチンの川に合流させて一つの流れとすることで、その恩に報いる。つまり、この挿話は、アーローの山を襲う無常を描く一方で、ファウヌス一族の実に逞しい生命力を示唆しているのである。

では、女神の怒りをものともしない、これらふてぶてしい「森の神の一族」とは誰のことか。それについては、さながら「無常篇」の続篇のようなウィーヴァーの『ファウヌスとメリフローラ』が、一つの答えを与えてくれる。ファウヌスとメリフローラの息子は、ダイアナの呪詛によって怪物として生まれるが、森で「サテュロスやファウヌスの群れに交わり」(一〇四二行)、ついにはブルータスについてドーヴァーの海を渡り、イングランドに上陸する。以後「サテュロス達は、鋭い牙をむき出した詩を撒き散らし、／……怒れる詩行に鋭いペンを振りかざす」(一〇七三―七七行)ことになる。この箇所は、風刺詩(satire)の語源をファウヌスと同輩の森の精サテュロス(Satyr)に見出す当時の詩論に立脚している。

羊飼いコリンがスペンサーの牧歌詩人のペルソナであるならば、嗤う牧神ファウヌスは、コリンの裏の貌、風刺詩人としての一面を体現していると考えられる。『妖精の女王』で牧歌詩人から叙事詩人へのウェルギリウス的転身を遂げたスペンサーであるが、そもそも『羊飼いの暦』に始まるほぼ全作品に一貫しているのは、ナッシュをも唸らせた風刺詩人としての才である。

例えば、一五九一年に出版された『ハバードばあさんの物語』は、政治風刺のかどで出版直後に回収され、当時ロンドンを訪れていたスペンサーは急遽アイルランドに帰国する羽目に陥っている。[*75] この詩がもともとは一五七九年にエリザベス女王への求婚者として浮上したフランス皇太子アンジュー公とその使者シミエを揶揄した作品として執筆された可能性があることは既に述べたが(本書第四章参照)、一〇年以上経ってから出版された時には、同じ詩が全く別の風刺的意図を帯びるようになっていた。アンジュー公とシミエを指し示すべく創出されたずる賢い狐と猿の二匹連れは、一五九〇年代の宮廷政治の文脈で読み解くと、政治的実権を占有したセシル父子の寓意としても読めるからだ。まさに、時代を超えて通用する風刺文学の恐るべき普遍性と可変性と言えよう。

スペンサーが二〇年もの歳月をかけて執筆した『妖精の女王』をエリザベスに献呈し、作品の価値を認めた女王から年金を支給されたのは、この騒動の直前のことである。せっかくの厚意を無にするかのような大胆不敵な行動には、己の良心と筆の赴くままに権力に物申す真の桂冠詩人としての気概を見ることができる。[*76]

折しも、スペンサーが没した一五九九年は、風刺詩の出版を禁じる件《くだん》の禁書令が出された年でもある。アーローの山中に、そして『妖精の女王』のコーダにこだまする陽気なファウヌスの哄笑こそ、不滅の「森の神の一族」の末裔を任じるスペンサーが辺境のパルナッソスで振り絞る〈白鳥の歌《スワン・ソング》〉だったのだ。

終章

祭りの喧噪から文学は生まれる

エリザベス一世の表象を辿る考察を通して見えてくるのは、王権のイメージ形成において祝祭と文学が果たした役割の大きさである。と論を結べば、何を今さら当たり前のことを、と言われるかもしれない。無論、この二つは、イエイツとストロング以来、エリザベス表象を研究する上で欠かせない二大領域であり、本書の考察もまた、堅牢にして厚い層を成す先行研究に多くを負っていることは言うまでもない。しかし、祝祭と文学がいかに有機的に結びついていたかという点、そしてそこにエリザベス朝の創造的エネルギーの源泉を見出す視点は、従来の研究で必ずしも十分に認識されてきたとは言い難い。祝祭は祝祭として、文学は文学として、それぞれが切り結ぶエリザベス一世の像に関心が分散し、両者の双方向的な影響関係は看過されてきたように思われる。

そもそも、祝祭と文学の関係は深い。古代ギリシャのオリンピアの祭典では勝者を称える頌歌が歌われ、アングロサクソンの古英詩『ベーオウルフ』を紐解けば、デーン人の王フロースガールが催す祝宴で神による天地創造を賛美する歌を披露する詩人が登場する。中世の聖史劇の伝統が示すように、ヨーロッパにおいて演劇が宗教的な祝祭の余興として発展したことは夙に知られる。神であれ、人であれ、観衆を前にして何かを〈言祝ぐ〉ことに文学のルーツがあると言っても過言ではない。

近代初期英文学と祝祭の関係を論じた研究としては、C・L・バーバーの古典的名著『シェイクスピアの祝祭喜劇』やフランソワ・ラロックの『シェイクスピアの祝祭世界』があるが、どちらも五月祭やシャリヴァリといった民間祝祭を中心に取り上げ、演劇との関係を論じる視点も、主題や劇構造など文学批評的関心に限定されている。[1] しかし、絶対王政が確立し、宗教改革を経たエリザベス朝イングランドにおいて隆盛を極めたのは、行進や仮面劇や馬上槍試合やパジェントといった宮廷祝祭であり、それが同時代の文学の発展に及ぼした影響は体系的に検証されていない。

本書は、文学がいまだ本来の祝祭性をとどめていた時代としてエリザベス朝を位置づけた上で、エリザベス一世の戴冠式の行進に始まり、王権をめぐる言説が構築され、拡散する過程を文化史的に跡づけることを試みた。それは、同時に、祝祭が文学の創出にいかなる作用を及ぼしたかを問う作業となった。宮廷祝祭はとかく君主のイメージ構築という文脈だけで捉えられる傾向が強い。だが、エリザベス朝の宮廷祝祭が生み出したのは、華麗なる「エリザベス崇拝」の文化現象だけではない。牧歌、叙事詩、騎士道ロマンス、妖精文学、風刺詩、喜劇と、宮廷祝祭に先導される形で事後的に様々な文学ジャンルが胚胎され、まさに百花繚乱の活況を呈していることにも目を向ける必要がある。エリザベス朝の宮廷祝祭で異様な盛り上がりを見せた騎士道ロマンスブームがなければ、スペンサーの『妖精の女王』が執筆されることはなかっただろう。低予算による余興の安定した供給を模索する宮廷祝典局の奮闘がなければ、ロンドンが一夜にしてヨーロッパ屈指の演劇都市へと変貌することもなかったかもしれない。そして、祝祭と文学を両輪とするエリザベス朝特有の文化システムがなければ、これほど多彩な魅力で今なお人々の関心を惹きつける〈処女王〉が誕生していたかどうかも疑わしい。

宗教改革によって、近代初期イングランドの祝祭文化は様変わりする。聖母マリア信仰や聖人崇拝に代表されるカトリック的な宗教祝祭は廃止され、あたかもそれによって生じる喪失感を埋めるかのように君主崇拝に沸く宮廷祝祭が興隆する。ただし、それは、君主が神や聖人に代わって人々の宗教的崇敬の対象となったというような単純な図式ではない。世俗化したのは祝祭だけではなく、君主崇拝も同様だったことに留意する必要がある。中世では、王が瘰癧《るいれき》患者に触れると、病が治癒すると信じられた「瘰癧さわりの儀式」が象徴するように、君主は聖別された祭司として有無を言わせぬ力で人心を支配した。[2] しかし、近代化に伴い「神秘的王権（mysterious monarchy)」が「人格的王権（personal monarchy）」へと移行する時、擬似宗教的な典礼や儀式に代わって効力を発揮したのは、企画運営者や参加者が主導権を握る祝祭であり、霊魂よりも情動に訴える劇場型の君主崇拝だった。[*3]そして、「神秘的王権」から「人格的王権」への移行にいち早く適応した君主こそ、エリザベス一世だった。エリザベス一世は、大衆的人気に並々ならぬ執着を見せた最初の君主と言える。イングランドの歴代君主の中で、自身の即位記念日を祭日としたのも初めてであれば、驚くべき頻度でせわしない地方巡幸の旅に出かけたのも初めてである。そして、現代ならいざ知らず、民の同意が得られないからという理由で王が結婚を断念するのも、おそらく前代未聞のことだっただろう。

本書のカバーに用いている肖像画は、俗に「虹の肖像画」という名で知られ、女王が一六〇二年にロバート・セシルの邸を訪れた際の余興の舞台装置として描かれた可能性が指摘されている。[*4]エリザベスが齢七十に近づき、その死が迫っていた頃に製作されたにもかかわらず、絵の中の女王は豊かな髪を垂らした乙女として、永遠の若さと美を誇っている。赤褐色の髪は若かりし頃のエリザベスの姿を彷彿とさせるものの、これは肖像画というよりもはや寓意画である。虹を掴んだポーズの意味は、女王の横に書き込まれた銘文「太陽なければ虹もなし」を読めばすぐにわかる。現代人にとってもはやわからないのは、女王が胴着の上に纏っている外套のグロテスクな文様である。そこに描かれた夥しい数の目と耳朶は一体何を表すのだろうか。寓意の解釈は困難を極め、真意は不明である。[*5]ただ、肖像画が神話化する超人的な身体とは裏腹に、〈見られること〉と〈愛されること〉に生涯こだわり続けたエリザベス一世の実に人間臭い心性に思いを馳せる時、これほど似合いの衣装はない。

「私はイングランドと結婚した」と言ったか言わないかは別としても、その台詞が誰より似合う君主であるエリザベスは、シェイクスピアから三文文士に至るまで、創作意欲を限りなく刺激し、女王をイメージした登場人物を配したいと思わせた点で、言うなれば〈キャラクター的王権（character monarchy）〉の元祖となった。たとえ「神秘的王権」のベールが剝がれても、王はむき出しの身体をさらすわけではない。劇場の幕が上がる時、そこにいるのは想像力の被造物《キャラクター》と化した王である。

このように、現代の王室ブームをも連想させる近代型の王権表象の雛形とも言えるエリザベス表象だが、それがいわゆるメディアによって作り出されている点にも現代との類似性を見出すことができる。ただし、そこには一つの決定的な相違点がある。それは、エリザベス朝においては、そのメディアの中枢を文学が担っている点である。

戴冠式の行進の際にロンドンの街路で催されたパジェント、ほとんどオタクと言っても良いほど文芸活動にのめりこんだ法学院生達が催したクリスマス祝祭の余興、そして地方巡幸に出かける女王を歓待すべく行く先々で披露されたパジェントや仮面劇、エリザベスの即位記念日に盛大に催された馬上槍試合といった、本書で取り上げた祝祭はいずれもすぐれて文学的である。ギリシャ・ローマ神話に騎士道ロマンスと、古代・中世から伝承された文学的遺産がここぞとばかりに活用される。祝祭で披露されるパジェントや仮面劇は、同時代の演劇と同様に韻文による語りを基本とするため、その制作に駆り出されるのは詩人達である。かくして、職業作家なる概念が存在しなかった時代ならではのおおらかさで、プロとアマチュアは言うに及ばず、メジャーとマイナーの区別も問わず、実に様々な経歴を持つ文人達が携わることとなる。ただし、たとえ軍人や法学院生や学校教師が本業の傍ら執筆していたとしても、その根底にあるのは、文学が社会に対して及ぼしうる力に対する強い信念である。祝祭という非日常の空間で繰り広げられる余興は、詩人達がその感性と想像力を駆使し、自らの世界観や理念を女王を含めた観衆に思う存分見せつける格好の公共メディアとして機能した。

なかでも、祝祭と同時代の文学を結びつける上でとりわけ重要な役目を果たしたのが、本書で繰り返し論じた寓意である。比喩的な語りや描写を通して道徳的概念を表現する寓意は、ルネサンス期のヨーロッパ人にとっては聖書を通しておなじみの表現様式である。文学の存在意義を「教え、楽しませる」ことに見出すのは、ホラティウスに始まる文学擁護論の王道であるが、わかりにくいことをわかりやすく、伝えにくいことをそれとなく巧く伝えるのは寓意の本領でもある。特に、第一章で取り上げた戴冠式の行進のパジェントが顕著に示すように、言葉を介さずに視覚に訴えることができる寓意は、識字率が低い時代に、抜群の伝達力を発揮したに違いない。

ルネサンス期のヨーロッパにおける宮廷祝祭で寓意が果たした役割は、イエイツやストロングの研究をはじめとしてこれまで盛んに論じられてきた。本書が特に注目したのは、王権のイメージ形成に寓意が用いられる場合、それが諸刃の剣となりうる点である。近代初期のヨーロッパにおいて、王権のイメージ戦略を王室が管理することはもはや不可能となり、君主の自己成型が限界に達したことは、既に従来の批評で指摘されている通りである。新歴史主義批評が詳らかにしたように、王権がスペクタクルとして機能し、その虚構性や演劇性が極度に前景化される時、王はあくまでも主題の一つとなり、表現の主体から客体の座へと滑り落ちる。その時、多義性は、寓意による王権表象の宿命となる。寓意とは、「現実を提示しようと試みつつも、常にそれに失敗する」点において、ミメーシスとは対極の表象だからだ。[*6] それは一体何を意味するのか、とたえず思考しながら鑑賞し、見かけの裏に隠された意味を探ることを促す寓意は、多層的な意味構造を前提とする。第四章で論じたスペンサーの牧歌詩『羊飼いの暦』は、まさにその好例と言えよう。エリザベスは、一方でイングランドに牧歌的な平和をもたらす君主として称えられながらも、他方では忠臣の奉仕を無にする残酷な君主として慨嘆の対象となる。

もっとも、その寓意は巧妙に作品の中に仕込まれているだけに、作者の意図するところは、簡単には理解できない。上質な寓意になればなるほど、その真意の分析は難解を極め、ただ一つの解釈をあてはめることは不可能となる。とは言え、それは、「作者の死」を宣告し、どの解釈も正しいと言わんばかりの読者偏重型の批評へと舵を取った二〇世紀以降の批評理論の立場とは根本的に異なる。作者が意図するところはたしかにあるのだが、なまじ複数のレベルで読むことができるだけに、読者は必ずしも核心にたどり着けるわけではない。なぜわざわざそんなわかりにくい作為を施すのか、と現代の読者はいぶかしく思うかもしれない。しかし、それは、なぜゲームは誰でも満点が取れるように作られていないのかと問うのと同じような愚問である。誰でも満点が取れるゲームなど、面白くもなんともない。同様に、わかる者だけわかればよいとばかりに、読者の知的優越感を刺激する娯楽性こそが寓意の醍醐味である。それは、君主崇拝を装いつつも、それとは全く逆の女王風刺と宮廷風刺を滑り込ませる離れ業を可能とするのである。

そして最後に、本書が特に強調して論じてきたのは、宮廷社会と市民社会が祝祭と文学を通して緊密に繋がっていたエリザベス朝の文化システムの特異性である。第五章で論じたように、エリザベス一世の即位記念日を祝して毎年盛大に催された宮廷の馬上槍試合は、有料化された上で、ロンドンの一般市民にも開放され、他国からの訪問者の度肝を抜くほどの数の観衆を動員している。エリザベスと宮廷貴族が興じた騎士道ロマンス仕立ての宮廷祝祭は、さながらエリザベス朝のコスチュームプレイと言っても過言ではなく、従来は王侯貴族の娯楽図書であった騎士道ロマンスを広く民衆の間にも流行させる導火線の役目を果たす。それは、他のヨーロッパ諸国では中世文学の遺産に堕し、もはや衰退の途にあった騎士道文学にまたとない蘇生術を施すこととなり、ロマンスの大衆化という、現代にも通じる新たな活路を切り拓くこととなった。

宮廷社会と市民社会によって共有される祝祭文化は、同時代の演劇の発展にも寄与する。第六章で論じたように、エリザベス朝イングランドの宮廷演劇は、経費削減のために宮廷余興のアウトソーシング化を目指す宮廷祝典局の方針もあり、商業劇場との連携によって成り立っていた。宮廷演劇がリハーサル上演という名目で私設劇場の観客を楽しませる一方、ロンドンの人気劇団による宮廷上演が常態化する。女王や宮廷貴族とロンドンの民衆が同じ芝居を観劇する特殊な状況は、複数の視点を内在化させることによって、意味レベルの重層化をもたらし、作品の文学的表現力を一気に底上げする。それがエリザベス表象のさらなる拡散・肥大化を促進したことは言うまでもない。

このように、宮廷祝祭が市民のための娯楽に供され、宮廷喜劇と銘打った作品がロンドンの劇場で盛んに上演されるのは、同時代のイタリアやフランスには見られない、イングランド特有の現象である。ただし、それは、イングランドの、というよりも、エリザベス朝イングランドの実に奇特な現象であることを忘れてはならない。ジェイムズ朝やステュアート朝になると、仮面劇の隆盛によって宮廷祝祭は一層の豪華絢爛さを増しはするものの、それは王宮の閉ざされた空間の中に囲い込まれ、市民文化との乖離が決定的となる。文学的な祝祭を通して宮廷文化と市民文化の混淆が生じたエリザベス朝には、実に柔軟で融通無碍な文化受容の在り方が見て取れるのである。エリザベス朝文学がイギリスのルネサンス期と呼ばれる黄金時代を築くことになった所以は、まさにこの点にある。

〈処女王〉なる天下無双のキャラクター性を有する君主を戴くイングランドで、祝祭と文学は相互に影響を及ぼし合い、宮廷社会と市民社会の双方を取り込みながら発展する。そして、印刷出版と商業劇場という二つの新手メディアの受け皿を得ることで、祝祭空間は文学的虚構の中に包摂され、エリザベス表象は神話化と脱神話化を繰り返しながら、時代を超えて無限に生産され続ける。王が祭りを生み、祭りが文学を生み、文学が王を生む——エリザベス表象の多義性は、このダイナミックな円環構造の産物だったのだ。

あとがき

本書の研究の出発点となったのは、今から二〇年以上前、関西シェイクスピア研究会で担当した書評である。笹山隆氏と齋藤衛氏を領袖とする関西シェイクスピア研究会は、とにかくストイックな厳しさで知られ、「泣く子も黙る」という枕詞がつくほどだった。隔月開催の研究会のプログラムは書評二本と研究発表一本で構成され、中心となるのは書評の方である。目利きの齋藤氏が選書を入念に行い、会員は同じ書物を読んで会に臨むので、少しでもいい加減な書評をすれば、苛烈な質問やコメントの集中砲火を浴びることとなる。発表中にタオルが飛んできたとか、発表の途中で憤然と席を立たれたとか、「命がけでやれ」と言われたとか、数々の逸話が残っている。戦々恐々とする大学院を出たての新人に書評デビューとして指名された本が、本書でも参考資料として取り上げたヘレン・ハケットの『聖母と処女王——エリザベス一世と聖母マリア崇拝』だった。

後にも先にもあれほど真剣に取り組んだ書評はない。ただし、それは研究会での発表をつつがなくやり遂げるためだけではなかった。最初はそうだったかもしれないが、下読みの途中から、この書物が扱うテーマに夢中になったからである。もともと、特定の作家やジャンルよりも、エリザベス朝という大いなる時代に惹かれていたわたしの批評的関心は分散しがちで、その脈絡のなさに途方に暮れている有様だった。ところが、一見すると関連性がないと思われる研究対象も、エリザベス一世の表象という補助線を引くと、面白いぐらいに繋がる。例えば、スペンサーとシェイクスピアという、いろいろな意味で両極端の詩人を一つの視野に収めようとする際に、エリザベス一世とその宮廷文化は格好の視座を提供してくれる。それは、エリザベス朝イングランドは存外に小さく緊密な文化を有していたことに気づくきっかけをも与えてくれた。以後、叙事詩と演劇、宮廷文学と大衆文学、文学と政治、そして文学と祭といった、ともすれば、別次元で捉えがちな領域を接続させ、そこにエリザベス朝文学の創造的原動力を見出す視点は、わたしの研究の基本姿勢となった。この時の研究会での発表原稿をもとに執筆したのが、初出一覧で紹介した「「エリザベス崇拝」の明暗——権力の力学と批評の力学」である。

そして、文学研究と歴史学研究を融合する本書の手法に関しては、もう一つの研究会での活動に負うところが大きい。碩学が集うことで知られる、玉泉八州男氏を中心とするテューダー朝演劇の研究会に加わることとなったのは、わたしにとって重要な転換点となった。文学史の表舞台には登場しないものの、片隅に沈殿して厚い層を成している様々な作品を粘り強く読み、同時代の政治パンフレットや公文書を援用する。まさにエリザベス朝イングランドの空気を深く呼吸するかのようなアプローチから実に多くのことを学んだ。ギャスコインやチャーチヤードやデイヴィスといったマイナー詩人達、レスター・サークルやエセックス・サークルの文芸活動、法学院祝祭に大衆騎士道ロマンス——本書の分析の骨格を成す研究の多くは、本研究会で発表した原稿がもとになっている。

文学研究とは、ひたすら書物に向き合う中で成し遂げる、徹頭徹尾孤独な営為であることは言うまでもない。学会や研究会からは適度な距離を置くことで自律性を保つのも、一つの在り方と心得ている。しかし、わたしの場合は、研究会での様々な刺激や交流を糧として、自分の研究の方向性を見定めるスタイルが性に合っているようである。近年は、企画に基づいて短期間で活動するプロジェクト的な研究会も増えているようだが、これといった目的に縛られることなく、文学サロンの延長のような形で自然に発生する、昔ながらの研究会が常にわたしの学問的な居場所であった。まずは、両研究会でたがいに切磋琢磨する畏友達に、心からお礼を申し上げたい。

とはいえ、もともと研究を纏めることには関心がなく、出版に向けて本腰を上げたのは、かなり遅かった。単著として研究を纏めることの重要性を辛抱強く説いて下さったのは、関西シェイクスピア研究会でお世話になった笹山氏である。出版への欲の無さを時に美化していたわたしに対して、その言い訳の裏に潜む、恥をかくことを恐れる傲慢さを見抜き、やんわりと指摘して下さった時のことは忘れられない。その後も延々と年月を費やすことになってしまったが、わたしの覚束ない足取りを温かく見守って下さった先生に、心からの敬愛と感謝を捧げたい。

そして、本書の構想を纏める上でいわば実験台となったのは、本務校で開講されている「英米文学特殊講義」を受講していた学生達である。二〇一〇年度と二〇一六年度の二度に亘り、エリザベス一世の文学的表象を辿る講義を行った。熱心な受講生が多く、「エリザベスはどうして結婚しなかったのですか」「なぜ寓意は、わざわざこんな面倒な仕掛けになっているのですか」「エリザベスとシェイクスピアは会ったことがあるのですか」といった、素朴な、しかしそれだけに研究者がえてして見落としがちな本質的な問いを憶することなくぶつけてきた。もし、本書にわかりやすいという美点が少しでもあるとすれば、それはひとえにこれら受講生達の素直で真摯な問題意識のおかげである。

また、刊行に際しては、玉泉氏に、入稿前の原稿をとても丁寧にお読み頂き、貴重なご指摘を頂いた。烏滸がましいことを百も承知で言えば、演劇、詩、散文物語に宮廷祝祭と、本書が扱う領域は、氏の研究が切り拓いてきた道へと通ずるものである。

そして、本書の刊行が実現したのは、研究社の津田正氏のご尽力によるものである。氏は、かつて紀要に掲載された先述の書評「「エリザベス崇拝」の明暗」に目を留め、まだ駆け出しで海の物とも山の物ともつかぬわたしに、『英語青年』で連載する機会を与えて下さった。無類の文学好きである氏は、同時に、書物の向こう側にいる読者の存在を片時も忘れない根っからの編集者であり、緻密な編集作業で支えて下さった。

本書の一部は、平成二一—二三年度科学研究費補助金（基盤研究（C））「レスター・サークルの出版ネットワークに関する研究」（研究代表者・竹村はるみ）、平成二四—二六年度科学研究費補助金（基盤研究（C））「エリザベス朝イングランドにおける騎士道ロマンスの発展と変容に関する文化史的研究」（研究代表者・竹村はるみ）、平成二七―三〇年度科学研究費補助金（基盤研究（C））「近代初期イングランドにおける祝祭と文学の関係をめぐる文化史的研究」（研究代表者・竹村はるみ）による研究成果に基づいている。また、本書の出版には、公益信託福原記念英米文学研究助成基金を頂いた。そして、二〇一七年度は、本務校である立命館大学の学外研究制度により、研究に専念することができた。以上、ここに記して、篤くお礼を申し上げたい。

最後に、わたしの研究生活を陰で支え続けてくれる家族に、心からの感謝を捧げる。

竹村　はるみ

二〇一八年六月

索　　引

1. 索引は「人名・作品名索引」と「事項索引」の二部構成。
2. 「人名・作品名索引」においては、作品名は原則としてその著者の項目の下に置いた。

【人名・作品名索引】

〔あ行〕

『愛と自己愛について』 *Of Love and Self-Love* 184, 186, 188, 249, 286, 292–94
アウグスティヌス Aurēlius Augustīnus 21
アウグストゥス Augustus 304
アクストン、メアリー Marie Axton 67, 69–71
『アーサー王の弁護』 ⇨ ロビンソン、リチャード
アスカム、ロジャー Roger Ascham 38, 197
アーチャー、ジェイン・エリザベス Jayne Elisabeth Archer 8
アップルツリー、トマス Thomas Appletree 135
アランデル、チャールズ Charles Arundell 131, 133, 141
アランデル伯 12th Earl of Arundel, Henry Fitz-Alan 17
アリオスト Ludovico Ariosto 195, 206
　『狂えるオルランド』 *Orlando Furioso* 206
アリストテレス Aristotelēs 21, 191
アルバ公 Ferdinand de Toredo, Duke of Alva 84, 85, 87, 97
アンジュー公（フランス皇太子） François, Duke of Anjou 55, 115–17, 121–22, 124–25, 131–36, 138–41, 146–47, 152–53, 155–56, 167, 173, 177–78, 247, 282, 310
アンブロシウス Ambrosius 21
アンリ三世（フランス王） Henri III, King of France 132, 133, 187
アンリ四世（フランス王、ナヴァール王） Henri IV, King of France and Navarre 134, 187

イエイツ、フランセス・A Frances A. Yates 5–6, 7–8, 96, 115, 127, 171, 179, 271–72, 314, 318
イサベル一世（カスティリャ女王） Isabel I, Queen of Castilla 17
『為政者の鑑』 *The Mirror for Magistrates* 87, 277
『イングランドのパルメリン』 *Palmerin de Inglaterra* 219

ヴァヴァソー、アン Anne Vavasour 252
ヴァージル、ポリドア Polydore Vergil 220
ヴィア、エドワード・デ（オックスフォード伯） Edward de Vere, 17th Earl of Oxford 117, 133, 235, 244, 248, 252
ウィーヴァー、ジョン John Weever 308, 309
　『ファウヌスとメリフローラ』 *Faunus and Melliflora* 308–10
ヴィーヴェス、ファン・ルイス Juan Luis Vives 17–18
　『キリスト教徒の女子教育』 *The Education of a Christian Woman* 17–18
ウィザー、ジョージ George Wither 142
ウィットギフト、ジョン John Whitgift 271
ウィリアムズ、サー・ロジャー Sir Roger Williams 98
ウィルソン、ロバート Robert Wilson 239

ウィレム（オラニエ公） Willem, Prince of Orange 84, 97, 116, 119, 178
ウェルギリウス Pūblius Vergilius Marō 144, 275
『アエネイス』 *The Aeneid* 152, 164
ウォットン、ヘンリー Sir Henry Wotton 184
ウォリック伯 Richard Neville, Earl of Warwick, the Kingmaker 73
ウォリック伯（アンブローズ・ダドリー） ⇨ ダドリー、アンブローズ
ウォルシンガム、サー・フランシス Sir Francis Walsingham 85, 99, 112, 117, 119–20, 123, 131, 133–34, 136–37, 141–42, 188–89, 228, 239, 244, 270, 275
ウスター伯 ⇨ サマセット、エドワード
ヴュルテンベルク公爵 Duke Frederick of Würtemberg 181
ウルジー卿 Thomas Wolsey, Cardinal 62

エイルマー、ジョン John Aylmer 38, 40, 45–46, 57–58
『忠良なる臣民のためのやすらぎの港』（『やすらぎの港』） *An Harborowe for faithfull and trewe subiectes* 38, 45–47, 57–58
エジャトン、サー・トマス Sir Thomas Egerton 80, 271, 273
『エスプランディアンの武勲』 *Las Sergas de Esplandián* 208
エセックス伯 ⇨ デヴルー、ロバート
エセックス伯未亡人 ⇨ ノールズ、レティス
エドワード三世（イングランド王） Edward III, King of England 177, 180
エドワード六世（イングランド王） Edward VI, King of England 16, 18, 20, 24, 27, 34, 38, 54, 59, 64, 78, 137
エラスムス Desiderius Erasmus 279
『痴愚神礼讃』 *In Praise of Folly* 279
エリク一四世（スウェーデン国王） Eric XIV, King of Sweden 53, 65
エリザベス（イングランド女王） Elizabeth of York, Queen of England 31–32, 34
エリザベス一世（イングランド女王） Elizabeth I, Queen of England 11–12, 14, 44, 59, 69, 78–79, 81, 84–86, 89, 93, 96–102, 109–15, 130, 163–65, 167–68, 181–85, 204–5, 208–9, 213, 223, 228, 232, 234–35, 239, 242, 245, 246–48, 251, 253–55, 260, 262, 268, 276, 288, 291–92, 295–96, 300, 303–6, 311, 314, 316–19
〜とネーデルラント問題 ⇨ ネーデルラント戦争（事項索引）
〜と反女性君主論 22–24
〜の演説 3, 25, 44–45, 47, 48–50
〜の王女時代 14–19, 197
〜の結婚問題 47–57, 65–67, 103–4, 108, 117–18, 121, 124, 131, 133, 135–36, 138–41, 152–53, 155–56, 310
〜の肖像画 「王女時代のエリザベス」 'Princess Elizabeth' 15–16;「白貂の肖像画」 'The Ermine Portrait' 151;「ダーンリーの肖像画」'The Darnley Portrait' 105–6;「虹の肖像画」'The Rainbow Portrait' 272, 316;「篩の肖像画」（「シエナの肖像画」） 'The Sieve Portrait'（'The Siena Portrait'） 282–83
〜の即位 25, 64, 238
〜の戴冠式 26, 27, 29, 38, 83, 246, 315
〜の戴冠式の行進 10, 26–29, 31, 34, 39, 54, 317–18
〜の老齢化 270, 276, 280–81, 285–86, 300–1, 303–6
エリザベス一世（表象）
アダム as Adam 140
アマゾン as Amazon 207–13
アンドロメダ as Andromeda 70–71
イヴ as Eve 139–40
イングランドの花嫁 as Bride of England 47–52
ヴィーナス as Venus 93–95, 276–77
騎士道的君主 as chivalric prince 168
処女王（処女王神話、処女性） as Virgin Queen 3–4, 6–8, 11, 52, 125, 132, 146–47, 171–73,

199, 247, 259, 266, 275, 282, 286, 300, 315
シンシア／ダイアナ　as Cynthia / Diana　3, 102–5, 158, 162, 199, 246–51, 255–59, 276, 290–91, 294–95, 297–303, 305–6, 308–9
聖母マリア　as Virgin Mary　45–46, 52, 146–47
戦闘的君主　as warrior-prince　89, 122–27, 210
ダイドー　as Dido　151–53
ダニエル　as Daniel　40, 44
つれなき乙女　as Belle Dame sans Mercy　150–51, 158, 170, 289
デボラ　as Deborah　35–38, 44, 123, 140
パラス　as Pallas　71, 74, 76, 292
平和　as Peace　32–35, 88–99, 125–26, 155
ヘカテ　as Hecate　250
ペネロピー　as Penelope　274, 276, 278–79, 286–89
ヘレナ　as Helena　58
名誉　as Honour　165–68
妖精の女王　as Fairy Queen　4–5, 109–15, 196, 198–207, 224–26, 251–52, 255–57, 260–64, 266
両性具有　as androgynous　40–41, 44
エルダー、ジョン　John Elder　46

オウィディウス　Pūblius Ovidius Nāsō　144, 149, 171, 275, 284, 286–87, 303–4, 309
『変身物語』　*Metamorphoses*　274, 301, 303, 306
『悲しみの歌』　*Tristia*　303
オックスフォード伯　⇨　ヴィア、エドワード・デ
オニール、ヒュー（タイローン伯）　Hugh O'Neill, Earl of Tyrone　298
オフリー、ヒュー　Hugh Offley　222
オーモンド伯　Thomas Butler, 10th Earl of Ormond　307
オラニエ公　⇨　ウィレム
『オリーヴのパルメリン』　*Palmerin d'Oliva*　215

〔か行〕

ガー、アンドリュー　Andrew Gurr　243
ガイ、ジョン　John Guy　270
『ガウラのアマディス』　*Amadis de Gaula*　214, 216, 218
ガーター、バーナード　Bernard Garter　118, 120, 123, 128
『ノリッジへの女王陛下のご来臨を歓待して』　*The Ioyfull Receyuing of the Queenes most excellent Maiestie into hir Highnesse Citie of Norwich*　118
カートライト、トマス　Thomas Cartwright　136, 137
カトリーヌ・ド・メディシス　Catherine de Médicis　14
カムデン、ウィリアム　William Camden　47, 49, 50, 138
カーライル、クリストファー　Christopher Carleill　98
カール（オーストリア大公）　Karl, Archduke of Austria　53, 56, 135
カルヴァン　John Calvin　22–23
カール五世（神聖ローマ帝国皇帝）　Karl V, Holy Roman Emperor　152
川崎寿彦　277
カワーデン、サー・トマス　Sir Thomas Cawarden　29
カンバランド伯　⇨　クリフォード、ジョージ

キケロ　Mārcus Tullius Cicerō　284
キャクストン、ウィリアム　William Caxton　214, 241
キャサリン・オブ・アラゴン　Catherine of Aragon　17, 52
ギャスコイン、ジョージ　George Gascoigne　83, 85, 98, 100–1, 105, 108–9, 112–15, 155, 294
『アントワープの掠奪』　*The Spoyle of Antwerp*　112

『ケニルワースの宮廷におけるやんごとなき娯楽』(『やんごときなき娯楽』) *The Princely Pleasures at the Court at Kenilworth* 83, 99–115
『高貴なる狩猟の技法』 *The Noble Art of Venerie or Hunting* 100
『ジョージ・ギャスコイン詩集』 *The Posies of George Gascoigne* 98, 100
『百華詞華集』 *A Hundreth Sundrie Flowres* 100
『分別の鑑』 *The Glasse of Government* 100
ギルバート、サー・ハンフリー Sir Humphrey Gilbert 97, 99
『カタイへの新航路発見に関する論考』 *A discourse of a discouerie for a new passage to Cataia* 98–99
キング、ジョン・N John N. King 7

クァドラ、ドン・アルヴァロ・デ Don Alvaro de la Quadra 56
グズマン、ディエゴ Don Diego de Guzman de Silva 81–82
クック、エドワード Sir Edward Cooke 190, 195
クック、ロバート Robert Cooke 72
グッドマン、 クリストファー Christopher Goodman 21, 22
『臣民はいかに至高の権力に服従すべきか』 *How Svperior Powers Oght to be Obeyed* 21–22
グラフトン、リチャード Richard Grafton 29, 32, 37
『簡易版イングランド年代記』 *Graftons Abridgement of the Chronicles of Englande* 32, 36
クリフォード、ジョージ(カンバランド伯) George Clifford, 3rd Earl of Cumberland 190
グリーン、ロバート Robert Greene 62, 243
グリンダル、エドマンド Edmund Grindal 237
グリーンブラット、スティーヴン Stephen Greenblatt 6
クルーガー、ロバート Robert Krueger 271
グレイ、キャサリン Lady Catherine Grey 65
グレイ、ジェイン Lady Jane Grey 18–19, 22, 53, 65
グレイ卿 Arthur Grey, Lord Grey de Wilton 154, 168, 210, 212–13, 221–22, 298, 307
グレヴィル、フルク Fulke Greville 167
クレティアン・ド・トロワ Chrétien de Troyes 171
『ランスロ』 *Lancelot ou le Chevalier de la Charrette* 171

ケアリー、エリザベス Elizabeth Carey 262
ケアリー、ジョージ George Carey, 2nd Lord Hunsdon 268
ケアリー、ヘンリー(ハンズドン卿) Henry Carey, 1st Lord Hunsdon 135, 262, 268
ケインズ John Maynard Keynes 214

『恋に落ちたシェイクスピア』 *Shakespeare in Love* 233
コール、メアリー・ヒル Mary Hill Cole 8
ゴールディンガム、ヘンリー Henry Goldingham 100, 118, 120
ゴールドリング、エリザベス Elizabeth Goldring 8
コロンブス Christopher Columbus 14, 208

〔さ行〕

サセックス伯 ⇨ ラドクリフ、トマス
サックヴィル、トマス Sir Thomas Sackville 63, 66
『ゴーボダック』 *Gorboduc* 63–67, 74
サマセット、エドワード(ウスター伯) Edward Somerset, 4th Earl of Worcester 193
サマセット公 Edward Seymour, 1st Duke of Somerset 137
サンズ、ジョージ George Sandys 303, 306

シェイクスピア、ウィリアム　William Shakespeare　2–5, 62, 107, 181, 232–35, 239, 240–43, 246–47, 259–68, 274, 288, 297, 301, 316
『あらし』 *The Tempest*　242
『アントニーとクレオパトラ』 *Antony and Cleopatra*　246
『ヴィーナスとアドーニス』 *Venus and Adonis*　274
『ウィンザーの陽気な女房達』 *The Merry Wives of Windsor*　181, 232–33, 263–68
『恋の骨折り損』 *Love's Labour's Lost*　240
『十二夜』 *Twelfth Night*　301
『ソネット集』 *The Sonnets*　144
『ハムレット』 *Hamlet*　39, 277, 287–88
『ヘンリー五世』 *Henry V*　173
『マクベス』 *Macbeth*　277
『真夏の夜の夢』 *A Midsummer Night's Dream*　2–5, 10–11, 107, 233, 259–62, 268
『リア王』 *King Lear*　64
『リチャード二世』 *Richard II*　277
ジェイムズ一世（イングランド王、ジェイムズ六世［スコットランド王］） James I, King of England（James VI, King of Scotland）　49–50, 53, 223, 240, 273
シドニー、サー・フィリップ　Sir Philip Sidney　9, 89, 117, 124, 134, 137, 139, 145, 153, 155, 167–68, 175–77, 179, 180, 183, 187, 201, 216, 222, 295, 297
『アーケイディア』 *The Arcadia*　9, 89, 175, 180
『五月の貴婦人』 *The Lady of May*　124, 145, 150, 295–96
「女王への書簡」 'A Letter written ... to Queen Elizabeth, touching her marriage with Monsieur'　137
シドニー、サー・ヘンリー　Sir Henry Sidney　85, 99, 131, 221–22
シドニー、ロバート　Robert Sidney　293
シミエ、ジャン・ド　Jean de Simier, Baron de Saint-Marc　133–35, 138, 141, 156, 310
シーモア、エドワード（ハートフォード伯） Edward Seymour, Earl of Hertford　65
シャピロ、マイケル　Michael Shapiro　245
シャープ、ケヴィン　Kevin Sharpe　8
シャルル九世（フランス王） Charles IX, King of France　132
シューガー、デボラ　Deborah Shuger　277
ジョーンズ、リチャード　Richard Jones　101
ジョンソン、ベン　Ben Jonson　238, 243, 247, 280–81, 290–91, 296–97, 301
『犬の島』 *The Isle of Dogs*　291
『シンシアの饗宴』 *Cynthia's Revels*　277, 290–97, 301
『ポエタスター』 *Poetaster*　291
『皆癖が治り』 *Every Man Out of His Humour*　247, 291
ジョンソン、リチャード　Richard Johnson　224–28
『キリスト教国の七人の勇士』 *The Seven Champions of Christendom*　224
『リンカーンのトムのいとも愉快な物語』（『リンカーンのトム』） *The Most Pleasant History of Tom a Lincolne*　224–27
『ジョン・マンデヴィルの旅行記』 *Travels of Sir John Mandeville*　207
シングルトン、ヒュー　Hugh Singleton　136, 138, 141, 142

スコット、ウォルター　Sir Walter Scott　3
スターキー、デイヴィッド　David Starkey　14, 16
スタッブズ、ジョン　John Stubbs　136–42, 153–54, 156
『イングランドがフランスとの縁組によってまさに飲み込まれんとしている深き淵の発見』（『深き淵の発見』） *The Discoverie of a Gaping Gulf Where into England is Likely to be Swallowed by another French Marriage*　136–43, 154

ストレイチー、リットン　Lytton Strachey　3
ストロング、ロイ　Roy Strong　5, 6, 8, 96, 115, 127, 171, 173, 179, 181–83, 271–72, 314, 318
ストーン、ローレンス　Lawrence Stone　9
スペンサー、エドマンド　Edmund Spenser　158, 162, 168, 194, 197, 201, 205, 210–13, 216, 224, 257
　『アイルランドの現状に関する見解』 *A View of the Present State of Ireland*　212–13
　『コリン・クラウト故郷に帰る』 *Colin Clouts Come Home Againe*　86, 164
　『祝婚歌』 *Epithalamion*　166
　『嘆きの詩』 *Complaints*　156
　『羊飼いの暦』 *The Shepheardes Calender*　141–56, 163, 305, 310, 318
　『プロサレイミオン』 *Prothalamion*　192, 193, 195
　『プロソポポイア、またはハバードばあさんの物語』(『ハバードばあさんの物語』) *Prosopopoia, or Mother Hubberds Tale*　154, 156, 310
　『ムイオポトマス』 *Muiopotmos*　274
　『妖精の女王』 *The Faerie Queene*　4, 7, 9, 86, 125–26, 142, 155–57, 165–66, 180–81, 192, 195–96, 198, 206, 209–11, 213, 224–26, 248–49, 255, 288–89, 297–311, 315;「サー・ウォルター・ローリーへの書簡」(「ローリーへの書簡」) 'A Letter to Sir Walter Raleigh'　157, 159, 196, 199, 225
スミス、トマス　Thomas Smith　221, 222
スロックモートン、サー・ニコラス　Sir Nicholas Throckmorton　56

聖書　⇨　「事項索引」を参照。
セシル、ウィリアム（バーリー卿）　William Cecil, Lord Burghley　23, 25, 47, 55, 56–60, 80, 81, 85, 96–97, 99, 112, 117, 118, 133–34, 156, 178, 187–88, 190–92, 195, 228, 237–38, 243, 270, 275, 310
セシル、ロバート　Robert Cecil　187, 190, 191, 195, 271, 273, 276, 310, 316

〔た行〕

タイローン伯　⇨　オニール、ヒュー
タッソー　Torquato Tasso　195
ダドリー、アンブローズ（ウォリック伯）　Ambrose Dudley, Earl of Warwick　54, 57, 59, 73, 85, 99, 131, 235
ダドリー、エイミー（旧姓エイミー・ロブサート）　Amy Dudley　55, 119
ダドリー、ギルフォード　Lord Guildford Dudley　18, 53
ダドリー、サー・エドマンド　Sir Edmund Dudley　53
ダドリー、ジョン（ノーサンバランド公）　John Dudley, Duke of Northumberland　18, 19, 53
ダドリー、ロバート（レスター伯）　Robert Dudley, Earl of Leicester　59, 65–67, 70–72, 80, 100–1, 105, 108, 114, 124, 130, 132, 142, 148, 150, 153, 155, 167–68, 176–77, 179, 182–83, 186–90, 222, 245, 248, 252, 281
　アーサー王としての〜　74, 109–11, 178–79
　女王の寵臣としての〜　3, 54–57
　レスター一派　Leicester Circle　85, 115, 128, 130–32, 135, 137–38, 141, 142, 152–55
　〜と巡幸パジェント　⇨　巡幸パジェント（ウォンステッド、ケニルワース）
　〜とネーデルラント問題　58, 85, 99, 112, 116–21, 128, 131, 133–34, 137, 178, 180, 221
　〜の騎士道趣味　73–76, 109–11, 113–14, 168
　〜の死　194, 228, 270
　〜の誕生　53
　〜のパトロン活動　62–63, 127, 235, 239
　〜の秘密結婚　140–41
ダービー伯　Earl of Derby　235
タールトン、リチャード　Richard Tarlton　239
ダン、ジョン　John Donne　271, 275
ダンテ　Dante Alighieri　3, 144

チャーチヤード、トマス　Thomas Churchyard

83, 85–89, 91–99, 118, 121–28, 155, 294
『サフォークとノーフォークにおける女王陛下のための余興』 *A Discourse of the Queenes Maiesties entertainement in Suffolk and Norffolk* 83, 118
『チャーチヤードの雑録の第一部』（『チャーチヤードの雑録』） *The First Part of Churchyard's Chips* 83, 91, 95–96
『フランダースの悲惨な戦争に関する痛ましくも哀れな報告』 *A Lamentable, and pitifull Description, of the wofull warres in Flaunders* 98
『フランドル人の苦難』 *The Miserie of Flaunders* 124
チェンバレン、フランシス　Francis Chamberlain 138
チョーサー、ジェフリー　Geoffrey Chaucer 100, 201, 257
『カンタベリー物語』 *The Canterbury Tales* 201, 257

ツッカロ、フェデリーゴ　Federigo Zuccaro 105, 114

デイヴィス、サー・ジョン　Sir John Davies 271–82, 284–90
『アストライアへの賛歌』 *Hymnes of Astraea* 271–73, 285
『オーケストラ』 *Orchestra* 271–79, 286–87, 289
『己自身を知れ』 *Nosce Teipsum* 271–73, 282, 284
デイヴィソン、ウィリアム　William Davison 134, 137, 189
デイヴィソン、フランシス　Francis Davison 188–89
『プロテウスの仮面劇』 *The Masque of Proteus* 188–90, 295–96
ティツィアーノ・ヴェッツェリオ　Tiziano Vecellio 277
「鏡を見るヴィーナス」 'Venus with a Mirror' 277
ティリヤード、E・M・W　E. M. W. Tillyard 272, 276
ティルニー、エドマンド　Edmund Tilney 238–39
デヴォン伯、エドワード・コートニー　Earl of Devon, Edward Courtenay 16
デヴルー、ロバート（エセックス伯） Robert Devereux, 2nd Earl of Essex 3, 54, 140, 168, 176, 179, 181–88, 190–95, 222, 249, 252, 273, 276, 286, 291–94, 301, 303
エセックス・サークル　Essex Circle 188, 195, 294, 303
テオクリトス　Theokritos 144, 149, 150
デニス、ジョン　John Dennis 232, 234, 245
テルトゥッリアヌス　Tertulliānus 21

トッテル、リチャード　Richard Tottel 26, 63
『トッテルの詞華集』 *Tottel's Miscellany* 143
トマス、キース　Keith Thomas 9
ドラモンド、ウィリアム　William Drummond 280
ドラン、スーザン　Susan Doran 55, 66
ドレイトン、マイケル　Michael Drayton 142

〔な行〕

ナイト、セーラ　Sarah Knight 8
ナヴァール王 ⇨ アンリ四世
ナッシュ、トマス　Thomas Nashe 273, 291, 310
『犬の島』 *The Isle of Dogs* 291

ニコルズ、ジョン　John Nichols 8
『エリザベス一世の巡幸と行進』 *The Progresses and Public Processions of Queen Elizabeth I* 8

『眠れる森の美女』 *Sleeping Beauty* 248

ノーサンバランド公　⇨　ダドリー、ジョン
ノックス、ジョン　John Knox　20–23, 35, 38, 58
『おぞましき女性統治に対する第一のラッパの警笛』(『おぞましき女性統治』)　*The First Blast of the Trumpet Against the Monstrous Regiment of Women*　20–23
『スコットランド貴族への訴状』　*Appellation to the Nobility*　22
ノートン、トマス　Thomas Norton　63
『ゴーボダック』　*Gorboduc*　63–67, 74
ノーフォーク公（トマス・ハワード）　Thomas Howard, 4th Duke of Norfolk　72, 119
ノーブルック、デイヴィッド　David Norbrook　9
ノールズ、レティス（エセックス伯未亡人）　Lettice Knollys, widowed Countess of Essex　140
ノーントン、サー・ロバート　Sir Robert Naunton　282

〔は行〕

ハーヴェイ、ゲイブリエル　Gabriel Harvey　144, 198–99, 254, 273, 308
バーカー、クリストファー　Christopher Barker　174
ハケット、ヘレン　Helen Hackett　7, 147, 233, 234
バースレット、トマス　Thomas Berthelet　112
パーソンズ、ロバート　Robert Parsons　131
バーチ、ウィリアム　William Birch　50, 52
「女王陛下とイングランドの歌」　'A songe betwene the Quenes maiestie and Englande'　50–52
バッキンガム公　George Villiers, 1st Duke of Buckingham　54, 281
パッテン、ウィリアム　William Patten　100
ハットン、サー・クリストファー　Sir Christopher Hatton　74, 80, 96, 127–28, 137, 270, 281
ハートフォード伯　⇨　シーモア、エドワード
ハドリアヌス二世（ローマ教皇）　Adrian II, Pope　211
ハニス、ウィリアム　William Hunnis　100
バーバー、C・L　C. L. Barber　314
バーベッジ、ジェイムズ　James Burbage　61, 235–36
『薔薇物語』　*Le Roman de la Rose*　69
バーリー卿　⇨　セシル、ウィリアム
ハリソン、ウィリアム　William Harrison　219
『イングランド誌』　*The Description of England*　219
パルマ公　Alessandro Farnese, Duke of Parma　119
ハワード、トマス　⇨　ノーフォーク公
バンクロフト、リチャード　Richard Bancroft　271
ハンズドン卿　⇨　ケアリー、ヘンリー
ハンター、G・K　G. K. Hunter　246
ハンティングドン伯　Henry Hastings, 3rd Earl of Huntington　85

ピウス五世（ローマ教皇）　Pius V, Pope　84, 211
ピーター、サー・ウィリアム　Sir William Petre　80
ヒートン、ゲイブリエル　Gabriel Heaton　8
ヒリアード、ニコラス　Nicholas Hilliard　182, 186
ヒル、クリストファー　Christopher Hill　9
ピール、ジョージ　George Peele　181, 185–86
『イングランドの祝祭』　*Anglorum Feriae*　185
『ガーターの名誉』　*The Honour of the Garter*　181

フェラーズ、ジョージ　George Ferrers　100, 109
フェリア伯　Gómez Suárez de Figueroa, Count de Feria　24, 54–56

フェリペ二世（スペイン国王） Philip II, King of Spain 18, 24, 34, 37, 46, 49, 53–54, 85, 133, 187
フェルナンド二世（アラゴン王） Fernando II, King of Aragon 17
フォード、エマニュエル Emanuel Forde 224
フォード、ジョン John Ford 62
フォーマン、サイモン Simon Forman 262
フォン・ヴェデル、ルポルド Lupold von Wedel 174, 176
フーコー、ミシェル Michel Foucault 6, 7
フッガー家 Fugger Family 135
フライ、スーザン Susan Frye 114, 289
ブラウン、ウィリアム William Browne 142
プラトン Platōn 287
フランソワ一世（フランス国王） François I, King of France 152, 216
フランソワ二世（フランス国王） François II, King of France 56
ブリン、アン Anne Boleyn 16, 31
ブルック、アーサー Arthur Brooke 63
フロイト Sigmund Freud 251, 277

ベイコン、アンソニー Anthony Bacon 190
ベイコン、サー・フランシス Sir Francis Bacon 56, 170, 173, 184, 186, 190–91, 195, 204–5, 253, 292–93
　『随想録』 *The Essays* 293
ペイジ、ウィリアム William Page 138, 141
ベイツ、キャサリン Catherine Bates 248
『ベーオウルフ』 *Beowulf* 314
ベッツ、ハナ Hannah Betts 275
ベッドフォード伯爵 Francis Russell, 2nd Earl of Bedford 57
ペトラルカ Francesco Petrarca 3, 144, 149–51, 199, 202, 289, 301
　『凱旋』 *Trionphi* 151, 289
ベリー、フィリッパ Philippa Berry 250
ヘルジャソン、リチャード Richard Helgerson 128
ヘンズロウ、フィリップ Philip Henslowe 235
ヘンリー七世（イングランド国王） Henry VII, King of England 31–32, 34, 62, 176, 237
ヘンリー八世（イングランド国王） Henry VIII, King of England 14, 16–19, 25, 27, 31, 34, 52–54, 62, 64, 78, 112, 151, 171, 211, 220–21, 223, 237, 242, 243, 291

ボッティチェッリ、サンドロ Sandro Bottichelli 203
　「ヴィーナスとマルス」 'Venus and Mars' 203
ホメロス Homēros 204, 274, 279, 286
　『オデュッセイア』 *The Odyssey* 204, 274, 279, 286
ボーモント、フランシス Francis Beaumont 62, 217, 219
　『輝けるすりこぎの騎士』 *The Knight of the Burning Pestle* 217, 219
ホラティウス Qūintus Horātius Flaccus 317
ホリンシェッド、ラファエル Raphael Holinshed 29
ホルバイン、ハンス Hans Holbein, the Younger 279
ホワイト、ローランド Rowland Whyte 293–94

〔ま行〕

マカフリー、ウォレス Wallace T. MacCaffrey 55, 140
マクシミリアン二世（神聖ローマ帝国皇帝） Maximilian II, Holy Roman Emperor 135
マーストン、ジョン John Marston 62
マッコイ、リチャード Richard C. McCoy 72, 179, 189, 253
マーティン、リチャード Richard Martin 272
マニンガム、ジョン John Manningham 281–82
マルカスター、リチャード Richard Mulcaster 27, 33–34, 39, 100, 242

『戴冠式の前日におけるロンドン市からウェストミンスターへと至る女王陛下の行進』(『女王陛下の戴冠式の行進』) *The Quenes Maiesties Passage through the Citie of London to Westminster the Day before her Coronacion* 26–28, 63, 82–83, 100, 242
マルクス、カール　Karl Marx　213
マロ、クレマン　Clément Marot　152, 159
マーロウ、クリストファー　Christopher Marlowe　62, 273–74
『ヒーローとリアンダー』 *Hero and Leander* 274
マロッティ、アーサー　Arthur F. Marotti　275
マロリー、サー・トマス　Sir Thomas Malory　172, 241
『アーサー王の死』 *Le Morte Darthur* 172, 197, 241
マローン、エドマンド　Edmund Malone　233
マンデイ、アンソニー　Anthony Munday　214–17, 224, 229, 246

ミルトン、ジョン　John Milton　142, 297
『リシダス』 *Lycidas* 142

メアリー(スコットランド女王)　Mary, Queen of Scots　14, 20, 56, 65, 84–85, 118, 189
メアリー一世(イングランド王)　Mary I, Queen of England　14, 16–20, 22, 24–26, 32, 34, 37–38, 40, 45–46, 49, 52–53, 58–59, 64, 78, 104, 133
メアリー・オブ・ギーズ　Mary of Guise　14, 20
メイチン、ヘンリー　Henry Machyn　29, 59, 62, 73
メンドーサ、ベルナルディーノ・デ・　Don Bernardino de Mendoza　138

モア、トマス　Thomas More　60
モーヴィシエール　Michel de Castelnau, sieur de Mauvissière　117
モーガン、トマス　Thomas Morgan　97–98
モントローズ、ルイス　Louis Adrian Montrose　6, 7, 262

〔や・ら・わ行〕

ヤング、ジョン　John Young　148

『欲望の四人の養い子』 *The Four Foster Children of Desire* 167, 173, 201

ラットランド伯　Francis Manners, 6th Earl of Rutland　176
ラドクリフ、トマス(サセックス伯)　Thomas Radcliffe, 3rd Earl of Sussex　117, 134, 235
ラ・マルク伯爵　William Lumey, Count de la Marck　97
ラロック、フランソワ　François Laroque　314

リー、サー・ヘンリー　Sir Henry Lee　175, 251–52
リー、ジェラルド　Gerard Legh　63, 67–69, 71–72
『紋章の基礎』 *The Accedens of Armory* 63, 67–76
リッチ、バーナビー　Barnaby Riche　93, 97–99, 122, 206, 243
『イングランドへの警鐘』 *Allarme to England* 94
『マーキュリーとイングランド兵士の素晴らしく愉快な対話』(『愉快な対話』) *A Right Exelent and pleasaunt Dialogue, betwene Mercvry and an English Souldier* 93, 98, 99
リットワイズ、ジョン　John Ritwise　243
リーランド、ジョン　John Leland　220–21
リリー、ジョン　John Lyly　62, 238, 243–47, 253–55, 257–63, 268, 285
『エンディミオン』 *Endimion* 245–63, 265, 285
『ガラテア』 *Gallathea* 245–46
『キャンパスピ』 *Campaspe* 244–46, 259
『サッフォーとファオ』 *Sapho and Phao*

245–46, 259
『ユーフュイーズ』 *Euphues* 243
ユーフュイーズ・シリーズ 245, 254
『ユーフュイーズとイングランド』 *Euphues and his England* 243

ルイーズ・ド・サヴォワ Louise de Savoie, Regent of France 152
ルキアノス Lūkiānos 303

『レイナムの書簡』 *Robert Laneham's Letter* 109–11
『レスター王国』 *Leicester's Commonwealth* 130–32, 137, 178
レスター伯 ⇨ ダドリー、ロバート
レノルズ、エドワード Edward Reynoldes 294

ロウ、ニコラス Nicholas Rowe 232
ロッジ、トマス Thomas Lodge 62, 243, 274
『スキュラの変身』 *Scillaes Metamorphosis* 274
ロバーツ、ヘンリー Henry Robarts 224
ロビンソン、リチャード Richard Robinson 220–23
『アーサー王の弁護』 *The Assertion of King Arthur* 220
ロブサート、エイミー Robsart Amy ⇨ ダドリー、エイミー
ローリー、サー・ウォルター Sir Walter Raleigh 3, 158, 168, 182, 208
『大洋からシンシアへ』 *The Ocean to Cynthia* 158

ワイアット、サー・トマス Sir Thomas Wyatt 19, 40, 49, 53, 64

【事項索引】

〔あ行〕

哀歌（エレジー） elegy 152, 155
アイルランド Ireland 154, 210–12
アウターテンプル Outer Temple 75
アクタイオン Actaeon 291, 299, 301–4
アーサー王 King Arthur 74, 109–11, 177–78, 179, 196–97
アーサー王弓術協会 Honourable Artillery Company（Prince Arthur Society） 220–21
アーサー王文学 Arthurian Literature 171, 204, 218–29
アマゾン Amazons 226
アルマダ（無敵艦隊） Armada 3, 125, 126, 128, 183, 187, 270
アントワープ Antwerp 97, 126

イオ Io 284
インタールード interlude 237, 243
インプレーザ impresa 176

ヴァージニア Virginia 4, 208
ヴィーナス Venus 164
ウィンザー城 Windsor Castle 16, 177, 180
ウェストミンスター Westminster 29
ウェストミンスター寺院 Westminster Abbey 26
ウェールズ辺境領府 Council of the Marches 90
ウォリックのガイ Guy of Warwick 73
ウォンステッド ⇨ 巡幸パジェント

エクスカリバー Excalibur 109
エピグラム epigram 273, 275
エピリオン epyllion 275, 309
エリザベス崇拝 Cult of Elizabeth 5–8, 86–87, 170, 196, 213, 234, 279–80, 289, 297, 315
エレジー ⇨ 哀歌
円卓の騎士 Round Table 74, 177, 224

王室印刷業者　Queen's Printer　174
王妃一座　Queen Anne's Men　240
オックスフォード一座　Oxford's Men　239
オックスフォード少年劇団　Oxford's Boys　245
オックスフォード大学　Oxford University　60, 62, 246
オード　⇨　頌歌
オランダ教会　Dutch churches　122

〔か行〕

海軍大臣一座　Admiral's Men　240
ガーター勲位（ガーター騎士団）　Order of the Garter　10, 54, 173, 177, 180–82, 200, 252, 263–64, 266–68
カディス　Cadiz　192, 195, 252
カーテン座　Curtain playhouse　235, 238, 268
仮面劇　masques　189, 237–38, 240–43, 246, 249, 265, 286, 288–89, 292–94, 315, 317, 320
カルヴァン派　Calvinists　22–23, 139
カレー　Calais　18

騎士道　chivalry　17, 67–68, 71–76, 171, 173, 177, 190–95, 221–22, 253, 267–68
騎士道ロマンス　chivalric romance　6, 9, 73, 76, 109, 165, 167, 170–73, 175, 177, 179–80, 184, 195–229, 240–41, 246, 300, 315, 317
宮廷祝典局　Revels Office　232, 237–39, 315, 319
宮廷祝典局長　Master of the Revels　29, 232, 238–39, 254
宮廷風恋愛　courtly love　171–72, 180, 255–56, 267
救貧立法　poor law　228
キューピッド　Cupid　274, 276, 279, 286–90, 294
キルケー　Circe　204–5
ギルド　guild　60
禁書令　Bishops' Ban　271

寓意　allegory　32, 154–57, 195, 248, 250, 316–19
偶像崇拝　Idolatry　32, 46
宮内次官補　Groom of the Stool　25, 54
宮内大臣　Lord Chamberlain of the Household　78, 239
宮内大臣一座　Lord Chamberlain's Men　232, 234, 240, 262
熊いじめ　bear-baiting　237
クリスマス祝祭　Christmas revels　61–76, 96, 189, 190, 272, 290
クリスマスの王　Christmas Prince　62, 68
グリニッジ　Greenwich　244, 247
グローブ座　Globe playhouse　176, 235, 291

夏至祭　Midsummer day celebrations　61
ケニルワース　⇨　巡幸パジェント
ケルト人　Celts　211
ケレス　Ceres　242
検閲制度　censorship　154
顕現節　Epiphany　61
ケント　Kent　78
ケンブリッジ大学　Cambridge University　60, 62, 83, 137, 308

恋患い　lovesickness　148, 150
降臨節　Christmastide　61
五月祭　May day celebrations　145, 314
国王一座　King's Men　240
「国王の二つの身体」　'King's Two Bodies'　44–45, 140, 157–58, 300
国璽　Great Seal　79
国務卿　Secretary of State　24, 26

〔さ行〕

細密肖像画　miniature portraits　5, 115
サセックス一座　Sussex's Men　239
サフォーク　Suffolk　117–18
懺悔節　Shrovetide　61

シアター座　Theatre playhouse　61, 235, 238, 262, 268
シェイクスピア崇拝　Bardolatry　234
シャリヴァリ　charivari　266, 314
十字軍遠征　crusade　17, 75, 177
修正主義　revisionism　9, 187
主馬頭　Master of the Horse　54
シュロップシャー　Shropshire　90
巡幸　progresses　198, 243, 265, 270, 316, 317
巡幸パジェント　progress pageant　91, 96, 99
　ウォンステッド　Wanstead　124
　ケニルワース　Kenilworth　99–115, 118, 120, 127, 233–34, 242, 295
　ディッチリー　Ditchley　251–53
　ノリッジ　Norwich　63, 83, 87, 99, 115–28
　ブリストル　Bristol　63, 78, 83, 86–99, 120
頌歌（オード）　ode　147–48, 155, 195, 314
小叙事詩　minor epic　274, 275, 286, 309
少年劇団　boy companies　239, 244, 247, 259, 296
少年俳優　boy actors　246, 251
女王一座　Queen's Men　120, 239, 240, 244
女王の騎士　Queen's Champion　175, 252
叙事詩　epic　165, 168, 198, 275, 315
書籍商組合　Stationers' Company　138, 141, 214
新プラトン主義　Neoplatonism　249, 276
人文主義　Humanism　83, 196, 198, 246, 275
新歴史主義批評　New Historicism　6–7, 9

推奨詩　commendatory verses　94, 98
枢密院　Privy Council　24–26, 29, 85, 90, 98, 131–32, 134, 140–41, 179, 270–71
スコットランド　Scotland　212
スタッフォードシャー　Staffordshire　78
ストラットフォード・アポン・エイヴォン　Stratford-upon-Avon　234
スペンサー派詩人　Spenserian Poets　142
スミスフィールド　Smithfield　238
スワン座　Swan playhouse　235

聖史劇　mystery plays　27, 173
聖書　Bible　147
　「イザヤ書」　'Book of Isaiah'　32
　「雅歌」　'Song of Songs'　52, 147
　「士師記」　'Book of Judges'　35–38
聖燭節　Candlemas　61
聖ジョージ友愛会　Guild of St George　221
聖ジョージ礼拝堂　St George's Chapel　177
聖人　saints
　聖クリスピアン　St Crispian　173
　聖ジョージ　St George　75, 89, 173, 177
　聖ヒュー　St Hugh　174
聖人崇拝　veneration of saints　46, 173, 315
聖バーソロミュー校　Free School of St Bartholomew　87, 95
聖バルテルミの虐殺　Massacre of St Bartholomew　117, 134
聖母マリア　Virgin Mary　3
聖母マリア崇拝（信仰）　Mariolatry　7–8, 96, 315
聖ポール校　St. Paul's Scool　27, 243
聖ポール少年劇団　Children of St. Paul's　244
聖ポール大聖堂　St. Paul's Cathedral　244
セスティーナ　sestina　144
セント・ジェイムズ宮殿　St. James's Palace　238, 244

即位記念日　Accession Day　6, 10, 115, 173–77, 180, 183, 186, 200, 286, 316–17
ソネット　sonnet　272
ソネット連詩　sonnet sequence　151
ソロモン　Solomon　160

〔た行〕

タイローンの反乱　Tyrone's Rebellion　298
ダービー一座　Darby's Men　239

チャップブック　chapbook　214
チャペル・ロイアル少年劇団　Children of the

Chapel　100, 244, 290, 291
中傷詩　libels in verse　273
懲罰椅子　cucking-stool　266
長老参事会員　alderman　28–29

ディッチリー　⇨　巡幸パジェント
「テューダー朝の王位継承の寓意」 'The Allegory of the Tudor Succession'　34–35
テンプル騎士団　Templars　75, 193–94

トゥルバドール　troubadours　171
徒弟　apprentices　60, 215, 218–19, 237

〔な行〕

ナルキッソス　Narcissus　279
ナンサッチ条約　Treaty of Nonsuch　178

ネーデルラント戦争　revolts in the Netherlands　58, 84–86, 97, 112, 114, 116–20, 122–28, 131–34, 178, 180, 183, 212, 221

ノーフォーク　Norfolk　78, 118–19
ノリッジ　⇨　巡幸パジェント

〔は行〕

パジェント　pageant　26–28, 30–37, 44, 82, 183, 237, 246, 251–53, 315, 317–18　⇨　「巡幸パジェント」も参照。
馬上槍試合　tournaments　6, 10, 76, 89, 96, 115, 171, 173, 175–76, 180, 183–84, 186, 190, 200, 213, 237, 242, 286, 294, 315, 317, 319
バース勲位　Order of the Bath　16–17
パトロン制度　patronage　7, 29, 57–59, 63, 75, 86, 127, 137, 141, 167, 168, 184, 194, 215, 235–40, 244
薔薇戦争　Wars of the Roses　32, 73
バラッド　ballads　50–52, 135, 139, 144, 174, 199
パルナッソスの山　Mount Parnassus　307–8
万聖節　All Saints' Day　61
ハンプトン宮殿　Hampton Court Palace　244

フォーチュン座　Fortune playhouse　238
ブラックフライアーズ座　Blackfriars playhouse　244, 254, 259, 290–91
フラッシング　Flushing　98
ブリストル　⇨　巡幸パジェント
ブリストル条約　Treaty of Bristol　87
プリマス　Plymouth　63
無礼講の王　Lord of Misrule　62, 63, 67
ブレイズン　blazon　159, 166, 289, 304
浮浪者取締り法　Vagrancy Act　236

ペスト　plague　80–81, 228, 237
ペトラルカ主義　Petrarchism　151–52, 158, 256, 287, 301
ヘレフォードシャー　Herefordshire　90
ヘンリー王子一座　Prince Henry's Men　240

法学院　Inns of Court　60–62, 68, 83, 275, 276, 286, 317
　インナーテンプル法学院　Inner Temple　59, 60, 62–63, 67–69, 71–72, 74–75, 96, 190, 282
　グレイ法学院　Gray's Inn　60, 62, 68, 100, 188–89, 190, 295
　ミドルテンプル法学院　Middle Temple　60, 62, 68, 75, 272–73, 281, 282
　リンカーン法学院　Lincoln's Inn　60, 68, 136, 137
法学予備院　Inns of Chancery　62
　ライオンズ・イン　Lyon's Inn　62
北部監察院　Council of the North　90
北部反乱　Northern Rebellion　84, 90
牧歌　pastoral　142–45, 150–52, 154–55, 163–65, 168, 305, 315, 318
ホワイトホール　Whitehall Palace　29, 167, 175–76, 180, 238, 244

〔ま行〕

マーチャント・テイラーズ校　Merchant Tay-

lors' School　27, 100, 242
マニエリスム派　Mannerism　105
マープレリット論争　Marprelate Controversy　131, 271

ミメーシス　mimesis　318

無敵艦隊　⇨　アルマダ

メルフォード・ホール　Melford Hall　117

黙劇　dumb show　27, 250, 251
紋章院　College of Arms　72
紋章学　Heraldry　71–72

〔や行〕

ユグノー派　Huguenots　132, 134

〔ら行〕

リドルフィ陰謀事件　Ridolfi Plot　85, 119
リンカーンシャー　Lincolnshire　78

レスター一座　Leicester's Men　235, 237, 239, 240

ローズ座　Rose playhouse　235
ロンドン　London　9–11, 26–30, 49, 59–61, 63, 81–82, 87, 90, 109–10, 122, 127, 176, 183, 184, 194, 213–14, 217–22, 224, 226–28, 235–37, 252, 291, 315, 317, 319
ロンドン市長　Lord Mayor of London　28, 29
ロンドン塔　Tower of London　19, 26, 29, 39, 44, 189
ロンドン同業組合　Livery Companies　28, 218

注

序章　「エリザベス崇拝」という神話

＊1　William Shakespeare, *A Midsummer Night's Dream*, ed. Peter Holland, Oxford Shakespeare (Oxford: Oxford University Press, 1994).『真夏の夜の夢』からの引用は、この版に拠る。

＊2　Frances A. Yates, *Astraea: The Imperial Theme in the Sixteenth Century* (London: Routledge and Kegan Paul, 1975); Roy Strong, *The Cult of Elizabeth: Elizabethan Portraiture and Pageantry* (London: Thames and Hudson, 1977).

＊3　Stephen Greenblatt, *Renaissance Self-Fashioning: From More to Shakespeare* (Chicago: University of Chicago Press, 1984); Louis Adrian Montrose, "'Eliza, Queene of Sheepheardes' and the Pastoral of Power", *English Literary Renaissance* 10 (1980): 153–82; Leonard Tennenhouse, *Power on Display: The Politics of Shakespeare's Genres* (London: Methuen, 1986); Philippa Berry, *Of Chastity and Power: Elizabethan Literature and the Unmarried Queen* (London: Routledge, 1989).

＊4　Louis Adrian Montrose, "The Elizabethan Subject and the Spenserian Text", in *Literary Theory / Renaissance Texts*, ed. Patricia Parker and David Quint (Baltimore: Johns Hopkins University Press, 1986), 305.

＊5　John N. King, "Queen Elizabeth I: Representations of the Virgin Queen", *Renaissance Quarterly* 43 (1990): 30–74; Helen Hackett, *Virgin Mother, Maiden Queen: Elizabeth I and the Cult of the Virgin Mary* (Basingstoke: Macmillan, 1995).

＊6　以下、テューダー朝及びエリザベス朝イングランドの儀礼・祝祭に関する主要な研究を挙げる。John Nichols, ed., *The Progresses and Public Processions of Queen Elizabeth I*, 3 vols (London: John Nichols for the Society of Antiquaries, 1823); Robert Withington, *English Pageantry: An Historical Outline*, 2 vols (Cambridge, Mass.: Harvard University Press, 1918–26); Sydney Anglo, *Spectacle, Pageantry, and Early Tudor Policy* (Oxford: Clarendon, 1969); David M. Bergeron, *English Civic Pageantry 1558–1642* (London: Edward Arnold, 1971); Roy Strong, *Splendour at Court: Spectacle and the Theatre of Power* (London: Weidenfeld and Nicolson, 1973); Yates; Strong, *Cult of Elizabeth*; Jean Wilson, *Entertainments for Elizabeth I* (Cambridge: Brewer, 1980); Roy Strong, *Art and Power: Renaissance Festivals 1450–1650* (Woodbridge: Boydell, 1984); Alan Young, *Tudor and Jacobean Tournaments* (London: George Philip, 1987); Susan Frye, *Elizabeth I: The Competi-*

tion for Representation (Oxford: Oxford University Press, 1993); Mary Hill Cole, *The Portable Queen: Elizabeth I and the Politics of Ceremony* (Amherst: University of Massachusetts Press, 1999); Kevin Sharpe, *Selling the Tudor Monarchy: Authority and Image in Sixteenth-Century England* (New Haven: Yale University Press, 2009); Jayne Elisabeth Archer, Elizabeth Goldring, and Sarah Knight, eds, *The Progresses, Pageants, and Entertainments of Queen Elizabeth I* (Oxford: Oxford University Press, 2007); Gabriel Heaton, *Writing and Reading Royal Entertainments: From George Gascoigne to Ben Jonson* (Oxford: Oxford University Press, 2010); Elizabeth Goldring et al., eds, *John Nichols's The Progresses and Public Processions of Queen Elizabeth I: A New Edition of the Early Modern Sources*, 5 vols (Oxford: Oxford University Press, 2014). 中世ヨーロッパの政治思想史に関する以下の研究も、近代国家の成立という文脈で王権論の形成を歴史化する構想、王権をめぐる政治学と宗教学の類縁性の指摘、図像や儀礼を解釈の対象とする手法等において、多大な影響を与えた。マルク・ブロック、井上泰男・渡邊昌美訳『王の奇跡――王権の超自然的性格に関する研究／特にフランスとイギリスの場合』(刀水書房、1998 年) [Marc Bloch, *Les Rois Thaumaturges: Étude sur le caractère surnaturel attribué à la puissance royale particulièrement en France et en Angleterre* (Strasbourg: Istra, 1924)]; Ernst H. Kantorowicz, *The King's Two Bodies: A Study in Medieval Political Theology* (Princeton: Princeton University Press, 1957).

＊7 David Norbrook, *Poetry and Politics in the English Renaissance: Revised Edition* (Oxford: Oxford University Press, 2002), 273–75.

＊8 Keith Thomas, *History and Literature* (Swansea: University College of Swansea, 1988), 20.

＊9 Young, 85–87.

第一章　女王であることの困難

＊1 ただし、ヘンリー八世が男子の世継ぎにこだわったのもゆえなきことではない。イングランドには、フランスのサリカ法典のように女性による王位継承を阻む法律は存在しなかったものの、女王の先例はなかった。後に、この慣例を根拠として、エドワード六世は二人の異母姉メアリーとエリザベスの王位継承権を否定する「王位継承に関する私案」をしたためることとなる。David Starkey, *Elizabeth: Apprenticeship* (London: Chatto and Windus, 2000), 10–11, 110–11.

＊2 Elizabeth W. Pomeroy, *Reading the Portraits of Queen Elizabeth I* (Connecticut: Archon, 1989), 3–6.

＊3 以下の記述は、Starkey, *Elizabeth*, 123–24; John Edwards, *Mary I: England's Catholic Queen* (New Haven: Yale University Press, 2011), 123–24 に拠る。

＊4 勲位の名称が示唆する沐浴に始まる秘蹟の詳細については、William Dugdale,

The Manner of creating the Knights of the ancient and Honourable Order of the Bath (London: Phil Stephens, 1661)を参照されたい。

＊5　メアリーの結婚交渉については、E. Harris Harbison, *Rival Ambassadors at the Court of Queen Mary* (Princeton: Princeton University Press, 1940), ch. 3を参照。神聖ローマ帝国皇帝及びスペイン国王のカール五世とその後継者フェリペ双方の顧問を務めたシモン・ルナールが、女王とフェリペとの結婚に対するイングランド人貴族や議会の反発、そしてメアリー自身の気質や意向を見極めた上で慎重かつ極秘に交渉を進めた経緯が詳述されている。

＊6　Juan Luis Vives, *The Education of a Christian Woman: A Sixteenth-Century Manual*, ed. and trans. Charles Fantazzi (Chicago: University of Chicago Press, 2000). 以下の論考も参照のこと。Timothy G. Elston, "Transformation or Continuity?: Sixteenth-Century Education and the Legacy of Catherine of Aragon, Mary I, and Juan Luis Vives", in "*High and Mighty Queens" of Early Modern England: Realities and Representations*, ed. Carole Levin, Debra Barrett-Graves, and Jo Eldridge Carney, 21.

＊7　Judith M. Richards, "Mary Tudor as 'Sole Quene'?: Gendering Tudor Monarchy", *The Historical Journal* 40 (1997): 895–924.

＊8　Susan Doran, "Why Did Elizabeth Not Marry?", in *Dissing Elizabeth: Negative Representations of Gloriana*, ed. Julia M. Walker (Durham: Duke University Press, 1998), 30–59.

＊9　John Knox, *The Political Writings of John Knox: The First Blast of the Trumpet against the Monstrous Regiment of Women and Other Selected Works*, ed. Marvin A. Breslow (London: Associated University Presses, 1985), 24.

＊10　John Knox, *The First Blast of the Trumpet against the Monstrous Regiment of Women*, in *The Works of John Knox*, ed. David Laing, 6 vols (1855; New York: AMS, 1966), 4: 371.

＊11　Ibid., 4: 373.

＊12　Ibid., 4: 374.

＊13　Ibid.

＊14　Ibid., 4: 420.

＊15　Christopher Goodman, *How Svperior Powers Oght to be Obeyed* (Geneva: John Crispin, 1558).

＊16　特にノックスの政治パンフレットの革新性については、Knox, *Political Writings*, 27–33.

＊17　John Knox, *Appellation to the Nobility*, in *Political Writings*, 104–46.

＊18　Quoted in Knox, *Works*, 4: 357–58.

＊19　Hackett, *Virgin Mother*, 39.

＊20　Arthur Bryant, *The Elizabethan Deliverance* (London: Collins, 1980), 11.

＊21　'The Count of Feria's Dispatch to Philip II of 14 November 1558', ed. M. J. Rodrí-

guez-Salgado and Simon Adams, *Camden Miscellany* 28 (1984), 329.

＊22　Elizabeth I, *Elizabeth I: Collected Works*, ed. Leah S. Marcus, Janel Mueller, and Mary Beth Rose (Chicago: University of Chicago Press, 2000), 51.

＊23　宮内次官補については、David Starkey, *Henry: Virtuous Prince* (London: Harper, 2008), 241–44 参照。併せて、以下の論考も参照されたい。David Starkey, "Intimacy and Innovation: The Rise of the Privy Chamber 1485–1547", in *The English Court: From the Wars of the Roses to the Civil War*, ed. David Starkey et al. (New York: Longman, 1987), 71–118; Starkey, "Representation through Intimacy: A Study in the Symbolism of Monarchy and Court Office in Early Modern England", in *The Tudor Monarchy*, ed. John Guy (London: Arnold, 1997), 42–78.

＊24　Starkey, *Elizabeth*, 309.

＊25　James M. Osborn, ed., *The Quenes Maiesties Passage through the Citie of London to Westminster the Day before her Coronacion* (New Haven: Yale University Press, 1960), 1. 歴代君主の戴冠式の祝祭を簡便に纏めた資料としては、Withington, 1: ch. 3 を参照。

＊26　Osborn, ed., 17–22.

＊27　Anglo, *Spectacle,* 319.

＊28　Richard L. DeMolen, "Richard Mulcaster and Elizabethan Pageantry", *Studies in English Literature* 14 (1974), 209–10.

＊29　以下、ロンドンの都市行政については、Frank Freeman Foster, *The Politics of Stability: A Portrait of the Rulers in Elizabethan London* (London: Royal Historical Society, 1977), 51; Ian W. Archer, *The Pursuit of Stability: Social Relations in Elizabethan London* (Cambridge: Cambridge University Press, 1991), 18–19.

＊30　John Gough Nichols, ed., *The Diary of Henry Machyn* (London: J. Nichols for the Camden Society, 1848), 186; Withington, 1: 199.

＊31　Mark Breitenberg, "'… the hole matter opened': Iconic Representation and Interpretation in 'The Queenes Majesties Passage'", *Criticism* 28 (1986), 2.

＊32　Hackett, *Virgin Mother*, 48.

＊33　Richard Grafton, *Graftons Abridgement of the Chronicles of Englande* (London: Richard Tottell, 1572), f. 195^{r}.

＊34　Hackett, *Virgin Mother*, 42.

＊35　英訳については、Goldring et al., eds, *John Nichols's The Progresses*, 1: 122n22 を参照。

＊36　Roy Strong, *Gloriana: The Portraits of Queen Elizabeth I* (New York: Thames and Hudson, 1987), 70–77.

＊37　John Knox, 'Knox to Queen Elizabeth' (20 June 1559), in *Works*, 6: 50.

＊38　Grafton, f. 195^{v}.

＊39　John N. King, *Tudor Royal Iconography: Literature and Art in an Age of Religious Crisis* (Princeton: Princeton University Press, 1989), 227–28. デボラとしてのエリザベス表象

に内在する矛盾については、A. N. McLaren, *Political Culture in the Reign of Elizabeth I: Queen and Commonwealth 1558–1585*（Cambridge: Cambridge University Press, 1999）, 23–31も参照のこと。

＊40　McLaren, 59–60.

＊41　John Aylmer, *An Harborowe for Faithfull and Trewe Subiectes*（Strasbourg: n.p., 1559）, sigs B1^{r-v}.

＊42　Ibid., sigs B2^{v}–B3^{r}.

＊43　William Shakespeare, *Hamlet*, ed. G. R. Hibbard, Oxford Shakespeare（Oxford: Oxford University Press, 1987）.『ハムレット』からの引用は、この版に拠る。

＊44　Starkey, *Elizabeth*, 141.

＊45　スーザン・フライは、この演説が示唆するエリザベスの両性具有性に着目し、同時期にエリザベスへの求婚者の一人であるスウェーデン皇太子エリクに送られた肖像画が同様の傾向を有していることを紹介している。Susan Frye, 36–37.

第二章　求愛の政治学

＊1　「国王の二つの身体」をめぐる概念については、Kantorowicz, 7–14を参照。また、カントーロヴィチの理論をテューダー朝イングランドにおける王位継承問題に関連づけた考察として、Marie Axton, *The Queen's Two Bodies*（London: Royal Historical Society, 1977）, ch. 2も併せて参照されたい。

＊2　Elizabeth I, *Collected Works*, 52.

＊3　Aylmer, sigs L3^{r-v}.

＊4　Hackett, *Virgin Mother*, 50–51.

＊5　J. Elder, *The Copie of a letter sent in to Scotlande of the arivall and landynge and moste noble marryage of the moste Illustre Prynce Philippe, Prynce of Spaine to the most excellente Princes Marye Quene of England*（London: John Waylande, 1555）, sig. Fiii^{r}.

＊6　Aylmer, sig. I2^{r}.

＊7　William Camden, *The History of the Most Renowned and Victorious Princesse Elizabeth, Late Queen of England*（London: Benjamin Fisher, 1635）, 1. 16.

＊8　King, "Queen Elizabeth I", 33–36; Susan Doran, *Monarchy and Matrimony: The Courtships of Elizabeth I*（London: Routledge, 1996）, 1–12.

＊9　Elizabeth I, *Collected Works*, 57.

＊10　Ibid., 58.

＊11　John Proctor, *The historie of wyates rebellion, with the order and manner of resisting the same*（London: Robert Caly, 1554）, sig. Gvi^{r}.

＊12　Quoted in Carole Levin, *"The Heart and Stomach of a King": Elizabeth I and the Politics of Sex and Power*（Philadelphia: University of Pennsylvania Press, 1994）, 41.

＊13　Tessa Watt, *Cheap Print and Popular Piety, 1550–1640* (Cambridge: Cambridge University Press, 1991), ch. 1; Christopher Marsh, *Music and Society in Early Modern England* (Cambridge: Cambridge University Press, 2010), ch. 5.

＊14　T. Park and W. Oldys, eds, *The Harleian Miscellany*, 10 vols (London: White and Cochrane, 1808–13), 10: 261.

＊15　「雅歌」へのアリュージョンについては、以下を参照。Hackett, *Virgin Mother*, 56–60.

＊16　John N. King, *Spenser's Poetry and the Reformation Tradition* (Princeton: Princeton University Press, 1990), 157.

＊17　エリザベスの初期の求婚者については、Doran, *Monarchy and Matrimony*, ch. 2.

＊18　Ibid., 40.

＊19　Alan Kendall, *Robert Dudley: Earl of Leicester* (London: Cassell, 1980), 26.

＊20　Curtis Perry, *Literature and Favoritism in Early Modern England* (Cambridge: Cambridge University Press, 2006), 18–19.

＊21　Doran, *Monarchy and Matrimony*, 42.

＊22　*Calendar of Letters and State Papers Relating to English Affairs, Preserved Principally in the Archives of Simancas*, ed. Martin A. S. Hume, 4 vols (London: HMSO, 1892–99), *Spanish*, 18 Apr. 1559.

＊23　Doran, *Monarchy and Matrimony*, 42.

＊24　Simon Adams, *Leicester and the Court: Essays on Elizabethan Politics* (Manchester: Manchester University Press, 2002), 135–36.

＊25　Doran, *Monarchy and Matrimony*, 44.

＊26　Ibid., 11.

＊27　Wallace T. MacCaffrey, *The Shaping of the Elizabethan Regime: Elizabethan Politics, 1558–1572* (Princeton: Princeton University Press, 1968), 99.

＊28　Kendall, 37.

＊29　サイモン・アダムズは、ダドリーが女王との結婚を目論んでいるとの噂は、ダドリーの台頭を懸念したセシルが仕組んだ中傷である可能性を指摘している。Adams, *Leicester*, 139–40. 女王との結婚を画策するダドリーの野望を告発したデ・クァドラの報告の信憑性をめぐっては、歴史家の間でも見解が分かれる。ドランはこれを額面通りに受け取る傾向があるが、イングランド宮廷でスペイン大使はしばしば揶揄の対象となっており、デ・クァドラが担がれた可能性も考慮する必要がある。Wallace MacCaffrey, *Elizabeth I* (London: Edward Arnold, 1993), 154; Doran, *Monarchy and Matrimony*, 46–51.

＊30　*Calendar of State Papers, Spanish*, 30 May 1559.

＊31　Francis Bacon, *In Felicem Memoriam Elizabethae*, in *The Works of Francis Bacon*, ed. James Spedding et al., 14 vols (London: Longman, 1861), 6: 317.

＊32　Kendall, 30–31.

＊33　Franklin B. Williams, Jr, *Index of Dedications and Commendatory Verses in English Books before 1641* (London: Bibliographical Society, 1962), x.

＊34　Eleanor Rosenberg, *Leicester: Patron of Letters* (New York: Columbia University Press, 1955), 27–30.

＊35　Aylmer, sig. A4r.

＊36　献呈数については、Williams, Jr を参照。

＊37　Nichols, ed., *Diary of Henry Machyn*, 273–74.

＊38　Ibid., x–xi.

＊39　法学予備院に関しては、以下を参照。W. C. Richardson, *A History of The Inns of Court: With Special Reference to the Period of the Renaissance* (Baton Rouge, Louisiana: Claitor's, 1975), 4–8.

＊40　Philip J. Finkelpearl, *John Marston of the Middle Temple: An Elizabethan Dramatist in His Social Setting* (Cambridge, Mass.: Harvard University Press, 1969), 6–7.

＊41　法学院生はかつては徒弟と呼ばれていた。Richardson, 16. 法学院のギルド的な性格については、以下を参照。Finkelpearl, *John Marston*, 8.

＊42　Wilfrid R. Prest, *The Inns of Court under Elizabeth I and the Early Stuarts 1590–1640* (London: Longman, 1972), 12–13.

＊43　Finkelpearl, *John Marston*, 6.

＊44　法学院の祝祭文化については、以下を参照。Leslie Hotson, *Mr W. H.* (London: Rupert Hart-Davis, 1964), ch. 3; Finkelpearl, *John Marston*, 35–38; Axton, *Queen's Two Bodies*, ch. 6; Alan H. Nelson and John R. Elliott Jr, eds, *Records of Early English Drama: Inns of Court*, 2 vols (Cambridge: D. S. Brewer, 2010), 1: xiii–xlvii.

＊45　J. H. Baker, "The Third University 1450–1550: Law School or Finishing School?", in *The Intellectual and Cultural World of the Early Modern Inns of Court*, ed. Jayne Elisabeth Archer, Elizabeth Goldring and Sarah Knight (Manchester: Manchester University Press, 2011), 13.

＊46　Enid Welsford, *The Court Masque: A Study in the Relationship between Poetry and the Revels* (New York: Russell and Russell, 1962), 116–17.

＊47　ただし、インナーテンプル法学院は祝祭に先立って、12 月 22 日にダドリーを法学院の一員として迎え入れている。Axton, *Queen's Two Bodies*, 5; Derek Wilson, *Sweet Robin: A Biography of Robert Dudley, Earl of Leicester 1533–1588* (London: Allison and Busby, 1997), 134.

＊48　裁判の詳細については、D. S. Bland, "Arthur Broke's *Masque of Beauty and Desire*: A Reconstruction", *Research Opportunities in Renaissance Drama* 26 (1976), 49.

＊49　E. K. Chambers, *The Elizabethan Stage*, 4 vols (Oxford: Clarendon, 1923), 2: 85.

＊50　Axton, *Queen's Two Bodies*, 41.

＊51　D. S. Bland, “Arthur Broke, Gerard Legh and the Inner Temple”, *Notes and Queries* 16 (1969): 453–55.

＊52　Ibid.; Axton, *Queen's Two Bodies*, 49–59.

＊53　Nichols, ed., *Diary of Henry Machyn*, 275.

＊54　Bergeron, *English Civic Pageantry*, 12–13.

＊55　Thomas Sackville and Thomas Norton, *Gorboduc or Ferrex and Porrex*, ed. Irby B. Cauthen, Jr, Regents Renaissance Drama (London: Edward Arnold, 1970).

＊56　Mortimer Levine, *The Early Elizabethan Succession Question: 1558–1568* (Stanford: Stanford University Press, 1966), 39–44.

＊57　Marie Axton, “Robert Dudley and the Inner Temple Revels”, *The Historical Journal* 13 (1970), 366–67; Michael A. R. Graves, *Thomas Norton: The Parliament Man* (Oxford: Blackwell, 1994), 96–97; Doran, *Monarchy and Matrimony*, 55–57.

＊58　引用は、以下の版に拠る。Ian W. Archer et al., eds, *Religion, Politics, and Society in Sixteenth-Century England* (Cambridge: Cambridge University Press, 2003), 90. Norman Jones and Paul Whitfield White, “*Gorboduc* and Royal Marriage Politics: An Elizabethan Playgoer's Report of the Premiere Performance”, *English Literary Renaissance* 26 (1996): 3–16も併せて参照のこと。

＊59　アダムズは、女王に結婚を迫るダドリー派の動きがあったとするドランの説はそれを決定づける歴史資料を欠くと指摘した上で、ドランの解釈に疑義を呈している。Adams, *Leicester*, 103–5.

＊60　Henry James and Greg Walker, “The Politics of *Gorboduc*”, *English Historical Review* 110 (1995): 109–21.

＊61　著者の同定については、Archer et al., eds, *Religion*, 45–51; Jones and White, 4.

＊62　図像と言語の双方に依拠した『ゴーボダック』の寓意の多層的な意味構造に関しては、Mark Breitenberg, “Reading Elizabethan Iconicity: *Gorboduc* and the Semiotics of Reform”, *English Literary Renaissance* 18 (1988): 194–217.

＊63　小林潤司は、『ゴーボダック』の前に上演された仮面劇や余興が『ゴーボダック』の黙劇に対する観客の理解に影響を与え、ダドリーと女王の結婚を示唆した作品として「誤読」するよう誘導した可能性を指摘している。斬新な視点だが、後述するように、仮面劇の内容がはっきりしない以上、やはり推測の域を出ないという問題は依然として残る。Junji Kobayashi, “*Gorboduc* and the Inner Temple Revels of Christmas”, *Shakespeare Studies* 41 (2003): 25–43.

＊64　ブランドは、リーのテクストをもとに、台詞やト書きの再構築まで試みている。Bland, “Arthur Broke's *Masque of Beauty and Desire*”, 51–54.

＊65　Axton, “Robert Dudley and the Inner Temple Revels”, 371.

＊66　Ibid., 371–72; Axton, *Queen's Two Bodies*, 40.

＊67　リチャード・マッコイも、「リーの語りは夢想の形式を採っているため、どれ

が実際に起こった出来事で、どれが架空の話かわからない」としつつも、「パジェントでは、ペルセウスがアンドロメダを救出し、欲望が求愛の末に美と結婚する」と結論づけてしまっている。Richard C. McCoy, *The Rites of Knighthood: The Literature and Politics of Elizabethan Chivalry* (Berkeley: University of California Press, 1989), 41.

＊68　紋章の歴史に関しては、以下を参照。Maurice Keen, *Chivalry* (New Haven: Yale University Press, 1984), ch. 7.

＊69　テューダー朝における紋章院の設立とその背景に関しては、Mervyn James, *Society, Politics and Culture: Studies in Early Modern England* (Cambridge: Cambridge University Press, 1986), 327–39 を参照。

＊70　McCoy, *Rites of Knighthood*, 32–42.

＊71　Adams, *Leicester*, 137.

＊72　ウォリック伯の称号にこだわったのは、アンブローズ当人よりも、弟のロバートの方だった。「ウォリックのガイ」の受容に関しては、以下を参照。Helen Cooper, "Guy as Early Modern English Hero", in *Guy of Warwick: Icon and Ancestor*, ed. Alison Wiggins and Rosalind Field (Woodbridge: D. S. Brewer, 2007), 185–99.

＊73　McCoy, *Rites of Knighthood*, 37.

＊74　Finkelpearl, *John Marston*, 4.

＊75　ただし、アウターテンプルが独立した法学院として機能していたかという点については、否定的な見解が多い。Sir John Baker, *An Inner Temple Miscellany: Papers Reprinted from the Inner Temple Yearbook* (Bodmin, Cornwall: MPG Books, 2004), 24–31.

＊76　Ibid., 115–21.

＊77　Paul Raffield, "The Inner Temple Revels (1561–62) and the Elizabethan Rhetoric of Signs: Legal Iconography at the Early Modern Inns of Court", in *Intellectual and Cultural World*, ed. Archer et al., 32–34.

第三章　女王陛下のやんごとなき娯楽

＊1　Cole, *Portable Queen*, 1.　巡幸先や期間に関する詳細なデータについては、同書の Appendix II を参照。

＊2　Cole, "Monarchy in Motion: An Overview of Elizabethan Progresses", in *Progresses*, ed. Archer et al., 43.

＊3　Cole, *Portable Queen*, 14.

＊4　以下、巡幸に際して生じた諸々の経済的・人的負担については、以下の資料を参照。Chambers, *Elizabethan Stage*, 1: 106–22; Jean Wilson, 52–57; Zillah Dovey, *An Elizabethan Progress: The Queen's Journey into East Anglia, 1578* (Stroud: Alan Sutton, 1996), 1–6; Cole, *Portable Queen*, ch. 3; Cole, "Monarchy in Motion", 29–40.

＊5　引用は、Cole, *Portable Queen*, 35.

＊6　Ibid., 85–96.
＊7　Ibid., 65.
＊8　Cole, “Monarchy in Motion”, 40.
＊9　Archer and Knight, “Elizabetha Triumphans”, in *Progresses,* ed. Archer et al., 2.
＊10　巡幸に代表される宮廷スペクタクルが創出する君主のカリスマや象徴性については、例えば以下の論考を参照されたい。Clifford Geertz, “Centers, Kings, and Charisma: Reflections on the Symbolics of Power”, in *Culture and Its Creators*, ed. Joseph Ben-David and Terry N. Clark（Chicago: University of Chicago Press, 1977）, 150–71; 篠崎実「三身分の劇場――エリザベス朝宮廷スペクタクルと大衆演劇」『エリザベス朝演劇の誕生』玉泉八州男編（水声社、1997 年）、267–94 頁。
＊11　R. J. Knecht, “Court Festivals as Political Spectacle: The Example of Sixteenth-Century France”, in *Europa Triumphans: Court and Civic Festivals in Early Modern Europe*, ed. J. R. Mulryne et al., 2 vols（Aldershot: Ashgate, 2004）, 1: 24–25.
＊12　Helen Cooper, “Location and Meaning in Masque, Morality and Royal Entertainment”, in *The Court Masque*, ed. David Lindley（Manchester: Manchester University Press, 1984）, 140.
＊13　Archer and Knight, 11.
＊14　巡幸録の出版に関しては、Heaton, ch. 3.
＊15　Sydney Anglo, “Image-Making: The Means and the Limitations”, in *Tudor Monarchy*, ed. Guy, 33; R. Malcolm Smuts, “Occasional Events, Literary Texts and Historical Interpretations”, in *Neo-Historicism: Studies in Renaissance Literature, History and Politics*, ed. Robin Headlam Wells, Glenn Burgess, and Rowland Wymer（Cambridge: D. S. Brewer, 2000）, 184–86. 他のヨーロッパ諸国における巡幸録出版については、Helen Watanabe-O’Kelly, “The Early Modern Festival Book: Function and Form”, in *Europa*, ed. Mulryne et al., 1: 3–17.
＊16　アンソニー・ウッドの『オックスフォード大学卒業者名鑑』にはチャーチヤードがオックスフォード大学で学んだとあるが、史実的な根拠はなく、以下の文献で否定されている。Henry Adnitt, “Thomas Churchyard”, *Transactions of the Shropshire Archaeological and Natural History Society* 3（1880）, 3
＊17　ネーデルラント問題をめぐるイングランド政府の紆余曲折については、以下の資料を参照のこと。Charles Wilson, *Queen Elizabeth and the Revolt of the Netherlands*（Berkeley: University of California Press, 1970）; Wallace T. MacCaffrey, *Queen Elizabeth and the Making of Policy, 1572–1588*（Princeton: Princeton University Press, 1981）.
＊18　MacCaffrey, *Making of Policy*, 157. ネーデルラント戦争については、以下の資料も参照。K. W. Swart, *William of Orange and the Revolt of the Netherlands, 1572–84*, ed. R. P. Fagel, M. E. H. N. Mout, and H. F. K. van Nierop, trans. J. C. Grayson（Aldershot: Ashgate, 2003）; Paul E. J. Hammer, *Elizabeth’s Wars: War, Government and Society in Tudor*

England, 1544–1604 (Basingstoke: Palgrave Macmillan, 2003).

＊19　Alexander Judson, *The Life of Edmund Spenser* (Baltimore: Johns Hopkins Press, 1945), 155; Herbert Berry and E. K. Timings, “Spenser’s Pension”, *Review of English Studies* 11 (1960): 254–59.

＊20　チャーチヤードが年金を約束されたのはおそらく1592年あるいは1593年と推定されているが、何らかの事情で支払いが遅れ、実際には1597年に支給された。詳細については、Allan Griffith Chester, “Thomas Churchyard’s Pension”, *PMLA* 50 (1935): 902; Roger A. Geimer, “Spenser’s Rhyme or Churchyard’s Reason: Evidence of Churchyard’s First Pension”, *Review of English Studies* 20 (1969): 306–9を参照のこと。チャーチヤードの伝記については、以下の史料を適宜参照した。Adnitt; Merrill Harvey Goldwyn, “Notes on the Biography of Thomas Churchyard”, *Review of English Studies* 17 (1966): 1–15.

＊21　Edmund Spenser, *Colin Clouts Come Home Againe*, in *The Yale Edition of the Shorter Poems of Edmund Spenser*, ed. William A. Oram et al. (New Haven: Yale University Press, 1989). 以下、スペンサーの小詩からの引用はこの版に拠る。

＊22　1560年代、1570年代におけるイングランドの海外拡張路線は、冒険商人の商業主義によって牽引された。新大陸の植民地事業や海外貿易の縄張りをめぐって激化するスペインとの抗争については、Hammer, *Elizabeth's Wars*, 78–87を参照。

＊23　Cole, *Portable Queen*, 157–58.

＊24　寓意化された「ブリストル」の台詞では、市民全般を指すはずの「我々」は、冒険商人をはじめとするブリストル市政・財政を担っていたエリート市民と同一視されている。C. E. McGee, “Mysteries, Musters, and Masque: The Import(s) of Elizabethan Civic Entertainments, in *Progresses,* ed. Archer et al., 116n55を参照。条約締結へのブリストルの謝意については、Francis Wardell, “Queen Elizabeth’s Progress to Bristol in 1574: An Examination of Expenses”, *Early Theatre* 14 (2011): 101–18を参照されたい。

＊25　中世の市民祝祭については、Withington, 1: 47–48を、16世紀における市民祝祭の軍事化傾向については、Chambers, 1: 138–39; McGee, 112–15を参照。

＊26　Cole, *Portable Queen*, 155–63.

＊27　Sir Philip Sidney, *The Countess of Pembrokes Arcadia*, in *The Prose Works of Sir Philip Sidney*, ed. Albert Feuillerat, 4 vols (Cambridge: Cambridge University Press, 1912), 2. 21.

＊28　Cole, *Portable Queen*, 157–58; David Harris Sacks, *The Widening Gate: Bristol and the Atlantic Economy, 1450–1700* (Berkeley: University of California Press, 1991), 187–90; McGee, 115–18.

＊29　巡幸のパジェントにおいて展開された君主と臣民双方の言説の競合については、特に Louis Adrian Montrose, *The Subject of Elizabeth: Authority, Gender, and Representa-*

tion (Chicago: University of Chicago Press, 2006)の分析が優れている。

＊30　John M. Adrian, "'Warlike pastimes' and 'sottell Snaek' of Rebellion: Bristol, Queen Elizabeth, and the Entertainments of 1574", *Studies in Philology* 111 (2014): 720–37.

＊31　Ibid., 723.

＊32　Bergeron, *English Civic Pageantry*, 26.

＊33　Barnaby Riche, *A Right Exelent and pleasaunt Dialogue, betwene Mercvry and an English Souldier* (London: n.p., 1574), sig. A2^{r}.

＊34　Ibid., sig. M2^{r}.

＊35　Ibid., sig. M2^{v}.

＊36　Ibid., sigs M3^{v}–M4^{r}.

＊37　シェイクスピアの『十二夜』の材源の一つとして知られるリッチの散文ロマンス集『軍務よさらば』においても、「イングランドとアイルランドの高貴な兵士達」に宛てた献呈書簡の中で、イングランド宮廷の「女性化」傾向に対する憤懣が綿々と綴られている。Barnabe Riche, *His Farewell to Military Profession*, ed. Donald Beecher (Ottawa: Dovehouse, 1992), 127–34.

＊38　Barnaby Riche, *Allarme to England* (London: Henrie Middleton, 1578), sig. i^{v}.　リッチのエリザベス批判については、Juliet Fleming, "The Ladies' Man and the Age of Elizabeth", in *Sexuality and Gender in Early Modern Europe,* ed. James Grantham Turner (Cambridge: Cambridge University Press, 1993), 158–81 を参照。軍人軽視の風潮、及びそれに対する軍人の反発については、Roger B. Manning, *Swordsmen: The Martial Ethos in the Three Kingdoms* (Oxford: Oxford University Press, 2003)も併せて参照されたい。

＊39　チャーチヤードへの支払い記録については、Mark C. Pilkinton, ed., *Records of Early English Drama: Bristol* (Toronto: University of Toronto Press, 1997), xliv.

＊40　Matthew Woodcock, *Thomas Churchyard: Pen, Sword, and Ego* (Oxford: Oxford University Press, 2016), ch. 9.

＊41　Ibid., 162.

＊42　Thomas Churchyard, *The First Part of Churchyard's Chips*, Scolar Press Facsimile (London: Scolar Press, 1973), ii.

＊43　McGee, 104–20.

＊44　聖史劇に代表される地方祝祭の衰退を、それに代わって台頭する中央集権的な祝祭と対置する論考については、Louis A. Montrose, "A Kingdom of Shadows", in *The Theatrical City: Culture, Theatre and Politics in London 1576–1649*, ed. David L. Smith, Richard Strier, and David Bevington (Cambridge: Cambridge University Press, 1995), 68–86 も併せて参照されたい。

＊45　バーリー卿の関与を示唆する解釈については、Woodcock, *Churchyard*, 163.

＊46　以下の記述は、Ibid., ch. 9–10 に拠る。

＊47　引用は Ibid., 150.

＊48　Charles Wilson, 29.

＊49　Thomas Churchyard, *A Lamentable, and pitifull Description, of the wofull warres in Flaunders* (London: Henry Bynneman, 1578), sig. G3^{v}.

＊50　Woodcock, *Churchyard*, 151

＊51　Goldwyn, 2, 6. シュリューズベリーへの巡幸は中止になったが、チャーチヤードが女王を歓待するために執筆したパジェントの一部は、1578 年にヘンリー・シドニーがシュリューズベリーを訪問した際に転用されている。J. A. B. Somerset, "The Lords President, Their Activities and Companies: Evidence from Shropshire", in *The Elizabethan Theatre X*, ed. C. E. McGee (Port Credit: Meany, 1988), 95–97; J. Alan B. Somerset, ed., *Records of Early English Drama: Shropshire*, 2 vols (Toronto: University of Toronto Press, 1994), 2: 228. ウォルシンガムによる雇用に関しては、Woodcock, *Churchyard*, 179 を参照。

＊52　Roger Manning, *An Apprenticeship in Arms: The Origins of the British Army 1585–1702* (Oxford: Oxford University Press, 2006), 24–25.

＊53　C. T. Prouty, *George Gascoigne: Elizabethan Courtier, Soldier, and Poet* (New York: Columbia University Press, 1942), ch. 3.

＊54　Richard McCabe, *'Ungainefull Arte': Poetry, Patronage, and Print in the Early Modern Era* (Oxford: Oxford University Press, 2016), 229.

＊55　印刷出版に対する階級的な忌避感については、J. W. Saunders, "The Stigma of Print: Note of the Social Bases of Tudor Poetry", *Essays in Criticism* 1 (1951): 139–64.

＊56　Goldring et al., eds, *John Nichols's The Progresses*, 2: 288. なお、唯一残存していた初版本は 1879 年の火災で焼失したため、現在の版本は、ギャスコインの死後、1587 年に出版された『ギャスコイン全集』に拠る。

＊57　Strong, *Gloriana*, 85.

＊58　Susan Frye, 70–72.

＊59　女王に結婚を勧めるレスター伯の意図を読み込む代表的な論考としては、以下を参照。Axton, *Queen's Two Bodies*, 63–66; Susan Doran, "Juno versus Diana: the Treatment of Elizabeth I's Marriage in Plays and Entertainments, 1561–1581", *The Historical Journal* 38 (1995): 257–74.

＊60　George Gascoigne, *Gascoignes Wodmanship*, in *A Hundreth Sundrie Flowres*, ed. G. W. Pigman III (Oxford: Clarendon, 2000), l. 14. ギャスコインは、ケニルワースの祝祭の初日、狩猟から戻った女王を出迎えるべく全身を蔦で覆った野人の扮装で登場するも、熱演の余りに折った杖の破片があわや女王の馬を直撃しそうになる不始末をしでかしている。この失敗はさすがにばつが悪かったと見えて、ギャスコインのパンフレット『やんごとなき娯楽』では一切触れられていないが、後述の『レイナムの書簡』で面白おかしく報告されている。Goldring et al., eds, *John Nichols's The Pro-*

gresses, 2: 251.

＊61　両テクストの差異については、Susan Frye, 61–65 を参照。なお、本書では詳しく触れることができなかったが、『レイナムの書簡』に記録されている地元住民による余興の分析については、以下を参照されたい。篠崎「三身分の劇場」、276–82 頁；Alex Davis, *Chivalry and Romance in the English Renaissance* (Woodbridge: D. S. Brewer, 2003), ch. 2.

＊62　Susan Frye, 69.

＊63　Cooper, "Location and Meaning", 135–48.

＊64　Mary Polito, *Govermental Arts in Early Tudor England* (Aldershot: Ashgate, 2005), 13–15.

＊65　Elizabeth Goldring, "Portraiture, Patronage, and the Progresses: Robert Dudley, Earl of Leicester, and the Kenilworth Festivities of 1575", in *Progresses,* ed. Archer et al., 163–88.

＊66　Strong, *Gloriana*, 85–87.

＊67　Susan Frye, ch. 2.

＊68　通史的な観点から処女王言説の再検証を試みた研究としては、特に以下の論考を参照されたい。Berry; King, "Queen Elizabeth I"; Susan Frye; Hackett, *Virgin Mother*; 篠崎実「欲望の曖昧な対象――エリザベスの結婚問題と宮廷エンターテインメント」『言語文化論叢（東京工業大学外国語研究教育センター紀要）』第 3 巻（1998 年）: 103–22 頁 .

＊69　MacCaffrey, *Making of Policy*, 228–31; Blair Worden, *The Sound of Virtue: Philip Sidney's Arcadia and Elizabethan Politics* (New Haven: Yale University Press, 1996), 82–83; Swart, 162–67.

＊70　Doran, *Monarchy and Matrimony*, 146–47.

＊71　Ibid., 149.

＊72　Dovey, 43–45.

＊73　David M. Bergeron, "The 'I' of the Beholder: Thomas Churchyard and the 1578 Norwich Pageant", in *Progresses,* ed. Archer et al., 142–59.

＊74　ノリッジ巡幸時の市政におけるピューリタニズムとカトリック系守旧派の対立については、Patrick Collinson, "Pulling the Strings: Religion and Politics in the Progress of 1578", in *Progresses,* ed. Archer et al., 126–33 を参照。

＊75　Doran, "Juno versus Diana", 150–52; Collinson, "Pulling the Strings", 122–41.

＊76　ノーフォークの地方行政へのレスター伯の関心については、A. Hassell Smith, *County and Court: Government and Politics in Norfolk, 1558–1603* (Oxford: Clarendon, 1974), 39–41; Sally-Beth MacLean, "Tracking Leicester's Men: the Patronage of a Performance Troupe", in *Shakespeare and Theatrical Patronage in Early Modern England*, ed. Paul Whitfield White and Suzanne R. Westfall (Cambridge: Cambridge University Press,

2002), 251–54 を参照。

＊77　Harris Nicolas, *Memoirs of the Life and Times of Sir Christopher Hatton, K.G., Vice-Chamberlain and Lord Chancellor to Queen Elizabeth*（London: Richard Bentley, 1847), 65–74.　ネーデルラント問題をめぐる女王の政治的判断に対するレスター伯ら急進派グループの危機意識については、Worden, *Sound of Virtue*, ch. 6 が秀逸。

＊78　C. V. Wedgwood, *William the Silent: William of Nassau, Prince of Orange*（New Haven: Yale University Press, 1944), 136–38.

＊79　Peter Clark and Paul Slack, *English Towns in Transition 1500–1700*（Oxford: Oxford University Press, 1976), 53; David Galloway, ed., *Records of Early English Drama: Norwich 1540–1642*（Toronto: University of Toronto Press, 1984), xvi–xvii.

＊80　女王一座の創設への二人の関与については、Scott McMillin and Sally-Beth MacLean, *The Queen's Men and their Plays*（Cambridge: Cambridge University Press, 1998), ch. 2 を参照。

＊81　Goldring et al., eds, *John Nichols's The Progresses*, 2: 308n509.

＊82　Thomas Garter, *The Most Virtuous and Godly Susanna by Thomas Garter 1578*, ed. B. Ifor Evans and W. W. Greg（London: Malone Society Reprints, 1936), v–vii.

＊83　Doran, "Juno versus Diana", 272; Doran, *Monarchy and Matrimony*, 152.

＊84　Hackett, *Virgin Mother*, 96–98; King, "Queen Elizabeth I", 47; Collinson, "Pulling the Strings", 139.

＊85　観客席の君主やパトロンの参入を誘導する宮廷祝祭の演劇的仕掛けについては、以下の論考を参照。Cooper, "Location and Meaning", 135–48; Matthew H. Wikander, *Princes to Act: Royal Audience and Royal Performance, 1578–1792*（Baltimore: Johns Hopkins University Press, 1993).

＊86　ノリッジにおけるオランダ教会設立の経緯については、Andrew Pettegree, *Foreign Protestant Communities in Sixteenth-Century London*（Oxford: Clarendon, 1986), 262–63.

＊87　Ibid., 267–69.

＊88　エリザベス表象におけるデボラの象徴性については、Elkin Calhoun Wilson, *England's Eliza*（Cambridge, Mass.: Harvard University Press, 1939), ch. 2; McLaren, 23–31 を参照。

＊89　編者キャサリン・ダンカン＝ジョーンズが付記するように、舞台背景や装置を用いずに野外で行われた『五月の貴婦人』は厳密な意味での仮面劇ではなく、むしろ巡幸における余興に近い。ただし、従来の研究で仮面劇として論じられてきた経緯を踏まえ、本書でも仮面劇として紹介する。Sir Philip Sidney, *The Lady of May*, in *Miscellaneous Prose of Sir Philip Sidney*, ed. Katherine Duncan-Jones and Jan van Dorsten（Oxford: Clarendon, 1973), 13–14.

＊90　Ibid., 21.

＊91　Catherine Bates, *The Rhetoric of Courtship in Elizabethan Language and Literature* (Cambridge: Cambridge University Press, 1992), 68–69; Montrose, *Subject of Elizabeth*, 88–89; McGee, 118–20.

＊92　Thomas Churchyard, *The Miserie of Flavnders, Calamitie of Fraunce, Misfortune of Portugall, Vnquietnes of Irelande, Troubles of Scotlande, and the Blessed State of Englande* (London: Felix Kingston, 1579), sig. Eiii^r.

＊93　Winfried Schleiner, "*Divina Virago*: Queen Elizabeth as an Amazon", *Studies in Philology* 75 (1978): 163–80.

＊94　Edmund Spenser, *The Faerie Queene*, ed. A. C. Hamilton (London: Longman, 1977).『妖精の女王』からの引用は、この版に拠る。

＊95　軍事演習に伴う事故については、Cole, "Monarchy in Motion", 30–31.

＊96　Nicolas, Appendix, xxxvii. この書簡に日付は付されていないが、Goldwyn は1582 年 2 月頃と推測している。Goldwyn, 10.

＊97　1570 年代における民兵の編成については、Lindsay Boynton, *The Elizabethan Militia 1558–1638* (London: Routledge and Kegan Paul, 1967), ch. 4 を参照。

＊98　Richard Helgerson, *The Elizabethan Prodigals* (Berkeley: University of California Press, 1976).

第四章　牧歌の女王——最後の結婚交渉とレスター・サークルの反撃

＊1　Dwight C. Peck, ed., *Leicester's Commonwealth: The Copie of a Letter Written by a Master of Art of Cambridge (1584) and Related Documents* (Ohio: Ohio University Press, 1985), 96.

＊2　Ibid., 5.

＊3　レスター伯の党派主義に関する修正主義的見解については、Adams, *Leicester*, ch. 1 を参照。

＊4　Peck, ed., 13–31.

＊5　レスター伯の文芸パトロン活動に関しては、Rosenberg が詳しい。

＊6　以下に略述するネーデルラントの軍事情勢とエリザベスとアンジュー公の結婚交渉の関連性については、MacCaffrey, *Making of Policy*, 210–16; Penry Williams, *The Later Tudors: England 1547–1603* (Oxford: Clarendon, 1995), 271–91; Doran, *Monarchy and Matrimony*, ch. 8 を参照のこと。

＊7　Patrick Collinson, *The Elizabethan Puritan Movement* (Oxford: Clarendon, 1967), 199.

＊8　ただし、この対立が果たしてどの程度深刻だったかについて、歴史家の見解は分かれる。アダムズは懐疑的だが、本書の考察はドランやウォーデンの研究に拠る。Adams, *Leicester*, 5–6.

＊9　Simon Adams, "The Release of Lord Darnley and the Failure of the Amity", in *Mary Stewart: Queen in Three Kingdoms*, ed. Michael Lynch (Oxford: Blackwell, 1988), 123.
＊10　Doran, *Monarchy and Matrimony*, 157–61.
＊11　MacCaffrey, *Making of Policy*, 250–51.
＊12　Quoted in Doran, *Monarchy and Matrimony*, 157.
＊13　Ibid., 160–61.
＊14　Victor von Klarwill, ed., trans. L. S. R. Byrne, *The Fugger News-Letters*, 2nd series (London: John Lane, 1926), 28.
＊15　ハンズドン卿は10月には結婚賛成派に回るものの、この時点ではまだ態度を保留していた。Adams, *Leicester*, 33; Doran, *Monarchy and Matrimony*, 173.
＊16　John Stow, *The Annales of England* (London: Ralfe Newbery, 1592), 1174.
＊17　Park and Oldys, eds, *Harleian Miscellany*, 10: 274.
＊18　MacCaffrey, *Making of Policy*, 251.
＊19　'To Maximilian II, Holy Roan Emperor', 2 Apr. 1566, in *Elizabeth I's Italian Letters*, ed. and trans. Carlo M. Bajetta (New York: Palgrave Macmillan, 2017), 39.
＊20　Conyers Read, *Lord Burghley and Queen Elizabeth* (London: Jonathan Cape, 1960), 206.
＊21　Ilona Bell, "'Souereaigne Lord of lordly Lady of thid land': Elizabeth, Stubbs, and the *Gaping Gvlf*", in *Dissing Elizabeth*, ed. Walker, 99.
＊22　John Stubbs, *John Stubbs's Gaping Gulf with Letters and Other Relevant Documents*, ed. Lloyd E. Berry (Charlottesville: University Press of Virginia, 1968), xxv. リンカーン法学院のピューリタニズムについては、Prest, 204–5.
＊23　Stubbs, 6–7.
＊24　Bell, 99.
＊25　H. J. Byrom, "Edmund Spenser's First Printer, Hugh Singleton", *The Library*, 4th ser. 14 (1933), 137.
＊26　Doran, *Monarchy and Matrimony*, 164–65.
＊27　Stubbs, xvi; Worden, 109–10.
＊28　Worden, 113–14.
＊29　Ibid., 112.
＊30　Rosenberg, 139.
＊31　Norbrook, 73–74.
＊32　Byrom, 138.
＊33　Stubbs, 107.
＊34　Byrom, 121–56.
＊35　Ibid., 130–42.
＊36　販売・流通を請け負ったウィリアム・ペイジなる人物は、50部をコーンウォー

ルに住む友人に送り、知人に配布するようわざわざ協力を要請している。Bell, 100.

＊37 Paul L. Hughes and James F. Larkin, eds, *Tudor Royal Proclamations: The Later Tudors: 1553–1587*, 3 vols (New Haven: Yale University Press, 1969), 2: 446.

＊38 *Calendar of State Papers, Spanish,* 16 Oct. 1579.

＊39 Camden, 3. 239.

＊40 エリザベス朝の中傷文学における活字メディアと声のメディアの共存については、井出新「地下出版するルネサンス」『英語青年』第148巻第2号(2002): 6–9頁が秀逸。

＊41 1579年8月以降、女王の結婚に反対する様々なパンフレット、バラッドが出回り、結婚に反対する説教も行われた。Doran, *Monarchy and Matrimony*, 164; Worden, 110.

＊42 Katherine Duncan-Jones, *Sir Philip Sidney: Courtier Poet* (London: Hamish Hamilton, 1991), 163–64.

＊43 Stubbs, 3–4.

＊44 MacCaffrey, *Making of Policy*, 265–66.

＊45 Doran, *Monarchy and Matrimony*, 167.

＊46 Ibid., 167–68, 172–74.

＊47 MacCaffrey, *Making of Policy*, 261–62; Adams, *Leicester,* 146–47.

＊48 Byrom, 138; Worden, 112.

＊49 MacCaffrey, *Making of Policy*, 263.

＊50 Ibid., 263–64.

＊51 Bell, 113–14.

＊52 出版をめぐる裁判や処罰の経緯については、Stubbs, xxvi–xl を参照。アンジュー公との結婚交渉問題に絡むレスター一派の動きについては、Smuts, 190–92 を参照。

＊53 スペンサーとシドニーの知的交流をめぐっては様々な逸話が存在するが、スペンサー自身による自己神話化の可能性が高い。これに関しては、竹村はるみ「書斎の中のシドニー・サークル――スペンサーの友情伝説を読む」『食卓談義のイギリス文学――書物が語る社交の歴史』圓月勝博編(彩流社、2006年)、20–59頁を参照されたい。

＊54 シドニーは、書簡の件で女王から処罰を受けることはなかったものの、自分の存在が歓迎されない雰囲気を感じ取り、一時的に蟄居したことが、友人ユベール・ランゲの書簡から推察される。Roger Howell, *Sir Philip Sidney: The Shepherd Knight* (Boston: Little, Brown, 1963), 73.

＊55 Byrom, 145–56; Paul E. McLane, *Spenser's Shepheardes Calender: A Study in Elizabethan Allegory* (Notre Dame: University of Notre Dame Press, 1961), ch. 1; Stubbs, xlvi–lvi.; Norbrook, 74–81.

＊56 スペンサーの牧歌が17世紀の風刺詩人達に与えた影響については、Joan

Grundy, *The Spenserian Poets: A Study in Elizabethan and Jacobean Poetry* (London: Edward Arnold, 1969); Michelle O'Callaghan *The 'Shepheards Nation': Jacobean Spenserians and Early Stuart Political Culture, 1612–1625* (Oxford: Clarendon, 2000)を参照。以下の論考では、『妖精の女王』と『羊飼いの暦』の評価が逆転するのは、新古典主義批評が流行した18世紀以降であることが指摘されている。Bart van Es, ed., *A Critical Companion to Spenser Studies* (Hampshire: Palgrave Macmillan, 2006), ch. 7.

＊57　検閲や印刷出版に対するスペンサーの危機意識については、Joseph Loewenstein, "The Script in the Marketplace", *Representations* 12 (1985), 109–10; Sherri Geller, "You Can't Tell a Book by its Contents: (Mis)Interpretation in/of Spenser's *The Shepheardes Calender*," *Spenser Studies* 13 (1999): 23–64.

＊58　注釈を付した詩集として、ラテン語詩に加えて、ロンサールらフランス詩人の詩集やエンブレム集の影響にも着目した以下の論考も併せて参照されたい。Ruth Samson Luborsky, "The Allusive Presentation of *The Shepheardes Calender*", *Spenser Studies* 1 (1980), 44–51.

＊59　Louise Schleiner, "Spenser's 'E.K.' as Edmund Kent", *English Literary Renaissance* 20 (1990): 374–407.

＊60　Edmund Spenser, *The Shepheardes Calender,* in *Yale Edition*, ed. Oram et al. E.K. による要旨や注釈からの引用に関しては、本文中に頁数を示す。

＊61　Helen Cooper, *Pastoral: Mediaeval into Renaissance* (Ipswich: D. S. Brewer, 1977), 148–49.

＊62　例えば、King, "Queen Elizabeth I", 51–55; Hackett, *Virgin Mother*, 105–12.

＊63　L. Staley Johnson, "Elizabeth, Bride and Queen: A Study of Spenser's April Eclogue and the Metaphors of English Protestantism", *Spenser Studies* 2 (1981): 75–91.

＊64　Hackett, *Virgin Mother,* ch. 4.

＊65　McLane, ch. 2; Norbrook, 77–78; 玉泉八州男『北のヴィーナス――イギリス中世・ルネサンス文学管見』(研究社、2013年)、188頁。

＊66　McLane, 32.

＊67　Doran, "Juno versus Diana", 269–70.

＊68　Duncan-Jones, 148–49. 引用は、Sidney, *Lady of May*, in *Miscellaneous Prose*, ed. Duncan-Jones and van Dorsten, 25.

＊69　仮面劇に牧歌を取り込んだシドニーの詩的構想、特に宮廷詩人の在り方をめぐる理念に注目した小澤博「賢明なる沈黙――『五月の佳人』とシドニーの礼節」『エリザベス朝演劇の誕生』玉泉編、295–312頁を参照。

＊70　Sidney, *Lady of May*, in *Miscellaneous Prose*, ed. Duncan-Jones and van Dorsten, 25.

＊71　Steven F. Walker, "'Poetry is/is not a cure for love': The Conflict of Theocritean and Petrarchan Topoi in the *Shepheardes Calender*", *Studies in Philology* 76 (1979): 353–65.

＊72　Leonard Forster, *The Icy Fire: Five Studies in European Petrarchism* (Cambridge: Cam-

bridge University Press, 1969), ch. 4.

＊73　エリザベスの宮廷における求愛の政治的パフォーマンス化は、Bates, ch. 3 に詳しい。

＊74　「白貂の肖像画」の創作年代については、Strong, *Gloriana*, 112–15 を参照。なお、シドニーの『アーケイディア』にも、白貂を描きこんだコリントの女王ヘレナの肖像への言及がある。Sidney, *Arcadia*, in *Prose Works*, ed. Feuillerat, 1. 17.

＊75　L. Staley Johnson, *The Shepheardes Calender: An Introduction* (University Park: Pennsylvania State University Press, 1990), 174–75; Edmund Spenser, *Edmund Spenser: The Shorter Poems*, ed. Richard A. McCabe (London: Penguin, 1999), 565.

＊76　McLane, ch. 4; Stubbs, li–lii; 玉泉『北のヴィーナス』、188–90 頁。

＊77　McLane, 52.

＊78　Donald Cheney, "The Circular Argument of *The Shepheardes Calender*", in *Unfolded Tales: Essays on Renaissance Romance*, ed. George M. Logan and Gordon Teskey (Ithaca: Cornell University Press, 1989), 155–56.

＊79　McLane, 55.

＊80　Jean R. Brink, "'All his mind on honour fixed': The Preferment of Edmund Spenser", in *Spenser's Life and the Subject of Biography*, ed. Judith H. Anderson, Donald Cheney, and David A. Richardson (Amherst: University of Massachusetts Press, 1996), 45–64.

＊81　Cooper, *Pastoral*, 24. 特にスペンサーが継承した牧歌の宗教的風刺の伝統に関しては、King, *Spenser's Poetry*, ch. 1 に詳しい。

＊82　寓意文学の特性や歴史に関する簡にして要を得た解説については、Isabel Rivers, *Classical and Christian Ideas in English Renaissance Poetry: A Students' Guide*, 2nd edn (London: Routledge, 1994), ch. 12 を参照されたい。

＊83　Norbrook, 79–81.

＊84　スペンサーとハーヴェイの往復書簡集によると、ハーヴェイは 1580 年 4 月の時点で『妖精の女王』の手稿を読んでいる。Edmund Spenser, *"Three Proper, and witie, familiar Letters"*, in *The Works of Edmund Spenser: A Variorum Edition*, ed. Edwin Greenlaw et al., 10 vols (Baltimore: Johns Hopkins Press, 1949), 9: 472.

＊85　Josephine Waters Bennett, *The Evolution of The Faerie Queene* (New York: Burt Franklin, 1960), 49–51; Michael O'Connell, *Mirror and Veil: The Historical Dimension of Spenser's Faerie Queene* (Chapel Hill: University of North Carolina Press, 1977), 102–3; King, *Reformation Tradition*, 151–53; Norbrook, 105.

＊86　Spenser, *Yale Edition*, ed. Oram et al., 334.

＊87　Richard S. Peterson, "Laurel Crown and Ape's Tail: New Light on Spenser's Career from Sir Thomas Tresham", *Spenser Studies* 12 (1998), 14.

＊88　Edwin Greenlaw, *Studies in Spenser's Historical Allegory* (Baltimore: Johns Hopkins Press, 1932), 112–24.

＊89　Spenser, *Faerie Queene*, ed. Hamilton, 737.

＊90　例えば、Yates, 69–70 を参照。

＊91　Hackett, *Virgin Mother*, 78–88.

＊92　Spenser, *Faerie Queene*, ed. Hamilton.『妖精の女王』からの引用は、この版に拠る。

＊93　Harry Berger, Jr, *The Allegorical Temper: Vision and Reality in Book II of Spenser's Faerie Queene* (New Haven: Yale University Press, 1957), 157.

＊94　O'Connell, 102.

＊95　「あなたがたは、自分が神の神殿であり、神の霊が自分たちのうちに住んでいることを知らないのですか」(「コリントの信徒への手紙一」3 章 16 節)。

＊96　King, *Tudor Royal Iconography*, 255–56.

＊97　Louis Adrian Montrose, "The Elizabethan Subject and the Spenserian Text", in *Literary Theory / Renaissance Texts*, ed. Patricia Parker and David Quint (Baltimore: Johns Hopkins University Press, 1986), 325.

＊98　Nancy Jo Hoffman, *Spenser's Pastorals: The Shepheardes Calender and "Colin Clout"* (Baltimore: Johns Hopkins University Press, 1977), 120.

＊99　Cooper, *Pastoral*, 200–1.

＊100　Kathleen Williams, *Spenser's Faerie Queene: the World of Glass* (London: Routledge and Kegan Paul, 1966), 50–51; King, *Spenser's Poetry*, 151.

＊101　牧歌における〈安逸〉のトポスに関しては、特に Thomas G. Rosenmeyer, *The Green Cabinet: Theocritus and the European Pastoral Lyric* (Berkeley: University of California Press, 1969), 64–97 参照。

＊102　『妖精の女王』のこの特性に関しては、山本真理「その長い一日の労苦と疲労のあとに――『妖精の女王』における牧歌の要素」『Albion (京大英文学会紀要)』第 29 号 (1983 年): 1–19 頁が秀逸。

＊103　Paul J. Alpers, *The Poetry of The Faerie Queene* (Princeton: Princeton University Press, 1967), 390.

＊104　この作品を女王とアンジュー公の結婚交渉に反対した政治的寓意として解釈する見解については、Ivan L. Schulze, "The Final Protest against the Elizabeth-Alençon Marriage Proposal", *Modern Language Notes* 58 (1943): 54–57; Bergeron, *English Civic Pageantry*, 44–46; Jean Wilson, 61–63 を参照。一方、ベイツは、このパジェントの政治的なメッセージ性を否定した異なる解釈を展開している。Bates, 69–75.

＊105　Doran, "Juno versus Diana", 273–74.

＊106　Mervyn James, ch. 8.

第五章　ロマンシング・イングランド
——エリザベス朝の騎士道ロマンスブーム

＊1　Bacon, *In Felicem Memoriam*, in *Works*, 6: 317.

＊2　Anglo, *Spectacle,* 110.

＊3　騎士道精神に内在する暴力性については、M. H. Keen, “Chivalry, Nobility, and the Men-at-Arms”, in *War, Literature and Politics in the Late Middle Ages: Essays in Honour of G. W. Coopland*, ed. C. T. Allmand (Liverpool: Liverpool University Press, 1976), 32–45 を参照。

＊4　宮廷風恋愛に関しては、例えば以下の研究を参照。Roger Boase, *The Origin and Meaning of Courtly Love: A Critical Study of European Scholarship* (Manchester: Manchester University Press, 1977); 玉泉『北のヴィーナス』、第一章。

＊5　Sir Thomas Malory, *Le Morte Darthur*, in *The Works of Sir Thomas Malory*, ed. Eugène Vinaver, rev. P. J. C. Field, 3rd edn, 3 vols (Oxford: Clarendon, 1990), 3: 1119.

＊6　「男の恋」を宮廷風恋愛の特性として前景化する視点については、小谷野敦『〈男の恋〉の文学史』(朝日新聞社、1997 年)、14–17 頁を参照。

＊7　Arthur B. Ferguson, *The Chivalric Tradition in Renaissance England* (London: Associated University Presses, 1986), 66.

＊8　Strong, *Cult of Elizabeth*, 133.

＊9　David Cressy, *Bonfires and Bells: National Memory and the Protestant Calendar in Elizabethan and Stuart England* (Berkeley: University of California Press, 1989), ch. 3.

＊10　William Shakespeare, *Henry V*, ed. J. H. Walter, Arden Shakespeare (London: Routledge, 1954).

＊11　Alison A. Chapman, “Whose Saint Crispin’s Day Is It?: Shoemaking, Holiday Making, and the Politics of Memory in Early Modern England”, *Renaissance Quarterly* 54 (2001): 1467–94; Strong, *Cult of Elizabeth*, ch. 4.

＊12　J. Payne Collier, ed., *Broadside Black-letter Ballads, Printed in the Sixteenth and Seventeenth Centuries* (London: Thomas Richards for private circulation, 1868), 19.

＊13　R. B. McKerrow et al., eds, *A Dictionary of Printers and Booksellers in England, Scotland and Ireland, and of Foreign Printers of English Books 1557–1640* (1910; Oxford: Bibliographical Society, 1968), 18–20.

＊14　Lupold von Wedel, “Journey through England and Scotland Made by Lupold von Wedel in the Years 1584 and 1585”, trans. Gottfried von Bülow, *Transactions of the Royal Historical Society* 9 (1895), 256, 258.

＊15　Sidney, *Arcadia*, in *Prose Works*, 2. 21.

＊16　E. K. Chambers, *Sir Henry Lee* (Oxford: Clarendon, 1936), 304.

＊17　McCoy, *Rites of Knighthood*, 21.

＊18　Strong, *Cult of Elizabeth*, 139.
＊19　Young, 99–100.
＊20　Ibid., 127–30.　他にも Strong, *Cult of Elizabeth*, 144–45.
＊21　Young, 131.
＊22　Ibid., 129.
＊23　Von Wedel, 258.
＊24　以下の記述は、Young, ch. 3 に拠る。
＊25　劇場の観劇料金については、Andrew Gurr, *The Shakespearean Stage 1574–1642*, 3rd edn（Cambridge: Cambridge University Press, 1992）, 214–15 を参照のこと。
＊26　以下、ガーター騎士団の創設に関しては、Richard Barber, *The Knight and Chivalry: Revised Edition*（Woodbridge: Boydell, 1995）, 343–45 参照。
＊27　Strong, *Cult of Elizabeth*, ch. 6.
＊28　1580 年代のイングランドにおける軍事化傾向については、これをプロテスタント的終末論の高まりという文脈で論じた以下の論考も参照されたい。Arata Ide, "Tamburlaine's Prophetic Oratory and Protestant Militarism in the 1580s", in *Hot Questrists after the English Renaissance: Essays on Shakespeare and his Contemporaries*, ed. Yasunari Takahashi（New York: AMS, 2000）, 222–25.
＊29　以下の記述は、Charles Wilson, ch. 4 に拠る。
＊30　R. C. Strong and J. A. van Dorsten, *Leicester's Triumph*（Leiden: Leiden University Press, 1964）, 30–49.
＊31　Ibid., 48.
＊32　Susan Frye, 92–96; Hammer, *Elizabeth's Wars*, 126–27.
＊33　Keen, *Chivalry*, 239, 249.
＊34　Strong, *Cult of Elizabeth*, 178–80.
＊35　Ibid., 173.
＊36　Young, 103.
＊37　Von Klarwill, 378.
＊38　Strong, *Cult of Elizabeth*, 173.
＊39　Ibid., ch. 2.
＊40　Ibid., 56.
＊41　Young, 170; Janet Dickinson, *Court Politics and the Earl of Essex, 1589–1601*（London: Routledge, 2016）, 15 を参照。
＊42　Paul E. J. Hammer, *The Polarisation of Elizabethan Politics: The Political Career of Robert Devereux, 2nd Earl of Essex, 1585–1597*（Cambridge: Cambridge University Press, 1999）, 200.
＊43　Ibid., 202.
＊44　McCoy, *Rites of Knighthood*, 82.

＊45　エセックス伯は、学識は社会のために役立ててこそ意義があると考える人文主義のもと、学者の政治利用に意欲的だった。エセックス伯が開拓した学者のネットワークに関しては、以下の資料を参照。Paul E. J. Hammer, "The Uses of Scholarship: The Secretariat of Robert Devereux, Second Earl of Essex, c. 1585–1601", *English Historical Review* 109 (1994): 26–51. この祝祭でもケンブリッジ大の学者や学生が出演している。学者達の間でエセックス伯の人気があったのは、エセックス伯によるリクルート活動に加えて、エセックス伯自身が最高の高等教育（ケンブリッジ大学のトリニティ学寮で 4 年間過ごしたのちに修士号を取得）を受けた教養人だったため波長があったことも理由として考えられる。

＊46　George Peele, *Anglorum Feriae*, in *The Life and Minor Works of George Peele*, ed. David H. Horne (New Haven: Yale University Press, 1952).

＊47　Paul E. J. Hammer, "Upstaging the Queen: The Earl of Essex, Francis Bacon and the Accession Day Celebrations of 1595", in *The Politics of the Stuart Court Masque*, ed. David Bevington and Peter Holbrook (Cambridge: Cambridge University Press, 1998), 41–66.

＊48　フランスの王位継承問題をめぐって緊迫するヨーロッパ情勢とイングランド政府の対応については、以下の資料を参照。R. B. Wernham, *After the Armada: Elizabethan England and the Struggle for Western Europe 1588–1595* (Oxford: Clarendon, 1984); Hammer, *Elizabeth's Wars*, ch. 5.

＊49　1590 年代の派閥主義に関する修正主義的な見直しについては、以下の資料を参照。Adams, *Leicester*, ch. 1; Dickinson, ch. 4.

＊50　Paul E. J. Hammer, "Patronage at Court, Faction and the Earl of Essex", in *The Reign of Elizabeth I: Court and Culture in the Last Decade*, ed. John Guy (Cambridge: Cambridge University Press, 1995), 72–74.

＊51　ベイコンの推挙をめぐるセシル父子とエセックス伯の対立に関しては、Bacon, *Works*, 8: ch. 7–8 に詳しい。

＊52　フランシス・デイヴィソンの伝記情報、及び『プロテウスの仮面劇』執筆の政治的動機であるエセックス伯との関係については、Richard C. McCoy, "Lord of Liberty: Francis Davison and the Cult of Elizabeth", in *Reign of Elizabeth*, ed. Guy, 212–28.

＊53　Desmond Bland, ed., *Gesta Grayorum or The History of the High and Mighty Prince Henry Prince of Purpoole Anno Domini 1594* (Liverpool: Liverpool University Press, 1968).『プロテウスの仮面劇』からの引用は、この版に拠る。

＊54　McCoy, "Lord of Liberty", 220–21.

＊55　Bacon, *Works*, 8: 269.

＊56　Louis B. Wright, ed., *Advice to a Son: Precepts of Lord Burghley, Sir Walter Raleigh, and Francis Osborne* (Ithaca: Cornell University Press, 1962), 11.

＊57　Hammer, "Patronage at Court", 85.

＊58　Frederic M. Schroeder, "Friendship in Aristotle and Some Peripatetic Philosophers",

in *Greco-Roman Perspectives on Friendship*, ed. John T. Fitzgerald (Atlanta: Scholars Press, 1997), 35–36.

＊59　Hammer, *Elizabeth's Wars*, 179–80.

＊60　Ibid., 197.

＊61　エセックス伯によって任命された騎士に対する侮蔑については、Dickinson, 21–22.

＊62　Keen, "Chivalry, Nobility", 38–45.

＊63　Mervyn James, 327–32.

＊64　Spenser, *Faerie Queene*, ed. Hamilton, 737.

＊65　人文主義者による騎士道ロマンス批判については、Arthur B. Ferguson, *The Indian Summer of English Chivalry: Studies in the Decline and Transformation of Chivalric Idealism* (Durham: Duke University Press, 1960)参照。ファーガソンの議論の修正については、Davis, 6–19 を参照されたい。山田由美子『ベン・ジョンソンとセルバンテス――騎士道物語と人文主義文学』（世界思想社、1995 年）も参照。

＊66　Roger Ascham, *English Works of Roger Ascham*, ed. William Aldis Wright (Cambridge: Cambridge University Press, 1904), 230–31.

＊67　Spenser, *Three Proper ... Letters*, in *Works*, 10: 471–72.

＊68　妖精の女王の類型の分析については、Helen Cooper, *The English Romance in Time: Transforming Motifs from Geoffrey of Monmouth to the Death of Shakespeare* (Oxford: Oxford University Press, 2004), ch. 4 を参照。また、スペンサーのエリザベス表象における妖精の女王のモティーフについては、Mattew Woodcock, *Fairy in the Faerie Queen: Renaissance Elf-Fashioning and Elizabethan Myth-Making* (Aldershot: Ashgate, 2004) を参照。

＊69　Norbrook, 97–98.

＊70　Geoffrey Chaucer, *The Canterbury Tales*, in *The Riverside Chaucer*, ed. Larry D. Benson (Oxford: Oxford University Press, 1987), 7. 787–89.

＊71　Petrarch, *Petrarch's Lyric: The Rime Sparse and Other Lyrics*, trans. and ed. Robert M. Durling (Cambridge, Mass.: Harvard University Press, 1976), Poem 134.

＊72　至福の園と誘惑する女性の身体の同一性を指摘した解釈については、Page Ann Du Bois, "'The devil's gateway': Women's Bodies and the Earthly Paradise", *Women's Studies: An Interdisciplinary Journal* 7 (1980): 42–58 を参照。

＊73　ベイコンの編者も「ここでベイコンが言及しているロマンスを見つけることはできなかった」と困惑気味に注釈に記している。Bacon, *Works*, 6: 317.

＊74　キルケーに代表される魔女の系譜をフェミニズムの視点で分析した研究としては、Judith Yarnall, *Transformations of Circe: The History of an Enchantress* (Urbana: University of Illinois Press, 1994)を参照。

＊75　代表的な論考としては、Montrose, "The Elizabethan Subject", 329–32; Patricia

Parker, "Suspended Instruments: Lyric and Power in the Bower of Bliss", *Cannibals, Witches, and Divorce: Estranging the Renaissance*, ed. Marjorie Garber (Baltimore: Johns Hopkins University Press, 1987), 21–39.

*76　Ludovico Ariosto, *Sir John Harington's Translation of Orlando Furioso*, ed. Graham Hough (London: Centaur, 1962), 7. 46–47.

*77　John Mandeville, *Mandeville's Travels*, ed. M. C. Seymour (London: Oxford University Press, 1968), 119–20.

*78　Jennifer R. Goodman, *Chivalry and Exploration 1298–1630* (Woodbridge, Suffolk: Boydell, 1998), 42.

*79　Atsuhiko Hirota, "On the Margins of a Civilization: The Representation of the Scythians in Elizabethan Texts", in *Hot Questrists*, ed. Takahashi, 244–48.

*80　エリザベス表象におけるアマゾンのモティーフについては、Schleiner を参照。

*81　以下の概説については、Helena Shire, *A Preface to Spenser* (London: Longman, 1978), 49–64 を参照。

*82　Fleming, 175.

*83　Karl Marx, *The Ethnological Notebooks of Karl Marx*, ed. Lawrence Krader (Assen: Van Gorcum, 1972), 305.

*84　Roger Finlay, *Population and Metropolis: The Demography of London 1580–1650* (Cambridge: Cambridge University Press, 1981), 51.

*85　A. L. Beir and Roger Finlay, eds, *The Making of the Metropolis: London 1500–1700* (London: Longman, 1986), 22.

*86　Margaret Spufford, *Small Books and Pleasant Histories: Popular Fiction and its Readership in Seventeenth-Century England* (Athens, Georgia: University of Georgia Press, 1981), ch. 4.

*87　Anthony Munday, *Palmerin D'Oliua* (London: I. Charlwood, 1588), sigs. *3^{r-v}.

*88　Paul J. Voss, "Books for Sale: Advertising and Patronage in Late Elizabethan England", *The Sixteenth Century Journal* 29 (1998): 733–56. 特に 1590 年代におけるパトロン制度の衰退に関しては、Alistair Fox, "The Complaint of Poetry for the Death of Liberality: The Decline of Literary Patronage in the 1590s", in *Reign of Elizabeth*, ed. Guy, 229–57 を参照。

*89　マンデイの文筆活動と書籍商業界の関連については、井出新「プロテスタンティズム・書籍商・三文文士――アントニー・マンディーと報道パンフレット」『エリザベス朝演劇の誕生』玉泉編、343–71 頁を参照。

*90　John O'Connor, *Amadis de Gaule and Its Influence on Elizabethan Literature* (New Jersey: Rutgers University Press, 1970), 15–20.

*91　Munday, sig. *3^{v}.

*92　Mary Patchell, *The Palmerin Romances in Elizabethan Prose Fiction* (New York: AMS,

1947); O'Connor; Marian Rothstein, *Reading in the Renaissance: Amadis de Gaule and the Lessons of Memory* (Newark: Associated University Presses, 1999). また、イギリス演劇における『ガウラのアマディス』の影響、特に大衆化傾向については、山田、215–26 頁を参照。

＊93 Francis Beaumont, *The Knight of the Burning Pestle*, ed. Sheldon P. Zitner, Revels Plays (Manchester: Manchester University Press, 1984).

＊94 この点に関しては、本作品のバーレスクの重層性において市民夫妻が積極的に果たす演劇的役割を指摘した笹山隆編註、*The Knight of the Burning Pestle* (研究社、1989 年), viii–xvii から多くの示唆を得た。

＊95 以下、徒弟制度については、J. A. Sharpe, *Early Modern England: A Social History 1550–1760* (London: Edward Arnold, 1987), 209–10 を参照。

＊96 Steve Rappaport, *Worlds within Worlds: Structures of Life in Sixteenth-Century London* (Cambridge: Cambridge University Press, 1989), 29.

＊97 Ibid., 24, 232.

＊98 階級と階層の違いについては、Peter Laslett, *The World We Have Lost: Further Explored* (London: Routledge, 1983), ch. 1.

＊99 William Harrison, *The Description of England* , in *Harrison's Description of England in Shakespeare's Youth*, ed. Frederick J. Furnivall, 2 vols (Kyoto: Eureka Press, 2014), 1: 105–41.

＊100 Ibid., 1: 134.

＊101 Finlay, 66.

＊102 J. A. Sharpe, 210.

＊103 徒弟社会が文学に与えた影響については、16 世紀から 18 世紀にかけてロンドンで勃興した演劇と小説における徒弟の重要性を論じた原英一『〈徒弟〉たちのイギリス文学——小説はいかに誕生したか』(岩波書店、2012 年)を参照されたい。

＊104 アーサー王弓術協会に関しては、1580 年代において騎士道ロマンス的な象徴体系を領有したロンドン市民社会の武装化と国家意識の醸成を論じた以下の論考から多くの示唆を得た。Arata Ide, "Chivalric Revival and the London Public Playhouse in the 1580s", *Studies in English Literature* 52 (2011): 1–15. 井出新「ルネサンス——シェイクスピアの時代」『ロンドン物語——メトロポリスを巡るイギリス文学の 700 年』河内恵子・松田隆美編 (慶應義塾大学出版会、2011 年)、35–71 頁も併せて参照されたい。

＊105 Richard Robinson, *A Learned and True Assertion of the original, Life, Actes, and death of the most Noble, Valiant, and Renoumed Prince Arthure, King of great Brittaine* (London: John Wolfe, 1582), sig. A4^{v}.

＊106 Ide, "Chivalric Revival", 4.

＊107 Paul Salzman, *English Prose Fiction 1558–1700: A Critical History* (Oxford: Claren-

don, 1985), 98–101.

＊108　ジョンソンの生涯と出版作品一覧に関しては、Richard Johnson, *The Seven Champions of Christendom (1596/7)*, ed. Jennifer Fellows (Aldershot: Ashgate, 2003), xiii–xv を参照。

＊109　ジョンソンの作品の編者は一様にスペンサーの影響を指摘している。R. I. [Richard Johnson], *The Most Pleasant History of Tom a Lincolne*, ed. Richard S. M. Hirsch (Columbia: University of South Carolina Press, 1978), xi; Richard Johnson, xvi.

＊110　R. I., *Tom a Lincolne*.『リンカーンのトム』からの引用は、全てこの版に拠る。

＊111　Spenser, *Faerie Queene*, ed. Hamilton, 738.

＊112　ロマンスの主人公をめぐる類型分析に関しては、Northrop Frye, *The Secular Scripture: A Study of the Structure of Romance* (Cambridge, Mass.: Harvard University Press, 1976), 65–93 を参照。

＊113　Andrew King は、16 世紀後半におけるアーサー王批判の興味深い言説に言及している。Andrew King, *The Faerie Queene and Middle English Romance: The Matter of Just Memory* (Oxford: Clarendon, 2000), 210–13.

＊114　「1590 年代の危機」をめぐる歴史的考察に関しては、以下を参照。Peter Clark, ed., *The European Crisis of the 1590s: Essays in Comparative History* (London: George Allen and Unwin, 1985); Archer, *Pursuit of Stability*; Vanessa Harding, "Early Modern London 1550–1700", *The London Journal* 20–21 (1995–96): 34–45; Ian Archer, "The 1590s: Apotheosis or Nemesis of the Elizabethan Regime?", in *Fins de Siècle: How Centuries End 1400–2000*, ed. Asa Briggs and Daniel Snowman (New Haven: Allen, 1996), 64–97; イギリス都市・農村共同体研究会編『巨大都市ロンドンの勃興』(刀水書房、1999 年)。また、1590 年代のロンドンにおける社会的騒擾と同時期に書かれた文学作品の関連を論じた研究として、以下も参照。Mark Thornton Burnett, "Apprentice Literature and the 'Crisis' of the 1590s", *Yearbook of English Studies* 21 (1991): 27–38; Mihoko Suzuki, "The London Apprentice Riots of the 1590s and the Fiction of Thomas Deloney", *Criticism* 38 (1996): 181–217.

＊115　André Hurault, *De Maisse: A Journal of All That Was Accomplished by Monsieur de Maisse*, trans. G. B. Harrison and R. A. Jones (London: Nonesuch Press, 1931), 11–12.

＊116　以下、Paul Slack, *Poverty and Policy in Tudor and Stuart England* (London: Longman, 1988) 113–37; イギリス都市・農村共同体研究会、19–22 頁を参照。

第六章　芝居小屋の女王様

＊1　Nicholas Rowe, *Some Account of the Life of Mr. William Shakespeare (1709)* (Michigan: Augustan Reprint Society, 1948), viii.

＊2　John Dennis, *The Comical Gallant: or, The Amours of Sir John Falstaffe* (London: A.

Baldwin, 1702; London: Cornmarket, 1969), sig. A2r.

＊3　Helen Hackett, *Shakespeare and Elizabeth: The Meeting of Two Myths* (Princeton: Princeton University Press, 2009), 55.

＊4　Ibid., 3.

＊5　Dennis, sig. A2r.

＊6　エリザベス朝の演劇史における宮廷の役割を検証した研究としては、特に以下を参照されたい。Chambers, *Elizabethan Stage*; 玉泉八州男『女王陛下の興行師たち――エリザベス朝演劇の光と影』(芸立出版、1984 年); John H. Astington, *English Court Theatre: 1558–1642* (Cambridge: Cambridge University Press, 1999); Janette Dillon, *Theatre, Court and City 1595–1610: Drama and Social Space in London* (Cambridge: Cambridge University Press, 2000); Richard Dutton, *Shakespeare, Court Dramatist* (Oxford: Oxford University Press, 2016).

＊7　McMillin and MacLean, 2.

＊8　Chambers, *Elizabethan Stage*, 1: 270–71.

＊9　以下に述べる宮廷と職業演劇人の互恵的関係については、Astington, 5–6 を参照。

＊10　Gurr, *Shakespearean Stage*, 27.

＊11　Chambers, *Elizabethan Stage*, 1: 278.

＊12　玉泉『女王陛下の興行師たち』、26 頁。 特許状については、Chambers, *Elizabethan Stage*, 2: 87–88.

＊13　テューダー朝の宮廷祝典局については、有路雍子・成沢和子『宮廷祝宴局――チューダー王朝のエンターテインメント戦略』(松柏社、2005 年)、第一章を参照のこと。

＊14　W. R. Streitberger, *The Masters of the Revels and Elizabeth I's Court Theatre* (Oxford: Oxford University Press, 2016), 24.

＊15　Astington, 13.

＊16　Ibid., 14.

＊17　Dutton, 51–52.

＊18　Streitberger; Dutton.

＊19　Dutton, 59.

＊20　エリザベス一世による少年劇団の庇護については、Chambers, *Elizabethan Stage*, 2: 8–68.

＊21　McMillin and MacLean, ch. 1.

＊22　William Shakespeare, *Love's Labour's Lost*, ed. R. W. David, Arden Shakespeare (London: Routledge, 1956).

＊23　Malory, *Le Morte Darthur*, in *Works*, 1: cxliii.

＊24　Richard L. DeMolen, "Richard Mulcaster and the Elizabethan Theatre", *Theatre Survey* 13 (1972), 31.

＊25　以下、テューダー朝仮面劇の特徴については、Welsford, ch. 5–6; Marie Axton, "The Tudor Mask and Elizabethan Court Drama", in *English Drama: Forms and Development*, ed. Marie Axton and Raymond Williams (Cambridge: Cambridge University Press, 1977), 24–31.

＊26　Astington, 21.

＊27　G. K. Hunter, *John Lyly: The Humanist as Courtier* (London: Routledge and Kegan Paul, 1962), 72.

＊28　Chambers, *Elizabethan Stage*, 2: 11; Hunter, *John Lyly* , 96.

＊29　Andrew Gurr, *Playgoing in Shakespeare's London: Second Edition* (Cambridge: Cambridge University Press, 1996), 135.

＊30　Hunter, *John Lyly* , 72–73.

＊31　Martin Wiggins, *British Drama 1533–1642: A Catalogue*, 10 vols (Oxford: Oxford University Press, 2012–　), 2: 324.

＊32　少年劇団に関する情報は、以下の資料に拠る。Chambers, *Elizabethan Stage*, 2: 1–76; Michael Shapiro, *Children of the Revels: The Boy Companies of Shakespeare's Time and Their Plays* (New York: Columbia University Press, 1977).

＊33　Shapiro, 13–18; Gurr, *Shakespearean Stage*, 33.

＊34　Shapiro, 15.

＊35　Ibid.

＊36　Hunter, *John Lyly* , 97.

＊37　Kent Cartwright, "The Confusions of *Gallathea*: John Lyly as Popular Dramatist", in *John Lyly*, ed. Ruth Lunney (Farnham: Ashgate, 2011), 428–29.

＊38　Hunter, *John Lyly* , 98.

＊39　William Shakespeare, *Antony and Cleopatra*, ed. John Wilders, Arden Shakespeare (London: Routledge, 1955).

＊40　Janet Clare, "Jonson's 'Comical Satires' and the Art of Courtly Compliment", in *Refashioning Ben Jonson: Gender, Politics and the Jonsonian Canon*, ed. Julie Sanders, Kate Chedgzoy and Susan Wiseman (London: Macmillan, 1998), 34–35.

＊41　上演時期については、以下を参照。Hunter, *John Lyly* , 76; Wiggins, 2: 394.

＊42　Bates, 85.

＊43　John Lyly, *Endymion*, in *The Complete Works of John Lyly*, ed. R. Warwick Bond, 3 vols (Oxford: Clarendon, 1902).『エンディミオン』からの引用は、この版に拠る。

＊44　歴史的解釈については、例えば N. J. Halpin, *Oberon's Vision in the Midsummer Night's Dream, Illustrated by a Comparison with Lylie's Endymion* (London: Shakespeare Society, 1843), 49–78; Josephine Waters Bennett, "Oxford and Endymion", *PMLA* 57 (1942): 354–69; David Bevington, "Lyly's *Endymion* and *Midas*: The Catholic Question in England", in *John Lyly*, ed. Lunney, 139–59. これに対して、宮廷人の政治的求愛を読み込

む後者の解釈については、Berry, 126–29; Bates, 83–93.

＊45　エンディミオンの両義性については、Bates, 83–85.

＊46　Berry, 129.

＊47　Michael Pincombe, *The Plays of John Lyly: Eros and Eliza* (Manchester: Manchester University Press, 1996), 95.　ベイツもシンシアの両義性を指摘している。Bates, 88.

＊48　Sue Simpson, *Sir Henry Lee (1533–1611): Elizabethan Courtier* (Farnham: Ashgate, 2014), 84–85.

＊49　Perez Zagorin, *Francis Bacon* (Princeton: Princeton University Press, 1998), 10.

＊50　McCoy, *Rites of Knighthood*, 101.

＊51　Dillon, 17–19.

＊52　Derek B. Alwes, "'I Would Fain Serve': John Lyly's Career at Court", in *John Lyly*, ed. Lunney, 227; Pincombe, ch. 4.

＊53　Hunter, *John Lyly* , 74–75.

＊54　Cartwright, 224–25.

＊55　Gabriel Harvey, *The Works*, ed. Alexander B. Grosart, 3 vols (London, 1884–85), 2: 212.

＊56　Robert S. Knapp, "The Monarchy of Love in Lyly's *Endimion*", in *John Lyly*, ed. Lunney, 127–28.

＊57　チョーサーのサ・トーパスのエピソードの書き換えをめぐる、スペンサーとリリーの比較に関しては Pincombe, 102–3 も参照されたい。

＊58　John Lyly, *Sapho and Phao*, in *Works*, 2: 371.

＊59　Gurr, *Playgoing*, 135–36.

＊60　Marco Mincoff, "Shakespeare and Lyly", *Shakespeare Survey* 14 (1961): 15–24. シェイクスピア喜劇『お気に召すまま』に見られるリリーの反ロマンス主義的な婚姻観及び女性観の影響を分析した拙論も併せて参照されたい。竹村はるみ「祝婚喜劇の非婚論者――『お気に召すまま』におけるユーフェイーズ的言説の行方」『ゴルディオスの絆――結婚のディスコースとイギリス・ルネサンス演劇』楠明子・原英一編（松柏社、2002 年）、19–54 頁。

＊61　Louis A. Montrose, "*A Midsummer Night's Dream* and the Shaping Fantasies of Elizabethan Culture: Gender, Power, Form", in *Rewriting the Renaissance: The Discourses of Sexual Difference in Early Modern Europe*, ed. Margaret W. Ferguson et al. (Chicago: University of Chicago Press, 1986), 65–87.

＊62　William Shakespeare, *A Midsummer Night's Dream*, ed. Harold Brooks, Arden Shakespeare (London: Methuen, 1979), liii–lvii.

＊63　Paul A. Olson, "*A Midsummer Night's Dream* and the Meaning of Court Marriage", *English Literary History* 24 (1957): 95–119.

＊64　Wiggins, 3: 299.

＊65　William Shakespeare, *The Merry Wives of Windsor*, ed. H. J. Oliver, Arden Shakespeare (London: Routledge, 1973).『ウィンザーの陽気な女房達』からの引用は、この版に拠る。

＊66　Mary Ellen Lamb, *The Popular Culture of Shakespeare, Spenser, and Jonson* (London: Routledge, 2006), 148.

＊67　Ibid., 147–48.

＊68　以下、シャリヴァリに関する説明については、以下の資料を参照。David Underdown, *Revel, Riot and Rebellion: Popular Politics and Culture in England 1603–1660* (Oxford: Oxford University Press, 1985), 100–3; Martin Ingram, *Church Courts, Sex and Marriage in England, 1570–1640* (Cambridge: Cambridge University Press, 1987), 163–65; Susan Dwyer Amussen, *An Ordered Society: Gender and Class in Early Modern England* (New York: Columbia University Press, 1988), 49–50.

＊69　民衆の笑いの文化の祝祭性については、Mikhail Bakhtin, *Rabelais and His World*, trans. Hélène Iswolsky (Bloomington: Indiana University Press, 1984), 59–144 を参照。

＊70　近代初期社会における笑いの社会的側面については、Keith Thomas, "The Place of Laughter in Tudor and Stuart England", *Times Literary Supplement* 3906 (21 January 1977): 77–81 が秀逸。

＊71　Wendy Wall, "Why Does Puck Sweep?: Fairylore, Merry Wives, and Social Struggle", *Shakespeare Quarterly* 52 (2001): 67–106.

＊72　Peter Erickson, "The Order of the Garter, the Cult of Elizabeth, and Class-Gender Tension in *The Merry Wives of Windsor*", in *Shakespeare Reproduced: The Text in History and Ideology*, ed. Jean E. Howard and Marion F. O'Connor (New York: Methuen, 1987), 116–40; Richard Helgerson, "The Buck Basket, the Witch, and the Queen of Fairies: The Women's World of Shakespeare's Windsor", in *Renaissance Culture and the Everyday*, ed. Patricia Fumerton and Simon Hunt (Philadelphia: University of Pennsylvania Press, 1999), 162–82.

＊73　Shakespeare, *Merry Wives of Windsor*, ed. Oliver, xliv–lii.

第七章　疲弊する王権と不満の詩学

＊1　Guy, ed., *Reign of Elizabeth*, 1.

＊2　Susan Frye, 104–7.

＊3　Strong, *Gloriana*, 14–16.

＊4　Richard A. McCabe, "Elizabethan Satire and the Bishop's Ban of 1599", *Yearbook of English Studies* 11 (1981): 188–94.

＊5　神話化するエリザベス像については、Hackett, *Virgin Mother*, ch. 5 に詳しい。

＊6　Robert Parker Sorlien, ed., *The Diary of John Manningham of the Middle Temple, 1602–*

1603 (Hanover, New Hampshire: University Press of New England, 1976), 8.

＊7　Sir John Davies, *The Poems of Sir John Davies*, ed. Robert Krueger (Oxford: Clarendon, 1975), xlviii. なお、デイヴィスの詩作品からの引用は、この版に拠る。

＊8　Yates, 217–18; Strong, *Cult of Elizabeth*, 46.「虹の肖像画」の材源としてデイヴィスを捉える解釈については、Mary C. Erler, "Sir John Davies and the Rainbow Portrait of Queen Eilzabeth", *Modern Philology* 84 (1987): 359–71.

＊9　E. M. W. Tillyard, *The Elizabethan World Picture* (London: Chatto and Windus, 1952), 100.

＊10　この暴行事件については、Finkelpearl, *John Marston*, 54–55 を参照。

＊11　Sir John Davies, 'To his very Friend, Ma. Rich: Martin', in *Poems*, ed. Krueger.

＊12　余興内で生じたトラブルについては、P. J. Finkelpearl, "Sir John Davies and the 'Prince D'Amour'", *Notes and Queries* 208 (1963): 300–2. Davies, *Poems*, ed. Krueger, xxxiii–iv も併せて参照のこと。

＊13　デイヴィスは最短の7年で上級裁判所弁護士になっているが、これは例えばマーティンが要した年月の半分である。1594年には、マウントジョイ卿の紹介により宮廷に伺候し、早くも同年にスコットランドのヘンリー王子の洗礼式への使節団に加わる等、法学院の同輩の間で目覚ましい活躍を遂げていた。Hans S. Pawlisch, *Sir John Davies and the Conquest of Ireland: A Study in Legal Imperialism* (Cambridge: Cambridge University Press, 1985), 16–17.

＊14　デイヴィスは、最終的にはアイルランドの英国首席裁判官の地位にまで上りつめる。

＊15　McCabe, "Elizabethan Satire", 188.

＊16　Mary C. Erler, "Davies's Astraea and Other Contexts of the Countess of Pembroke's 'A Dialogue'", *SEL* 30 (1990), 52. この期間におけるデイヴィスのパトロン獲得のための執筆活動については、McCabe, *Ungainefull Arte*, 277–78.

＊17　小叙事詩の定義については、Clark Hulse, *Metamorphic Verse: The Elizabethan Minor Epic* (Princeton: Princeton University Press, 1981), ch. 1.　小叙事詩はエピリオンとも呼ばれるが、エピリオンは若い男女の性的な交わりを描いた官能的な詩群に限定される傾向があるのに対し、小叙事詩はより広義に用いられる。

＊18　Hannah Betts, "'The Image of this Queene so quaynt': The Pornographic Blazon 1588–1603", in *Dissing Elizabeth*, ed. Walker, 163.

＊19　Arthur F. Marotti, *John Donne: Coterie Poet* (Madison: University of Wisconsin Press, 1986), ch. 1; Betts, 153–84.

＊20　前者の解釈については、J. R. Brink, "Sir John Davies's *Orchestra*: Political Symbolism and Textual Revisions", *Durham University Journal* 72 (1979–80): 195–201. 後者の解釈については、R. J. Manning, "Rule and Order Strange: A Reading of Sir John Davies' *Orchestra*", *English Literary Renaissance* 15 (1985): 175–94.

＊21　Finkelpearl, *John Marston*, 76–79; Davies, *Poems*, ed. Krueger, 358–59.

＊22　Bettie Anne Doebler, "Venus-Humanitas: An Iconic Elizabeth", *Journal of European Studies* 12 (1982): 233–48.

＊23　Debora Shuger, "The 'I' of the Beholder: Renaissance Mirrors and the Reflexive Mind", in *Renaissance Culture and the Everyday*, ed. Patricia Fumerton and Simon Hunt (Philadelphia: University of Pennsylvania Press, 1999), 21–41.

＊24　川崎寿彦『鏡のマニエリスム――ルネッサンス想像力の側面』(研究社、1978年)、20頁。

＊25　ナルキッソスの神話における鏡と自己の問題の解釈に関しては、Julia M. Walker, *Medusa's Mirrors: Spenser, Shakespeare, Milton, and the Metamorphosis of the Female Self* (London: Associated University Presses, 1998), 55–61を参照。

＊26　Desiderius Erasmus, *The Praise of Folly* (London: Hamilton, Adams and Co., 1887), pl. 9.

＊27　鏡の撤去は、1580年以降、女王の老いを描く写実的な肖像画が規制されるようになったこととも連動している。Laura Tosi, "Mirrors for Female Rulers: Elizabeth I and the Duchess of Malfi", in *Representations of Elizabeth I in Early Modern Culture*, ed. Alessandra Petrina and Laura Tosi (Basingstoke: Palgrave Macmillan, 2011), 263–64.

＊28　Ben Jonson, *Ben Jonson*, ed. C. H. Herford and Percy Simpson, 11 vols (Oxford: Clarendon, 1925–50), 1: 142–43.

＊29　例えば、Montrose, *Subject of Elizabeth*, 242–43.

＊30　川崎、25–27頁; Benjamin Goldberg, *The Mirror and Man* (Charlottesville: University Press of Virginia, 1985), ch. 8.

＊31　Walker, *Medusa's Mirrors*, 69–70; Rayna Kalas, "The Technology of Reflection: Renaissance Mirrors of Steel and Glass", *Journal of Medieval and Early Modern Studies* 32 (2002), 519.

＊32　Godfrey Goodman, *The Court of King James the First*, ed. John S. Brewer, 2 vols (London: Richard Bentley, 1839), 1: 164.

＊33　Sorlien, ed., 188.

＊34　Perry, 2, 10.

＊35　Sir Robert Naunton, *Fragmenta Regalia or Observations on the late Queen Elizabeth, Her Times and Favourites* (London: n.p., 1641), 27.

＊36　Strong, *Gloriana*, 101–8.

＊37　フィンケルパールは、法学院生には王権の強化を懸念する傾向が強まっていたことを指摘した上で、ミドルテンプル法学院や(ダンが在籍した)リンカーン法学院には反体制的な風潮が強かったことを示唆している。Finkelpearl, *John Marston*, 64–69. ミドルテンプル法学院の反宮廷的な祝祭文化については、Harumi Takemura, "*Gesta Grayorum* and *Le Prince d'Amour*: The Inns of Court Revels in the 1590s", *Cahiers*

Élisabéthains: A Journal of English Renaissance Studies 94: (2017): 21–36 も参照されたい。

＊38　Arthur Golding, *Shakespeare's Ovid Being Arthur Golding's Translation of the Metamorphoses*, ed. W. H. D. Rouse (London: Centaur Press, 1961), 1. 794–95.

＊39　恋愛詩人に詩的霊感を与える存在としてのキューピッドの役割については、Thomas Hyde, *The Poetic Theology of Love: Cupid in Renaissance Literature* (London: Associated University Presses, 1986), 77.

＊40　小塩トシ子「『オーケストラ』再読」『フェリス女学院大学文学部紀要』第 26 号(1991–93 年)、42 頁。

＊41　M. H. Abrams, *The Mirror and the Lamp: Romantic Theory and the Critical Tradition* (New York: Oxford University Press, 1953), ch. 2.

＊42　前者の解釈については、Kathleen Williams, 107–11 を参照。後者の解釈については、以下を参照。Maureen Quilligan, *The Language of Allegory: Defining the Genre* (Ithaca: Cornell University Press, 1979), 84–85; Maureen Quilligan, *Milton's Spenser: The Politics of Reading* (Ithaca: Cornell University Press, 1983), 197–99.

＊43　Susan Frye, ch. 3.

＊44　ケンブリッジ版の編者は、1601 年 1 月 6 日付の支払い記録とデッカーの揶揄を根拠に、この劇が宮廷で上演された可能性があると述べるに留めている。Ben Jonson, *Cynthia's Revels: Quarto Version*, ed. Eric Rasmussen and Matthew Steggle, in *The Cambridge Edition of the Works of Ben Jonson*, ed. David Bevington, Martin Butler, and Ian Donaldson, 7 vols (Cambridge: Cambridge University Press, 2012), 1: 432.

＊45　Ibid., 431.

＊46　Clare, 28–47.

＊47　Gurr, *Playgoing*, 26–27.

＊48　Shapiro, 18–29. 玉泉は、風刺劇三部作によって有力者の愛顧を得ようとするジョンソンの「虫のよすぎる」企てに言及している。ジョンソンにとって宮廷風刺もまたパトロンを獲得するための活動の一環であったことを示す重要な視点である。玉泉八州男「エリザベス朝演劇におけるベン・ジョンソン」『ベン・ジョンソン』玉泉編、28 頁。

＊49　Shapiro, 25.

＊50　Jonson, *Cambridge Edition*, 1: 105; Leah S. Marcus, "Jonson and the Court", in *The Cambridge Companion to Ben Jonson*, ed. Richard Harp and Stanley Stewart (Cambridge: Cambridge University Press, 2000), 31; Wiggins, 3: 405–6.

＊51　Jonson, *Cambridge Edition*, 1: 436–37.

＊52　女王を宮廷風刺から切り離すダブルスタンダードの傾向が窺える批評については、例えば、Shapiro, 48–51; G. K. Hunter, *English Drama 1586–1642: The Age of Shakespeare* (Oxford: Clarendon, 1997), 296–301.『シンシアの饗宴』をエリザベス崇拝の作品として位置づける解釈については、以下の言及も参照されたい。Hackett,

Virgin Mother, 186–91; Stephen Orgel, "Prologue: I am Richard II", in *Representations of Elizabeth I*, ed. Petrina and Tosi, 42. より複雑な女王表象の分析に関しては、Clare, 28–47. ただし、クレアも、例えばアクタイオンへの言及箇所に触れながら、「エリザベス崇拝へのジョンソンの参入は無批判的とは言えない」と述べるに留まり、女王へのより痛烈な風刺性を指摘するには至っていない。

＊53　Bacon, *Works*, 8: 376.

＊54　Francis Bacon, *Francis Bacon*, ed. Brian Vickers (Oxford: Oxford University Press, 1996), 386.

＊55　Goldring et al., eds, 3: 867.

＊56　Strong, *Cult of Elizabeth*, 145–46.

＊57　Hammer, "Upstaging the Queen", 49.

＊58　Heaton, 85.

＊59　Jonson, *Cynthia's Revels*, in *Cambridge Edition*.『シンシアの饗宴』からの引用は、この版に拠る。

＊60　Hackett, *Virgin Mother*, 186–91.

＊61　作家の自意識や自己愛を擁護するジョンソンの作者論をエピローグに見出す解釈については、前沢浩子「ジョンソンの「諷刺喜劇」――「コミカル・サタイア」の試みとその限界」『ベン・ジョンソン』玉泉編、111–12 頁を参照。自己愛を否定するシェイクスピアと自己愛を部分的に容認するジョンソンの差異を指摘する解釈については、Cristina Malcolmson, "'What You Will': Social Mobility and Gender in *Twelfth Night*", in *The Matter of Difference: Materialist Feminist Criticism of Shakespeare*, ed. Valerie Wayne (New York: Harvester, 1991), 47–48 を参照。

＊62　R. M. Cummings, ed., *Spenser: The Critical Heritage* (London: Routledge and Kegan Paul, 1971), 163–64.

＊63　Shire, 64; Andrew Hadfield, *Spenser's Irish Experience: Wilde Fruit and Salvage Soyl* (Oxford: Clarendon, 1997), 185.

＊64　Spenser, *Faerie Queene*, ed. Hamilton, 714.

＊65　William Shakespeare, *Twelfth Night*, ed. J. M. Lothian and T. W. Craik, Arden Shakespeare (London: Routledge, 1975).

＊66　Guy, ed., *Reign of Elizabeth*, 4.　本作品の執筆時期やテクスト編纂の問題とも絡むが、アクタイオンへの言及箇所が、エセックス伯が女王の寵愛を失ったことを指しているのか、それともエセックス伯の処刑を指しているのかは、はっきりしていない。Jonson, *Cynthia's Revels*, in *Cambridge Edition*, 1: 437.

＊67　Ibid., 1: 436–37.

＊68　例えば、こうした宮廷の張りつめた様子は、女王の名づけ子であり、アリオストの『狂えるオルランド』の英訳で知られるサー・ジョン・ハリントンが知人に送った書簡に窺える。エセックス伯のアイルランド遠征に随行した際に伯爵によって勲

爵士に叙され、いわゆる「エセックス伯の騎士」となったハリントンは、それがためにエセックス伯失墜後は女王の不興に怯える羽目に陥っている。「バックハースト卿を通して陛下からのきつい伝言を受け取りました。曰く「私の名づけ子の、あのウィットに富んだ男に、さっさと家に帰れと伝えなさい。今はここ［宮廷］でふざける時期ではありませんと」。私の騎士の爵位が陛下のお気に召さなかったのと同じぐらい、これは私の気に障りました。だから、これ幸いとばかりに、領地に戻ってきたのです」。'Sir John Harington to Sir Hugh Portman', 9 Oct. 1601, in *Nugæ Antiquæ: Being a Miscellaneous Collection of Original Papers, in Prose and Verse; Written During the Reigns of Henry VIII, Edward VI, Queen Mary, Elizabeth, and King James: By Sir John Harington, Knt. And by Others Who Lived in Those Times*, ed. Henry Harington and Thomas Park, 2 vols (London: J. Wright, 1804), 2: 317–18.

＊69　George Sandys, *Ovid's Metamorphosis Englished, Mythologized, and Represented in Figures*, ed. Karl K. Hulley and Stanley T. Vandersall (Lincoln: University of Nebraska Press, 1970), 150.

＊70　Ibid., 151.

＊71　Quoted in Rob Content, "Fair is Fowle: Interpreting Anti-Elizabethan Composite Portraiture", in *Dissing Elizabeth*, ed. Walker, 229.

＊72　以下、献呈詩からの引用は、Spenser, *Faerie Quene*, ed. Hamilton, Appendix 3 に拠る。

＊73　John Weever, *Faunus and Melliflora*, in *Elizabethan Minor Epics*, ed. Elizabeth Story Donno (London: Routledge and Kegan Paul, 1963).『ファウヌスとメリフローラ』からの引用は、この版に拠る。

＊74　William Keach, *Elizabethan Erotic Narratives: Irony and Pathos in the Ovidian Poetry of Shakespeare, Marlowe, and Their Contemporaries* (New Brunswick: Rutgers University Press, 1979), 219–32.

＊75　回収騒ぎに関しては、以下の資料を参照。R. S. Peterson, "Spurting Froth upon Courtiers: New Light on the Risks Spenser Took in Publishing *Mother Hubberds Tale*", *Times Literary Supplement*, May 16 (1997): 14–15; Peterson, "Laurel Crown".

＊76　Peterson, "Laurel Crown", 16–20.

終章　祭りの喧噪から文学は生まれる

＊1　C. L. Barber, *Shakespeare's Festive Comedy: A Study of Dramatic Form and its Relation to Social Custom* (Princeton: Princeton University Press, 1959); François Laroque, *Shakespeare's Festive World: Elizabethan Seasonal Entertainment and the Professional Stage* (Cambridge: Cambridge University Press, 1993).

＊2　ブロック。

注

＊3 「人格的王権」や劇場型君主崇拝のメカニズムについては、Kevin Sharpe, 54–57, 76–78を参照。また、「人格崇拝」という言葉で処女王崇拝を説明しているマカフリーの指摘も参照されたい。MacCaffrey, *Making of Policy*, 265.

＊4 Strong, *Gloriana*, 157.

＊5 例えば、イエイツは、チェーザレ・リーパの『イコノロギア』に見られる同様の図像（ただし、目と耳朶に加えて口も描かれている）を引証しつつ、「名声」の寓意であると解釈している。一方、ストロングは、ヘンリー・ピーチャムの『ブリテンのミネルヴァ』に掲載されている同様の図像に基づき、女王が王国を外敵から守るために張り巡らせた情報網を表すと解釈している。Yates, 217–18; Strong, *Cult of Elizabeth*, 195n65; *Gloriana*, 158–59.

＊6 Stephen J. Greenblatt, ed., *Allegory and Representation: Selected Papers from the English Institute, 1979–80*（Baltimore: Johns Hopkins University Press, 1981）, viii.

文献目録

一次文献

Ariosto, Ludovico. *Sir John Harington's Translation of Orlando Furioso*, ed. Graham Hough (London: Centaur, 1962).［アリオスト，脇功訳『狂えるオルランド』（名古屋大学出版会，2001 年）］

Ascham, Roger. *English Works of Roger Ascham*, ed. William Aldis Wright (Cambridge: Cambridge University Press, 1904).

Aylmer, John. *An Harborowe for Faithfull and Trewe Subiectes* (Strasbourg: n.p., 1559).

Bacon, Francis. *The Works of Francis Bacon*, ed. James Spedding et al., 14 vols (London: Longman, 1861).

—. *Francis Bacon*, ed. Brian Vickers (Oxford: Oxford University Press, 1996).

Beaumont, Francis. *The Knight of the Burning Pestle*, ed. Sheldon P. Zitner, Revels Plays (Manchester: Manchester University Press, 1984).

—. 笹山隆編註，*The Knight of the Burning Pestle*（研究社，1989 年）.

Bland, Desmond, ed. *Gesta Grayorum or The History of the High and Mighty Prince Henry Prince of Purpoole Anno Domini 1594* (Liverpool: Liverpool University Press, 1968).

Calendar of Letters and State Papers Relating to English Affairs, Preserved Principally in the Archives of Simancas, ed. Martin A. S. Hume, 4 vols (London: HMSO, 1892–99).

Camden, William. *The History of the Most Renowned and Victorious Princesse Elizabeth, Late Queen of England* (London: Benjamin Fisher, 1635).

Chaucer, Geoffrey. *The Riverside Chaucer*, ed. Larry D. Benson (Oxford: Oxford University Press, 1987).

Churchyard, Thomas. *A Lamentable, and pitifull Description, of the wofull warres in Flaunders* (London: Henry Bynneman, 1578).

—. *The Miserie of Flavnders, Calamitie of Fraunce, Misfortune of Portugall, Vnquietnes of Irelande, Troubles of Scotlande, and the Blessed State of Englande* (London: Felix Kingston, 1579).

—. *The First Part of Churchyard's Chips*, Scolar Press Facsimile (London: Scolar Press, 1973).

Collier, J. Payne, ed. *Broadside Black-letter Ballads, Printed in the Sixteenth and Seventeenth Centuries* (London: Thomas Richards for private circulation, 1868).

Davies, Sir John. *The Poems of Sir John Davies*, ed. Robert Krueger (Oxford: Clarendon,

1975).

Dennis, John. *The Comical Gallant: or, The Amours of Sir John Falstaffe* (London: A. Baldwin, 1702; London: Cornmarket, 1969).

Dugdale, William. *The Manner of creating the Knights of the ancient and Honourable Order of the Bath* (London: Phil Stephens, 1661).

Elder, J. *The Copie of a letter sent in to Scotlande of the arivall and landynge and moste noble marryage of the moste Illustre Prynce Philippe, Prynce of Spaine to the most excellente Princes Marye Quene of England* (London: John Waylande, 1555).

Elizabeth I. *Elizabeth I: Collected Works*, ed. Leah S. Marcus, Janel Mueller, and Mary Beth Rose (Chicago: University of Chicago Press, 2000).

—. *Elizabeth I's Italian Letters*, ed. and trans. Carlo M. Bajetta (New York: Palgrave Macmillan, 2017).

Erasmus, Desiderius. *The Praise of Folly* (London: Hamilton, Adams and Co., 1887).

Galloway, David, ed. *Records of Early English Drama: Norwich 1540–1642* (Toronto: University of Toronto Press, 1984).

Garter, Thomas. *The Most Virtuous and Godly Susanna by Thomas Garter 1578*, ed. B. Ifor Evans and W. W. Greg (London: Malone Society Reprints, 1936).

Gascoigne, George. *A Hundreth Sundrie Flowres*, ed. G. W. Pigman III (Oxford: Clarendon, 2000).

Golding, Arthur. *Shakespeare's Ovid Being Arthur Golding's Translation of the Metamorphoses*, ed. W. H. D. Rouse (London: Centaur Press, 1961).

Goldring, Elizabeth, Faith Eales, Elizabeth Clarke, Jayne Elisabeth Archer, Gabriel Heaton, and Sarah Knight, eds, *John Nichols's The Progresses and Public Processions of Queen Elizabeth I: A New Edition of the Early Modern Sources,* 5 vols (Oxford: Oxford University Press, 2014).

Goodman, Christopher. *How Svperior Powers Oght to be Obeyed* (Geneva: John Crispin, 1558).

Goodman, Godfrey. *The Court of King James the First*, ed. John S. Brewer, 2 vols (London: Richard Bentley, 1839).

Grafton, Richard. *Graftons Abridgement of the Chronicles of Englande* (London: Richard Tottell, 1572).

Harington, Henry and Thomas Park, eds. *Nugæ Antiquæ: Being a Miscellaneous Collection of Original Papers, in Prose and Verse; Written During the Reigns of Henry VIII, Edward VI, Queen Mary, Elizabeth, and King James: By Sir John Harington, Knt. And by Others Who Lived in Those Times*, 2 vols (London: J. Wright, 1804).

Harrison, William. *The Description of England,* in *Harrison's Description of England in Shakespeare's Youth*, ed. Frederick J. Furnivall, 2 vols (Kyoto: Eureka Press, 2014).

Harvey, Gabriel. *The Works*, ed. Alexander B. Grosart, 3 vols (London, 1884–85).
Hughes, Paul L. and James F. Larkin, eds. *Tudor Royal Proclamations: The Later Tudors: 1553–1587*, 3 vols (New Haven: Yale University Press, 1969).
Hurault, André. *De Maisse: A Journal of All That Was Accomplished by Monsieur de Maisse*, trans. G. B. Harrison and R. A. Jones (London: Nonesuch Press, 1931).
I., R. [Johnson, Richard]. *The Most Pleasant History of Tom a Lincolne*, ed. Richard S. M. Hirsch (Columbia: University of South Carolina Press, 1978).
Johnson, Richard. *The Seven Champions of Christendom (1596/7)*, ed. Jennifer Fellows (Aldershot: Ashgate, 2003).
Jonson, Ben. *Ben Jonson*, ed. C. H. Herford and Percy Simpson, 11 vols (Oxford: Clarendon, 1925–50).
—. *The Cambridge Edition of the Works of Ben Jonson*, ed. David Bevington, Martin Butler, and Ian Donaldson, 7 vols (Cambridge: Cambridge University Press, 2012).
Knox, John. *The Works of John Knox*, ed. David Laing, 6 vols (1855; New York: AMS, 1966).
—. *The Political Writings of John Knox: The First Blast of the Trumpet against the Monstrous Regiment of Women and Other Selected Works*, ed. Marvin A. Breslow (London: Associated University Presses, 1985).
Lyly, John. *The Complete Works of John Lyly*, ed. R. Warwick Bond, 3 vols (Oxford: Clarendon, 1902).
Malory, Sir Thomas. *The Works of Sir Thomas Malory*, ed. Eugène Vinaver, rev. P. J. C. Field, 3rd edn, 3 vols (Oxford: Clarendon, 1990).
Mandeville, John. *Mandeville's Travels*, ed. M. C. Seymour (London: Oxford University Press, 1968).
Marx, Karl. *The Ethnological Notebooks of Karl Marx*, ed. Lawrence Krader (Assen: Van Gorcum, 1972).
Munday, Anthony. *Palmerin D'Oliua* (London: I. Charlwood, 1588).
Naunton, Sir Robert. *Fragmenta Regalia or Observations on the late Queen Elizabeth, Her Times and Favourites* (London: n.p., 1641).
Nelson, Alan H. and John R. Elliott Jr, eds. *Records of Early English Drama: Inns of Court*, 2 vols (Cambridge: D. S. Brewer, 2010).
Nichols, John, ed. *The Progresses and Public Processions of Queen Elizabeth I*, 3 vols (London: John Nichols for the Society of Antiquaries, 1823).
Nichols, John Gough, ed. *The Diary of Henry Machyn* (London: J. Nichols for the Camden Society, 1848).
Osborn, James M., ed. *The Quenes Maiesties Passage through the Citie of London to Westminster the Day before her Coronacion* (New Haven: Yale University Press, 1960).
Park, T., and W. Oldys, eds. *The Harleian Miscellany*, 10 vols (London: White and Cochrane,

1808–13).

Peck, Dwight C., ed. *Leicester's Commonwealth: The Copie of a Letter Written by a Master of Art of Cambridge (1584) and Related Documents* (Ohio: Ohio University Press, 1985).

Peele, George. *The Life and Minor Works of George Peele*, ed. David H. Horne (New Haven: Yale University Press, 1952).

Petrarch. *Petrarch's Lyric: The Rime Sparse and Other Lyrics*, trans. and ed. Robert M. Durling (Cambridge, Mass.: Harvard University Press, 1976).

Pilkinton, Mark C., ed. *Records of Early English Drama: Bristol* (Toronto: University of Toronto Press, 1997).

Proctor, John. *The historie of wyates rebellion, with the order and manner of resisting the same* (London: Robert Caly, 1554).

Riche, Barnaby. *A Right Exelent and pleasaunt Dialogue, betwene Mercvry and an English Souldier* (London: n.p., 1574).

—. *Allarme to England* (London: Henrie Middleton, 1578).

—. *His Farewell to Military Profession*, ed. Donald Beecher (Ottawa: Dovehouse, 1992).

Robinson, Richard. *A Learned and True Assertion of the original, Life, Actes, and death of the most Noble, Valiant, and Renoumed Prince Arthure, King of great Brittaine* (London: John Wolfe, 1582).

Rodríguez-Salgado, M. J. and Simon Adams, eds. 'The Count of Feria's Dispatch to Philip II of 14 November 1558', *Camden Miscellany* 28 (1984): 306–44.

Rowe, Nicholas. *Some Account of the Life of Mr. William Shakespeare (1709)* (Michigan: Augustan Reprint Society, 1948).

Sackville, Thomas and Thomas Norton. *Gorboduc or Ferrex and Porrex*, ed. Irby B. Cauthen, Jr, Regents Renaissance Drama (London: Edward Arnold, 1970).

Sandys, George. *Ovid's Metamorphosis Englished, Mythologized, and Represented in Figures*, ed. Karl K. Hulley and Stanley T. Vandersall (Lincoln: University of Nebraska Press, 1970).

Shakespeare, William. *Henry V*, ed. J. H. Walter, Arden Shakespeare (London: Routledge, 1954).

—. *Antony and Cleopatra*, ed. John Wilders, Arden Shakespeare (London: Routledge, 1955).

—. *Love's Labour's Lost*, ed. R. W. David, Arden Shakespeare (London: Routledge, 1956).

—. *The Merry Wives of Windsor*, ed. H. J. Oliver, Arden Shakespeare (London: Routledge, 1973).

—. *Twelfth Night*, ed. J. M. Lothian and T. W. Craik, Arden Shakespeare (London: Routledge, 1975).

—. *A Midsummer Night's Dream*, ed. Harold Brooks, Arden Shakespeare (London: Methuen, 1979).

—. *Hamlet*, ed. G. R. Hibbard, Oxford Shakespeare (Oxford: Oxford University Press,

1987).
—. *A Midsummer Night's Dream*, ed. Peter Holland, Oxford Shakespeare (Oxford: Oxford University Press, 1994).
Sidney, Sir Philip. *The Prose Works of Sir Philip Sidney*, ed. Albert Feuillerat, 4 vols (Cambridge: Cambridge University Press, 1912).
—. *Miscellaneous Prose of Sir Philip Sidney*, ed. Katherine Duncan-Jones and Jan van Dorsten (Oxford: Clarendon, 1973).
Somerset, J. Alan B. ed. *Records of Early English Drama: Shropshire*, 2 vols (Toronto: University of Toronto Press, 1994).
Sorlien, Robert Parker, ed. *The Diary of John Manningham of the Middle Temple, 1602–1603* (Hanover, New Hampshire: University Press of New England, 1976).
Spenser, Edmund. *The Works of Edmund Spenser: A Variorum Edition*, ed. Edwin Greenlaw, Charles Grosvenor Osgood, and Frederick Morgan Padelford, 11 vols (Baltimore: Johns Hopkins Press, 1949).
—. *The Faerie Queene*, ed. A. C. Hamilton (London: Longman, 1977).
—. *The Yale Edition of the Shorter Poems of Edmund Spenser*, ed. William A. Oram, Einar Bjorvand, Ronald Bond, Thomas H. Cain, Alexander Dunlop, and Richard Schell (New Haven: Yale University Press, 1989).
—. *Edmund Spenser: The Shorter Poems*, ed. Richard A. McCabe (London: Penguin, 1999).
Stow, John. *The Annales of England* (London: Ralfe Newbery, 1592).
Stubbs, John. *John Stubbs's Gaping Gulf with Letters and Other Relevant Documents*, ed. Lloyd E. Berry (Charlottesville: University Press of Virginia, 1968).
Vives, Juan Luis. *The Education of a Christian Woman: A Sixteenth-Century Manual*, ed. and trans. Charles Fantazzi (Chicago: University of Chicago Press, 2000).
Von Klarwill, Victor, ed. *The Fugger News-Letters*, trans. L. S. R. Byrne, 2nd ser. (London: John Lane, 1926).
—, ed. *Queen Elizabeth and Some Foreigners,* trans. T. H. Nash (London: John Lane, 1928).
Von Wedel, Lupold. "Journey through England and Scotland Made by Lupold von Wedel in the Years 1584 and 1585", trans. Gottfried von Bülow, *Transactions of the Royal Historical Society* 9 (1895): 223–70.
Weever, John. *Faunus and Melliflora*, in *Elizabethan Minor Epics*, ed. Elizabeth Story Donno (London: Routledge and Kegan Paul, 1963).
Wright, Louis B., ed. *Advice to a Son: Precepts of Lord Burghley, Sir Walter Raleigh, and Francis Osborne* (Ithaca: Cornell University Press, 1962).

二次文献

Abrams, M. H. *The Mirror and the Lamp: Romantic Theory and the Critical Tradition* (New York: Oxford University Press, 1953). [M. H. エイブラムズ，水之江有一訳『鏡とランプ――ロマン主義理論と批評の伝統』(研究社，1976年)]

Adams, Simon. "The Release of Lord Darnley and the Failure of the Amity", in *Mary Stewart: Queen in Three Kingdoms*, ed. Michael Lynch (Oxford: Blackwell, 1988), 123–53.

—. *Leicester and the Court: Essays on Elizabethan Politics* (Manchester: Manchester University Press, 2002).

Adnitt, Henry. "Thomas Churchyard", *Transactions of the Shropshire Archaeological and Natural History Society* 3 (1880): 1–68.

Adrian, John M. "'Warlike pastimes' and 'sottell Snaek' of Rebellion: Bristol, Queen Elizabeth, and the Entertainments of 1574", *Studies in Philology* 111 (2014): 720–37.

Alpers, Paul J. *The Poetry of The Faerie Queene* (Princeton: Princeton University Press, 1967).

Alwes, Derek B. "'I Would Fain Serve': John Lyly's Career at Court", in *John Lyly*, ed. Lunney, 213–35.

Amussen, Susan Dwyer. *An Ordered Society: Gender and Class in Early Modern England* (New York: Columbia University Press, 1988).

Anglo, Sydney. *Spectacle, Pageantry, and Early Tudor Policy* (Oxford: Clarendon, 1969).

—. "Image-Making: The Means and the Limitations", in *Tudor Monarchy*, ed. Guy, 16–42.

Archer, Ian W. *The Pursuit of Stability: Social Relations in Elizabethan London* (Cambridge: Cambridge University Press, 1991).

—. "The 1590s: Apotheosis or Nemesis of the Elizabethan Regime?", in *Fins de Siècle: How Centuries End 1400–2000*, ed. Asa Briggs and Daniel Snowman (New Haven: Allen, 1996), 64–97.

— et al., eds. *Religion, Politics, and Society in Sixteenth-Century England* (Cambridge: Cambridge University Press, 2003).

Archer, Jayne Elisabeth, Elizabeth Goldring, and Sarah Knight, eds. *The Progresses, Pageants, and Entertainments of Queen Elizabeth I* (Oxford: Oxford University Press, 2007).

— and Sarah Knight. "Elizabetha Triumphans", in *Progresses*, ed. Archer et al., 1–23.

—, Elizabeth Goldring, and Sarah Knight, eds. *The Intellectual and Cultural World of the Early Modern Inns of Court* (Manchester: Manchester University Press, 2011).

Astington, John H. *English Court Theatre: 1558–1642* (Cambridge: Cambridge University Press, 1999).

Axton, Marie. "Robert Dudley and the Inner Temple Revels", *The Historical Journal* 13 (1970): 365–78.

—. *The Queen's Two Bodies* (London: Royal Historical Society, 1977).

—. “The Tudor Mask and Elizabethan Court Drama”, in *English Drama: Forms and Development*, ed. Marie Axton and Raymond Williams (Cambridge: Cambridge University Press, 1977), 24–47.

Baker, Sir John. *An Inner Temple Miscellany: Papers Reprinted from the Inner Temple Yearbook* (Bodmin, Cornwall: MPG Books, 2004).

Bakhtin, Mikhail. *Rabelais and His World*, trans. Hélène Iswolsky (Bloomington: Indiana University Press, 1984). [ミハイル・バフチーン，川端香男里訳『フランソワ・ラブレーの作品と中世・ルネッサンスの民衆文化』(せりか書房，1973年)]

Barber, C. L. *Shakespeare's Festive Comedy: A Study of Dramatic Form and its Relation to Social Custom* (Princeton: Princeton University Press, 1959). [C. L. バーバー，玉泉八州男・野崎睦美訳『シェイクスピアの祝祭喜劇――演劇形式と社会的風習との関係』(白水社，1979年)]

Barber, Richard. *The Knight and Chivalry: Revised Edition* (Woodbridge: Boydell, 1995).

Bates, Catherine. *The Rhetoric of Courtship in Elizabethan Language and Literature* (Cambridge: Cambridge University Press, 1992).

Beir, A. L. and Roger Finlay, eds. *The Making of the Metropolis: London 1500–1700* (London: Longman, 1986).

Bell, Ilona. “‘Souereaigne Lord of lordly Lady of this land’: Elizabeth, Stubbs, and the *Gaping Gvlf*”, in *Dissing Elizabeth*, ed. Walker, 99–117.

Bennett, Josephine Waters. “Oxford and Endymion”, *PMLA* 57 (1942): 354–69.

—. *The Evolution of The Faerie Queene* (New York: Burt Franklin, 1960).

Berger, Harry, Jr, *The Allegorical Temper: Vision and Reality in Book II of Spenser's Faerie Queene* (New Haven: Yale University Press, 1957).

Bergeron, David M. *English Civic Pageantry 1558–1642* (London: Edward Arnold, 1971).

—. “The ‘I’ of the Beholder: Thomas Churchyard and the 1578 Norwich Pageant”, in *Progresses*, ed. Archer et al., 142–59.

Berry, Herbert and E. K. Timings. “Spenser's Pension”, *Review of English Studies* 11 (1960): 254–59.

Berry, Philippa. *Of Chastity and Power: Elizabethan Literature and the Unmarried Queen* (London: Routledge, 1989).

Betts, Hannah. “‘The Image of this Queene so quaynt’: The Pornographic Blazon 1588–1603”, in *Dissing Elizabeth*, ed. Walker, 153–84.

Bevington, David. “Lyly's *Endymion* and *Midas*: The Catholic Question in England”, in *John Lyly*, ed. Lunney, 139–59.

Bland, D. S. “Arthur Broke, Gerard Legh and the Inner Temple”, *Notes and Queries* 16 (1969): 453–55.

—. “Arthur Broke's *Masque of Beauty and Desire*: A Reconstruction”, *Research Opportunities*

in Renaissance Drama 26 (1976): 49–55.

Boase, Roger. *The Origin and Meaning of Courtly Love: A Critical Study of European Scholarship* (Manchester: Manchester University Press, 1977).

Boynton, Lindsay. *The Elizabethan Militia 1558–1638* (London: Routledge and Kegan Paul, 1967).

Breitenberg, Mark. "'... the hole matter opened': Iconic Representation and Interpretation in 'The Queenes Majesties Passage'", *Criticism* 28 (1986): 1–25.

—. "Reading Elizabethan Iconicity: *Gorboduc* and the Semiotics of Reform", *English Literary Renaissance* 18 (1988): 194–217.

Brink, Jean R. "Sir John Davies's *Orchestra*: Political Symbolism and Textual Revisions", *Durham University Journal* 72 (1979–80): 195–201.

—. "'All his mind on honour fixed': The Preferment of Edmund Spenser", in *Spenser's Life and the Subject of Biography*, ed. Judith H. Anderson, Donald Cheney, and David A. Richardson (Amherst: University of Massachusetts Press, 1996), 45–65.

Bryant, Arthur. *The Elizabethan Deliverance* (London: Collins, 1980).

Burnett, Mark Thornton. "Apprentice Literature and the 'Crisis' of the 1590s", *Yearbook of English Studies* 21 (1991): 27–38.

Byrom, H. J. "Edmund Spenser's First Printer, Hugh Singleton", *The Library*, 4th ser. 14 (1933): 121–56.

Cartwright, Kent. "The Confusions of *Gallathea*: John Lyly as Popular Dramatist", in *John Lyly*, ed. Lunney, 427–59.

Chambers, E. K. *The Elizabethan Stage*, 4 vols (Oxford: Clarendon, 1923).

—. *Sir Henry Lee* (Oxford: Clarendon, 1936).

Chapman, Alison A. "Whose Saint Crispin's Day Is It?: Shoemaking, Holiday Making, and the Politics of Memory in Early Modern England", *Renaissance Quarterly* 54 (2001): 1467–94.

Cheney, Donald. "The Circular Argument of *The Shepheardes Calender*", in *Unfolded Tales: Essays on Renaissance Romance*, ed. George M. Logan and Gordon Teskey (Ithaca: Cornell University Press, 1989), 137–61.

Chester, Allan Griffith. "Thomas Churchyard's Pension", *PMLA* 50 (1935): 902.

Clare, Janet. "Jonson's 'Comical Satires' and the Art of Courtly Compliment", in *Refashioning Ben Jonson: Gender, Politics and the Jonsonian Canon*, ed. Julie Sanders, Kate Chedgzoy, and Susan Wiseman (London: Macmillan, 1998), 28–47.

Clark, Peter, ed. *The European Crisis of the 1590s: Essays in Comparative History* (London: George Allen and Unwin, 1985).

— and Paul Slack. *English Towns in Transition 1500–1700* (Oxford: Oxford University Press, 1976).

Cole, Mary Hill. *The Portable Queen: Elizabeth I and the Politics of Ceremony* (Amherst: University of Massachusetts Press, 1999).

—. "Monarchy in Motion: An Overview of Elizabethan Progresses", in *Progresses*, ed. Archer et al., 27–45.

Collinson, Patrick. *The Elizabethan Puritan Movement* (Oxford: Clarendon, 1967).

—. "Pulling the Strings: Religion and Politics in the Progress of 1578", in *Progresses*, ed. Archer et al., 122–41.

Content, Rob. "Fair is Fowle: Interpreting Anti-Elizabethan Composite Portraiture", in *Dissing Elizabeth*, ed. Walker, 229–51.

Cooper, Helen. *Pastoral: Mediaeval into Renaissance* (Ipswich: D. S. Brewer, 1977).

—. "Location and Meaning in Masque, Morality and Royal Entertainment", in *The Court Masque*, ed. David Lindley (Manchester: Manchester University Press, 1984), 135–48.

—. *The English Romance in Time: Transforming Motifs from Geoffrey of Monmouth to the Death of Shakespeare* (Oxford: Oxford University Press, 2004).

—. "Guy as Early Modern English Hero", in *Guy of Warwick: Icon and Ancestor*, ed. Alison Wiggins and Rosalind Field (Woodbridge: D. S. Brewer, 2007), 185–99.

Cressy, David. *Bonfires and Bells: National Memory and the Protestant Calendar in Elizabethan and Stuart England* (Berkeley: University of California Press, 1989).

Cummings, R. M., ed. *Spenser: The Critical Heritage* (London: Routledge and Kegan Paul, 1971).

Davis, Alex. *Chivalry and Romance in the English Renaissance* (Woodbridge: D. S. Brewer, 2003).

DeMolen, Richard L. "Richard Mulcaster and the Elizabethan Theatre", *Theatre Survey* 13 (1972): 28–41.

—. "Richard Mulcaster and Elizabethan Pageantry", *Studies in English Literature* 14 (1974): 209–21.

Dickinson, Janet. *Court Politics and the Earl of Essex, 1589–1601* (London: Routledge, 2016).

Dillon, Janette. *Theatre, Court and City 1595–1610: Drama and Social Space in London* (Cambridge: Cambridge University Press, 2000).

Doebler, Bettie Anne. "Venus-Humanitas: An Iconic Elizabeth", *Journal of European Studies* 12 (1982): 233–48.

Doran, Susan. "Juno versus Diana: the Treatment of Elizabeth I's Marriage in Plays and Entertainments, 1561–1581", *The Historical Journal* 38 (1995): 257–74.

—. *Monarchy and Matrimony: The Courtships of Elizabeth I* (London: Routledge, 1996).

—. "Why Did Elizabeth Not Marry?", in *Dissing Elizabeth*, ed. Walker, 30–59.

Dovey, Zillah. *An Elizabethan Progress : The Queen's Journey into East Anglia, 1578* (Stroud:

Alan Sutton, 1996).
Du Bois, Page Ann. "'The devil's gateway': Women's Bodies and the Earthly Paradise", *Women's Studies: An Interdisciplinary Journal* 7 (1980): 42–58.
Duncan-Jones, Katherine. *Sir Philip Sidney: Courtier Poet* (London: Hamish Hamilton, 1991).
Dutton, Richard. *Shakespeare, Court Dramatist* (Oxford: Oxford University Press, 2016).
Edwards, John. *Mary I: England's Catholic Queen* (New Haven: Yale University Press, 2011).
Elston, Timothy G. "Transformation or Continuity?: Sixteenth-Century Education and the Legacy of Catherine of Aragon, Mary I, and Juan Luis Vives", in "*High and Mighty Queens*", ed. Levin et al., 11–26.
Erickson, Peter. "The Order of the Garter, the Cult of Elizabeth, and Class-Gender Tension in *The Merry Wives of Windsor*", in *Shakespeare Reproduced: The Text in History and Ideology*, ed. Jean E. Howard and Marion F. O'Connor (New York: Methuen, 1987), 116–40.
Erler, Mary C. "Sir John Davies and the Rainbow Portrait of Queen Eilzabeth", *Modern Philology* 84 (1987): 359–71.
—. "Davies's *Astraea* and Other Contexts of the Countess of Pembroke's 'A Dialogue'", *SEL* 30 (1990): 41–61.
Ferguson, Arthur B. *The Indian Summer of English Chivalry: Studies in the Decline and Transformation of Chivalric Idealism* (Durham: Duke University Press, 1960).
—. *The Chivalric Tradition in Renaissance England* (London: Associated University Presses, 1986).
Finkelpearl, Philip J. "Sir John Davies and the 'Prince D'Amour'", *Notes and Queries* 208 (1963): 300–2.
—. *John Marston of the Middle Temple: An Elizabethan Dramatist in His Social Setting* (Cambridge, Mass.: Harvard University Press, 1969).
Finlay, Roger. *Population and Metropolis: The Demography of London 1580–1650* (Cambridge: Cambridge University Press, 1981).
Fleming, Juliet. "The Ladies' Man and the Age of Elizabeth", in *Sexuality and Gender in Early Modern Europe,* ed. James Grantham Turner (Cambridge: Cambridge University Press, 1993), 158–81.
Forster, Leonard. *The Icy Fire: Five Studies in European Petrarchism* (Cambridge: Cambridge University Press, 1969).
Foster, Frank Freeman. *The Politics of Stability: A Portrait of the Rulers in Elizabethan London* (London: Royal Historical Society, 1977).
Fox, Alistair. "The Complaint of Poetry for the Death of Liberality: The Decline of Literary Patronage in the 1590s", in *Reign of Elizabeth*, ed. Guy, 229–57.

Frye, Northrop. *The Secular Scripture: A Study of the Structure of Romance* (Cambridge, Mass.: Harvard University Press, 1976).［ノースロップ・フライ，中村健二・真野泰訳『世俗の聖典――ロマンスの構造』（法政大学出版局，1999 年）］

Frye, Susan. *Elizabeth I: The Competition for Representation* (Oxford: Oxford University Press, 1993).

Geertz, Clifford. "Centers, Kings, and Charisma: Reflections on the Symbolics of Power", in *Culture and Its Creators*, ed. Joseph Ben-David and Terry N. Clark (Chicago: University of Chicago Press, 1977), 150–71.

Geimer, Roger A. "Spenser's Rhyme or Churchyard's Reason: Evidence of Churchyard's First Pension", *Review of English Studies* 20 (1969): 306–9.

Geller, Sherri. "You Can't Tell a Book by its Contents: (Mis)Interpretation in/of Spenser's *The Shepheardes Calender*", *Spenser Studies* 13 (1999): 23–64.

Goldberg, Benjamin. *The Mirror and Man* (Charlottesville: University Press of Virginia, 1985).

Goldring, Elizabeth. "Portraiture, Patronage, and the Progresses: Robert Dudley, Earl of Leicester, and the Kenilworth Festivities of 1575", in *Progresses,* ed. Archer et al., 163–88.

Goldwyn, Merrill Harvey. "Notes on the Biography of Thomas Churchyard", *Review of English Studies* 17 (1966): 1–15.

Goodman, Jennifer R. *Chivalry and Exploration 1298–1630* (Woodbridge, Suffolk: Boydell, 1998).

Graves, Michael A. R. *Thomas Norton: The Parliament Man* (Oxford: Blackwell, 1994).

Greenblatt, Stephen, ed. *Allegory and Representation: Selected Papers from the English Institute, 1979–80* (Baltimore: Johns Hopkins University Press, 1981).［スティーヴン・J・グリーンブラット，船倉正憲訳『寓意と表象・再現』（法政大学出版局，1994 年）］

—. *Renaissance Self-Fashioning: From More to Shakespeare* (Chicago: University of Chicago Press, 1984).［スティーヴン・グリーンブラット，高田茂樹訳『ルネサンスの自己成型――モアからシェイクスピアまで』（みすず書房，1992 年）］

Greenlaw, Edwin. *Studies in Spenser's Historical Allegory* (Baltimore: Johns Hopkins Press, 1932).

Grundy, Joan. *The Spenserian Poets: A Study in Elizabethan and Jacobean Poetry* (London: Edward Arnold, 1969).

Gurr, Andrew. *The Shakespearean Stage 1574–1642,* 3rd edn (Cambridge: Cambridge University Press, 1992).［アンドルー・ガー，青池仁史訳『演劇の都，ロンドン――シェイクスピア時代を生きる』（北星堂書店，1995 年）］

—. *Playgoing in Shakespeare's London: Second Edition* (Cambridge: Cambridge University Press, 1996).

Guy, John, ed. *The Reign of Elizabeth I: Court and Culture in the Last Decade* (Cambridge: Cambridge University Press, 1995).

—, ed. *The Tudor Monarchy* (London: Arnold, 1997) .

Hackett, Helen. *Virgin Mother, Maiden Queen: Elizabeth I and the Cult of the Virgin Mary* (Basingstoke: Macmillan, 1995).

—. *Shakespeare and Elizabeth: The Meeting of Two Myths* (Princeton: Princeton University Press, 2009).

Hadfield, Andrew. *Spenser's Irish Experience: Wilde Fruit and Salvage Soyl* (Oxford: Clarendon, 1997).

Halpin, N. J. *Oberon's Vision in the Midsummer Night's Dream, Illustrated by a Comparison with Lylie's Endymion* (London: Shakespeare Society, 1843).

Hammer, Paul E. J. "The Uses of Scholarship: The Secretariat of Robert Devereux, Second Earl of Essex, c. 1585–1601", *English Historical Review* 109 (1994): 26–51.

—. "Patronage at Court, Faction and the Earl of Essex", in *Reign of Elizabeth*, ed. Guy, 65–86.

—. "Upstaging the Queen: The Earl of Essex, Francis Bacon and the Accession Day Celebrations of 1595", in *The Politics of the Stuart Court Masque*, ed. David Bevington and Peter Holbrook (Cambridge: Cambridge University Press, 1998), 41–66.

—. *The Polarisation of Elizabethan Politics: The Political Career of Robert Devereux, 2nd Earl of Essex, 1585–1597* (Cambridge: Cambridge University Press, 1999).

—. *Elizabeth's Wars: War, Government and Society in Tudor England, 1544–1604* (Basingstoke: Palgrave Macmillan, 2003).

Harbison, E. Harris. *Rival Ambassadors at the Court of Queen Mary* (Princeton: Princeton University Press, 1940).

Harding, Vanessa. "Early Modern London 1550–1700", *The London Journal* 20–21 (1995–96): 34–45.

Heaton, Gabriel. *Writing and Reading Royal Entertainments: From George Gascoigne to Ben Jonson* (Oxford: Oxford University Press, 2010).

Helgerson, Richard. *The Elizabethan Prodigals* (Berkeley: University of California Press, 1976).

—. "The Buck Basket, the Witch, and the Queen of Fairies: The Women's World of Shakespeare's Windsor", in *Renaissance Culture and the Everyday*, ed. Patricia Fumerton and Simon Hunt (Philadelphia: University of Pennsylvania Press, 1999), 162–82.

Hirota, Atsuhiko. "On the Margins of a Civilization: The Representation of the Scythians in Elizabethan Texts", in *Hot Questrists*, ed. Takahashi, 237–53.

Hoffman, Nancy Jo. *Spenser's Pastorals: The Shepheardes Calender and "Colin Clout"* (Baltimore: Johns Hopkins University Press, 1977).

Hotson, Leslie. *Mr W. H.* (London: Rupert Hart-Davis, 1964).

Howell, Roger. *Sir Philip Sidney: The Shepherd Knight* (Boston: Little, Brown, 1963).

Hulse, Clark. *Metamorphic Verse: The Elizabethan Minor Epic* (Princeton: Princeton University Press, 1981).

Hunter, G. K. *John Lyly: The Humanist as Courtier* (London: Routledge and Kegan Paul, 1962).

—. *English Drama 1586–1642: The Age of Shakespeare* (Oxford: Clarendon, 1997).

Hyde, Thomas. *The Poetic Theology of Love: Cupid in Renaissance Literature* (London: Associated University Presses, 1986).

Ide, Arata. "Tamburlaine's Prophetic Oratory and Protestant Militarism in the 1580s", in *Hot Questrists*, ed. Takahashi, 215–36.

—. "Chivalric Revival and the London Public Playhouse in the 1580s", *Studies in English Literature* 52 (2011): 1–15.

Ingram, Martin. *Church Courts, Sex and Marriage in England, 1570–1640* (Cambridge: Cambridge University Press, 1987).

James, Henry and Greg Walker, "The Politics of *Gorboduc*", *English Historical Review* 110 (1995): 109–21.

James, Mervyn. *Society, Politics and Culture: Studies in Early Modern England* (Cambridge: Cambridge University Press, 1986).

Johnson, L. Staley. "Elizabeth, Bride and Queen: A Study of Spenser's April Eclogue and the Metaphors of English Protestantism", *Spenser Studies* 2 (1981): 75–91.

—. *The Shepheardes Calender: An Introduction* (University Park: Pennsylvania State University Press, 1990).

Jones, Norman and Paul Whitfield White. "*Gorboduc* and Royal Marriage Politics: An Elizabethan Playgoer's Report of the Premiere Performance", *English Literary Renaissance* 26 (1996): 3–16.

Judson, Alexander. *The Life of Edmund Spenser* (Baltimore: Johns Hopkins Press, 1945).

Kalas, Rayna. "The Technology of Reflection: Renaissance Mirrors of Steel and Glass", *Journal of Medieval and Early Modern Studies* 32 (2002): 519–42.

Kantorowicz, Ernst H. *The King's Two Bodies: A Study in Medieval Political Theology* (Princeton: Princeton University Press, 1957).［エルンスト・H・カントーロヴィチ，小林公訳『王の二つの身体——中世政治神学研究』(平凡社，1992年)］

Keach, William. *Elizabethan Erotic Narratives: Irony and Pathos in the Ovidian Poetry of Shakespeare, Marlowe, and Their Contemporaries* (New Brunswick: Rutgers University Press, 1979).

Keen, Maurice. "Chivalry, Nobility, and the Men-at-Arms", in *War, Literature and Politics in the Late Middle Ages: Essays in Honour of G. W. Coopland*, ed. C. T. Allmand (Liverpool:

Liverpool University Press, 1976), 32–45.
—. *Chivalry* (New Haven: Yale University Press, 1984).
Kendall, Alan. *Robert Dudley: Earl of Leicester* (London: Cassell, 1980).
King, Andrew. *The Faerie Queene and Middle English Romance: The Matter of Just Memory* (Oxford: Clarendon, 2000).
King, John N. *Tudor Royal Iconography: Literature and Art in an Age of Religious Crisis* (Princeton: Princeton University Press, 1989).
—. "Queen Elizabeth I: Representations of the Virgin Queen", *Renaissance Quarterly* 43 (1990): 30–74.
—. *Spenser's Poetry and the Reformation Tradition* (Princeton: Princeton University Press, 1990).
Knapp, Robert S. "The Monarchy of Love in Lyly's *Endimion*", in *John Lyly*, ed. Lunney, 123–37.
Knecht, R. J. "Court Festivals as Political Spectacle: The Example of Sixteenth-Century France", in *Europa*, ed. Mulryne et al., 1: 19–32.
Kobayashi, Junji. "*Gorboduc* and the Inner Temple Revels of Christmas", *Shakespeare Studies* 41 (2003): 25–43.
Lamb, Mary Ellen. *The Popular Culture of Shakespeare, Spenser, and Jonson* (London: Routledge, 2006).
Laroque, François. *Shakespeare's Festive World: Elizabethan Seasonal Entertainment and the Professional Stage* (Cambridge: Cambridge University Press, 1993).［フランソワ・ラロック，中村友紀訳『シェイクスピアの祝祭の時空——エリザベス朝の無礼講と迷信』(柊風舎，2007 年)］
Laslett, Peter. *The World We Have Lost: Further Explored* (London: Routledge, 1983).
Levin, Carole. *"The Heart and Stomach of a King": Elizabeth I and the Politics of Sex and Power* (Philadelphia: University of Pennsylvania Press, 1994)
—, Debra Barrett-Graves, and Jo Eldridge Carney, eds. *"High and Mighty Queens" of Early Modern England: Realities and Representations* (New York: Palgrave Macmillan, 2003).
Levine, Mortimer. *The Early Elizabethan Succession Question: 1558–1568* (Stanford: Stanford University Press, 1966).
Loewenstein, Joseph. "The Script in the Marketplace", *Representations* 12 (1985): 101–14.
Luborsky, Ruth Samson. "The Allusive Presentation of *The Shepheardes Calender*", *Spenser Studies* 1 (1980): 29–67.
Lunney, Ruth, ed. *John Lyly*, The University of Wits series (Farnham: Ashgate, 2011).
McCabe, Richard. "Elizabethan Satire and the Bishop's Ban of 1599", *Yearbook of English Studies* 11 (1981): 188–94.
—, ed. *The Oxford Handbook of Edmund Spenser* (Oxford: Oxford University Press, 2010).

—. *'Ungainefull Arte': Poetry, Patronage, and Print in the Early Modern Era* (Oxford: Oxford University Press, 2016).

MacCaffrey, Wallace T. *The Shaping of the Elizabethan Regime: Elizabethan Politics, 1558–1572* (Princeton: Princeton University Press, 1968).

—. *Queen Elizabeth and the Making of Policy, 1572–1588* (Princeton: Princeton University Press, 1981).

—. *Elizabeth I* (London: Edward Arnold, 1993).

McCoy, Richard C. *The Rites of Knighthood: The Literature and Politics of Elizabethan Chivalry* (Berkeley: University of California Press, 1989).

—. "Lord of Liberty: Francis Davison and the Cult of Elizabeth", in *Reign of Elizabeth*, ed. Guy, 212–28.

McGee, C. E. "Mysteries, Musters, and Masque: The Import(s) of Elizabethan Civic Entertainments, in *Progresses*, ed Archer et al., 104–21.

McKerrow, R. B. et al., eds. *A Dictionary of Printers and Booksellers in England, Scotland and Ireland, and of Foreign Printers of English Books 1557–1640* (1910; Oxford: Bibliographical Society, 1968).

McLane, Paul E. *Spenser's Shepheardes Calender: A Study in Elizabethan Allegory* (Notre Dame: University of Notre Dame Press, 1961).

McLaren, A. N. *Political Culture in the Reign of Elizabeth I: Queen and Commonwealth 1558–1585* (Cambridge: Cambridge University Press, 1999).

MacLean, Sally-Beth. "Tracking Leicester's Men: the Patronage of a Performance Troupe", in *Shakespeare and Theatrical Patronage in Early Modern England*, ed. Paul Whitfield White and Suzanne R. Westfall (Cambridge: Cambridge University Press, 2002), 246–71.

McMillin, Scott and Sally-Beth MacLean. *The Queen's Men and their Plays* (Cambridge: Cambridge University Press, 1998).

Malcolmson, Cristina. "'What You Will': Social Mobility and Gender in *Twelfth Night*", in *The Matter of Difference: Materialist Feminist Criticism of Shakespeare*, ed. Valerie Wayne (New York: Harvester, 1991), 29–57.

Manning, R. J. "Rule and Order Strange: A Reading of Sir John Davies' *Orchestra*", *English Literary Renaissance* 15 (1985): 175–94.

Manning, Roger B. *Swordsmen: The Martial Ethos in the Three Kingdoms* (Oxford: Oxford University Press, 2003).

—. *An Apprenticeship in Arms: The Origins of the British Army 1585–1702* (Oxford: Oxford University Press, 2006).

Marcus, Leah S. "Jonson and the Court", in *The Cambridge Companion to Ben Jonson*, ed. Richard Harp and Stanley Stewart (Cambridge: Cambridge University Press, 2000), 30–42.

Marotti, Arthur F. *John Donne: Coterie Poet* (Madison: University of Wisconsin Press, 1986).

Marsh, Christopher. *Music and Society in Early Modern England* (Cambridge: Cambridge University Press, 2010).

Mincoff, Marco. "Shakespeare and Lyly", *Shakespeare Survey* 14 (1961): 15–24.

Montrose, Louis Adrian. "'Eliza, Queene of Shepheardes' and the Pastoral of Power", *English Literary Renaissance* 10 (1980): 153–82.

—. "The Elizabethan Subject and the Spenserian Text," in *Literary Theory / Renaissance Texts*, ed. Patricia Parker and David Quint (Baltimore: Johns Hopkins University Press, 1986), 303–40.

—. "*A Midsummer Night's Dream* and the Shaping Fantasies of Elizabethan Culture: Gender, Power, Form", in *Rewriting the Renaissance: The Discourses of Sexual Difference in Early Modern Europe*, ed. Margaret W. Ferguson et al. (Chicago: University of Chicago Press, 1986), 65–87.

—. "A Kingdom of Shadows", in *The Theatrical City: Culture, Theatre and Politics in London 1576–1649*, ed. David L. Smith, Richard Strier, and David Bevington (Cambridge: Cambridge University Press, 1995), 68–86.

—. *The Subject of Elizabeth: Authority, Gender, and Representation* (Chicago: University of Chicago Press, 2006).

Mulryne, J. R., Helen Watanabe-O'Kelly, Margaret Shewring, Elizabeth Goldring, and Sarah Knight, eds. *Europa Triumphans: Court and Civic Festivals in Early Modern Europe*, 2 vols (Aldershot: Ashgate, 2004).

Nicolas, Harris. *Memoirs of the Life and Times of Sir Christopher Hatton, K.G., Vice-Chamberlain and Lord Chancellor to Queen Elizabeth* (London: Richard Bentley, 1847).

Norbrook, David. *Poetry and Politics in the English Renaissance: Revised Edition* (Oxford: Oxford University Press, 2002).

O'Callaghan, Michelle. *The 'Shepheards Nation': Jacobean Spenserians and Early Stuart Political Culture, 1612–1625* (Oxford: Clarendon, 2000).

O'Connell, Michael. *Mirror and Veil: The Historical Dimension of Spenser's Faerie Queene* (Chapel Hill: University of North Carolina Press, 1977).

O'Connor, John. *Amadis de Gaule and Its Influence on Elizabethan Literature* (New Jersey: Rutgers University Press, 1970).

Olson, Paul A. "*A Midsummer Night's Dream* and the Meaning of Court Marriage", *English Literary History* 24 (1957): 95–119.

Orgel, Stephen. "Prologue: I am Richard II", in *Representations of Elizabeth*, ed. Petrina and Tosi, 11–43.

Parker, Patricia. "Suspended Instruments: Lyric and Power in the Bower of Bliss", in *Cannibals, Witches, and Divorce: Estranging the Renaissance*, ed. Marjorie Garber (Baltimore:

Johns Hopkins University Press, 1987), 21–39.

Patchell, Mary. *The Palmerin Romances in Elizabethan Prose Fiction* (New York: AMS, 1947).

Pawlisch, Hans S. *Sir John Davies and the Conquest of Ireland: A Study in Legal Imperialism* (Cambridge: Cambridge University Press, 1985).

Perry, Curtis. *Literature and Favoritism in Early Modern England* (Cambridge: Cambridge University Press, 2006).

Peterson, Richard S. "Spurting Froth upon Courtiers: New Light on the Risks Spenser Took in Publishing *Mother Hubberds Tale*", *Times Literary Supplement*, May 16 (1997): 14–15.

—. "Laurel Crown and Ape's Tail: New Light on Spenser's Career from Sir Thomas Tresham", *Spenser Studies* 12 (1998): 1–35.

Petrina, Alessandra and Laura Tosi, eds. *Representations of Elizabeth I in Early Modern Culture* (Basingstoke: Palgrave Macmillan, 2011).

Pettegree, Andrew. *Foreign Protestant Communities in Sixteenth-Century London* (Oxford: Clarendon, 1986).

Pincombe, Michael. *The Plays of John Lyly: Eros and Eliza* (Manchester: Manchester University Press, 1996).

Polito, Mary. *Govermental Arts in Early Tudor England* (Aldershot: Ashgate, 2005).

Pomeroy, Elizabeth W. *Reading the Portraits of Queen Elizabeth I* (Connecticut: Archon, 1989).

Prest, Wilfrid R. *The Inns of Court under Elizabeth I and the Early Stuarts 1590–1640* (London: Longman, 1972).

Prouty, C. T. *George Gascoigne: Elizabethan Courtier, Soldier, and Poet* (New York: Columbia University Press, 1942).

Quilligan, Maureen. *The Language of Allegory: Defining the Genre* (Ithaca: Cornell University Press, 1979).

—. *Milton's Spenser: The Politics of Reading* (Ithaca: Cornell University Press, 1983).

Rappaport, Steve. *Worlds within Worlds: Structures of Life in Sixteenth-Century London* (Cambridge: Cambridge University Press, 1989).

Read, Conyers. *Lord Burghley and Queen Elizabeth* (London: Jonathan Cape, 1960).

Richards, Judith M. "Mary Tudor: Renaissance Queen of England", in "*High and Mighty Queens*", ed. Levin et al., 27–43.

—. "Mary Tudor as 'Sole Quene'?: Gendering Tudor Monarchy", *The Historical Journal* 40 (1997): 895–924.

Richardson, W. C. *A History of The Inns of Court: With Special Reference to the Period of the Renaissance* (Baton Rouge, Louisiana: Claitor's, 1975).

Rivers, Isabel. *Classical and Christian Ideas in English Renaissance Poetry: A Students' Guide*,

2nd edn (London: Routledge, 1994).

Rosenberg, Eleanor. *Leicester: Patron of Letters* (New York: Columbia University Press, 1955).

Rosenmeyer, Thomas G. *The Green Cabinet: Theocritus and the European Pastoral Lyric* (Berkeley: University of California Press, 1969).

Rothstein, Marian. *Reading in the Renaissance: Amadis de Gaule and the Lessons of Memory* (Newark: Associated University Presses, 1999).

Sacks, David Harris. *The Widening Gate: Bristol and the Atlantic Economy, 1450–1700* (Berkeley: University of California Press, 1991).

Salzman, Paul. *English Prose Fiction 1558–1700: A Critical History* (Oxford: Clarendon, 1985).

Saunders, J. W. "The Stigma of Print: Note of the Social Bases of Tudor Poetry", *Essays in Criticism* 1 (1951): 139–64.

Schleiner, Louise. "Spenser's 'E.K.' as Edmund Kent", *English Literary Renaissance* 20 (1990): 374–407.

Schleiner, Winfried. "*Divina Virago*: Queen Elizabeth as an Amazon", *Studies in Philology* 75 (1978): 163–80.

Schroeder, Frederic M. "Friendship in Aristotle and Some Peripatetic Philosophers", in *Greco-Roman Perspectives on Friendship*, ed. John T. Fitzgerald (Atlanta: Scholars Press, 1997).

Schulze, Ivan L. "The Final Protest against the Elizabeth-Alençon Marriage Proposal", *Modern Language Notes* 58 (1943): 54–57.

Shapiro, Michael. *Children of the Revels: The Boy Companies of Shakespeare's Time and Their Plays* (New York: Columbia University Press, 1977).

Sharpe, J. A. *Early Modern England: A Social History 1550–1760* (London: Edward Arnold, 1987).

Sharpe, Kevin. *Selling the Tudor Monarchy: Authority and Image in Sixteenth-Century England* (New Haven: Yale University Press, 2009).

Shire, Helena. *A Preface to Spenser* (London: Longman, 1978).

Shuger, Debora. "The 'I' of the Beholder: Renaissance Mirrors and the Reflexive Mind", in *Renaissance Culture and the Everyday*, ed. Patricia Fumerton and Simon Hunt (Philadelphia: University of Pennsylvania Press, 1999), 21–41.

Simpson, Sue. *Sir Henry Lee (1533–1611): Elizabethan Courtier* (Farnham: Ashgate, 2014).

Slack, Paul. *Poverty and Policy in Tudor and Stuart England* (London: Longman, 1988).

Smith, A. Hassell. *County and Court: Government and Politics in Norfolk, 1558–1603* (Oxford: Clarendon, 1974).

Smuts, R. Malcolm. "Occasional Events, Literary Texts and Historical Interpretations", in

Neo-Historicism: Studies in Renaissance Literature, History and Politics, ed. Robin Headlam Wells, Glenn Burgess, and Rowland Wymer (Cambridge: D. S. Brewer, 2000), 179–98.

Somerset, J. A. B. “The Lords President, Their Activities and Companies: Evidence from Shropshire”, in *The Elizabethan Theatre X*, ed. C. E. McGee (Port Credit: Meany, 1988), 93–111.

Spufford, Margaret. *Small Books and Pleasant Histories: Popular Fiction and its Readership in Seventeenth-Century England* (Athens, Georgia: University of Georgia Press, 1981).

Starkey, David. “Intimacy and Innovation: The Rise of the Privy Chamber 1485–1547”, in *The English Court: From the Wars of the Roses to the Civil War*, ed. David Starkey et al. (New York: Longman, 1987), 71–118.

—. “Representation through Intimacy: A Study in the Symbolism of Monarchy and Court Office in Early Modern England”, in *Tudor Monarchy*, ed. Guy, 42–78.

—. *Elizabeth: Apprenticeship* (London: Chatto and Windus, 2000). [デイヴィッド・スターキー，香西史子訳『エリザベス——女王への道』(原書房，2006 年)]

—. *Henry: Virtuous Prince* (London: Harper, 2008).

Streitberger, W. R. *The Masters of the Revels and Elizabeth I's Court Theatre* (Oxford: Oxford University Press, 2016).

Strong, Roy. *Splendour at Court: Spectacle and the Theatre of Power* (London: Weidenfeld and Nicolson, 1973).

—. *The Cult of Elizabeth: Elizabethan Portraiture and Pageantry* (London: Thames and Hudson, 1977).

—. *Art and Power: Renaissance Festivals 1450–1650* (Woodbridge: Boydell, 1984). [ロイ・ストロング，星和彦訳『ルネサンスの祝祭——王権と芸術』(平凡社，1987 年)]

—. *Gloriana: The Portraits of Queen Elizabeth I* (New York: Thames and Hudson, 1987).

— and J. A. van Dorsten, *Leicester's Triumph* (Leiden: Leiden University Press, 1964).

Suzuki, Mihoko. “The London Apprentice Riots of the 1590s and the Fiction of Thomas Deloney”, *Criticism* 38 (1996): 181–217.

Swart, K. W. *William of Orange and the Revolt of the Netherlands, 1572–84*, ed. R. P. Fagel, M. E. H. N. Mout, and H. F. K. van Nierop, trans. J. C. Grayson (Aldershot: Ashgate, 2003).

Takahashi, Yasunari, ed. *Hot Questrists after the English Renaissance: Essays on Shakespeare and his Contemporaries* (New York: AMS, 2000).

Takemura, Harumi. “*Gesta Grayorum* and *Le Prince d'Amour*: The Inns of Court Revels in the 1590s”, *Cahiers Élisabéthains: A Journal of English Renaissance Studies* 94 (2017): 21–36.

Tennenhouse, Leonard. *Power on Display: The Politics of Shakespeare's Genres* (London:

Methuen, 1986).
Thomas, Keith. “The Place of Laughter in Tudor and Stuart England”, *Times Literary Supplement* 3906 (21 January 1977): 77–81.
—. *History and Literature* (Swansea: University College of Swansea, 1988). [キース・トマス, 中島俊郎訳『歴史と文学——近代イギリス史論集』(みすず書房, 2001年)]
Tillyard, E. M. W. *The Elizabethan World Picture* (London: Chatto and Windus, 1952). [E. M. W. ティリヤード, 磯田光一・玉泉八州男・清水徹郎訳『エリザベス朝の世界像』(筑摩書房, 1992年)]
Tosi, Laura. “Mirrors for Female Rulers: Elizabeth I and the Duchess of Malfi”, in *Representations of Elizabeth*, ed. Petrina and Tosi, 257–75.
Underdown, David. *Revel, Riot and Rebellion: Popular Politics and Culture in England 1603–1660* (Oxford: Oxford University Press, 1985).
Van Es, Bart, ed. *A Critical Companion to Spenser Studies* (Hampshire: Palgrave Macmillan, 2006).
Voss, Paul J. “Books for Sale: Advertising and Patronage in Late Elizabethan England”, *The Sixteenth Century Journal* 29 (1998): 733–56.
Walker, Julia M., ed. *Dissing Elizabeth: Negative Representations of Gloriana* (Durham: Duke University Press, 1998).
—. *Medusa's Mirrors: Spenser, Shakespeare, Milton, and the Metamorphosis of the Female Self* (London: Associated University Presses, 1998).
Walker, Steven F. “‘Poetry is/is not a cure for love’: The Conflict of Theocritean and Petrarchan Topoi in the *Shepheardes Calender*”, *Studies in Philology* 76 (1979): 353–65.
Wall, Wendy. “Why Does Puck Sweep?: Fairylore, Merry Wives, and Social Struggle”, *Shakespeare Quarterly* 52 (2001): 67–106.
Wardell, Francis. “Queen Elizabeth's Progress to Bristol in 1574: An Examination of Expenses”, *Early Theatre* 14 (2011): 101–18.
Watanabe-O'Kelly, Helen. “The Early Modern Festival Book: Function and Form”, in *Europa*, ed. Mulryne et al., 1: 3–17.
Watt, Tessa. *Cheap Print and Popular Piety, 1550–1640* (Cambridge: Cambridge University Press, 1991).
Wedgwood, C. V. *William the Silent: William of Nassau, Prince of Orange* (New Haven: Yale University Press, 1944).
Welsford, Enid. *The Court Masque: A Study in the Relationship between Poetry and the Revels* (New York: Russell and Russell, 1962).
Wernham, R. B. *After the Armada: Elizabethan England and the Struggle for Western Europe 1588–1595* (Oxford: Clarendon, 1984).
Wiggins, Martin. *British Drama 1533–1642: A Catalogue*, 10 vols (Oxford: Oxford Univer-

sity Press, 2012–).
Wikander, Matthew H. *Princes to Act: Royal Audience and Royal Performance, 1578–1792* (Baltimore: Johns Hopkins University Press, 1993).
Williams, Franklin B., Jr. *Index of Dedications and Commendatory Verses in English Books before 1641* (London: Bibliographical Society, 1962).
Williams, Kathleen. *Spenser's Faerie Queene: the World of Glass* (London: Routledge and Kegan Paul, 1966).
Williams, Penry. *The Later Tudors: England 1547–1603* (Oxford: Clarendon, 1995).
Wilson, Charles. *Queen Elizabeth and the Revolt of the Netherlands* (Berkeley: University of California Press, 1970).
Wilson, Derek. *Sweet Robin: A Biography of Robert Dudley, Earl of Leicester 1533–1588* (London: Allison and Busby, 1997).
Wilson, Elkin Calhoun. *England's Eliza* (Cambridge, Mass.: Harvard University Press, 1939).
Wilson, Jean. *Entertainments for Elizabeth I* (Cambridge: Brewer, 1980).
Withington, Robert. *English Pageantry: An Historical Outline*, 2 vols (Cambridge, Mass.: Harvard University Press, 1918–26).
Woodcock, Matthew. *Fairy in the Faerie Queen: Renaissance Elf-Fashioning and Elizabethan Myth-Making* (Aldershot: Ashgate, 2004).
—. *Thomas Churchyard: Pen, Sword, and Ego* (Oxford: Oxford University Press, 2016).
Worden, Blair. *The Sound of Virtue: Philip Sidney's Arcadia and Elizabethan Politics* (New Haven: Yale University Press, 1996).
Yarnall, Judith. *Transformations of Circe: The History of an Enchantress* (Urbana: University of Illinois Press, 1994).
Yates, Frances A. *Astraea: The Imperial Theme in the Sixteenth Century* (London: Routledge and Kegan Paul, 1975). [フランシス・A・イェイツ，西澤龍生・正木晃訳『星の処女神エリザベス女王――十六世紀における帝国の主題』(東海大学出版会，1982年)]
Young, Alan. *Tudor and Jacobean Tournaments* (London: George Philip, 1987).
Zagorin, Perez. *Francis Bacon* (Princeton: Princeton University Press, 1998).

有路雍子・成沢和子『宮廷祝宴局――チューダー王朝のエンターテインメント戦略』(松柏社，2005年).
イギリス都市・農村共同体研究会編『巨大都市ロンドンの勃興』(刀水書房，1999年).
井出新「プロテスタンティズム・書籍商・三文文士――アントニー・マンディーと報道パンフレット」『エリザベス朝演劇の誕生』玉泉編，343–71頁.
―「地下出版するルネサンス」『英語青年』第148巻第2号 (2002)：6–9頁.

―「ルネサンス――シェイクスピアの時代」『ロンドン物語――メトロポリスを巡るイギリス文学の700年』河内恵子・松田隆美編（慶應義塾大学出版会，2011年），35–71頁.

小澤博「賢明なる沈黙――『五月の佳人』とシドニーの礼節」『エリザベス朝演劇の誕生』玉泉編，295–312頁.

小塩トシ子「『オーケストラ』再読」『フェリス女学院大学文学部紀要』第26号（1991–93年）：33–54頁.

川崎寿彦『鏡のマニエリスム――ルネッサンス想像力の側面』（研究社，1978年）.

小谷野敦『〈男の恋〉の文学史』（朝日新聞社，1997年）.

篠崎実「三身分の劇場――エリザベス朝宮廷スペクタクルと大衆演劇」『エリザベス朝演劇の誕生』玉泉編，267–94頁.

―「欲望の曖昧な対象――エリザベスの結婚問題と宮廷エンターテインメント」『言語文化論叢（東京工業大学外国語研究教育センター紀要）』第3巻（1998年）：103–22頁.

竹村はるみ「祝婚喜劇の非婚論者――『お気に召すまま』におけるユーフュイーズ的言説の行方」『ゴルディオスの絆――結婚のディスコースとイギリス・ルネサンス演劇』楠明子・原英一編（松柏社，2002年），19–54頁.

―「書斎の中のシドニー・サークル――スペンサーの友情伝説を読む」『食卓談義のイギリス文学――書物が語る社交の歴史』圓月勝博編（彩流社，2006年），20–59頁.

玉泉八州男『女王陛下の興行師たち――エリザベス朝演劇の光と影』（芸立出版，1984年）.

―編『ベン・ジョンソン』（英宝社，1993年）.

―「エリザベス朝演劇におけるベン・ジョンソン」『ベン・ジョンソン』玉泉編，3–66頁.

―編『エリザベス朝演劇の誕生』（水声社，1997年）.

―『北のヴィーナス――イギリス中世・ルネサンス文学管見』（研究社，2013年）.

原英一『〈徒弟〉たちのイギリス文学――小説はいかに誕生したか』（岩波書店，2012年）.

マルク・ブロック，井上泰男・渡邊昌美訳『王の奇跡――王権の超自然的性格に関する研究／特にフランスとイギリスの場合』（刀水書房，1998年）.

前沢浩子「ジョンソンの「諷刺喜劇」――「コミカル・サタイア」の試みとその限界」『ベン・ジョンソン』玉泉編，96–121頁.

山田由美子『ベン・ジョンソンとセルバンテス――騎士道物語と人文主義文学』（世界思想社，1995年）.

山本真理「その長い一日の労苦と疲労のあとに――『妖精の女王』における牧歌の要素」『Albion（京大英文学会紀要）』第29号（1983年）：1–19頁.

図版出典一覧

表紙カバー

マーカス・ギエラーツ（推定）「虹の肖像画」1600–3年頃、ハットフィールドハウス蔵。

図1

ウィリアム・スクロッツ（推定）「王女時代のエリザベス」1546–47年頃（Strong, *Gloriana*, pl. 28）。

図2

戴冠式の行進のルート（Goldring et al., eds, *Progresses*, 1: 115をもとに改変）。

図3

戴冠式の行進のエリザベス（Ibid., 1: 117）。

図4

ルーカス・デ・ヘーレ「テューダー朝の王位継承の寓意」1572年頃（Strong, *Gloriana*, pl. 57）。

図5

作者不詳「レスター伯ロバート・ダドリー」1575年頃、ナショナル・ポートレート・ギャラリー蔵。

図6

国璽の裏面（1584–86年）。ニコラス・ヒリアードによる図案作成及び製作と推測される（Dovey, *Elizabethan Progress*, frontispiece）。

図7

フェデリーゴ・ツッカロ（推定）「ダーンリーの肖像画」1575年頃、ナショナル・ポートレート・ギャラリー蔵。

図8

ケニルワースの祝祭で使用される予定だったレスター伯の甲冑（Frye, *Elizabeth I*, 83）。

図9

ヘンリー八世の王室書籍商トマス・バースレットの商標（Polito, *Governmental Arts*, frontispiece）。

図10–1, 図10–2

フェデリーゴ・ツッカロ「レスター伯」「エリザベス女王」1575年（Strong, *Gloriana*,

pl. 69, 70）。

図 11

『羊飼いの暦』初版本（1579 年）のタイトルページ、ボドリアン図書館蔵（McCabe, ed., *Oxford Handbook*, 161）。

図 12

『羊飼いの暦』初版本（1579 年）の「四月」、ボドリアン図書館蔵（Ibid., 164）。

図 13

馬上槍試合の様子（Young, *Tudor and Jacobean Tournaments*, 89）。

図 14

ニコラス・ヒリアード「薔薇の茂みの若者」1587 年頃、ヴィクトリア・アンド・アルバート博物館蔵。

図 15

ニコラス・ヒリアード（推定）「第二代エセックス伯ロバート・デヴルー」1595 年頃、ナショナル・ポートレート・ギャラリー蔵。

図 16

ボッティチェッリ「ヴィーナスとマルス」1485 年頃、ナショナル・ギャラリー蔵。

図 17

『リンカーンのトムの愉快な物語』（1682 年版）のタイトルページ（Spufford, *Small Books*, 235）。

図 18

作者不詳「エリザベス女王の御前で演じるシェイクスピア」1780–1850 年頃（Hackett, *Shakespeare and Elizabeth*, 74）。

図 19

ティツィアーノ「鏡を見るヴィーナス」1555 年頃、ナショナル・ギャラリー・オブ・アート蔵。

図 20

ハンス・ホルバインによる「自己愛」の挿画（Erasmus, *Praise of Folly*, pl. 9）。

図 21

コルネリウス・ケテル（推定）「篩の肖像画」1580–83 年頃（Strong, *Gloriana*, pl. 84）。

初出一覧

ただし、いずれも大幅な加筆修正を施している。複数の章や節に亘って使用したため、ほとんど原型を留めていない論文もある。

序章第二節

「「エリザベス崇拝」の明暗――権力の力学と批評の力学」『Albion（京大英文学会紀要）』第46号（2000年）、109–17頁。

「エリザベス朝の王権と祝祭――文献解題」『Shakespeare News』第51巻（2011年）、21–24頁。

第三章第三節

「レスター王国の出版戦略」『Albion（京大英文学会紀要）』第56号（2010年）、22–45頁。

第三章第五節

「トマス・チャーチヤードと処女王言説――ノリッジ巡幸パジェント（1578）を中心に」『Shakespeare News』第51巻（2011年）、8–20頁。

第四章第四節

「ベルフィービーの「幸せの館」――『妖精の女王』第二巻第三篇における女王賛歌」『英文学会会報（大谷大学紀要）』第23号（1996年）、1–15頁。

第五章第二節

「『ゲスタ・グレイオールム』における騎士道的友愛のスペクタクル」『立命館文学（丸山美知代教授退職記念論集）』第634号（2014年）、88–101頁。

第五章第四節

「ロマンシング・ロンドン――エリザベス朝末期における大衆騎士道ロマンス」『英文学研究』第81巻（2005年）、109–22頁。

第六章第三節

「エリザベス朝宮廷祝祭における〈妖精の女王〉のロマンス的変容」『シェイクスピアと演劇文化――日本シェイクスピア協会創立50周年記念論集』（研究社、2012年）、135–57頁。

第七章第四節

「笑うファウヌス――「無常篇」のスペンサー」『英語青年』第151巻（2005年）、307–401頁。

《著者略歴》

竹村はるみ（たけむら・はるみ）

一九六八年生まれ。京都大学大学院文学研究科博士後期課程（英米文学専攻）研究指導認定退学。現在は立命館大学文学部教授。主要著書に『ゴルディオスの絆――結婚のディスコースとイギリス・ルネサンス演劇』（共著、松柏社、二〇〇二年）、『食卓談義のイギリス文学――書物が語る社交の歴史』（共著、彩流社、二〇〇六年）、*Spenser in History, History in Spenser: Spenser Society Japan Essays*（共編著、大阪教育図書、二〇一八年）がある。

KENKYUSHA

〈検印省略〉

グロリアーナの祝祭《しゅくさい》
――エリザベス一世《いっせい》の文学的《ぶんがくてき》表象《ひょうしょう》

二〇一八年八月三十一日　初版発行

著　者　竹《たけ》村《むら》はるみ

発行者　関戸雅男

発行所　株式会社　研究社

〒一〇二―八一五二

東京都千代田区富士見二―十一―三

電話（編集）〇三―三二八八―七七一一

（営業）〇三―三二八八―七七七七

振替　〇〇一五〇―九―二六七一〇

http://www.kenkyusha.co.jp

装　丁　柳川貴代

印刷所　研究社印刷株式会社

定価はカバーに表示してあります。
万一落丁乱丁の場合はおとりかえ致します。

ISBN 978-4-327-47236-8　C3098
Printed in Japan